本书为国家社科基金重大项目"中国外国文学研究索引（CFLSI）的研制与运用"（18ZDA284）的阶段性成果

俄罗斯文学的多元视角
（第3辑）

帕斯捷尔纳克、曼德尔施塔姆
诞辰130周年纪念文集

主　编　王　永
副主编　陈新宇　周　露

СОВРЕМЕННАЯ РУССКАЯ ЛИТЕРАТУРА: МЕЖДИСЦИПЛИНАРНЫЕ ПОДХОДЫ

К 130-летию со дня рождения Бориса Пастернака и Осипа Мандельштама

ZHEJIANG UNIVERSITY PRESS
浙江大学出版社
·杭州·

图书在版编目（CIP）数据

俄罗斯文学的多元视角. 第 3 辑, 帕斯捷尔纳克、曼德尔施塔姆诞辰 130 周年纪念文集 / 王永主编; 陈新宇, 周露副主编. —杭州: 浙江大学出版社, 2023.10

ISBN 978-7-308-23133-6

Ⅰ. ①俄… Ⅱ. ①王… ②陈…③周… Ⅲ. ①俄罗斯文学－文学研究－国际学术会议－文集 Ⅳ. ①I512.06-53

中国版本图书馆 CIP 数据核字（2022）第 185517 号

俄罗斯文学的多元视角(第 3 辑)
——帕斯捷尔纳克、曼德尔施塔姆诞辰 130 周年纪念文集
主　编　王　永
副主编　陈新宇　周　露

策划编辑　董　唯
责任编辑　杨诗怡
责任校对　徐　旸
封面设计　周　灵　王　永
出版发行　浙江大学出版社
　　　　　（杭州市天目山路 148 号　邮政编码 310007）
　　　　　（网址：http://www.zjupress.com）
排　　版　浙江大千时代文化传媒有限公司
印　　刷　浙江新华数码印务有限公司
开　　本　710mm×1000mm　1/16
印　　张　22.25
插　　页　2
字　　数　486 千
版 印 次　2023 年 10 月第 1 版　2023 年 10 月第 1 次印刷
书　　号　ISBN 978-7-308-23133-6
定　　价　88.00 元

"纪念鲍里斯·帕斯捷尔纳克诞辰 130 周年" 国际学术研讨会线下参会者合影

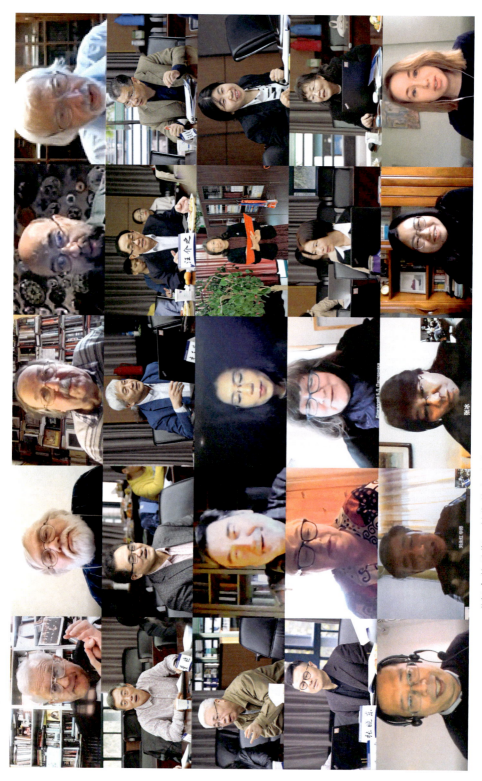

"纪念鲍里斯·帕斯捷尔纳克诞辰 130 周年"国际学术研讨会线上线下发言集锦

第十届《俄罗斯文艺》学术前沿论坛暨 "曼德尔施塔姆与东方：纪念诗人诞辰130周年" 国际学术研讨会

X передовой научный форум «Русская литература и искусство» и Международная научная конференция «Осип Мандельштам и Восток. К 130-летию со дня рождения поэта»

中国·杭州 2021年10月29-31日
29-31 октября 2021 г. Ханчжоу (Китай)

第十届《俄罗斯文艺》学术前沿论坛暨 "曼德尔施塔姆与东方：纪念诗人诞辰 130 周年" 国际学术研讨会合影

第十届《俄罗斯文艺》学术前沿论坛暨"曼德尔施塔姆与东方：纪念诗人诞辰130周年"国际学术研讨会
大会发言及分论坛集锦

前　言

　　2020 年和 2021 年,分别是俄罗斯作家、诗人鲍里斯·列昂尼多维奇·帕斯捷尔纳克(Б. Л. Пастернак),以及诗人奥西普·埃米尔耶维奇·曼德尔施塔姆(О. Э. Мандельштам)诞辰 130 周年。帕斯捷尔纳克"因在现代抒情诗领域和对俄国伟大的史诗小说传统的继承方面取得的巨大成就"①获诺贝尔文学奖,曼德尔施塔姆则被文艺批评家维克多·鲍里斯维奇·什克洛夫斯基(В. Б. Шкловский)称为"天才"诗人,并深受约瑟夫·亚历山大维奇·布罗茨基(И. А. Бродский)、保罗·策兰(Paul Celan)等诗人推崇。他们的作品不仅在俄罗斯被奉为经典,在我国也拥有众多读者,尤其是帕斯捷尔纳克的小说《日瓦戈医生》。这部作品在 20 世纪 80 年代就出版了三种中译本,此后更是因广受欢迎而多次再版。

　　为了纪念俄罗斯文学史上的这两位"巨匠",并使国内外学者有机会分享和交流相关研究的最新进展和前沿动态,浙江大学外国语学院、中国俄语教学研究会与《俄罗斯文艺》编辑部联合举办了两次国际学术研讨会。2020 年 11 月 6 日至 8 日,"纪念鲍里斯·帕斯捷尔纳克诞辰 130 周年"国际学术研讨会以线上线下同步进行的方式举行。俄罗斯帕斯捷尔纳克故居博物馆馆长伊莲娜·亚历山德罗夫娜·叶里萨诺娃(И. А. Ерисанова)女士在开幕式上致辞。会议期间,来自国内外几十所高校及科研机构的专家和学者对帕氏小说的主题、人物形象、诗学特征及译介展开研讨,对其诗歌的语言特征、比喻体系和音乐性,以及作家生平及其与《新世界》杂志的关系等进行了深入探讨。2021 年 10 月 29 日至 31 日,第十届《俄罗斯文艺》学术前沿论坛暨"曼德尔施塔姆与东方:纪念诗人诞辰 130 周年"国际学术研讨会召开。绝大部分国内参会者得以在线下相聚,面对面交流学术研究成果。会议特邀了俄罗斯曼德尔施塔姆研究中心主任巴维尔·马尔科维奇·涅尔莱尔(П. М. Нерлер)及其团队的 5 名研究人员以线上形式参会并做主旨报告。与会专家及学者就曼氏生平研究、曼氏作品的诗学特征及其在东方国家的译介等交流了研究成果。

---

① 参见:https://www.nobelprize.org/prizes/literature/1958/pasternak/facts/.

本书共收入上述两次国际会议的论文 30 篇,其中,帕斯捷尔纳克研究论文 22 篇,曼德尔施塔姆研究论文 8 篇。论文作者既包括在俄罗斯文学研究领域深耕数十年、学术造诣深厚的专家,又包括视野宽阔、思想活跃的青年学者。他们从哲学、诗学、文化学、艺术学、语言学、翻译学等多个视角对两位诗人展开了深入探讨。可以说,本书集中展示了近年来国内外帕斯捷尔纳克及曼德尔施塔姆研究的最新成果。各板块论文编排依照先俄文再中文的原则,分别按作者姓名音序排列。

2017 年及 2019 年,我们先后编辑出版了《俄罗斯文学的多元视角》第 1 辑和第 2 辑。第 1 辑主题为"俄罗斯文学与艺术"的跨学科研究,第 2 辑侧重"现当代俄罗斯文学"的跨学科研究。本书为该系列的第 3 辑,系帕斯捷尔纳克和曼德尔施塔姆纪念专辑。我们认为,文本细读和理论研究是文学研究的根本,而跨学科研究则可以为文学研究提供新视角,带来新发现,从而进一步丰富俄罗斯文学研究的成果。

最后,让我们用曼德尔施塔姆对帕斯捷尔纳克诗歌的评价作为结尾:"读帕斯捷尔纳克的诗,可以清洁喉咙、强健呼吸、更新肺功能……"这些文字在今天读起来,格外令人感慨万千。愿诗歌清洁空气,舒解紧张,让世界重归安宁与和平,让生活重现勃勃生机!

王 永
2022 年 4 月于浙江大学紫金港校区

目 录

帕斯捷尔纳克研究
Борису Пастернаку

1

曼德尔施塔姆研究
Осипу Мандельштаму

帕斯捷尔纳克研究
БОРИСУ ПАСТЕРНАКУ

Распределение морфологических классов слов в лирике Б. Пастернака: статика vs. динамика

С. Н. Андреев

(Смоленский государственный университет, Россия)

Аннотация: В статье при помощи квантитативного анализа данных рассматривается вопрос вариативности стиля в лирике Бориса Пастернака. С этой целью во всех стихах шести сборников лирики поэта были подсчитаны существительные, глаголы и прилагательные. Анализ включал изучение степени стабильности использования этих трех частей речи в стихах одного и того же сборника, характер роста использования частей речи от одного стихотворения к другому, тип соотношения глаголов и прилагательных, отражающих динамический и статический виды описания. Для указанных видов анализа использовался ряд статистических мер: коэффициент вариации, коэффициент Бузмана, хи — квадрат. Для аппроксимации распределения существительных и прилагательных оказалась успешной степенная функция. Полученные результаты показали высокую устойчивость статического и динамического описания в рамках каждого отдельно взятого сборника с превалированием последнего и наличие тенденции компенсации одного вида описания другим при сопоставлении разных сборников.

Ключевые слова: глаголы; существительные; прилагательные; Пастернак; вариативность; коэффициент Бузмана; степенная функция; тенденция компенсации

Исследование художественного творчества автора включает такой важный вопрос, как наличие или отсутствие изменений его стиля во времени. Это предполагает анализ особенностей стиля на различных этапах творчества и их сопоставление.

Динамический аспект в отношении поэзии Пастернака изучался в области сдвигов семантики образов, соотношения стиха и прозы, степени тропеичности стихов и композиции сборников, эволюционного развития поэтической личности Пастернака. В числе стихотворных параметров к исследованию вариативности стиля поэта в ряде работ включались метрические, ритмические, рифменные, строфические, синтаксические (поэтический синтаксис).

В нашем исследовании поставлена задача рассмотреть специфику стиля Пастернака на уровне морфологии при помощи признаковой схемы частей речи—СУЩ, ГЛ, ПЛГ. На первый взгляд, такой подход может показаться слишком упрощенным, однако целый ряд работ, использующих эти признаки, позволил получить интересные данные, характеризующие стиль поэтов и вариативность стиля. Здесь можно отметить работы М. Л. Гаспарова, Г. Альтмана и их коллег и учеников. Основное направление в этом случае состоит в выявлении того, насколько текст является номинальным (каково соотношение существительных, выражающих тему, глаголов и прилагательных, средств описания), и какому типу описания отдается предпочтение—статичному, или, как иногда говорят, «декоративному» (прилагательные), либо динамическому (глаголы).

При выделении частей речи следует сделать ряд уточнений. К прилагательным отнесены порядковые числительные. Класс глаголов включает личные формы, инфинитив, деепричастие, причастие. Притяжательные и другие местоимения—прилагательные на данном этапе исследования не рассматриваются.

В качестве материала исследования были взяты 6 сборников лирики Пастернака. Анализ проводился как по отдельным стихотворениям сборника, так и в рамках всего сборника, взятого как самостоятельный объект изучения. Такой подход, когда в качестве единицы исследования берутся сборники текстов, основан на понимании сборника лирики, как единого целого. Пастернак большое внимание уделял композиции своих сборников, выделяя в них отдельные взаимосвязанные циклы. Все рассматриваемые сборники входят в поэтический канон поэта.

В таблице 1 приводятся данные, отражающие материал исследования. В скобках указано количество проанализированных произведений и строк (стихов). Общий объем рассмотренного материала, в котором были произведены подсчеты частей речи, составил более 6 тысяч строк.

Таблица 1   Материал исследования

Сокращение	Сборник или цикл	Год публикации	Взято для анализа	
			стихотворений	стихов
БвТ	Близнец в тучах	1914	21	462
ПБ	Поверх барьеров	1917	28	1052
СМЖ	Сестра моя, жизнь	1922/1923	50	1340
ВР	Второе рождение	1932	27	1155
НРП	На ранних поездах	1943	27	967
СЮЖ	Стихотворения Юрия Живаго	1957	25	986

Рассмотрим распределение частей речи в целом по сборникам. Поскольку сами стихотворения в сборниках различной длины, количественные данные каждого произведения необходимо привести к такому виду, когда их можно было бы сопоставлять. Это достигается путем деления количественных данных каждого произведения на число строк этого стихотворения. Полученные индексы можно сопоставлять. В таблице 2 в качестве примера приведены данные для сборника «Близнец в тучах».

Таблица 2   Индексы представленности частей речи в стихах сборника «Близнец в тучах»

Стихотворение	СУЩ	ГЛ	ПЛГ
Эдем	1,60	0,65	0,40
Лесное	1,70	0,50	0,50
«Мне снилась осень в полусвете стекол…»	2,20	1,00	0,40
«Я рос, меня как Ганимеда…»	1,50	0,83	0,13
«Все оденут сегодня пальто…»	1,38	0,69	0,06
«Встав из грохочущего ромба…»	1,25	0,75	0,40
Вокзал	1,58	0,67	0,21
«Грусть моя как пленная сербка…»	1,50	0,69	0,50
Венеция	1,67	0,88	0,29
«Не подняться дню в усилиях светилен…»	1,81	1,00	0,63

Стихотворение	СУЩ	ГЛ	ПЛГ
Близнецы	1,95	1,05	0,35
Близнец на корме	1,40	0,80	0,45
Пиршества	2,56	0,88	0,63
«Вчера, как бога статуэтка...»	1,38	0,78	0,56
Лирический простор	1,54	0,96	0,25
«Ночью··· со связками зрелых горелок...»	2,50	0,81	0,44
Зима	1,41	0,72	0,47
«За обрывками редкого сада...»	1,50	0,88	0,44
Хор	1,32	0,50	0,11
Ночное панно	1,61	0,61	0,25
Сердца и спутники	1,53	0,70	0,30

Для определения степени стабильности распределения частей речи можно использовать коэффициент вариации, который определяется по формуле:

$$CV = \frac{6}{к} \times 100 \qquad (1)$$

где CV—коэффициент вариации, б—среднеквадратическое отклонение, к—среднее значение признака (среднее арифметическое).

В таблице 3 показаны значения коэффициента вариации частей речи в рамках всех 6 сборников.

Таблица 3　Коэффициент вариации частей речи в сборниках

Сборник	СУЩ	ГЛ	ПЛГ
Близнец в тучах	21,8	19,7	39,2
Поверх барьеров	17,4	23,7	25,5
Сестра моя, жизнь	20,7	29,9	57,6
Второе рождение	21,8	33,6	39,1
На ранних поездах	18,8	18,9	30,6
Стихотворения Юрия Живаго	18,9	24,9	53,5

Коэффициент вариации может колебаться в диапазоне от 0% до 100% и выше (что очень часто и бывает при анализе вариации единиц в текстах). Чем меньше коэффициент, тем слабее вариативность и, соответственно, выше стабильность рассматриваемого признака. Иногда порог слабой вариации определяется как $CV = 33,3\%$, выше него вариация рассматривается как вариация средней силы и сильная.

Вариативность существительных оказалась слабой, показывая одинаковую представленность тем по всем произведениям одного и того же сборника. То же самое можно сказать и в отношении динамического описания — оно слабо изменяется в рамках одного сборника. Исключение составляет вариативность глаголов в сборнике ВР, который при трехчастной периодизации творчества Пастернака можно условно отнести ко второму этапу.

Вариация прилагательных (статическое описание) значительно выше динамического. Здесь вне конкуренции СМЖ, но также относительно сильная вариация отмечена и в СЮЖ. Интересно, что в сборниках ВР и НРП, которые при трехчастной периодизации можно отнести, соответственно, ко второму и третьему периодам, отмечена сходная вариативность как прилагательных, так и глаголов, с той лишь разницей, что в ВР несколько выше динамическое разнообразие, а в сборнике НДП — статическое.

Следующий этап анализа состоит в том, чтобы уточнить сам характер вариации. Выяснить это можно, если провести анализ того, как растет число ЧР в рамках сборника от первого произведения к последнему. Это можно сделать, используя сумму с нарастающим итогом. Так, например, в сборнике БвТ в первом стихотворении «Эдем» зафиксировано 8 прилагательных, во втором («Лесное») — 10, далее в третьем («Мне снилась осень в полусвете стекол...») — снова 8, далее в последующих стихах 3, 1, 8, 5. Тогда для наших целей можно создать следующий вариационный ряд, в котором число прилагательных каждого последующего стихотворения добавляется к сумме предыдущих: 8, 18, 26, 29, 30, 38, 43, и так до конца сборника.

Распределение такого вариационного ряда может быть аппроксимировано степенной функцией:

$$y = a \times x^b \tag{2}$$

где a и b — параметры.

В результате использования формулы для всего сборника БвТ получено следующее графическое изображение распределения прилагательных (рисунок 1).

Для прилагательных сборника СМЖ график имеет следующий вид (рисунок 2).

7

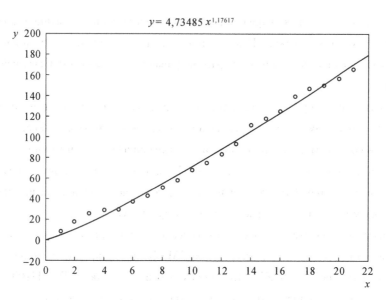

$$y = 4{,}73485\, x^{1{,}17617}$$

Рисунок 1   Распределение ПЛГ по стихотворениям сборника

«Близнец в тучах»

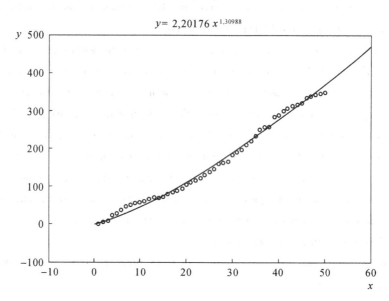

$$y = 2{,}20176\, x^{1{,}30988}$$

Рисунок 2 Распределение ПЛГ по стихотворениям сборника

«Сестра моя жизнь»

Кружками обозначены наблюдаемые суммы частот，линия отражает
теоретическое ожидаемое распределение. Чем ближе эмпирическое распределение

к теоретическому, тем лучше аппроксимация. На графиках видно, что в большинстве случаев кружки достаточно близко расположены к линии. Более строго степень успешности может определяться коэффициентом детерминации R^2, который изменяется в диапазоне от 0 до 1. В тех случаях, когда он превышает 0, 8, аппроксимация считается успешной. В нашем случае, как будет показано в таблице 4, коэффициент детерминации аппроксимации на первом и втором графиках (рисунок 1 и 2) равен $R^2 = 0,992$, т. е. очень высок.

Судя по форме линии на первом графике видно незначительное нарастание ПЛГ от начала к концу сборника, на втором — нарастание более значительное.

В таблице 4 даны значения параметров функции и коэффициента детерминации. Судя по коэффициенту детерминации, распределение во всех случаях отражено очень хорошо. Относительно хуже, чем в других сборниках, отражено распределение как глаголов, так и существительных в сборнике ПБ, который, таким образом, слегка выпадает из общей картины. Однако, как сказано выше, это отличие очень незначительно.

Параметр a зависит от первого члена вариационного ряда и не представляет особого интереса. Зато параметр b отражает степень изменения графика — т. е. изменение по сборнику нарастания или падения динамики и статики описания.

При $b > 1$ идет постепенное нарастание, при $b < 1$ наблюдается обратная тенденция.

Судя по параметру b, в стихотворениях к концу каждого сборника идет нарастание динамики описания. В сборнике СМЖ достаточно выраженный рост динамики происходит вместе с ростом статики (таблица 4).

Таблица 4   Значения параметров функции и коэффициента детерминации

Сокращение	ГЛ			ПЛГ		
	a	b	R^2	a	b	R^2
БвТ	12,18	1,11	0,999	4,73	1,18	0,992
ПБ	21,78	1,06	0,936	14,11	0,92	0,957
СМЖ	8,47	1,24	0,995	2,20	1,31	0,992
ВР	10,87	1,22	0,982	9,62	0,99	0,990
НДП	15,88	1,07	0,994	7,50	1,14	0,997
СЮЖ	11,19	1,25	0,993	11,48	0,98	0,990

До сих пор рассматривалась структура сборников. Теперь перейдем к анализу их суммарных данных. Для оценки суммарной силы того или иного вида описания здесь устанавливаются пропорции глаголы: существительные, прилагательные: существительные.

Для определения соотношения глаголов и существительных используется формула коэффициента Бузмана:

$$B_v = \frac{V}{V+N} \tag{3}$$

где N — все существительные, V — все глаголы.

При $B > 0,60$ — повышенное динамическое описание

$B < 0,40$ — пониженное динамическое описание

$0,40 \leqslant B \leqslant 0,60$ — отклонение от средних значений описания отсутствует

Аналогичным образом эта же формула используется для подсчета пропорции прилагательных и существительных:

$$B_A = \frac{A}{A+N} \tag{4}$$

Результаты анализа представлены в таблице 5.

Таблица 5　Коэффициент Бузмана

Сборник	ГЛ-СУЩ	ПЛГ-СУЩ
Близнец в тучах	0,32	0,18
Поверх барьеров	0,32	0,16
Сестра моя жизнь	0,35	0,14
Второе рождение	0,29	0,16
На ранних поездах	0,27	0,18
Стихотворения Юрия Живаго	0,30	0,13

Прежде чем перейти к анализу значений коэффициента Бузмана, необходимо установить статистическую достоверность результатов. Проверка результатов производится при помощи критерия хи—квадрат:

$$x^2 = \frac{(V-N)^2}{V+N} \tag{5}$$

Коэффициент Бузмана статистически значим (1 степень свободы и уровень значимости $p < 0,05$), если $x^2 > 3,84$.

В таблице 6 приведены значения Хи-квадрат.

Таблица 6 Хи-квадрат

Сборник	ГЛ-СУЩ	ПЛГ-СУЩ
Близнец в тучах	142,04	372,33
Поверх барьеров	356,25	1056,04
Сестра моя жизнь	298,28	1228,71
Второе рождение	334,29	714,93
На ранних поездах	433,99	754,55
Стихотворения Юрия Живаго	354,93	952,78

Таким образом, видно, что все значения коэффициента Бузмана статистически значимы.

Данные таблицы 5 можно отобразить графически. Если расположить сборники по времени их публикации (рисунок 3), то становится заметной следующая картина.

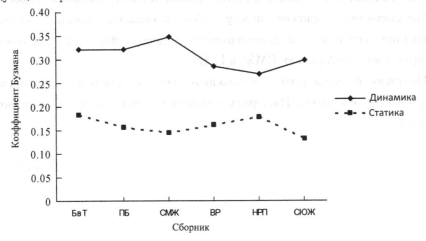

Рисунок 3 Соотношение статического и динамического описания
в сборниках Пастернака

Как указывалось выше, во всех случаях динамическое описание оказывается более выраженным, чем статическое. Взяв за основу первый сборник БвТ, в следующем по порядку сборнике ПБ можно констатировать небольшой рост динамического описания при одновременном достаточно выраженном падении статики. Затем в СМЖ следует сильный рост динамики и глубокое падение статики. Здесь имеет место максимальное расхождение динамики и статики,

11

причем динамика выражена максимально сильно в сравнении со всеми другими сборниками.

Далее наблюдается обратная тенденция схождения, достигая максимальной близости в сборнике НРП. Наконец, в СЮЖ снова начинается расхождение этих двух видов описания.

Таким образом, здесь имеет место достаточно выраженная тенденция *компенсации*, когда уменьшение динамического описания приводит к росту статического и наоборот, усиление динамики ведет к падению статики. Особенно ярко это выражено в СМЖ и НРП, однако в первом случае, как уже говорилось, за счет роста динамики, во втором—статики.

На основании проведенного анализа, в целом, можно говорить о морфологической стабильности произведений в рамках одного сборника у носителей темы (существительных) и динамического описания (глаголов). Вариативность статического описания хотя и более сильно выражена, однако, тем не менее, находится в границах среднего уровня, без экстремальных выбросов.

Сопоставление сборников между собой показывает наличие тенденции компенсации статического и динамического описания. Эта тенденция особенно ярко проявляется в сборниках СМЖ и НДП.

Полученные результаты, естественно, еще нуждаются в дальнейшей проверке на других стихах Пастернака, включая поэмы, прозе, и, возможно—переводах.

（编校：王　永）

Борис Пастернак в судьбе и творчестве поэтов Оттепели

Л. Б. Брусиловская

(Российский государственный гуманитарный университет, Россия)

Аннотация: Борис Пастернак является одним из крупнейших русских поэтов XX в. Он начал свою творческую деятельность еще в дооктябрьский период отечественной литературы и оставался одним из самых талантливых авторов советского времени. Поколение поэтов, вошедшие в советскую литературу в конце 1950-х гг. и получившие впоследствии обозначение «шестидесятники», ярчайшими представителями которого были А. Вознесенский, Е. Евтушенко, Б. Ахмадулина, ощутили на себе огромное влияние личности и творчества Пастернака, и эта фигура во многом определила их последующую судьбу.

Ключевые слова: поэзия «шестидесятников»; связь поэтических поколений; гражданская позиция поэта

Борис Пастернак, один из величайших русских поэтов XX в., оказал огромное влияние на судьбу и становление творческого мастерства поэтов, получивших впоследствии определение «шестидесятники». Особенно это относится к трем крупнейшим представителям этого поколения—А. Вознесенскому, Е. Евтушенко и Б. Ахмадулиной.

Стихи Вознесенского были замечены Пастернаком еще в то время, когда юный Андрей учился в школе и делал первые шаги в поэзии. После звонка Пастернака Вознесенскому молодой поэт пришел в гости к прижизненному классику и эти встречи не прекращались до самой смерти Пастернака.

Вот как описывал впоследствии первую встречу с Пастернаком Вознесенский в эссе «Мне 14 лет»: «Тебя Пастернак к телефону! Оцепеневшие родители уставились на меня. Шестиклассником, никому не сказав, я послал ему стихи и письмо. Это был первый решительный поступок, определивший мою жизнь. И вот он отозвался, и приглашает к себе на два часа дня, в воскресенье»①. Вознесенский много раз задавал себе вопрос: почему Пастернак так легко проникся доверием к начинающему поэту? Что могло связывать уже немолодого, именитого творца и подростка-школьника? И находит ответ в мироощущении Пастернака как неизменно четырнадцатилетнего мальчишки, который смотрит на этот мир чистым, детским взглядом. «Пастернак... вечный подросток, неслух—«Я создан Богом мучить себя, родных и тех, кого мучить грех». Лишь однажды в стихах в авторской речи он обозначил свой возраст: «Мне четырнадцать лет». Раз и навсегда»②.

> Все елки на свете, все сны детворы.
>
> Весь трепет затепленных свечек, все цепи,
> Все великолепье цветной мишуры...
>   ...Все злей и свирепей дул ветер из степи...
>   ...Все яблоки, все золотые шары. ③

Тот вечный культ молодости, юности, поклонение которому было так свойственно поэтам-шестидесятникам—недаром так долго они назывались «молодыми поэтами»—несомненно, кроется в их увлечении Пастернаком, и не только его творчеством, но и личностью в целом.

Влияние, оказанное Пастернаком не только на поэзию Вознесенского, но и на его судьбу невозможно переоценить—так, именно Пастернак посоветовал своему юному другу после школы поступать не в Литературный, а в Архитектурный институт, и читатели получили не только прекрасного поэта, но и замечательного художника.

У Е. Евтушенко общение с Пастернаком было не столь продолжительным, как у Вознесенского, но не менее судьбоносным. Он был одним из первых, кому довелось прочесть еще не опубликованный роман «Доктор Живаго», подлинную

---

① *Вознесенский А. А.* Мне 14 лет // *Вознесенский А. А.* Рубанок носорога: избранные произведения о современной культуре. СПб.: Издательство СПбГУП, 2008. С. 64.

② *Вознесенский А. А.* Мне 14 лет // *Вознесенский А. А.* Рубанок носорога: избранные произведения о современной культуре. СПб.: Издательство СПбГУП, 2008. С. 70.

③ *Пастернак Б. Л.* Рождественская звезда // *Пастернак Б. Л.* Полное собрание сочинений: в 11 т. Т. 4. М.: Издательство СЛОВО / SLOVO, 2004. С. 538.

ценность которого Евтушенко осознал лишь с годами, а тогда, при встрече с автором, он, по его собственным словам, признался, что ему «больше нравятся ваши стихи». Пастернак заметно расстроился и взял с меня слово когда-нибудь прочесть роман не спеша.

В 1967 году, после смерти Пастернака, я взял с собой иностранное издание "Доктора Живаго" в путешествие по сибирской реке Лене и впервые его прочитал. Я лежал на узкой матросской койке, и, когда я переводил глаза со страниц на медленно проплывающую в окне сибирскую природу и снова с природы на книгу, между книгой и природой не было границы»[1].

Именно пастернаковское стихотворение «Снег идет» вдохновило юного Евтушенко на создание произведения с почти аналогичным названием «А снег идет». Но как же по-разному звучат строки, описывающие процесс снегопада у пожилого, умудренного жизнью классика и молодого, только вступающего в полноценную творческую жизнь поэта!

> Снег идет, и всё в смятеньи,
> Всё пускается в полет, —
> Черной лестницы ступени,
> Перекрестка поворот ⟨...⟩
>
> Потому что жизнь не ждет.
> Не оглянешься — и святки.
> Только промежуток краткий,
> Смотришь, там и новый год.
>
> Снег идет густой-густой.
> В ногу с ним, стопами теми,
> В том же темпе, с ленью той,
> Или с той же быстротой,
> Может быть, проходит время?[2]

---

① *Евтушенко Е. А.* Бог становится человеком // *Евтушенко Е. А.* Волчий паспорт. М. : Издательство Вагриус, 1998. С. 412.

② *Пастернак Б. Л.* Снег идет // *Пастернак Б. Л.* Полное собрание сочинений: в 11 т. Т. 2. М. : Издательство СЛОВО / SLOVO, 2004. С. 178.

Пастернак остро ощущает скоротечность времени, неумолимое приближение конца собственной жизни, и при этом принципиально декларирует «невключение» себя в контекст советской эпохи—новый год у него идет после святок, как это было принято в дореволюционном летоисчислении. Он не верит в то, что пришли другие времена, не верит в «оттепель», которая по-настоящему изменит существующее положение дел в стране и культуре—все это подсказывает Пастернаку его собственный жизненный опыт.

В тексте Евтушенко—предвкушение, ожидание чего-то нового и обязательно прекрасного:

А снег идет, а снег идет,

И все вокруг чего-то ждет...

Под этот снег, под тихий снег,

Хочу сказать при всех:

«Мой самый главный человек,

Взгляни со мной на этот снег —

Он чист, как то, о чем молчу,

О чем сказать хочу».

Кто мне любовь мою принес?

Наверно, добрый Дед Мороз.

Когда в окно с тобой смотрю,

Я снег благодарю.

А снег идет, а снег идет,

И все мерцает и плывет.

За то, что ты в моей судьбе,

Спасибо, снег, тебе. ①

Для Евтушенко снег—аналог новой, чистой страницы в жизни, которая, вне сомнения, будет обязательно счастливой! Эти строки молодого поэта не содержат в себе глубоких, философских размышлений, а обращены к любимому человеку,

---

① *Евтушенко Е. А.* А снег идет... URL: https://www. culture. ru/poems/26463/a-sneg-idet (дата обращения: 07.03.2021).

и за эту любовь он с непосредственным очарованием юности благодарит Деда Мороза и этот снег. Для него и его поколения все только начинается: недаром эти стихи, положенные впоследствии на музыку композитором А. Эшпаем, превратились в один из самых известных и любимых хитов «оттепели».

Евтушенко отмечает еще одну поразившую его особенность Пастернака — гармоничную вписанность великого поэта в окружающую природу. Столичный житель, родившийся в центре Москвы, Пастернак казался Евтушенко естественной частью природного пейзажа, поэтому так ярко и правдоподобно воспринимаются все описанные им процессы цветения растений, пения птиц, перемены погоды: ... кажется, что прямо из страницы высовывается ветка сирени, отяжеленная влажными лиловыми цветами, в которых возятся золотые пчелы».①

> Душистою веткою машучи,
> Впивая впотьмах это благо,
> Бежала на чашечку с чашечки
> Грозой одуренная влага...
>
> Пусть ветер, по таволге веющий,
> Ту капельку мучит и плющит.
> Цела, не дробится, — их две еще
> Целующихся и пьющих.②

Пастернак также высоко оценил стихи Евтушенко, особенно его лирику. Всю свою долгую творческую жизнь Евтушенко неизменно возвращался к личности и литературному наследию Пастернака, апофеозом которой стало завещание, где он просил похоронить себя в Переделкино, рядом с пастернаковской могилой.

Б. Ахмадулина изначально определила для себя фигуру Б. Пастернака, как и А. Ахматовой, в качестве своего рода литературных божеств, которыми надлежит восхищаться со стороны, через их творчество, не пытаясь приблизиться к ним для «фамильярного» знакомства. Ей почти удалось это: только один раз

---

① *Евтушенко Е. А.* Бог становится человеком // *Евтушенко Е. А.* Волчий паспорт. М. : Издательство Вагриус, 1998. С. 407.

② *Пастернак Б. Л.* Душистою веткою машучи... // *Пастернак Б. Л.* Полное собрание сочинений: в 11 т. Т. 1. М. : Издательство СЛОВО / SLOVO, 2003. С. 127.

она столкнулась с Пастернаком во время прогулки в Переделкино и, получив радушное приглашение заходить в гости, не воспользовалась им. Однако впечатлений от этой крошечной встречи Ахмадулиной хватило на то, чтобы описать ее дважды, в прозе и стихах: «Он вышел из убогой чащи переделкинских дерев поздно вечером в октябре, более двух лет назад. На нем был грубый и опрятный костюм охотника: синий плащ, сапоги и белые вязаные варежки. От нежности к нему, от гордости к себе я почти не видела его лица—только ярко-белые вспышки его рук во тьме слепили мне уголки глаз. Он сказал: "О, здравствуйте! Мне о Вас рассказывали, и я Вас сразу узнал..."»[①] и далее:

> Уж занавес! Уж освещают тьму!
> Еще не все. — так заходите завтра! —
> О тон гостеприимного азарта
> что ведом лишь грузинам и ему.
>
> Но должен быть такой на свете дом
> куда войти—не знаю! Невозможно
> И потому, навек неосторожно,
> я не пришла не завтра, не потом.
>
> Я плакала меж звезд, дерев и дач—
> после спектакля в гаснущем партере,
> над первым предвкушением потери
> так плачут дети, и велик их плач. [②]

Но все же и ахмадулинская судьба оказалась связанной с Пастернаком, не ограничившись его творческим влиянием на ее поэзию. В дни общественной травли Пастернака за публикацию романа «Доктор Живаго» за рубежом и последующее за этим награждение автора Нобелевской премией, именно Ахмадулина совершает свой первый смелый гражданский поступок во имя подлинного искусства. Она демонстративно отказывается принимать участие в шельмовании Пастернака,

---

① *Ахмадулина Б. А.* Лицо и. голос // *Ахмадулина Б. А.* Пуговица в китайской чашке. М.: Издательство Астрель Олимп, 2011. С. 477.

② *Ахмадулина Б. А.* Лицо и. голос // *Ахмадулина Б. А.* Пуговица в китайской чашке. М.: Издательство Астрель Олимп, 2011. С. 479.

признавшись в любви к его поэзии, за что ее на год исключают из Литературного института.

> Я пропал, как зверь в загоне.
>
> Где-то люди, воля, свет,
>
> А за мною шум погони,
>
> Мне наружу ходу нет. 〈...〉
>
> Что же сделал я за пакость,
>
> Я убийца и злодей?
>
> Я весь мир заставил плакать
>
> Над красой земли моей. ①

Впрочем, Ахмадулина никогда не считала свое поведение в той ситуации героическим, утверждая, что у нее не было иного выхода, да и то событие впоследствии трактовала как незначительное: «Мелкую подробность моей весны того года не хочу упоминать за ничтожностью, но пусть будет: из малостей состоит всякий сюжет, из крапинок—цвет. Велели отречься от него. Но какое счастье: не иметь выбора, не уметь отречься—не было у меня такой возможности. Всего лишь—исключили из Литературного института, глумились, угрожали арестом—пусто это все. Лицо его и голос—вот перед чем хотелось бы не провиниться, не повредить своей грубой громоздкостью хрупкости силуэта, прочности осанки,—да не выходит»②.

Поэты Оттепели всю жизнь считали себя прямыми наследниками творчества Пастернака, он являлся для них одним из самых значительных литературных авторитетов. Тот факт, что Борис Пастернак дожил до появления в литературе поколения, которое провозгласило его своим литературным кумиром и образцом для подражания, свидетельствует о непрерывности поэтической традиции в России, несмотря на все социальные катаклизмы.

（编校：王　永）

---

① *Пастернак Б. Л.* Нобелевская премия // Л. *Пастернак Б. Л.* Полное собрание сочинений: в 11 т. Т. 2. М: СЛОВО / SLOVO, 2004. С. 194-195.

② *Ахмадулина Б. А.* Лицо и. голос // *Ахмадулина Б. А.* Пуговица в китайской чашке. М.: Издательство Астрель Олимп, 2011. С. 475.

Борис Пастернак: к вопросу о творческой репутации писателя

М. М. Голубков

(Московский государственный университет, Россия)

Аннотация: Статья посвящена формированию и изменению во времени творческой репутации писателя. Ставится вопрос о том, насколько творческая репутация плодотворна для писателя, как она влияет на его отношения с читателями. Показано, что репутация часто заслоняет от читателя сделанные тем или иным писателем художественные открытия. В статье предпринята попытка показать эволюцию творческой репутации Бориса Пастернака, вскрыть механизмы ее формирования, показать отношения художника и власти. Репутация Б. Пастернака сопоставляется с репутацией его литературных антиподов— М. Горького и Ю. Бондарева.

Ключевые слова: Пастернак; М. Горький; Ю. Бондарев; творческая репутация; литература и власть; творческое поведение

Мистика цифр, тем более цифр юбилейных, бывает иногда поразительна. Юбилейные даты одного года иногда сводят вместе писателей, которые, казалось бы, противоположны друг другу в художественном и идеологическом отношении, но встреча их в одном юбилярном статусе не только обнаруживает невидимые ранее схождения, но и меняет их творческие репутации. Меняет уже тогда, когда жизненный путь завершен и репутации, как кажется, сложились уже навсегда.

130 лет тому назад родился Борис Пастернак. И его юбилей не только заставил говорить о его месте в русской литературе XX века, месте прочно и безоговорочно утвержденном, но поставил и целый ряд вопросов литературной и внелитературной истории. Это вопрос о творческой репутации писателя. О том,

каковы механизмы ее формирования. О причинах ее изменчивости—как при жизни, так и после ухода любого крупного художника.

Когда мы говорим о юбилярах, перешагнувших вековой рубеж, ясно, что этих людей давно нет. Но в 2020 году случилось еще одно событие, отнюдь не празднично-юбилейное, напротив, весьма грустное: ушел из жизни последний писатель военного поколения Юрий Васильевич Бондарев. Его столетие еще впереди и придется на 2024 год. Но 2020 год, когда завершился жизненный путь писателя-фронтовика, ставит его имя и творчество в контекст юбилейных дат: как сказал Пастернак о другом герое войны, «Он перешел земли границы / и будущность, как ширь небесная / Уже сияет, а не снится / Приблизившаяся, чудесная». И репутация Ю. Бондарева, ее эволюция, дают богатую пищу для размышлений.

Писательская репутация—явление сложное и опасное, и редко когда она писателю помогает, скорее, наоборот. Бывает, что репутация заслоняет реальный вклад художника на литературу. Так, например, репутация Максима Горького, как автора «Старухи Изергиль», романа «Мать» и «Песни о буревестнике», буревестника революции и основоположника соцреализма, заслоняет от читательских поколений тот масштаб творческой личности, который встает за томами «Жизни Клима Самгина», цикла рассказов 1922 — 1924 годов, поздних драматургических опытов 30-х годов. Репутация бонвивана, способного приспособиться к любому политическому режиму, точно запечатленная в рассказе А. И. Солженицына «Абрикосовое варенье», заслоняет подлинный, и весьма немалый, вклад в литературу Алексея Толстого, автора «Хождения по мукам» и «Петра Первого».

Что вообще формирует писательскую репутацию? Ответ, казалось бы, очевиден: созданные произведения, их художественная ценность и идеологическая наполненность. Однако это далеко не всегда так! Не меньшую, а иногда и большую роль, играет бытовое поведение писателя, сознательно или бессознательно принятое амплуа, отношения с властью, которые тоже являются объектом осознанного созидания, биография, эволюция творческих и идеологических воззрений.

Творческая репутация Пастернака на протяжении последних ста с лишним лет претерпевала глубочайшие изменения. Если говорить о футуристическом периоде его творчества, то репутация собственная тогда еще не сформировалась,

Пастернак примерял, скорее, репутацию футуриста вообще, ему не очень шедшую и противоречащую его личностной сути и творческим устремлениям. Да и от футуризма Пастернак довольно скоро отходит. Формирование его подлинной репутации приходится на первую половину 30-х годов, когда Сталин пробует его на открытую «вакансию поэта»—официального поэта советской страны и новой эпохи. Пастернак обласкан властью, сидит в президиуме I съезда советских писателей, с тоской вглядываясь в лица тех, кто в зале. Эта роль настолько противоречит его натуре, что он прямо отказывается ее играть, и тут же следует опала, длящаяся до конца жизни и завершившаяся безобразной и неприличной всесоюзной травлей за публикацию в Милане романа «Доктор Живаго» (1957) и последующее присуждение Нобелевской премии (1958), получить которую ему так и не дали. Ни отказ от премии, ни публичные покаяния, которые писали за Пастернака близкие ему люди, а он не читая подписывал, ситуацию изменить не смогли. Репутация предателя сформировалась в сознании людей, далеких от литературы, и выразилась в ставшей крылатой фразе: «не читал, но осуждаю». Вошедшая в русский язык в ироническом значении, она показывает, насколько далеки друг от друга могут быть истинный вклад писателя на литературу и репутация, созданная лживой заушательской критикой.

Однако и после смерти репутация писателя может меняться. Редчайшие советские издания лирики Пастернака тут же становились библиографической редкостью, а роман «Доктор Живаго» был манящей тайной. Читать его хотелось всем, и за писателем закрепилась слава непризнанного в своем отечестве художника-пророка. Этой репутации через три десятилетия после смерти художника предстояло выдержать испытание знакомством читающей публики с реальными текстами Пастернака.

Борис Пастернак, чье 130-летие мы отметили в 2020 году, и Юрий Бондарев, в том же году ушедший из жизни, демонстрируют удивительные способности писательских репутаций к эволюции. Но сходились они и раньше. Автор этих строк помнит один из таких эпизодов: два писателя, разделенных временем и пространством, реальная встреча которых была невозможна, как будто сошлись в споре на глазах огромной студенческой аудитории. Это случилось на встрече Ю. Бондарева со студентами филологического факультета в конце 80-х годов.

Речь зашла о «Докторе Живаго»—когда, дескать, напечатаете (как будто именно Бондарев принимал решение о публикации романа Пастернака и всячески ему препятствовал). Писатель ответил то, что он по этому поводу думал: роман скучный и неинтересный. Да и антисоветский к тому же. Когда будет напечатан? — слышалось из аудитории. Вы хотите читать это? — спросил Бондарев. На минуту настала тишина, и кто-то громко ответил: да! Тогда вам надо жить при другой социальной системе, — с грустью ответил писатель. И ведь правду ответил: при иной социальной системе мы сейчас живем, свободно читая «Доктора Живаго». Много лет спустя автор этих строк узнал, что «Да!» сказал писатель Алексей Варламов, тогда студент филфака.

Этим ответом Ю. Бондарев обозначил границу между собой и революционно настроенной студенческой аудиторией: в революцию и новую социальную систему — без меня. Тогда мне было жалко, что он не с нами, взыскующими Пастернака, Набокова, Ходасевича и Адамовича, парижскую ноту, русский Берлин и пр. Сейчас не могу не оценить его честность и прямоту. Он прекрасно понимал, что этим ответом перечеркивает прежнюю свою репутацию и определяет новую — советского ретрограда и адепта охранительной идеологии (хотя охранять в те последние советские годы было, в сущности, уже нечего).

Роман был опубликован на родине в 1988 году. Тогда стало ясно, что понять его, а уж тем более обнаружить все смысловые пласты, будет непросто. Тогда же появилась отсылка к опыту прежних читателей, в том числе, Первого секретаря ЦК КПСС Н. С. Хрущева, на время которого пришлась травля писателя. Будучи на пенсии и прочитав на досуге роман, он был удивлен, не найдя там ничего специфически антисоветского (как сам его понимал) — и выразил удивление по поводу причин уничтожения писателя, сожалея, что не прочел роман тогда. Уж он бы прекратил разгул критики! Обращение к такому наивному читательскому опыту дополнилось и непониманием профессиональной критики. Доктор филологических наук, главный редактор журнала «Вопросы литературы» Д. Урнов, например, выступил со статьей «Безумное превышение своих сил...»[①], намекая на то, что сил воплотить собственный художественный замысел у Пастернака не хватило. Даже профессиональному литературоведению этот роман оказался поначалу не по зубам.

Почему? В силу его принципиальной новизны. Опыт Пастернака

---

① *Урнов Д. М.* «Безумное превышение своих сил»: «Доктор Живаго» Бориса Пастернака // *Урнов Д. М.* Пристрастия и принципы: Спор о литературе. М.: Издательство Советский писатель, 1991.

показывает, сколь неожиданные и замечательные явления может дать совмещение реалистической и модернистской эстетики, столь очевидные в художественном мире романа «Доктор Живаго». В сущности, это последний роман, в котором прямо воплотились все художественные открытия Серебряного века. Осмыслением этих открытий и формированием репутации Пастернака как крупнейшего художника первой половины XX века мы обязаны академическому литературоведению, в первую очередь, Б. Гаспарову, автору книги «Литературные лейтмотивы»①.

В сущности, именно с этой книжки началось литературоведческое осмысление мотивной и сюжетной структур романа, особенностей его построения.

В романе, где пересекается множество частных судеб на фоне глобальных исторических событий, Пастернаку приходится находить композиционные приемы, которые помогли бы соподчинить сюжетные линии, посвященные отдельным героям. Эту же задачу решает для себя и Юрий Андреевич Живаго— ведь он тоже художник, поэт. «Он подумал о нескольких, развивающийся рядом существованиях, движущихся с разною скоростью одно возле другого, и о том, когда чья-нибудь судьба обгоняет в жизни судьбу другого, и кто кого переживает. Нечто вроде принципа относительности на житейском ристалище представилось ему». Особую роль на этом «житейском ристалище» играют женские образы. Отношение разных героев к одной и той же женщине позволяет сопоставить их в художественной системе образов романа.

Пастернак передоверяет своему герою цикл стихов, завершающих роман. Такой композиционный прием сообщает произведению дополнительный объем, делает события, изображенные в романе, не только достоянием прозаического повествования, но и представляет лирический план: сознание героя-поэта преображает события романного сюжета в поэтическую форму, придавая им, таким образом, новые смысловые грани, обнаруживая связи, о которых не догадываются герои. Так, елке у Свентицких, где Лара будет стрелять в Комаровского, предшествует эпизод, сведший воедино всех участников любовной драмы романа, но они и не подозревают об этом. Перед своим неудачным выстрелом Лара заходит к Паше Антипову и, желая успокоиться, просит зажечь

---

① *Гаспаров Б. М.* Временной контрапункт как формообразующий принцип романа Пастернака « Доктор Живаго» // *Гаспаров Б. М.* Литературные лейтмотивы. Очерки по русской литературе XX века. М. : Издательство Наука, 1993.

свечу. Паша «сменил огарок в подсвечнике на новую целую свечу, поставил на подоконник и зажег ее. Пламя захлебнулось стеарином, постреляло во все стороны трескучими звездочками и заострилось стрелкой. Комната наполнилась мягким светом. Во льду оконного стекла на уровне свечи стал протаивать черный глазок». Когда Юра и Тоня проезжают в санях по Камергерскому, «Юра обратил внимание на черную протаявшую скважину в ледяном наросте одного из окон. Сквозь эту скважину просвечивал огонь свечи, проникавший на улицу почти с сознательностью взгляда, точно пламя подсматривало за едущими и кого-то поджидало. "Свеча горела на столе. Свеча горела" — шептал Юра про себя начало чего-то смутного, неоформившегося, в надежде, что продолжение придет само собой, без принуждения. Оно не приходило». Ни Юра не узнает никогда, что за заиндевевшем окном Камергерского переулка Лара смотрит на ту же свечу, что навевает некие смутные пока строки Живаго, ни Паша, ни Тоня, но преображенный поэтической волей, этот эпизод получает бытийный смысл, сводя в художественном пространстве романа людей, чьи судьбы трагическим образом переплетутся. Об этом эпизоде читатель вспомнит уже прочитав роман, ища отражения его коллизий в поэтическом живаговском цикле:

> Мело, мело по всей земле
> Во все пределы.
> Свеча горела на столе,
> Свеча горела.

Эта свеча соединит главных героев романа и отразится в лирике Живаго — но никто из героев так и не узнает, что их судьбы завязаны этой свечей. Такой принцип композиционного решения Б. Гаспаров называл контрапунктом. Выделяя несколько контрапунктов в романе, исследователь показывал, как традиционные функции сюжета слабеют и вытесняются иными, характерными для модернистского романа.

Жизненная позиция Живаго противопоставлена в романе мироощущению другого героя — Антипова-Стрельникова. Они включены в один любовный треугольник, оба безумно и безоглядно любят Лару, судьба которой тоже проходит через весь роман. Лара для Пастернака — воплощение извечной женской тайны, непостижимости женской красоты. Любовь к ней становится для Юрия Андреевича великим счастьем, дарованным судьбой. Именно близость с ней открывает ему высшую красоту простого счастья, способного противостоять любым историческим катастрофам.

Иная судьба у Антипова. В нем сказалась ошибочная и греховная, с точки зрения Пастернака, неудовлетворенность тем, что имеет человек; желание бросить все, с отчаянной беспощадностью разорвать узы, связывающие его с самыми любимыми людьми: женой Ларой и дочерью. Желая заслужить то, что он уже имеет—их любовь,—он отправляется на фронт и затем, переплавленный, перемолотый гражданской войной, становится красным комиссаром Стрельниковым, которого люди предпочитают звать Расстрельниковым. Сея вокруг себя смерть, несясь на бронепоезде, изрыгающем на все что оказывается рядом потоки огня, пуль и снарядов, по выжженной и выстывшей России, он забывает о жене и дочери, забывает о своей любви и том тепле, которое могло бы его согреть в бескрайних заснеженных пространствах обезлюдевшей родины. Лара находит удивительные слова для того, чтобы объяснить, что происходит с ее бывшим мужем: он разобиделся на что-то такое в жизни, на что не обижаются. Он стал дуться на ход событий, на историю. Пошли его размолвки с ней. Он ведь и по сей день сводит с ней счеты».

На протяжении романа Живаго и Антипов встречаются не один раз. Однажды Юрий Андреевич оказывается на волоске от смерти, и лишь случайная искра человеческого участия, промелькнувшая между ними и отозвавшаяся в комиссаре, спасает Живаго от расстрела. Свои последние дни перед самоубийством Стрельников, бывший некогда просто добрым и сердечным московским мальчиком Пашей Антиповым, безумно влюбленным в красавицу Лару, проведет с Живаго в его отдаленном скрытом от посторонних глаз заснеженном убежище. Испепеленный, выжженный дотла гражданской войной, опустошенный смертями, сеянными им самим вокруг себя, потерявший все, что имел некогда, не сумев сберечь главное богатство, дарованное жизнью—дочь и жену—он заканчивает жизнь самым привычным и доступным для себя средством: пулей. Юрий Живаго, чуть ли не на глазах у которого случилось это самоубийство, видит, как «в нескольких шагах от крыльца, вкось поперек дорожки, упав и уткнувшись головой в сугроб, лежал застрелившийся Павел Павлович. Снег под его левым виском сбился красным комком, вымокши в луже натекшей крови. Мелкие, в сторону брызнувшие капли крови скатались со снегом в красные шарики, похожие на ягоды мерзлой рябины».

Истоки трагической судьбы Стрельникова—в том конфликте личности и истории, который, по мысли Пастернака, может иметь единственное разрешение: гибель личностного, индивидуального начала в человеке. Рассказывая об Антипове, уже ставшем комиссаром Стрельниковым, Лара отмечает важную деталь: «Я нашла, что он почти не изменился. То же красивое, честное, решительное лицо, самое честное изо всех лиц, виденных мною на свете. И все же одну перемену я отметила, и она встревожила меня. Точно что-то отвлеченное вошло в этот облик и обесцветило его. Живое человеческое лицо стало олицетворением, принципом, изображением идеи... Я поняла, что это следствие тех сил, в руки которым он себя отдал, сил возвышенных, но мертвящих и безжалостных, которые и его когда-нибудь не пощадят». Человек, теряющий свою индивидуальность и частность под воздействием любой силы, даже такой, как революция, гражданская война, влекомый чувством долга перед народом, сбивается со своего пути и теряет все. Историческая катастрофа произошла потому и тогда, когда человек утратил веру в свое право личностного, только ему присущего взгляда. «Тогда пришла неправда на русскую землю. Главной бедой, корнем будущего зла была утрата веры в ценность собственного мнения. Вообразили, что время, когда следовали внушению нравственного чутья, миновало, что теперь надо петь с общего голоса и жить чужими, всем навязанными представлениями. Стало расти владычество фразы, сначала монархической — потом революционной». Фразы, нивелирующей в человеке индивидуальное, лишь ему присущее; фразы, делающей человека исполнителем чужой воли.

Значение этого романа для русской литературы трудно переоценить. Роман завершает литературный период первой половины XX столетия. Во-первых, потому, что это последний роман, написанный художником Серебряного века и воплотивший в себе блестящие художественные открытия русского модернизма. А во-вторых, потому, что он отрицал общепринятую апологетическую концепцию русской революции и утверждал свою, показывая, сколь драматичны могут быть отношения личности и истории. Художественные открытия и богатейшая проблематика «Доктора Живаго» формируют и нынешнюю репутацию его автора как одного из ярчайших художников первой половины XX века. Академическое изучение творчества писателя закрепило за ним эту славу.

（编校：索菲亚）

Борис Пастернак и «Новый мир»

В. А. Губайловский

(Редакция журнала «Новый мир», Россия)

Аннотация: Борис Пастернак был связан с «Новым миром» на протяжении 35 лет своей жизни. Он публиковал в журнале стихи, прозу, переводы. Здесь, в редакции «Нового мира», осенью 1946 года Пастернак встретил Ольгу Ивинскую, которой посвящены многие стихотворения из цикла «Стихотворения Юрия Живаго», завершающего роман «Доктор Живаго». «Новый мир» же связан с Пастернаком и его творчеством на протяжении всей своей почти столетней истории. Именно в этом журнале опубликовано самое известное произведение Пастернака «Доктор Живаго».

Ключевые слова: Борис Пастернак; «Новый мир»; «Доктор Живаго»; Ольга Ивинская; Михаил Шолохов

Начало

Первая публикация Бориса Пастернака в «Новом мире» состоялась во 2-м номере 1926 года. В это время Пастернак уже был признанным поэтом, а «Новый мир» выходил второй год (первый номер журнала вышел в январе 1925-го) и только обретал свое лицо, искал своих авторов и определял журнальную политику.

В 1926 году в редакцию журнала пришел Вячеслав Полонский (1886 — 1932) — известный редактор и критик, на тот момент главный редактор журнала

«Печать и революция»①.

Номинально в журнале не было должности главного редактора (она появилась только в 1946 году, и первым главным редактором «Нового мира» стал Константин Симонов). Журнал с момента его основания возглавляли Анатолий Луначарский (на тот момент нарком просвещения) и Юрий Стеклов, но оба они были заняты, в основном, другими своими обязанностями. Стеклов возглавлял «Известия ВЦИК», а «Новый мир» издавался на базе «Известий»②.

Именно Вячеслав Полонский и начал строить журнал. Пастернака он высоко ценил и пользовался расположением поэта. Пастернак за 35 лет сотрудничества с «Новым миром» работал со многими главными редакторами, но только с Полонским, который был старше его на четыре года, это были отношения равных, хотя у двоих были очень разные судьбы: Полонский был профессиональным революционером, членом РСДРП (фракция меньшевиков) с 1905 года.

Акростих

1920-ые годы в творчестве Пастернака—время больших поэм. Тогда написаны все его крупные стихотворные произведения, в том числе, «1905 год» и «Лейтенант Шмидт».

Первой публикацией Пастернака в «Новом мире» стала глава из поэмы «1905 год» под названием «Потемкин» («Новый мир», 1926, № 2). В более поздних книжных переизданиях глава была переименована и получила название «Морской мятеж».

В 1926 году Пастернак предложил журналу только что написанную поэму «Лейтенант Шмидт». Поэма была принята, и ее публикация началась в том же 1926 году в сдвоенном номере № 8-9, и началась она со скандала.

Пастернак предпослал поэме посвящение Марине Цветаевой. Посвящение представляло собой акростих, где имя «Марине Цветаевой» читалось по первым буквам:

---

① Полонский—это псевдоним, настоящая фамилия—Гусин. Вячеслав Полонский. URL: http://az. lib. ru/p/polonskijwp/text1978bio. shtml (дата обращения: 13. 02. 2021). О Полонском см. : *Дементьев А. Д.* , *Дикушина Н. И.* Пройденный путь // Новый мир. 1965. № 1. C. 236-238.

② *Дементьев А. Д.* , *Дикушина Н. И.* Пройденный путь. // Новый мир. 1965. № 1. C. 236-240.

Мельканье рук и ног, и вслед ему:

«Ату его сквозь тьму времен! Резвей

Реви рога! Ату! А то возьму

И брошу гон и ринусь в сон ветвей».

Но рог крушит сырую красоту

Естественных, как листья леса, лет.

Царит покой, и что ни пень—Сатурн.

Вращающийся возраст, круглый след.

Ему б уплыть стихом во тьму времен;

Такие клады в дуплах и во рту.

А тут носи из лога в лог: ату!

Естественный, как листья леса, стон.

Век, отчего травить охоты нет?

Ответь листвой, стволами, сном ветвей

И ветром и травою мне и ей. ①

    Цветаевой поэма не нравилась, и она неоднократно в письмах просила Пастернака посвящение снять. Он этого не сделал, и посвящение было опубликовано. Полонский его пропустил, несмотря на всю его небезобидность: Цветаева не только жила в эмиграции, но и не скрывала своего негативного отношения к советской власти. Пастернаку пришлось писать Полонскому письмо и приносить свои извинения.

    В письме Цветаевой Пастернак так описал случившееся: « Раз случился скандал. Надо тебе знать, что я проворонил корректуру 1-й части Шмидта, и по этой случайности вещь осталась как бы за тобой, т. е. акростих был напечатан. Поначалу его не прочли (прописная колонка не была выделена). Когда же (удружил один приятель) уже по прошествии двух месяцев после выпуска эта "тайна" была раскрыта, редактор, относившийся ко мне, не в пример многим тут, исключительно хорошо, стал рвать и метать, заговорил о черной моей неблагодарности и не пожелал больше никогда ни видеть меня, ни слышать, ни, следовательно, и объясняться. Напуганного всем происшедшим приятеля секретари " Нового Мира " поспешили успокоить фразой, заставившей меня

---

① *Пастернак Б. Л. «Лейтенант Шмидт».* Часть первая. Посвященье. // Новый мир. 1926. № 8-9. С. 32. Сохранена пунктуация журнальной публикации.

сердечно пожалеть о недоразуменьи, обидевшем такого человека. Он, сказали они, слишком любит Цветаеву и Пастернака, дело обойдется, это размолвка ненадолго. —Представь, он вообразил, что это я ему подсунул, чтобы его одурачить. Я ему написал письмо, где всем вещам (в том числе и его мыслям) вернул поколебленное достоинство. Это прекрасный человек, и он ведет журнал лучше, чем это возможно в оглоблях, в которые взяты здесь ответственные редактора». [1] Из этого письма видно, насколько хорошо Пастернак относился к Полонскому и как высоко ценил их отношения.

В том же письме Пастернак пишет Цветаевой слова, которые мало могли ее порадовать: «Ты—за границей, значит имя твое тут—звуковой призрак» [2]. Навряд ли поэтессе было приятно слышать о своей незначительности.

Позднее Полонский и Пастернак благополучно помирились, и поэма «Лейтенант Шмидт» была полностью опубликована в 1926—1927 годах[3].

А в 1929 году в № 7 была опубликована небольшая (39 журнальных полос) «Повесть» Пастернака. В ее начале автор говорит: «Вот уже десять лет передо мной носятся разрозненные части этой повести...» Действие «Повести» происходит на Урале, и в пейзажах и героях еще негромко, но уже вполне отчетливо угадываются будущие страницы «Доктора Живаго».

Пастернак в дневниках Вячеслава Полонского

В 2008 году в «Новом мире» были опубликованы дневники Вячеслава Полонского, подготовленные Сергеем Шумихиным[4]. Очень много сделала для подготовки этой публикации Ирина Роднянская, в тот момент возглавлявшая отдел критики «Нового мира». В этих дневниках Полонский много пишет о «литературном быте», о взаимоотношениях литераторов, о работе журнала. В частности, он вспоминает и о Пастернаке.

---

[1] *Пастернак Б. Л.* Полное собрание сочинений: в 11 т. Т. 8. М.: Издательство СЛОВО / SLOVO, 2003—2005. С. 9. Здесь и далее ссылки на ПСС даются в тексте в круглых скобках с указанием тома и страницы.

[2] *Пастернак Б. Л.* Полное собрание сочинений: в 11 т. Т. 8. М.: Издательство СЛОВО / SLOVO, 2003—2005. С. 9. Здесь и далее ссылки на ПСС даются в тексте в круглых скобках с указанием тома и страницы.

[3] *Полонский В. П.* Моя борьба на литературном фронте. // Новый мир. 1926. № 8-9; 1927. № 2-5.

[4] *Полонский В. П.* Моя борьба на литературном фронте. // Новый мир. 2008. № 1-6.

«28/IV，31. Вчера，на вечере в "Новом мире"，[Асеев] читал поэму про ОГПУ…После Маяковского—считает себя "первым". Берет себя в руки и заставляет себя делать вещи，которые，по его мысли，"нужны" эпохе. Выполняет "социальный заказ". Но выходит холодно，без огня…Прекрасен был Пастернак—прочитал тонкие，лирические вещи，малопонятные，но захватившие всех. Есть в них глубочайшее，действительно как музыка，чувство. Даже Калинин，когда его спросили о Пастернаке，ответил："Ну что ж，о Пастернаке я не говорю. Он лирик." Это значит—Пастернак ему понравился больше… Один из писателей задал вопрос Калинину："А как вы находите Пастернака?" Калинин ответил："У него большое достоинство：он пишет кратко."①

Присутствовавший на вечере Михаил Калинин был в это время председателем Центрального исполнительного комитета СССР（ЦИК СССР）— высшего органа государственной власти СССР в 1922—1938 годах. Количество председателей было равно количеству союзных республик. Калинин был председателем от РСФСР，то есть своего рода «главным председателем»②. Присутствие на вполне обычном поэтическом вечере государственного деятеля такого уровня дает некоторое представление о том，насколько серьезно власть относилась к литературе.

Тогда，как в 1931 году правительственный чиновник такого уровня еще мог прийти на вечер，в дальнейшем писателей и редакторов «вызывали на ковер» в высокие кабинеты.

Запись из дневника Полонского от 12/III. 31：«Маяковский ненавидел，когда с ним не соглашались. Пастернак был его давним "другом". Но лефы всячески поддерживали славу Пастернака. Им он нужен был как "леф". Но когда после моего столкновения с ЛЕФом Пастернак взял мою сторону—они его возненавидели. Помню вечер у Маяковского. Пьем глинтвейн. Говорим о литературе. Пастернак，как всегда，сбивчиво，путано，клочками выражает свои мысли. Он идет против Маяковского. Последний в упор，мрачно，потемневшими глазами смотрит в глаза Пастернака и сдерживает себя，чтобы не оборвать его. Желваки ходят под кожей около ушей. Не то презрение，не то ненависть，пренебрежение выдавливается на его лице. Когда Пастернак кончил，Маяковский

---

① *Полонский В. П.* Моя борьба на литературном фронте. // Новый мир. 2008. № 4. С. 131-132.

② **Михаил Иванович Калинин.** URL：https://ru. wikipedia. org/wiki/Калинин,_Михаил_Иванович（дата обращения：08. 02. 2021）.

с ледяным, уничтожающим спокойствием обращается к Брику:

— Ты что-нибудь понял, Ося?

— Ничего не понял, — в тон ответил ему Брик.

Пастернак был уничтожен.

Но Пастернак был из тех немногих, кто настоящими слезами оплакивал Маяковского. Он любил его неподдельно»[①].

В «Новом мире», 1931, № 1 было опубликовано стихотворение Пастернака памяти Маяковского.

Полонского сняли с должности редактора «Нового мира» в конце 1931 года. В феврале 1932 года он неожиданно скончался в возрасте 46 лет. Он умер в поезде из Магнитогорска, куда ездил в командировку. Но сотрудничество Пастернака с «Новым миром» не только не закончилось, а напротив—стало даже более интенсивным, чем при Полонском.

Журнальный разворот

В 1931 и 1932 годах стихи Пастернака появлялись на страницах «Нового мира» регулярно: 5 подборок за каждый год. В 1932 году в 9 номерах публиковался роман Михаила Шолохова «Поднятая целина». И не один раз они сходились на одном журнальном развороте[②].

Мало кто мог в 1932 году предположить, что на соседних журнальных полосах «Нового мира» опубликованы два будущих нобелевских лауреата. Но уже в 1946 году—через 14 лет—срок не слишком большой по меркам человеческой жизни,—имя Бориса Пастернака появилось в нобелевских номинационных списках. А на следующей год—в 1947-м—был впервые номинирован и Михаил Шолохов.

После того, как в 2000 году к столетию премии были открыты архивы Нобелевского комитета, стало известно, что Пастернака номинировали в 1946,

---

① *Полонский В. П.* Моя борьба на литературном фронте // Новый мир. 2008. № 2. С. 152.

② *Полонский В. П.* Моя борьба на литературном фронте. // Новый мир. 1932, № 3, С. 43-44. На 43-й странице окончание очередного продолжения «Поднятой целины», на 44 странице начало стихотворения Пастернака «Весеннею порою льда...»

1948, 1950, 1957 годах, и в 1958 году премия была присуждена[①], а Шолохова—в 1947, 1948, 1949, 1950 годах, и в 1965[②] премия наконец была вручена.

Причем в конце 1940-х шансы Шолохова были выше—номинацию 1948 года сделал Нобелевский комитет, а к собственным номинациям шведские академики всегда относились очень серьезно.

Нобелевский комитет не разглашает своих номинационных списков 50 лет, но все равно слухи распространяются (всем ведь интересно, кто будет номинирован), и в этом случае слухи оказались верными—уже с 1940-х Пастернак и Шолохов были главными кандидатами на Нобелевскую премию от СССР.

В письме Ольге Фрейденберг Пастернак рассказывает о дошедших до него нобелевских слухах, и имена Пастернака и Шолохова оказываются рядом: ... люди слышали по ВВС будто (за что купил, за то продаю) выдвинули меня, но зная нравы, запросили согласия представительства, ходатайствовавшего, чтобы меня заменили кандидатурой Шолохова, по отклонении которого комиссия выдвинула Хемингуэя, которому, вероятно, премию и присудят». (X, 41, письмо 31 июля 1954 года).

Ни Пастернака, ни Шолохова в списках номинантов 1954 года нет, а вот имя лауреата угадано верно—премию получил Эрнест Хемингуэй.

В 1956 году Пастернак написал автобиографический очерк в качестве предисловия к предполагавшемуся изданию его стихотворений. Издание не состоялось. Пастернак предложил очерк «Новому миру» в 1957 году под названием «Люди и положения», но журнал от публикации отказался. Очерк вышел в «Новом мире» через 10 лет уже после смерти Пастернака в 1967, в № 10. В нем Пастернак пишет: «В последние годы жизни Маяковского, когда не стало поэзии ничьей, ни его собственной, ни кого бы то ни было другого, когда повесился Есенин, когда, скажем проще, прекратилась литература, *потому что ведь и начало «Тихого Дона» было поэзией, и начало деятельности Пильняка и Бабеля, Федина и Всеволода Иванова*, в эти годы Асеев, отличный товарищ,

---

① Номинации Бориса Пастернака на Нобелевскую премию. URL: https://www. nobelprize. org/nomination/archive/show_people. php? id=7016 (дата обращения: 08. 02. 2021).

② Номинации Михаила Шолохова на Нобелевскую премию. URL: https://www. nobelprize. org/nomination/archive/show_people. php? id=8503 (дата обращения: 08. 02. 2021).

умный, талантливый, внутренне свободный и ничем не ослепленный, был ему близким по направлению другом и главною опорою» (III, 336). В новомирской публикации часть предложения, выделенная курсивом заменена многоточием. Слова Пастернака не только о расстрелянных Пильняке и Бабеле, но и о вполне лояльных Федине и Всеволоде Иванове—вычеркнуты. Вычеркнут и неожиданный комплимент «Тихому Дону». Впрочем, вполне возможно, что редакция так поступила из опасения, что этот комплимент не слишком-то понравится Шолохову. А между тем, слова о «Тихом Доне»—это высшая похвала роману, ведь она исходит от Пастернака, которому и сам Шолохов, и его главный роман были глубоко чужды.

Полностью «Люди и положения» были впервые опубликованы в 1959 году в газете «Новое русское слово», выходившей в Нью-Йорке[1], а в Советском Союзе—в томе пастернаковской прозы «Воздушные пути» в 1983 году[2].

После 1932 года «прекратилась литература» и для самого Пастернака. На страницах «Нового мира» становится все меньше его оригинальных произведений. Публикуются, в основном, переводы, особенно часто—грузинских поэтов. В № 10 за 1936 год вышел цикл «Из летних записок». А следующая и последняя прижизненная публикация стихов Пастернака в «Новом мире» состоялась через 20 лет—в 1956 году в № 10.

Встреча в Настасьинском переулке

За свою почти столетнюю историю редакция «Нового мира» сменила только три адреса—все они недалеко друг от друга на Пушкинской площади в Москве. До 1946 года редакция находилась в здании «Известий», в 1946 году переехала в дом на углу Настасьинского переулка и улицы Чехова (ныне Малая Дмитровка), а в 1964-м разместилась в Малом Путинковском переулке. Там она находится и

---

[1] *Пастернак Е. Б.* Борис Пастернак. Биография. URL: http://www. ruthenia. ru/60s/pasternak/ biografia. htm (дата обращения: 08.02.2021). «Возможно, что причиной возобновившихся угроз была публикация из номера в номер с 12 по 26 января 1959 года Автобиографического очерка Пастернака в эмигрантской газете "Новое русское слово". Пастернак не был никоим образом причастен к этому событию, редакции газеты пришлось вести переговоры с Фельтринелли по поводу злоупотребления авторскими правами».

[2] *Пастернак Б. Л.* Люди и положения. // *Пастернак Б. Л.* Воздушные пути. М.: Советский писатель, 1983. С. 457.

сегодня. В Малом Путинковском Пастернак не бывал, а вот с Настасьинским у него было связано многое. Там он встретил Ольгу Ивинскую.

В своих воспоминаниях Ивинская пишет:

> «В октябре 46-го года редакция "Нового мира" переехала за угол площади Пушкина с четвертого этажа "Известий". Когда-то, в новой нашей резиденции, в теперешнем нашем вестибюле танцевал на балах молодой Пушкин. »

Итак, мы на новом месте. К моменту нашего переезда Александр Сергеевич чугунный еще не был перетащен с Тверского бульвара и не затерялся на фоне модернистского кинотеатра "Россия". Этого стеклянного дворца еще не было совсем.

Вскоре после переезда у нас сменился не только пейзаж в окнах (вместо площади мы теперь видели церквушку Рождества Богородицы "в Путинках", вылезающую милыми неуклюжими лапами на тротуар). Сменилось у нас и начальство. Новый редактор вошел к нам, опираясь на толстую трость, в пижонской лохматой кепке»[1].

Новым редактором стал Константин Симонов, которому было в тот момент 30 лет. Его назначение было важным событием для «Нового мира». «13 апреля 1946 года на заседании Политбюро рассматривается вопрос о работе Управления пропаганды ЦК ВКП(б). На этом заседании Сталин называет самым худшим из толстых журналов московский "Новый мир"»[2].

Все главные редакторы «Нового мира» (и большинство заместителей главного редактора) от Полонского до Залыгина утверждались решением ЦК правящей партии (сначала ВКП(б), потом КПСС). Все годы существования советской власти «Новый мир» был органом государственной пропаганды, что вызывало строгое к нему отношение со стороны начальства.

Симонов попытался исправить положение: напечатал рассказ Андрея Платонова «Возвращение» (1946, сдвоенный № 10-11). Но оказалось, что он не так понял высокое начальство. Рассказ Платонова был подвергнут уничтожающей

---

[1] *Ивинская О. В.* В плену времени. Годы с Борисом Пастернаком. Paris: Librairie Arthème Fayard, 1978. С. 13.

[2] См.: *Бабиченко Д. Н.* Жданов, Маленков и дело ленинградских журналов // Вопросы литературы. 1993. № 3. С. 201-214.

критике. Симонову пришлось исправляться—публиковать «правильных» писателей и поэтов[①].

Но Симонов сделал многое. Он преобразовал реакцию. При нем появилась сама должность «главный редактор» и структура отделов, которая в целом сохраняется до сих пор. № 1 1947 года впервые вышел в том виде, в котором журнал выходит и сегодня, с голубой обложкой и названием, набранным прорезным шрифтом. (Голубой цвет обложки впервые появился еще в 8-м номере 1943 года, но там оставался сплошной рисованный логотип).

Ивинская работала в отделе поэзии. Лидия Чуковская, которая была сотрудником редакции с осени 1946 года до лета 1947, писала, что с работой Ивинская справлялась «неблестяще».

Эмма Герштейн вспоминала, что Ивинская «ненавидела эту работу, держалась за нее только из-за повышенной продовольственной карточки, но и этих благ не хватало, чтобы прокормить двоих детей и мать»[②].

Практически все мемуаристы сходятся на том, что «труд упорный» не был сильной стороной Ольги Ивинской. И все мемуаристы согласны, что в 1946 году 34-летняя Ивинская была очень хороша собой. С Пастернаком Ивинская познакомилась в редакции в Настасьинском переулке в конце 1946 года, и уже через несколько месяцев он назначил ей первое свидание—неподалеку, на Пушкинской площади. Их связь, начавшаяся со знакомства в редакции «Нового мира», продолжилась до самой смерти Пастернака. Она принесла обоим много горя и радости. Когда Ивинская говорила, что это она прототип Лары из «Доктора Живаго»—Пастернак неизменно соглашался. Когда Зинаида Нейгауз утверждала то же самое—Пастернак тоже не отрицал. Что можно сказать с уверенностью—так это то, что именно Ивинской посвящены многие стихотворения из циклов «Стихи доктора Живаго» и «Когда разгуляется».

«Доктор Живаго»

В октябре 1946 года Пастернак написал Симонову и его заместителю

---

① Подробно о публикации рассказа Платонова и последовавшей реакции см. Майофис М. Возвращения блудных отцов: рассказ А. Платонова в литературно-публицистическом контексте 1945—1946 годов // Leo Philologiae. Собрание статей и материалов в честь юбилея Л. И. Соболева. URL: http://novymirjournal.ru/index.php/projects/history/461-maiofis-vozvrasheniya (дата обращения: 08.02.2021).

② *Герштейн Э. Г.* Мемуары. СПб.: ИНАПРЕСС, 1998. С. 502.

Александру Кривицкому (тот самый журналист, который сочинил миф о «28 панфиловцах») письмо, которое является первым публичным свидетельством работы над романом «Доктор Живаго». Письмо было официально адресовано в редакцию журнала «Новый мир». Пастернак пишет: «Я летом начал роман в прозе "Мальчики и девочки" (нынешнее, может быть, временное его название). Хотя он должен обнять, последнее сорокапятилетие (1902 — 1946), но изображение исторических событий стоит не в центре вещи, а является историческим фотоном сюжета... Если... я не приведу денежных дел в порядок, я буду просить редакцию сделаться со мной (с обязательным условием самое меньшее 25%-нтного единовременного аванса) на этот роман, объемом предположительно 20 печатных листов, сроком на год, т. е. с обязательством представить его и начать его печатание с сентября будущего 1947 года». (ПСС, IX, стр. 474 — 475) Работа над романом к этому времени уже шла. В письмах Ольге Фрейденберг Пастернак писал, что начал набрасывать большую прозу еще в феврале 1946 года, а с лета занялся романом уже вплотную. (Это как раз ставит под сомнение слова Ивинской, что именно она прототип Лары Гишар—Пастернак начал работать над романом почти за год до знакомства с ней).

В своем дневнике Лидия Чуковская пишет: «Оказывается, Симонов обещал Борису Леонидовичу аванс за прозу—десять тысяч рублей. Это было уже две недели назад. и с тех пор ему не позвонил. И Б. Л. просит ему передать, что если журнал не окажет ему этой материальной поддержки, то он не даст ни строки стихов» (запись от 6/XII 46)①.

Такая «угроза» выглядит довольно странно. Пастернаковские стихи (не переводы) в «Новом мире» к этому времени уже 10 лет как не печатались.

Чуковская передала Симонову слова Пастернака. Он ответил, что деньги будут выплачены в январе.

Договор был заключен. Аванс получен. Роман представлен не был. Пастернаку пришлось возвращать часть аванса деньгами, а часть—переводами.

Роман был представлен в «Новый мир» уже под названием «Доктор Живаго» в 1956 году. Редакцией роман был отклонен по идеологическим соображениям, что в письме редакции Пастернаку и было объяснено: «Дух Вашего романа—дух неприятия социалистической революции. Пафос Вашего романа—пафос

---

① *Чуковская Л. К.* Полгода в «Новом мире». URL: https://www.chukfamily.ru/lidia/prosa-lidia/dnevniki-i-pisma/polgoda-v-novom-mire (дата обращения: 08.02.2021).

утверждения, что Октябрьская революция, гражданская война и связанные с ними последующие социальные перемены не принесли народу ничего, кроме страданий, а русскую интеллигенцию уничтожили или физически, или морально. Встающая со страниц романа система взглядов автора на прошлое нашей страны, и, прежде всего, на ее первое десятилетие после Октябрьской революции (ибо, если не считать эпилога, именно концом этого десятилетия завершается роман), сводится к тому, что Октябрьская революция была ошибкой, участие в ней для той части интеллигенции, которая ее поддерживала, было непоправимой бедой, а все происшедшее после нее — злом».

Письмо подписали Симонов, Кривицкий и в числе других членов редакции старинный друг Пастернака Константин Федин.

Редакционное письмо для публикации не предназначалось, но спустя два года было опубликовано в «Литературной газете» (25 октября 1958 года) и в «Новом мире» (1958, № 11). В письме редакции «Нового мира» в «Литературную газету» сказано: «Редакция журнала "Новый мир" просит опубликовать на страницах вашей газеты письмо, направленное в сентябре 1956 г. членами тогдашней редколлегии журнала Б. Л. Пастернаку по поводу рукописи его романа "Доктор Живаго". Письмо это, отклоняющее рукопись, разумеется, не предназначалось для печати. Оно адресовано автору романа в то время, когда еще можно было надеяться, что он сделает необходимые выводы из критики, содержавшейся в письме, и не имелось в виду, что Пастернак встанет на путь, позорящий высокое звание советского писателя. Однако обстоятельства решительно изменились. Пастернак не только не принял во внимание критику его романа, но счел возможным передать свою рукопись иностранным издателям. Тем самым Пастернак пренебрег элементарными понятиями чести и совести советского литератора».

Публикация письма Пастернаку и слова про «путь, позорящий высокое звание советского писателя» — это уже работа новой редакции «Нового мира», которая пришла в журнал в 1958 году. Первая подпись: «Главный редактор журнала "Новый мир" А. Т. Твардовский».

Это был ответ советских литераторов на решение Нобелевского комитета о присуждении Борису Пастернаку Нобелевской премии. Пастернак был исключен из Союза писателей, но остался членом Литфонда, что дало Александру Галичу повод для горькой иронии в песне «Памяти Пастернака»: «член Литфонда —

усопший смертный!»[1] (Есть у Галича и песня, посвященная Ольге Ивинской, которая так и называется «Памяти Живаго»[2])

Борис Пастернак от Нобелевской премии отказался, но все понимали, что делает он это не добровольно, а подчиняясь беспрецедентному давлению.

Когда в 1987 году главный редактор «Нового мира» Сергей Залыгин принял решение опубликовать роман «Доктор Живаго», было ясно, что окончательной текстологически выверенной редакции всемирно известного произведения не существует. Очень быстро—менее, чем за год—сын Бориса Пастернака Евгений Борисович, Елена Пастернак и Вадим Борисов такую редакцию подготовили. Роман был опубликован в «Новом мире» в 1988 году, № 1-4. Это и есть на сегодняшний день окончательный, можно сказать, канонический текст романа.

«Шли и шли и пели "Вечную память"...» («Новый мир», 1988, № 1, С. 10)

Открывалась публикация предисловием Дмитрия Лихачева. Елена Пастернак вспоминала: «Вступительное слово Залыгин заказал, конечно, Дмитрию Лихачеву: его имя служило охранной грамотой для издания, к нему часто обращались с такой просьбой, чтобы обезопасить публикацию сомнительного автора. Рассказывая нам об этом, Лихачев очень хорошо назвал свое предисловие: "Это были валерьяновые капли для начальства"... Я помню, как мы ехали в метро и видели, как везде, в каждом вагоне, сидят люди с синими книжечками "Нового мира". Там, где прежде за рукопись романа могли арестовать»[3].

В декабре 1989 года Евгению Борисовичу Пастернаку во время Нобелевских торжеств была передана Нобелевская медаль отца. Борис Пастернак больше не был «отказавшимся от Нобелевской премии», он стал лауреатом, через 29 лет после того, как его не стало.

（编校：索菲亚）

---

[1] *Галич А. А.* Возвращение. Стихи. Песни. Воспоминания. Ленинград: Музыка, 1990. С. 72.

[2] *Галич А. А.* Возвращение. Стихи. Песни. Воспоминания. Ленинград: Музыка, 1990. С. 78-80.

[3] История публикации «Доктора Живаго». URL: https://arzamas.academy/mag/679-zhivago (дата обращения: 08.02.2021).

«Прочесть, ответить». Ещё раз о переписке Б. Л. Пастернака с иностранными корреспондентами

А. А. Кознова

(отдел Государственного музея истории российской литературы им.
В. И. Даля «Дом-музей Б. Л. Пастернака», Россия)

Аннотация: Доклад посвящен переписке Б. Л. Пастернака с иностранными читателями. В работе проводится анализ описи иностранных писем Б. Л. Пастернаку, составленной славистами Кристофером Барнсом и Ником Аннингом в 1963 году в Переделкине. Опись дополнена списком корреспонденции, хранящейся в архиве Е. Л. Пастернак, и описывается впервые. Анализ топографии 1203 писем, целей, которые преследовали их авторы, а также количества и характера пометок Б. Л. Пастернака на конвертах позволяет является неким срезом всей поступающей поэту корреспонденции и позволяет судить об особенностях всей иностранной корреспонденции читателей Б. Л. Пастернака в период с 1956 по 1960 годы.

Ключевые слова: Борис Пастернак; корреспонденция; Доктор Живаго; переписка Памяти Елены Владимировны Пастернак

Конец пятидесятых годов, как известно, ознаменовался для Б. Л. Пастернака преследованием на родине, связанным с заграничными публикациями романа и присуждением поэту Нобелевской премии. Отклик заграничных читателей, также последовавший за публикацией «Доктора Живаго», оказался спасительным. Открытые, светлые письма поддержки, столь необходимые Б. Л. Пастернаку в тяжелый период, как вспоминала Ел. В. Пастернак, бесконечно радовали его и давали силы и надежду. И. И. Емельянова вспоминает: ... Теперь он большей частью говорил о письмах, о своих корреспондентах, о том, что будет писать в ответ, приносил всевозможные трогательные почтовые подарки—свечки, старинные открытки, горшочки. Моя роль, как почтмейстера, очень усложнилась. В неделю мне приходилось отправлять по пятнадцать—двадцать писем и постоянно пополнять запасы марок и конвертов» [1].

Остается неясным, сколько писем было получено Пастернаком за этот период. В воспоминаниях указывается разное количество, доходящее до двенадцати тысяч. В день могли приносить около двадцати писем, иногда это число достигало пятидесяти. Безусловно, поэта радовало и удивляло не только и не столько количество, как то, что о нем знают и помнят в разных, далеких уголках земного шара. В письме к Жаклине де Пруайар от 30 января 1959 года он писал: «Получая от пятнадцати до двадцати писем ежедневно, я добрался уже до посланий из Бельгийского Конго! (Вы привыкли к французским колониям, но из Переделкина это смотрится по-другому)» [2].

Об истории переписки и дальнейшей судьбе этой части архива Пастернака подробно рассказано в статье М. А. Рашковской «"По кошачьим следам и по лисьим..." Письма читателей о романе "Доктор Живаго"». Автор отмечает, что первые письма о романе стали приходить к Борису Леонидовичу в 1947 г. После смерти поэта собиранием его писем к зарубежным корреспондентам занимались сестры поэта Лидия Леонидовна Пастернак-Слейтер и английские слависты Кристофер Барнс и Ник Аннинг [3]. В 1963 в Переделкине Барнс и Аннинг составили опись писем иностранных корреспондентов Б. Л. Пастернаку, благодаря которой и стало возможным связаться со многими из них и получить ответы Б. Л. Пастернака. Нам удалось оцифровать эту опись, а также дополнить ее списком иностранной корреспонденции, хранящейся в архиве Е. Л. Пастернак [4]. Общее число писем составило 1203. Анализ их топографии, целей, которые преследовали их авторы, а также количества и характера пометок Б. Л.

---

[1] *Емельянова И. И.* Легенды Потаповского переулка. М. : Эллис Лак, 1997. С. 145.

[2] *Пастернак Б. Л.* Полное Собрание сочинений: в 11 т. Т. 10. М. : Издательство Слово, 2005. С. 421. Вероятно, письмо от человека по фамилии Сантас с просьбой о денежной помощи путем размещения статьи в португальском журнале и передачи гонорара в пользу африканского госпиталя.

[3] *Рашковская М. А.* «По кошачьим следам и по лисьим...» Письма читателей о романе «Доктор Живаго» // *Флейшмана Л. С.* (ред.). Новое о Пастернаках. Материалы Пастернаковской конференции 2015 г. в Стэнфорде. М. : Азбуковник, 2017. С. 310-363. Письма иностранных корреспондентов хранятся в Пастернаковской коллекции Архива Гуверовского института, Государственном музее грузинской литературы в Тбилиси (поступление от О. В. Ивинской), в собрании Е. Л. Пастернак, в архиве Е. Б. и Е. В. Пастернак и РГАЛИ, куда они в 2014 г. были переданы Е. В. Пастернак.

[4] Описи были предоставлены автору Ел. В. Пастернак и Е. Л. Пастернак.

Пастернака, как нам кажется, позволит получить представление о характере всей поступающей ему иностранной корреспонденции в период с 1956 по 1960 годы①.

Самое раннее письмо в описи датировано 28 февраля 1946—ом годом②, самое позднее—3 декабря 1960 (рождественская открытка). Почти половина всех проанализированных писем приходит из Соединенных Штатов Америки. Поэт получил 460 писем из 37 штатов. Чаще всего—это письма из Нью-Йорка, Иллинойса, Массачусетса, Калифорнии, Теннесси③. Остальные письма были отправлены из 31 страны, чаще всего писали из Англии (91), Германии (75), Франции (50), Италии (41), Швейцарии (30) и Швеции (30).④ В среднем, согласно списку, на день приходится около двух писем.

Тематику писем можно свести к нескольким пунктам. Как правило Пастернаку писали с целью:

• получить автограф или подписанную фотографию (130 писем, практически все такие просьбы были удовлетворены).

• отправить открытки, поздравления с Новым годом, Рождеством и Днем рождения (114)⑤.

• попросить о чем-то (76 писем-просьб, в том числе 16 о денежной помощи). Как правило, это просьбы ответить на вопросы, не только по поводу

---

① Не у всех писем удалось установить дату отправки, адрес, имя корреспондента. 86 писем—письма с соболезнованиями. Так, в статье рассматривается 1117 писем, из них 191—без адреса. Некоторые письма, отправленные в конце мая 1960 года, не были распечатаны. В опись включены также письма без конверта или пустые конверты.

② Б. Д. Михайлов перенаправляет переводы стихотворений французского поэта Vincent для готовящегося издания.

③ Полный список штатов: Айова, Алабама, Аризона, Вашингтон, Вермонт, Виргиния, Висконсин, Гавайи, Джорджия, Западная Виргиния, Иллинойс, Индиана, Калифорния, Канзас, Кентукки, Колорадо, Коннектикут, Массачусетс, Миннесота, Миссисипи, Миссури, Мичиган, Мэн, Мэриленд, Невада, Нью-Гэмпшир, Нью-Джерси, Нью-Йорк, Огайо, Оклахома, Пенсильвания, Род-Айленд, Северная Дакота, Северная Каролина, Теннесси, Техас, Флорида.

④ Полный список стран: Австралия, Австрия, Англия, Бельгия, Бельгийское Конго, Болгария, Венгрия, Венесуэла, Германия, Голландия, Дания, Израиль, Индия, Ирландия, Испания, Италия, Канада, Куба, Люксембург, Мальта, Мексика, Новая Зеландия, Уругвай, Финляндия, Франция, Чехословакия, Чили, Швейцария, Швеция, Югославия, Япония.

⑤ *Масленникова З. А.* Портрет Бориса Пастернака. М.: Издательство Советская Россия, 1990. С. 240. З. А. Масленникова вспоминала слова Б. Л. Пастернака по поводу открыток и снимков, наколотых на стены его кабинета: «Это отовсюду шлют, на Рождество многие прислали. Вот это из Греции... Я до сих пор не могу опомниться от счастья, которое на меня свалилось, которое не мне, кому-то другому было предназначено....»

Доктора Живаго, но и биографического характера①, написать что-то для издания, подтвердить или проверить информацию о себе для статей и справочников, дать согласие сделать аудиозапись интервью. Встречаются и необычные просьбы, например, помочь найти сына-военнопленного (американца), пропавшего во время Второй мировой войны, написать сказку, помочь уехать из США чешскому эмигранту, просьба от Техасского студента, который еще не читал «Доктор Живаго», объяснить ему роман наперед, чтобы он его лучше понял, читая.

• поделиться своими стихами или переводами (64 письма, многие стихи Пастернак читал, отмечал понравившиеся на конвертах).

• обсудить и/или поблагодарить за роман Доктор Живаго (64). Это были наиболее ожидаемые и любимые Пастернаком письма, иногда на конвертах стоят пометки « Чудное живое глубокое письмо» « Ответить. Оч. хороший разбор особенностей» «Ответ на мой ответ, благодарное сердечное живое письмо. Снова написал» «Ответить очень тепло и содержательно» «Др. Ж. был откровением. Ответить» «милые скромные похвалы м. б. ответить» и т. д.

• отправить вырезки с публикациями о Б. Л. Пастернаке в западной прессе (43)

• отправить приглашение, например, приглашения на прием, юбилеи Ф. М. Достоевского и А. П. Чехова, приглашения переехать в Калифорнию, занять место профессора университета во Флориде, приехать в Норвегию (от студентов), быть почетным гостем на Шестом ежегодном Дне поэзии в Иллинойсе, быть гостем на свадьбе дочери (от четы из Индианы).

• пожелания выздоровления (17 писем, отправленных в мае 1960 года)

• выразить соболезнования З. Н. Пастернак (86)

В остальном, в письмах встречаются общие рассуждения об обществе, политике, религии и советы. При детальном рассмотрении становится ясно, что немногие корреспонденты писали с единственной целью поддержать поэта в тяжелое, одинокое время. Незначительное количество писем содержат откровенные нападки на Б. Л. Пастернака (9, из них 3 письма в защиту народа Израиля) и признания в любви (4). Встречаются цепные письма, записки из

---

① Например, молодая девушка пишет, что собирается стать стюардессой и путешествовать по миру, она спрашивает Б. Л. Пастернака, счастлив ли он. Другая молодая читательница спрашивает, что такое искусство, и должно ли оно быть прекрасным. На письмах стоят пометки Пастернака «отвечено».

московских отелей с просьбой посетить Б. Л. Пастернака. Есть французское письмо, на котором стоит пометка Б. Л. Пастернака «О семье Pasternak, Pasternaec, Pasternaex около 1500 г. в Антверпене».

В отдельную категорию можно выделить детские письма (38). Дети 12-18 лет пишут Б. Л. Пастернаку с просьбами прислать автограф, ответить на вопросы, прислать книги, стать друзьями по переписке. Для одного из школьников домашним заданием было написать людям, о которых пишут в газетах. Девочка 13 лет спрашивает о том, что интересует ее класс: 1) какой самый мучительный вопрос в вашей стране; 2) какой вопрос больше всего мучит весь мир; 3) как их разрешить. М. К. Поливанов вспоминал, что Пастернак показывал ему письмо со стихотворением мексиканской школьницы, где была строка «O, Laika, la victime de la science...»[①]. В описи тоже присутствует упоминание стихотворения Hommage a Laika, правда, с парижским адресом.

Приведем еще несколько примеров необычных посланий: письмо от 94-летней коммунистки из Австралии, которой посоветовали прочитать роман «Доктор Живаго» и высказаться (пометка Б. Л. Пастернака: «разобраться и ответить»); жалоба на несправедливость английского королевского дома; вопрос, не является ли Пастернак братом матери адресата; уговоры принять Нобелевскую премию; поздравление с отказом от Нобелевской премии; вопрос, какой породы домашняя собака Пастернаков Тобик; предложение прислать образец краски (комментарий Б. Л. Пастернака на конверте: «Зачем? Предложение о к-ни Лото, опять нет времени и не надо. Отвечено 16 августа 1959 г.»).

З. А. Масленникова в воспоминаниях о Б. Л. Пастернаке упоминает о некоторых осчастлививших его письмах: «Пишут молодые люди, ну, скажем, девушка, прочитавшая роман, что после него она как в тумане, а все вокруг кажется иным, чем было. Значит, в нем сказано что-то существенное»[②]. Или: «Потом он показал мне фотографию, приложенную к письму одного испанца. На фотографии была изображена постель под открытым небом, где-то в саду, в ней сидел человек с забравшимся к нему малышом. У человека было умное, хорошее

---

① О Лайка, жертва науки. . (фр.) *Пастернак Б. Л.* Полное собрание сочинений: в 11 т. Т. 11. М.: Издательство Слово, 2005. С. 475. Речь идёт о первом животном, запущенном в 1957 году на орбиту земли на советском корабле «Спутник-2». Лайка прожила на корабле всего несколько часов и погибла от перегрева. Известие об условиях, в которых находилась собака, и ее смерти вызвало шквал негодования во всем мире.

② *Масленникова З. А.* Портрет Бориса Пастернака. М. : Издательство Советская Россия, 1990. С. 172.

лицо. Я думал, что это просьба о помощи, но нет. Этому человеку тридцать пять лет, из них двадцать он прикован к постели. Он читал роман, написал теплый отзыв и просит откликнуться»[①].

Иногда с письмами приходят подарки. В описи упоминаются следующие сувениры: гобелен, пластинка, религиозные наклейки, держатели под кашпо, открытки, проспекты, фотографии, рисунки, коробка шоколадных конфет.

Б. Л. Пастернак старался отвечать на большинство писем, откладывал и возвращался к их текстам. Из 1117 писем, отправленных ему в течение четырех лет, 548 содержат его пометки. Так, на конвертах в основном стоят следующие пометки: «ответить» «отвечено» «просит автограф» «не прочел», часто записано, о чем письмо и кто его написал. Некоторые письма, судя по комментарию поэта на конверте, забавляют или удивляют его, например: « и вот вам результат» (на конверте также присутствует пометка А. Л. Пастернака: « оставить анекдотичности ради », содержание неизвестно) или « Будто бы ошибка о непорочном зачатии. Непорочно зачатие будто бы девы Марии, а не Христа» или «Благодарит за письмо, поздравляет. Разве я ему писал?».

Опись, составленная Аннингом и Барнсом, представляется нам неким срезом всей корреспонденции Пастернака, который позволяет увидеть, что так волновало и привлекало поэта: связь со всем миром, когда разнообразие названий улиц и городов на конвертах давало возможность по своему прожить все не случившиеся путешествия и встречи, ощущение всеобщей заботы и внимания.

При этом опись оставляет впечатление (оговоримся, что оно может быть неверным, так как содержание писем нам не доступно), что нередко вниманием и временем Пастернака завладевали люди, не имевшие правильного представления ни о его положении на родине, ни о его жизни и мировоззрении, ни о размахе его таланта.

Постепенно эйфория от писем у Б. Л. Пастернака сменится горечью осознания уходящего времени, ему станет все труднее сосредотачиваться на работе. Поэт уезжает в Грузию в феврале 1959 года с неохотой, так как не хочет, чтобы в его отсутствие копился долг из неотвеченных писем. З. Н. Пастернак вспоминала: « Много времени отнимала переписка... Он знал три языка— английский, французский и немецкий, но не так блестяще, чтобы не работать над

---

① *Масленникова З. А.* Портрет Бориса Пастернака. М.: Советская Россия, 1990. С. 151. Возможно, Хосе Жерол из Испании.

каждым ответным письмом без словаря. Я слышала его шаги в кабинете иногда до двух-трех часов ночи. Мне казалось, что он так мало спит из-за этой переписки»[1].

По возвращении в Москву Пастернак примется за новую работу и будет вынужден отказывать тем, кто просит разрешения посетить его в Переделкине, извиняться за короткие ответы, откладывать ответы на значимые письма до следующей весны. З. А. Масленникова вспоминает, как Пастернак говорил ей о пьесе «Слепая красавица»: «Пьеса подвигается. Она вполне реальна, осуществима, я ее вижу, но если б можно было проснуться и увидеть ее написанной! А потом меня начинает лихорадить ожиданием писем. Приходит много приятного, и это щекочет. Это нехорошо. «Живаго» я не так писал»[2]. Поэта мучила невозможность вести полноценную переписку с западными поэтами и писателями: Альбером Камю, Уистеном Хью Оденом, Стивеном Спендером.

Однако, Б. Л. Пастернак продолжал отвечать на письма читателей. Приведем пример такого ответа юной читательнице из штата Колорадо Джудит Сноу-Денисон, которая написала письмо-благодарность за роман «Доктор Живаго»:

27 июля 1959 года

Моя дорогая, непревзойденная Мисс Джудит.

Гордитесь: я получаю бесчисленное количество писем, искренних и большей частью хороших; но Ваши живые строки, столь полные откровенности и жизни, я прочел со слезами волнения и ликования.

И пусть красота Вашего существа никогда Вас не покинет и будет оставаться нескончаемым источником удачи, здоровья и счастливых открытий и приобретений в Вашей судьбе и поисках. Пожалуйста, передайте привет Вашему другу, с которым Вы переписывались о Д-ре Ж-го.

Полный любви к Вашему завидно чистому существу, я скажу на прощание: не ищите опасностей и по возможности избегайте их. Но никогда не бойтесь жизненных перипетий, встречайте их все с легким сердцем.

Мир — не пустыня. История, историческое существование — наш родной дом, полный родственных душ и похожих происшествий. Ничто никогда не

---

[1] *Пастернак З. Н.* Воспоминания. Письма. М. : АСТ, 2016. С. 152.

[2] *Масленникова З. А.* Портрет Бориса Пастернака. М. : Советская Россия, 1990. С. 187.

пропадает бесследно. Каждая личная жертва—это рупор, звук которого распространяется, усиливается и делает слышным для всех даже то, что не было произнесено. Ликуйте, будьте рады, что родились, что пришли в эту жизнь. Жизнь—божественный край, райское место. Каждое живое создание—избранное, редкое исключение.

Дайте мне Ваши руки.

Прощайте.

Дружески Ваш

Б. Пастернак[1]

З. А. Масленникова вспоминала, как Б. Л. Пастернак говорил ей о письмах: «Я рад всему, что вы мне сказали... Но это сказано и не оставит следа. Вы спрашиваете, почему я трачу время на переписку,—люди откликаются, а письма—это документ, это останется»[2]. Сотни писем, написанных Пастернаком, как может показаться, часто в ущерб его творческой работе, содержащих его мысли о творчестве, религии, роли искусства, были адресованы людям разного возраста, социального происхождения, разных судеб, но направлены, как и его произведения, гораздо дальше и шире. Не все эти письма были найдены, переведены и опубликованы. Работа над эпистолярным наследием Б. Л. Пастернака продолжается и сегодня.

(编校:索菲亚)

---

[1] Письмо было предоставлено автору Ел. В. Пастернак и ранее не публиковалось.

[2] *Масленникова З. А.* Портрет Бориса Пастернака. М. : Советская Россия, 1990. C. 68.

Несвоевременный классик:
Борис Пастернак как завершение русской литературной классики

И. В. Кондаков

(Российский государственный гуманитарный университет, Россия)

Аннотация: Статья посвящена Борису Пастернаку как поэту, сохранившему верность русской литературной классике, и, в то же время, проделавший трудный путь прежде чем стать родоначальником постнеклассической литературы. Его неповторимая поэтика, построенная на далеких ассоциациях и необычных метафорах, проходила мимо буквально понятой «злобы дня», но схватывала современность в ее глубинной связи с вечностью, в непрерывном диалоге с русской классической литературой от Пушкина и Тютчева до Блока. Это ставило Пастернака в сложные отношения с поэтами-современниками, которые видели в такой поэтике бегство от действительности, эгоцентризм поэта и стремление к элитарности. На самом деле, за такой позицией творца стояло стремление быть сопричастным «большому времени» культуры и жажда огромных поэтических и исторических обобщений. Должно было пройти время, прежде чем читатели оценили новаторство и величие поэта, а также его способность выступить как «завершитель» литературной эпохи.

Ключевые слова: русская литературная классика; «большое время»; неклассическая и постнеклассическая традиции; начинатель; завершитель; обобщение культурного опыта; мировой культурный контекст

Параметры русской классики

Классической русской литературой принято называть литературу XIX века условно: от Пушкина до Чехова. Русская литература XVIII в. это *еще не* классическая литература, а, в лучшем случае, ее подготовка. А русская литература XX в. (начиная с Серебряного века, т. е. с 1890-х гг. и до конца советской эпохи—начала 1990-х гг.)—это *уже не* классическая литература (точнее—литература *неклассическая*). Таковой, по-своему, была советская литература; по-своему—и литература Русского Зарубежья. А русская литература конца XX и XXI вв., в которой противоречиво соединились интенции Серебряного Века, традиции советской литературы, потенциал литературы Русского Зарубежья и контекст мировой литературы,—это уже постнеклассическая литература со всеми вытекающими отсюда последствиями художественно-эстетического, идеологического, этического и философского характера.

Борис Пастернак был одним из тех художников XX века, который своим поэтическим и прозаическим творчеством подготовил и приблизил в русской культуре постнеклассический период. Именно в этот период он фактически и обрел статус классика русской литературы.

Конечно, можно говорить о «советской классике», о «классике Русского Зарубежья» и даже о постсоветской литературе, как имеющей своих «классиков», но это будет «классика» в условном смысле (т. е. имеются в виду наиболее крупные и заметные писатели той или иной эпохи). Но в строгом смысле все эти авторы и произведения не являются классическими; они являются «своего рода классиками», в чем-то сопоставимыми с безусловными классиками русской литературы—Пушкиным, Гоголем и Лермонтовым, Некрасовым и А. Островским, Тургеневым и Гончаровым, Л. Толстым, Достоевским и Чеховым...

Наряду с классиками «первого ряда» в русской литературе XIX в. есть классики и «второго ряда», по своему идейно-эстетическому значению нисколько не уступающие классикам «первого ряда», но, может быть, менее широко известные,—Тютчев, Герцен, А. К. Толстой, Фет, Чернышевский, Салтыков-Щедрин, Лесков, Г. Успенский, Сухово-Кобылин... Впрочем, открытость и взаимопроницаемость этих литературных «рядов» делает их весьма условными. Так, на рубеже XIX—XX вв. казалось, что Чехов не может стоять рядом с Тургеневым или Островским, не говоря уже о Л. Толстом, да и Достоевский многим представлялся писателем «второго ряда». Зато Тютчев определенно вышел в «первый ряд»—как основоположник русского символизма.

Советская эпоха внесла существенную переоценку в классификацию русских классиков. На первый план вышли «революционные демократы»—Белинский, Герцен, Добролюбов, Чернышевский и классики русского марксизма, критические суждения и оценки которых повлияли на место русских писателей в классике русской культуры. Отныне Пушкин, Гоголь и Лермонтов, Тургенев, Гончаров и А. Островский, Тютчев, Фет и А. К. Толстой, Л. Н. Толстой, Достоевский и Чехов воспринимались в свете характеристик русской демократической критики и ленинских высказываний. Идейные противоречия русских классиков, во многом не оправдывавших ожиданий суровых критиков XIX и XX вв. , занимали главное внимание всех, писавших и говоривших о русской литературе.

В XXI в. Тютчев и Салтыков-Щедрин явно претендуют на место в «первом ряду» русской литературной классики, а, например, Некрасов, Тургенев и Гончаров незаметно перемещаются во «второй ряд». Драматург А. Островский, в советское время отодвинутый во «второй ряд» русской классики, в постсоветское время уверенно вернулся в «первый ряд». Вл. Соловьев как поэт, высоко котировавшийся в Серебряном Веке, был почти забыт (как философ-идеалист) в советское время, но в постсоветский период вернулся в классику русской литературы (если не «первого», то, по крайней мере, «второго» ряда).

С классикой русской литературы XX в. дело обстоит еще сложнее. Ввиду бурной политической истории России—как в дореволюционный, так и в послереволюционный период, критерии принадлежности к классикам литературы постоянно менялись. Во-первых, классики, с советской точки зрения, категорически не совпадали с классиками в глазах русской эмиграции. По-разному трактовались в Советской России и в Русском Зарубежье Пушкин и Гоголь, Герцен и Чернышевский, Тютчев и Фет, Блок и Ахматова... Там, где советские идеологи подчеркивали революционность, оппозиционность, социальность, народность,—русская эмиграция делала акцент на религиозности, либеральности, творческой индивидуальности и органичной европейскости русских классиков.

Впрочем, Маяковский и Есенин, Серафимович и Демьян Бедный, Шолохов и Фадеев, Парфенов и Исаковский, Леонов и Катаев, Симонов и Лебедев-Кумач были неприемлемы для русской эмиграции в качестве русских классиков не только потому, что они не соответствовали требованиям художественно-эстетического порядка (сложившимся до революции), но и в силу их политической ангажированности, демонстративной «советскости». Аналогично И. Бунин и И. Шмелев, А. Куприн и Л. Андреев, Д. Мережковский и З. Гиппиус, Саша Черный и Г. Иванов, В. Ходасевич и М. Цветаева, В. Набоков и Г. Газданов практически не имели шансов со стороны советской культуры (на протяжении почти всей ее истории) не только быть признанными классиками русской литературы XX в., но и вообще быть упомянутыми в каком-либо контексте, кроме обличительного и уничижительного. И это несмотря на все их художественные достоинства и нравственные идеалы. Определяющим здесь было отношение к «завоеваниям Великого Октября», советской власти и большевизму.

Во-вторых, и в той, и в другой парадигме русской культуры XX в. существовали разные принципы причисления литераторов к статусу классиков. В эмигрантской среде, например, степень «классичности» определялась идейно-стилевой близостью к русской литературной классике XIX в. или, по крайней мере, принадлежностью к традициям русского модернизма Серебряного Века. Любые ассоциации с советской литературой или советской культурой для Русского Зарубежья практически означали измену классическим принципам русской литературы.

В Советском Союзе официальный статус классика измерялся степенью его идеологической близости к советской власти. В этом отношении положение Горького, А. Серафимовича, Демьяна Бедного, М. Шолохова, Ф. Гладкова, Д. Фурманова с самого начала советской литературы казалось незыблемым; к концу советского времени этот статус сохранили лишь Горький и Шолохов. Из поэтов Серебряного Века на роль классиков XX в. могли претендовать только А. Блок и В. Брюсов, в той или иной степени «присягнувшие» большевистской власти. Зато из числа классиков были по социально-политическим причинам надолго исключены Н. Гумилев и А. Ахматова, С. Есенин и А. Белый, Е. Замятин и Б. Пильняк, А Платонов и М. Булгаков (по-настоящему реабилитированные в качестве классиков только в постсоветское время).

В 1930-е годы в разряд советских классиков были выдвинуты, помимо В. Маяковского (которого Сталин объявил «лучшим и талантливейшим поэтом нашей советской эпохи», т. е. эталоном «советскости»), Н. Островский и А. Фадеев, А. Н. Толстой и А. Макаренко, Л. Леонов и В. Катаев, Ильф и Петров, А. Гайдар, А. Твардовский и К. Симонов. Но многие, претендовавшие на новую «классичность» (в том числе И. Бабель, Б. Пильняк, Ю. Олеша,

М. Зощенко, О. Мандельштам, А. Платонов и М. Булгаков и т. д.), были из списка классиков надолго исключены (фактически до конца советской эпохи).

С Пастернаком—особый случай. Он принадлежал неклассической русской литературе XX в. и, в то же время, ассоциировался с рядом бесспорных классиков XIX в. Среди классиков неклассической поэзии Пастернак был рядом с Блоком, Маяковским, Есениным, Ахматовой, Мандельштамом, Цветаевой... А среди классиков классической русской литературы он оказался вместе с Пушкиным, Тютчевым, Достоевским, Толстым, Чеховым... Еще точнее было бы сказать, что Пастернак в русской культуре XX в. был неоклассиком. Т. е. классиком XX века с оглядкой на классику века XIX, творившим в культурно-историческом контексте дореволюционной русской культуры. Однако в своем позднем творчестве Пастернак вышел за рамки как классической литературы, так и литературы неклассической, Во многом предвосхитив постнеклассическую русскую литературу второй половины XX-начала XXI вв.

Официально русская литературная клаассика XIX в. (тщательно отобранная и отфильтрованная от идейных ошибок и идеалистических заблуждений отдельных писателей, а также освобожденная от спорных фигур) считалась фундаментом советской литературы, и следование ей поощрялось, но лишь до известной степени. Те идейные принципы русских классиков, которые были декретивно осуждены и отменены советской властью и вождями революции (вроде толстовского «непротивления злу насилием», противоречия «архискверного Достоевского», герценовского либерализма, художественной «невменяемости» Горького, пушкинских идеалов «чистого искусства», ценностей христианского гуманизма и т. п.) считались неприемлемыми для советской литературы в целом. Однако для Б. Пастернака, воспитанного в атмосфере пиетета перед русской классикой—литературной и нелитературной,—эти «запреты» не имели значения. Высшие достижения русской художественной культуры были для него неподсудны. Отсюда произошли все его разногласия с советской литературой и ее политическими руководителями.

Вообще представления о «классичности» тех или иных явлений культуры тесно связаны с понятием «большого времени». Это понятие, введенное в научный оборот русским философом и филологом М. М. Бахтиным, означает большой (как правило, многовековой) период в истории культуры, в течение которого шедевры литературы и искусства «разворачивают» свои потенциальные

53

возможности и «вырастают» в своем значении для потомков (по сравнению с современниками). «Произведения разбивают грани своего времени, живут в веках, т. е. в *большом времени*, причем часто (а великие произведения—всегда) живут более интенсивной и полной жизнью, чем в своей современности»[①]. Собственно, классикой являются те произведения литературы и искусства, которые фактически живут в «большом времени».

Именно в рамках «большого времени» титанами мировой литературы становятся Данте, Сервантес, Рабле, Шекспир, Гёте, Пушкин, Л. Толстой, Достоевский, Чехов... В контексте «большого времени» видится сегодня и значение Б. Пастернака.

Начинатели и завершители в русской литературе

Все великие художники были в своем творчестве либо *начинателями* новых тенденций в литературе и искусстве, либо—*завершителями* важных идейно-художественных процессов. Но наиболее значительные фигуры историко-литературного процесса (шире—истории художественной культуры) были одновременно и завершителями предшествующего периода (в тех или иных тенденциях), и начинателями нового, возникающего как итог накопленных на предыдущем этапе тенденций, качественных и количественных изменений.

Так, А. С. Пушкин был не только основателем новой русской литературы (русской классики XIX в.), но и завершителем всех тех новоевропейских процессов, которые происходили в русской литературе XVIII—начала XIX вв. и выразителями которых были такие разные писатели, как М. Ломоносов, А. Сумароков, И. Барков, Г. Державин, А. Радищев, Н. Карамзин, К. Батюшков, В. Жуковский, идейно-художественный опыт которых Пушкин, критически переосмыслил, обобщил и укрупнил. Этот узел противоречивых тенденций, преломленных через универсальную личность Пушкина, был по-своему воспринят и преобразован в творчестве Н. Гоголя и М. Лермонтова, И. Тургенева и И. Гончарова, А. К. Толстого и А. Островского, Н. Некрасова и А. Фета, А. Герцена и М. Салтыкова-Щедрина, Л. Толстого и Ф. Достоевского, Н. Лескова и А. Чехова.

---

① *Бахтин М. М.* Эстетика словесного творчества. Изд. 2. М. : Искусство, 1986. С. 350.

Другой показательный пример в русской классике XIX в. —А. Чехов. В своей прозе, и особенно драматургии, он опирался на весь творческий опыт русских писателей-классиков минувшего столетия—от Пушкина до Л. Толстого и Достоевского, но воспользовался им не буквально (как продолжатель традиций), а, так сказать, в «снятом» виде, на уровне подтекста. Но именно в этом виде, через символику, аллюзии и далекие ассоциации, по-чеховски преобразованный опыт русской классической литературы был передан из контекста Серебряного Века советской и постсоветской литературе (В. Гроссман, Ю. Казаков, В. Шукшин, Ю. Трифонов, Т. Толстая, Л. Улицкая; А. Арбузов, А. Вампилов, А. Володин, Б. Акунин и др.), литературе Русского Зарубежья (Б. Зайцев, В. Набоков, Г. Газданов, Ф. Горенштейн, С. Довлатов и др.) и мировой литературе (Э. Хемингуэй, Дж. Голсуорси, С. Моэм, Б. Шоу, Э. Олби, Т. Уильямс, А. Миллер, Ф. Мориак, Т. Манн, Э. Ионеско, С. Беккет и др.). Влияние Чехова на мировую литературу и театр продолжается и сегодня. Многие исследователи, в частности, отмечают роль Чехова в становлении «театра абсурда» и литературного постмодернизма.

Борис Пастернак (редкий случай в литературе советского времени!) был и начинателем, и завершителем различных тенденций в истории русской литературы XX в. Однако ему приходилось гораздо труднее, чем Пушкину или Чехову. Ведь ему приходилось продолжать и завершать классическую русскую литературу XIX и начала XX вв., с которой, казалось бы, уже было покончено. А начинать новое в русской литературе приходилось одновременно с теми литературным группами и объединениями, которые видели себя как продолжение Русской революции и советской власти в литературе и искусстве (Пролеткульт «Октябрь» «Молодая гвардия» «Кузница» «комфуты», журнал «На посту» и т. п.). Присоединиться к ним—означало потерять свое лицо; противостоять им—едва ли не прослыть оппозиционером советской власти, скрытым контрреволюционером и монархистом.

Октябрьская революция в России 1917 г. исключительно резко разделила историю России и русской культуры на «до» и «после» революции. Казалось, завершение «старого» и начало «нового» осуществила уже сама пролетарская революция. История начала новый отсчет времени в России и мире; было покончено с царским режимом, властью помещиков и капиталистов, литературой и искусством «верхних десяти тысяч»; революционным образом были

55

преобразованы народные обычаи и традиции; стал планомерно формироваться
« новый человек », органически лишенный « родимых пятен капитализма »,
влияния церкви и буржуазной пропаганды. Соответственно, Великий Октябрь
решительно « отсек » дооктябрьское прошлое России, оставив между
дореволюционным прошлым и послереволюционным настоящим только те события
общественной жизни и культуры, которые были связаны с революционным
движением и революционным сознанием масс.

Пастернаку гораздо ближе была дореволюционная литературная классика,
отвечавшая высоким художественно-эстетическим и этическим требованиям,
нежели самодельная « пролетарская литература », отличавшаяся очень
революционным, но довольно примитивным содержанием и низкой
художественностью. Поэтому поэту было « не по пути » с пролетарскими
писателями, сочинения которых были неотличимы от стандартной публицистики.
Он хотел идти своим путем, искать новых идей и форм, но ориентироваться при
этом на образцы художественного творчества, заданные поэтами Серебряного Века
и их предшественниками из XIX в. В этом отношении характерной для
Пастернака формулой творчества стало выражение «Поверх барьеров», означавшее
преодоление любых границ, сдерживающих творчество,—эстетических и
политических, личных и общественных, естественных и искусственных:

> Попробуйте, лягте-ка
> Под тучею серой,
> Здесь скачут на практике
> Поверх барьеров.
> («Петербург», 1915) [I, C. 81]

Начало творческих исканий

На формирование Пастернака-поэта оказали влияние воспитание и
образование. Отец его—Л. О. Пастернак—был замечательным художником—
российским импрессионистом, раньше всего прославившимся своими
иллюстрациями к произведениям русской литературы; позднее он стал
профессором живописи. Мать—Р. И. Кауфман—была талантливой пианисткой,
профессором музыкальных классов одесского отделения императорского русского
музыкального общества. Дома у Пастернаков постоянно бывали писатели,

художники, музыканты — известные деятели русского искусства. Атмосфера музыкальных вечеров, рисовальных классов, выставок и музеев определила мир и творческие интересы будущего поэта. Он жил *в контексте культуры* и только через призму культуры воспринимал окружающий мир.

Пастернак в детстве хорошо рисовал, затем мечтал стать композитором и показывал свои музыкальные сочинения А. Скрябину. Университетское образование он получил в Московском университете, на философском отделении историко-филологического факультета, слушал лекции знаменитого историка В. О. Ключевского; во время заграничной командировки в Марбург учился философии у Г. Когена, П. Наторпа, Н. Гартмана, познакомился с Э. Кассирером. Все это способствовало становлению универсальной и многомерной творческой личности художника и мыслителя.

В начале своего творческого пути поэт включился в поиск нового и, лишь соприкоснувшись с достижениями символизма и акмеизма, устремился в русло литературного авангарда. Пастернак включился в деятельность московской группы « Центрифуга », как считалось, наиболее филологической и интеллигентной, по сравнению с петербургскими кубофутуристами и эгофутуристами. Однако ему с самого начала были чужды принципы и черты *коллективного стиля*, — на фоне футуристических новаций поэт стремился обрести свое, *индивидуальное* видение мира, свой художественный язык, свою систему образов. И это Пастернаку удалось: он сразу вошел в русскую литературу 1920-х гг. как яркая поэтическая индивидуальность. Уже современникам, заметившим и выделившим на общем литературном фоне Пастернака, было ясно, что это поэт-постсимволист; что ему близки по стилю и поэтике А. Блок, А. Ахматова, дооктябрьский В. Маяковский, а из классиков XIX в. — Ф. Тютчев, А. Фет.

Но заметно было и стилевое своеобразие Пастернака. Бросалось в глаза постоянное соединение высокого с низким, смешение отвлеченного философствования с бытовой повседневностью, символистской выспренности с разговорным языком и просторечьем. Поэт как бы хотел сказать, что жизнь сложна и пестра и в ней можно столкнуться с разными ее пластами и наименованиями, что он, как поэт, открыт для всего нового и призван своими творческими усилиями соединить несоединимое, связать всё со всем.

Что в мае, когда поездов расписанье
Камышинской веткой читаешь в купе,

> Оно грандиозней Святого Писанья
>
> И черных от пыли и бурь канапе.
>
> («Сестра моя—жизнь...», 1917) [I, C. 116]

Сравнение железнодорожного расписания с библейским или евангелическим текстом—конечно, звучит дерзко, но не менее вызывающим кажется сопоставление этого же расписания с природной стихией или сиденьем в вагоне. Художник не выдумывает образы, он черпает их повсюду: на улице, в поезде, в лесу. Совершенно неприемлемо для Пастернака—предвзятое отношение к натуре, мышление чужими, готовыми штампами, стереотипами. Непосредственность восприятия утверждается как необходимое условие искусства. Таким образом, искусство, как его понимает Пастернак, предполагает обновленный, свежий взгляд на мир.

Как и в дореволюционных сборниках стихов («Начальная пора» «Поверх барьеров»), так и в книге 1917 года—«Сестра моя—жизнь», и в переходном сборнике «Темы и вариации» (1916 — 1922) Пастернак остается верен себе и своему *изысканному интеллектуальному стилю*, переполненному далекими ассоциациями, многозначными метафорами, усложненным синтаксисом, потоком сознания, музыкальностью поэтической ткани, глубоким философским подтекстом. В этом авторском стиле, рассчитанном на *элитарного* читателя, покоряла сила и оригинальность лирического «Я», напряженность и неисчерпаемость духовного мира лирического героя, непрерывность и многообразие творческих связей с поэзией, музыкой и философией Серебряного Века, демонстративная отчужденность от современности, от узко понимаемой злободневности.

> В кашне, ладонью заслонясь,
>
> Сквозь фортку кликну детворе:
>
> Какое, милые, у нас
>
> Тысячелетье на дворе?
>
> («Про эти стихи», 1917) [I, C. 115]

Эти строки казались вызовом, брошенным Пастернаком своим современникам, и за эти слова его упрекали даже под конец жизни. Критикам поэта представлялось, что он демонстративно отстраняется и отчуждается от социальных и политических проблем, вставших перед страной после революции, что он не принимает происходящих вокруг перемен, что он проникнут ностальгией по старой, дореволюционной России. Чрезмерно политизированным и идеологизированным участникам революционных преобразований было непонятно, что подразумевает поэт, апеллируя не к годам, а к тысячелетиям. Между тем, Пастернак имел в виду века и тысячелетия культуры, «большое время» истории духа, с которым он был творчески связан. Неслучайно он тут же упоминает близких ему поэтов, с которыми он тесно общался в своем поэтическом воображении:

Пока я с Байроном курил,
Пока я пил с Эдгаром По ⟨...⟩

Я жизнь, как Лермонтова дрожь,
Как губы в вермут, окунал.
(«Про эти стихи», 1917) [I, C. 115]

В дальнейшем в стихотворениях сборника «Сестра — моя жизнь» упоминаются Киплинг, античный герой Геракл, героини трагедий Шекспира Дездемона и Офелия, персонаж Бомарше Фигаро, вспоминаются Бетховен и персонажи вагнеровской оперы Тристан и Изольда и т. д. Все это не только свидетельства широкого ассоциативного кругозора поэта, но и его стремления во что бы то ни стало находиться в кругу классиков — литературных и музыкальных, философских и живописных, их идей и образов, т. е. приобщаться к вечности. Гомер и Платон, Брамс и Шопен, Пушкин и Лермонтов, Гёте и Шекспир, Роден и Бальзак, Чехов, Чайковский и Левитан, Паоло Яшвили и Тициан Табидзе... Включение Пастернаком в свои произведения различных художественно-культурных аллюзий — от античности и библейских времен до XX века, своего рода «поэтических отблесков» произведений искусства и эстетической деятельности — в качестве *самоценного предмета поэтического творчества* стало одной из самых характерных черт его поэзии.

Другой важнейшей особенностью поэзии Пастернака стало его *поэтическое осмысление природы*, которая оказывалась для него не только предметом творчества, но и воплощением самого творчества, — творящей стихией мироздания. Поэт чувствовал себя составляющей этого природно-творческого процесса, сопричастным нравственно-эстетической гармонии мира. Поэтизация природы и ее изменений для Пастернака в огромной мере восполняла сдержанный интерес к человеческим отношениям и социально-политическим процессам, к исторической динамике окружающей действительности. Более того, человеческие отношения у Пастернака как бы «растворяются» в природе или проецируются на природные отношения — в виде ландшафта, погоды, жизни растений и животных.

А в человеческих отношениях поэта более всего занимали проявления любви, дружбы, творчества, относящиеся к общечеловеческим свойствам, казавшимся неизменными во все времена и в общем виде относящимися к вечности. Сиюминутные порывы общественных страстей, коллективистский пафос борьбы казались Пастернаку преходящими явлениями, след которых теряется в истории, но последствия которых могут быть разрушительными, необратимыми, если они не опосредованы человеческим разумом или художественным талантом.

> Когда строку диктует чувство,
>
> Оно на сцену шлет раба,
>
> И тут кончается искусство,
>
> И дышат почва и судьба.
>
> («О, знал бы я, что так бывает...», 1932) [II, C. 80]

В этом четверостишии заключен двойной смысл. С одной стороны, если художник — «раб» обстоятельств и страстей, — его искусство обречено и как искусство не нужно. С другой стороны, если преобладает «диктат чувства», то это значит, что эпохе не до искусства, она решает для себя другие проблемы — «почвы» и «судьбы». Всё говорит о том, что времени, занятому «почвой и судьбой», художник — «третий-лишний», и он должен быть предоставлен своему творческому уединению, а не выходить на историческую сцену. Если же поэт, все же, оказался на сцене, — он либо «раб чувства», а значит, не художник, либо он должен готовиться «к полной гибели всерьез», т. е. погибнуть как личность, как человек.

> Напрасно в дни великого совета,
>
> Где высшей страсти отданы места,
>
> Оставлена вакансия поэта:
>
> Она опасна, если не пуста.
>
> («Борису Пильняку», 1931) [I, C. 212]

Послереволюционное время отразилось в творчестве Пастернака лишь смятенностью переживаний и образов, потрясением художника, вдруг утратившего после революционной грозы смысл жизни, и тревожным предощущением бесконечного душевного поиска, на который он отныне был обречен. В цикле «Сестра — моя жизнь» читаем признание поэта:

Нашу родину буря сожгла.

Узнаешь ли гнездо свое, птенчик?

О мой лист, ты пугливей щегла!

Что ты бьешься, о шелк мой застенчивый?

(«Определение души», 1917) [II, С. 132]

В 20-е годы поэт предпринимает первые опыты прозы («Детство Люверс», «Воздушные пути», «Охранная грамота»), что свидетельствует о *прозаизации* его мироощущения. Однако тематика этих произведений по большей части автобиографическая; предмет поэтической рефлексии — лирическое «я» поэта, саморазвитие его внутреннего мира, происходящее под влиянием внутренних же причин.

«Ты рядом, даль социализма...»

Призывы к консолидации творческой интеллигенции вокруг советской власти, грандиозные планы социалистического строительства, учреждение Союза советских писателей, призванного создать *массовую советскую культуру*, нацеленную на то, чтобы просветить, возвысить и устремить в будущее простых людей, — всё это вдохновило Пастернака на поворот к текущей действительности, с осмыслению идейных истоков революции и социализма. Правда, его более увлекали не сама современность, а *ретроспективный взгляд* на происхождение современности из предшествующих эпох, *метафизические основы* революционного движения, *творческая роль личности* в истории. Так рождались поэмы «Высокая болезнь» «Девятьсот пятый год» «Лейтенант Шмидт», роман в стихах «Спекторский». Интересовало поэта и то, что из опыта революции сохранится в вечности и что вечное лежит в основании революционных событий.

В поэме «Высокая болезнь» поэт впервые обратился к образу Ленина, воссозданному по личным впечатлениям. Это было, по словам поэта, «мимолетным»: «Что в нем / В тот миг связалось с ним одним»:

Он был как выпад на рапире.

61

> Гонясь за высказанным вслед,
>
> Он гнул свое, пиджак топыря
>
> И пяля передки штиблет.
>
> Слова могли быть о мазуте,
>
> Но корпуса его изгиб
>
> Дышал полетом голой сути,
>
> Прорвавшей глупый слой лузги ⟨...⟩
>
> («Высокая болезнь», 1923, 1928)[I, С. 260]

Это, конечно, интеллектуальный портрет вождя. Ведь через его «голосовой экстракт», сквозь звучащие в его речи факты «история орет». Как и, по-своему, В. Маяковский, Пастернак ставит Ленина и Историю рядом:

> Всегда готовый к ней придраться,
>
> Лишь с ней он был накоротке,
>
> Столетий завистью завистлив,
>
> Ревнив их ревностью одной,
>
> Он управлял теченьем мыслей
>
> И только потому—страной.
>
> («Высокая болезнь», 1923, 1928) [I, С. 260]

Через осмысление личности Ленина поэт стремился понять сам ход истории, ее закономерности, роль личностного начала в ней. Значение идей вождя Пастернак трактует в масштабе «большого времени»—мерой столетий, ходом исторического процесса, а их влияние—общим течением мыслей с массой людей. Но, в отличие от Маяковского, Пастернак предвидел трагические последствия смерти гения, а вовсе не победоносное шествие его идей. Ведь «теченьем мыслей» может управлять кто-то другой, а не гений, и тогда «зависть» и «ревность» столетий может смениться «тяготами веков».

> Я думал о происхожденьи
>
> Века связующих тягот.
>
> Предвестьем льгот приходит гений
>
> И гнетом мстит за свой уход.
>
> («Высокая болезнь») [I, С. 260]

В поэме «Высокая болезнь» Пастернак рассказал о своих впечатлениях о выступлении Ленина на IX съезде Советов. А со Сталиным он лично виделся и несколько раз разговаривал по телефону. Подруга и возлюбленная поэта О. Ивинская вспоминала о рассказе Пастернака. «Личная встреча Пастернака, Есенина и Маяковского со Сталиным состоялась, по-видимому, в конце 24 или начале 25 года. ⟨...⟩ Хотя Есенин, Маяковский и Пастернак были приглашены одновременно, Сталин беседовал с ними раздельно. Он говорил, стараясь очаровать, говорил, что от них ждут настоящего творческого пафоса, что они должны взять на себя роль "глашатаев эпохи". В те годы Борис Леонидович еще видел в Сталине подлинного вождя»[1].

Все три встречи Сталина с великими русскими поэтами официально мотивировались заботой о переводе грузинских поэтов на русский язык (впоследствии переводом грузинских поэтов занимался только Пастернак). Однако в подтексте эта встреча предполагала убеждение каждого из поэтов стать «глашатаями эпохи», прославить советскую власть и ее вождей. Из троих только Маяковский стал «агитатором и главарем» советского. Но в той или иной мере собеседование Сталина повлияло и на творчество Есенина, и на творчество Пастернака. Темы революции, социализма, строительства новой, советской жизни по-разному зазвучали в поэзии трех художников. Но поэму о Сталине не создал никто из них. Да и образ революции у каждого из них складывался довольно противоречиво.

В поэме «Лейтенант Шмидт» Б. Пастернак воссоздает монолог своего героя, обращенный к судьям и палачам, накануне казни:

«Напрасно в годы хаоса

Искать конца благого.

Одним карать и каяться,

Другим—кончать Голгофой.

Как вы, я—часть великого

Перемещенья сроков,

И я приму ваш приговор

Без гнева и упрека.

Наверно, вы не дрогнете,

---

[1] *Ивинская О. В.* В плену времени. Годы с Борисом Пастернаком. Париж: Fayard, 1972. С. 72-73.

> Сметая человека.
>
> Что ж, мученики догмата.
>
> Вы тоже — жертвы века. ⟨...⟩
>
> Я знаю, что столб, у которого
>
> Я стану, будет гранью
>
> Двух разных эпох истории,
>
> И радуюсь избранью».
>
> («Лейтенант Шмидт», 1926—1927) [I, С. 322-323]

В трактовке Пастернака лейтенант Шмидт — интеллигент, возглавивший мятеж революционных матросов, — символическая фигура, обозначившая рубеж между дореволюционной эпохой и — послереволюционной. Он был выдвинут стихией и стал «избранником» и — «жертвой века», как и те, кто кровью подавил революцию. Победа революции и ее поражение в самосознании революционера неразличимы, т. е. одинаково значимы. В конце жизни сам Пастернак напишет, обращаясь к себе как поэту:

> Но пораженья от победы
>
> Ты сам не должен отличать.
>
> («Быть знаменитым некрасиво...», 1956) [II, С. 150]

Пастернак искренне пытался включиться в процесс социалистического строительства, создания новой советской поэзии.

> Ты рядом, даль социализма.
>
> Ты скажешь — близь? Средь тесноты,
>
> Во имя жизни, где сошлись мы, —
>
> Переправляй, но только ты.
>
> Ты куришься сквозь дым теорий,
>
> Страна вне сплетен и клевет,
>
> Как выход в свет и выход к морю...
>
> («Волны», 1931) [II, С. 57]

Поэту казалось, что «даль социализма» сама наступит и поправит жизнь, открывая путь в будущее, и ее не нужно торопить. Важнее сохранить всё лучшее, что было пережито в прошлом и что получит отклик в будущем. Но далеко не все современники разделяли надежды Пастернака на органическую связь в жизни и культуре нового и старого.

Кульминацией «советского» Периода в творчестве Пастернака стал I съезд советских писателей (1934). Многими писателями, участниками съезда сам факт создания единого Союза Писателей (выражением чего и явился съезд) сознавался как результат преодоления литературной борьбы между литературными группировками 1920-х годов и свидетельство *консолидации* творческих сил писателей всех течений и направлений, представляющих советскую литературу как целое, как многомерное явление, рожденное культурной политикой советской власти. Между тем, не сразу стало понятно, что объединение писателей страны в общий Союз означает не только их консолидацию, но, во многом, и их *унификацию* (за счет общности творческих и идейных задач и общего метода — социалистического реализма). На съезде восторжествовала сталинская интерпретация миссии советских писателей как «инженеров человеческих душ», которой посвятил свою речь от имени ЦК ВКП (б) главный идеолог эпохи А. А. Жданов①.

Но, пожалуй, острее всего прозвучал доклад Н. И. Бухарина о поэзии. Подведя итоги поэтическим достижениям Серебряного Века — Блока, Есенина, Брюсова, отдав дань основоположникам советской поэзии — Демьяну Бедному как «пролетарскому поэту» и Маяковскому как «советскому классику» [490-491], бегло перечислив поэтов-современников (В. Кириллова, А. Безыменского, Э. Багрицкого, М. Светлова, А. Жарова, Н. Ушакова, И. Уткина Б. Корнилова), Бухарин особо остановился на творчестве Пастернака и выделил его среди других больших поэтов его времени — И. Сельвинского, Н. Тихонова, Н. Асеева.

« Борис Пастернак — говорил Бухарин — является поэтом, наиболее удаленным от злобы дня, понимаемой даже в очень широком смысле. Это поэт — песнопевец старой интеллигенции, ставшей интеллигенцией советской. Он безусловно приемлет революцию, но он далек от своеобразного техницизма эпохи, от шума битв, от страстей борьбы. Со старым миром он идейно порвал (или вернее, надорвал связь с ним) еще во время империалистической войны и

① См.: Первый Всесоюзный съезд советских писателей. 1934. Стенографический отчет. М.: Советский писатель, 1990 (Репринтное воспроизведение издания 1934 года). С. 4. В дальнейшем ссылки на это издание даются в тексте статьи с указанием страниц книги.

сознательно стал "поверх барьеров"» [494-495]. Далее оратор подробно характеризует оригинальность поэта, его «лабораторное мастерство», «словесную инструментовку». «У него можно найти бесчисленное количество прекрасных метафор, и дыхание его поэзии свежо и благоуханно...». Борис Пастернак, по словам Бухарина—академика и главного редактора «Известий»—«один из замечательнейших мастеров стиха в наше время, нанизавший на нити своего творчества не только целую вереницу лирических жемчужин, но и давший ряд глубокой искренности революционных вещей» [495]. Столь проникновенная характеристика Пастернака как поэта выдавала нескрываемую симпатию Бухарина к Пастернаку (что впоследствии сыграло отрицательную роль в судьбе поэта).

Доклад Бухарина немедленно вызвал на съезде писателей отклик «обиженных» поэтов. А. Сурков назвал творчество Пастернака «неподходящей точкой ориентации» для роста советской поэзии [512]; А. Безыменский поучал Пастернака, чтобы он «приучил свой взор к большим пространствам, перестал ограничивать горизонты нашего времени четырьмя стенами своей комнаты и отразил эту самую страну, ее идеи и чувства» [551]. Демьян Бедный заявил, что поэтический язык Пастернака ему так же недоступен, как и стрекотанье «кузнечиков и соловьев»—«невразумительный, взволнованно-косноязычный стих» [557]. Пастернак невольно стал точкой раскола писательского единства.

1936 год, ознаменованный двумя восторженными стихотворениями, посвященными Сталину. В одном из них он сравнивал себя (поэта) и вождя («гения поступка») как соотнесенные между собой полюса советского общества, находящиеся в напряженном творческом диалоге.

И этим гением поступка

Так поглощен другой, поэт,

Что тяжелеет, словно губка,

Любою из его примет.

Как в этой двухголосной фуге

Он сам ни бесконечно мал,

Он верит в знанье друг о друге

Предельно крайних двух начал.

(«Мне по душе строптивый норов...»,1936)[II, С. 402]

Мечта Пастернака о взаимопонимании вождя и поэта оказалась иллюзией.

«Фуга» политики и искусства была неосуществимой.

Охлаждение власти к поэту в связи с его «отрешенностью от жизни» и «несоответствием» его мировоззрения эпохе чувствовалось уже на съезде писателей. Начавшийся Большой Террор и поток политических репрессий, погубивший многих художников—друзей поэта, окончательно отвратили Пастернака от советского официоза и политики, от советской действительности. Во время московских процессов 1930-х годов против представителей «правого» и «левого» уклонов в партийном руководстве страны Пастернак демонстративно отказывался подписывать коллективные письма в поддержку расстрелов. Когда 15 июня 1937 г. вышла «Литературная газета», где «под письмом писательской общественности "Не дадим житья врагам Советского Союза" в числе других стояла и подпись Пастернака», он поехал к Ставскому, возглавлявшему тогда Союз Писателей, требовать печатного опровержения. «Мне никто не давал права решать вопросы жизни и смерти». Ставский кричал: «Когда кончится это толстовское юродство?»[1]

Когда же поэт сам попадал в списки осужденных на смертную казнь, И. Сталин вычеркивал его фамилию со словами: «Не трогайте этого небожителя». Вероятно, он ценил поэтический талант Пастернака и потому щадил его. Однако произведения Пастернака с некоторых пор не печатали, но разрешали ему заниматься переводами, которые и стали до конца его жизни единственным источником его существования.

Пастернак надолго уходит в мир переводов (из Шекспира, Гёте, Шиллера, Клейста, Кальдерона, европейских и грузинских поэтов). Это не просто уход в себя, бегство от ужасов предвоенных реалий и бдительной цензуры, но и сознательная апелляция к опыту мировой художественной и интеллектуальной культуры, творчеству классиков мировой литературы, и виртуозное порождение *иносказательных текстов*, *актуальный подтекст* которых оказывается много значительнее поэтического переложения трагедий Шекспира и «Фауста» Гёте. Сам автор объяснял появление своих переводов тем, что «это соответствует моей тоске по Европе, моей всегдашней мысленной жизни в ней»[2].

---

[1] *Пастернак Е. Б.* Борис Пастернак: Материалы для биографии. М.: Советский писатель, 1989. С. 534.

[2] Из письма к сестре Лидии // *Пастернак Е. Б.* Борис Пастернак: Материалы для биографии. М.: Советский писатель, 1989. С. 537.

Поэтические циклы 40-х и 50-х годов («На ранних поездах» «Стихи из романа» «Когда разгуляется»), при их кажущейся простоте, реалистичности и незамысловатости, наполнены психологической, социальной и философской *многозначностью*, что позволяет поэту классическими средствами обобщить в них трагический опыт XX века. В описаниях природы у Пастернака всегда присутствует второй, собственно человеческий план,—так выражен у него философский и психологический подтекст жизни, представленной в символических картинах природы. Вечное в вечном.

Неоклассик: завершитель и начинатель. Постмодернизм

Венчающий творческий путь Б. Пастернака роман «Доктор Живаго»— произведение одновременно прозаическое и поэтическое—своей демонстративной *полистилистикой* (воссозданием узнаваемых стилей Пушкина, Тургенева, Гончарова, Островского, Л. Толстого, Достоевского, Чехова в разных главах повествования); *аппликацией* жизни и судьбы главного героя на биографии и судьбы Блока, Маяковского, Есенина, автора и Христа; *притчеобразностью* сюжета, спроецированного на евангельскую историю и сюжеты русской и европейской литературы,—становится символическим обобщением судеб творческой интеллигенции накануне и после Октябрьской Революции и путей развития русской поэзии в это время.

Роман «Доктор Живаго» является не только одним из первых постмодернистских произведений русской литературы советского времени, но и *завершает* собой русскую литературную классику—через 40 лет после ее драматического конца, подводя культурфилософские итоги ее развитию. Обращаясь к известным из русской классики сюжетам и ситуациям, описаниям и изображениям, персонажам и поступкам, переосмысляя и деконструируя их, Пастернак показывает, как они страшно трансформируются в течение многострадального XX века, не изменяя при этом своей сути.

Своим романом Б. Пастернак, как *завершитель* великой культурной традиции, хотел сказать миру, что русская интеллигенция и заветы русской классики, несмотря на все испытания, несмотря на революцию и советский строй, живы и бессмертны, а, может быть, и вечны. Несомненно—вечны!

За это он и был, как писатель и мыслитель, вознагражден (во всемирноисторическом масштабе) и, в то же время, наказан (в советских условиях своего времени) Нобелевской премией. Вокруг поэта развернулась кампания травли и слежки, которая привела его к скорой смерти. Пастернак был исключен из Союза Писателей, его принудили публично отказаться от премии (она была вручена в 80-е годы сыну писателя Е. Б. Пастернаку), его выталкивали в эмиграцию, от чего он категорически отказался.

В стихотворении «Нобелевская премия» поэт констатировал:

> Что же сделал я за пакость,
> Я, убийца и злодей?
> Я весь мир заставил плакать
> Над красой земли моей.
>
> Но и так, почти у гроба,
> Верю я, придет пора —
> Силу подлости и злобы
> Одолеет дух добра.
> («Нобелевская премия», 1959) [II, С. 195]

Всё сказанное поэтом подтвердилось.

На собрании московских писателей Пастернака клеймили за предательство, которого он не совершал, называли «литературным сорняком» и «литературным власовцем»—совершенно несправедливо и лживо. Роман Пастернака обвиняли в контрреволюционности и антисоветскости, чего в нем не было в принципе: речь в нем шла о трагической судьбе личности в эпоху исторических катаклизмов, о внутреннем мире человека, переживающего за свою страну, за свою многовековую культуру.

«Доктор Живаго» повествовал о победе общечеловеческих переживаний и проблем над узкосоциальными и исторически преходящими. и то, что тогда казалось интимным миром художника-эстета, запертого в четырех стенах своей комнаты,—сегодня предстало огромным миром мыслей и чувств, волнующих всё человечество и принадлежащих всему миру

(编校:王　永)

Особенности метрики Пастернака на разных этапах его творчества

В. А. Плунгян

(Институт русского языка им. В. В. Виноградова РАН, Россия)

Аннотация: С опорой на поэтический подкорпус Национального корпуса русского языка в статье рассматриваются некоторые характеристики метрики Б. Л. Пастернака и эволюция его стиха от раннего периода к позднему. В целом подтверждаются сделанные в стиховедческих работах 1980—1990-х гг. наблюдения, что константой метрики Пастернака оказывается высокая (для поэта XX века) доля ямба и сравнительно низкая доля правильных трехсложных метров; особое внимание уделяется неклассической метрике, присутствующей не только в раннем, но и в позднем творчестве.

Ключевые слова: Б. Л. Пастернак; метрика; силлабо-тоника; неклассический стих; дольник; Национальный корпус русского языка; русская поэзия

При обилии исследований, посвященных самым разным сторонам поэзии Б. Л. Пастернака, собственно стиховедческий аспект изучения его наследия не так велик и по объему значительно уступает исследованиям на другие темы (историко-биографические, текстологические, литературоведческие, общекультурные и т. п.). Тем не менее, основные особенности метрики, строфики и рифмы Пастернака на протяжении всего его творчества были достаточно детально проанализированы в специальных работах, как минимум, дважды—вначале В. С. Баевским[1], а

---

[1] *Баевский В. С.* Б. Пастернак—лирик: Основы поэтической системы. Смоленск: Траст-Имаком, 1993; *Баевский В. С.* Стихосложение Б. Пастернака // *В. П. Григорьева* (ред.). Проблемы структурной лингвистики. 1984. М.: Издательство Наука, 1988. С. 137-151.

впоследствии М. Л. Гаспаровым[1]. Кроме того, целый ряд проницательных наблюдений над отдельными особенностями стиха Пастернака можно найти у многих других исследователей — в частности, в работах Г. Струве, И. Лилли, К. Тарановского, Вяч. Вс. Иванова, Ю. И. Левина, К. М. Поливанова и др. (в основном эти наблюдения учтены в указанном выше очерке М. Л. Гаспарова)[2].

Появление поэтического подкорпуса Национального Корпуса русского языка позволяет уточнить и скорректировать имеющиеся сведения. Основные количественные и эволюционные закономерности, отмеченные В. С. Баевским и М. Л. Гаспаровым, разумеется, подтверждаются и на корпусном материале, но некоторые детали кажутся интересными и заслуживают более подробного обсуждения. Корпусный материал основан, как и работы исследователей 1990-х годов, на двухтомном академическом издании, вышедшем в серии «Библиотека поэта»[3]; ср. также дополненное переиздание[4]. Общий массив произведений состоит из 531 документа (под документом в корпусе понимается стихотворный текст, которому приписана метрическая разметка как целому: он может совпадать с поэтическим произведением в печатном издании, а может быть его частью, если речь идет о сложных полиметрических композициях наподобие поэм «Девятьсот пятый год» или «Лейтенант Шмидт»). Тексты созданы в период с 1909 по 1959

---

[1] *Гаспаров М. Л.* Семантика метра у раннего Пастернака // Известия АН СССР, Серия литературы и языка. 1988. № 2. С. 142-147. Данная публикация обобщает нескольких более ранних работ М. Л. Гаспарова на ту же тему, сводя их воедино (и в некоторых случаях уточняя отдельные детали). Она с наибольшей полнотой представляет взгляды исследователя на стих Пастернака; тем не менее, отметим также статью, сохраняющую самостоятельное значение. Здесь мы не касаемся публикаций М. Л. Гаспарова последних лет (в соавторстве с И. Ю. Подгаецкой и К. М. Поливановым), посвященных текстологии и герменевтике ранних сборников Пастернака, хотя стиховедческая составляющая у этих работ тоже есть.

[2] *Бурцева Т. А.* Лингвопоэтика Б. Л. Пастернака и ее эволюция: На материале оригинальной поэзии. : дис. канд. филол. наук. : КГУ. Казань, 1997. Нам известна также одна диссертация, в проблематике которой метрика Пастернака занимает существенную часть (хотя и не является ее единственной темой); ср. также краткое резюме наблюдений автора над метрикой Пастернака в [*Бурцева Т. А.* Особенности «ритмического безумия» Б. Л. Пастернака // Филология и культура. 2013. № 4. С. 31-35.] (ограниченное в основном двусложными метрами).

[3] *Пастернак Б. Л.* Стихотворения и поэмы: в 2 т. / Сост. , подг. текста и примеч. *Баевского В. С.* и *Пастернака Е. Б.* Ленинград: Советский писатель, 1990.

[4] *Пастернак Б. Л.* Полное собрание стихотворений и поэм. / Сост. , подг. текста и примеч. *Баевского В. С.* и *Пастернака Е. Б.* СПб. : Издательство Академический проект, 2003.

год (включены только оригинальные поэтические произведения). Основная метрическая разметка текстов выполнена К. М. Корчагиным в 2009 г. В подсчетах М. Л. Гаспарова, произведенных на том же массиве, фигурирует 495 произведений, разбитых на 600 текстов. Несколько большее число текстов у М. Л. Гаспарова объясняется разной дробностью в разбиении одного произведения на полиметрические фрагменты: в Корпусе эта дробность меньше (однако полиметрия всегда учитывается). Эти незначительные количественные расхождения на основные результаты анализа, насколько можно судить, не влияют.

Пастернак принадлежит к числу авторов с ярко выраженной периодизацией творчества: с течением времени его стиль менялся (от раннего творчества к позднему—радикально), и каждый этап такой эволюции отражался в авторских книгах. Границы между этими этапами достаточно отчетливы. Тем самым, в случае Пастернака «книга стихов» оказывается (как и для многих других поэтов, особенно эпохи модернизма) важным структурным и содержательным понятием для характеристики определенного периода—в том числе, и в отношении метрических особенностей и других формальных параметров стиха.

Первый период включает ранние «футуристические» сборники «Близнец в тучах» (1913, на обложке годом издания указан 1914) и «Поверх барьеров» (1917, сборник с таким же названием, но расширенным составом, издавался также в 1929 и 1931) и последовавшие за ними «Сестра моя жизнь» (1922, включает стихи лета 1917 года) и «Темы и вариации» (1923). Два последних сборника уже представляют яркую индивидуальную манеру «раннего Пастернака», свободную от непосредственного влияния других школ и авторов. Этот период характеризуется наибольшим разнообразием формальных средств— впрочем, к началу 1920-х годов наблюдается тенденция к увеличению доли классического (прежде всего, ямбического) стиха—«реабилитация ямба», в формулировке М. Л. Гаспарова①.

Период середины и конца 1920-х годов является для Пастернака переходным: впервые в значимом количестве у него появляется проза, а также целый ряд поэм (точнее, эпических циклов—такая характеристика оправдана и с точки зрения метрики, поскольку в разных фрагментах этих циклов используются

---

① *Гаспаров М. Л.* Стих Б. Пастернака // *Гаспаров М. Л.* Избранные труды. Т. 3. М.: Языки русской культуры, 1997. С. 512.

разные метры, и это варьирование семантически и стилистически значимо). К ним относятся метрически более традиционные ямбические «Высокая болезнь» (1923) и «Спекторский» (1924—1929), отчетливо продолжающие линию «реабилитации ямба», и более экспериментальные «Девятьсот пятый год» (1925 — 1926), написанный, в основном, «длинным» анапестом, и особенно «Лейтенант Шмидт» (1926—1927), со сложной полиметрией и разнообразием неклассических метров: это последний яркий всплеск неклассической метрики в поэзии Пастернака. Существенно также, что в 1928 г. Пастернак радикально перерабатывает многие ранние стихи (до 1917 г.), оформляя их в раздел «Начальная пора», который печатается в составе сборника «Поверх барьеров» во всех последующих изданиях; фактически, это самостоятельные тексты, завершающие (а не начинающие, вопреки отведенному им композиционному месту) первый период его творчества.

Рубеж 1920-х и 1930-х годов характеризуется сменой поэтики Пастернака: по наиболее устоявшейся формулировке, «эстетика простоты» приходит на место «эстетики сложности». Не вдаваясь в тонкости того, что этот переход означает на разных уровнях интерпретации поэтики Пастернака, отметим, что применительно к метрическому репертуару эта характеристика в целом оправданна: в позднем творчестве значительно сокращается метрический репертуар и устанавливается полная доминация классических двусложных метров. Начало этого этапа обозначено сборником «Второе рождение» (1932); впрочем, М. Л. Гаспаров[1] датирует границу раннего и позднего периодов 1928 годом, считая наиболее существенным как раз резкое уменьшение метрического разнообразия и исчезновение неклассических метров, фиксируемое уже с 1929 г. (с 58 до 21 размера, по его подсчетам). Неоклассическая поэтика позднего периода отражена в таких сборниках, как «На ранних поездах» (1943) и «Когда разгуляется» (1959), а также в цикле «Стихотворения Юрия Живаго» (1946—1953).

Приведем некоторые количественные данные, полученные на материале Корпуса: поскольку множество детальных подсчетов уже было выполнено В. С. Баевским и М. Л. Гаспаровым, имеет смысл привести лишь наиболее общие и показательные цифры по корпусу в целом.

По основным метрам корпусная статистика следующая (ниже приводятся абсолютные цифры—число текстов, написанных данным метром—и после косой

---

[1] *Гаспаров М. Л.* Стих Б. Пастернака // *Гаспаров М. Л.* Избранные труды. Т. 3. М. : Языки русской культуры, 1997. С. 504.

черты округленная доля данных текстов в процентах по отношению к общему числу текстов в корпусе).

(1)Правильные метры (без полиметрических и неклассических): 422 / 79

из них двусложные: 326/61 (ямб 278/52, хорей 48/9)

из них трехсложные: 96/18 (анапест 44/8, амфибрахий 42/8, дактиль 10/2)

Неклассические метры: 95/18

(2)Классические метры с учетом стопности (только абсолютные цифры, без процентов):

ямб:

Я4—146, Я5—48, Я3—31, Я6—7; разностопный урегулированный 25, вольный 20

хорей:

Х4—27, Х5—9, Х6—4, Х3—3; разностопный урегулированный 4

анапест:

Ан3—26, Ан4—4, Ан5—4, Ан2—3; вольный 6, разностопный урегулированный 1

амфибрахий:

Аф3—18, Аф4—14, Аф2—2; разностопный урегулированный 6, вольный 2

дактиль:

Д4—4, Д3—3; вольный 2, разностопный урегулированный 1

(3) неклассические метры:

дольник (разных типов)—79 (в основном до 1928, с небольшим всплеском в 1941—1944[①] и единичными образцами вплоть до 1956)

[①] Поздние дольники составляют неоднородный массив, о них см. подробнее ниже; среди них выделяются прежде всего три стихотворения 1941 года: два «вальса» («Вальс со слезой» и «Вальс с чертовщиной») и близкое к ним в метрическом плане «Опять весна». Всё это четырехиктные дольники с нулевой анакрусой и значительным количеством строк правильного дактиля (Д4). Остальные образцы неклассической метрики 1941—1956 гг. («Иней», «1917—1942», «В низовьях», «Под открытым небом», «Трава и камни») не имеют явных общих признаков (кроме того, что в целом в них преобладают строки правильных метров). Вместе с тем, наличие этих текстов заставляет несколько скорректировать утверждение М. Л. Гаспарова [*Гаспаров М. Л. Стих Б. Пастернака // Гаспаров М. Л. Избранные труды. Т. 3. М.: Языки русской культуры*, 1997. С. 511] о «полном исчезновении» у Пастернака неклассических размеров после 1928 г. (впрочем, ранее сам же М. Л. Гаспаров [*Гаспаров М. Л. Стих Б. Пастернака // Гаспаров М. Л. Избранные труды. Т. 3. М.: Языки русской культуры*, 1997. С. 508] отмечает использование в стихах позднего периода двух новых разновидностей дольника, не встречавшихся у Пастернака до этого).

тактовик—11 (все до 1917)

акцентный стих—6 (все до 1916)

Приведенные цифры достаточно необычны по сравнения со «средним» поэтическим репертуаром первой половины XX века. Прежде всего (как это отмечали все без исключения исследователи Пастернака), бросается в глаза очень высокая для поэта этого периода доля правильных двусложных метров (с резким преобладанием ямба) при примерно равной доле трёхсложных и неклассических метров. В позднем периоде эта диспропорция еще выше (до двух третей от общего массива, согласно М. Л. Гаспарову); тенденция к «реабилитации ямба» начинается, как мы помним, уже с 1920-х годов, но в раннем периоде всё же доля неклассических метров достигает почти 30%.

При этом и характер использования разных типов классических метров у Пастернака также индивидуален. Отметим необычно низкую долю «длинных» ямбов и хореев (даже таких, как Я5 и Х5, интерес к которым как раз считается показательным для модернистов начала века, когда они вытесняют более характерные для XIX века 4-стопные метры[1]),—а также практически полное отсутствие «длинных» трехсложников, любимых многими поэтами Серебряного Века (на этом общем фоне использование парцеллированного Ан5 в подавляющем большинстве разделов поэмы «Девятьсот пятый год» выглядит исключением). С другой стороны, Пастернак немало экспериментирует с «короткими» классическими метрами: это относится в особенности к Я3 (доля которого значительна и в раннем, и в позднем периоде), но примечательно также существование отдельных образцов Х3, Ан2 и Аф2 (количественно их немного, но интерес к ним устойчив в разные периоды). Отметим также примерно равное количество анапеста и амфибрахия (при сильно уступающем обоим дактиле), однако анапестические тексты более однообразны и, в основном, представлены «романсовым» Ан3—от раннего «Определения поэзии» («Это—круто налившийся свист...», 1917) до позднего «Бабьего лета» («Лист смородины груб и матерчат...», 1953), тогда как амфибрахические—примерно поровну распределены между Аф3 и Аф4, устойчиво присутствующими во все периоды.

Наиболее интересное наблюдение, относящееся к ритмике трехсложных

---

[1] См. *Гаспаров М. Л.* Очерк истории русского стиха. Метрика. Ритмика. Рифма. Строфика. Изд. 2, доп. М.: Издательство Фортуна Лимитед, 2002. С. 216.

метров, принадлежит М. Л. Гаспарову①（и опирается в какой-то степени на более раннее исследование Г. Струве②）: отмечается активное использование Пастернаком（как в ранний, так и в поздний период）попусков ударений на средних иктах（с «рамочным» ритмом строк типа *покачивалась фельдшерица*）; в трехсложниках（в отличие от двусложников）такая ритмическая структура у поэтов XIX — XX вв. практически не встречается③. Напротив, ритмика двусложных метров（также тяготеющая к «рамочному» ритму в Я4, характерного для русского модернизма）достаточно типична и не обнаруживает заметного индивидуального отпечатка④. Можно согласиться с М. Л. Гаспаровым и в том, что «к экспериментам в строфике Пастернак не проявил интереса»⑤, хотя и здесь есть свои нюансы⑥.

Остановимся теперь немного подробнее на образцах неклассического стиха у Пастернака.

Наиболее смелые эксперименты такого рода относятся только к самому раннему периоду, совпавшему с интересом к футуризму и участием в группе «Центрифуга»（преимущественно 1914—1916 гг.）. Это вольный стих с нестрогой рифмовкой и значительным варьированием междуиктовых интервалов, в основном, в диапазоне от 1 до 3（характерного для тактовика）; в отдельных случаях встречаются интервалы 4, что позволяет говорить уже об акцентном

① *Гаспаров М. Л.* Стих Б. Пастернака // *Гаспаров М. Л.* Избранные труды. Т. 3. М. : Языки русской культуры,1997. С. 515.

② Struve G Gustav. Some observations on Pasternak's ternary metres. In Robert Magidoff（ed.）. *Studies in Slavic linguistics and poetics, in honor of Boris O. Unbegaun.* New York: New York University Press, 1968. С. 227-244.

③ Ср. несколько другой материал, иллюстрирующий это явление, в статье: *Иванов Вяч. Вс.* Безударные интервалы у Бродского // *Иванов Вяч. Вс.* Избранные труды по семиотике и истории культуры. Т. 3. М. : Издательский дом ЯСК, 2004. С. 732-746.

④ Вопреки мнению Т. А. Бурцевой, видевшей в сверхсхемных ударениях и в «широчайшем использовании пропусков схемных ударений» в двусложниках проявления особого стиля Пастернака и признаки «расшатывания» ритма [Бурцева 1997, 2013]. Как представляется, такие ритмические структуры в той или иной степени свойственны всей русской поэзии первой половины XX века, и метрическая индивидуальность Пастернака связана скорее с другими особенностями.

⑤ *Гаспаров М. Л.* Стих Б. Пастернака // *Гаспаров М. Л.* Избранные труды. Т. 3. М. : Издательство ЯРК, 1997. С. 509.

⑥ См. : *Поливанов К. М.* Об одной разновидности разностопного ямба в лирике Бориса Пастернака // *Киселёва Л. Н.*（ред.）. Труды по русской и славянской филологии. Литературоведение. Т. 7.（Новая серия）. Tartu: University of Tartu Press, 2009. С. 290-301.

стихе. Однако доля таких интервалов в разных образцах разная, и в основном, это единичные строки. Таковы «Зимнее небо» («Цельною льдиной из дымности вынут...», 1915), полиметрический «Город» («Уже за версту...», 1916), «Урал впервые» («Без родовспомогательницы, во мраке, без памяти...», 1916) и ряд других; такие случаи воспринимаются скорее как более расшатанная разновидность тактовика, а не самостоятельный метрический тип. К полноценному акцентному стиху (четыре и более строк с интервалами 4) целесообразно отнести лишь два образца: это «Возможность» («В девять, по левой, как выйти со Страстного...», 1914) и «Артиллерист стоит у кормила...» (1914); оба текста включены в сборник «Поверх барьеров».

Во всех случаях (и этот прием будет характерен для Пастернака на протяжении всего творчества) яркое метрическое отклонение не воспроизводится массово: оно лишь обозначается в одном или нескольких ключевых местах стихотворения, а все остальные строки демонстрируют менее экзотический ритм: если этой яркой точкой оказывается акцентный стих, то он присутствует на фоне тактовика и дольника, если тактовик, то он присутствует на фоне дольника и правильных метров, а если дольник — то на фоне правильных трехсложников (реже двусложников). Даже в самый экспериментальный из всех периодов, в «футуристические» 1912—1916 годы, Пастернак хорошо соблюдает этот принцип редкого отклонения на регулярном фоне; тем более это верно для тонических экспериментов более поздних лет.

Характерна в этом отношении структура стихотворения «Урал впервые» (1916). Оно состоит из 20 строк, разбитых на пять четверостиший (с изысканной перекрестной рифмовкой д (~ г) ж, весьма характерной для Пастернака). Доминирующий метр стихотворения — правильный Аф4, и отступлений от этого метра только три: в первых двух четверостишиях начальные строки, сохраняя 4-иктную основу, содержат резкое увеличение междуиктовых интервалов до 3 и 4 слогов, а самая последняя строка, сохраняя правильный метр, оказывается укороченным Аф3ж (*Покров из камки и сусали*). Таким образом, отклоняются от доминирующего метра только 3 из 20 строк, но стоят они на выделенных позициях: контрастного начала и завершающей коды. Это дает ощущение сильно расшатанного ритма, хотя такая расшатанность строго говоря, лишь обозначена в виде «метрического намека»; но этот намек попадает в композиционно выделенную позицию, что выгодно подчеркивает отступления от основного метра.

Вот так выглядят два начальных четверостишия стихотворения (во всей оставшейся части, напомним, имеется уже только правильный амфибрахий):

(4) Урал впервые (1915)

Без ро́довспомога́тельницы, во мра́ке, без па́мяти,	Ак4д	1 * 3 * 4 * 2 * 2
На но́чь натыка́ясь рука́ми, Ура́ла	Аф4ж	1 * 2 * 2 * 2 * 1
Тверды́ня ора́ла и, па́дая за́мертво,	Аф4д	1 * 2 * 2 * 2 * 2
В муче́ньях осле́пшая, у́тро рожа́ла.	Аф4ж	1 * 2 * 2 * 2 * 1
Гремя́ опроки́дывались неча́янно заде́тые	Ак4д	1 * 2 * 4 * 3 * 2
Грома́ды и бро́нзы масси́вов каки́х-то.	Аф4ж	1 * 2 * 2 * 2 * 1
Пыхте́л пассажи́рский. И, где́-то от э́того	Аф4д	1 * 2 * 2 * 2 * 2
Шара́хаясь, па́дали при́зраки пи́хты.	Аф4ж	1 * 2 * 2 * 2 * 1

Аналогично обстоит дело и с тактовиками: все они приходятся на период 1914—1917 гг. и представляют собой тексты, в которых строки с междуиктовым интервалом в 3 слога единичны. Фактически, ни одного полноценного тактовика у Пастернака даже в этот период нет: речь идет только об отдельных строчках тактовика, «подмешанных» в инометрический массив. Такова «Баллада» («Бывает, курьером на борзом...», 1916), «Мельницы» («Стучат колеса на селе...», 1915, 1928) и др. тексты (часто полиметрические, но в целом, не выходящие за пределы правильной силлабо-тоники и дольника).

Более важное место в корпусе Пастернака занимают дольники, прежде всего в количественном отношении: их доля такая же, как доля трехсложников (по 18 %). При общей ямбической доминанте существенно, что дольники оказываются равным конкурентом правильным трехсложным метрам. Вторая особенность заключается в том, что дольники присутствуют у Пастернака практически на всем протяжении его творчества, хотя и в несколько разных пропорциях: их больше в первый период, но они не исчезают полностью и во второй.

В целом, про метрическую структуру дольников можно сказать то же, что и про другие неклассические метры: строки дольника никогда (или почти никогда) не доминируют, подмешиваясь к правильным силлабо-тоническим метрам. У Пастернака нет ни одного стихотворения, написанного «чистым» дольником, без примеси правильных строк, хотя доля дольниковых строк может быть разной. Очень характерно в этом плане известное стихотворение «Петербург» (1915). Оно состоит из четырех фрагментов различного размера. Первый («Как в пулю сажают вторую пулю...») представляет собой доминирующий урегулированный амфибрахий Аф4ж+Аф3ж с небольшой примесью дольника такой же структуры (как и во многих других подобных случаях, две дольниковые строки—начальные в этом фрагменте, т. е. стоят в выделенной позиции). Второй («Волны толкутся. Мостки для ходьбы...»)—целиком правильный дактиль Д4мж, третий («Чертёжный рейсфедер...») представляет собой доминирующий короткий амфибрахий Аф2дж (с излюбленной Пастернаком нетривиальной клаузулой) с одной строкой дактиля (*Всадника медного*, Д2д) и одной—ямба (*Поверх барьеров*, Я2ж; впрочем, этот ямб можно трактовать и как дольник). Наконец, четвертый фрагмент («Тучи, как волосы, встали дыбом...») может быть интерпретирован (крайне редкий случай у Пастернака!) как текст с доминирующим дольником и отдельными строками правильного дактиля: их только 3 из 12. Метрическая структура у последнего фрагмента почти совпадает с первым: это урегулированный стих 4 + 3 (с единичным нарушением), но с нулевой анакрусой и прихотливо варьирующей клаузулой *жм*, *дж* и *дм*. Как можно видеть, даже в последнем случае, который ближе всего соответствует образцу русского дольника первой половины XX века, правильные строки всё-таки встречаются. В остальных же текстах Пастернак неизменно следует своей основной тенденции в экспериментах с неклассической метрикой: ее присутствие лишь обозначается, но при этом, как правило, в композиционно выделенных строках. Вот как выглядит начало первого фрагмента:

(5) Петербург (1915)

Как в пу́лю сажа́ют втору́ю пу́лю	Дк4ж 1 * 2 * 2 * 1 * 1
Или бьют на пари́ по све́чке,	Дк3ж 2 * 2 * 1 * 1
Так э́тот раска́т берего́в и у́лиц	Дк4ж 1 * 2 * 2 * 1 * 1
Петро́м разряжён без осе́чки.	Аф3ж 1 * 2 * 2 * 1
О, ка́к он вели́к был! Как се́ткой конву́льсий	Аф4ж 1 * 2 * 2 * 2 * 1
Покры́лись желе́зные щёки,	Аф3ж 1 * 2 * 2 * 1
Когда́ на Петро́вы глаза́ наверну́лись,	Аф4ж 1 * 2 * 2 * 2 * 1
Слезя́ их, зали́вы в осо́ке!	Аф3ж 1 * 2 * 2 * 1

Как можно видеть, после энергичного дольникового начала (где переменным оказывается не только междуиктовый интервал, но и анакруса) уже в конце первого четверостишия происходит переход к правильному амфибрахию—который и воспроизводится без нарушений до самого конца фрагмента.

Такая тенденция сохраняется и для всех дольников Пастернака в последующие годы. Среди них доминируют дольники на трехсложной основе с присутствием большого (и даже подавляющего) количества строк правильных трехсложников; при этом преобладает односложная («амфибрахическая») анакруса, что в целом для русского дольника первой половины XX века не столь типично—в целом, как известно, в русской поэзии доминирующей чем дальше, тем больше оказывается двусложная («анапестическая») анакруса[①]. Вот образец позднего дольника Пастернака с характерным для него «рамочным» ритмом трехсложника, распространяемого и на строки дольника:

(6) Иней (1941)

Глухая пора листопада.	Аф3ж	1 * 2 * 2 * 1
Последних гусей косяки.	Аф3м	1 * 2 * 2 * 0
Расстраиваться не надо:	Дк3ж	1 * 4 * 1
У страха глаза велики.	Аф3м	1 * 2 * 2 * 0
⟨...⟩		
Торжественное затишье,	Дк3ж	1 * 4 * 1
Оправленное в резьбу,	Дк3м	1 * 4 * 0
Похоже на четверостишье	Аф3ж	1 * 5 * 1 (средний икт безударен)
О спящей царевне в гробу.	Аф3м	1 * 2 * 2 * 0

При всех различиях поэтики раннего и позднего Пастернака, отраженных и в формальных признаках стиха (более строгая клаузула и рифма, более однородный метрический репертуар), способ обращения с дольником, в общем, не меняется: мы видим те же единичные строки дольника, эффектно «подмешанные» к основному массиву правильных трехсложников.

Вместе с тем, встречаются и более редкие типы дольника, чем обычный 3-х или 4-иктный дольник на трехсложной основе. «Вальсы» 1941 года, о которых уже говорилось выше, демонстрируют сочетание преобладающего правильного Д4 (*Ветки неловкости не одолели*), Д4 с цезурным усечениями (*Только в примерке* || *звёзды и флаги*) и дольника на основе Д4 (*Эта—отмеченная избранница* 0 * 2 * 4 * 2) или Аф4 (*Когда о ёлке толки одни* 1 * 1 * 1 * 2 * 0). Более сложен размер

---

① *Гаспаров М. Л.* Очерк истории русского стиха. Метрика. Ритмика. Рифма. Строфика. Изд. 2, доп. М. : Издательство Фортуна Лимитед, 2002. С. 291.

отмеченного М. Л. Гаспаровым как особый тип дольника стихотворения «В низовьях» (1944): доминирующим в нем является сочетание длинных строк Д4м (правильных или с цезурным усечением вида Д2ж | | Д2м) и коротких строк правильного Д2ж. Строго говоря, его можно было бы и не рассматривать среди дольников, если бы не одна строка (*Пеной по отмели шорх-шорх*), с нестандартным нулевым междуиктовым интервалом во втором полустишии. Также отмеченное М. Л. Гаспаровым среди поздних дольников «Под открытым небом» (1953) демонстрирует нерегулярное начало в первом четверостишии (Дк3м+ Дк2м с нулевой анакрусой) и резко контрастирующее с ним правильное ямбическое продолжение (Я3жм). Наконец, выделяется (маргинальный у Пастернака и, в целом, редкий в русской поэзии) дольник на двусложной основе: он представлен в двух главах «Лейтенанта Шмидта», «Три градуса выше нуля...» [Лейтенант Шмидт, 6] и «Постойте! Куда вы? Читать? Не дотолчётесь...» [Лейтенант Шмидт, 5]. По-видимому, «Лейтенант Шмидт» — вершина метрической сложности у Пастернака, так что присутствие таких образцов именно здесь — неудивительно. Фрагмент 6 представляет собой вольный 3 — 4 иктный стих, колеблющийся между правильным ямбом и амфибрахием с преобладанием правильного Я4 и небольшим количеством строк вида *С жаргоном из аптек и больниц* (1 * 1 * 1 * 2 * 0), где преобладающие односложные интервалы чередуются с отдельными двусложным. Что касается фрагмента 5, то он допускает различные метрические интерпретации; на наш взгляд, наименее противоречиво было бы рассматривать этот текст как дольник на основе 6-стопного ямба с цезурными наращениями: Я3ж | Я3жм. Отдельные полустишия представляют собой очень разные метрические образцы, но двусложная основа в них преобладает, а цезура присутствует практически во всех строках[①].

Обобщая сказанное, можно заключить, что, несмотря на преобладающую у Пастернака, в целом, (и особенно в позднем периоде) консервативную метрику с высокой долей традиционного Я4, ряд особенностей его стиха ярко индивидуален и заслуживает более пристального внимания. Помимо таких, уже отмечавшихся в предшествующих исследованиях черт, как инновационная «рамочная» ритмика трехсложников и разнообразные эксперименты с рифмовкой и клаузулой, оригинальностью отличается и неклассический стих Пастернака (в целом, около

---

① Правомерность такой трактовки подробно обосновывается в книге: *Корчагин К. М.* Русский стих: цезура. СПб.: Издательство Алетейя, 2021. С. 428-429.

ста текстов, составляющих почти пятую часть всего поэтического наследия Пастернака). Важнейшей особенностью неклассического стиха Пастернака является отсутствие «чистых» его образцов: во всех случаях строки неклассического метра соседствуют в произведении с правильными силлабо-тоническими строками, причем в подавляющем большинстве случаев они находятся в меньшинстве или даже имеют единичный характер, хотя часто занимают композиционно выделенные позиции (выше мы определяли такой прием как «подмешивание» тоники в регулярный стих). Эта особенность усиливается в позднем периоде, но и в текстах раннего периода тоже присутствует.

Преобладающим типом тонического стиха является 3 — 4-иктный стих с междуиктовыми интервалами от 1 до 2 слогов, что, в целом, соответствует классическому дольнику (дольники логаэдического типа у Пастернака отсутствуют). Существенной особенностью тоники Пастернака является почти полное отсутствие двусложной (анапестической) анакрусы и преобладание односложной (что хорошо коррелирует с его предпочтениями в регулярном стихе: ямб и амфибрахий)①. Спорадические расширения междуиктовых интервалов до 3 и 4 слогов встречаются в ранней лирике Пастернака (до 1917 года) и в дальнейшем не возникают. В ряде случаев дольниковые формы тесно взаимодействуют с полиметрией, переменной анакрусой и цезурными эффектами: так устроены, в частности, «Мельницы» (1915, в том числе, и в варианте 1928), «Баллада» («Бывает, курьером на борзом...», 1916), уже упоминавшиеся 5 глава «Лейтенанта Шмидта» («Постойте! Куда вы? Читать? Не дотолчётесь!.», 1927), «Вальсы» 1941 года и «В низовьях» («Илистых плавней желтый янтарь...», 1944). Примечательно, что в двух главах из «Лейтенанта Шмидта» представлен редкий дольник на двусложной основе, эксперименты с которым приходятся как раз на 1926—1927 годы, завершающие первый период творчества Пастернака.

（编校：王　永）

---

① Интересным образом, полным антиподом Пастернака в этом отношении оказывается Цветаева: хотя доля тонического стиха у нее в процентном отношении лишь немногим больше, чем у Пастернака (но существенно больше в количественном), в ее корпусе безоговорочно преобладают чистые или логаэдические дольники, а один из наиболее употребительных типов анакрусы—двусложный. «Подмешанный» дольник для Цветаевой, напротив, не характерен.

Лингвопоэтика заглавия поэтического сборника «Поверх барьеров» Бориса Пастернака

Н. В. Разумкова

(Тюменский государственный университет, Россия)

Аннотация: Статья посвящена функционально-семантическому анализу заглавия второй книги стихотворений поэта. Титралогическое сопоставление автономных внутри сборника произведений убеждает, что заглавный знак текста служит важнейшим средством их глобальной связности; картина барьерной ограниченности лирического пространства формируется номинациями препятствий предметного и абстрактного типа, глаголами зрительной перцепции; символика рубежа, акцентированная формулой «поверх барьеров», отражает сложность и значимость размышлений Бориса Пастернака о жизни, природе и творчестве.

Ключевые слова: Борис Пастернак; заглавие; лингвопоэтика; поэтический сборник «Поверх барьеров»; пространственная метафора

Введение. Наш научный интерес к творчеству Бориса Пастернака мотивировали следующие обстоятельства. Во-первых, in memoriam — к 130-летию со дня рождения одного из крупнейших поэтов XX века. Юбилейные даты, безусловно, стимулируют особый всплеск рефлексии общества о литературе и культуре. У исследователей и читателей возникает стремление «вчитаться» в гениальные строки, которые не теряют своей актуальности в XXI веке и требуют своего дальнейшего осмысления. Благодаря многочисленным исследовательским публикациям, составляющим современное пастернаковедение, о феномене Пастернака известно немало, но «в том и состоит особенное преимущество великих поэтических произведений, что воззрения на них, как и на жизнь вообще, могут быть бесконечно разнообразны, даже противоречащи — и, в то же время, одинаково справедливы»①. Имеет смысл привести краткую подборку мнений о Пастернаке тех читателей, которые совмещали в себе роли художника слова и критика-теоретика. Особый интерес представляют свидетельства современных Пастернаку поэтов. Так, Осип Мандельштам в «Заметках о поэзии» написал: «Поэзия Бориса Пастернака—это горящая соль каких-то речей, этот посвист, щелканье, шелестение, сверкание, плеск, полнота звука, полнота жизни, половодье образов и чувств…»②. Анна Ахматова в стихотворении « Борис Пастернак» остро обозначила персональную и творческую феноменальность поэта: *Он награжден каким-то вечным детством, / Той щедростью и зоркостью светил, / И вся земля была его наследством, / А он ее со всеми разделил.* Марина Цветаева утверждала, что нет человека, до конца понявшего Пастернака, так как его стихи—это «тайнопись» «шифр» «так не говорят»③. Пастернаковские тексты привлекали читателей экспрессией и языковым богатством, однако их декодирование было делом отнюдь не легким. Поэт черпал материл из разнообразных источников мировой и национальной культуры, литературы и музыки, живописи и городской повседневности, что сопутствовало развитию особой лингвопоэтики, когда « житейское явление претворяется в эстетический факт, обыденное слово в слово художественное»④.

Во-вторых, в зоне нашего внимания оказался локальный вопрос: почему поэт вынес лапидарную строку из стихотворения «Петербург» («поверх барьеров») в качестве заглавия для своей второй книги (1916). Избранная тема исследования раскрывается на материале поэтического сборника, имеющего две редакции. Канонической считается вторая редакция сборника, работа над которой велась в промежутке между 1926 и 1928 гг. Мы же обратились к первой редакции сборника, вышедшего в разгар Первой мировой войны, к канун 1917 года⑤. С первых же строк ощущается влияние двух литературных направлений— символизма и футуризма (без эпатажа). Этот лирический цикл создавался поэтом

---

① *Тургенев И. С.* Гамлет и Дон-Кихот // *Тургенев И. С.* Полное собрание сочинений и писем: в 30 т. Т. 5. М. : Издательство Наука, 1980. С. 330.

② *Мандельштам О. Э.* Заметки о поэзии // *Мандельштам О. Э.* Собрание сочинений: в 4 т. Т. 2. М. : Издательство Терра, 1991. С. 264.

③ *Цветаева М. И.* Об искусстве. М. : Издательство Искусство, 1991. С. 264.

④ *Гинзбург Л. Я.* О лирике. Ленинград: Советский писатель, 1974. С. 211.

⑤ *Пастернак Б. Л.* Поверх барьеров (1914—1916). URL: http://www. infoliolib. info/rlit/pastern/ overtour. html (дата обращения: 22. 08. 2021).

после завершения первого сборника «Близнец в тучах», где особенно сильно чувствуется дух символистской поэтики. В период написания второго лирического цикла Пастернак много общался с футуристами, пытаясь найти собственную творческую манеру. В постижении противоречивой действительности он сумел выразить себя и свое отношение к проблеме традиции и новаторства. Синкретическая мозаичность цикла в поэтологическом плане, как отражение его жизненных и эстетических впечатлений, перманентно находится в зоне исследовательского поиска. Думается, вовлечение стихотворений в изучение с точки зрения поэтики заглавия расширит и дополнит представление о творческой эволюции поэта. В рамках лингвопоэтики предметом рассмотрения является символика и семантика заглавия в связи с функцией передачи идейно-художественного содержания книги. Основная цель — титралогически сопоставить тексты стихотворений и проследить метафорическое движение лирического сюжета, суммирующего пафос преодоления препятствий. В задачи входит выявление образов персонификации преграды в пространстве сборника.

Методология исследования. В своей самой экспериментальной книге автор сообщает читателю ситуативно значимые идеи и смыслы, наблюдаемые им во времени и пространстве в трагический период истории России. Принцип преодоления преграды («поверх барьеров») проецируется на сюжет каждой лирической миниатюры, вошедшей в данный сборник. Несмотря на тематическую неоднородность заголовков стихотворений («Ледоход» «Не как люди, не еженедельно» «Ивака» и др.), они воспринимаются с учетом глобальной связности, и, по мере интерпретации текстов, отдельные элементы согласуются в одно целое. Как верно заметил Г. Г. Гадамер, «целое надлежит понимать на основании отдельного, а отдельное — на основании целого»[1].

Для выяснения природы смыслового единства заглавия книги и текстов стихотворений, а также в силу особой сложности пастернаковской метафоры, анализ стихотворений был проведен с привлечением подходов, находящихся в точке пересечения лингвистики, семиотики и литературоведения. Руководящим тезисом послужило следующее суждение Ю. М. Лотмана: « Изучать

---

[1] *Гадамер Г. Г.* О круге понимания // *Гадамер Г. Г.* Актуальность прекрасного. М. : Издательство Искусство, 1991. С. 72.

произведение можно только текстуально»①.

Текст, по Р. Барту, понимается как «поле методологических операций», порождение множества смыслов; интерпретируется как речевое произведение с его лексико-семантическим построением и смыслом②. Общеизвестно, что в литературоведении термин «текст» используется в качестве синонима литературного произведения в том случае, если речевая основа рассматривается наряду с мотивно-образным аспектом и идейно-смысловой сферой. Наиболее укоренено в научном литературоведении представление о тексте как о строго организованной последовательности речевых единиц. В этой связи, различаются основной текст произведения и его побочный текст (примечания, эпиграфы, посвящения, авторские предисловия, датировки, ремарки). Что касается статуса заглавия, то оно характеризуется амбивалентностью: с одной стороны, данный знак выделяется из основного содержания текста произведения, находится над текстом, с другой—он воспринимается как правомочный представитель автора. Таким образом, заглавие понимается, вслед за Ю. М. Лотманом, как «сложно построенный текст», тщательно продуманный автором, способный функционировать за пределами времени и места его возникновения. В рамках семиотики, текст трактуется как семиосфера, обязательными знаками построения которой являются бинарность и асимметрия③. Рассмотрение художественного произведении с позиций семиотики расширяет возможности филологического анализа и позволяет представить текст как систему, в которой действуют определенные механизмы, обеспечивающее коммуникацию автора и читателя. С позиций лингвистики текст рассматривается как речевое произведение с его языковой «плотью», структурой и смыслом.

Методически наш анализ выполнялся с опорой на совокупность таких стратегий, как функционально-семантический анализ языковых единиц поэтических текстов с применением приемов реферирования и интерпретации.

Обсуждение результатов исследования. Заглавие сборника «Поверх барьеров» представляет собой знаковую цитату, заимствованную из стихотворения

———————————

① *Лотман Ю. М.* Вместо заключения // *Лотман Ю. М.* В школе поэтического слова: Пушкин. Лермонтов. Гоголь. Книга для учителя. М.: Просвещение, 1988. С. 345.

② *Барт Ролан.* От произведения к тексту // *Барт Ролан.* Избранные работы: Семиотика. Поэтика. М.: Издательство Прогресс, 1989. С. 415-416.

③ *Лотман Ю. М.* Семиосфера. СПб.: Искусство-СПБ, 2000. С. 254.

«Петербург», которая встречается в книге только один раз: *Чертежный рейсфедер / Всадника медного / От всадника — ветер / Морей унаследовал. / Каналы на прибыли, / Нева прибывает. Он северным грифелем / Наносит трамваи. ⟨...⟩ / Здесь скачут на практике / Поверх барьеров.* «Всадник» Пастернака представлен в виде «Чертежника», закладывающего северную столицу России, который противостоит «Медному всаднику» Пушкина, даже вступает с ним в поединок, пытаясь скакать «поверх барьеров». Пространство Петербурга насыщено барьерами, связанными с водной стихией и ненастьем. Текст наполнен местоимениями, которые размывают образ, имеющий приметы галлюцинаций. Лирический герой не берет барьер, не проходит через препятствия, а поверх них, капитулирует, не узнав тайны Санкт-Петербурга, воспетого Пушкиным: *Кто бы ты ни был, / Город — вымысел твой.* В триаде великих «Петр — Пушкин — Пастернак» выделяются два семантических признака «Всадник» и «Бог». Последовательность семантических операций содержит идею противопоставления: «Всадник» Пастернака и «Медный всадник» — символ Петербурга; северная столица и Москва, на гербе которой находится всадник Святой Георгий, убивающий змея. Символика «всадника, скачущего поверх барьеров», связана имплицитно с конем и ассоциируется у поэта с «бегом». В картине мира Пастернака такие глаголы, как «бегут» «скачут» «шагают», являются связующими элементами для всех стихотворений сборника.

В лингвистическом аспекте значение слова «барьер» отражает денотат в виде ряда таких содержательных признаков, как препятствие в виде перегородки, невысокое ограждение, отделяющее какую-л. часть внутри помещения. Барьер обычно ассоциируется со словом «дуэль»: так называлась черта перед каждым из участников поединка на пистолетах, за которую дуэлянтам запрещено выступать при выстреле. Предлог «поверх» употребляется при обозначении предмета, выше которого направлено действие. Показательно, что в словарных статьях отсутствует сочетаемость «поверх барьеров», но распространены такие словосочетания, как «бег с барьерами» «к барьеру» «через барьер» «брать барьер». Эмблематика заголовка-тропа «Поверх барьеров» отражает оппозицию «верх/ низ», связанную не только с вертикальным положением, но и с проекцией вертикальной структуры на горизонтальную плоскость. В духе семиотики, название сборника вначале предстает как индексальный знак, который находится в отношениях пространственной смежности ПЕРЕД и НАД текстом. По мере чтения книги заголовок трансформируется в условный знак, сохраняющий память о значении слова, а после прочтения приближается к иконическому знаку, который в концентрированном виде сообщает информацию о содержании лирического цикла, занимая позицию ПОСЛЕ него и ПОД ним. Заглавие, приобретая черты символического знака, сближается с формой, которая начинает выполнять роль информационно-семантического центра, и становится всеобъемлющим символом. Примечательно, что начальные буквы предлога и существительного (П и Б) шифруют инициалы самого автора.

Как показал титралогический анализ других стихотворений сборника «Поверх барьеров», сигнальный след лексического знака «барьер» предстает в каждом стихотворении, но создается вариация единичного объекта, указывающего на смысловое развитие темы, заявленной главным авторским знаком книги. Смещение смысловых признаков принято обозначать термином «референт». Согласно концепции Е. В. Падучевой, «референция—это соотнесенность с индивидуальными и каждый раз новыми объектами и ситуациями»[1]. Вместо обобщенного значения языкового знака (препятствие, преграда, граница, черта) читатель имеет дело со смыслом—индивидуальным значением, соотносимым с определенным референтом, наполнение которого меняется при исследовании текстов стихотворений. Интерпретирующий потенциал заголовка присутствует в любом из них. Для многих произведений, включенных в сборник, характерно содержательно независимое начало, в котором сообщаются место и время лирической ситуации.

Метафора «поверх барьеров», как символ преодоления преграды, предполагает сравнительно большое количество способов своей интерпретации, позволяя дополнять смысловое поле каждого стихотворного текста, вошедшего в лирический цикл.

Книгу «Поверх барьеров» открывает стихотворение «Двор», с которым лирический герой прощается. Традиционно, слово «двор» объективирует концепт «дом», воплощает родное пространство. Образ дома олицетворяет безопасное место. У Пастернака же границы между домом и двором стираются, двор отождествляется с темным пространством души: *Мелко исписанный инеем двор! / Ты - точно приговор к ссылке / На недоед, недосып, недобор, / На недопой и на*

---

[1] *Падучева Е. В.* Высказывание и его соотнесенность с действительностью. Референциальные аспекты семантики местоимений. М. : Издательство Наука, 1985. С. 8.

боль в затылке. Образ двора вызывает страх несвободы, который передается через понятия тюрьмы и витальных лишений. В описании двора проявляется центральная тема преодоления препятствий, когда лирический герой обращается к ветру: *Двор! Этот ветер морозный — как кучер. / Двор! Этот ветер тем родственен мне, Что со всего околотка с налету / Он налипает билетом к стене.* Таким образом, образ двора становится исходной точкой лирического повествования, от которой начинается движение в другие текстовые пространства.

В стихотворении «Баллада» (1916) представлена динамическая смена эмоций, сливающаяся с поэтическим творчеством посредством культурных сигналов. Поэт упоминает имя иудейского первосвященника, допрашивавшего Христа (*Вы спросите, кто я? На розыск Кайяфы / Отвечу: путь мой был тернист*); цитирует античный афоризм («яблоко раздора»): *Я яблоко лад.* Символом искусства слова для Пастернака является граф Толстой: *Впустите, мне нужно видеть графа.* Слово «граф» обозначает не только дворянский титул, но и связано с греческим глаголом grapho («я пишу»). В стихотворении слово «граф» олицетворяет «силы сцепления» в жизни и в искусстве. Упоминаемое поэтом имя польского композитора Шопена олицетворяет музыку: *Я помню, как плакала мать, играв их, / Как вздрагивал дом, обливаясь дождем. / Позднее узнал я о мертвом Шопене.* Шопен связывается с музыкально-конным «бегом» (галопом): *Поэт или просто глашатай, / Герольд или просто поэт, / В груди твоей - топот лошадный / и сжатость огней и ночных эстафет.* Пастернак связывает с «конем» стихии «огня» «ветра» «воды», утверждая, что «конь» и «всадник» — две ипостаси души поэта, которая находятся в вечном преодолении границ пространства. Представление о судьбе поэта объединяется со скифским образом кочевья.

Выбирая заглавие лирическому произведению, Пастернак использует лексемы, обозначающие времена года («Весна» «Зимнее небо»), месяцы, погодные условия («Метель» «После дождя» «Июльская гроза»). Например, в стихотворении «Весна» (1914) заключена идея роста творческого вдохновения, связанного с генетической памятью лирического героя, который размышляет: *Разве только птицы цедят, / В синем небе щебеча, / Ледяной лимон обеден / Сквозь соломину луча?* На основе синестезии «память зрения» и «память звука» Пастернак предвосхищает понимание сущности языкового творчества, определяя поэзию «губкой»: *Поэзия! Греческой губкой в присосках / Будь ты и меж зелени* клейкой / *Тебя б положил я на мокрую доску* / *Зеленой садовой скамейки*. При этом ярко проявляется инструментальный характер слов «губы »(функциональная метонимия) и *губка* (метафора поэта и поэзии). Лирический герой Пастернака выполняет функцию многих сущностей, относящихся к сфере лирики: облака, лесные птицы, зеленая скамейка сада, брыжжи (воротник—деталь мужской одежды) и «фижмы» (пышная юбка на каркасе из китового уса). В пастернаковском определении поэзия существует в двух ипостасях. Будучи субстанцией творчества, она принимает в себя гендерно маркированные противоположности: мужская половина «Я» поэта способна перевоплощаться в женское начало (Природу, синоним Жизни).

Стихотворение «После дождя» (1915) создано как зарисовка с натуры, в которой поэт попытался передать свои наблюдения над преображением мира после недолгого ненастья: *палое небо с дорог не подобрано. За дождем выглядывает солнце: Луч, покатясь с паутины, залег в крапиве ⟨...⟩ и как уголек в кустах разожжет и выдует радугу*. Атмосферные явления воспринимаются лирическим героем как непосредственная характеристика окружающего пространства: *радуга над землей, умытой небесной влагой, воздух, наполненный удивительным ароматом растений, которые недавно пытались спрятать свои листья от града*. Восхищаясь удивительным пейзажем, поэт рисует мир с помощью визуальных, слуховых, обонятельных и тактильных метафор: *Все стихло. Но что это было сперва! / Теперь разговор уж не тот и по-доброму. ⟨...⟩ Воздух садовый, как соды настой, / Шипучкой играет от горечи тополя; Сверкает клубники мороженый клин, / и градинки стелются солью поваренной / Вот луч, покатясь с паутины, залег / В крапиве, но, кажется, это ненадолго, / и миг недалек, как его уголек / В кустах разожжется и выдует радугу*.

Природа служит эталоном естественности и полноты жизни также и в стихотворении «Июльская гроза». Наличие преграды, заслоняющей свет и нарушающей видимость мира, репрезентируется лексемами «мрак» и «чад»: *Весь лагерь мрака на виду. / И, мрак глазами пожирая, / В чаду стоят плетни. В чаду— / Телеги, кадки и сараи*. Оптические явления актуализируют образ грозы: *Гроза в воротах! на дворе! / Преображаясь и дурея, / Во тьме, в раскатах, в серебре, / Она бежит по галерее. / По лестнице. и на крыльцо. / Ступень, ступень, ступень. — Повязку! / У всех пяти зеркал лицо / Грозы, с себя сорвавшей маску*. Идея проекции предмета («зеркала») на явление природы («гроза») и человека глубоко архаична. В представлениях русского народа зеркало—опасная вещь, которая может служить средством контакта с демоническими силами. Согласно приметам, в зеркало нельзя смотреться невестам и беременным, ибо они находятся в стадии перехода из одного мира в другой. Разбитое-зеркало притягивает беду, так как вместе с ним разбивается слепок души человека. Зеркало считается окном в тот свет, поэтому вредно подолгу смотреться в зеркало, чтобы оно не отправило душу человека в мир зазеркалья. Зеркало воспринимается как граница между земным и потусторонним миром, подобно порогу или окну. Составляющие картины мира поэта всплывают в «зеркале памяти» и становятся равновеликими самой «жизни». Пастернак детально описывает явление «грозы». Графическая наглядность лирической ситуации формирует целостный образ картины мира, в котором пересекаются нити памяти. Преодолевая ментальные и физические границы пространства, поэт одушевляет и одухотворяет мир природы и мир вещей.

Жизнь является основой для творчества любого художника. Например, у А. С. Пушкина жизнь осмысляется как предназначение («Жизнь, зачем ты мне дана?»), у Л. Н. Толстого—жизнь семейная («Война и мир» «Анна Каренина»), у И. А. Бунина—жизнь как некая книга. Удивительно, что великие русские писатели не ставили перед собой задачу сделать жизнь объектом для создания многостороннего образа. В этой связи, поэзия Пастернака показательна как пример реализации тринарного концепта жизнь-природа-творчество, который служит опорным пунктом образной системы в важнейшем стихотворении анализируемого сборника «Не как люди, не еженедельно...» (1915). Текст, содержащий восемь строк, воспринимается как поэтическая молитва: *Не как люди, не еженедельно, / Не всегда, в столетье раза два / Я молил тебя: членораздельно / Повтори творящие слова...* Речь идет о процессе сотворения Земли Господом. Поэт напоминает слова Нагорной проповеди Иисуса Христа, обращенные к ученикам: «Вы—соль земли. Если же соль потеряет силу, то чем сделаешь ее соленою?». В своем стремлении раздвинуть границы мира, герой стихотворения обращается к Богу с просьбой подарить ему моменты вдохновения и свежести мировосприятия.

В стихотворении «Душа» (1915) Пастернак воскрешает образы русской литературы XIX века. Во-первых, это увлеченный «душой» Пушкин: *Все, что ликует и блестит, / Наводит скуку и томленье /На душу мертвую давно, / И все*

ей кажется темно? / *Или, не радуясь возврату* / *Погибших осенью листов*
(«Евгений Онегин»). В рассматриваемом стихотворении связь с пушкинской
метафорой очевидна: *Стучатся опавшие годы, как листья,* / *В садовую изгородь*
календарей. Во-вторых, «душа» была главной привязанностью Тютчева: *О,*
вещая душа моя! / *О сердце, полное тревоги,* / *О, как ты бьешься на пороге* / *Как*
бы двойного бытия («О, вещая душа моя!»). Божественная душа природы
отмечается Тютчевым при помощи эпитета *вещая.* Пастернак, говоря о душе,
комбинирует пушкинские и тютчевские слова в тексте стихотворения: *О, в камне*
стиха, даже если ты канула, / *Утопленница, даже если — в пыли,* / *Ты*
бьешься, как билась княжна Тараканова, / *Когда февралем залило равелин.*
Душа существует только в концептуальной сфере и может быть «вложена» в
любые слова: «пленница лет» «вольноотпущенница» «паломница» «тень без
особых примет» «утопленница» «княжна Тараканова». При помощи предлога
сквозь поэт создает картину порывов человеческой души. Первым барьером
служит собственное тело лирического героя. Неприязнь к замкнутому
пространству прослеживается на уровне такой лексики, как «изгородь» «тени без
особых примет» «амнистия» «равелин». Из всех направлений движения поэт
выбирает «вверх» «вперед» «рост и бег». При кругообразном движении создается
сама идея «развития».

Вращательные движения нашли свое воплощение в стихотворении
«Мельницы» (1915). Приводимые в движение водой и ветром, мельницы
фиксируют круговорот природных и исторических циклов. Их вращение
позволяет поэту осуществить в своем мире переход от верха к низу, от света к
тени, от начала к концу и наоборот. Образ барьера формируется из переживаний,
что указывает на особый смысл преодоления границ. Ведущая роль принадлежит
зрительно-акустической перцепции: *Стучат колеса на селе.* / *Струятся и*
хрустят колосья. / *Далеко, на другой земле* / *Рыдает пес, обезголосев.* / *Село в*
серебряном плену / *Горит белками хат потухших.* Герой стихотворения
переживает чувство неразделенной любви. В роли барьера выступают
воспоминания, которые мешают ему покинуть неприветливое пространство: *Как*
губы, — шепчут; как руки, — вяжут; Как вздох, — невнятны, как кисти, —
дряхлы, / *и кто узнает, и кто расскажет,* / *Чем тут когда-то дело пахло?*
Кругообразное движение ветра и воды «крутя воронки, устремляется в глубину».
Духовное, что «посеяно», должно взойти, вырасти и затем снова попасть «на

мельницу». Соприкосновение крылатых «мельниц» и «души» зарождает круг концептуальных зависимостей, которые приобретают логические очертания. Именно «мельница» своим шумом жерновов напоминает добывание огня молнии (ср. молоть и молния). В представлениях русского народа « мельница » осмысляется как борьба добра и зла. Мука связана с мотивом склеивания, «снегом» и «дождем», падающим с неба, белой пеной. «Белый кипень» воды и снега у Пастернака соединяет землю и звезды. «Мельница» взаимодействует со всеми сущностями картины мира поэта.

В стихотворении «Дурной сон» тип преграды связывается с таким состоянием лирического героя, как сон, обнаруживающий его подсознательные импульсы: *Он двинуться хочет, не может проснуться, / Не может, засунутый в сон на засов.* Состояние между миром реальным и ирреальным, ассоциируемое с магией ночи, характеризуется высокой степенью концентрации вещей и частотностью употребления предлога «сквозь»: *Прислушайся к вьюге, сквозь десны процеженной ⟨…⟩ / Сквозь сосны, сквозь дыры заборов безгвоздых, / Сквозь доски, сквозь десны безносых трущоб. / Полями, по воздуху, сквозь околесицу, / Приснившуюся небесному постнику.* Контекстными партнерами предлога становятся лексемы, относящиеся к разным семантическим группам. Трудность в преодолении преграды подчеркивается посредством предложно-падежных сочетаний: сквозь « десны, сосны, дыры, доски, околесицу ». В данном ряду выделяется словосочетание *сквозь околесицу*. В русском языке известно устойчивое просторечное выражение « нести околесицу », которое характеризует человека, говорящего вздор, глупости. Первоначально словом « околесица » называли окольную объездную дорогу. Пастернак сохраняет прямое значение слова, давно вышедшего из употребления. Словосочетание *сквозь околесицу* означает « сквозь объездную дорогу ». Обращает на себя внимание частое использование творительного падежа, который имеет значение движущей силы и способа действия: *Он с кровью заглочен хрящами развалин; ⟨…⟩/Он сорван был битвой и, битвой подхлестнутый; ⟨…⟩ Уносятся /Платформами по снегу в ночь к семафорам.* В синтаксической структуре текста нейтрализуется граница между семантическими категориями « личность » и « безличность ». Потенциальные возможности творительного падежа позволяют менять роли действующего лица: субъект сливается с реалиями мира, вступая с ними в смысловую игру.

В поэтическом тексте символом может стать любое слово. В стихотворении

«Импровизация» （1915） символическими элементами становятся цветовые обозначения «черный» «темный»: *и было темно.* ⟨ … ⟩ *Крикливые, черные, крепкие клювы.* ⟨ … ⟩ / *Пылали кубышки с полуночным дегтем.* Черный цвет происходит от огня, символизирует печаль （печь）, ночь, горе. Примета лирической ситуации—пруд（метафора рояля） и его ассоциативные элементы: волны, ночь, лебеди. Метафора *полуночный деготь* （ночь） совмещает в себе время и беспредельное пространство, создаваемое в результате синтеза визуальности и осязаемости. Пастернаковское динамическое видение мира характеризуется символом *руки.* В русском языковом сознании рука олицетворяет власть （иметь свою руку）, помощь （из первых рук）, наказание （поднимать руку）. Поэт представляет «руку кормящую» пианиста, самозабвенно играющего на рояле: *Я клавишей стаю кормил с руки.* В самом названии стихотворения заложено игровое начало: слово «импровизация» означает спонтанный вид художественного произведения, создаваемого в момент исполнения. Реальная игра на рояле аналогична игре поэтических образов: связь птицы с душой и души с лодкой, клавишей стая （птицы）; хлопанье крыльев, плеск и клекот （горло）, кормил с руки. Позиция лирического субъекта задает вертикальность （«вытянул руки» и «встал на носки»） и тесноту замкнутого пространства （«рукав завернулся» и «ночь терлась о локоть»）. Организующее начало стихотворения—человек в минуты творческого экстаза. Семантический эффект преобразований возникает в тексте на базе принципа аналогии и конкретной связи элементов как звукового, так и зрительного ряда.

Пространство в текстах стихотворений предстает как совокупность отдельных географических объектов, которые постепенно приобретают параметры пространства культурного. В анализируемом сборнике фиксируются в качестве заглавий топонимы （«Петербург» «Марбург»）, гидроним （«Ивака»）, словосочетания, обозначающие время и пространство （«Урал впервые» «Десятилетье Пресни»）. Так, в стихотворении «Ивака» деталь ландшафта, попавшая в поле зрения поэта, оказывается в итоге уникальным образом: *Кокошник нахлобучила* / *Из низок ливня—паросль* （молодой лес）. Пастернак прибегает к терминологии искусства вышивки: *В ветвях горит стеклярус.* / *и на подушке плюшевой* / *Сверкает в переливах* / *Разорванное кружево* / *Деревьев говорливых.* Стеклярус обычно используют для вышивания геометрических узоров или контуров рисунка. Искусство рукоделия ассоциативно сближается с миром стихотворчества.

Попыткой преодоления *барьера* смерти и возрождения становится метель, получившая иконическое воплощение. Тема метели, бурана и вьюги встречается в двух стихотворениях сборника—«Метель» (1914) и «Оттепелями из магазинов...» (1915). Пастернак с изумительной поэтической мощью демонстрирует противоборство лирического героя с губительными силами. Действие разворачивается в посаде, который находится за пределами городского центра. Лирический герой сбивается с пути в чуждом ему месте. Вьюга предстает олицетворением зловещей силы. Пастернак упоминает Варфоломеевскую ночь—страшнейшую страницу французской истории. Трагедия произошла в ночь на 24 августа 1572 года, накануне дня святого Варфоломея, когда католики устроили резню гугенотов. Чтобы католикам было легче определять дома гугенотов, на двери жилища протестантов заранее рисовались кресты: *Все в крестиках двери, как в Варфоломееву ночь*. Город для Пастернака—это прежде всего Москва. Метель ассоциируется со снегом и «Рождеством», символом которого является «Рождественская ель»: *Там детство рождественской елью топорщится*. На рождественских праздниках наряженная ель сближается с идеей возрождения, с образом Богородицы, а через Богородицу с архетипическим началом женщины-роженицы. Метельная Москва (Замоскворечье, Замостье, бульваров безлиственных заговор, Пригород)—внутренне конфликтный образ: православный, купеческий, торгово-промышленный город. Метель становится персонифицированной преградой, лексически выраженной рядом синонимов: пороша разнузданная; пурга-заговорщица, вьюга дымится; спящие, как убитые, снега. Московская метель представлена как живое существо: *В посаде, куда ни одна нога / Не ступала, лишь ворожеи да вьюги / Ступала нога, в бесноватой округе*. Трагическая растерянность лирического героя передается употреблением неопределенного местоимения, усиленного отрицательной частицей: *Я тоже какой-то... я сбился с дороги: /—Не тот это город, и полночь не та*. Формула «поверх барьеров» реализуется в таком направлении: герой прячется за барьерами, которые затем сам и преодолевает.

Заключение. Приведенная толика примеров функционально-семантического анализа лирических произведений позволяет сделать некоторые выводы относительно соотношения заглавного знака книги и особенностей смысловой организации текстов стихотворений. Лингвопоэтика заглавия, выраженного

95

словосочетанием « поверх барьеров », подчеркивает основные координаты художественного пространства и его развертывания во времени, задает программу преодоления препятствий. Функцию барьеров выполняют различные образы ограничителей: тело (интимное пространство), двор (домашнее пространство), сон (пограничное с явью пространство), улица и каналы (сегменты урбанистического пространства), железная дорога (техногенное пространство), погодные условия (вьюга, метель, ненастье как ограничители восприятия окружающего мира), лед (природные оковы, имеющие временный характер). Формула заглавия интересна и тем, что она соизмеряет поэтический мир мастера с масштабом знаний и культурных представлений читателя. Посредством имплицитно заявленной интенции преодоления границ Пастернаку удалось ненавязчиво выразить художественно-эстетическое «credo».

Вышеизложенные наблюдения за лингвопоэтикой заглавия, на наш взгляд, могут применяться как в учебных целях, так и в практике перевода.

(编校:索菲亚)

Юрятин и Варыкино: их прототипы и загадка названий

А. А. Строканов, Е. В. Строканова

(Северный Вермонтский университет, США)

Аннотация: В статье предпринимается попытка найти ответы на следующие вопросы. Город Юрятин: где он, и почему он такой? Были ли у Юрятина и Варыкино реальные прототипы? Почему Пастернак именно так называет эти места, куда помещает своих героев в самой значительной части романа? Авторы анализируют основные точки зрения, имеющиеся в литературоведении на сегодняшний день, и высказывают предположение о влиянии слов ЮРИТЬ, ВАРАКА и ВАРЯТЬ, содержащихся в «Толковом словаре живаго великорускаго языка» В. И. Даля, на формирование названий Юрятин и Варыкино.

Ключевые слова: Б. Л. Пастернак; роман «Доктор Живаго»; Юрятин, Варыкино; прототип Юрятина; прототип Варыкино; словарь В. Даля

Место действия романа—неотъемлемая часть замысла писателя, его послания читателю. Однако, в большинстве произведений русской литературы авторы, если речь не идет о столицах, не любят упоминать официальное наименование того населенного пункта, куда они определяют своих героев. Это может быть город «N» или просто вымышленное, несуществующее в реальности название. Не являются исключением в этом плане и произведения Пастернака, где мы встречаем его героев в городе Юрятин и находящемся недалеко от него Варыкино. Юрятин появляется не только в «Докторе Живаго», но и в «Записках Патрика», и является вымышленным, сначала уездным, а потом и губернским, городом.

Были ли у Юрятина и Варыкино реальные прототипы? Почему Пастернак так называет эти места, куда помещает своих героев в, пожалуй, самой значительной части произведения «Доктор Живаго»? Одними из первых к этой теме обратились

И. П. Смирнов и Е. Фарино.

Ежи Фарино рассматривал Юрятин как «просто системный "пастернаковский город" с именем "Юрятин"»[①] и не углублялся в вопрос о его прототипе. Более того, он считал, что «в смысле реалий этот город в романе почти отсутствует»[②]. Е. Фарино также писал: «Название города "Юрятин" содержит в себе повтор имени доктора Живаго "Юрий". В этом отношении Юрятин, вопреки фабуле, — не столько локус Лары, сколько локус Юрия Живаго»[③]. Согласно Е. Фарино, «железнодорожный и житейский пути здесь прерваны мотивом "кладбища". Теперь предстоит "путь восхождения", представленный мотивами "лестницы" "горы" и числом "три". Это восхождение повторено мотивом "гора Афон или скит пустынножителей", т. е. мотивом страстного пути в Боге, и завершается оно "большим собором посередине на макушке". Вот этот смысл Юрятина и опознается Юрием как "Юрятин!". Короче говоря, Юрию открывается не столько реальный город, сколько сущность данного локуса, сущность, имеющая прямое отношение к св. Георгию как к повтору Предтечи и Христа»[④].

Игорь Смирнов рассматривал в качестве прототипа Юрятина литературный «Город Солнца» Т. Кампанеллы. Он пишет: «Утопия Кампанеллы, объединившая в себе апостолическую ересь (жители Города Солнца берут себе в пример апостолов) и веру в возможность создания совершенного государства, служит Пастернаку перекидным мостиком, который пролагает смысловой путь, ведущий от глав о Западном фронте к уральско-сибирской части романа»[⑤]. Он также полагает, что «Юрятин и его пригород Развилье сходны с Солнечным

① *Фарино Ежи*. Юрятинская читальня и библиотекарша Авдотья: Археопоэтика «Доктора Живаго». 6. // А. Мальтс (ред.). Сборник статей к 70-летию проф. Ю. М. Лотмана. Тарту: Излательство Тартуский университет, 1992. С. 385.

② *Фарино Ежи*. Юрятинская читальня и библиотекарша Авдотья: Археопоэтика «Доктора Живаго». 6. // А. Мальтс (ред.). Сборник статей к 70-летию проф. Ю. М. Лотмана. Тарту: Излательство Тартуский университет, 1992. С. 385.

③ *Фарино Ежи*. Юрятинская читальня и библиотекарша Авдотья: Археопоэтика «Доктора Живаго». 6. // А. Мальтс (ред.). Сборник статей к 70-летию проф. Ю. М. Лотмана. Тарту: Излательство Тартуский университет, 1992. С. 385.

④ *Фарино Ежи*. Юрятинская читальня и библиотекарша Авдотья: Археопоэтика «Доктора Живаго». 6. // А. Мальтс (ред.). Сборник статей к 70-летию проф. Ю. М. Лотмана. Тарту: Излательство Тартуский университет, 1992. С. 387.

⑤ *Смирнов И. П.* Роман тайн «Доктор Живаго». URL: https://www.twirpx.com/file/2522504/ (дата обращения: 10.10.2020).

городом Кампанеллы архитектурно»^①, а «вывески в Развилье составляют параллель к наглядной пропаганде знаний у Кампанеллы, разместившего на семи стенах своего города изложение всей человеческой премудрости»②.

Согласно И. П. Смирнову, «как и Юрятин, Город Солнца расположен на высокой горе, чрезвычайно велик по размерам, построен ярусами и увенчан храмом, где находятся кельи монахов»③ и «юрятинцы обходятся без "денежных знаков"»④, «Деньги не известны и горожанам утопического государства Кампанеллы»⑤. Что касается Варыкино, то И. П. Смирнов видит в нем смешение двух английских государственных утопий—Томаса Мора и Френсиса Бэкона, ссылаясь при этом, что «Самдевятов прямо указывает на то, что приезд семейства Громеко в Варыкино имеет утопический характер»⑥... «В "Утопии" Мора каждый дом выходит тыльной стороной в сад, где жители счастливого острова выращивают фрукты, травы и цветы, соревнуясь друг с другом. Этот утопический сад в "Докторе Живаго" "остаточен", "стар". Само обращение людей интеллигентских профессий к сельскохозяйственному труду, рисуемое в "Докторе Живаго", отвечает представлению Мора о том, что в правильно устроенном социуме отчуждение города от деревни будет преодолено за счет регулярных выездов горожан на уборку урожая»⑦.

Игорь Смирнов проводит и другие параллели между описанием жизни Живаго в Юрятине и Варыкино с «Утопией» Томаса Мора. В качестве примеров можно привести и продолжительность рабочего дня в шесть часов, и мотивы досуга, посвященного искусствам, а также формы наказания за нарушение

① *Смирнов И. П.* Роман тайн «Доктор Живаго». URL: https://www.twirpx.com/file/2522504/ (дата обращения: 10.10.2020).
② *Смирнов И. П.* Роман тайн «Доктор Живаго». URL: https://www.twirpx.com/file/2522504/ (дата обращения: 10.10.2020).
③ *Смирнов И. П.* Роман тайн «Доктор Живаго». URL: https://www.twirpx.com/file/2522504/ (дата обращения: 10.10.2020).
④ *Смирнов И. П.* Роман тайн «Доктор Живаго». URL: https://www.twirpx.com/file/2522504/ (дата обращения: 10.10.2020).
⑤ *Смирнов И. П.* Роман тайн «Доктор Живаго». URL: https://www.twirpx.com/file/2522504/ (дата обращения: 10.10.2020).
⑥ *Смирнов И. П.* Роман тайн «Доктор Живаго». URL: https://www.twirpx.com/file/2522504/ (дата обращения: 10.10.2020).
⑦ *Смирнов И. П.* Роман тайн «Доктор Живаго». URL: https://www.twirpx.com/file/2522504/ (дата обращения: 10.10.2020).

супружеской неверности, когда « преступник штрафуется принудительными работами, попадая в положение раба, а за повторную измену подлежит смертной казни. Юрий Живаго изменяет на Урале своей жене с Ларой и наказывается за это рабским служением партизанам (его захватывают в плен как раз тогда, когда он возвращается со свидания с возлюбленной домой). Арестовавший Юрия Каменнодворский обещает расстрелять пленника, если тот откажется выполнить его требование»①.

Еще один исследователь творчества Б. Пастернака, написавший о нем книгу в серии «Жизнь замечательных людей», Дмитрий Быков не стал углубляться в анализ прототипа Юрятина и обошел эту тему стороной, хотя и подчеркнул, что «Доктор Живаго»——символистский роман, написанный после «символизма»②. Однако, не стал предпринимать какого-либо анализа символизма в Юрятине или Варыкино.

Вместе с тем, в российском литературоведении и около него в последние два десятилетия развернулась нешуточная дискуссия о том, где находятся пастернаковские Юрятин и Варыкино, и несколько российских городов и поселков претендуют на роль их реальных прототипов.

Наиболее заметную роль в этом играют исследователи из города Перми, который и называется чаще других основным прототипом Юрятина. Итак, версия «Юрятин——это Пермь» наиболее активно и последовательно отстаивается в работах профессора Пермского университета Владимира Абашева. Им написано множество статей на эту тему③, она также очень детально рассматривается в его книгах④.

Владимир Абашев, пожалуй, первым предложил взглянуть на Юрятин с точки зрения географии и ответить на вопрос «где находится Юрятин, т. е.,

---

① *Смирнов И. П.* Роман тайн «Доктор Живаго». URL: https://www.twirpx.com/file/2522504/ (дата обращения: 10. 10. 2020).

② *Быков Д. Л.* Борис Пастернак. ЖЗЛ. Глава XLII. «Доктор Живаго». URL: http://pasternak.niv.ru/pasternak/bio/bykov-pasternak-zhzl/glava-xlii-doktor-zhivago.htm (дата обращения: 10. 10. 2020).

③ *Абашев В. В.* Пастернаковский город Юрятин: география, семиотика и прагматика романного образа // Вестник Томского государственного педагогического университета. 2010. Вып. 8 (98). С. 115-121.

④ *Абашев В. В.* В поисках Юрятина. Литературные прогулки по Перми // *Абашев В. В.*, *Масальцева Т. Н.*, *Фирсова А. А.*, *Шестакова А. А.* Пермь: Фонд «Юрятин». Лаборатория городской культуры и СМИ Пермского университета, 2005; *Абашев В. В.* Путешествие с доктором Живаго. Борис Пастернак в Пермском крае. СПб.: Издательство Маматов, 2010; *Абашев В. В.* Пермь как текст. Пермь в русской культуре и литературе XX века. Изд. 2, доп. Пермь: Излательство Пермский университет, 2008.

имеется ли у него реальный прототип?»[1]. Он пишет: «в описаниях Юрятина нетрудно различить черты реального пермского ландшафта, топография воссозданного Пастернаком городского пространства позволяет с уверенностью провести параллели как между некоторыми урочищами Юрятина и Перми (Мотовилиха—Развилье, городская библиотека, Дом с фигурами), так и общими чертами организации городского пространства: дома на городских улицах, круто уходящих к Каме, с их "косыми, спускающимися под гору и понижающимися фундаментами", положение Юрятина относительно железной дороги и Сибирского тракта. Описания Варыкино, в свою очередь, в некоторых чертах ориентированы на ландшафт окрестностей Всеволодо-Вильвы»[2]. Таким образом, родилась точка зрения, что Юрятин—это Пермь, и Варыкино—это Всеволодо-Вильва, где Б. Пастернак провел несколько месяцев с мая по июнь в 1916 году. При этом В. Абашев замечает, что «некорректным было бы прямо сравнивать "реальный вид" Перми с пастернаковским описанием»[3].

Итак, давайте приведем здесь все характеристики и детали, встречающиеся в пастернаковском Юрятине, которые напоминают Пермь, а в Варыкино—Всеволодо-Вильву, согласно представлению об этом Владимира Абашева и целого ряда других авторов:

—город Пермь, как и Юрятин, находится на возвышенности, на берегу полноводной реки, и в его центре располагается собор;

—Живаго видит город с железнодорожной станции Развилье, что соответствует реальной станции Мотовилиха. Именно со стороны Мотовилихи приезжал Пастернак в 1916 году в Пермь из Всеволодо-Вильвы, и она ему была хорошо знакома. Слова же «Развилье» и «Мотовилиха» «не только созвучны, но и родственны /.../ Развилье семантически (по принципу метономии) производно от Мотовилихи»[4];

—эффект ярусности застройки города с собором и колокольней на вершине и

---

[1] *Абашев В. В.* Пастернаковский город Юрятин: география, семиотика и прагматика романного образа // Вестник Томского государственного педагогического университета. 2010. Вып. 8 (98). С. 116.

[2] *Абашев В. В.* Пермь как текст. Пермь в русской культуре и литературе XX века. Изд. 2, доп. Пермь: Излательтвот Пермский университет, 2008. С. 327.

[3] *Абашев В. В.* Пастернаковский город Юрятин: география, семиотика и прагматика романного образа // Вестник Томского государственного педагогического университета. 2010. Вып. 8 (98). С. 117.

[4] *Абашев В. В.* Пастернаковский город Юрятин: география, семиотика и прагматика романного образа // Вестник Томского государственного педагогического университета. 2010. Вып. 8 (98). С. 117.

прибрежными улицами по склонам высокого берега. Подобное видение города нашло свое отражение и в стихотворении «На пароходе», где точно описывается Пермь;

——другие детали в описании города также соответствуют реальной Перми. Например, наличие двух вокзалов (Пермь I и Пермь II), фундаменты домов, становящиеся выше вниз по улице, перевернутые лодки в глубине дворов, город средоточия горнозаводской промышленности на севере и хлебной торговли на юге;

——отождествление конкретных мест в городе Перми с Юрятиным из романа. Например, «дом с фигурами» отождествляется с Домом Грибушина, зданием в стиле барокко с элементами модерна, а иногда и со зданием театра юного зрителя, двухэтажным особняком в стиле модерн, построенным в конце XIX века меценаткой Е. И. Любимовой. Читальня в Юрятине часто отождествляется с Пермской городской библиотекой имени А. С. Пушкина, также известной как Дом Смышляева. Находятся отождествления на карте канувшей в прошлое Перми и для дома Лары;

——соседство Пермского (Permian), 286-250 миллионов лет назад, и Юрского (Jura), 215-145 миллионов лет назад, геологических периодов, впервые высказанное как основание для наименования города Юрятин Ю. Л. Фрейдиным, тем не менее, не кажется нам убедительным.

Владимир Абашев использовал и другие интересные подходы к отождествлению Перми и Юрятина, среди которых, например, «чеховский след», появляющийся в романе исключительно в связи с юрятинской темой. В. Абашев замечает, что Борису Пастернаку могло быть известно «народное» отождествление Перми с чеховскими «Тремя сестрами», и именно поэтому он вводит в уста Самдевятова слова о четырех сестрах Тунцевых, «всего на одну больше чем у Чехова». Кстати, Пастернак действительно упоминал, что проживает в местах, некогда посещенных А. П. Чеховым. Исходя из этого, В. Абашев приходит к выводу, что в глазах Пастернака «чеховское символически представляло для него пермское. Соответственно, через посредство имени Чехова устанавливалась связь Перми и Юрятина, и Юрятин выступал как интерпретация Перми»[1].

Используется В. Абашевым и языческий подход в отождествлении Варыкино

---

[1] *Абашев В. В.* Пермь как текст. Пермь в русской культуре и литературе XX века. Изд. 2, доп. Пермь: Издательство Пермский университет, 2008. С. 268.

и Всеволодо-Вильвы. Пермский исследователь заявляет: «Другой ряд значений, связывающих поле Юрятина с пермским текстом, — языческий. Уже отмечалось, что описание урочища, где в романе были казнены партизаны, очень близко напоминает описание шиханов в письмах Пастернака из Всеволодо-Вильвы»[①].

В заключении своего исследования, тем не менее, Владимир Абашев приходит к следующему выводу: «Да, Юрятин отчасти унаследовал отмеченные нами семантические оттенки "уральского" и "пермского" текстов. Но в целом Юрятин скорее актуализирует характерную для русской литературы модель провинциального города вообще, топос города в глубине России. Пастернак использовал здесь черты Перми потому, что знал этот город и край по впечатлениям юности. Мы же настаиваем на том, что решающим фактором структурации и идентификации локального текста является все же имя. Пастернак отказался от использования реального имени именно потому, что в таком случае давление локального текста на роман существенно бы возросло помимо авторской творческой воли»[②].

Точка зрения «Пермь — это пастернаковский Юрятин» получила широкое распространение и разделялась целым рядом других авторов, как пермских, так и иногородних. Возможно, у истоков этого имени был не кто иной, как Александр Блок, называвший Пермь «Юрятиным городом» задолго до Бориса Пастернака, связывая Пермь с именем своего друга Юрия Никандровича Верховского, литературоведа и профессора Пермского университета в 1918 — 1921 годах. Среди других назовем краеведа Владимира Гладышева[③], геолога Семена Ваксмана[④], литературного критика Павла Басинского[⑤], поэта Андрея Вознесенского[⑥]. С 1994 года в Перми действует Общественный фонд культуры «Юрятин», который возглавляет профессор Владимир Абашев. На счету у Фонда немало интересных дел в трех сферах его деятельности: книгоиздание, творческие контакты и

---

① *Абашев В. В.* Пермь как текст. Пермь в русской культуре и литературе XX века. Изд. 2, доп. Пермь: Издательство Пермский университет, 2008. С. 269.

② *Абашев В. В.* Пермь как текст. Пермь в русской культуре и литературе XX века. Изд. 2, доп. Пермь: Издательство Пермский университет, 2008. С. 270.

③ *Гладышев В. В.* От чего-то нас вылечил доктор Живаго… (о Борисе Пастернаке на Урале). URL: https://uraloved.ru/ludi-urala/boris-pasternak-na-urale (дата обращения: 04. 10. 2020).

④ *Ваксман С. И.* Путеводитель по Юрятину. Пермь: Издательство Книжный мир, 2005. С. 23.

⑤ *Басинский П. В.* Путешествие в Юрятин // Литературная газета. 23. 04. 1997. С. 8.

⑥ *Вознесенский А. А.* На виртуальном ветру. М.: Вагриус, 1998. С. 460.

исследования. Больше можно узнать об этом на сайте. ①

В 2006 г. состоялась премьера мюзикла «Доктор Живаго» на сцене Пермского театра драмы, а в 2009 году именно в Перми был установлен первый в России памятник Борису Пастернаку. В городе проложены специальные туристические маршруты, имя поэта и писателя, его роман «Доктор Живаго» достаточно успешно капитализируются. Стоит упомянуть здесь также открытые в Перми, но просуществовавшие недолго, винный ресторан «Живаго» и кафе «Пастернак».

Вместе с тем, именно в Перми родилась и другая точка зрения. Ее основными авторами стали издатель Ирина и ее супруг Сергей Артемовы, инициаторы и координаторы Международного литературно-художественного проекта «Возвращение в Юрятин», авторы множества статей, первая из которых вышла в 2010 году②, и книги «Возвращение в Юрятин», вышедшей в свет летом 2020 года③. В течение последних десяти лет Ирина и Сергей Артемовы занимались, как они это называют сами, литературно-историческим исследованием, и в итоге написали книгу в жанре детектива.

В первой своей статье на эту тему Артемовы утверждали, что «Юрятин—это не Пермь. Юрятин—это Сарапул. Как бы ни было это обидно пермским юрятоведам»④. Однако, позднее они, видимо, отказались от этой точки зрения и стали отождествлять с Юрятиным и Варыкино другие населенные пункты. В завершающей их исследование и ранее упомянутой книге они приходят к достаточно шокирующим выводам. «Настоящий Юрятин—город Юрия Долгорукого—Москва, и вымышленный Юрятин, у которого несколько

---

① Дом Пастернака. URL: http://dompasternala. ru (дата обращения: 04. 10. 2020).

② *Артемова И. В.*, *Артемов С. А.* Чужое имя. URL: http://www. media office. ru/? go = 1298618&pass = 197f51e724ed7f1ddbe8123bff408c8 e&fbclid = IwAR2vbq06HPJM5STv536wy lW18Vm1BZNj7ZnkZrYh D9ft38wVNrBKQIjm1gQ (дата обращения: 04. 10. 2020); *Артемова И. В.* Юрятин—Елабуга, Варыкино—Тихие Горы. URL: https://irinart-1. livejournal. com/812. html (дата обращения: 04. 10. 2020).

③ *Артемова И. В.*, *Артемов С. А.* Возвращение в Юрятин: Литературно-историческое исследование: в 2 т. Т. 1. / *Артемова И. В*(ред.). Менделеевск, М.: Издательство Артёмовы. Собственное издание, 2020.

④ *Артемова И. В.*, *Артемов С. А.* Чужое имя. URL: http://www. mediaoffice. ru/? go=1298618&pass=197f51e724ed7f1ddbe8123bff408c8e&fbclid = IwAR2vbq06HPJM5STv536wylW18Vm1BZNj7Znk ZrYhD 9ft38wVNrBKQIjm1gQ (дата обращения: 04. 10. 2020).

прообразов, в том числе и Елабуга»①. Давайте разберемся со всеми этими довольно неожиданными заявлениями авторов. Во-первых, как следует понимать их предположение, что есть не один, а два Юрятина? Один из них—вымышленный и появляющийся в книге, а реальный Юрятин—это город Юрия Долгорукого, город Москва. Вымышленный же Юрятин, вместе с Варыкино, авторы помещают в Татарстан, в город Елабугу (Юрятин) и город Менделеевск, возникший на месте ранее существовавших Тихих Гор.

Ирина и Сергей Артемовы утверждают, что в выработке романного образа Юрятина Борис Пастернак использовал объекты, расположенные в Москве, и хорошо ему знакомые. Пастернак просто транслантировал их из Москвы в уральский Юрятин. Например, авторы этой точки зрения утверждают, что «прообразом дома Лары стал дом по ул. Волхонка, 14 в Москве, где с 1911 года жила семья Пастернаков. Гипотезу подкрепляет тот факт, что в квартире на Волхонке, 14 жили три женщины, ставшие прототипами Лары: Фанни Збарская, Евгения Лурье и Зинаида Нейгауз»②. Ирина и Сергей Артемовы видят эту версию «убедительной и бесспорной». Далее авторы утверждают, что «Юрятинская читальня—библиотека Московского Императорского университета»③. Наконец, они выдвигают оригинальную, и как им самим кажется, перспективную гипотезу о том, что «"дом с фигурами"—Государственный музей изобразительного искусства им. А. С. Пушкина»④. Таким образом, Пастернак в описании Юрятина использовал значимые для него объекты, на самом деле находящиеся в Москве.

Разумеется, предлагаемый подход к пониманию Юрятина и его наполнения Пастернаком московскими зданиями не бесспорен и не разделяется многими

---

① *Артемова И. В. , Артемов С. А.* Возвращение в Юрятин: Литературно-историческое исследование: в 2 т. Т. 1. / *Артемова И. В*(ред.). Менделеевск, М. : Издательство Артемовы. Собственное издание. 2020. С. 7.

② *Артемова И. В. , Артемов С. А.* Возвращение в Юрятин: Литературно-историческое исследование: в 2 т. Т. 1. / *Артемова И. В*(ред.). Менделеевск, М. : Издательство Артемовы. Собственное издание. 2020. С. 174.

③ *Артемова И. В. , Артемов С. А.* Возвращение в Юрятин: Литературно-историческое исследование: в 2 т. Т. 1. / *Артемова И. В*(ред.). Менделеевск, М. : Издательство Артемовы. Собственное издание. 2020. С. 150.

④ *Артемова И. В. , Артемов С. А.* Возвращение в Юрятин: Литературно-историческое исследование: в 2 т. Т. 1. / *Артемова И. В*(ред.). Менделеевск, М. : Издательство Артемовы. Собственное издание. 2020. С. 212.

читателями книги Ирины и Сергея Артемовых. Вместе с тем, не стоит отвергать предлагаемое ими видение сразу. Все три здания действительно были хорошо известны Пастернаку, с ними было связано множество воспоминаний. Поэтому отвергать, что он мог бы использовать какие-то свои воспоминания или образы этих зданий в описании Юрятина, может быть, и не стоит. В любом случае, Артемовы имеют в наше постмодернистское время право на такое личное восприятие романного Юрятина.

Теперь вернемся к «вымышленному» Юрятину. В произведениях Пастернака город с таким названием впервые появляется в «Записках Патрика», тогда как в «Детстве Люверс» упоминается Пермь. В «Записках Патрика» Юрятин объявляется уездным городом, и Патрикий ездил в Юрятин в «присутствие воинского начальника». Как правильно подмечают Артемовы, в 1916 году Борис Пастернак ездил в «Уездное по воинской повинности присутствие в Елабуге»[①]. Они также указывают на одну подсказку от Пастернака на предмет Юрятина в словах героя «Записок»: «На дворе старший из толпы татар и вотяков объяснял, что деревня плетет корзинки под сернокислотные бутылки для объединения Малояшвинских и Нижневарынских, работающих на оборону»[②]. Поэтому логично допустить, что эта местность находится «в удмуртско-татарском регионе—прикамском уезде Вятской губернии»[③]. И именно таким городом является Елабуга, а не Пермь. Еще одной подсказкой можно считать упоминание «кумышки» (удмуртской самогонки), хорошо известной в районе Елабуги и почти не упоминаемой в Пермских источниках[④]. Ирина и Сергей Артемовы предполагают, что «название уездному Юрятину Борис Пастернак мог дать и по названию речки Юрашки, притока Тоймы, по берегам которой расположился

---

① *Артемова И. В., Артемов С. А.* Возвращение в Юрятин: Литературно-историческое исследование: в 2 т. Т. 1. / *Артемова И. В*(ред.). Менделеевск, М.: Издательство Артемовы. Собственное издание. 2020. С. 6.

② *Пастернак Б. Л.* Собрание сочинений: в 5 т. М.: Издательство Художественная литература, 1991. Т. 4. С. 241.

③ *Артемова И. В., Артемов С. А.* Возвращение в Юрятин: Литературно-историческое исследование: в 2 т. Т. 1. / *Артемова И. В*(ред.). Менделеевск, М.: Издательство Артемовы. Собственное издание. 2020. Т. 1. С. 6.

④ *Артемова И. В., Артемов С. А.* Возвращение в Юрятин: Литературно-историческое исследование: в 2 т. Т. 1. / *Артемова И. В*(ред.). Менделеевск, М.: Издательство Артемовы. Собственное издание. 2020. С. 6.

Бондюжский химический завод»①. Они также считают, что в романе «Доктор Живаго» имя Юрия Борис Леонидович Пастернак дал «главному персонажу по уже существующему литературному названию города: Юрятин—город Юрия»②. Артемовы приводят описание берега Камы в районе Тихих Гор, что, как они полагают, совпадает с описанием Рыньвы у Юрятина в «Записках Патрика». Наконец, они обращают внимание на тот факт, что в «Записках Патрика» Юрятин и Пермь — два разных города, упоминаемых в романе, а следовательно, один не может быть прообразом другого. Одним словом, Ирина и Сергей Артемовы приводят немало аргументов, заслуживающих внимания, на предмет того, что прототипом Юрятина в «Записках Патрика» являются Елабуга и Тихие Горы. Кстати, с этим мало кто и спорит. Вопрос в том, что в «Докторе Живаго» Юрятин выглядит уже по-другому и становится губернским городом, каковым является Пермь, а вот Елабуга никогда не была. Другими словами, город с одинаковым названием в двух романах может быть не одним и тем же городом, и от образа его в первом романе в «Докторе Живаго» останется только название, к объяснению которого приступим чуть ниже.

Как уже отмечалось ранее, Артемовы считают прообразом Варыкино современный город Менделеевск, возникший на месте целого ряда поселений, существовавших в начале XX века, таких как деревня Бондюга, посёлок Ленино (Камашево) и село Тихие Горы. И здесь, на наш взгляд, они более убедительны, чем те, кто считает, что Варыкино—это Всеволодо-Вильва. Первым аргументом в пользу Тихих Гор будет расстояние от Елабуги до Бондюга: это примерно 28 км, и такое расстояние можно было преодолеть на лошади за три часа. Всеволодо-Вильва гораздо дальше расположена от Перми. Артемовы также полагают, что описание дома в Варыкино больше соответствует усадьбе Ушаковых в Камашево: «"Утонувший в крапиве" деревянный дом на задах господского— дом для прислуги, сохранившийся до сих пор. Ничего подобного во Всеволодо-

---

① Артемова И. В., Артемов С. А. Возвращение в Юрятин: Литературно-историческое исследование: в 2 т. Т. 1. / *Артемова И. В* (ред.). Менделеевск, М.: Издательство Артемовы. Собственное издание. 2020. С. 7.

② Артемова И. В., Артемов С. А. Возвращение в Юрятин: Литературно-историческое исследование: в 2 т. Т. 1. / *Артемова И. В* (ред.). Менделеевск, М.: Издательство Артемовы. Собственное издание. 2020. С. 7.

Вильве никогда не было»①. На их взгляд, совпадают с Камашевым и Тихими Горами и многие другие детали описания местности②.

Ирина и Сергей Артемовы, если и не отвергают полностью, то, по крайней мере, не согласны с выводом, что Юрятин—это Пермь, и предлагают свою версию прототипа этому романному городу в «Докторе Живаго». Однако, существует и еще одна версия, хотя и менее разработанная в литературе об этом произведении. Согласно этой версии, прототипом, или, по крайней мере, сыгравшим определенную роль в формировании образа Юрятина, был город Касимов в Рязанской области. Автор этой идеи—Елена Сафронова, написавшая статью «Где находится Юрятин из романа Бориса Пастернака "Доктор Живаго"?» В статье Е. Сафронова, в частности, пишет: «В мещерском Касимове, городе двух культур— мусульманской и христианской, считают, что Юрятин списан с этого города. У версии есть два мощных основания: историческая фигура Иосифа Исидоровича Кауфмана (1870—1940) и "касимовское лето" его племянников, одним из которых и был будущий нобелиат»③.

Таким образом, целый ряд городов претендует на роль прототипа пастернаковского Юрятина. Это Пермь, Сарапул, Елабуга, Касимов, и даже сама Москва, которая также, возможно, приложила руку к формированию его образа в представлении Бориса Пастернака. Этим можно как возмущаться, так и восхищаться. Но это можно и просто понять, поскольку речь идет о художественном произведении и вымышленном городе, построенном в воображении Бориса Пастернака для нужд его романа. На формирование Юрятина могли повлиять московский жизненный опыт, пребывание во Всеволодо-Вильве и поездки в Пермь в период с января по конец июня 1916 года, переезд в Тихие Горы, затем в Бондюгу с поездками в Елабугу в период между октябрем 1916 и мартом 1917 года. Наконец, время пребывания в эвакуации в Чистополе с

---

① Артемова И. В., Артемов С. А. Возвращение в Юрятин: Литературно-историческое исследование: в 2 т. Т. 1. / Артемова И. В(ред.). Менделеевск, М.: Издательство Артемовы. Собственное издание. 2020. С. 55.

② Артемова И. В., Артемов С. А. Возвращение в Юрятин: Литературно-историческое исследование: в 2 т. Т. 1. / Артемова И. В(ред.). Менделеевск, М.: Издательство Артемовы. Собственное издание. 2020. С. 56.

③ Сафронова Е. В. Где находится Юрятин из романа Бориса Пастернака «Доктор Живаго»? // Ревизор. URL: https://www.rewizor.ru/literature/reviews/gde-nahoditsya-uryatin-iz-romana-borisa-pasternaka-doktor-jivago/ (дата обращения: 09.10.2020).

октября 1941 по июнь 1943 года. Все эти города (исключение только Всеволодо-Вильва) находятся на берегах реки Камы, бесспорно ставшей прообразом пастернаковской Рыньвы в романе «Доктор Живаго». Поэтому каждый из этих городов вправе претендовать на свою, пусть малую роль, в рождении его образа.

И все же, почему город называется Юрятин? Ни одна из известных точек зрения на этот счет не является абсолютно убедительной. Если прав Е. Фарино, и город назван по имени героя Юрия, то остается загадкой появление этого названия в «Записках Патрика», где нет никакого Юрия. Если правы Артемовы с их версией о происхождении названия города от реки Юрашки рядом с Елабугой, то почему оно перекочевывает в «Доктор Живаго», где город уже описывается во многом по-другому, и больше напоминает Пермь, чем Елабугу? Если же правы те, кто считает, что Пастернак просто позаимствовал название города у Александра Блока, который связывал с именем Юрия Верховского такой город, как Пермь, то, как объяснить, что сначала он появляется в «Записках Патрика» и противопоставляется там Перми?

Позволим себе высказать нашу точку зрения на возникновение названий «Юрятин» и «Варыкино». «Записки Патрика» и «Доктор Живаго», несомненно, связаны между собой, и «Записки» являются первой подступью к теме, раскрытой в «Докторе Живаго». Обратимся к словарю Владимира Даля и постараемся отыскать слова, которые могли способствовать рождению этих названий. Первое, что, безусловно, бросается в глаза, — это само название словаря. И первое издание, вышедшее в свет в 1863 — 1866 годах, и второе издание, вышедшее в 1880 — 1882 годах, назывались «Толковый словарь Живаго Великорускаго языка». Не мог ли Пастернак взять фамилию доктора из названия словаря Владимира Даля?

Давайте теперь откроем словарь и остановимся вот на этом, очень близком по звучанию, глаголе «юрить». Читаем: «метаться, суетиться, соваться во все концы; спешить, торопить и торопиться»[1]. А не в этих ли словах и кроется тайна названия этого города? Юрий Живаго мечется, суетится, разрывается в Юрятине между женой Тоней и встреченной снова в городе Ларой. Он однозначно юрит! Может именно поэтому он становится Юрием? Все его встречи с Ларой проходят именно в Юрятине до его попадания в плен к партизанам. Кстати, там

---

[1] Юрить. URL: http://slovardalja.net/word.php? wordid=44177 (дата обращения: 09. 10. 2020).

никогда не живет Тоня, она в него даже не попадает, поскольку поезд проходит после маневрирования сразу на Торфяную. Там же, в Юрятине, Живаго находит Лару после своего побега от партизан. Там же, как ему кажется, он решает свою судьбу и соединяется с Ларой, и для этого увозит ее из Юрятина, юрятство, казалось бы, закончилось.

В этой связи интересно название Варыкино, оно не встречается в более ранних произведениях Пастернака. Обратимся к словарю В. Даля еще раз. Здесь есть два слова, которые могли бы быть использованы Пастернаком. Одно из них— «варака»—«ж. арх. крутой каменный берег, утес, береговая скала»[①]. И другое—«варять»,—«упреждать, предварять, предостерегать, оберегать. / задний, скотный двор, при избе или где отдельно; загон, стойло, баз, базок (одного корня с сербским варош, городок, острожок, от варяти в значении беречь, стеречь, немецк. wahren)»[②]. Если наше предположение, что в основе названия Варыкино лежат эти два слова и особенно—глагол «варять» в его значении «предостерегать, оберегать», и даже своего рода «загон», то многое встает на свои места. Тоня и ее отец стремятся уехать из Москвы в Варыкино, поскольку там можно уберечься, спрятаться от мира на заднем дворе, в загоне. Однако, Варыкино не спасает, и Тоня уезжает из Варыкино, понимая, что там не может быть спасения для нее и ее сына. Юрий Живаго тоже думает, что в Варыкино они с Ларой и ее дочерью смогут уберечь себя от творящегося вокруг, но и их попытка спрятаться там не приводит к успеху. От жизни нельзя спрятаться в загоне, нельзя уберечься от других людей. Именно после этого Юрий Живаго возвращается в Москву, чтобы больше не прятаться на заднем дворе, не уберегаться от других людей, понимая, что это просто невозможно.

Конечно, роман «Доктор Живаго» глубоко символичен и автобиографичен. Как писал Д. С. Лихачев, «В романе главная действующая сила—стихия революции. Сам же главный герой никак не влияет и не пытается повлиять на нее»[③]. Дмитрий Сергеевич Лихачев, продолжая размышления над романом, пишет: «В традициях русского классического романа есть несколько образов

---

① Варака. URL: http://slovardalja.net/word.php? wordid=2581 (дата обращения: 09.10.2020).

② Варять. URL: http://slovardalja.net/word.php? wordid=2615 (дата обращения: 09.10.2020).

③ *Лихачев Д. С. Размышления над романом Б. Л. Пастернака «Доктор Живаго».* URL: https://www.lihachev.ru/pic/site/files/fulltext/razmyshl_nad_romanom.pdf (дата обращения: 09.10.2020).

женщин, как бы олицетворяющих собой Россию... Лара это тоже Россия, сама жизнь»①. Безусловно, соглашаясь с Д. С. Лихачевым, добавим: не только Лара есть Россия, все три женщины Юрия Андреевича Живаго есть образы России, пусть и совершенно разные. Тоня—Россия дореволюционная и уходящая от Юрия Живаго безвозвратно, хотя у нее остается их сын, то есть часть Юрия, которая не принимает революцию и уходит в эмиграцию, реальную или внутреннюю. Лара—это революционная Россия, но она не столько субъект, а объект революции. В этой связи важна роль ее мужа Павла Антипова-Стрельникова. Юрий Живаго не может быть с ней всегда, поэтому она исчезает, когда опять появляется Комаровский и увозит Лару от Живаго. Интересно, куда же уезжает Лара? Комаровский хочет отправить ее на Дальний Восток, революция уходит дальше на Восток. Может в Китай, куда устремляется революция после России? Лара возвращается к Юрию Живаго только на его смертном одре, исчезнув после этого уже навсегда. И будет еще и третья женщина, Марина, дочь живаговского дворника. Вот оно, воссоединение с простым народом, но и оно не принесет Живаго счастья, он медленно угасает и в итоге умирает. С каждой из этих трех женщин у Юрия Живаго были дети. Однако, в конце романа появляется только одна, дочь его и Лары. И зовут ее Таня, заметим, всего лишь одна буква отличает ее от Тони, хотя она не имеет к ней никакого отношения, она же дочь Юрия и Лары. Но случайное ли это совпадение? Это и есть Россия будущего, прошедшая через очистительный огонь Великой Отечественной Войны, простая прачка, но унаследовавшая стихи своего великого поэта-отца. Это надежда на будущее России, в которой, наконец, соединились и Юрий, и Лара, у которых не было будущего вместе, а у Тани, после очищения войной, оно будет, просто должно быть, такова Жизнь! Россия жива и несет в себе и черты поэта-отца, и черты революции-матери, и все же она другая, новая Россия!

И в этом можно увидеть своеобразное пророчество Бориса Пастернака: Россия снова изменится в конце 1980-х и начале 1990-х. Вернется Православие, и будут отвергнуты многие постулаты большевизма и революции. Многие, но не все. Останется святость памяти о Великой Отечественной, останутся героизм защитников Родины, и то, что создано неимоверным трудом простого и

---

① *Лихачев Д. С. Размышления над романом Б. Л. Пастернака «Доктор Живаго».* URL: https://www.lihachev.ru/pic/site/files/fulltext/razmyshl_nad_romanom.pdf (дата обращения: 09.10.2020).

прошедшего через многие испытания, народа. Народа, не стыдящегося физического труда, и в тоже время ценящего литературу и поэзию. Поистине— Народа Живаго.

（编校：索菲亚）

波墨对解读《日瓦戈医生》中三位女性形象的意义

陈新宇

（浙江大学外国语学院）

[摘　要]　帕斯捷尔纳克的《日瓦戈医生》作为世界经典之作被不断解读,但至今很多读者依然对小说中拉拉形象的解读感到困惑。小说中的另外两位女性形象——冬妮娅和玛丽娜,也还未受到研究者足够的重视。鉴于此,笔者认为有必要认识和了解一下中世纪德国神秘主义哲学家波墨,尤其是他的索菲亚学说。波墨的索菲亚学说间接影响了俄国象征派作家勃洛克和别雷等,以及本归属为未来派作家的帕斯捷尔纳克的创作。俄国象征派与波墨之间的渊源、帕斯捷尔纳克与俄国象征派之间的关系是我们重新诠释《日瓦戈医生》中三位女性形象的关键。本文尝试利用波墨和索洛维约夫的索菲亚学说来阐释拉拉形象的复杂性,以及三位女性形象作为人物体系整体在小说中的作用,希望由此探索重新解读《日瓦戈医生》经典特质的新视角。

[关键词]　《日瓦戈医生》;拉拉;冬妮娅;玛丽娜;波墨;索菲亚学说

　　波墨(Jakob Böhme)是德国早期的神秘主义者。黑格尔评价他是“第一个德国哲学家,他的哲学思想是真正德国气派的”①。

　　在俄罗斯,首次将波墨的哲学影响与俄罗斯的文学创作联系起来的是俄德文学比较研究专家季梅(Г. А. Тиме)。她在《圣父波墨》一文中将德国哲学对俄罗斯文学的宗教性影响追溯到波墨。她指出,俄式思维与波墨的哲学思维具有亲缘性,索洛维约夫(Вл. С. Соловьев)的索菲亚学说与波墨的索菲亚学说也具有亲缘性,甚至来源于波墨的索菲亚学说。她认为,波墨的神秘哲学不仅对俄罗斯19世纪经典作家产生了影响,而且对俄罗斯象征派作家索洛维约夫、勃洛克(А. А. Блок)、别雷(А. Белый),甚至对本归属为未来派作家的帕斯捷尔纳克(Б. Л. Пастернак)也产生了影响。德国当代学者乌利格(Andrea Uhlig)根据波墨的索菲

---

①　黑格尔:《哲学史讲演录》(第4卷),贺麟、王太庆译,商务印书馆,1997年,第34页。

亚学说,指出了帕斯捷尔纳克的创作体现了"索菲亚三位一体"①的特征,并用索菲亚代表神性绝对,索菲亚是堕落女性的变体,神性绝对的索菲亚和堕落索菲亚的统一或综合,即抹大拉的玛利亚,分别指代作家创作早期、成熟期和晚期三个阶段的特征。② 这个"索菲亚三位一体说"为我们全面认识帕斯捷尔纳克的《日瓦戈医生》中的三位女性形象带来了启发,即它们是否也可以分别对应《日瓦戈医生》中的三位女性形象呢?

一、波墨的索菲亚学说

波墨认为,"上帝的本质是具有双重性的,其一开始从无创造了自己本身,后来才又从自己本身创造了人。因此早在创世前就发生了神的堕落。由此,上帝就如同整个世界,既是有罪的,又是神圣的;既是善的,又是恶的"③。这一观点是理解波墨的索菲亚学说的关键。正像别尔嘉耶夫(Н. А. Бердяев)指出的那样,"对于波墨而言,索菲亚学说是神的智慧,而不是爱的智慧。波墨学说的意义在于,其在造物主和受造物之间引入了连接二者的中介第三原则,以此克服二元对立与超验的鸿沟。神的创造带有造物主上帝的痕迹,带有神的智慧的痕迹,也带有索菲亚原则的过渡和转入。……索菲亚代表受造物之美。人的索菲亚性就是纯洁、童贞、完整,存在于所有的创造中,是改造人的可能性。索菲亚飞上天空,但她的形象反映在大地上,并眷恋着大地。改造大地只有通过索菲亚才成为可能。完全否定任何一种索菲亚都会导致僵死的有神论二元论,最终导致自然神论。上帝最后就会离开世界"④。

可见,波墨的哲学观是人格化的,他将宇宙中性化和世俗化了。在他的学说中"有新基督人类学的萌芽"⑤。按照波墨的理念,索菲亚形象应是复杂多元的,既可能是神圣的,又可能是堕落的,还可能是神圣与堕落相结合的女性形象。难怪别尔嘉耶夫指出,"索菲亚学说在波墨那里主要具有人类性,在索洛维约夫那里则主要

---

① Uhlig, A. *Die Dimension des Weiblichen im Schaffen Boris Leonidovic Pasternaks:inspirationsquellen, Erscheinungsformen und Sinnkonzeptionen.* München:Verlag Otto Sagner, 2001:28.

② Uhlig, A. *Die Dimension des Weiblichen im Schaffen Boris Leonidovic Pasternaks:inspirationsquellen, Erscheinungsformen und Sinnkonzeptionen.* München:Verlag Otto Sagner, 2001:28.

③ *Тиме Г. А.* Святой отец Яков Беме // Русская литература. 2011. No 4. C. 11.

④ *Бердяев Н. А.* Из этюдов о Якове Бёме. Этюд II Учение о Софии и андрогине Я. Бёме и русские софиологические течения // Путь. 1930. No 21. C. 57-58.

⑤ *Бердяев Н. А.* Из этюдов о Якове Бёме. Этюд II Учение о Софии и андрогине Я. Бёме и русские софиологические течения // Путь. 1930. No 21. C. 61.

具有宇宙学性质"①。索洛维约夫认为,索菲亚是"充满神的智慧的、无比伟大的和尽善尽美的"②。索洛维约夫对宇宙充满乌托邦式的想象。"对索菲亚的幻想就是对神妙宇宙之美,对改变了的世界的幻想"③,但是索洛维约夫对索菲亚的理解最终还是一元的、远离尘世的。在指出波墨和索洛维约夫的索菲亚学说的区别的同时,别尔嘉耶夫还指出,俄国象征派作家勃洛克和别雷虽然受到了索洛维约夫的索菲亚学说影响,但他们又与索洛维约夫不同。"他们相信索菲亚,却很少相信基督。"④因此,女性形象在他们的创作中占主导地位,尤其是勃洛克,他的作品体现了对永恒女性的崇拜,但缺少了基督形象。我们认为,作家帕斯捷尔纳克在《日瓦戈医生》中通过日瓦戈和三位女性的形象重新诠释了骑士与美妇人的形象,赋予骑士以基督形象特质,以三位女性形象体现了索菲亚形象的变体特征。笔者认为,作家帕斯捷尔纳克在《日瓦戈医生》中通过日瓦戈和三个女人平衡了勃洛克等人的偏离做法,重新诠释了女性形象和基督形象。

二、勃洛克对帕斯捷尔纳克的影响

帕斯捷尔纳克"一直觉得自己是勃洛克的继承者和延续者"⑤。他甚至在《日瓦戈医生》中借助主人公尤拉⑥表达了自己对勃洛克的尊崇态度:

> 猛然间,尤拉想到,勃洛克难道不正好比是圣诞节景象吗?他是俄罗斯生活各个领域里的圣诞节,是北方城市生活里和现代文学中的圣诞节,是在今天的星光下大街上的圣诞节,是二十世纪客厅中灯火通明的松枝周围的圣诞节。⑦

勃洛克和他的研究者都承认,索洛维约夫的索菲亚学说对他具有很大的影响。伊凡诺夫(Вч. И. Иванов)曾对勃洛克说:"我们都被索洛维约夫神秘地洗礼了。"⑧

索洛维约夫被勃洛克称为"僧侣骑士"⑨。"在索洛维约夫那天偶然看到我的

① *Бердяев Н. А.* Из этюдов о Якове Бёме. Этюд II Учение о Софии и андрогине Я. Бёме и русские софиологические течения // Путь. 1930. № 21. С. 62.

② 徐凤林:《索洛维约夫哲学》,商务印书馆,2007年,第211页。

③ 徐凤林:《索洛维约夫哲学》,商务印书馆,2007年,第174页。

④ 别尔嘉耶夫:《俄罗斯思想》,雷永生、邱守娟译,生活·读书·新知三联书店,1995年,第174页。

⑤ 贝科夫:《帕斯捷尔纳克传》(上),王嘎译,人民文学出版社,2016年,第384页。

⑥ 尤拉是日瓦戈的小名。

⑦ 帕斯捷尔纳克:《日瓦戈医生》,白春仁、顾亚铃译,上海译文出版社,2012年,第99页。

⑧ *Тиме Г. А.* Святой отец Яков Беме // Русская литература. 2011. № 4. С. 23.

⑨ 图尔科夫:《勃洛克传》,郑体武译,东方出版中心,1996年,第30页。

目光中",勃洛克后来回忆起同他的短暂会面时说,"有一种深邃无底的蓝色:全然不问世事,随时准备走完自己的最后一步;那是一种纯粹的精神:似乎不是一个活着的人,而是一个影像,一个轮廓,一个象征,一个线条"。① 勃洛克受索洛维约夫学说中"永恒女性"的影响,创作了《美妇人集》。"美妇人,根据索洛维约夫的理论,是摆脱混沌的救星,是和谐与调和一切的融合的化身。"②但是,勃洛克不能接受索洛维约夫的《为善辩护》中的思想,他认为索洛维约夫对于善的阐释是俄罗斯式的、正统的、一元的。因此,勃洛克的索菲亚形象其实后来受到了波墨的影响。

　　波墨的研究者季梅在《圣父波墨》一文中指出:"永恒女性没有离开过象征派作家。……这个形象在勃洛克那里尤为明显,他的创作体现了神秘的圣三一原则:美妇人就是神圣的索菲亚,陌生女郎就是世界灵魂,即堕落的索菲亚;神圣的罪人,即连接前两者并联想到俄罗斯本身。"③所以,季梅认为,确切地说,勃洛克的索菲亚形象间接受到了波墨的影响。在勃洛克创作了诗集《意外的喜悦》后,索洛维约夫指出:"如今,他们在勃洛克身上已经看不见圣母的骑士与歌手了。"④剧本《命运之歌》中的赫尔曼被法伊娜鞭打后顿悟,一直受其吸引并最终爱上了她,而法伊娜也爱上了这个基督式人物。剧终时法伊娜受到她的伴侣的召唤,不得不离开赫尔曼,又回到了那个象征身份、权力和财富的酷似国王的老者身边。在法伊娜身上,我们已经看到了帕斯捷尔纳克笔下拉拉的雏形。从"美妇人"到"陌生女郎"(诗集《意外的喜悦》)、法伊娜(《命运之歌》)和卡奇卡(《十二个》),这些角色体现了勃洛克笔下索菲亚形象的变体。勃洛克的索菲亚一反过去的神圣天国女郎形象,而是更加接地气,从圣洁的天使到堕落女郎(风尘女子),被赋予了尘世的特点。

　　贝科夫(Д. Л. Быков)在《帕斯捷尔纳克传》中以勃洛克为镜像,阐述了勃洛克对帕斯捷尔纳克的影响,以及帕斯捷尔纳克在创作上对勃洛克的继承与反驳,包括在革命主题、父与子主题和爱情主题上帕斯捷尔纳克与勃洛克之间的呼应关系。当然,帕斯捷尔纳克免不了受到通过勃洛克传导过来的源自波墨的影响,而且帕斯捷尔纳克本人也有意关注过波墨。"在帕斯捷尔纳克于莫斯科大学读书期间的读书笔记中曾提到波墨和柏拉图的爱欲说。"⑤

　　在《帕斯捷尔纳克传》中,我们已经捕捉到了《日瓦戈医生》在某种程度上与勃洛克某些作品的呼应,尽管这一点贝科夫谈及的并不多。不过,贝科夫写道:"假如《十二个》这部关于红军巡逻队的叙事长诗由帕斯捷尔纳克来书写,彼得鲁哈就不

---

① 　图尔科夫:《勃洛克传》,郑体武译,东方出版中心,1996 年,第 30-31 页。

② 　图尔科夫:《勃洛克传》,郑体武译,东方出版中心,1996 年,第 47 页。

③ 　*Тиме Г. А.* Святой отец Яков Беме // Русская литература. 2011. No 4. C. 23.

④ 　图尔科夫:《勃洛克传》,郑体武译,东方出版中心,1996 年,第 144 页。

⑤ 　Uhlig, A. *Die Dimension des Weiblichen im Schaffen Boris Leonidovic Pasternaks: inspirationsquellen, Erscheinungsformen und Sinnkonzeptionen.* München: Verlag Otto Sagner, 2001: 23.

可能杀死卡奇卡,他会使她摆脱一个士官生贪婪而愚蠢的爱,继而重获新生……总之,死去的将不会是她,而是那位'跟卡奇卡一道泡在小酒馆里'的万卡。而且十二个之外还将增添第十三个——卡奇卡-抹大拉的玛利亚,她将在基督引导下加入一个真诚的队列,两人手挽手,披戴着玫瑰编织的白色花环。"①虽然,让帕斯捷尔纳克改写《十二个》的想法并未实现,但在帕斯捷尔纳克的长篇小说《日瓦戈医生》中,我们看到了他在女性塑造方面及耶稣基督形象塑造方面对勃洛克的超越。

国内也有学者关注到了《日瓦戈医生》所体现的帕斯捷尔纳克与勃洛克两位作家在女性主题书写方面的呼应关系。例如,年轻学者汪磊认为,"她(拉拉)的形象与勃洛克'永恒之女性'思想拥有众多共通之处""拉拉充满着勃洛克诗歌中的女性美"。② 汪磊认为,帕斯捷尔纳克受到前辈勃洛克"永恒女性"精神的指引,通过拉拉的形象,从女性和母性两方面发展了勃洛克笔下的不食人间烟火的天国永恒女性形象,拉拉的形象也因其象征意义得到了升华。但是,如果从继承和发展勃洛克的女性形象角度和波墨的索菲亚学说出发的话,拉拉的形象则有待进一步解读。首先,勃洛克创作中后来出现的那些远离天国而带有恶魔气质的,或是接地气的女性形象对帕斯捷尔纳克的影响更大,或许可以说是直接提供了女性形象塑造走向的灵感。其次,拉拉这个形象已受到学界众多关注,被赋予了诸多美誉之辞,而冬妮娅③和玛丽娜却几乎无人问津。因此,下文我们就结合索菲亚学说来探讨一下这三位女性形象在小说《日瓦戈医生》中的意义。

三、《日瓦戈医生》中的索菲亚形象

索菲亚不仅是一种理念、学说,而且是人,是具体的女性。索菲亚形象就是根据这种理念塑造的形象。谈及帕斯捷尔纳克笔下的索菲亚形象,就不能不提勃洛克笔下的索菲亚形象,她们之间有着共同的渊源,前者又对后者构成继承关系。笔者认为,与其说帕斯捷尔纳克创作的"索菲亚三位一体"对应作家的三个创作时期,不如说是对应作家长篇小说《日瓦戈医生》中的三位女性形象。

小说中的拉拉不论是在科马罗夫斯基眼里,还是在日瓦戈眼里,都是美与纯洁的化身。"她神韵高洁,无与伦比。她的双手犹如高尚的思想那样令人惊叹不止。她投在墙纸上的身影,仿佛是她纯真无邪的象征"④;拉拉开枪射击事件发生后,科马罗夫斯基"再次感到这个无所顾忌的疯姑娘确实令人倾倒。一眼就可以看出,她

① 贝科夫:《帕斯捷尔纳克传》(上),王嘎译,人民文学出版社,2016 年,第 373 页。
② 汪磊:《〈日瓦戈医生〉与勃洛克的文本的对话》,载《外国文学》2016 年第 3 期,第 24 页。
③ 《日瓦戈医生》不同中文译本中的人物译名不尽相同,本书统一采用"冬妮娅"这一译名。
④ 帕斯捷尔纳克:《日瓦戈医生》,白春仁、顾亚铃译,上海译文出版社,2012 年,第 56 页。

与众不同。她身上有一种特有的气质。看来他是无可挽回、伤透人心地毁了她的一生"①。"只记得她周身那无与伦比的简洁而流畅的线条,是造物主把她从头到脚地如此一挥而就;就是这副绝妙的体态,奉献给了他的心灵。犹如用床单紧裹着浴后的婴儿。"②

　　受命运的作弄,日瓦戈与家人失散,被迫加入游击队。当他面对夕照下的森林,"周围的大自然、树林、晚霞和放目所及的一切,全融合成了一个无所不包的女孩形象"③,这不是他的妻子冬妮娅,而是拉拉。在战乱时,日瓦戈辗转找到尤里亚京雕塑楼对面的房子,期待与拉拉的幸福会面。这种心情同时又与对亲人的思念交织在一起,"为什么我这一辈子你们总是离开我?为什么我们总是天各一方?不过我们很快会见面,会团聚,不是吗?"④而当他出现在他思念留恋的那幢拉拉住的房子里时,这个偏于一隅的尤里亚京"便是俄罗斯,是他那无与伦比的、在海外名声赫赫的母亲,是受难者也是倔强者","这便是拉拉"。⑤ 这是小说中日瓦戈关于拉拉的所有美好想象中对拉拉最高的评价。

　　得知拉拉的身世后,日瓦戈医生更坚定了自己爱拉拉的决心:"倘若你没有这么多苦难,没有这么多抱憾,我是不会这么热烈地爱你的。我不喜欢正确的、从未摔倒、不曾失足的人。他们的道德是僵化的,价值不大。他们面前没有展现出生活的美。"⑥对于日瓦戈而言,完美即是一种缺陷。这是他对美的理解。这不是现实中男性视角下的女性崇拜,只有人子耶稣基督才具有这样的境界。有很多学者在研究《日瓦戈医生》这部小说的《圣经》主题或原型时指出,日瓦戈就是对耶稣基督的仿写或是耶稣基督的象征,他对拉拉具有拯救的作用;而拉拉是对抹大拉的玛利亚的仿写或其象征。这与作家对耶稣基督的新阐释有关。"帕斯捷尔纳克的人类学视角体现了他对基督教的阐释特征。对于他而言,基督首先是人,是人神,然后才是上帝的儿子,神人。"⑦这一理解与波墨对上帝的阐释是一致的。按照波墨的索菲亚学说,拉拉就是索菲亚形象的变体,帕斯捷尔纳克通过拉拉将勃洛克不同阶段呈现的女性形象整合起来,是神圣性与世俗性、圣洁与堕落的结合。拉拉身上融合了俄罗斯的过去和现在。帕斯捷尔纳克将拉拉塑造成有思想的智慧女神,她对生活的阐释、她对自己和日瓦戈情感的解读、她对丈夫帕沙的认识,无不体现出她

---

① 帕斯捷尔纳克:《日瓦戈医生》,白春仁、顾亚铃译,上海译文出版社,2012 年,第 113 页。

② 帕斯捷尔纳克:《日瓦戈医生》,白春仁、顾亚铃译,上海译文出版社,2012 年,第 448 页。

③ 帕斯捷尔纳克:《日瓦戈医生》,白春仁、顾亚铃译,上海译文出版社,2012 年,第 418 页。

④ 帕斯捷尔纳克:《日瓦戈医生》,白春仁、顾亚铃译,上海译文出版社,2012 年,第 474 页。

⑤ 帕斯捷尔纳克:《日瓦戈医生》,白春仁、顾亚铃译,上海译文出版社,2012 年,第 476 页。

⑥ 帕斯捷尔纳克:《日瓦戈医生》,白春仁、顾亚铃译,上海译文出版社,2012 年,第 485 页。

⑦ *Брюханова Ю. М.* Метафизическая целостность романа Бориса Пастернака «Доктор Живаго». URL: https://odnopartiec.ru/629 (дата обращения: 09.04.2022).

超人的智慧。在某种程度上,她甚至超越了日瓦戈,与帕沙和日瓦戈相比,她更熟谙生活哲学。

不同于勃洛克,帕斯捷尔纳克多次强调了拉拉与大自然的亲密关系。用波墨的理论来说,就是在自然中认识拉拉的圣洁。还在中学读书时的拉拉,有一次做梦:"她安息在大地下面,身上除了左肋、左肩和右脚掌外,别的荡然无存。左边的乳房下长出一束蓬草。"①拉拉喜欢亲近大自然,"她对这片土地爱恋至深,甚至胜过土地的主人"②。

> 拉拉顺着铁路走在朝圣者踩出来的小路上,然后拐进通往森林的草地小径。她不时停下步来,眯起眼睛深深呼吸着旷野上繁花的芳香。这芬芳比父母更亲,比情人更好,比书本更富于智慧。一刹那间,她的存在又有了新的意义。她领悟到自己生活的目的就在于要把握大地的动人心魄的美,并一一道出这美来。如果她做不到,出于对生活的热爱,她要为自己留下后代,让他们替她完成未能完成的使命。③

小说中,日瓦戈医生对大自然的色、香、声都非常敏感,小说中多处穿插着自然描写,因此日瓦戈与拉拉对自然怀着共同的欣赏。此外,他们在精神上具有相同高度,因此他们又是相互欣赏的。日瓦戈和拉拉"他们相爱,是因为周围的一切希望如此,这里有他们脚下的大地,他们头上的天空、云朵和树木。他俩的爱情得到周围人们的喜欢"④。

把《日瓦戈医生》这部小说理解为一部象征小说,将拉拉形象的复杂性诠释为她不是普通的现实女人,而是俄罗斯的象征,以此来排解读者的不惑,这是目前学界的做法。德国学者乌利格利用波墨的索菲亚学说,将帕斯捷尔纳克三个创作时期对应为"索菲亚三位一体"结构,也许合乎逻辑,但是要想真正理解小说中的三位女性,我们还是要回到波墨和勃洛克。波墨的索菲亚学说具有人类学特点,他看到了神和人的复杂性,因此作为上帝智慧化身的索菲亚同样不是完美无瑕的。拉拉就是神圣和堕落的合体,是女性和母性的最好体现,是苦难和智慧的象征。日瓦戈赋予了拉拉更高的意义。拉拉在三个男人中成长,接受了不同的考验。

此外,作者还通过叙事与诗歌的互文写法,为现实的人物赋予了象征意味。在简洁的诗歌意象中,男女主人公的爱情得到了升华。小说中的科马罗夫斯基一直是横亘在日瓦戈和拉拉之间的最大威胁。在小说第二部分"重返瓦雷金诺"一章

---

① 帕斯捷尔纳克:《日瓦戈医生》,白春仁、顾亚铃译,上海译文出版社,2012年,第60页。
② 帕斯捷尔纳克:《日瓦戈医生》,白春仁、顾亚铃译,上海译文出版社,2012年,第92页。
③ 帕斯捷尔纳克:《日瓦戈医生》,白春仁、顾亚铃译,上海译文出版社,2012年,第93页。
④ 帕斯捷尔纳克:《日瓦戈医生》,白春仁、顾亚铃译,上海译文出版社,2012年,第606页。

中,瓦雷金诺冬夜里的狼嗥预示了科马罗夫斯基后来的出现,而在第二部分的诗歌"童话"中,日瓦戈、拉拉和科马罗夫斯基三者之间的关系又被赋予了骑士战龙蛇勇救少女的童话意义。所以,在帕氏笔下,骑士与少女都获得了具有启示意义的象征意蕴。拉拉在日瓦戈身上看到了超越现实的骑士的理想。

日瓦戈和冬妮娅的结合更像是两个纯洁的少男少女受到冬妮娅母亲临终前暗示的结果:"如果我死了,你们不要分离吧,你们是天造地设的一对。你们结为夫妇吧。"①小说中为人妻为人母的冬妮娅的形象是通过日瓦戈的日记和冬妮娅的信来揭示的。

> 妻子的脸上起了变化。倒不能说是变丑了。可过去完全在她把握之中的外表仪容,如今却不肯听她的了。她被将要从她身上出世而不再属于她自己的未来物所控制。女人面容失去自身的控制……
>
> 我和冬尼娅从来没有相互疏远过,这一年的劳动尤其使我们形影不离。我观察到冬尼娅十分机灵、有劲、不知疲倦,非常有计算地安排活茬,干完一件不失时机地接着干另一件。
>
> 我一向认为,任何一次妊娠都无可非议;这一与圣母有关的教义,反映了普遍的母爱思想。②

确切地说,是冬妮娅让日瓦戈感受到了她作为妻子和即将为人母的意义。而在小说的第十三章,在冬妮娅写给丈夫日瓦戈的信里,我们看到了一位伟大妻子的形象。

> 最大的痛苦在于:我爱你可你不爱我。我极力想找出这种责难的含意,想解释它,证实它,于是到自己身上去找原因,回顾我们整个的生活和我对你所了解的一切。可是我找不到缘由,回忆不起做了什么错事招致这样的不幸。你是误解了我,不是善意地看我,你看到的我是歪曲了的,就像照哈哈镜里的面影一样。
>
> 可我是爱你的。啊,我多么爱你,你是难以想象的!我爱你身上一切独特的禀性,不论它们是好是坏,爱你身上一切普普通通的特点;它们结合起来便不同寻常,这才是我所珍惜的。……我爱你的天赋和聪慧,它们仿佛完全弥补了你所缺乏的意志力。所有这一切,对我都弥足珍贵,我不知有比你还好的人。……不爱一个人,对他是多大的屈辱,多沉重的打击啊!仅仅因为害怕这一点,我也会下意识地排除不爱你的念头……因为不爱一个人几乎就等于杀害他,我没有勇气给任何人这样的打击。……好吧,再见了。我祝福你,愿你

---

① 帕斯捷尔纳克:《日瓦戈医生》,白春仁、顾亚铃译,上海译文出版社,2012 年,第 88 页。
② 帕斯捷尔纳克:《日瓦戈医生》,白春仁、顾亚铃译,上海译文出版社,2012 年,第 344 页。

经得起长久的离别、种种考验、吉凶未卜的折磨、漫长的昏暗的路程。我一点不怪你，一点不责备你，依照你的意愿安排生活吧，只要你觉得好就行。……我对拉拉·费奥多罗夫娜有了相当深入的了解。……我得说句真心话，她是个好人。但我也不想昧良心说话，她同我完全相反。我来到世上，是要使生活变得单纯，寻找正确的出路；可她是要使生活变得复杂，使人迷途。①

这封信辗转五个月才到了日瓦戈手里，此时妻子已经随家人远走异国他乡了。日瓦戈漂泊在外，一双儿女却不知道他们的父亲是谁。儿子刚出生，他就作为军医上前线了；女儿出生时，他已被意外强征入伍。冬妮娅就是出于对丈夫的忠诚，默默地爱着不在身边的，甚至不爱她的丈夫。难道她不是圣母玛利亚的象征吗？不是圣洁、慷慨、善良的古老罗斯的象征吗？

日瓦戈孤身一人回到莫斯科后认识了马克尔的小女儿玛丽娜。日瓦戈经常到她家打水，后来马克尔有些不耐烦，但是看在女儿的面上也就忍了："我们那个小女儿，玛丽娜老护着你。……她说你很不幸，她可怜你，说为了你下火海也去。……你拎这么多水干什么？……讨人厌的家伙。"②后来玛丽娜还亲自上门帮日瓦戈做家务，"有一次她留在了他家里，从此再没有回到看院子人的房间去。就这样她成了日瓦戈第三个妻子"③。他们的结合被日瓦戈戏称为"二十桶水的浪漫故事"④。

> 玛丽娜能够谅解日瓦戈此时已经形成的一些莫名其妙的怪癖，谅解一个颓唐而且意识到自己颓唐的人所惯有的任性，谅解他的肮脏和凌乱。她忍耐着他的唠叨、粗鲁、恼怒。
>
> 她的自我牺牲，还更有甚者。由于他的过错，他们有时陷入自己造成的甘愿承受的贫困之中，这时玛丽娜为了不扔下他一个人待着，连工作都辞去不干了。⑤

又一个慷慨无私的、有着大地母亲般宽广胸怀的女人，忍受日瓦戈的各种任性，包括突然失踪。而在小说中仅仅用了三页写这个女人。如果说冬妮娅在等待中爱着日瓦戈，玛丽娜则在厮守中爱着日瓦戈。在大女儿七岁，小女儿只有六个月时，她突然间成了寡妇。这个平凡的女人没有留下任何智慧的话语，只有她在日瓦戈尸体前毫无顾忌的号啕大哭震彻云霄。

玛丽娜是作者将永恒女性俗世化的形象，是索菲亚形象的变体。如果说勃洛

---

① 帕斯捷尔纳克：《日瓦戈医生》，白春仁、顾亚铃译，上海译文出版社，2012年，第507页。
② 帕斯捷尔纳克：《日瓦戈医生》，白春仁、顾亚铃译，上海译文出版社，2012年，第580页。
③ 帕斯捷尔纳克：《日瓦戈医生》，白春仁、顾亚铃译，上海译文出版社，2012年，第581页。
④ 帕斯捷尔纳克：《日瓦戈医生》，白春仁、顾亚铃译，上海译文出版社，2012年，第581页。
⑤ 帕斯捷尔纳克：《日瓦戈医生》，白春仁、顾亚铃译，上海译文出版社，2012年，第581页。

克的女性形象一旦落地就失去了神圣的光环,往往被赋予"堕落色彩",那么帕斯捷尔纳克要比勃洛克思想更为开放,思维更为开阔,他诠释了三位女性"爱的意义"。如果一定要将玛丽娜和索菲亚学说联系起来,那么"爱即怜悯"就是索菲亚智慧的人间体现。玛丽娜在日瓦戈医生最落魄的时候拯救了他,她是俄罗斯普通女性的代表。那么玛丽娜是不是体现了索菲亚和人民结合的意愿呢?

因此,从波墨的索菲亚学说的人类学视角出发,冬妮娅、拉拉和玛丽娜构成了人的神性三位一体。但在这里我们并未拘泥于学者季梅的神圣、堕落、神圣和堕落结合的三分法,因为现实世界给出了索菲亚的玛丽娜版本。所以,我们认为冬妮娅、拉拉和玛丽娜是作家在勃洛克的索菲亚形象基础上的变体。不仅拉拉代表俄罗斯形象,冬妮娅和玛丽娜都代表着俄罗斯形象。这正是帕氏笔下索菲亚形象的特点,也是俄罗斯式索菲亚形象的特质。

四、结　语

目前学界对于冬妮娅和玛丽娜的阐释过于平面化,对于拉拉的形象阐释缺乏与其他两位女性形象的比较维度,也显得过于单调。因此笔者希望以这样的方式切入研究的话题,重新阐释小说中三位女性形象的意义。这不仅是全面理解三位女性形象的视角之一,也是研究帕斯捷尔纳克与勃洛克文学继承关系、《日瓦戈医生》与勃洛克文本的对话的视角之一。索菲亚形象的变体折射出一个俄罗斯知识分子的精神历程。帕斯捷尔纳克既赋予了日瓦戈浪漫的骑士精神,同时也解构了传统骑士精神,重新演绎了拿手术刀和握笔的"新时代骑士"之女性崇拜。因此,我们认为,从某种程度上可以说,通过波墨研究帕氏《日瓦戈医生》中的索菲亚形象也是解读该小说中俄罗斯知识分子的一个新视角。

(编校:周　露)

诗人的单纯及其对历史的洞察

——《日瓦戈医生》对历史的书写

董 晓

（南京大学文学院）

[摘 要] 帕斯捷尔纳克在其长篇小说《日瓦戈医生》中对俄国历史的书写被认为是这部作品最重要的内容之一,该作品也因作者对俄国十月革命那段历史的个性化表现而曾引起过广泛的争议。这部诗化小说书写俄国历史的最显在的特征是诗人以单纯性眼光对历史进行了考察。诗人帕斯捷尔纳克将诗人的单纯性眼光赋予了作品主人公——诗人日瓦戈医生,日瓦戈医生又以诗人独特的视角审视俄国的历史进程。这种单纯的诗人眼光在小说中实现了对历史的独特洞察,这也是《日瓦戈医生》这部作品最显著的艺术特质之一。

[关键词] 帕斯捷尔纳克;《日瓦戈医生》;历史书写;诗人的单纯性

诗人帕斯捷尔纳克（Б. Л. Пастернак）创作长篇小说《日瓦戈医生》的目的非常明确。他曾说:"这是我第一部真正的作品,我想在其中刻画出俄国近 45 年的历史。"①于是,1905 年革命、第一次世界大战、二月革命、十月革命、新经济政策……所有这些重要的历史事件均被纳入了作家的视野中,长篇小说《日瓦戈医生》里所涵盖的这一切历史事件似乎都可以满足试图领略历史沧桑的读者的渴望。美国人威尔逊（Edmund Wilson）甚至把帕斯捷尔纳克的这部长篇小说与托尔斯泰（Л. Н. Толстой）的长篇史诗《战争与和平》联系起来,并说它是"与二十世纪最伟大的革命相辉映的诗化小说"②。

---

① См.: *Борисов В. М.*, *Пастернак Е. Б.* Материалы к творческой истории романа Б. Пастернака «Доктор Живаго» // Новый Мир. 1988. No. 6. С. 226.

② 参见赵一凡:《埃德蒙·威尔逊的俄国之恋》,载《读书》1987 年第 4 期,第 35 页。

一、个人化体悟与历史观照

与大多数俄苏作家的历史叙事方式不同,帕斯捷尔纳克作为一个纯粹的诗人,习惯了抒情诗的表达方式,并不擅长传统的散文式宏大叙事。一个显在的事实是:《日瓦戈医生》的叙述风格与传统长篇小说的惯常风格迥异,整部作品由无数个抒情诗的片段汇成,因此其结构比较松散,叙述不连贯,文本显然出自一位不擅长小说叙事的纯粹诗人之手。然而,纯粹诗人的单纯性眼光却又形成了《日瓦戈医生》这部作品独特的审视历史的维度,片段化的抒情笔调表达出作家对俄国历史的个人的碎片化感受,而这些零星的历史感悟又整体性地显现出诗人帕斯捷尔纳克对俄国历史进程的深远洞察力。在这里,碎片化的感悟隐含着内在的统一性,即诗人个人的理念。小说开头,小尤拉舅舅尼古拉·尼古拉耶维奇的话奠定了整部作品审视历史的出发点:"寻求真理的只能是独自探索的人,……我认为应该忠于不朽,这是对生命的另一个更强有力的称呼。要保持对不朽的忠诚,必须忠于基督!"① 小尤拉舅舅的这番话体现出帕斯捷尔纳克审视俄国历史进程的个人化尺度:宗教人本主义思想。从这一思想观念出发,按照小尤拉舅舅的话说,"一个人可以是无神论者,可以不必了解上帝是否存在和为什么要存在;不过却要知道,人不是生活在自然界,而是生存于历史之中。……那么历史又是什么? 历史就是要确定世世代代关于死亡之谜的解释以及如何战胜它的探索……首先,这就是对亲人的爱,也是生命力的最高表现形式,它充满人心,不断寻求着出路和消耗"②。帕斯捷尔纳克以细腻的抒情诗人的文笔,将日瓦戈医生这个人物置于一个战争与革命相交错的动荡的历史漩涡之中,让日瓦戈医生敏感的内心世界去独自感受俄国严酷的历史进程。同时,一切历史的事件均隐藏在帕斯捷尔纳克那具体细微地营造出来的抒情性叙事氛围之中。譬如,小说中的景物描写。作品中那段对花楸树的抒情描写文字,渲染出作品独特的抒情意韵,而诗人帕斯捷尔纳克对俄国历史严酷性的个人化体悟,则通过日瓦戈医生个人对该景致的独特感受折射出来。以同样也是诗人的日瓦戈个人的精神体悟来折射历史,这一点形成了《日瓦戈医生》整部作品历史书写的基本艺术特征。

作为单纯的诗人,帕斯捷尔纳克通过诗人日瓦戈医生的个人眼光,从艺术与文化的角度出发,去审视俄国那段严酷的历史进程。这种审视历史的角度具有诗人天然的属性:从人本主义立场出发的一以贯之的批判性眼光,即对存在着的政权的反抗,对既定现实的形而上的否定。"多么出色的手术啊! 拿过来就巧妙地一下子

---

① 帕斯捷尔纳克:《日瓦戈医生》,蓝英年、张秉衡译,漓江出版社,1997年,第10—11页。
② 帕斯捷尔纳克:《日瓦戈医生》,蓝英年、张秉衡译,漓江出版社,1997年,第11页。

把发臭的多年的溃疡切掉了! 既简单又开门见山,对习惯于让人们顶礼膜拜的几百年来的非正义作了判决。"①日瓦戈医生的这句感叹与其说是表现了他对俄国十月革命风暴的赞赏,倒不如说是对他所生活过的俄国现实社会的冷静批判。这句感叹同日瓦戈医生后来对十月革命的反思与批判在性质上是相通的,是一个俄罗斯传统贵族自由主义知识分子、艺术家出于其天然的本性对人本主义观念的坚守。这种坚守,使得主人公日瓦戈医生始终站在思考人的存在意义及生命价值的精神高度对俄国历史进程予以文化的观照,从文化批判的高度指向人的精神的内在层面。威尔逊把这部作品概括提炼为"革命—历史—生命哲学—文化恋母情结"这十四个字,颇为精当。日瓦戈医生对基督教教义的评论阐释,关于生命和死亡的思考,关于精神自由与真理的思考,关于历史与自然、历史与艺术的联系的思考,形成了一整套诗人个人的以某种不朽的人性,以某种先验的善和正义等宗教人本主义观念为参照系的审视俄国历史进程的话语。通过这套话语,诗人帕斯捷尔纳克完成了他的个人化的对俄国历史发展进程的文学叙事。

二、个人化历史体悟的独特功能

这种出自人本主义立场的对历史的个人化解读,往往具有独到的深刻性。譬如,帕斯捷尔纳克一针见血地指出:"不自由的人总美化自己的奴役生活。"②这句话体现了诗人对时代悲剧的深刻理解,对悲剧时代下人的不幸的独到感悟。同样,诗人敏锐地感受到,"兴起了辞藻的统治,先是君主的,后是革命的"③,这充分体现了诗人帕斯捷尔纳克对时代本质特征的深入把握。

这种具有抒情诗人气质的个人化的历史书写凸显了爱情与艺术的主题。在《日瓦戈医生》这部作品里,爱情与艺术的主题不是展示俄国历史画卷的调料,也不是推动故事进展的情节性元素,抑或是完成人物性格塑造的材料,而是完成历史叙事的结构性因素。诗人帕斯捷尔纳克对人生的探索,对俄国历史进程的沉思,他的一切精神追求与情感苦闷,均是从作品主人公日瓦戈与拉拉的爱情曲中折射出来的。诗人帕斯捷尔纳克幻想出一个只属于日瓦戈与拉拉这两个充满人性之光的人物的艺术世界。在这个艺术世界里,"艺术是永远为美服务的"④;在这个艺术世界里,他们懂得生命之谜、死亡之谜、天才之魅力和袒露之魅力;在这个艺术世界里,心灵、艺术、美、大自然可以浑然一体,人与大地、宇宙紧紧相连,充满理性与情感的

① 帕斯捷尔纳克:《日瓦戈医生》,蓝英年、张秉衡译,漓江出版社,1997年,第227页。
② 帕斯捷尔纳克:《日瓦戈医生》,蓝英年、张秉衡译,漓江出版社,1997年,第555页。
③ 帕斯捷尔纳克:《日瓦戈医生》,蓝英年、张秉衡译,漓江出版社,1997年,第467页。
④ 帕斯捷尔纳克:《日瓦戈医生》,蓝英年、张秉衡译,漓江出版社,1997年,第525页。

人沉浸在艺术创造的神秘的幸福之中,沉浸在爱情的温暖之中,沉浸在宁静的生活的温馨之中,沉浸在夜的庄严的寂静之中,真诚地生活、感受、思考,不会为真理感到害羞,不必去"出卖最珍贵的东西,夸奖令人厌恶的东西,附和无法理解的东西"①。当主人公日瓦戈在逃亡中于瓦雷金诺暂时寻觅到一处僻静的角落,可以暂时远离外边社会的纷争,在静谧之夜坐在书桌前重新提笔写下一行诗句时,他的幸福感恰恰具有浓厚的悲壮感,成为对俄国当时历史严酷性的间接的真实写照。这个美丽而有诗意的童话般的艺术世界——日瓦戈与拉拉的世界——在诗人帕斯捷尔纳克的笔下被摧毁了,这个诗一般的美好世界无法与现实的、充满功利与暴力色彩的真实世界相对抗,等待它的只能是悲剧性的毁灭。人的正直与善良在俄国特定的历史事件面前变得软弱无力,注定要被毁灭。在这种悲剧性的历史悖论中,诗人帕斯捷尔纳克完成了对俄国那段历史的个人化的审视。《日瓦戈医生》被西班牙作家略萨(Mario Vargas Llosa)称作"抒情诗般的作品"②,被利哈乔夫(Д. С. Лихачёв)称作具有"对现实的抒情态度"③的作品,它正是以这种独特的审美观照方式完成了对俄国十月革命那段历史的书写。

日瓦戈与拉拉的爱情作为整部作品的结构性因素,把日瓦戈、拉拉和拉拉的丈夫安季波夫作为中心主人公纳入了整个作品的叙事框架中。而正是这三个人物具有呈现俄国历史特质的功能:日瓦戈医生作为典型的俄罗斯传统贵族自由主义知识分子,其悲剧性的人生遭遇表现了俄国历史的悲剧性;拉拉所经受的生活苦难、她对苦难中的主人公所给予的关怀,使她成为俄罗斯大地母亲形象的化身;安季波夫这位"原则的化身"④,既是纯洁的体现,又是一个被那个时代和政治异化了的悲剧式人物,他的铁石心肠和仍然保持的"一星半点不朽的东西"⑤,正是俄国 20 世纪这场革命本身所带有的深刻的矛盾性的体现,彰显了 20 世纪俄罗斯所面临的历史的悲剧性。这三个人物身上均包含着俄罗斯人典型的精神特质。按照黑格尔的美学理念,史诗的本质特点即是对民族精神的最高显现。依此而言,帕斯捷尔纳克《日瓦戈医生》这部长篇小说被看成史诗性的作品,也就不难理解了。

三、个人化历史体悟的超越性

诗人帕斯捷尔纳克以单纯的眼光审视 20 世纪初俄国的历史,规避了纷繁芜杂

---

① 帕斯捷尔纳克:《日瓦戈医生》,蓝英年、张秉衡译,漓江出版社,1997 年,第 501 页。
② 包国红:《外国作家论〈日瓦戈医生〉》,载《外国文艺》1994 年第 4 期,第 214 页。
③ 利哈乔夫:《论〈日瓦戈医生〉的艺术风格》,载《外国问题研究》1990 年第 2 期,第 35 页。
④ 帕斯捷尔纳克:《日瓦戈医生》,蓝英年、张秉衡译,漓江出版社,1997 年,第 466 页。
⑤ 帕斯捷尔纳克:《日瓦戈医生》,蓝英年、张秉衡译,漓江出版社,1997 年,第 351 页。

的特定的政治/意识形态话语的侵扰,使得他的历史叙事话语一方面体现出明显的纯粹性、单纯性,另一方面又具有了独特的艺术穿透力。作为纯粹的抒情诗人,帕斯捷尔纳克对现实的实际感受是单纯而天真的,他不能理解,为什么同时代作家杜金采夫(В. Д. Дудинцев)的那部针砭现实之阴暗面非常厉害的长篇小说《不是单靠面包》尽管遭到部分评论家的围攻,却可以顺利地在《新世界》杂志上发表,而自己的这部长篇小说《日瓦戈医生》却遭到开明的《新世界》杂志的封杀。帕斯捷尔纳克因其天真单纯的诗人特质未能意识到,他的长篇小说《日瓦戈医生》虽然不像杜金采夫的成名作那样直接地针砭时弊,却在另一种更高意义上触及了历史的痛处。日瓦戈医生这个人物身上所具有的叛逆性,是《不是单靠面包》里的主人公洛巴特金无法比拟的。日瓦戈医生身上的这种叛逆性并不指向某种具体的社会弊病,比如官僚主义习气,也不指向某个具体显在的体制问题,而是从文化批判的高度指向人的精神的内在本质,指向历史悲剧的内在本质。这种意义上的历史反思具有了超越具体时代局限之功能。帕斯捷尔纳克虽然早年时候曾是一个激进的未来派成员,但这种激进态度却如未来派诗人马雅可夫斯基(В. В. Маяковский)一样,源自单纯的诗人本性。

帕斯捷尔纳克其实根本不谙时事,他与时代的脚步始终是有距离的,但是,紧贴时代话语的人往往会被时代抛弃,而与时代话语保持距离的审视,往往会对时代本身有一种超越性的体察。时代的政治/意识形态话语往往会钳制作家个体对历史的个人化观照,使他们的历史书写局限于时代既定的特定政治/意识形态化的大众化的话语框架内而难以取得突破。譬如,阿·托尔斯泰(А. Н. Толстой)的《苦难的历程》三部曲之第三部《阴暗的早晨》,其艺术感染力之所以比前两部《两姊妹》和《1918》要弱,盖因在第三部《阴暗的早晨》里,政治/意识形态话语替代了作家自身的历史思考,阿·托尔斯泰个人的历史洞察被大众化的意识形态话语所遮盖,作家的历史思考变为对官方政治/意识形态话语的依附性阐释。再比如,同样是表现苏联农村的沧桑巨变,肖洛霍夫(М. А. Шолохов)的史诗巨著《静静的顿河》能够以非政治/意识形态化的历史书写超越特定时代话语的框架,而他的另一部长篇小说《被开垦的处女地》则受困于苏联特定的政治/意识形态话语的框架。对于中国当代文学而言,陈忠实的长篇小说《白鹿原》之所以能够超越此前中国当代农村题材小说,盖因那些作品对中国当代农村历史进程的书写缺乏作家个人化的体悟而沦为特定政治/意识形态话语的诠释,虽然就单个的小说人物形象或生活细节、心理描写而言,这些作品不乏生动鲜活的例子。同样,当代中国所谓"伤痕文学",在书写"文革"历史时,大多不能突破大众话语和特定政治/意识形态话语的框架,因而这些作品的历史书写的时代局限性非常明显,无法触及中国当代历史悲剧的深处。以此来观照帕斯捷尔纳克的诗化长篇小说《日瓦戈医生》,我们发现,这位不谙时事、天真单纯的诗人,以其执着的诗性眼光,以其自身的人本主义的观念审视历史,在对俄国历史的纯粹个人化的书写中,触碰到了俄国历史进程中深刻的悲剧性,获得了深刻的历史洞见。

四、结　语

　　历史感往往是我们考量一部小说的史诗性的重要标尺,而历史感的获得仰仗于作家对历史进程的独特、个人化的感悟。因此,能否获得个人化的体悟历史的眼光,是作家的艺术创作能否具备历史感的重要条件。帕斯捷尔纳克的诗人的单纯性眼光,无疑是获得独到历史感悟的一个途径。

（编校：周　露）

帕斯捷尔纳克《哈姆雷特》和维索茨基《我的哈姆雷特》的对话阐释

宫清清

（浙江大学文学院）

[摘　要]　莎士比亚的戏剧《哈姆雷特》在俄罗斯文学发展进程中是一个经久不衰的原型,许多诗人围绕哈姆雷特这一经典形象和"生存,还是毁灭"这一经典命题创作了作品。本文主要结合巴赫金的理论思想,分析帕斯捷尔纳克的诗歌《哈姆雷特》和维索茨基的诗歌《我的哈姆雷特》在作者意识、诗歌文本、创作主题三个层面上的对话,进而阐释世界文学经典形象在俄罗斯文学发展进程中的作用。

[关键词]　莎士比亚;帕斯捷尔纳克;维索茨基;巴赫金;哈姆雷特;对话

　　莎士比亚的不朽悲剧《哈姆雷特》从未失去其经典意义,其中提出的人类哲学命题引起了各个时代、各个国家人们的思考。在俄罗斯,这部悲剧最成功的译者之一是作家帕斯捷尔纳克(Б. Л. Пастернак),剧中哈姆雷特形象最好的诠释者之一则是维索茨基(В. С. Высоцкий),而且这两位诗人都创作了不朽的诗篇来缅怀这位伟大的剧作家,并在文本中塑造了独特的艺术形象,形成了不同时代背景下诗人创作之间的对话。巴赫金(М. М. Бахтин)指出:"存在就意味着进行对话的交际。对话结束之时,也是一切终结之日。因此,实际上对话不可能、也不应该结束。"①对话可以促进不同国家文化艺术之间交流及世界文学向前发展。比布列尔(В. С. Библер)将巴赫金的对话理论阐释为不同时代文明之间的对话理论,认为从古至今不同时期的文化通过交流而不断更新,具有未完成性,并强调"文化存在于有文化边界的地方,在边界之上,并通过边界和文化之间的对话存在"②。本文从作者意识、诗歌文本、创作主题三个层面来探讨帕斯捷尔纳克的《哈姆雷特》和维索茨基的《我的哈姆雷特》之间的对话问题,从而进一步观照文学经典形象与命题在文学创

---

① 巴赫金:《陀思妥耶夫斯基诗学问题》,晓河译,选自《巴赫金全集》(第5卷),钱中文主编,河北教育出版社,2009年,第335页。

② *Библер В. С. Михаил Михайлович Бахтин, или Поэтика культуры. М. : Прогресс*, 1991. С. 87.

作和文学进程中的作用。

一、作者意识之间的对话

巴赫金认为，"作者意识（авторское сознание）是意识之意识，亦即涵盖了主人公意识及其世界的意识。作者意识用来涵盖和完成主人公意识的诸因素，原则上是外位于主人公本身的。这些因素倘若成为主人公内在的东西，就会使主人公意识变得虚假不实了。作者不仅看到而且知道每一主人公乃至他们的所见所闻的一切，而且比他们的见闻还要多得多；不仅如此，他还能见到并且知道他们原则上不可企及的东西"①。科尔曼（Б. О. Корман）对"作者"这一术语进行了全面定义："首先，'作者'指的是实有之人——作家；其次，'作者'一词可以指对现实的某种看法，其表达方式是整部作品；再次，这个词被用来表示个别体裁和属性的某些现象。分析史诗般的叙事作品时，'作者'一词是指叙述者；在分析抒情诗时，指的是与抒情主人公不同的表达作者意识的特殊形式。"②科尔曼还提出了四种表达"作者意识"的形式，即"叙述者、抒情角色主人公、抒情主人公（或与抒情主人公不同的抒情的'我'）和诗意世界"③，它们在作品中以不同的形式呈现出来。在诗歌《哈姆雷特》中，"我"是扮演哈姆雷特的抒情角色主人公，在诗歌《我的哈姆雷特》中，"我"是抒情主人公哈姆雷特。

在本质上，帕斯捷尔纳克与维索茨基对莎士比亚戏剧《哈姆雷特》的感知不谋而合，他们创作的关于哈姆雷特这一经典形象的诗歌都充满了抒情色彩，具有朴素、真诚、优雅的特质，因而作者意识之间具有对话特征。诗歌《哈姆雷特》成为《日瓦戈医生》诗歌部分的开场白，并不是偶然的。在塑造尤里的人物形象时，帕斯捷尔纳克加入了哈姆雷特的个性特征，用以反映尤里在人生道路上面临的痛苦抉择。与此同时，这也展现了同时代知识分子们的抉择，如勃洛克（А. А. Блок）、叶赛宁（С. А. Есенин）、马雅可夫斯基（В. В. Маяковский）、阿赫玛托娃（А. А. Ахматова）等诗人对时代变革的看法。可见，帕斯捷尔纳克诗歌的独创性在于，一方面他将这首诗包含在小说的语义结构中，另一方面他在世界文化的语境中将小说思想镶嵌到诗歌内，从而表达自己的作者立场。

翻译家顾蕴璞在《帕斯捷尔纳克诗全集》的代译序中指出，"纵观帕斯捷尔纳克

---

① 巴赫金：《审美活动中的作者与主人公》，晓河译，选自《巴赫金全集》（第 1 卷），钱中文主编，河北教育出版社，2009 年，第 108 页。

② Корман Б. О. Изучение текста художественного произведения. Учебное пособие. М.：Просвещение，1972. С. 8.

③ Корман Б. О. Изучение текста художественного произведения. Учебное пособие. М.：Просвещение，1972. С. 56.

诗歌创作的漫长道路，他以艺术家多维触觉的敏感、普通人的真诚和哲人的深邃毕生遵循着三条逻辑：瞬间中的永恒、变形中的真实和繁复中的单纯"①。帕斯捷尔纳克将《哈姆雷特》这部戏剧作品结合诗歌特点进行了再创作，通过联想塑造了哈姆雷特的演员形象，而这一抒情角色主人公形象正符合维索茨基的演员形象。此外，这一抒情角色主人公身上又被诗人赋予了史诗级小说《日瓦戈医生》的思想内涵，诗歌中的抒情角色主人公祈求天父的宽容，帮他移走苦酒，摆脱现实困境，反映了帕斯捷尔纳克本人、主人公尤里进退两难的处境。可见，通过"变形中的真实"这一艺术逻辑能够洞悉帕斯捷尔纳克诗歌的形象思维脉络，从而真正进入诗歌《哈姆雷特》的艺术世界。

"生存，还是毁灭"这一命题本身是一种对话中的对话。根据比布列尔的观点，文化的存在与发展体现在不同文明的较量中，也体现在个体存在的人——哈姆雷特关于人的生存选择的命题中。《我的哈姆雷特》是对莎士比亚和帕斯捷尔纳克创作的《哈姆雷特》的回应，从中可以听到"真实作者"的声音——诗歌的创作者的声音。在维索茨基的诗歌中，表演者与诗人的感觉融合，使帕斯捷尔纳克诗歌塑造的《哈姆雷特》中的演员形象更为完整。正如巴赫金所说："在对话中，人不仅仅外在地显露自己，而且是头一次逐渐形成为他现在的样子。"②在第一诗节中，维索茨基表明了自己无法拥有绝对的创作权利，指出了人类自亚当和夏娃偷食禁果后的自然孕育过程，这里的"我"（Я）指的是诗歌的创作者——抒情主人公，"罪恶"（грех）指的是人的原罪。

Я только малость объясню в стихе—
На всё я не имею полномочий...
Я был зачат, как нужно, во грехе—
В поту и в нервах первой брачной ночи. ③

— «Мой Гамлет» (первая строфа)

在诗歌中我只能稍作解释——
我没有掌控一切的权利……
我应该说是在罪恶中，——
在新婚之夜的汗水和紧促中被孕育。④

——《我的哈姆雷特》（第一诗节）

---

① 帕斯捷尔纳克：《帕斯捷尔纳克诗全集》，顾蕴璞等译，上海译文出版社，2014 年，第 12 页。

② 巴赫金：《陀思妥耶夫斯基诗学问题》，晓河译，选自《巴赫金全集》（第 5 卷），钱中文主编，河北教育出版社，2009 年，第 334—335 页。

③ *Высоцкий В. С.* Каюсь! Каюсь! Каюсь!. СПб. : Издательство Амфора, 2012. С. 30.

④ 对应中文如无特别说明，均为笔者译，下同。

"我只能面带微笑"地来面对生活,活得像个演员,不能表达自己的悲伤。这是由于演员维索茨基虽然反对提线木偶式的表演,不赞成导演柳比莫夫(Ю. П. Любимов)的戏剧理念,但又不得不将自己镶嵌入角色中,在台上被台下无数观众注视着,只能通过向上帝祈祷来摆脱现实生活的困境。帕斯捷尔纳克也同样无法拥有自己选择的权利,在与茨维塔耶娃(М. И. Цветаева)的通信中,诗人无奈地诉说自己的生存困境。"我"(Я)既是哈姆雷特,也是哈姆雷特的扮演者维索茨基的形象,同时也是帕斯捷尔纳克的形象。抒情角色主人公在帕斯捷尔纳克的诗歌中表达了为了取悦别人而无法实现自己想法的无奈,抒情主人公在维索茨基的诗歌中也抒发了必须戴着面具生活的惆怅之情,两位诗人的思想通过演员与角色的对话融合到一起。

> На меня наставлен сумрак ночи
>
> Тысячью биноклей на оси.
>
> Если только можно, Авва Отче,
>
> Чашу эту мимо пронеси.①

——«Гамлет» (вторая строфа)

> 朦胧的夜色正向我对准,
>
> 用千百只望远镜的眼睛。
>
> 假若天上的父还肯宽容,
>
> 请从身边移去苦酒一樽。②

——《哈姆雷特》(第二诗节)

> Я улыбаться мог одним лишь ртом,
>
> А тайный взгляд, когда он зол и горек,
>
> Умел скрывать, воспитанный шутом.
>
> Шут мёртв теперь: «Аминь!» Бедняга Йорик!③

——«Мой Гамлет» (седьмая строфа)

> 我只能面带微笑,
>
> 因为侍从教我学会去隐藏,
>
> 生气和痛苦的私密表情,

---

① *Пастернак Б. Л.* Доктор живаго // Малое собрание сочинений. СПб. : Азбука-Аттикус, 2018. С. 679.

② 帕斯捷尔纳克:《日瓦戈医生》,蓝英年、张秉衡译,漓江出版社,1997 年,第 595 页。

③ *Высоцкий В. С.* Каюсь! Каюсь! Каюсь!. СПб. : Издательство Амфора, 2012. С. 30.

如今侍从已故去："阿门！可怜的郁利克！"

——《我的哈姆雷特》(第七诗节)

二、文本间的互文性

  通过使用超文本的阅读方式,可以发现两首诗歌中暗含的互文性关系。"在一定意义上,超文本是作为线性文本的对立物而出现的"①,运用超文本的方式能够最快地找到文本之间的连接。克里斯特瓦(Julia Kristeva)在《词语、对话与小说》中对互文性进行了阐释。她强调,"每个词语(文本)都是一些词语(文本)的交汇,其中至少能够读出一个其他词语(文本)""任何文本都由引文嵌合而成,任何文本都是对其他文本的吸收和转换。互文性(intertextualité)概念取代了主体间性概念(intersubjectivité),诗性语言至少能当做双重语言来阅读"。② 克里斯特瓦互文性理论来源于巴赫金的思想,她指出,在巴赫金的理论中,"写作是对先前的文学语料的阅读,文本是对其他文本的吸收和应答"③。也就是说,任何文本都不是单一存在着的,而是都处于与其他文本的对话中,帕斯捷尔纳克的《哈姆雷特》创作于莎士比亚创作的文本之上,《我的哈姆雷特》也以同样的方式创作而成。因此,文本具有对话性与生产性,与文学的进程相关。高利克(Marián Gálik)探讨了文学间性在文学进程中的作用,指出"文学间性的最重要特质之一在于其隐含的或者暗含的过程特点,是成体系的一系列互相关联的文学事实,它们存在于民族或国家框架内,预先假定了文学发展过程中的时空变化"④。可见,文学间性有助于文学进程的发展。

  在发生宫廷政变后,哈姆雷特的生活发生了重大变化,他在喧哗声过后遇到父亲的鬼魂,那时才恍然大悟,意识到由于自己年少轻狂,竟然毫不知晓惊天的谋杀真相。《我的哈姆雷特》第十五诗节描绘了哈姆雷特与鬼魂相遇的时刻,帕斯捷尔纳克的《哈姆雷特》第一诗节则在《我的哈姆雷特》的对应诗节中复活了,莎士比亚戏剧的那一幕也在《我的哈姆雷特》中出现。这种巧合形成了一种双重映射,体现了两首诗歌文本的互文性关系。诚如塔拉斯蒂(Eero Tarasti)所言,"几乎所有的叙述都或多或少是互文的,每个文本或文本的部分,都指向其他文本,每个文本不

---

① 黄鸣奋:《超文本诗学》,厦门大学出版社,2002年,第371页。

② 克里斯特瓦:《词语、对话与小说》,秦海鹰译,选自《外国文论与比较诗学》(第2辑),知识产权出版社,2015年,第185页。

③ 克里斯特瓦:《词语、对话与小说》,秦海鹰译,选自《外国文论与比较诗学》(第2辑),知识产权出版社,2015年,第188页。

④ 高利克:《作为文学间性与文学间进程的比较文学》,刘丹译,选自《外国文论与比较诗学》(第5辑),浙江大学出版社,2018年,第45页。

可避免地吸引了其他文本。在互文性空间的(虚拟)整体中改变自身"①。

> Гул затих. Я вышел на подмостки.
>
> Прислонясь к дверному косяку,
>
> Я ловлю в далёком отголоске,
>
> Что случится на моём веку. ②

—— «Гамлет» (первая строфа)

> 喧嚷嘈杂之声已然沉寂,
>
> 此时此刻踏上生之舞台。
>
> 倚门倾听远方袅袅余音,
>
> 从中捕捉这一代的安排。③

——《哈姆雷特》(第一诗节)

> Зов предков слыша сквозь затихший гул,
>
> Пошел на зов, сомненья крались с тылу,
>
> Груз тяжких дум наверх меня тянул,
>
> А крылья плоти вниз влекли, в могилу. ④

—— «Мой Гамлет» (пятнадцатая строфа)

> 嘈杂声沉寂后,祖先的呼唤响起,
>
> 我闻声走去,疑惑悄然出现,
>
> 沉重的思绪将我托起,
>
> 而肉身翅膀垂入坟墓里。

——《我的哈姆雷特》(第十五诗节)

  契诃夫认为演员是自由的艺术家,在作家创作的人物形象的基础上又塑造了一个独一无二的形象。当这两个形象——作者创作的人物形象和演员表演的形象融为一体时,真正的艺术作品就会诞生。斯米尔诺夫(И. П. Смирнов)认为,"互文性在帕斯捷尔纳克的作品中具有自我反思的特征"⑤。帕斯捷尔纳克创作了与莎士比亚作品不同的哈姆雷特形象,维索茨基又结合自己的演员经历塑造了另一个哈姆雷特形象,他们都塑造了富有魅力的哈姆雷特形象。

---

① 塔拉斯蒂:《音乐符号》,陆正兰译,译林出版社,2015年,第79页。

② *Пастернак Б. Л.* Доктор живаго // Малое собрание сочинений. СПб. : Азбука, 2018. С. 679.

③ 帕斯捷尔纳克:《日瓦戈医生》,蓝英年、张秉衡译,漓江出版社,1997年,第595页。

④ *Высоцкий В. С.* Каюсь! Каюсь! Каюсь!. СПб. : Амфора, 2012. С. 33.

⑤ *Смирнов И. П.* Порождение интертекста : элементы интертекстуального анализа с примерами из творчества Б. Л. Пастернака. СПб. : Издательский отдел Языкового Центра СПбГУ, 1995. С. 6.

　　《我的哈姆雷特》中的"祖先"（предки）既是哈姆雷特父亲的影子，也是哈姆雷特的创造者们——莎士比亚、帕斯捷尔纳克、勃洛克、阿赫玛托娃等人的影子。《哈姆雷特》的表演被认为是戏剧界最困难的表演之一，维索茨基的《我的哈姆雷特》则是对这一经典人物的重新塑造。在邦达连科（В. Г. Бондаренко）与鲍恰洛夫（С. Г. Бочаров）的谈话中，鲍恰洛夫认为维索茨基扮演的哈姆雷特令人记忆犹新，对莎士比亚戏剧中这一形象的诠释印证了这位伟大剧作家的一句经典：整个世界都是剧院，里面的人都是演员。在《我的哈姆雷特》的第二诗节中，读者可以聆听到莎士比亚戏剧里哈姆雷特这一抒情主人公的声音，这里的"我"（Я）变成了哈姆雷特。从出生起，"我"的命运就已注定：远离人民，拥有至高无上的权力，人们对我俯首帖耳。这种预先设好的框架生活也是演员的生活。

　　在接下来的几个诗节中，维索茨基描绘了哈姆雷特锦衣玉食、荒诞不经的宫廷生活：享受恶作剧带来的乐趣和青春期的狂放不羁，沉湎于各种狩猎方式，沉醉于打猎骑马飞奔时的欲望释放瞬间，仿佛时间都在围着自己打转。虽然哈姆雷特不喜欢读书，但像所有王子一样，保持着优雅，忍受着书籍的折磨，并听从侍从的建议，戴着面具生活。当侍从去世后，哈姆雷特的激情不再，开始讨厌这种声色犬马的生活方式，正如演员维索茨基对于戴着面具表演的厌恶，而这些宫廷生活情节在莎士比亚戏剧中并未具体展现。

> Я знал, что, отрываясь от земли,
>
> Чем выше мы, тем жёстче и суровей;
>
> Я шёл спокойно—прямо в короли
>
> И вёл себя наследным принцем крови.
>
> Я знал—всё будет так, как я хочу.
>
> Я не бывал внакладе и в уроне.
>
> Мои друзья по школе и мечу
>
> Служили мне, как их отцы—короне. [①]
>
> —«Мой Гамлет»（вторая строфа и третья строфа）

> 我知道，当我们高高在上时，
>
> 位置愈高，处境愈艰难。
>
> 我平静地走上王位继承之路，
>
> 言行举止如血统纯正的王子。
>
> 我知道，一切都会如我所愿，
>
> 我从未吃过亏，受过辱，

---

① *Высоцкий В. С.* Каюсь! Каюсь! Каюсь!. СПб.：Амфора, 2012. С. 30.

一起学习和训练击剑的朋友

效忠于我,就如他们效忠王权的父亲。

——《我的哈姆雷特》(第二、三诗节)

难以摆脱演员式生活的无奈在帕斯捷尔纳克的《哈姆雷特》中也有所体现。在贝科夫(Д. Л. Быков)创作的《帕斯捷尔纳克传》的序中,顾蕴璞指出:"在语言中延续一切消逝事物的存在,才是诗人和艺术家的存在。"①帕斯捷尔纳克在《哈姆雷特》的最后一个诗节中表达了演员生活在预先设定好的故事情节和表演套路中,在台上戴着面具生活,正如维索茨基对哈姆雷特框架式生活的描述。

三、创作主题之间的对话

莎士比亚的戏剧《哈姆雷特》是关于丹麦的哈姆雷特王子生命的悲剧。哈姆雷特的境遇通常被解释为每个人的境遇,在这个世界中,现实是无法突破的牢笼,每个人都必须走上创造者预设的道路。帕斯捷尔纳克与维索茨基、哈姆雷特一样,都是喜欢进行哲理思考的人物。两位诗人都在诗歌中表达了对时代与环境的看法,抒发了对周围形势的不满与无奈。他们都将自己的一生与哈姆雷特的悲剧命运联系在了一起。

从某种意义上说,帕斯捷尔纳克的艺术观是具有艺术表现力的现实主义,这是他一生的创作基调和原则,诗人在早期短暂地加入未来派后,最终成为不属于任何流派的作家。在诗歌《哈姆雷特》中,帕斯捷尔纳克不仅将自身作为作家的命运与哈姆雷特的命运联结起来,而且也对演员的命运进行了观照。抒情角色主人公的内心独白既是扮演哈姆雷特的演员的独白,也是作家对自己艰难处境的内心独白。利哈乔夫(Д. С. Лихачев)认为:"《日瓦戈医生》甚至不是小说,摆在我们面前的是一本自传,令人惊讶的是,其中并没有与作者的真实生活相吻合的外部事实。"②尽管帕斯捷尔纳克能够预见小说《日瓦戈医生》出版后他的生活状况,但他没有放弃,虽然这一行为将不可避免地受到苏联作协的惩罚。帕斯捷尔纳克获得了诺贝尔文学奖的殊荣,但同时也遭到了当时文学界人士的各种非议。这种状况使他处于进退两难的境地。"《日瓦戈医生》让帕斯捷尔纳克的诗性智慧得到淋漓尽致的发挥,使他得以跻身二十世纪最伟大的小说家行列,同时也将他悲剧性的命运推到了一个极端。"③为了不被驱逐出苏联,诗人不得不放弃这一"殊荣",正如哈姆雷特不得

---

① 转引自贝科夫:《帕斯捷尔纳克传》,王嘎译,人民出版社,2016年,第6页。

② *Лихачев Д. С. Размышления над романом Б. О. Пастернака // Новый мир. 1988. No1. С. 5.*

③ 汪剑钊:《俄罗斯现代诗歌二十四讲》,四川人民出版社,2020年,第96页。

不被送往英国来避免被世人诟病的命运。因此,时代造成的悲剧命运主题贯穿在不同的"哈姆雷特"文学文本中,构成彼此间对话的纽带。

在诗歌《我的哈姆雷特》和《哈姆雷特》中,诗人维索茨基、扮演哈姆雷特的演员维索茨基、诗人帕斯捷尔纳克与莎士比亚悲剧中的丹麦王子融为一体,他们每个人都必须有尊严地走上上帝为他们预设的道路。《我的哈姆雷特》中的哈姆雷特拒绝分享战利品,不愿与世人同流合污,反对虚伪和残暴,但又摆脱不了自己复仇的命运,正如帕斯捷尔纳克在作品获奖后,摆脱不了遭打压的悲剧命运。

> Я люблю твой замысел упрямый
>
> И играть согласен эту роль.
>
> Но сейчас идет другая драма,
>
> И на этот раз меня уволь. ①

—«Гамлет» (третья строфа)

> 我赞赏你那执拗的打算,
>
> 装扮这个角色可以应承。
>
> 但如今已经变换了剧情,
>
> 这一次我却是碍难从命。②

——《哈姆雷特》(第三诗节)

> С друзьями детства перетёрлась нить.
>
> Нить Ариадны оказалась схемой.
>
> Я бился над словами—«быть, не быть»,
>
> Как над неразрешимою дилеммой. ③

—«Мой Гамлет» (тринадцатая строфа)

> 我与儿时朋友们的联系已断。
>
> 阿里阿德涅的线原来是一种设想。
>
> 我在"生存,还是毁灭"之间挣扎,
>
> 陷入进退维谷的境地,无法自拔。

——《我的哈姆雷特》(第十三诗节)

帕斯捷尔纳克的诗以纯真为本质,浸透着最敏锐、最真诚的情感,诗歌《哈姆雷

---

① *Пастернак Б. Л.* Доктор живаго // *Пастернак Б. Л* Малое собрание сочинений. СПб.：Издательство Азбука, 2018. С. 679.

② 帕斯捷尔纳克:《日瓦戈医生》,蓝英年、张秉衡译,漓江出版社,1997 年,第 595 页。

③ *Высоцкий В. С.* Каюсь！Каюсь！Каюсь！. СПб.：Амфора, 2012. С. 32.

特》结尾是俄罗斯的民间谚语,包含几个世纪以来俄罗斯人民的智慧。这种智慧在帕斯捷尔纳克的人生中淋漓尽致地展现出来。贝科夫认为,帕斯捷尔纳克之所以会忍受多舛的命运,是因为他"把自己始终置于任何一个正常思维之人都视为险恶或失败的境地"①,觉得自己被所有人战胜了,处于耻辱的境地,才取得了胜利。这样的结尾使整首诗显得自然而真实,反映了哈姆雷特、尤里、帕斯捷尔纳克本人作为时代的囚徒不得不囿于环境的力量,委曲求全。与此同时,这种境遇也是维索茨基演员生活的写照。

《我的哈姆雷特》从生命开始谈起,抒情主人公叙述自己的人生经历,他讨厌这个时代也讨厌这个时代的人,但无法摆脱复仇的困境,只能去体验这种痛苦生活。"生存,还是毁灭"这一命题被维索茨基视为看待生活的方式。主人公指出答案虽有,但找不到需要解决的问题,这就形成了一个悖论。正如别尔嘉耶夫(Н. А. Бердяев)所言:"道德生命是由各种悖论构成的,在这些悖论中,善与恶交织在一起,并相互转化。这些道德上的悖论在意识里是无法克服的,应该去体验它们。"②诗歌最后以对哈姆雷特提出的命题的回答结尾,抒发了主人公无法做出非此即彼的抉择,因而没有出路的无奈。

> Но продуман распорядок действий,
>
> И неотвратим конец пути.
>
> Я один, все тонет в фарисействе.
>
> Жизнь прожить—не поле перейти. ③

—— «Гамлет» (четвертая строфа)

> 然而场景已然编排注定,
>
> 脚下是无可更改的途程。
>
> 虚情假意使我自怜自叹,
>
> 度此一生决非漫步田园。④

—— 《哈姆雷特》(第四诗节)

> А гениальный всплеск похож на бред,
>
> В рожденье смерть проглядывает косо.
>
> А мы всё ставим каверзный ответ

---

① 贝科夫:《帕斯捷尔纳克传》,王嘎译,人民出版社,2016 年,第 81 页。

② 别尔嘉耶夫:《论人的使命:神与人的生存辩证法》,张百春译,上海人民出版社,2007 年,第 23 页。

③ *Пастернак Б. Л.* Доктор живаго // Малое собрание сочинений. СПб. : Издательство Азбука, 2018. С. 679.

④ 帕斯捷尔纳克:《日瓦戈医生》,蓝英年、张秉衡译,漓江出版社,1997 年,第 596 页。

И не находим нужного вопроса. ①

——«Мой Гамлет» (девятнадцатая строфа)

但天才的呼唤就像疯子的呓语，
死亡在人们出生时就斜眼望着。
然而我们找不到需要的问题，
却都给出了恼人的答案。

——《我的哈姆雷特》（第十九诗节）

四、结　语

　　帕斯捷尔纳克和维索茨基都将自己的一生与莎士比亚戏剧中的主人公哈姆雷特的悲剧命运联系起来，对这一经典世界文学形象重新进行了塑造，因而在莎士比亚创作的戏剧基础上产生了两种类型形象：一种是戏剧中扮演哈姆雷特的演员形象；一种是文本中的文本，即哈姆雷特形象中的哈姆雷特。三位不同时代艺术家之间的对话促进了经典文学形象的不断变化与新的文学文本的产生。诗歌是两位诗人对伟大剧作家莎士比亚的特殊表白。帕斯捷尔纳克的《哈姆雷特》是对演员在时代潮流中扮演的角色的展现；维索茨基的《我的哈姆雷特》既是对莎士比亚原作的阐释，又与帕斯捷尔纳克的《哈姆雷特》形成对话，还是对柳比莫夫戏剧中哈姆雷特形象的阐释，两首诗歌在互文性的基础上建构了俄罗斯文学进程。由此，哈姆雷特的经典形象和提出的经典哲学命题证明：几个世纪前发生的事情永远不会过去，它将永远存在。

（编校：陈新宇）

---

① *Высоцкий В. С.* Каюсь! Каюсь! Каюсь!. СПб.：Амфора，2012. С. 33.

语言和精神的竞技场：
日瓦戈诗学与蓝英年的译学

李正荣

（北京师范大学文学院）

[摘　要]　翻译家蓝英年翻译的《日瓦戈医生》是俄罗斯文学的经典汉语译作。此书的翻译过程和出版过程也是世界文学翻译传播史上的戏剧性文化事件。从20世纪80年代到2020年，此书的翻译和出版经历了40年的起伏周折、加工修改。而译者蓝英年在翻译实践和翻译探索中也积累了一系列翻译心得和翻译模型——译者与原作者之间语言和精神的竞技。《日瓦戈医生》的原作者帕斯捷尔纳克是俄罗斯20世纪上半叶具有代表性的诗人，对诗歌有着独特的定义，诗人对诗歌的诗学定义也是他本人创作小说的潜在纲领。诗人在小说《日瓦戈医生》的创作中，每每会处于创作诗歌的状态。在这样的情况下，帕斯捷尔纳克的诗歌定义又往往成了他的小说创作心理及语言的哲学。因而蓝英年的翻译自然要同《日瓦戈医生》的原作者在这样复杂的语言和精神竞技场上"摔跤"。

[关键词]　蓝英年；翻译；《日瓦戈医生》；诗学；译学

一、与帕斯捷尔纳克"摔跤"

2012年，笔者的老师、翻译家蓝英年决定重译《日瓦戈医生》。那时笔者在莫斯科工作，每次回国度假，都要拜访蓝老师，每回都见他的案头正处于高度紧张的工作情状之中：电脑处于工作状态，那本珍贵的密歇根大学出版社版《日瓦戈医生》摊开着，在书桌的一角，小学生用来写作业的笔记本摞成一摞，而蓝老师身后的小书架上是各种各样的工具书。

那时候见到蓝老师，蓝老师总会说，他每天都在跟帕斯捷尔纳克"摔跤"，师母罗啸华老师则在一旁苦笑。

师母罗老师的苦笑是有"历史含义"的。罗老师讲过一则故事：蓝老师的翻译工作因为总有出版社的"督促"，所以总是日夜兼程。为了确保蓝老师的翻译工作正常进行，罗老师会在午夜的时候做一点吃的给蓝老师补充能量。这事却被他们正在读小学的女儿写进了造句作业中，"爸爸妈妈经常背着我吃好的"，搞得女儿的班主任老师都觉得怪异。

由此可见，蓝老师的翻译工作是一场艰辛的奋战。

译者和原文本自然应该是相伴而行的。所谓相伴，是指作者和译者相伴相随，中间是原文本到译文本的相伴相随。

这种相伴而行，常常有三种情况：

第一种情况是理想的状态，原文本以及原文本的作者和译者一起顺遂地向前走，最终是顺遂的译文。

第二种情况是路阻且磨，译者翻译的时候会遇到某些沟沟坎坎、某个小岔道，也会暂时出现一些小摩擦。但是，只要译者坚持下去，最终也会有一个"磨出来"的译文。

第三种情况是相搏相参，优秀的作家在创作的时候，语言是创生性的，不会按字典堆字，也不会按语法书组词，他们追求的就是对日常生活语言的叛逆。《日瓦戈医生》的作者就是这样的写作高手。诗人帕斯捷尔纳克写小说时出手不凡，他的词句，有时候是给读者布置的"阅读理解"。这对于译者来说，更是一种挑战。译者与作者相搏的成果便是优秀的译作。

或许正是在这种意义上，蓝老师把《日瓦戈医生》的翻译工作描述成与作者的"相搏"。

这一比喻，太精彩了。

作为译者，蓝老师从1958年的一则短讯开始，不断充实自己对帕斯捷尔纳克的认识。他不仅了解作者，也了解作者的周边，了解作者的历史，而且了解作者所在的那个国家、所属的那个民族的历史，因此蓝老师被俄罗斯朋友称为"最了解苏俄文学的中国人"。

作为译者，蓝老师既要把握帕斯捷尔纳克的诗学，又要充分体会这位先锋派诗人在小说创作过程中的诗性表达。

作为译者，蓝老师有着丰厚的翻译实践：从特里丰诺夫到魏列萨耶夫，从果戈理到库普林；从塞纳河畔"白俄"作家对白银时代群星的回忆，到苏联作协会议室里记录苏联文学原生态；从俄罗斯古典文学，到俄罗斯现代文学、当代文学。蓝老师在翻译实践中无不精益求精、细心打磨，而《日瓦戈医生》的初译与重译，更是一场"啃硬骨头"的"相搏"。

作为译者，蓝老师具有深厚的俄语功力和汉语功力，在两种语言、两种文化的"转场"中，蓝老师形成了很有实践效用的译学。

帕斯捷尔纳克书写的是时代大音与诗人的希声；蓝老师作为译者，在翻译中，几乎与帕斯捷尔纳克同呼吸、共命运，用医生日瓦戈和诗人日瓦戈的"感觉器官"准确地捕捉大时代里一个知识分子个体生命所遭遇的千千万万种声音。

二、《日瓦戈医生》中语言与精神的竞技场

帕斯捷尔纳克的创作，也可以说是一场"触犯和克服视语言为作品（ergon）的陈规旧说"的行动。作为诗人，他也总是在"发掘某一语词与其他语词在声音上的相同之处"，帕斯捷尔纳克的语词，是诗歌的语词，是"复义符号"，是"真实象征"。①

在《日瓦戈医生》第 9 章第 16 节，帕斯捷尔纳克写道：

> Вдруг вдали, где застрял закат, защелкал соловей.
>
> «Очнись! Очнись!» — звал и убеждал он, и это звучало почти как перед Пасхой: «Душе моя, душе моя! Восстани, что спиши!» ②

在蓝英年老师最新翻译出版的《日瓦戈医生》中，蓝老师是这样翻译的：

> 突然，从仿佛悬挂在天上的落日那边，传来夜莺的啼啭。
>
> "清醒吧！清醒吧！"夜莺呼唤并劝告道，听起来仿佛复活节前的召唤，"我的灵魂！我的灵魂！从睡梦中醒来吧！"③

这一段文字在《日瓦戈医生》中算是十分简单易懂的，但是，它同样显示了帕斯捷尔纳克的创作特征。在这一段文字中，帕斯捷尔纳克是在一组声音之后，"突然"推出夜莺的啼叫，然后用代词"它"来指称夜莺，然后又把这个声音"转场"到复活节前的大斋期（великий пост）的祈祷。这样的一种从词语到词语的词义的隐射，这样的一种从声音到信仰的词义的转折，的确把读者，更是把译者推进了语言和精神的竞技场（ристалище）。所谓"隐射"，类似于"暗射"，但是两者略有不同。"暗射"常常是作者清醒的有意为之，而笔者使用"隐射"是指作者在明确的语言符号之下潜在地隐藏了很多自己也并不明晰的思想。这是人类语言的一种特别功能，明晰的词语之中常常有字外之意、弦外之音。这种语言现象，用帕斯捷尔纳克自己的话来说，遵循的是"类似人生竞技场中的相对原则"④。而在这个原文和译文的竞技场上，最终战果是：蓝老师的汉语译文非常准确地传达了帕斯捷尔纳克原文的多重信息。

---

① 韦勒克：《近代文学批评史》（第 4 卷），杨自伍译，上海译文出版社，2009 年，第 326 页。

② *Пастернак Б. Л.* Доктор Живаго, Милан：Г. Фелтринелли, 1958. C. 356.

③ 帕斯捷尔纳克：《日瓦戈医生》，蓝英年译，北京十月文艺出版社，2020 年，第 328 页。

④ 帕斯捷尔纳克：《日瓦戈医生》，蓝英年译，北京十月文艺出版社，2020 年，第 538 页。

无论是诗歌创作，还是散文创作，帕斯捷尔纳克在创作中总是随时随处设立各种各样的语言和思想竞技场，也许正因为如此，蓝老师才把自己翻译《日瓦戈医生》的实践戏称为"摔跤"。"摔跤"一词虽为戏言，却非常准确地表现了译者在翻译帕斯捷尔纳克这样的诗人小说家作品时的辛苦和困难。

蓝老师说的与帕斯捷尔纳克的"摔跤"，绝不是一轮一场，而是超过半个世纪的"磨合"。在《日瓦戈医生》这个竞技场上，大作家帕斯捷尔纳克和翻译家蓝英年之间大约有五番相搏。从比较文学的角度看，这五次相搏，堪称"影响研究"的经典对象。一部文学作品如何从此国传播到彼国？哪些文学传播的"把关人"影响了这个传播路径？不同的时代和不同的国情又是怎样设置这个文学传播的"议程"的？在这个传播中，怎样的偶然因素起到了意想不到的"效果"？而整个传播过程中，作者和作者的文本作为传播过程的起点，在编织文本密码时的状态如何？译者和翻译的文本作为跨文化传播的落点，其跨文化的语言处理如何控制？这些都值得驻足静观。

《日瓦戈医生》这部书，在世界文学传播史上是一个奇怪的案例，它是墙内孕育墙外开，墙外热闹墙内折。苏联时期，此书从 1957 年在意大利米兰出版一直到 1988 年，在苏联大众媒体上只见对其批判之声，而不见其书影。在中国，理应如是。但是，当此书的作者在 1958 年 10 月被苏联作协开除会籍之后不久，此书就以奇特的方式落到了蓝老师的手里。

这可以看作蓝老师和帕斯捷尔纳克的第一次相搏。

众所周知，这背后是诺贝尔文学奖委员会"把关"的结果，是苏联文化政策"把关"的结果，是苏联和中国部分大众媒体的报道掀起了针对这一事件的舆论热潮。诺贝尔文学奖委员会的选择让帕斯捷尔纳克一夜之间成为世界知名作家，各种语言版本的《日瓦戈医生》相继出版，同时，俄文版也在意大利、美国出版。而苏联还是一边对此书展开大批判，一边严防死守不允许此书在苏联流传。纵观人类文明的历史，此禁而彼不禁的禁书，命运大致相同，《日瓦戈医生》传播到中国却是奇妙的偶然。蓝老师在繁体字版《齐瓦哥医生》的译后记中讲述了这段文学传播的奇缘。这里从传播学角度，择其要：

1958 年，蓝老师在中国的报纸上看到苏联作家协会开除帕斯捷尔纳克会籍的消息，原因是此人写了一本小说，叫《日瓦戈医生》。于是，他便对被批判的《日瓦戈医生》产生了强烈兴趣，并请自己在联合国秘书处工作的叔叔从美国寄来了这本书。书是美国密歇根大学根据意大利米兰版本出版的俄文版，十分珍贵。蓝老师当时的阅读感受是"觉得难懂"。

蓝老师和帕斯捷尔纳克的第二次相搏是在时隔 25 年后的 1983 年，也是蓝老师着手翻译《日瓦戈医生》的那年。这一次他"尝到帕斯捷尔纳克的厉害了"。"这位先生写得太细腻，一片树叶，一滴露珠都要写出诗意。再加上独特的想象力、意识流、超越故事情节的抒怀,翻译起来十分困难"。这一次蓝老师和帕斯捷尔纳克"摔跤"的竞技被讨论"人道主义和异化问题"的运动打断了。①

时隔 3 年,1986 年的 12 月,外国文学出版社突然向蓝老师催稿,于是蓝老师的翻译工作便每天以"流水作业"的方式进行。每天"工作十几小时"翻译《日瓦戈医生》,每天"下午五点左右编辑来取稿"。一个月后《日瓦戈医生》果然出版,创造了出版史上的奇迹。从这部名著的汉语译本在中国正式出版的角度说,第二次"摔跤",译者赢了。第一,中国读者终于可以看到热议不断的《日瓦戈医生》了。第二,此时的苏联,虽然已经开始改革,但是,苏联境内依然不开放《日瓦戈医生》,中国先于苏联公开出版了这部"诺贝尔文学奖之书"。但是,蓝老师面对这样的胜利却是有"几分羞愧",因为,1987 年 1 月出版印刷的这一译本,这个后来又不断再版再印的译本,"是赶出来的,蓬首垢面就同读者见面了"。②

进入 21 世纪,蓝老师决定重译。这一次重译实际上是两番"摔跤"。1987 年的版本,是蓝老师和张秉衡先生合译的。蓝老师重译的工作分两项,一项是对自己的前译全面修订重译,另外一项是新译在旧版译本中自己没有翻译的那一部分,从而实现一人独立完成翻译《日瓦戈医生》的夙愿。对自己的前译,蓝老师"态度苛刻",反复改订;对不曾翻译的部分,蓝老师则是精益求精。蓝老师这一次重译,不完全是解决前一译本"文风"不统一的问题——尽管原作毕竟是出自帕斯捷尔纳克一人之手;也不完全是解决"版本"不和谐的问题——尽管 1987 年版本是"外国文学出版社版",后来又是"人民文学出版社版"等诸多版本,虽然出版社名称不一样,但是一脉相承,都是同一家全国顶尖的文学类出版社。几种"第一版"其实都是"再刷"。蓝老师决定重译,真正要解决的"块垒",可以说不是"重译",而是"纠错",是新译。在还没有确定哪一家出版社肯接受新译本的时候,蓝老师就已经开始重新与帕斯捷尔纳克相搏了。非常好!北京十月文艺出版社得知蓝老师的"文心",从 2012 年就开始耐心等待着蓝老师的"雕龙"。

2015 年 5 月,蓝老师新译的《日瓦戈医生》由北京十月文艺出版社出版。远流出版事业股份有限公司则出版了繁体字版的《齐瓦哥医生》。

由于蓝老师的努力,《日瓦戈医生》成功地走进中国。

"帕斯捷尔纳克本身就是未来派诗人,遣词造句往往别出心裁,标新立异,简直是折磨译者。这次重译比第一次翻译吃的苦还大,"蓝老师谦虚地说,"这一次仍没有翻译好,有待后来的译者。译文没有不朽的,只有不朽的作品"。

蓝老师说,他之所以如此,是因为"《日瓦戈医生》确实是本需要慢慢品味的好书"。

---

① 帕斯捷尔纳克:《齐瓦哥医生》,蓝英年译文、谷羽译诗,远流出版事业股份有限公司,2014 年,第 595—596 页。

② 帕斯捷尔纳克:《齐瓦哥医生》,蓝英年译文、谷羽译诗,远流出版事业股份有限公司,2014 年,第596 页。

　　《日瓦戈医生》这本书到底好不好，在笔者个人的认识中，其实是一个悬案。喜欢隽永的人，应该会喜欢这部小说的柔情；喜欢强力的人，可能会觉得日瓦戈缺少阳刚之气。但是，无论如何，《日瓦戈医生》需要慢慢品味，这是因为在这部小说中也充盈着帕斯捷尔纳克的诗学。

三、帕斯捷尔纳克的"诗的定义"对《日瓦戈医生》创作的意义

　　蓝老师翻译《日瓦戈医生》时始终关注帕斯捷尔纳克的先锋派诗人身份，这是他进场"摔跤"的思想准备，也是他进行竞技的装备，对于我们讨论、研学蓝老师对《日瓦戈医生》的翻译来说，也是必备的知识前提。

　　应该全面了解帕斯捷尔纳克诗歌创作的各种各样语言特征，但是，深挖帕斯捷尔纳克用一首"诗歌"写成的"哲学作业"，可以从本质上了解帕斯捷尔纳克的诗歌观。

　　1917 年，帕斯捷尔纳克在《生活——我的姐妹》中的"哲学作业"的标题下，写了一组诗歌。其中有一首名曰《诗的定义》（《Определение поэзии»）的短诗，它以完成"哲学作业"的态度给诗歌下定义，原诗如下：

> Это—круто налившийся свист,
>
> Это—щелканье сдавленных льдинок.
>
> Это—ночь, леденящая лист,
>
> Это—двух соловьев поединок.
>
> Это—сладкий заглохший горох,
>
> Это—слезы вселенной в лопатках,
>
> Это—с пультов и с флейт —Figaro
>
> Низвергается градом на грядку.
>
> Всё. что ночи так важно сыскать
>
> На глубоких купаленных доньях,
>
> И звезду донести до садка
>
> На трепещущих мокрых ладонях.
>
> Площе досок в воде—духота.
>
> Небосвод завалился ольхою,
>
> Этим звездам к лицу б хохотать,
>
> Ан вселенная—место глухое.

——Определение поэзии[①]

---

① *Пастернак Б. Л.* Полное собрание сочинений: в 11 т. Т. 1. М. : Издательство Слово,2003. С. 131-132.

此诗的第一句暗含了标准俄语的问答格式，诗人显然是想让这首诗"理论化"。应对标准俄语中的提问格式"什么是……？('Что такое...?')"，帕斯捷尔纳克用标准俄语的回答句式"这是……（'Это...'）"的语法格式来回答"诗是什么"的问题。在这样的"问与答"的格式下，诗人排列了一组逻辑判断句，以此来阐释诗的性质。

按照帕斯捷尔纳克的"判断"，诗歌就是"突然灌满的呼啸声"（круто наливившийся свист），诗歌就是"被压碎的小冰块碰撞的咔嚓声"（щелканье сдавленных льдинок），诗歌就是"冰冻住了叶子的夜晚"（ночь, леденящая лист），诗歌就是"两个夜莺的决斗"（двух соловьев поединок），诗歌就是"甜的已经干枯的豌豆"（сладкий заглохший горох），诗歌就是"嫩豆荚中的宇宙的眼泪"（слезы вселенной в лопатках），诗歌就是"从乐谱架，从长笛，费加罗被像冰雹一样抛在畦垄上"（с пультов и с флейт—Figaro Низвергается градом на грядку）。

阅读诗人的这些判断句，人们会陷入两种相反的理解倾向，一种是这些判断句让我们知道了"诗的定义"，另一种是，它不但没有让我们理解诗的定义，反而让我们更加无法判定到底什么是诗歌了。

尽管帕斯捷尔纳克说自己的这些句子（诗行）是在完成"哲学的功课"（занятье философией），但是，我们看到的文本显然不是哲学的、逻辑学的，而是"反哲学""反逻辑"的。这些诗歌的定义（определение поэзии），不是逻辑学（логика/логический）意义上的定义，它们依然是诗的表达。但是，当我们对这些形象的表达进行抽象的思考，把这些形象转化成概念的时候，我们会发现，帕斯捷尔纳克的这些诗句的确是诗歌的定义。帕斯捷尔纳克不是用哲学的语言方法给诗歌下定义，而是用隐喻的方法给诗歌下定义，是用诗歌本身的方法给诗歌下定义。

这里，有一个永恒的争论：诗人懂诗，还是文学理论家懂诗？

无论这个问题怎样回答，我们至少应该承认：诗歌的哲学、诗歌的理论就在诗歌当中。

我们应该承认：每一个诗人的哲学、每一个诗人的诗歌理论，也就在这个诗人的诗歌当中。更何况，帕斯捷尔纳克用哲学的态度写下了这个"诗歌的定义"。

当我们把帕斯捷尔纳克的七个"这就是（Это—）"所构成的隐喻进一步加以抽象化的时候，当我们把帕斯捷尔纳克的"所有"（всё）关于诗歌的本质属性的表述都转换成肯定式判断或否定式判断的时候，我们会发现，帕斯捷尔纳克的这首诗的确是在完成诗歌的定义。这个诗歌的定义是：诗歌是声音（свист、щелканье），诗歌是形状（горох、слезы）；诗歌是人工的、大型的、交响的声音（Figaro），也是天工的、无声的大自然（ночи）；诗歌不是沉闷（духота）的，如水中的木板（досок）；诗歌是无声的跌落（завалиться），诗歌是无声变成有声的疯狂（хохотать）。

诗歌是所有那些在夜里、在深深池水的水底的重大发现。（"Всё, что ночи так важно сыскать. На глубоких купаленных доньях."）

诗歌是所有那些在夜里，在水中的你，让星星满满地捧在双手手掌。（"И звезду донести до садка. На трепещущих мокрых ладонях."）

诗歌也可能是沉闷的，但是诗歌的沉闷比水中的木板更平庸。（"Площе досок в воде—духота"），这可能是帕斯捷尔纳克从反面以否定式来定义诗歌。

最后，诗歌所面对的世界，可能是一个失去绝对辨音力（абсолютный слух）的人所处的聋的世界（место глухое）。那么，即使天空低垂落在树端，即使是星星们当着你的面哈哈大笑（"Этим звездам к лицу б хохотать"），你也是听不见的（"Ан вселенная—место глухое"），诗歌就存在于这个有声的世界和感受这个世界的声音之间。

这里提及的"绝对辨音力"是音乐理论中的一个术语，指的是一个人的耳朵在没有声音对比的情况下对音高的听辨识别能力。有的人天生就没有"绝对辨音力"。帕斯捷尔纳克曾经想学习音乐，但是，经音乐专家测定，帕斯捷尔纳克没有"绝对辨音力"，所以他只好放弃走音乐之路的理想。一般的诗歌理论认为诗歌也属于音乐范畴，那么，对于帕斯捷尔纳克来说，他的耳朵不但需要处理各种各样的声音，还要处理丧失了绝对辨音力的"无声"。

根据《诗的定义》，还可以从另外的意义理解帕斯捷尔纳克对诗歌的"理论认识"。

诗歌是对话，争辩、争鸣、决斗（двух соловьев поединок）。

诗歌是联想，是从豌豆（горох），到眼泪（слезы）。

诗歌是模糊的双关，是声觉转向视觉，《费加罗》（帕斯捷尔纳克在这里提及的《费加罗》不是博马舍的作品，而是莫扎特的作品，很有可能是莫扎特《费加罗》的序曲）音符像冰雹落下，从哪里落向哪里？当"费加罗"的音乐"从乐谱架上"（с пультов）和"从长笛上"（с флейт）跌落的时候，应该是落向了耳朵。但是，诗句的后半部分，音乐又忽然转换成"冰雹"落向"畦圃"（"Низвергается градом на грядку"）。当读出"冰雹"与"畦圃"（градом на грядку）两个视觉形象之时，音乐的声音形象却又回到了帕斯捷尔纳克的"费加罗"的音响世界中（"Это—с пультов и с флейт—Figaro низвергается градом на грядку"）。

诗歌是语言的艺术，语言是声音，帕斯捷尔纳克的诗歌定义，的确揭示了诗歌在哲学意义上的本质。而 27 岁的帕斯捷尔纳克对诗歌的哲学判定，也同样贯彻于其大型散文作品《日瓦戈医生》当中，所以，帕斯捷尔纳克的"诗歌的定义"，就是日瓦戈的诗学。

四、声音、发声器和表达声音的谓词

帕斯捷尔纳克在《诗的定义》中把诗定义为各种各样的声音。那么，围绕着声音就有各种不同的关系。让我们沿着帕斯捷尔纳克的启发继续思考下去：第一，声音之所以会各种各样是因为发声器不同；第二，有声音，就有发出声音的发声器，这是从发生学的角度对声音的"追述"；第三，不同的发声器发出不同声音的方式也不同，这样就可能存在表达各种不同的发声动作的述词；第四，如果从语言表达声音、发声器和发声方式的多寡角度看，任何一种物体都可能成为发声器，发声器是无限的，因此，无论是外在自然世界，还是内在精神世界，都可能发出无穷无尽的各自专属的声音，但是，表达不同发声器发出不同声音的述词却是稀罕的，因此诗人们常常为了述词而苦恼；第五，此外，相对于声音还有一个声音的接受者，表达声音的接受者接受声音的行为则又有一组不同的述词。

看来帕斯捷尔纳克的"诗的定义"是相当复杂的，所有这些复杂性在小说《日瓦戈医生》中都有呈现。

比如，《日瓦戈医生》的第一句就是这样一个由声音构造的复杂句式：

Шли и шли и пели «Вечную память», и когда останавливались, казалось, что её по залаженному продолжают петь ноги, лошади, дуновения ветра. ①

此段叙述的场面是送葬，送葬行为的主体是送葬的人群，但是，这一"行动"是在一个现实世界中发生的，因此，在这个场面中还有其他的物体。于是，在帕斯捷尔纳克的语句中，就出现了送葬的人群唱出的声音和现场的其他物体发出的声音混合在一起的叙述。帕斯捷尔纳克把这些不同"发声器"发出的声音混合在一起，构造成了一节诗。

对于这样诗歌式的"混合声部"的叙述，蓝老师翻译时颇费周折。

蓝老师的新译是这样的：

送葬的人一路唱着《安魂曲》向前走去。一旦人群停顿，仿佛脚步、马蹄和清风仍然在继续唱《安魂曲》。②

笔者曾向蓝老师求教，询问他在翻译这一段文字时的"想法"。蓝老师说："帕斯捷尔纳克是一个先锋派作家，处理文字非常特别，写小说也非同一般，特别是这

---

① *Пастернак Б. Л.* Доктор Живаго. Милан：Г. Фелтринелли，1958. С. 9.
② 帕斯捷尔纳克：《日瓦戈医生》，蓝英年译，北京十月文艺出版社，2020 年，第 3 页。

部小说的第一段文字，就非常复杂。对于这样的原文，我的翻译采取的路径也有一个变化。翻译到底是更多地向原文作者靠近，还是更多地向译文的读者靠近，我最初是选择前者，现在更多地考虑后者。"

也就是说，对于译者在原文和译文之间的倾向性和责任态度的方向的问题，蓝老师是有考虑的，这大概就是翻译家蓝英年老师的译学之一。

《日瓦戈医生》开篇的原文带有作者帕斯捷尔纳克的诗人"器质"，作为一个作家，似乎诗人和散文家这两种不同的生命之"器"，一旦启动运转，就有不同的吸纳和释放方式。在这里，最开始的三个动词谓语的语法形态是不定人称句的复数过去时，单纯看"Шли и шли"，这里的"走"（идти）因为动词重叠，有一种慵散、缓慢的修辞色彩，但是，如果没有谓语述词"唱"（петь），"Шли и шли"的"主语/主体"就是"不确定的"，或者说是难以确定的。但是"唱"的谓词后面有一个具体而又确定的宾语"《安魂曲》"（《Вечная память》），所以，这三个动词的主体就基本上可以确定了，"走"和"唱"的主体是送葬的人群。比较"走"和"唱"，谓词"唱"才是帕斯捷尔纳克这一叙述句的核心，"唱"（петь）才是诗人小说家主要的述词。因为，帕斯捷尔纳克要在这句话的后半部分，用"唱"这个词构成一个拟人的修辞格：当人群的歌声停下来的时候，是"人的脚、马和风的吹动"（ноги, лошади, дуновения ветра）在接着"唱"。诗人的细腻在这里有充分的表现。在一般人的语言表述中，"风"（ветер）自然就已经可以是发声器，就可以"唱"了。但是，帕斯捷尔纳克却从"风"细腻到"风的微微吹动"（дуновения ветра）。

但是，帕斯捷尔纳克的散文细则细矣，但是却有明显的大修辞指向，他的核心在于用"唱"这个谓词把不定人称句的主体和所有现场的发声器混合在一起，从而把其他的声音也混合在《安魂曲》的歌声中。

在俄语所处的印欧语系中，谓词述语是一个句子的核心。在《日瓦戈医生》的第一句话中，帕斯捷尔纳克就发挥谓词的核心作用，三个不定人称的谓词中，"唱"（петь）又是核心。

蓝老师的译文让帕斯捷尔纳克有意无意隐在叙述句中的语文学和修辞学的意义彰显出来。让原文中"唱"的主体的转换修辞效果"信"而"达"地传达给中国读者。

五、在叙述方向的往还中表述声音

在《日瓦戈医生》中，到处都是帕斯捷尔纳克的诗性散文的细腻婉转，这让他的叙述变得非常特别。

为了能说明这样的叙述特征，笔者不得不发明一个概念：叙述方向。围绕这个概念,我还会使用一组"生造词"。

语言是人的一种精神活动,这样的活动总有一定的逻辑线索,无论是理性的语言还是感性的语言都是如此。小说作为一种叙述,同样具有逻辑线,但是,每一个作家的叙述逻辑线,每一具体文本的叙述逻辑线,又是独特的。因而帕斯捷尔纳克散文中的叙述逻辑线也有独特的情态。

人在用语言描述行为时,无论是抒情,还是叙事,或者是对话,所用的语言都有一定的表述方向。抒情之时,抒情者和抒情对象之间存在着一个无形的,但又是实实在在的关系线索,这条"线索"也总带有一定的方向,有时指向抒情的对象,有时又返回到抒情者的自我。笔者将抒情语句中出现的这种抒情线索方向的转换称为"抒情方向往还关系线"。同样,叙述之时,叙述者和叙述对象之间也有一个"叙述方向往还关系线"。当叙述者叙述的对象是外部世界的对象时,这条"叙述方向往还关系线"是在作者和外部对象之间"往还"。当叙述者描写的对象是内部事件的时候,这条"叙述方向往还关系线"则是在叙述者和内部事件之间"往还"。当然,有时候,叙述者同时在进行着外部事件叙述和内部事件的叙述,这个时候,"叙述方向往还关系线"既在叙述者和外在事物之间"往还",也在叙述者和内在事物之间"往还",它是内外相互交织在一起的。

在《日瓦戈医生》第 9 章第 16 节,帕斯捷尔纳克这样写道:

> По мере того, как низилось солнце, лес наполнялся холодом и темнотой. В нем запахло лиственною сыростью распаренного веника, как при входе в предбанник. В воздухе, словно поплавки на воде, недвижно распластались висячие рои комаров, тонко нывшие в унисон, все на одной ноте. Юрий Андреевич без числа хлопал их на лбу и шее, и звучным шлепкам ладони по потному телу удивительно отвечали остальные звуки верховой езды: скрип седельных ремней, тяжеловесные удары копыт наотлет, вразмашку, по чмокающей грязи, и сухие лопающиеся залпы, испускаемые конскими кишками.[①]

下面是蓝老师新的译文:

> 太阳已经西沉,天色渐暗,树林也渐渐充满寒气。树林中散发出一种仿佛刚一走进浴室便能闻到的潮湿的桦树枝味。空中悬挂着一层飞舞的蚊蚋,就像浮在水面上的浮标,齐声嗡嗡,日瓦戈在额头和脖子上拍打蚊子,不知拍打了多少次。手拍在出了一层汗的身体上发出的啪啪声,同马行走声非常协调:

[①] *Пастернак Б. Л.* Доктор Живаго. Милан: Г. Фелтринелли, 1958. С. 356.

马鞍皮带的吱吱声,沉重的马蹄踏在泥泞里的吧唧吧唧声,以及马粪溅起的噼
啪声。①

译文准确地表达了原文以声音为逻辑的叙述,准确地传达了原文"叙述方向往还关
系线"的多重"往还"。

《日瓦戈医生》第9章第16节的这一段描写,主要是叙述者和外部世界的"叙
述方向往还关系线"运行。

这一段,首先是作家视觉视线的落点——"太阳已经西沉,天色渐暗",叙述的
方向,显然是从叙述者朝向外部世界——树林。我们要牢记,诗人的心灵和诗人说
出的语言绝不是一个机械单一的感应器。在"树林"这个视觉感受中很自然也混杂
着身体肌肤的体感——"树林也渐渐充满寒气"。接着,帕斯捷尔纳克的叙述又在
视觉中带入了嗅觉,但是,与前面句子中的叙述方向不同,前面句子的叙述方向都
是指向外在世界的,而在"树林中散发出一种仿佛刚一走进浴室便能闻到的潮湿的
桦树枝味"一句中,叙述的方向已经从外部世界转向诗人的内在联想,句中提到了
"树林"(лес)和"浴室前厅"(предбанник),前者在当下的现实世界中,后者在诗人
的联想世界中。眼前的"树林"和隐喻中的"浴室前厅"被"潮湿的桦树枝味"所散发
出的味道(запахнуть)联系起来。作者的叙述方向在当下的客观外在世界和想象
中的主观事件之间"往还"。这样的叙述"往还"自然地带有明显的俄罗斯民俗文化
的特征。

今日在俄罗斯市场或教堂门口还能经常看到有人在卖澡堂里用来拍打身体的
树叶。语言的民俗文化属性是随时随处的,帕斯捷尔纳克的书写并非刻意表达民
俗,而是自然而然的流露,但是,这种自然的流露又是诗人在自己的创作"习惯"中
日积月累而来的。

接下来,帕斯捷尔纳克的"叙述线"方向越发精细地投向主人公当下的客观外
在世界,那就是悬浮在空中的"蚊蚋"(комар)。原文的комар用的是复数,蓝老师
用"蚊蚋"对译,既信又达亦雅。蓝老师解释这个词的翻译选择时说:"原文指的是
蚊子,其中还有'小咬',它的复数指的是蚊子一类。"是的,原文中,诗人帕斯捷尔纳
克视觉"叙述线"的方向落到了"蚊蚋"上面,"蚊蚋"成了一个关节点,紧接着在"蚊
蚋"视觉形象的后面,就是一场声音的交响。

在这里,诗人笔下出现了《诗的定义》那首诗所定义的各种"诗之声音"的分组:

第一组声音是成群结队的"蚊蚋"发出的"齐声嗡嗡",所有的蚊子发出同一种
声调的声音。

第二组声音是拍打蚊子的"巴掌声"。帕斯捷尔纳克的"巴掌声"是细腻到极处

---

① 帕斯捷尔纳克:《日瓦戈医生》,蓝英年译,北京十月文艺出版社,2020年,第328页。

的,蓝老师的翻译也细腻到极处。这"巴掌声"不是一般的"巴掌声",而是"手拍在出了一层汗的身体上发出的啪啪声",是巴掌拍在出了一点汗的皮肤上而发出的响亮声音。

而且,这个"巴掌"作为发声器拍蚊子时的声响是频频的,是不知多少次的。更为复杂的是,在帕斯捷尔纳克的这一段叙述中,在一个简单句中,把"巴掌声"作为名词第五格的"补语",把另一组"其他的声音"作为主语,用"巴掌声"和"其他声音"相呼应(отвечать),叙述逻辑线从补语"巴掌声"因循着谓语动词 отвечать 过渡到主语"其他骑马行走的声音"上,这样的一种奇特的组合(удивительно отвечать)让作者的叙述方向线延伸到他听觉的最细微处。

于是,出现第三组声音,是三种与主人公胯下那匹马相关联的声音。

在《诗的定义》中,帕斯捷尔纳克不仅仅说诗就是各种声音,而且还强调了发出这些声音的那些"乐器"——发声器。在这里,发声器是马鞍的皮带,是马蹄,是马肠子。在帕斯捷尔纳克的笔下,这些"发声器"是奇特的,它们的发声方式更是细致的。"马鞍皮带"发出的是"吱吱声","沉重的马蹄"发出的是"踏在泥泞里的吧唧吧唧声"。

而最后一个"马肠子"声音,无论是在原文还是在蓝老师的译文中,都是可圈可点的。

在笔者向蓝老师请教关于原文"马肠子"的问题时,蓝老师说:"1986 年的时候,对这句话的翻译是错,回头看那时的翻译,让我汗颜。这也是我坚决要重新翻译的根本原因,看着那时翻译的译文,真是汗颜。客观上讲,天天工作十多个小时。用这样一种应急赶任务的方式翻译这样一本先锋派语言大师的作品,怎么可以!怎么能不出错!有错误,所以必须重新翻译。但是,重新翻译的时候,也是感觉时间紧急,帕斯捷尔纳克的原文太难,完全遵从原文,译文就会疙疙瘩瘩,要想译文顺达,就想顺着原文往译文通顺的方向去理解原文。重译的时候,理解'马肠子发出的声音'的时候,为了要和动词对上,于是就想到马肠子出来的东西'马粪'上了,这里,又因为'达'而多走了一步,反而丢掉了'信'。其实,你说的'马肠子出来的声音可能会有另外一种',是的,完全可能的,是的,那不就是'马屁'呀。将来有机会修订这个新译的时候,我要修订它!"

其实,蓝老师 1986 年初译中的那句话,也并非"全无道理"。原文 сухие лопающиеся залпы 中,залп 原义就有"齐射""排射"的含义,帕斯捷尔纳克在这里用了这个词的复数,就是要强调这种齐射、排射的射击声音频出。这个动词的主体,常常是枪炮。лопаться 也是"爆裂"的意思,сухие 和 лопающиеся 加重了 залпы 的分量。这里又是帕斯捷尔纳克的一个暗喻。第三组声音的第三种声音是"从马肠子里排出"的那些"一排排清脆的射击声"。我在坝上军马场,在俄罗斯皮亚杰戈尔斯克附近的军马场都听过极其可笑的马放屁的声音，那马屁常常是一连串"干燥的爆裂的排射"，真是像"一排排清脆的枪声"。

面对这样的解释，蓝老师一笑，但是依然强调说："是不是马屁，咱们另说，那时候翻译错，就是错，无论如何那是马肠子排出来的。有机会一定要修改。"言毕，蓝老师、罗师母和我一起大笑。

蓝老师的话非常生动地再现了他和《日瓦戈医生》的作者摔跤的过程，而且，这场摔跤似乎还在继续着。蓝老师说："翻译没有最好，只是永远在路上。更何况要翻译《日瓦戈医生》这样的先锋派的文本。"

是的，帕斯捷尔纳克这一段描述声音的文字，他的叙述方向线始终是从叙述者延伸向客观的声音世界，这个叙事方向线不断在听觉上推进，不断向细腻之处延伸，不断分辨着不同的"乐器"发出的不同声响，不断从散文的世界潜移到诗的世界。终于，帕斯捷尔纳克唤醒了标准的诗的世界。在这些"粗俗"的，其至是不堪不雅的"发声器"发出的三组声音之后，帕斯捷尔纳克突然插入了夜莺的漂亮歌声：

> Вдруг вдали, где застрял закат, защелкал соловей.
>
> «Очнись! Очнись!»—звал и убеждал он, и это звучало почти как перед Пасхой: «Душе моя, душе моя! Восстани, что спиши!»①

蓝老师的译笔也随之靓丽：

> 突然，从悬挂在天边的落日那边传来夜莺的啼啭。
>
> 夜莺的啼啭结束了骑在马上的主人公的细腻感觉，帕斯捷尔纳克的"叙述方向线"立刻转向"抒情方向线"，转向内在的情感，转向神圣的理性：
>
> "清醒吧！清醒吧！"夜莺呼唤并劝告道，听起来仿佛复活节前的召唤："我的灵魂！我的灵魂！从睡梦中醒来吧！"②

但是，《日瓦戈医生》的小说诗学，毕竟要比《诗的定义》中的诗学更为丰富，绝不仅仅是这些"声音诗学"。

然而其中仍然有关联，正如帕斯捷尔纳克在《诗的定义》第一段中所展现的，在《日瓦戈医生》中，既有大音，也有小声。从这个意义上观察，革命，战争，战争，革命是"大音"。整部小说的最后一章"日瓦戈的诗"就是一个甘心失去"绝对辨音力"的人所听到的"小声"，也许正因为日瓦戈医生失去绝对辨音力的根本原因是在他的生命中的"小声"太丰富，太密集了，于是"大音希声"。

---

① *Пастернак Б. Л.* Доктор Живаго, Милан：Г. Фелтринелли, 1958. С. 356.
② 帕斯捷尔纳克：《日瓦戈医生》，蓝英年译，北京十月文艺出版社，2020年，第328页。

翻译家蓝英年和《日瓦戈医生》的作者帕斯捷尔纳克"摔跤"的结果,就是给中国读者展示了"日瓦戈"的大音、小声和希声。

(编校:周　露)

帕斯捷尔纳克的《安全保护证》

刘淼文

（北京外国语大学俄语学院）

[摘　要]　　帕斯捷尔纳克的中篇自传小说《安全保护证》是其创作生涯中的里程碑。这部小说以其独特的艺术哲学观及行文风格在 20 世纪 30 年代苏联小说中显得别具一格，但同时也遭遇了书刊审查的不公正干预，直到 20 世纪 80 年代才重获出版。本文从"诗人散文"的角度来解读《安全保护证》，认为其不但具有小说的情节发展特点、翔实的细节、鲜明的形象体系及结构，而且具有诗歌的韵律、独特的节奏、生动形象的情绪表达。帕斯捷尔纳克以诗性原则来创作小说《安全保护证》，诗歌是其第一语言，隐喻、联想、想象、韵律等诗歌创作技巧的大量使用赋予了小说语言无可比拟的张力，而小说是其诗歌材料转化的最终结果。

[关键词]　　帕斯捷尔纳克；《安全保护证》；诗人散文；抒情；张力

帕斯捷尔纳克（Б. Л. Пастернак）是位诗人，晚年却以小说《日瓦戈医生》获得诺贝尔文学奖，这一转折显得颇不可思议。在许多读者眼中，帕斯捷尔纳克似乎在一夜之间完成了从诗歌到小说的过渡。其实不然，帕斯捷尔纳克几乎是在写诗的同时开始散文、小说创作的。1918 年，诗人便开始写作中篇小说《柳威尔士的童年》（«Детство Люверс»），创作于 1927—1931 年的《安全保护证》（«Охранная грамота»）则是帕斯捷尔纳克早中期小说创作，甚至整个创作生涯的一个里程碑。

"安全保护证"（Охранная грамота）指的是俄苏时期颁发给公民的一种用以保护私有财产不受侵犯的凭证，其中包括私产、不动产和有价值的艺术品。帕斯捷尔纳克给小说取这一名字或许就是在为自己的创作（艺术品）颁发一张保护证。从小说的这一名字不难窥探出帕斯捷尔纳克的创作野心，这篇小说又被批评家称为"作家的文学宣言"。当然，帕斯捷尔纳克最初并没有如此宏大的构想。1927 年，帕斯捷尔纳克动笔之初只是打算写一篇纪念德国诗人里尔克的文章。这部中篇小说在原定创作计划里名为《关于诗人的文章》(《Статья о поэте»)。① 在出版后的《安全保护证》里依然可以找到小说最初构想的痕迹——这部作品开篇第一件事描述的便是作者与里尔克的初次见面："列车启动前，车窗外走来一个人，披着黑色的蒂罗尔式斗篷。与他同行的是一位高个儿女人，这女人大概是他的母亲或者姐姐。"② 1900 年，里尔克在前往图拉托尔斯泰庄园的火车上与帕斯捷尔纳克一家相遇，帕斯捷尔纳克的父亲让列车长在临近托尔斯泰庄园附近的车站暂停，以便里尔克一行接上托尔斯泰的妻子去看剧。帕斯捷尔纳克对此印象深刻，且他一生都是德国诗人里尔克的忠实拥趸。他在给里尔克的信中写道："我性格的主要特征，我精神生活的所有特质都归功于您，您创造了它们。"③

但随着创作的深入，帕斯捷尔纳克脱离了原有创作框架的束缚，这篇文章被逐步扩写成为作家的第一部自传性中篇小说。作品的第一部分刊发于《星》杂志 1929 年第八期，第二、第三部分于 1931 年在《红色处女地》杂志第四、五、六期连载，同年列宁格勒作家出版社出版了单行本。1931 年，列宁格勒作家出版社在出版小说前邀请列宁格勒文艺学家们进行了小范围的讨论，什克洛夫斯基（В. Б. Шкловский）等人出席了讨论会。评论家们给出了相对积极的意见，小说得以出版。但小说内容在杂志连载之时却引起了批评家们及官方的不满，且批评者不在少数，以至于《红色处女地》杂志在出版小说时提醒自己的读者："编辑部对小说中所蕴含的哲学特性及艺术评价持保留意见，这些特征及评价带有理想主义色彩，编辑部将在下期对其进行详细点评。"④受批评界的影响，列宁格勒作家出版社原定印刷的一万册也缩减为六千两百册。

其实，早在 1925 年，布尔什维克中央委员会就出台了《关于党在文学艺术领域的方针》，由此，官方开始介入文学艺术领域，文艺政策自由度不断收紧。《安全保护证》的出版受到了这一背景的影响，作品甫一问世便招致了官方文艺学家们的严肃批判。拉普⑤领导人谢利瓦诺夫斯基（А. П. Селивановский）将帕斯捷尔纳克列入了资产阶级艺术复辟的名单中，认为《安全保护证》就是资产阶级理想艺术的

---

① *Кушнирчук Н. П. Б.* Пастернак под пером цензуры («Охранная грамота», 1929—1931) // Вестник КГУ.: Научно-методический журнал. 2015. Т. 24, № 4. С. 93.

② *Пастернак Б. Л.* Полное собрание сочинений: в 11 т. Т. 3. Проза. М.: Издательство Слово, 2004. С. 148.

③ *Рильке Р. М.* Письма 1926 года: Р. М. Рильке, Б. Пастернак, М. Цветаева. М.: Издательство Книга, 1990. С. 62.

④ *Пастернак Б. Л.* Охранная грамота // Звезда. 1929. № 8. С. 3.

⑤ 拉普，20 世纪 20—30 年代初苏联最大的文学团体"俄罗斯无产阶级作家协会"的俄文缩写 РАПП 的音译，俄文全称为 Российская ассоциация пролетарских писателей。

传播平台。① 塔拉先科夫（A．К．Тарасенков）也在《文学报》刊登文章称，帕斯捷尔纳克的《安全保护证》与卡维林的《无名艺术家》、福尔什的《疯狂的轮船》都是表达社会主义与艺术之间的不可调和性的资产阶级反动作品。②米列尔-布特尼茨卡雅（Р．З．Миллер-Будницкая）等人也旗帜鲜明地站出来反对《安全保护证》。帕斯捷尔纳克的创作理念与当局文艺政策之间所产生的冲突被鲜明地表现在《安全保护证》的出版史中，并且历史还会在二十几年后重演。小说在列宁格勒作家出版社出版之后，其手稿便被出版社束之高阁。1930 年到 1960 年，帕斯捷尔纳克一直试图再版《安全保护证》，或将其放入自己的文集之中，但所有努力均未能实现，直到 1982 年，这部小说才获得许可，在列宁格勒作家出版社再版。

我们之所以讲述这小说曲折的出版史，是为了强调这部小说在所有帕斯捷尔纳克创作中的独特地位。首先，我们可以看到《日瓦戈医生》的命运其实早已在帕斯捷尔纳克的生命里模拟过一回，只是《安全保护证》没有《日瓦戈医生》那样的名气与运气，它沉寂 50 年才能获得再版，也并未得到海外学者的狂热追捧（当然，《日瓦戈医生》的出版已经不完全是个文学事件，更是个政治事件③）。再者，《安全保护证》所蕴含的独特艺术风格与哲学艺术观使得它成为颇值得研究的帕氏作品之一。关于这部中篇小说的独特之处，还得提到帕斯捷尔纳克人生的一大特性：帕斯捷尔纳克是俄罗斯文学史上极具折中性的人物，他既是古典文学的继承者，又是现代主义者；既是苏联诗人，又是非苏联作家；既是知识分子，又是平民思想者；既是旧贵族阶层的审美主义者，又是普通读者的良师益友；既是精英人士，又是不被官方认可的普通人；同时，他又是犹太人，是作家、哲学家、音乐家。④这种兼收并蓄的特性在其小说创作中则表现为诗歌与小说风格的统一。我们用雅各布森（Roman Jakobson）的术语，将这类小说称为"诗人散文"⑤。帕斯捷尔纳克早期的小说正属于此类，而《安全保护证》也正是最典型的"诗人散文"之一。

"诗人散文"，顾名思义就是诗人的散文。诗歌与散文自是两种不同体裁，但诗人写的散文和小说家写的散文差别非常明显。雅各布森将诗人写诗比作爬山，而小说家写小说就像行走于平原。一旦登山者行走于平地，其步伐难免异于常人，要

① *Селивановский А．П．* О буржуазном реставраторстве и социалистической лирике（Речь на поэтической дискуссии в ВССП 16 дек. 1931）// Красная новь. 1932. № 2. С. 156-157.
② *Тарасенков А．К．* Охранная грамота идеализма // Литературная газета. 1931, 18 декабря. № 68. С. 2.
③ 参见保罗·曼科苏：《日瓦戈医生出版记》，初金一译，广西师范大学出版社，2018 年。
④ 贝科夫：《帕斯捷尔纳克传》，王嘎译，人民文学出版社，2016 年，第 12 页。
⑤ Jakobson, R. *Marginal Notes on the Prose of the Poet Pasternak* (1935). London：Palgrave, 1969：135.

么夸张,要么笨拙,这不是他的自然步伐,更像舞者的步伐。① 帕斯捷尔纳克曾在其另一部自传《人与事》的开篇写道:"我在 20 年代试写的自传《安全保护证》中,分析了构成我生活的种种情况。遗憾的是,那本书被那些年的罪恶——不必要的矫揉造作——给糟蹋了。本篇随笔难以回避某些赘述,但,我尽量不重复。"② 这所谓的"不必要的矫揉造作"(Ненужная манерность)以及"那些年的罪恶"(грех тех лет),毫无疑问,指的正是帕斯捷尔纳克在写作中运用诗歌技巧的痕迹,即"诗人散文"的主要特征。在帕斯捷尔纳克的创作中,诗歌与小说是彼此相对的两极,互相影响,在风格、语言、形象等各层面互为补充。他在《某些境况》(Несколько положений)一文中写道:"这些开始便不是单独存在的。"③ 这一文学信条贯穿了帕斯捷尔纳克一生的创作,他晚年的长篇小说《日瓦戈医生》的第十七章《日瓦戈的诗》包含充满隐喻性的 25 首诗歌。正如贝科夫(Д. Л. Быков)所言:"在帕斯捷尔纳克的世界里,诗歌和散文始终紧密相连,它的主要特征就是两者奇异交融:或有条不紊,或杂乱无序,或张弛有度,或随心所欲。"④

国内其实很早就有过一个与"诗人散文"类似的概念,叫"诗化散文"(但中国文学研究的诗化散文是指狭义上的散文,余光中、杨朔、朱自清的散文叫诗化散文,外国文学研究者使用的散文多指广义上的除韵文之外的叙事类文体,本文中的散文亦指后者)。俄罗斯"诗人散文"的出现与 19 世纪俄罗斯文学中普希金、莱蒙托夫和屠格涅夫的创作密不可分,也与白银时代传统紧密相连。白银时代勃洛克、曼德尔施塔姆、茨维塔耶娃、吉皮乌斯、梅列日可夫斯基、别雷等不仅仅是杰出的诗人,而且还是知名的作家,他们写诗歌的同时也从事小说创作。正是群星璀璨的俄罗斯文学黄金时代和白银时代才能孕育如此别致的小说文本。正如雅各布森所言:"帕斯捷尔纳克的散文是属于伟大诗歌时代的散文,其所有基础均源于此。"⑤ 也正因为如此,"诗人散文"不可单纯理解为诗人所作之散文,这一文体继承了整个黄金时代与白银时代的诗歌传统。诗歌的传统影响了诗人们小说创作中行文与词句的拿捏,以至于读起来颇具文学性(也有可能显得矫揉造作)。但无论如何,诗歌的创作技巧对帕斯捷尔纳克的影响不仅仅体现在词句上,还对整个小说的结构都有重

———————————

① Jakobson, R. *Marginal Notes on the Prose of the Poet Pasternak* (1935). London: Palgrave, 1969: 135.

② *Пастернак Б. Л.* Собрание сочинений: в 5 т. Т. 4. Повести; Статьи; Очерки. М.: Издательство Художественная литература, 1991. С. 496.

③ 转引自:*Иващенко Е. Г.* Стих и проза в идиостиле писателей (на примере творчества М. Цветаевой, Б. Пастернака и В. Набокова) // Вестник Воронежского государственного университета. Серия: Филология. Журналистика. 2012. No1. С. 49.

④ 贝科夫:《帕斯捷尔纳克传》,王嘎译,人民文学出版社,2016 年,第 41 页。

⑤ *Якобсон Р. О.* Заметки о прозе поэта Пастернака // *Якобсон Р. О.* Работы по поэтике. М.: Издательство Прогресс, 1987. С. 325.

大影响。

　　《安全保护证》——用贝科夫的话来说——是一部文体复杂的小说，既是自传、中篇小说、随笔、文学宣言，也是自撰的悼文。① 在贝科夫撰写的帕斯捷尔纳克传记里，《安全保护证》是作家生平的分水岭和作家上半生的总结与纪念，在这部作品中，从里尔克到马雅可夫斯基串起了诗人的前半生。可以说，贝科夫的《帕斯捷尔纳克传》的上半部就是以《安全保护证》为蓝本写就的，其上卷最后一章的标题正是《安全保护证：诗人的最后一年》。这里的诗人指的是马雅可夫斯基，因为马雅可夫斯基在 1930 年 4 月 14 日开枪自杀，他的死也标志着苏联文艺宽松时代结束了，所以，这不是一个诗人的最后一年，而是那个时代诗人的最后一年。帕斯捷尔纳克的创作也在这一年发生了转变，《安全保护证》这部作品是诗人向过往自己的告别，向 20 世纪 20 年代自由宽松的文学环境的告别，是他的自由意志及精神遗嘱。《安全保护证》充满了理想主义的气质，所以，这一小说当时能在官方杂志《星》和《红色处女地》上发表是非常不可思议的。

　　虽然这部中篇小说被认为是作家的第一部自传性作品，但它本质上是违反传记小说叙事特征的。一部自传最基本的要素是传主个性鲜明，并且内容真实，艺术性与真实性相结合。然而，《安全保护证》看起来是在讲述自身经历，但更多的篇幅是在描写 1900—1930 年之间的文学逸事，用形式主义的术语来说，写的是"文学日常"（литературный быт）。作品中的里尔克、马雅可夫斯基、作家父亲等人物形象相比传主本人毫不逊色。这是一篇主观抒情多于客观描绘的文学作品，艺术性表达重于叙事情节本身，情感的释放和艺术观点的表达占据了大半篇幅，这使得它更像是创作冲动的自我表达与对当下艺术思考的成果，也有评论家称之为"作家的创作宣言"。②

　　如从时间角度来看，小说叙事的内容是从 1900 年与里尔克的第一次相见，到 1930 年 4 月 14 日马雅可夫斯基自杀这 30 年时间。第一部分描写了帕斯捷尔纳克生命中的音乐阶段或者斯克里亚宾阶段。他六岁开始学作曲，后来又放弃音乐。第二部分描写的是帕斯捷尔纳克的马堡阶段或者是哲学阶段。第三部分则是莫斯科当前阶段，或是诗歌阶段。如果剥离掉小说的背景，把它看成一部虚构类小说，那这部小说就相当于一部成长小说。主人公带着激情去寻找自己的人生道路，六岁开始学习音乐，到大学放弃了音乐；大学开始研究哲学，去马堡跟随新康德主义者科亨教授学习，最后写下"别了，哲学！"的话语，离开哲学研究。这句话还被刻在了马堡火车站牌子上；回国后，他加入未来主义离心机派开始诗歌创作。但是，很明显在小说最后，我们几乎要失去一位伟大的诗人了。他在林荫道与马雅可夫斯

---

① 贝科夫：《帕斯捷尔纳克传》，王嘎译，人民文学出版社，2016 年，第 415 页。

② 见 *Быков Д. Л.* Борис Пастернак. М.：Молодая гвардия, 2007. С. 246.

基会面,马雅可夫斯基读了自己的悲剧《马雅可夫斯基》。诗人在文中写道:"我意识到我完全是天赋平平的……如果我当时更年轻些,我会放弃文学的。"①这成为后来诗人自己"重生"(второе рождение)的动力。重生带有浓郁的宗教色彩,《日瓦戈医生》重生与受难重叠,置之死地而后生。受难而重生不仅仅是诗人的创作主题,同时也是作家以生命演绎的文学主题,这也颇有俄罗斯白银时代诗人们"生活创造"(жизнетворчество)的韵味。

从结构上来看,小说描述了一个有天赋的年轻人(抒情主人公)三次充满自我反省的人生探索。尽管自少年时代起,诗歌一直伴随着他,扮演着重要角色,但是在音乐和哲学这两次不成功的探索前,帕斯捷尔纳克并未考虑将诗歌作为自己一生的事业。但音乐和哲学却永远地影响了帕斯捷尔纳克的创作。《安全保护证》的结构带有明显的音乐元素,三次人生探索就是他前半生的三重奏。音乐不仅在《安全保护证》的结构上发挥着无可比拟的作用,而且音乐的技巧就像一个严密的语音矩阵影响着他的遣词造句。在小说第一部分提及帕斯捷尔纳克作曲导师斯克里亚宾时,有这么一段看似随意的音乐会场景描写:

> Медленно наполнялся партер. Насилу загнанная в палки на зимнюю половину, музыка шлёпала оттуда лапой по деревянной обшивке органа. Вдруг публика начинала прибывать ровным потоком, точно город очищали неприятели. Музыку выпускали. Пёстрая, несметно ломящаяся, молниеносно множащаяся, она скачками рассыпалась по эстраде. Её настраивали, она с лихорадочной поспешностью неслась к согласью и, вдруг достигнув гула неслыханной слитности, обрывалась на всём басистом вихре, вся замерев и выровнявшись вдоль рампы. ②

> 池座慢慢地被填满。被用木棍勉强赶往暖区的音乐来回地拍打着,从里边传来爪子挠管风琴木质外壳的声音。突然间,观众如整齐的浪潮涌来,就像敌人在对城市扫荡。音乐被放出来。无数各色音乐闯进来,以闪电般的速度增加,跳跃着散落在舞台上。他们调好音乐,音符狂热且匆忙奔向和谐,突然传来轻不可闻嗡鸣之音,音乐就在这低音的旋涡上戛然而止。一切都凝固了,音乐沿着舞台边栏杆沉寂下去。③

这段文字是一段奇妙的语音组合。我们不难发现,这段文字中重复最多的音是 Л,

① *Пастернак Б. Л.* Полное собрание сочинений: в 11 т. Т. 3. Проза. М. : Издательство Слово, 2003. С. 226.

② *Пастернак Б. Л.* Полное собрание сочинений: в 11 т. Т. 3. Проза. М. : Издательство Слово, 2003. С. 152.

③ 中文为笔者译,下同。

随后这些音均被 P 打断;而这组以开元音 A、O、И 为核心的语音又被辅音 Ш、C 削弱,使得这段文字听起来正像是其开头所提到的斯克里亚宾《销魂曲》(«Экстас»)中弦乐器和铜管乐器的交替往复。这种创作不是写意的,而是一种非常严谨的工艺技巧。这套严密的工艺控制着作家创作中的每一个词汇。帕斯捷尔纳克六岁便开始学习音乐,音乐早已经融入其血脉之中。在他的创作中,音响脉动一直是个非常重要的标准。音乐性和抒情性是帕斯捷尔纳克早期创作的主要特征之一,这既是他诗歌的诀窍,也是他小说的特性。他对抒情如痴如醉,即便是在写给亲友的信中也表现得歇斯底里,里边充满了各种奇思怪想。

《安全保护证》的诗歌元素还体现在小说词句修辞及抒情性上。在小说第二部分,维索茨基姐妹去马堡看望帕斯捷尔纳克,帕斯捷尔纳克向伊拉表白后被拒绝。送她们姐妹俩去柏林时,在马堡火车站,帕斯捷尔纳克一时冲动爬上火车与她们一起去了柏林。但他因未带证件只能栖身于一家破旅馆,哭泣至天明。表白被拒——这是一场少年成人的洗礼,即便是帕斯捷尔纳克也不能免俗。那天早上从柏林的旅馆出来,作者写道:

> Меня окружали изменившиеся вещи. В существо действительности закралось что-то неиспытанное. Утро знало меня в лицо и явилось точно затем, чтобы быть при мне и меня никогда не оставить.[①]

> 我周遭的一切都发生了变化。某些未曾体验过的东西已经悄然进入了我的现实生活。清晨认出了我,它在那里陪着我,且永不离去。

他回到马堡,马堡也变了:

> По приезде я не узнал Марбурга, Гора выросла и вытянулась, город исхудал и почернел.[②]

> 我到的时候没能认出马堡:山长高了,伸长了,城市消瘦了,变黑了。

但此时的风景——山、城市——很明显不是山、城市,而是抒情主人公。一切景语皆情语,当一个人成长了,他看世界的眼光自然也有所变化。能否捕捉并描绘出生活中细微之处以及自己细小的情感变化是一个诗人或作家成功与否的重要评判标准。这里的表现手法与杜甫名句"感时花溅泪,恨别鸟惊心"有异曲同工之妙。花无情而有泪,鸟无恨而惊心,花鸟因抒情主人公之情感而变,抒情主人公情绪的流露映射到了他看到的景物之上。帕斯捷尔纳克笔下的马堡亦是如此,情景交融,人

---

① *Пастернак Б. Л.* Полное собрание сочинений: в 11 т. Т. 3. Проза. М. : Издательство Слово, 2003. С. 181.

② *Пастернак Б. Л.* Полное собрание сочинений: в 11 т. Т. 3. Проза. М. : Издательство Слово, 2003. С. 183.

物共情,正如王国维所说:"有我之境,以我观物,故物皆著我之色彩。"贝科夫在《帕斯捷尔纳克传》中写道:"在所有描写成长历程的俄罗斯散文中,《安全保护证》的第二章第三节也许是最坦诚与最纯洁的篇章。"①真情的表露是诗人散文的特性之一,这类散文以传记、自传为突破口,用第一人称叙述,使得抒情更为直白。小说中作者追逐的不单纯是记录少年情窦初开但遭遇挫折本身,更是追逐生命本真、心灵本真和情感本真。如果跳出这部小说形式上的技巧,他的诗人思维也体现在这种对读者的坦诚相待上,是一种情感的宣泄,而不是生硬的文字游戏。小说中那种充满生机的色彩、隔着时间笆篱的凝视都有着诗歌的抒情以及对生命的感悟。

帕斯捷尔纳克早年小说的"诗人散文"特性明显,这一特性不仅仅体现在小说的创作技巧、语言和结构上,同时也体现在审美情感上,更体现在内在综合的美中,接近哲学的本真,是一种深邃的智性。但是随着创作的成熟,帕斯捷尔纳克抛弃了其所谓的"那些年的罪恶"和"不必要的矫揉造作"。相隔二十几年的两部自传《安全保护证》和《人与事》在描述内容上有诸多相似之处(正如作者所言,难免赘述),但正是这种镜像式的"赘述"让我们看到了帕斯捷尔纳克诗学风格的转变:他否定了早期小说创作的原则,为《人与事》选择了一种更为精确、简练的叙述方法。也就是说,帕斯捷尔纳克小说创作经历了由繁复到简洁、由多义性到精确、由审美到通透的变迁。长篇小说《日瓦戈医生》正是这种艺术风格返璞归真的最佳证据:诗歌与小说相互吸引,同时存在,但又独立分开。

无论如何,《安全保护证》是帕斯捷尔纳克里程碑式的作品。我们可以看到帕斯捷尔纳克"诗人散文"作品中诗歌与小说技巧的纠葛。对于帕斯捷尔纳克来说,诗歌是第一语言,而小说是以诗歌语言写就的作品,是诗歌材料转化的最终结果。这种繁复的语言技巧并不能被单纯看作"毫无必要的矫揉造作",雅各布森用"登山者走平原"来类比写诗者写小说并不恰当。事实上,走路是人类进化后的自然禀赋。从生活经验来看,登山者走路与常人走路差别并不大,反而是登山使得登山者肌肉发达,在平地上走路如有神助。写诗经验在艺术表达上能为小说创作提供更多的可能性,让语言拥有无限的张力。对于小说体裁本身来说,这种尝试无论如何都是有益的。

(编校:周 露)

---

① 贝科夫:《帕斯捷尔纳克传》,王嘎译,人民文学出版社,2016 年,第 38 页。

论《日瓦戈医生》的烘托艺术①

刘永红¹   袁顺芝²

（1.华中师范大学外国语学院；2.武汉理工大学外国语学院）

[摘　要]　每一部享誉世界的名著必有其过人之处。1958 年,《日瓦戈医生》能够以"在现代抒情诗领域和对俄国伟大的史诗小说传统的继承（продолжение）方面取得的巨大成就（значительные достижения）"获得诺贝尔文学奖,其烘托艺术功不可没。可以说,如果删去作品里的烘托部分,那么它就只剩下干巴巴的故事线索,是难以成为文献经典并获奖的。它的烘托艺术表现在:(1)烘托类型。激情式烘托、压抑性烘托和事实性烘托。(2)烘托资源。举凡生活里的事物,无论是自然景物、历史事件,还是生活物品、人物面貌等,都是用作烘托的资源。(3)烘托手法。主要有四种:比喻、白描、设问和宣泄。(4)烘托效果。通过点染和描写,突出人物的情绪变化、情节走向、思想动态、命运结局等。烘托能够显示运用者的高下:高妙的烘托地平天成,而蹩脚的烘托反而画虎类犬。从这个意义上说,我们认为,没有烘托就难以成就杰出而经典的文学作品。

[关键词]　烘托艺术;《日瓦戈医生》;批评的本质

一、批评的本质

面对一部文学作品,尤其是在将批评和赏析付诸文字的时候,我们往往不免有这样的惶恐和疑问:应该如何下手,从何处着笔? 我们的解读是否合理与合适? 从文学批评的实践和经验看,我们首先就需要思考并回答这样的三个问题:(1)文学批评是批评什么? (2)文学批评如何批评或为谁批评? (3)文学批评能够（应该）为文学（读者）做些什么?

文学批评的脉络至少可以做如下归纳。

---

① 本文系国家社科基金项目"俄汉实—图构式的认知象似度研究"（17BYY195）的阶段性成果。

从本体论上看,文学是一门基础艺术。或者说,文学是以其思想性、艺术性和语言美而成为艺术的基础的,它是其他艺术(电影、戏剧、音乐)的脚本,比如许多名著被改编为电影、戏剧、音乐。因为文学是"最富于心灵性的表现""是诗的想象和心灵性的观照本身……在一切艺术中都流注着"①,真正伟大的文学应该是思想性和艺术性的完美统一,是理念的感性显现和生活的教育功能的完美整一。因此,在俄罗斯,"文学是俄罗斯民族的良心、俄罗斯民族的灵魂"(Литература—это совесть общества, его душа),"俄罗斯文学从来没有沉默过"(Русская литература молчала никогда),"我不同意这种说法:作家是职业。作家是一种命运。这就是生活"(Я не согласен с тем, что писатель—это профессия. Писатель—это судьба. Это жизнь)。②

从作家创作上看,文学是一种使命。文学的使命至少可分为两种:为人生的文学和为艺术的文学。前者一般体现为诗言志和诗缘情,有益于世道人心;后者可以理解为语不惊人死不休。真正伟大的作家,在思想上表现为生活的导师、社会的良心和灵魂的工程师、民族文化的表达者、人民的心声,在形式上表现为体裁的创造者、语言的巨匠、讲故事的能手,在创作方法上需深谙某一流派,娴熟掌握其文学主张和创作手法,比如古典主义、浪漫主义、现实主义、现代主义、后现代主义等,或坚守一种方法,或杂糅几种,形成自己的"风格"。

从读者态度上看,文学无非是接受与消费。符合其审美期待,读者就多看一眼,点击一下,或买上一本,或在日记里随手写几句读后感;这种"欣赏"因人而异,深浅不同,见仁见智,"一千人就有一千个哈姆雷特"。正如鲁迅将《红楼梦》定义为"清之人情小说",并且如此论述小说的阅读效果:"经学家看见《易》,道学家看见淫,才子看见缠绵,革命家看见排满,流言家看见宫闱秘事。"③而在文学批评家眼里,文学是被解剖的"客体和对象",是通过"赏析"张扬自己文学理想,营造文学氛围和引领读者审美情趣的载体。真正伟大的批评家必须是哲学家、思想家和语言学家,必须有自己的理论主张,才能有批评的依据,才能去放言评判作品的优劣,指明文学的方向。比如别林斯基(В. Г. Белинский)提出著名的美学规律:(1)"文学是形象思维",即"诗人用形象来思维,他不是论证真理,而是显示真理"④;(2)"典型"说,即"典型化是创作的一条基本法则,没有典型化,就没有创作"⑤。

从方法论上看,文学批评必须客观地展现每一部伟大作品的恒久魅力,科学地

① 黑格尔:《美学》(第 1 卷),朱光潜译,商务印书馆,2006 年,第 112—113 页。
② Лихачёв Д. С. Я вспоминаю. М. : Прогресс, 1991. С. 140.
③ 鲁迅:《集外集拾遗补编》,人民文学出版社,1995 年,第 141 页。
④ 转引自朱光潜:《西方美学史》(下卷),商务印书馆,2017 年,第 571 页。
⑤ 转引自朱光潜:《西方美学史》(下卷),商务印书馆,2017 年,第 591 页。

展示每一部不朽作品的普遍规律。文学批评家必须有高于作家的眼光、本领和人格,套用哲学上的一个时髦前缀"元-",即"元文学/元作家"。不同的批评家,从各自的学理积累、认知方式、批评目的、价值取向出发选择作家,并从海量的作家作品中选取解剖对象,或解剖某个侧面、某个形象,或解释作家的创作主张、审美意义等,形成各具特色的批评方式和批评模式。胡经之和王岳川从文艺美学的特殊规律和内在特性出发,集中评介和研究了20世纪最有影响的13种重要的批评方法,即社会历史、传记、象征、精神分析、原型、符号、形式、新批评、结构、现象学、解释学、接受美学、解构。①

从文学功能上看,文学批评是一种"引领",是通过分析文学作品对文学创作和欣赏的指导。那么,作为引领者,文学批评家必须确立并坚守自己的文学使命和文学主张,同时具备深刻的思想、高远的眼光、慈悲的人性关怀、由衷的爱国情怀、独特的艺术魅力、规范的语言美,由此解释成就感天动地的举世无双的文学经典的高妙之处,以及主流文学的平民意识、批判意识、人文关怀意识、责任意识、忧患意识等优秀传统。因为,真正伟大的文学,除了歌颂、讽刺、揭露等目标和体验、描写、虚构等方法外,更应贴近社会,讴歌时代,干预生活;用典型的生活事件和深邃的人生思考,教育和引导一代代人走上积极向上的人生道路;打动一代代人的心灵,使他们在阅读中照见自己,避开人生的弯路、歧路、邪路或末路;使一代代人在充满荆棘的路上,或处于人生低谷时,能够不堕落、不气馁、不怨恨,咬紧牙关,向光明前行;使一代代人在遇到人生的顺风时,不趾高气扬,不颐指气使,不失恻隐之心,不乐极生悲,从而平稳地走过人生,安静地享受幸福。

这样的文学批评才能真正揭示出文学的本质和价值,培育出良好的社会风尚,实现文学的教育功能、认识功能及美育功能。文学批评只有关注国家前途和民族命运,展现人对时代的感悟,完成文学的社会承担,才能成为间接的历史博物馆、民族性格的百科全书。对此,俄罗斯文学批评家们做出了很好的榜样,如别林斯基:对文学的宏观思考有《文学的幻想》;对具体作家的整体研究有代表作《亚历山大·普希金作品集》(11篇);对某时期全国文学的纵观有《一八四六年俄国文学一瞥》;对某个具体作品的分析有《由果戈理的〈死魂灵〉而引起的解释的解释》;对作家创作倾向的批评则有著名的《致果戈理的一封信》。

总之,文学批评应该努力揭示和解释文学的本质:作为生活教科书的文学,作为语言艺术的文学,作为美感培育的文学。然而,这样成功的文学批评活动应该是宏大的建构与微观的体察的结合,它的出发点和连接界面应该是出神入化的烘托艺术。

---

① 胡经之、王岳川:《文艺学美学方法论》,北京大学出版社,1994年。

二、烘托的感性认识

为了清晰地观察文学烘托的艺术（技巧和魅力），我们略举四例。

例1：正是傍晚时分，夕阳、晚霞、微风，村里人多半捧着大碗站在街边吃饭，听到这边喧闹，便小跑着汇聚过来。①

例2：山下升起了云雾，……太阳正在无可奈何地下落，黄昏的第一阵山风就掩盖了它的光泽，变得如同一只被玩得有些旧的绣球。②

例3：窗外看不见道路，也看不到墓地和菜园。风雪在院子里咆哮，空中扬起一片雪尘。……风在呼啸、哀嚎，……雪仿佛是一匹白色的织锦，从天上接连不断地旋转着飘落下来，有如一件件尸衣覆盖在大地上。③

例4：一九七五年二、三月间，一个平平常常的日子，细濛濛的雨丝夹着一星半点的雪花，正纷纷淋淋地向大地飘洒着。时令已快到惊蛰，雪当然不会再存留，往往还没等落地，就已经消失得无踪无影了。黄土高原严寒而漫长的冬天看来就要过去，但那真正温暖的春天还远远地没有到来。④

上述四例会引发这样四个问题：（1）这是何人的作品？（2）它们各自在表达什么？（3）为什么如此呈现？（4）其共性何在？

第一个问题：例1是莫言的《蛙》（第一部），例2是刘醒龙的《天行者》（第一章），例3是帕斯捷尔纳克的《日瓦戈医生》（第一部），例4是路遥的《平凡的世界》（第一部第三章）。这里有两位诺贝尔文学奖获得者、两位茅盾文学奖获得者。

第二个问题：例1描写的是"我姑姑"惩罚谋财害命的接生老妖婆的场面，例2描写的是张英才观看两位同事用笛子吹奏歌曲的场面，例3描写的是尤拉在埋葬母亲后透过修道院的窗户看户外雪景的场面，例4描写的是孙少平在学校买饭的场面。

第三个问题：例1是为了凸显"我姑姑"的强悍性格，例2是为了凸显张英才因办学艰难而心生的悲伤，例3是为了凸显尤拉在失去相依为命的母亲后的孤独和懵懂，例4是为了凸显孙少平走出艰难生活后的新生。

第四个问题：它们的共性是烘托。这可以从四个侧面进行观察。（1）根据"侧

---

① 莫言：《蛙》，浙江文艺出版社，2009年，第19页。

② 刘醒龙：《天行者》，人民文学出版社，2009年，第14页。

③ 帕斯捷尔纳克：《日瓦戈医生》，蓝英年、张秉衡译，人民文学出版社，2006年，第5页。

④ 路遥：《平凡的世界》，北京十月文艺出版社，2012年，第3页。

面—基体"的认知原理,通过描写景物以烘托人物:例 1 和例 2 分别描写黄昏,例 3 和例 4 分别描写雪景,其中例 1 烘托的是人物的性格,例 2 烘托的是人物的心情,例 3 烘托的是人物的客观感受,例 4 烘托的是人物的生活环境。(2)根据文学的叙事方式,通过景物描写的详略度显示烘托效果:例 1 采用评书的方式,烘托的是"我姑姑"打人事件的轰动效应;其余三例采用的都是白描的方式,其中例 2 烘托的是张英才对前途的担忧,例 3 烘托的是尤拉的悲伤和未卜的前途,例 4 烘托的是孙少平冬去春来的希望。(3)根据艺术真实准则,如果删除四例中各自的景物描写,缺少了这些美丽而真实的生活背景,它们就变成了冷冰冰的流水账了:例 1 中只剩下"村里人汇聚过来",例 2 中只剩下"太阳在下落",例 3 中只剩下"风雪在咆哮",例 4 中只剩下"雨丝夹着雪花"了。(4)根据创作风格,虽然各个作家的景物选择有别,但是它们都烘托出了一幅幅美丽真实的生活画面,为人物的塑造和情节的展开增添了美感:面对同样的黄昏,例 1 选取的是夕阳、晚霞、微风,例 2 选取的是云雾、太阳、山风;面对太阳下的雪景,例 3 选取的是道路、墓地、菜园、风雪,例 4 选取的是雨丝、雪花、高原。

由此可见,烘托是世界文学创作中的根本性艺术手法,是文学思想的基本实现方式,是语言物化情节的呈现界面。因此,烘托是文学经典化的重要支撑。

三、烘托的基本原理

烘托是文学创作的艺术手法和重要技能。

每一部文学经典和世界名著都必有其过人之处。《日瓦戈医生》因其"在现代抒情领域和对俄国伟大的史诗小说传统的继承方面取得的巨大成就"而获得 1958 年诺贝尔文学奖,而它成功的秘诀就在于其出色的烘托艺术。如果删去作品里承载宏大结构和细节刻画的烘托成分,那么全书就只剩下干巴巴的故事框架和粗略的情节线条了。

批评家们在课堂上、文章里,在分析作家的创作特点和作品价值时,津津乐道于创作主题、人物性格、民族特性、宗教观念等思想要素;或叙事方式、语言运用、诗意想象等艺术特色;或接受效度、比较研究、翻译策略等影响因子;或社会学、心理学、语言学、现象学等方法论取向,这些研究气势恢宏,取得了很大成就。这些视角无疑是正确的,但从批评效果看,却缺乏启迪之功。这样的分析范式往往就像将葱头一层层剥开,让人只见葱瓣,不见葱头。① 事实上,这些文学元素不是分割的、各自为政的,而是相互交融、合力而成的。由此自然会产生这样一个问题:这些艺术

---

① 参见黑格尔:《小逻辑》,贺麟译,商务印书馆,2013 年,第 415 页。"用分析方法来研究对象就好像剥葱一样,将葱皮一层又一层地剥掉,但原葱已不在了。"

元素共舞的场地在哪里呢？一言以蔽之，在作家的烘托里，创作是一种综合，作品是各种思想和手法的角力场，而烘托是其枢纽。比如《日瓦戈医生》围绕时代大潮中个人的命运变迁这一中心主题，从多方面进行烘托，诸如生与死、转型社会里的自我寻找、对理想的忠诚、人生道路的选择、知识分子的良知、爱与慈悲（милосердие）、荣誉与责任、命运打击时的坚韧等，赋予作品以强烈的震撼力。

烘托是一种宏大的普适性阐释，是民族文化和语用心理的集中展示。从文学批评的学理目标看，每一部作品都可以被如此这般地加以总结，提炼出中心思想，构成千人一面的学术平台。然而，如果从烘托的视角入手，就可以鲜明地彰显出不同作家作品的艺术性或者说艺术个性。比如，学界公认真善美是文学创作的圭臬，但是《日瓦戈医生》却通过独特的烘托手法蹊径另辟：

> Лев Николаевич говорит, что чем больше человек отдается красоте, тем больше отдаляется от добра. — А вы думаете, что наоборот? Мир спасет красота, мистерии и тому подобное, Розанов и Достоевский?[①]

> 托尔斯泰说，一个人越是献身于美，他离善就越远。您以为是相反吗？美、神秘剧之类的玩意儿，以及罗扎诺夫和陀思妥耶夫斯基能够拯救世界吗？[②]

所谓烘托，重心在"烘"字上，原指烧、烤，转指渲染、衬托，如"九月霜秋秋已尽，烘林败叶红相映"（欧阳修）；而"托"是指将事或物委于手，或用手掌承举着东西，转指陪衬、铺垫、寄放、请求，如"托痴山以自高，恃见林以自游息"（六朝《全宋文》卷六十四）。"烘、托"合用后，成为一种创作技法，指在绘画上用淡色或在文学里从侧面入手，使主要部分鲜明突出，也就是"陪衬，使明显突出"；创作时先从侧面着笔，或先描写景物，然后再引出主题，使要表现的事物鲜明、突出。本文采用广义的烘托的定义，即艺术烘托，包括铺陈、渲染和阐释。人都生活在一定的自然和人文环境里，而事件又发生在特定的场景中，由此构成丰富多彩的文学情节。环境和场景是立体的，多维的，但是按照因果律，作家必须在这千丝万缕中捋出主线，并巧妙地选取醒目的背景物作为陪衬、点缀或暗示，通过这种烘托，做到：(1)生动化活动场景，让读者感到身临其境；(2)增加情节深度，制造审美延宕；(3)突出画面层次，让读者收获艺术经验。

《日瓦戈医生》一书中的烘托艺术可以从四个侧面观察。(1)烘托类型。激情式烘托、压抑性烘托和事实性烘托、思辨性烘托和诗意的烘托。(2)烘托资源。举凡生活里的事物，无论是自然景物、历史事件，还是生活物品、人物面貌等，都是用

---

① *Пастернак Б. Л.* Доктор Живаго. Милан：Г. Фелтринелли, 1958. C. 52.

② 文中除特别说明外，中文均由笔者翻译。

作烘托的资源。(3)烘托手法。《日瓦戈医生》里的烘托手法主要有:比喻、白描、设问、宣泄四种。(4)烘托效果。通过对外部景物的点染和描写,突出人物的情绪变化、情节走向、思想动态、命运结局等。

总之,"意翻空而易奇,言徵实而难巧"(《文心雕龙·神思》),这就需要借助烘托的力量。烘托能够使文学的普遍准则与作家的独特风格在作品中像水乳般融合,使作品成为真正的艺术品,成为文学的典范。例如,莎士比亚在《哈姆雷特》中对人的讴歌:"人类是一件多么了不起的杰作!多么高贵的理性!多么伟大的力量!多么优美的仪表!多么文雅的举动!在行为上多么像一个天使!在智慧上多么像一个天神!宇宙之精华,万物之灵长!"这里的核心词是"人",而人是一个集合概念,对其的定义和解说是无穷无尽的,比如"Человек—это звучит гордо"(人——这是值得自豪的称号!)(高尔基),而《哈姆雷特》作为高扬人文主义的经典作品,从不同的侧面着笔,选取不同的烘托元素,锻造出个性化的烘托雅辞,鲜明地勾画出了一幅作为大自然里伟大精灵的人的美好画像,历久弥新。

四、典型案例分析

为了集中展现烘托艺术的奥妙和魅力,本文只重点讨论《日瓦戈医生》里的几个典型的烘托案例。为了察验的便利,我们设计了一个简要的分析框架;为了揭示烘托的共性和普适性,我们在每一个案例里附加了简要的比较分析。

案例1-1:外貌烘托。

外貌是指人或物的表面形状。人物总是立体地置身于生活环境里,常常应物斯感,睹物思情,事物和场景成为触发其思绪的关键词。案例1-1展现的是主人公在特殊的场景里对特殊人萌生出一种特殊的情感。

Он видел головы спящих Лары и Катеньки на белоснежных подушках. Чистота белья, чистота комнат, чистота их очертаний, сливаясь с чистотою ночи, снега, звезд и месяца в одну равнозначительную, сквозь сердце доктора пропущенную волну, заставляла его ликовать и плакать от чувства торжествующей чистоты существования.

«Господи! Господи!»—готов был шептать он. — «И все это мне! За что мне так много? Как подпустил ты меня к себе, как дал забрести на эту бесценную твою землю, под эти твои звезды, к ногам этой безрассудной, безропотной, незадачливой, ненаглядной?»[①]

---

① *Пастернак Б. Л.* Доктор Живаго. Милан: Г. Фелтринелли, 1958. С. 508.

他看见枕着雪白枕头熟睡的拉拉和卡坚卡两个人的头。洁净的床单、洁净的房间,她们两人洁净的轮廓,同夜色、白雪、星星和月亮的洁净融汇成一股同等的涌入医生心头的热浪,让他因感到活着的纯洁的庄重而欢欣,而泪流满面。

"主啊,主啊!"他几乎喃喃自语:"而这一切都是赐给我的!为什么要赐给我这么多呀?你怎么竟允许我走近你,怎么会允许我无意走进你的珍贵的土地,在你的星光下,倾倒在这个率性的、顺从的、不幸的、百看不厌的女人脚下?"

1.烘托主题。关于他和拉拉的爱情的感慨。他和拉拉的爱情里有一种历经人生磨难后的纯洁与庄重,是一种劫后余生的相依为命,让他充满了感激和珍惜。

2.烘托依据。象征主义＋未来派"离心机"(Центрифуга)＋批判现实主义。《日瓦戈医生》是一部继承了俄罗斯诗学传统,又糅合了现代抒情诗技巧的艺术珍品。这充分反映在案例1-1的烘托里。这里既有对洁净的夜色、白雪、星星和月亮等自然景物的浪漫表达,又有对雪白枕头、洁净的床单、洁净的房间、熟睡的拉拉和卡坚卡的头、她们两人洁净的轮廓、泪流满面等具体事物的现实罗列,更有面对上帝时充盈于心的感恩,面对纯洁爱情时油然而生的对生活的眷恋。

3.烘托元素。(1)事物。小说围绕人物的心理活动,选取了若干贴切的事物进行烘托,具体的近物有床单、房间、拉拉和卡坚卡两个人的头,远景有夜色、白雪、星星和月亮,抽象之物有上帝。(2)句式。烘托这种庄重心情的语言形式必须具有庄重性,也就是不能使用省略的口语句式,而应该运用完整的文雅句式。第一,这里使用了规则的SVO句型(主谓宾),如"Он видел головы";使用了烘托复杂心绪的长句,如"Чистота белья, сливаясь с чистотою ночи, заставляла его ликовать";情感丰沛的短句,如"И все это мне!"第二,在语气上,使用了呼语、感叹句、疑问句。第三,在句子的排列上,使用了长短句搭配的形式,参差错落,很好地烘托了主人公此时此刻的人生状态。

4.烘托手法。白描＋独白。白描构成两层烘托:第一,环境的烘托。夜色的洁净、白雪的洁净、星星的洁净、月亮的洁净与雪白枕头、床单的洁净、房间的洁净,映衬熟睡的拉拉和卡坚卡两个人熟睡时恬静的头、她们两人洁净的轮廓;第二,这洁净的环境烘托出主人公此时纯洁的心灵和感激之情以及由衷生发的神圣动机。如此洁净的氛围又最适合于独白。主人公在独白里使用了подпустил和дал,既表示对上帝的感激,又表达了自己的迷茫;还一连使用了四个以否定形式表达肯定含义的形容词безрассудной、безропотной、незадачливой、ненаглядной,剔除了世俗的杂念,赞美拉拉,以烘托主人公的幸福心情。

5.烘托情绪。在这段静夜思里,既有拳拳的爱恋,又有深深的负疚。独白里,主人公使用了一个口语动词 забрести，以烘托主人公对他们特殊爱情的亦惊亦喜的复杂感受。动词 забрести 的俄文释义是：Зайти, попасть куда-н., идя без определённой цели или сбившись с пути, попасть, куда не следует; бредя, зайти по пути, мимоходом。其汉语释义是：无意中进入，误入，错走进；顺便走进，偶然进入。如果不是命运的捉弄，他不可能在没有得到妻子下落的情况下，与拉拉产生爱情。

6. 烘托寓意。人有善愿，天必佑之。人在任何时候，在任何环境中，都应该保持做人的尊严、对生活的热爱、对上苍的感激。这里的烘托表明，我们可以遭受颠沛流离或享受荣华富贵，可以被生活捧上云端或打入底层，但是我们对爱情、对恩情、对责任却始终应该保持敬畏之心和美好的愿望。正如契诃夫所言，"人应当一切都美，外貌、衣着、灵魂、思想。"（В человеке должно быть всё прекрасно: и лицо, и одежда, и душа, и мысли.）案例 1-1 第一段中，通过对关键词"чистота"（洁净）的复现和对忏悔式赞美的铺陈，成功地烘托出了主人公的人格魅力：虽经磨难，依然心地善良，心存感激，心向美好。

7. 烘托效果。案例 1-1 中的人、事物、活动构成一幅完整而纯洁的生活画面，烘托出主人公刻骨的爱情、幸福的心绪和庄重的感激。"чистота"（洁净）是其核心词。这里"洁净"不是限定其性质、起附属作用的形容词 чистый，而是起主导作用的名词 чистота，直接标明其本质，突出了其"洁净"不是依附的，是本质上就如此的，也没有用其他同义词，如 белый、опрятный，说明其外在状况。这幅以欢欣为主体的情、景、思交融的烘托画面，揭示了他短暂一生的磨难：政治的俘虏，被抓坐牢；思想的俘虏，坚持己见；爱情的俘虏，三次恋爱。

由此可见，烘托是实现作家创作意图、显示作家创作手法、展现作家语言风格、丰富人物面貌的普遍性艺术，是文学作品中将各个元素集于一体的熔接器。愈是伟大的作品，其中的烘托运用得就愈是娴熟和巧妙。我们以托尔斯泰的名著《安娜·卡列尼娜》中的片段为例。

案例 1-2：

Она（Анна）была прелестна в своём простом чёрном платье, прелестны были её полные руки с браслетами, прелестна твёрдая шея с ниткой жемчуга, прелестны вьющиеся волосы расстроившиейся причёски, прелестны грациозные лёгкие движения маленьких ног и рук, прелестно это красивое лицо в своём оживлении; но было что-то ужасное и жестокое в её прелести».

«Да，что-то чуждое，бесовское и прелестное есть в ней»，——сказала себе Кити. ①

　　她(安娜)"穿着朴素的黑裙子是美妙的，她的戴着手镯的丰满的双手是美妙的，她戴着珍珠项链的端正的脖子是美妙的，她散飘发型的卷发是美妙的，她秀美的脚和手的轻盈优雅的动作是美妙的，这张生动的漂亮的脸是美妙的，但是在她的美妙里有某种可怕和残酷的东西"。"是的，是有某种陌生的、魔鬼般的、美妙的东西存在于她的身上。"吉蒂自言自语道。

这个片段更是运用烘托艺术的经典范例。

1.烘托主题。吉蒂眼中的安娜。吉蒂爱恋弗龙斯基,在她的致命的舞会上,她感到安娜身上有"某种陌生的,魔鬼的和美妙的东西"。

2.烘托依据。安娜美丽的外表下隐藏着对爱情和幸福的强烈渴望。她不懂得母爱和忠诚,感到生活的空虚,把自己的需求置于家庭之上,逐渐屈服于自己的情感。

3.烘托元素。(1)事物。美丽的身材:丰满的双手、端正的脖子、散飘发型的卷发、秀美的脚和手、生动的漂亮的脸;美丽的饰物:朴素的黑裙子、手镯、珍珠项链、轻盈优雅的动作;美丽的神韵:某种可怕和残酷的东西。(2)句式。该段使用了形容词作谓语的描写句 быть прелестна(прелестны，прелестно)，突出安娜的性质和品质;使用了两个存在句,这成为安娜"佼佼者易浊,峣峣者易折"悲剧命运的伏笔。

4.烘托手法。白描＋判断。白描构成两层的烘托:安娜的魅力及其爱情成就与吉蒂的逊色及其爱情失意。判断里使用了两个不同寻常的词语(что-то)ужасное и жестокое，预示着大自然的公正:美必须与真善结合。

5.烘托情绪。安娜的得意与吉蒂的失落。作家让安娜的美丽从吉蒂的眼中显示出来。小说里引出这段话的句子是 "Какая-то сверхъестественная сила притягивала глаза Кити к лицу Анны".

6.烘托寓意。上天给了你美貌,就不会给你幸福。

7.烘托效果。案例 1-2 中人物的身体及其饰物构成一幅美丽的肖像画,烘托出安娜美丽的外表和不安分的心灵,以及由此隐藏着的不幸结局。其核心词是 "прелестна"(美妙)。俄语中,描写"美"的词语很多,可以构成这样的等级:хороший [(只用短尾形式)很美丽的,很漂亮的,很好看的]→ красивый(好看的,美的) → прекрасный(非常美丽的,非常标致的)→ чудесный(奇美的,绝佳的) → прелесный(美妙的,有诱惑力的)。其中,прелесть 的释义是:(1)Обаяние,

---

① *Толстой Л. Н.* Полное собрание сочинений. Т. 18. Анна Каренина. М. : Издательство Художественная литература，1934. С. 89.

очарование от кого—чего— н. красивого, приятного, привлекательного (*книжн.*) 美妙, 可爱; 魅力, 迷人 (文雅词)。(2) Женское тело как источник физического обаяния (*часто ирон.*) 女色, 姿色; 女人漂亮的身段 (经常用于讽刺)。综合这两个释义, прелесть 也就相当于汉语里的一个词: 尤物。由此, 可以看出作家在选词上的匠心和用意, 以及情节的走向与人物的命运。因此, 作家在这段话的最后添加了这样一句, "Да, что-то чуждое, бесовское и прелестное есть в ней", 这句话里的三个词——чуждое、бесовское、прелестное——从三个侧面合力烘托了安娜与众不同的美丽与命运。

案例 2-1: 思想烘托。

Первенство получает не человек и состояние его души, которому он ищет выражения, а язык, которым он хочет его выразить. Язык, родина и вместилище красоты и смысла, сам начинает думать и говорить за человека и весь становится музыкой, не в отношении внешне слухового звучания, но в отношении стремительности и могущества своего внутреннего течения. Тогда подобно катящейся громаде речного потока, самым движением своим обтачивающей камни дна и ворочающей колеса мельниц, льющаяся речь сама, силой своих законов создает по пути, мимоходом, размер и рифму, и тысячи других форм и образований еще более важных, но до сих пор неузнанных, неучтенных, неназванных.①

获得 (支配创作) 首位的不是人及其寻求表达的心灵状态, 而是他借以表达这种状态的语言。语言, 这个美与意义的家园和容器, 自己竟开始替人思考和说话, 并整个变成音乐, 不是指外在的听觉声响, 而是指其内在流动的急促和强力。于是, 像河水流动的巨大波涛, 以其流动抛光河底的石头, 转动磨坊的转盘一样, 滔滔不绝的话语用自己法则的力量沿途顺势创造格律和韵脚, 以及成千上万更为重要的, 至今仍未被认识、在意和定名的不同形式和构造。

1. 烘托主题。作家的创作经验谈, 即关于语言在创作中的作用。

2. 烘托依据。文学创作中语言与思想的关系。

3. 烘托元素。(1) 事物。具体的实物: 容器、河水、河底的石头、磨坊的转盘; 抽象的事物: 语言、格律和韵脚、家园、心灵状态, 形式和构造。(2) 句式。为了说理透彻, 该段句式的使用极其复杂。第一句是简单的复合句, 提出论题; 第二句是复杂的简单长句, 说明语言对美和意义的塑造力; 第三句是喻词繁复的简单长句, 比喻语言的创造力。

---

① *Пастернак Б. Л.* Доктор Живаго. Милан: Г. Фелтринелли, 1958. С. 507.

4.烘托手法。比喻＋赞美。语言之于作家的思想、作品的关系犹如汹涌的河水之于河床的石头，具有内在流动的急促和强力，能创造无数意想不到的美。

5.烘托情绪。高扬语言的创作力量及语言在作家心目中的地位，赞扬作家良好的语言修养、对语言的深刻体悟和精湛运用。

6.烘托寓意。语言是人类的精神家园和表达人类思想观念的符合系统。人是符号的动物，人类创造的世界是符号化的世界。没有高超的语言能力，是无法创造出优美而隽永的文学作品的。

7.烘托效果。通过独特的比喻，该段烘托出一首情、景、思交融的语言赞歌，深刻地传达了俄罗斯文学的优秀传统：俄罗斯文学中独特的语言学思想。

案例 2-2：

> 演讲的内容基本上是套话、假话、空话，许多的豪言壮语，许多的四六字排比句，许多的顺口溜。一个社会的败坏总是与文风的败坏相辅相成，浮夸、暴戾的语言必定会演变成弄虚作假、好勇斗狠的社会现实，反过来说也成立。
> （莫言《红唇绿嘴》）①

这段话与案例 2-1 对语言的赞美与敬畏相比，是典型的新八股文。它字正腔圆，用语精妙，却内容空洞，思想浅薄，语言在这些人的手里只是哗众取宠的工具，败坏风气的手法。作者将其与社会风气相联系，深刻揭露了当时社会和文风的败坏程度，同时想以此警醒世人：言为心声，我们必须深刻体验母语汉语的美，由衷热爱母语汉语的美，用这优美的语言表达美好的思想，抒发美好的情感，描绘美好的生活，让美丽的语言成为我们美好心灵的缤纷映现，让美好的心灵成为优美语言的思想支撑。在此，我们呼吁当代作家们应该建立起自己的正确的语言意识，形成独特的语言学思想。

案例 3-1：情感烘托。

> И вот она стала прощаться с ним простыми,. Казалось именно эти мокрые от слез слова сами слипались в её ласковый и быстрый лепет, как шелестит ветер шелковистой и влажной листвой, спутанной теплым дождем.
>
> —Вот и снова мы вместе, Юрочка. Как опять Бог привел свидеться. Какой ужас, подумай! О я не могу! О Господи! Реву и реву! Подумай! Вот опять что-то в нашем роде, из нашего арсенала. Твой уход, мой конец. Опять что-то крупное, неотменимое. Загадка жизни, загадка смерти, прелесть гения, прелесть обнажения, это пожалуйста, это мы понимали. А

---

① 莫言：《晚熟的人》，人民文学出版社，2020 年，第 254 页。

мелкие мировые дрязги вроде перекройки земного шара, это извините, увольте, это не по нашей части. Прощай, большой и родной мой, прощай моя гордость, прощай моя быстрая глубокая реченька, как я любила целодневный плеск твой, как я любила бросаться в твои холодные волны. Помнишь, прощалась я с тобой тогда там, в снегах? Как ты обманул меня! Разве я поехала бы без тебя? О, я знаю, я знаю, ты это сделал через силу, ради моего воображаемого блага. и тогда всё пошло прахом. Господи, что я испила там, что вынесла! Но ведь ты ничего не знаешь. О, что я наделала, Юра, что я наделала! Я такая преступница, ты понятия не имеешь! Но я не виновата. Я тогда три месяца пролежала в больнице, из них один без сознания. С тех пор не житье мне, Юра. Нет душе покоя от жалости и муки. Но ведь я не говорю, не открываю главного. Назвать это я не могу, не в силах. Когда я дохожу до этого места своей жизни, у меня шевелятся волосы на голове от ужаса. и даже, знаешь, я не поручусь, что я вполне нормальна. Но видишь, я не пью, как многие, не вступаю на этот путь, потому что пьяная женщина это уже конец, это что-то немыслимое, не правда ли.①

这时，她开始用朴实有力的口语体同他告别，……好像正是这些被泪水浸湿的话语自己融汇成她的温柔而快捷的喃喃絮语，好像被温暖的雨水粘贴起来的湿润、光滑又柔软的树叶在沙沙低语。

"这下我们又在一起了，尤罗奇卡。就像上帝又安排我们相见一样。多么恐怖，你想想看！啊，我不能啊！啊，上帝呀！我大声哭喊呀，哭喊！你想想看啊！这又是某种我们的方式里的东西，出自我们的军火库。你的离去，我的终结。又是某种巨大的，不可替代的事情。生之谜，死之谜，天赋的绝美，裸露的绝美，这些请吧，这些我们明白过了。渺小的世界上的无谓争吵，像对地球的重新剪裁一样，这些对不起，请便吧，这不关我们的事。再见了，我最亲的人，再见啦我的骄傲，再见啦我迅疾而深邃的溪流，我多么爱你日夜流过的潺潺声，我多么爱投身进你的冰冷的波浪里。你记得吗，我和你在雪地里告别的那一次？你是怎样地欺骗了我！难道我会没有你而远去吗？啊，我知道，我知道，你这样做是超过力量的，是为了我的臆想的幸福。当时，一切都化为尘土了。上帝呀，我在那里饱尝了什么，遭受了什么啊！可是你对这些一无所知！但我没有过错。我当时躺在医院三个月，其中一个月没有知觉。从那时起，我

---

① *Пастернак Б. Л.* Доктор Живаго. Милан: Г. Фельтринелли, 1958. С. 580-581.

就没有好日子了,尤拉。由于怜悯和痛苦,心里无法安宁。但是我没有说出,没有袒露那些重要的东西。我不能说出这些,没有力量这么做。当我到达我生命的这个地点的时候,我的头上的毛发恐惧得颤动起来。甚至,你知道,我不能担保我完成正常。但是你看,我不像很多人那样酗酒,没有踏上这条路,因为醉酒的女人就是末路,这是某种不可思议的东西,不是这样吗?"

1.烘托主题。拉拉紧偎着棺木做生死离别时的最后的告别。

2.烘托依据。拉拉对他们特殊爱情的终结性表白和真情流露。

3.烘托元素。哭泣+回忆+诉说。

4.烘托手法。(1)真心告白,简单,平实,浑然天成,没有刻意的雕琢,没有任何程式性的东西;(2)语无伦次的即兴话语,混合着泪水的喃喃絮语,是心情激动的表白;(3)各种比喻、呼告、忏悔,忘记了尘世里的羁绊,是随心所欲的诉说,是真情自然流露的日常话语。句式上没有讲究,用词上没有推敲。

5.烘托情绪。强忍悲痛,欲说还休。虽是心心相印的天作之合,但又阴差阳错地经过分别后面对死亡。因为,他们的相爱受到周围一切的应允和赞美:"脚下的大地、头上的蓝天、白云和树木、周围人,还有他们漫步时远方的旷野、他们居住和相会的房间。"(земля под ними, небо над их головами, облака и деревья, окружающие, выстраивающиеся на прогулке дали, комнаты, в которых они селились и встречались.)(Часть пятнадцатая, *Окончание*-15)

6.烘托寓意。生离死别,其言也哀。"之死而致死之,不仁,而不可为也。之死而致生之,不智,而不可为也。"(《礼记·檀弓》)意思是说,前去吊唁死去的人时用对待死者的方式送礼物,是不仁慈的,不该这样做;而用对待生者的方式送礼物,是不明智的,也不该这样做。也就是说,拉拉向日瓦戈的告别是既仁又智的,她没有送任何礼物,而只是送上了自己倾心的哭诉,真心的剖白,揪心的悔恨,撕心的渴求,以及对生活、命运和幸福的眷恋与绝望,"生之谜,死之谜,天赋的绝美,裸露的绝美",一切的一切都随着爱人的逝去而烟消云散了,留下的只是永恒的伤痛与空白。这些像被雨水湿润了的树叶所轻柔发出的喃喃絮语胜过任何捶胸顿足的哭嚎和各式的礼物,这种压抑深情的凄美真正阐释了《诗经·黄鸟》里"如可赎兮,人百其身"(即"愿自身死一百次来换取死者的复生")的肝肠寸断。

7.烘托效果。以倾诉为主体的情、景、思交融的烘托画面,说明爱情的幸福和艰难。

案例3-2:

Я к вам пишу — чего же боле?

Что я могу еще сказать? ①

我在给您写信——难道还不够?

我还能再说一些什么话? ②

该例出自普希金诗体小说《叶甫盖尼·奥涅金》里塔季扬娜给奥涅金的信的开头。这是诗人心中"可爱的丹娘"(милая Таня)的第一次纯洁的爱的表白,真诚而含羞。万事开头难,一个少女的第一封情书的开头应该更难。在开头这两句,没有一个生僻的词,也没有一个高雅的字,但是经过诗人洗练的表达,就是那么贴切与自然,又饱含深情,可以说,正是这样内敛而深情的抒情方式构成了俄罗斯文学的情感表达范式,并为帕斯捷尔拉克所继承和发扬。这个开头我们曾经在"俄罗斯文学作品选读"课上让学生试译,出现了十余种译法,最后一致认为只有直译才是最佳方案:"我在给您写信,难道还不够?我还能再说一些什么话?"可见,拉拉的絮语哭诉与塔季扬娜的诗性告白有着异曲同工之妙。

总之,烘托是文学性的集中展示,是文学风格的特有标志。烘托作为一种艺术手法,对运用者、接收者和翻译者有很高的要求。因为"一部作品依靠许多东西说话,诸如主题、观念、情节、人物,但是最重要的是用其中所含有的艺术存在物说话"(присутствием содержащегося в них искусства)(Часть девятая. Варыкино-04)。

对烘托艺术的漠视或轻视,认为只有主题思想等宏大叙事才是文学的论题,而把烘托只是归结为修辞的手段,这就会导致对作品深意的忽视和对作品翻译的走样。比如:

Он любил Тоню до обожания. Мир ее души, ее спокойствие были ему дороже всего на свете. *Он стоял горой за ее честь, больше, чем ее родной отец и чем она сама. В защиту* ее уязвленной гордости он своими руками растерзал бы обидчика. и вот этим обидчиком был он сам. ③

他爱冬尼娅,爱得十分炽烈。她的心灵,她的娴静对他来说比世界上任何事物都更珍贵。如果有人伤害她的尊严,他会亲手把这个坏蛋撕扯得稀烂。而现在这个坏蛋就是他自己。④

可见,恰当的烘托能够锦上添花,蹩脚的烘托反而会画虎类犬,而许多文学作品有简写本、缩写本,删减的是什么?为什么会使原作失去文学的味道?因为没有

---

① *Пушкин А. С.* Полное собрание сочинений: в 17 т. Т. 6. Евгений Онегин. М.: Издательство Воскресенье, 1995. С. 65.

② 普希金:《叶甫盖尼·奥涅金》,智量译,人民文学出版社,2004 年,第 100 页。

③ *Пастернак Б. Л.* Доктор Живаго. Милан: Г. Фелтринелли, 1958. С. 354.

④ 帕斯捷尔纳克:《日瓦戈医生》,力冈、冀刚译,浙江文艺出版社,2010 年,第 335 页。

了充满个性的烘托!

五、结　语

托尔斯泰说过,"艺术的使命在于涵盖永恒,给生命增添真理的光辉、照亮生命的黑暗、指明生活的真正意义"①,但是作品的优劣则取决于艺术家说什么,怎么说以及说出时的由衷程度。这就需要把握好烘托的火候。

这就是我们心目中的文学批评的本质。

（编校:陈新宇）

---

① *Алексеев В. И.* Из «воспоминаний» // *Л. Н.* Толстой в воспоминаниях современников. В 2 т. Т. 1. // *Макашина С. А.* (ред.). М. : Издательство Художественная литература, 1978. C. 255.

试论《日瓦戈医生》中帕斯捷尔纳克的人道主义思想①

司俊琴

（兰州大学俄语所）

[摘　要]　长篇小说《日瓦戈医生》倾注了帕斯捷尔纳克对社会历史、祖国前途及个人命运的深切关注,凝聚着作家对道德和人性的深入思考。道德探索是《日瓦戈医生》的重要内容之一,人道主义思想是小说主人公日瓦戈对待重大历史事件及个人命运的基本态度。《日瓦戈医生》中"总括一切的主题是爱":爱亲人、爱艺术、爱家园、爱自然、爱人民、爱祖国,而这种爱恰恰体现了帕斯捷尔纳克深刻的人道主义思想。作家的人道主义思想不仅源于作家成长环境和俄罗斯文学传统的浸润,而且也深受俄罗斯基督教文化的影响。

[关键词]　《日瓦戈医生》;帕斯捷尔纳克;人道主义思想

　　长篇小说《日瓦戈医生》的创作始于 1945 年,延续了 10 年,于 1955 年完成。1958 年 10 月 23 日,帕斯捷尔纳克(Б. Л. Пастернак)因"在现代抒情诗领域和对俄国伟大的史诗小说传统的继承方面取得的巨大成就"被授予诺贝尔文学奖。《日瓦戈医生》展示了 20 世纪初期至苏德战争这一历史时期内俄罗斯知识分子在社会历史变迁中的命运和心路历程,表达了作家对生死问题、社会历史问题、人与自然问题、伦理道德问题,以及宗教问题等的深入思考。

　　《日瓦戈医生》的问世被威尔逊(Edmund Wilson)看作"人类文学史和道德史上的重要事件",该书是"关于人类灵魂纯洁和高贵的小说",是"一部道德哲理小说"。②可见,道德探索是《日瓦戈医生》的重要内容之一。本文通过对小说文本的分析和对作家生平、传记的研究,深入解读和阐释作家作品中蕴含的人道主义思

---

①　本文系兰州大学 2020—2021 年度教育教学改革研究项目"混合式教学方法在《俄罗斯文学史》教学中的探索与实践"、兰州大学 2020 年精品在线开放课程重点培育项目"俄罗斯文学史"、兰州大学 2022 年本科专业教学团队"俄罗斯文学史"课程教学团队项目阶段性成果。

②　包国红:《风风雨雨"日瓦戈"——〈日瓦戈医生〉》,云南人民出版社,2001 年,第 148 页。

想,并探索其人道主义思想的来源,以期进一步认识作家浓厚的忧国忧民意识和强烈的社会责任感。

一、作家的人道主义思想在小说中的体现

《日瓦戈医生》描写了 1905 年革命、第一次世界大战、二月革命、十月革命、国内战争、苏德战争等重大历史事件,同时,把个人的命运置于广阔的社会背景中,思考个人与社会历史、与时代之间的关系,提出关乎全人类的社会问题和道德问题,并给予了深入的、具有哲理性的探索。帕斯捷尔纳克在评价自己这部作品时曾说:"我不知道《日瓦戈医生》作为小说是否获得了彻底的成功,但即使它有各种各样的缺陷,我仍然觉得它比我早期的诗歌具有更高的价值,内容更为丰富,更具备人道主义精神。"[1]在作家的笔下,无论生活的环境多么艰苦,生活多么艰辛,主人公一直保持着对真挚亲情、纯洁爱情的热切向往,对祖国、故土家园的深深眷恋,对道义和良知的不懈追求。布朗(Deming Brown)认为,《日瓦戈医生》"总括一切的主题就是爱——爱自然、艺术,爱男人和女人,还有全人类"[2]。而这种爱恰恰体现了作家深刻的人道主义精神。正如秘鲁著名作家略萨(Mario Vargas Liosa)所讲:"《日瓦戈医生》也是一部有寓意的小说——真正具有人性的东西不在那些英雄壮举中,不在于向自身的地位挑战,而在于从道德上使人类自然属性中的弱点、缺点和尊严不受侵犯。"[3]

(一)对亲人的爱

小说中日瓦戈的舅父尼古拉·尼古拉耶维奇·韦杰尼亚平认为,"对亲人的爱,也是生命力的最高表现形式"[4]。这个观点像一条红线贯穿整篇小说。

幼小的日瓦戈对母亲的深切思念为他日后对亲情的依恋埋下了种子。小说开篇写母亲去世后,日瓦戈和舅父在修道院过夜,当时天气骤变,在风雪之夜,日瓦戈担心暴风雪湮没了母亲,便从窗台上爬下来,第一个念头是穿好衣服到外边去为亲人做点什么。1903 年夏天,日瓦戈和舅父去科洛格里沃夫的领地拜访教育家伊万·伊万诺维奇·沃斯科博伊尼科夫。那里的景色很美,让日瓦戈总是想起酷爱大自然的妈妈,他情不自禁地向上帝祈祷,让"妈妈进入天国,让她能够见到光耀如

---

① 卡莱尔:《帕斯捷尔纳克访问记》,马高明译,载《国际诗坛》1987 年第 1 辑,第 42 页。(参见帕斯捷尔纳克:《日瓦戈医生》,顾亚铃、白春仁译,湖南人民出版社,1987 年,第 695 页。)
② 包国红:《风风雨雨"日瓦戈"——〈日瓦戈医生〉》,云南人民出版社,2001 年,第 125 页。
③ 包国红:《风风雨雨"日瓦戈"——〈日瓦戈医生〉》,云南人民出版社,2001 年,第 147—148 页。
④ 帕斯捷尔纳克:《日瓦戈医生》,蓝英年、张秉衡译,外国文学出版社,1987 年,第 13 页。本文中所引《日瓦戈医生》的译文均出自该书,下文仅在引文后标出页码。

星辰的圣徒们的圣容……不要让她受苦"(15)。

冬妮娅作为日瓦戈的妻子,是日瓦戈家园的守护者,因此日瓦戈对冬妮娅的感情中包含着对家园及对温馨的家庭生活的向往。日瓦戈在军营中辗转难眠,思念着妻儿,渴望回家,他听见如泣如诉的风声仿佛在说:"冬妮娅,舒罗奇卡,多么想念你们哪,我是多么渴望回家去工作啊。"(176)日瓦戈在给冬妮娅的信中写道:"难道你还不知道,或者还没有足够理解,正是因为有了你,有了对你的思念,有了对你和家庭的忠诚,才把我从死亡和这两年战争期间所有那些可怕的、毁灭性的遭遇当中挽救出来。"(180)回到莫斯科的家之后,日瓦戈对妻子说:"我多么希望保护你们躲过这场灾难,送你们到更安全的地方。"(234)对日瓦戈来说,"妻子、孩子和必须挣钱,就是他的救星"(254)。日瓦戈在回莫斯科的列车上,脑海中浮现的都是冬妮娅、家庭和过去的生活,"想的是那充满诗情、虔诚而圣洁的日子"(219)。对家庭和亲人的爱和思念是日瓦戈无限珍视的感情,"来到亲人面前,返回家园和重新生存……是探险者的追求,也就是艺术的真谛"(226)。

对亲人的爱同样体现在其他主人公身上。如小说写道,第一次世界大战结束后,拉拉突然感觉到一切都变了,不能再让各种法规支配自己,应该过一种更加充实的、毫无遗憾的生活。她的唯一目的就是抚养自己的孩子卡坚卡,她要"作为一个母亲而活着"(175)。同样,日瓦戈同父异母的弟弟叶夫格拉夫总是"像保护神和救世主一样",在日瓦戈处境艰难的时刻及时出现在他身边,帮助他摆脱窘境,这体现出血浓于水的亲情。

在爱情描写中,同样充溢着款款深情。帕斯捷尔纳克在小说中描写恋人之间的感情时,突出了主人公精神上的愉悦和心灵的相通。例如,小说中日瓦戈和拉拉的爱情就使人觉得那么高尚、纯粹,他们两个人真正是天造地设的一对:

> 他们彼此相爱并非出于必然,也不像通常虚假的描写那样,"被情欲所灼伤"。他们彼此相爱是因为周围的一切都渴望他们相爱:脚下的大地,头上的青天、云彩和树木。(680)

(二)对艺术的爱

日瓦戈对艺术的热爱同样源于对生命的热爱,对亲人的思念。年轻时,当母亲和养母先后离世,日瓦戈就下定决心要投身艺术,创造美。小说中写道:

> 如今,他比任何时候都更清楚地看到,艺术总是被两种东西占据着:一方面坚持不懈地探索死亡,另一方面始终如一地以此创造生命。(124)

日瓦戈认为:

> 原始艺术、埃及艺术、希腊艺术,还有我们的艺术,这大约在几千年之间仍

是同一个艺术,唯一存在的艺术。这是某种思想,对生活的某种确认,一种由于无所不包而难以划分为个别词语的见解。而当一丁点这种力量掺入某种更为复杂的混合体的时候,艺术的成分便会压倒其余部分的意义,成为被描写对象的本质、灵魂和基础。(395)

日瓦戈在日记中详细地记载了他所读过的文学作品,评价了普希金、果戈理、契诃夫、托尔斯泰和陀斯妥耶夫斯基等作家的作品,提出了自己的艺术观念。日瓦戈认为普希金能用天才之手的触摸,化普通为神奇,"他如何赞美诚实的劳动、职责和日常生活的习俗呀!"(399)

他写道:

> 在所有俄国人的气质中,我最喜欢普希金和契诃夫的天真无邪,他们对像人类的最终目标和自身的拯救这类高调羞涩地不予过问。(399)

> 果戈理、托尔斯泰和陀斯妥耶夫斯基做好死的准备,他们劳心烦神,寻找人生的真谛,得出种种结论。(399)

在日瓦戈笔下,艺术之美在于其朴素、真挚、纯洁,充满高贵的精神,以及对人生本质问题的叩问。

小说中也提及了拉拉对艺术的看法:"拉拉并不信奉宗教,也不相信那些教堂仪式。但为了承受生活的重压,有时也需要某种内在音乐的陪伴。"(67)因为音乐能够安抚人的心灵,使人在苦难中获得平静与安宁。

可见,对艺术的描写和思考,也体现了作家对生命、对人类精神生活的关注,因为"对帕斯捷尔纳克而言,艺术是基督徒献身的主要形式,是唯一生动的事业。疾病、死亡、日常生活、社会乱局、政治幻想等不属于他的一切,要么被清除一空,要么在任何情况下都无法进入他的心灵"①。

(三)对大自然和家园的爱

小说中有大量描写自然风光的片段,在帕斯捷尔纳克的笔下,大自然在不同的季节显示出自身的独特性,但是通过字里行间的叙述,我们能够感受到作家笔下的大自然凝结着作家独特的情感体验,蕴含着他对家园故土的深切眷恋。

日瓦戈在战地准备找拉拉的那天晚上,他经过楼梯,从窗口探出身子,感觉到"空气中散发着各种花草的芳香,仿佛大地白天只是无知无觉地沉睡,如今由于这些气味才恢复了神智"。公爵夫人古老的花园里"一株年深日久的柞树繁花初放,它那浓雾般的香气从园中升起并且浮动着,像一堵高墙"(192)。日瓦戈夜间散步

---

① 贝科夫:《帕斯捷尔纳克传》(下),王嘎译,人民文学出版社,2016 年,第 812 页。

时感觉到"沐浴在月光中的暮色是奇妙的,仿佛洋溢出某种预感的温馨和慈祥的爱抚"(194)。

大自然也是医治主人公心灵创伤的良药。日瓦戈找首长签字时在办公室看到的场面和听到的言论引起了他对生活的思考,他想:

> 啊,有时候真是多么希望能远远地离开这些平庸的高调和言之无物的陈词滥调,在貌似无声的大自然的沉寂中返璞归真,或者是默默地长久投身于顽强劳作,或者索性沉湎在酣睡、音乐和充满心灵交融之乐的无言之中!(190—191)

可见,"医生——诗人,他的心情,幻想,直觉,对生活的感知(自然、艺术和爱情)组成整部小说的整体构架,并贯穿小说始终"①。

同家园和故土血脉相连的关系在帕斯捷尔纳克笔下也反复呈现。战争间隙日瓦戈回到莫斯科,在列车接近家园的时刻,他完全明白了这样的道理:

> 三年间的各种变化,失去音讯和各处转移,战争、革命、脑震荡、枪击,种种死亡和毁灭的场面,被炸毁的桥梁,破坏后的瓦砾和大火——所有这一切霎时都化为毫无内容的巨大空虚。长期的隔绝之后头一件真实的事就是在这列车上令人心荡神驰地一步步接近自己的家,那是地上的每一块小石子都无限珍贵的、至今还完好无缺地留在世上的自己的家。来到亲人面前,返回家园和重新生存,这就是以往的生活和遭遇,就是探险者的追求,也就是艺术的真谛。(226)

日瓦戈回到莫斯科的家之后,他对冬妮娅说:"一个男子汉应该能咬紧牙关,和自己的乡土共命运。"(234)小说中还描写了拉拉在尤利亚金时"总是眷恋着土地和普通的老百姓"(146)。这些描写都生动地反映了帕斯捷尔纳克的故土观念和家园情结。

(四)对"无辜受难者"的爱

小说中有大量故事情节描写了日瓦戈对"无辜受难者"的同情和关爱。在"丛林战士"这个章节中写道,日瓦戈在游击队中做俘虏的第二个年头,当游击队员的子弹扫向年轻的志愿兵时,"他全部的同情都在英勇牺牲的孩子们一边"(463)。日瓦戈迫不得已打伤一个志愿兵之后又和医士一起护理这个男孩,等男孩康复之后又放了他。日瓦戈对拉拉的爱情里面,也包含着类似的感情。

对"无辜受难者"的爱体现了日瓦戈医生,也是作家帕斯捷尔纳克,始终如一的

---

① 包国红:《风风雨雨"日瓦戈"——〈日瓦戈医生〉》,云南人民出版社,2001年,第124页。

人道关怀。"日瓦戈医生独自置身于这个玄妙的宇宙,尽管他也曾浪迹四方,颠沛流离,其实却也像索洛维约夫'爱的太阳'一样纹丝不动。"①

另外,小说从拉拉的视角对其受践踏、遭欺凌的处境进行控诉,从亲历者的立场去描写,更具震撼人心的力量。在被科马洛夫斯基侮辱之后,拉拉跑去教堂祈祷。"拉拉的心情就像《大雷雨》中的卡捷琳娜。她跑去祷告时的感觉,似乎脚下的大地随时都会裂开,教堂的穹顶随时都会崩塌。"(67)当拉拉听完诵经士的经文,感到经文中说的就是她的遭遇,

> 他说,受践踏的人的命运是值得美慕的。他们关于自己有许多话可以诉说。他们的前途是无量的。他就是这么认为的。这是基督的意思。(68)

在武装起义发生后,筑起了街垒,"无辜受难者"看到了希望,拉拉告诉母亲:

> 现在周围发生的这一切,都是为了人的权利,为了保护弱者,为了女人和孩子们的幸福。(71)

拉拉听到起义者的枪声之后想:

> 枪声多么清脆,被践踏的人得福了,受侮辱的人得福了。(706)

坚强、倔强的拉拉总是能在逆境中找到精神的寄托,看到生命的曙光,坚强地活下去。

(五)对祖国命运的关注

祖国的命运与帕斯捷尔纳克休戚相关,任何时候,无论处于何种险境,他都不会抛弃自己的祖国。正如作家自己所说,"到祖国之外的地方去,对于我而言无异于死亡"②。

告别旧时代时,日瓦戈对拉拉说:

> 这是史无前例的机遇。请想想看:整个俄国仿佛被掀掉了屋顶,我们和所有的老百姓都一下子暴露在光天化日之下……真是天大的自由!(199)

> 我们的俄罗斯母亲行动起来了,到处行走,坐立不安,而且有说不尽的话。
(200)

日瓦戈对时代精神、道义和祖国命运的探索不仅体现在人物对话中,也体现在其内心独白中。第一次世界大战结束后,日瓦戈坐上回家的列车,他久久难以入睡,思绪翻涌,思考着"对革命的忠诚信念和赞赏",也意识到了某种新的因素,"战

---

① 贝科夫:《帕斯捷尔纳克传》(下),王嘎译,人民文学出版社,2016年,第818页。
② 贝科夫:《帕斯捷尔纳克传》(下),王嘎译,人民文学出版社,2016年,第884页。

争、流血、恐惧以及它带来的家园沦丧和斯文扫地"(220);思考着"这种诞生于战争之中并且带着血腥气的士兵们的革命"(220)。可见,日瓦戈不仅是一位医生,更是一位出色的社会疾病诊断学家,正是他揭示了时代道德断裂的本质。

在巨大的变革面前,日瓦戈"心怀恐惧,然而又喜爱这个未来,暗暗地为它自豪……他做好了牺牲自己的准备,为的是让一切都好起来"(254)。日瓦戈赞成革命,但是他认为应该"以善引善"。

新政权建立之后,日瓦戈认为"这一伟大和永恒的时刻震撼了他,使他无法清醒过来"。他惊叹道:

> 多么出色的手术啊!拿过来就巧妙地一下子把发臭的多年的溃疡切掉了!既简单又开门见山,对习惯于让人们顶礼膜拜的几百年来的非正义作了判决。(269)

虽然革命过程中逐渐显现的问题使日瓦戈产生过一定程度的动摇,但是正如利哈乔夫所指出的:"这些动摇不是日瓦戈的弱点,而是他的精神和道德力量。"①

帕斯捷尔纳克在给《真理报》编辑部的信中写出了对祖国割舍不断的感情:

> 我生在俄罗斯,生活在俄罗斯,工作在俄罗斯,与她不可分离,离她而去流亡异国,对我来说是不可想象的。我说的这种联系,不仅是指同俄罗斯土地和大自然的血肉联系,而且也指与她的人民、她的过去、她的光荣的现在和未来的血肉联系。②

二、作家人道主义思想的来源

《日瓦戈医生》中始终贯穿着帕斯捷尔纳克对生命的关爱,对人性的关注,对人的尊严的捍卫,对道义、良知、和平的呼唤。作家的人道主义思想不仅来源于作家成长环境的影响和俄罗斯文学传统的浸润,而且也是俄罗斯基督教文化影响的结果。

(一)作家成长环境的影响

帕斯捷尔纳克出身于书香门第。他的父亲列昂民德·帕斯捷尔纳克(Л. О. Пастернак)是著名画家、雕塑家、俄罗斯皇家科学院院士。母亲考夫曼(Р. И. Кауфман)是位出色的钢琴家。帕斯捷尔纳克的家庭不算富裕,但是他的父亲认识许多作家、音乐家和艺术家,因此作家在童年时期就受到艺术的熏陶,特别是知识

---

① 包国红:《风风雨雨"日瓦戈"——〈日瓦戈医生〉》,云南人民出版社,2001年,第136页。
② 帕斯捷尔纳克:《日瓦戈医生》,顾亚铃、白春仁译,湖南人民出版社,1987年,第675—676页。

分子多愁善感、心地善良、追求道义担当的品格在潜移默化中影响着作家思想和个性的形成。

作家在《安全保护证》中讲道,自己的父亲与奥地利诗人里尔克、俄罗斯音乐家斯克里亚宾过从甚密,自己对这两位前辈的才学也崇拜至极。他们的才情与人格魅力对作家的影响也是极其深远的。

帕斯捷尔纳克的父亲曾为托尔斯泰的作品《复活》画过插图,作家在自传性随笔《安全保护证》和《人与事》中多次提及父亲与托尔斯泰的交往。他在《人与事》中提到托尔斯泰的《复活》在彼得堡《田地》杂志连载,帕斯捷尔纳克的父亲便如期把每章小说的精美插图寄去。作家详细地描述了父亲制作、包装、邮寄插图的过程。

帕斯捷尔纳克在《人与事》中回忆说:

> 另一位老人的形象,伴随了我一生,如同伴随大多数人一样,特别是因为我父亲为他的作品绘过插图,常到他家去做客,衷心景仰他,还因为我们全家上下都渗透了他的精神。他就是列夫·尼古拉耶维奇。①

托尔斯泰去世后,帕斯捷尔纳克和父亲一起去阿斯塔波沃站前小镇为亡者画像。作家目睹了托翁的遗体从车站运回图拉的场景。

托尔斯泰学说包括"道德自我完善,勿以暴力抗恶,基督教的爱"。他否定暴力,主张通过基督教的信仰来改造人的灵魂和精神世界,期待依靠道德的自我完善来达到贵族和农民阶层的和解。托尔斯泰学说对帕斯捷尔纳克人道主义思想的形成产生了深远的影响。利哈乔夫认为:"帕斯捷尔纳克在自己对历史进程的理解中与列夫·托尔斯泰最为接近。"②

(二)俄罗斯文学传统的影响

重视文学的伦理道德价值,是俄罗斯文学的优良传统。人道主义精神深深渗入了俄罗斯古典作家的灵魂之中:普希金、果戈理、陀思妥耶夫斯基等作家对"小人物"寄予无限同情,托尔斯泰对理性和爱的领悟,高尔基对"底层人"的人道主义关怀等,都体现出深刻的人道主义精神。20 世纪三四十年代布尔加科夫的《大师与玛格丽特》、肖洛霍夫的《静静的顿河》等小说对人道主义精神的追寻,使这个阶段的人道主义精神和道德内涵得以彰显;20 世纪 50 年代"解冻"思潮之后,文学界对人道主义的呼唤越来越强烈,人道主义和道德不仅成为这个时期俄苏文学的创作主潮,而且还成为评价作家和作品最起码的道德标准;苏联解体后,拉斯普京、阿斯塔菲耶夫等作家对宗教道德的热切呼唤,使人道主义重新成为俄罗斯文学创作的

---

① 帕斯捷尔纳克:《人与事》,乌兰汗译,上海译文出版社,2015 年,第 7 页。
② 包国红:《风风雨雨"日瓦戈"——〈日瓦戈医生〉》,云南人民出版社,2001 年,第 142 页。

核心理念。因为"人性是俄罗斯思想之最高显现……对于丧失了社会地位的人、被欺辱的与被损害的人的怜悯、同情是俄罗斯人很重要的特征"①。

帕斯捷尔纳克在《日瓦戈医生》中表达的捍卫人性尊严,关注底层民众,倡导众生平等,热爱祖国与人民等人道主义思想深受俄罗斯文学传统的影响。正因为如此,《日瓦戈医生》深受西方学者的追捧:"正是质朴与直白,保证了《日瓦戈医生》在西方的流行,西方人虽不了解俄罗斯民族的现实,却赞赏作品中朴实和人性的情节、诚挚的表述,以及人道主义的传统。"②

(三)基督教文化的影响

帕斯捷尔纳克出生于犹太人家庭,成长于世俗化的环境中,但是他对基督教却有着深入的领会和独到的见解,"由于犹太人的出身,帕斯捷尔纳克中学免修神学课,由于免修,他反而喜欢上了东正教,几乎所有的教义他都了然于心,甚至洞察了基督教的本质"③。"他本人自视为一名受洗的基督徒,并从幼年便以此为尺度,衡量自我。"④因此,基督教思想中的博爱、仁慈、人性至上等人道主义观念深植于作家的意识中,并在其作品《日瓦戈医生》中得到鲜明的体现。

帕斯捷尔纳克在《日瓦戈医生》中塑造了日瓦戈这个俄罗斯基督教的化身,其主要特征是自我牺牲精神和善良仁慈。"帕斯捷尔纳克自设的目标是书写一个如他所理解的好人,因为牺牲精神、慷慨大度、顺服于命运、不参与杀戮及劫掠等,足以让其自视为一名基督徒!"⑤

日瓦戈的舅父尼古拉·韦杰尼亚平认为:

应该忠于不朽,这是对生命的另一个更强有力的称呼。要保持对不朽的忠诚,必须忠于基督!（12）

日瓦戈童年时代对作为神父的舅父无限崇拜,舅父的宗教思想成为他日后基督教意识形成的思想资源。帕斯捷尔纳克的基督教观念也受到俄罗斯文化中根深蒂固的神本意识的影响。

三、结 语

总之,《日瓦戈医生》中"总括一切的主题是爱":爱亲人、爱艺术、爱家园、爱自

① 别尔嘉耶夫:《俄罗斯思想》,雷永生、邱守娟译,生活·读书·新知三联书店,1995年,第88页。
② 贝科夫:《帕斯捷尔纳克传》(下),王嘎译,人民文学出版社,2016年,第827页。
③ 贝科夫:《帕斯捷尔纳克传》(上),王嘎译,人民文学出版社,2016年,第39—40页。
④ 贝科夫:《帕斯捷尔纳克传》(上),王嘎译,人民文学出版社,2016年,第24页。
⑤ 贝科夫:《帕斯捷尔纳克传》(下),王嘎译,人民文学出版社,2016年,第826页。

然、爱人民、爱祖国,而这种爱恰恰体现了帕斯捷尔纳克深刻的人道主义思想。作家的人道主义思想源于艺术氛围浓厚的家庭熏陶,源于托尔斯泰等知识分子品格的影响,源于俄罗斯文学中人道主义传统的浸润,源于俄罗斯源远流长的基督教文化的影响。

(编校:周　露)

《日瓦戈医生》的主导动机：
"把一代人归还给历史"

汪介之

（南京师范大学文学院）

[摘　要]　帕斯捷尔纳克创作《日瓦戈医生》的主导动机，是希望经由描写包括作家本人在内的一代年轻知识分子在动荡历史时代的命运，"把一代人归还给历史"。这一构思始于 20 世纪 20 年代中期，作家从那时起陆续完成的若干作品，都可视为在与历史的联系中书写一代人命运的艺术尝试。《日瓦戈医生》的问世，则标志着作家这一文学使命的完成。作品的主人公日瓦戈和作者帕斯捷尔纳克作为诗人和思想者的形象，同样拥有长久的艺术生命力。

[关键词]　帕斯捷尔纳克;《日瓦戈医生》;历史;知识分子

帕斯捷尔纳克（Б. Л. Пастернак）创作《日瓦戈医生》，是出于书写一代人的命运、"把一代人归还给历史"的主导动机，这一意识于 20 世纪 20 年代中期开始形成。《一部中篇小说的三章》(1922)、《中篇故事》(1929)和诗体小说《斯佩克托尔斯基》(1930)等彼此相关的作品，都可视为作家在与历史的联系中书写一代人命运的艺术尝试。但是，对于帕斯捷尔纳克而言，只有写出《日瓦戈医生》这部总结性的作品，经由包括日瓦戈、冬妮娅、拉拉、安季波夫等在内的"俄罗斯恐怖时代的儿女"的群像，把他们所经历的往昔镌刻下来，艺术地概括俄罗斯一代年轻知识分子在动荡历史时代的必然命运，他才完成了自己所承诺的"把一代人归还给历史"的文学使命。《日瓦戈医生》是帕斯捷尔纳克在战后岁月里对 20 世纪前期历史所做的一种诗的回望，它构成了作家所属的那一代人和时代之间的一次特殊形式的艺术性对话。

一、书写一代人的命运：缘起与尝试

帕斯捷尔纳克的整个小说创作生涯，显示出其在探索之中逐渐向巅峰之作《日瓦戈医生》迈进的脉络。他的小说开端之作《最初的体验》（1910—1912）及随后的《阿佩莱斯线条》（1915）、《一个大字一组的故事》（1916—1917）和《寄自图拉的信》（1918）等，均涉及"艺术与生活的关系"这一主题。但在创作《寄自图拉的信》前后，一种被作家本人称为"历史主义"的倾向，已开始显示于他的作品之中。俄罗斯文学传统的影响和作家自身的人文情怀，决定了他不会一直游离于当代现实之外。他开始尝试在自己的小说中表达对时代风云和历史进程的沉思，关注被卷入历史洪流中的个人命运。从写于十月革命前后的《奇特的年份》（1916）、《对话》（1917）、《第二幅写照：彼得堡》（1917—1918）和《无爱》（1918），到后来的《空中线路》（1924）等作品，都已表明作家对于当代现实的关注。20 世纪 20 年代后半期，随着《施密特中尉》（1926）和长诗《1905 年》（1927）的创作和发表，帕斯捷尔纳克书写一代知识分子的命运，"把一代人归还给历史"的意识越来越强烈。事实上，他 20 世纪 20 年代中期以后的作品，都紧密联系着他本人所属的一代人的命运，并汇成一条长长的充满记忆与遐想、追问与思索、隐喻与对应的宽阔河流。这些作品构成了帕斯捷尔纳克通往总结之作《日瓦戈医生》的艺术前阶。

帕斯捷尔纳克在与历史的联系中书写一代人命运的艺术尝试，始于《一部中篇小说的三章》。在这部作品中第一次出现的谢尔盖·斯佩克托尔斯基，也是作家后来的诗体小说《斯佩克托尔斯基》、散文体小说《中篇故事》的主人公。由于这一人物的连续出现，上述三部作品获得了一种艺术贯通性。不过，《一部中篇小说的三章》只是作家书写一代人的命运的一个"序篇"，他关于这一书写的整个艺术构思尚未清晰地体现出来；而作家随后创作的《斯佩克托尔斯基》和《中篇故事》，则已鲜明地显示出他致力于书写包括自己在内的一代人命运的意向。

帕斯捷尔纳克的这一创作动因，是在和当时流亡国外的女诗人茨维塔耶娃（М. И. Цветаева）的书信交流中逐渐形成和明确的。历史长诗《施密特中尉》和《1905 年》的完成，使帕斯捷尔纳克的历史主义意识进一步增强，并使其产生了从诗歌创作转向散文创作的念头。1926 年 4 月，帕斯捷尔纳克在致茨维塔耶娃的信中写道："自己最近的努力目标，乃是'把显然已与历史相脱离、我和你都处于其中的那一代人归还给历史'。"[1]1927 年 10 月 13 日，在致居于意大利索伦托的作家高尔基（М. Горький）的信中，帕斯捷尔纳克也谈到了自己的上述想法。两天之后，帕斯捷尔纳克再次致信茨维塔耶娃，转述了自己在给高尔基的信中的话：

顺便说说，在致高尔基的信中，这一意向是如此表达的："……如果您要问我，目前我打算写什么，那么我会回答：无论以何种方式，尽一切可能把这位伟

---

① *Пастернак Б. Л.* М. И. Цветаевой 20 апреля 1926 // *Пастернак Б. Л.* Полное собрание сочинений: в 11 т. Т. VII. М.: Издательство Слово, 2005. С. 663.

大的天才（也就是你）从荒谬而难以承受的命运束缚中拯救出来，并把她归还给俄罗斯。"我不会对你隐瞒。越往后你就越不能把我和我的毫不掩饰的作品区分开来。①

　　帕斯捷尔纳克这里所言，既指他将设法使茨维塔耶娃的作品在苏联国内出版，以便让人们认识到她的价值，更是指他拟书写包括她和他在内的一代人的命运，那将是一个长长的链条。他正在写作中的诗体小说《斯佩克托尔斯基》及设想中的其他散文作品，都是其中的一环。

　　《斯佩克托尔斯基》的创作，从1925年持续到1930年。长诗《施密特中尉》和《1905年》是在创作这部诗体小说的中途完成的。与这两部历史长诗不同的是，作家无意于提供关于特定时代的历史画幅，而是要往其中引入他所属的一代人如何度过1917年革命及其后岁月的相关资料，对最近10年（1917—1927）的经历"做一种记载的尝试，把这隐隐约约、难以捉摸的东西收集，汇合在一起"②。显然，作家给自己提出的艺术任务不是描述历史事件，而是表现青年知识分子在历史洪流中的命运，表现个体的历史感受。透过作品主人公斯佩克托尔斯基、伊里因娜等形象，不难窥见帕斯捷尔纳克本人和茨维塔耶娃那一代年轻知识分子在十月革命后最初几年的生活、思想和情感的印迹。

　　按照帕斯捷尔纳克当初的设想，诗体小说《斯佩克托尔斯基》的后续部分将涉及战前和革命年代的俄罗斯生活，但是当他开始具体考虑这一部分的写作时，就感到诗体已不能胜任其中必然会有的性格刻画和相关叙述，因而只能改为以散文体继续写作。于是，作家便丢下了尚未完成的《斯佩克托尔斯基》，转而开始《中篇故事》的创作。这是帕斯捷尔纳克自觉书写一代人命运的一部作品。这部中篇的基本情节和《一部中篇小说的三章》《斯佩克托尔斯基》一样，也是围绕着中心人物斯佩克托尔斯基而展开的。《中篇故事》中斯佩克托尔斯基的艺术形象隐约闪现着后来日瓦戈的影子。作品经由这一形象，表现了第一次世界大战前夕莫斯科青年知识分子的困惑与彷徨、迷失与沉沦、思索与向往，从一个侧面艺术地勾画出帕斯捷尔纳克、茨维塔耶娃及其所属的一代人的命运。

　　《帕特里克手记》（1932—1936）是帕斯捷尔纳克在创作《日瓦戈医生》之前写下的最后一部小说，也是后者的直接艺术前阶。作品中故事发生的空间场域是莫斯科市和乌拉尔地区的尤里亚金，也就是后来《日瓦戈医生》的情节展开的主要地点。20世纪初那一风起云涌的时代，既为《帕特里克手记》，也为《日瓦戈医生》前半部

① *Пастернак Б. Л.* М. И. Цветаевой 15 октября 1927 // *Пастернак Б. Л.* Полное собрание сочинений: в 11 т. Т. VIII. М. : Издательство Слово, 2005. С. 99.

② *Пастернак Б. Л.* М. И. Цветаевой 15 октября 1927 // *Пастернак Б. Л.* Полное собрание сочинений: в 11 т. Т. VIII. М. : Издательство Слово, 2005. С. 72.

的人物活动提供了广阔的历史背景。两部作品都具有明显的"自叙传"特色,被视为作家的精神自传,帕特里克(Патрик)这个名字就和帕斯捷尔纳克(Пастернак)的读音相近。《帕特里克手记》中的主要人物亚历山大·格罗梅科、安东宁娜(冬妮娅)·格罗梅科等形象,后来都几乎"原封不动地"进入《日瓦戈医生》中;前一作品中格罗梅科一家人和帕特里克的关系,也"预演"了后来他们和日瓦戈的关系。作家在《帕特里克手记》中经由上述所有形象的刻绘,为处于 20 世纪初叶近 20 年的历史洪流中的俄罗斯知识分子的命运提供了生动的艺术写照,通过书写他们的生活,别具一格地做出了"把一代人归还给历史"的艺术尝试。作品在时空背景、情节构架、人物设置和主体意识的渗透等方面为《日瓦戈医生》的写作提供了必要的准备。体现于《中篇故事》《斯佩克托尔斯基》和《帕特里克手记》等作品中的书写俄罗斯一代知识分子的命运、"把一代人归还给历史"的意向,成为后来《日瓦戈医生》创作的主导动机。

二、"《日瓦戈医生》是我毕生的事业"

第二次世界大战的炮火一度打乱了帕斯捷尔纳克的创作计划,他书写一代知识分子的命运、"把一代人归还给历史"的艺术构思并未完全实现。好在战后的"复兴"氛围为他提供了完成夙愿的历史机遇。经过整整 10 年的辛劳与坎坷,长篇小说《日瓦戈医生》(1945—1955)终于完成。作家本人十分看重自己的这部作品。在获得诺贝尔文学奖之后,他曾强调:"我的《日瓦戈医生》是我毕生的事业。我为它付出了最大的努力。"①1960 年年初,即去世前不久,在破例会见来访的美国记者卡莱尔(О. Карлайл)时,作家曾谈到,他是在"感到自己欠了同时代人一大笔债"的心境中创作这部小说的。他所说的"偿还债务的尝试",和他以往多次表达的拟通过书写一代人的命运、"把一代人归还给历史"的意向是一致的。

作家所要描写的同时代人,在 20 世纪 40 年代后期他着手创作这部小说时,也已经有了一个基本框定。1947 年 4 月,帕斯捷尔纳克已写完《日瓦戈医生》第一部的前三章,还曾在一个小范围内朗读过作品的部分内容。朗读之前,作家还做了一个"开场白"。他谈到,去年夏天有人约请他为诗人勃洛克(А. А. Блок)25 周年忌辰写点东西,后来由于种种原因他没有去写,但却一直很想写一篇关于勃洛克的文章。现在他感到,"我写这部长篇小说,就把它当作关于勃洛克的文章";"我受到从勃洛克那里向前延伸并继续推动着我的这些合成力量的影响。在我的构思中,我是想写出一部照我所理解的现实主义的散文作品,领悟莫斯科的生活,知识分子

---

① *Флейшман Л. С.* Борис Пастернак и нобелевская премия. М. : Издательство Азбуковник, 2013. С. 343.

的、象征主义者的生活，但不是把这种生活体现在素描中，而是体现在正剧或悲剧中"。① 一年以后，帕斯捷尔纳克在致格罗莫夫（М. П. Громов）的一封信中，又就小说主人公日瓦戈与自己所属的一代人之间的关系，写下了这样一段话："这位主人公应当会代表介于我、勃洛克、叶赛宁（С. А. Есенин）和马雅可夫斯基（В. В. Маяковский）之间的某一人物，因此我现在写诗的时候，就总是在笔记本上给这个人，给尤里·日瓦戈写。"② 从帕斯捷尔纳克的这些说法中不难看到，他立意在自己的这部小说中书写的一代人的命运，也就是以莫斯科为中心、以俄国象征主义作家群为主体的知识分子的命运。

在《日瓦戈医生》在意大利等西方国家陆续出版，帕斯捷尔纳克获得诺贝尔文学奖之后，作家也在一些书信中谈到了这部作品中的人物及其思想，其中最值得注意的是 1959 年 4 月 9 日他给比利时布鲁塞尔大学教授德曼（А. Деман）的回信。在这封信中，帕斯捷尔纳克逐一回答了德曼所提出的若干问题。德曼曾问到《日瓦戈医生》中出现的那些人物的历史真实性，比如说主人公日瓦戈的原型是否就是作家曾在自传随笔《安全保护证》和《人物与情境》中都写到的萨马林（Д. Ф. Самарин）。萨马林是帕斯捷尔纳克的中学和大学同学，一位个性独特的哲学迷，曾给后者留下清晰而深刻的印象。在给德曼的回信中，帕斯捷尔纳克明确地写道："《日瓦戈医生》中主人公们的原型确实曾生活于人世，但主人公们本身却是这些原型的变体。您关于德米特里·萨马林的见解非常敏锐和准确。当我描写日瓦戈返回莫斯科时，他的形象就出现在我面前。"③

帕斯捷尔纳克本人出生于 1890 年，他在上述信件中直接或间接提到的所有真实存在的"我的同时代人"，还有他一直视为这一代人的代表之一、女诗人茨维塔耶娃等，在 20 世纪初都还是一群孩子，十月革命时也大都不到 30 岁。《日瓦戈医生》中以日瓦戈为中心的那一代人，在作品的前两章，也都是一群孩子。这是作家曾设想把自己的这部小说命名为"男孩和女孩"的主要原因。这表明作家最为看重、最为关切的始终是他所属的那一代人的存在本身。作品最后定名为"日瓦戈医生"，这位主人公自然就成为那一代"男孩和女孩"的代表。这些"男孩和女孩"开启人生之后所经历的最重大的事件，便是席卷全民族的历史巨变。一系列重大的问题摆到了他们面前，他们不得不思索：将整个俄罗斯卷入其中的这些战争与革命究竟是怎么回事？这种绵延多年的巨大变动给自己的命运带来的将是怎样的变化？从俄

---

① *Пастернак Е. В.*, Фейнберг М. И. Воспоминания о Борисе Пастернаке. М.：Издательство Слово，1993. С. 410.

② *Пастернак Б. Л.* М. П. Громову 6 апреля 1948 // *Пастернак Б. Л.* Полное собрание сочинений：в 11 т. Т. IX. М.：Издательство Слово，2005. С. 516.

③ *Пастернак Б. Л.* А. Доману 9 апреля 1959 // *Пастернак Б. Л.* Полное собрание сочинений：в 11 т. Т. X. М.：Издательство Слово，2005. С. 460.

罗斯乃至整个人类历史的进程来看，眼前的这个时代究竟意味着什么？如此等等。帕斯捷尔纳克最后虽然放弃了"男孩和女孩"这一题名，却仍然通过由日瓦戈联系起来的一群"男孩和女孩"的艺术形象，表达了这一代人在那个剧烈变动的时代的命运。这些"男孩和女孩"也成为那个时代的见证人。

对于帕斯捷尔纳克而言，只有写出《日瓦戈医生》这部总结性的作品，通过一群"男孩和女孩"的命运并把他们所经历的往昔镌刻下来，对他们亲身体验的一切给出自己的评说，他才完成了把自己所属的一代人"归还给历史"的使命。

三、"俄罗斯恐怖时代的儿女"

帕斯捷尔纳克意在于《日瓦戈医生》中书写自己所属的一代人的命运，于是在《日瓦戈医生》中建构了一个以主人公尤里尤拉·日瓦戈为核心的艺术形象体系，其中包括安东宁娜（冬妮娅）·格罗梅科、帕维尔（帕沙）·安季波夫、拉里莎（拉拉）·吉沙尔、米哈伊尔（米沙）·戈尔东、因诺肯季（尼卡）·杜多罗夫等。在这群"男孩和女孩"还是学生的时代，勃洛克就是一个很有影响的诗人了。"戈尔东的系里出版了一份大学生办的胶印版刊物，他是这份刊物的编辑。尤拉早就答应替他写一篇评论布洛克的文章。当时彼得堡和莫斯科两个城市的青年人都对布洛克入了迷，到处谈论他，而尤拉和米沙尤甚。"[①]在和冬妮娅一起去参加圣诞晚会的途中，"尤拉突然意识到，在俄罗斯生活的各个方面，在北方的都市生活和最新的文学界，在星空之下的现代的通衢大道上和本世纪的大客厅里点燃的枞树周围，布洛克便是圣诞节的显灵"[②]。这时候，这批年轻人还处在战前相对安宁的气氛中。当时代经历了一段翻天覆地的巨变，所有这些年轻人的命运也随之发生了根本的变化后，勃洛克的形象连同他的诗句就有了另一种意义。日瓦戈去世后，戈尔东在和杜多罗夫交谈时说："这样的事情历史上已经发生过几次了。合乎理想的、高尚的志向变得粗俗了，物质化了。希腊就这样变成了罗马，俄国启蒙就这样变成了俄国革命。就拿勃洛克的一句诗'我们是俄罗斯恐怖时代的儿女'来说吧，你马上便能看出时代的区别。当勃洛克这样说的时候，这句诗应当从转意上、从形象意义上来理解。……而现在，一切转意都变成字面上的意义了。"[③]

勃洛克的这句诗出自他的组诗《祖国》中的一首"暗淡岁月里出生的人们……"（1914）。诗人写道：

---

① 帕斯捷尔纳克：《日瓦戈医生》，蓝英年、张秉衡译，人民文学出版社，2006 年，第 77 页。

② 帕斯捷尔纳克：《日瓦戈医生》，蓝英年、张秉衡译，人民文学出版社，2006 年，第 78 页。

③ *Пастернак Б. Л.* Доктор Живаго // *Пастернак Б. Л.* Полное собрание сочинений: в 11 т. Т. IV. М.: Издательство Слово, 2004. С. 513.

　　暗淡岁月里出生的人们，

　　不记得自己的道路。

　　我们——俄罗斯恐怖时代的儿女，

　　却什么也不能忘记。①

　　勃洛克这首诗发表后，随着第一次世界大战的爆发，"俄罗斯恐怖时代的儿女"便成为在俄罗斯历史大转折年代命运受其影响、制约的那一代人的共同指称。帕斯捷尔纳克在他的《日瓦戈医生》中，就侧重描写了一批"男孩和女孩"——"俄罗斯恐怖时代的儿女"，着重表现了他们在历史变动年代的复杂情绪和感受、他们对时代的深沉思考、他们在这个时代的必然命运。这些命运各异的时代之子关于战争、革命、时代、历史与人、民族性格、真善美的种种思考和议论，构成了他们与那个时代的对话。

　　作品的主人公日瓦戈是这一代人的一位代表人物。日瓦戈的同学，后来成为他妻子的冬妮娅，是出身于具有高度文化修养的知识分子家庭的年轻女性。她未必从自己的父亲亚历山大那里接受了他那些高深的学问和严肃的思想，却在耳濡目染中继承了双亲的博爱、宽容与高贵气质。中学时代，她就和寄居于他们家的日瓦戈、戈尔东结成了"三人同盟"，一起阅读索洛维约夫（Вл. С. Соловьёв）和托尔斯泰（Л. Н. Толстой）的著作，追求道德感情的纯洁性，欣赏家中举行的室内音乐会。从高等女子学校毕业后，冬妮娅遵循母亲的遗愿和已是医科大学毕业生的日瓦戈结了婚，和他一起度过了"充满诗意、虔诚而圣洁的日子"。然而好景不长，不久之后她就和自己的家人及同时代人一起遭遇了战乱、迁徙、分离和流亡。在被迫冒着战火与家人从莫斯科迁往乌拉尔的沿途，在避居人迹罕至的瓦雷金诺的日子，在日瓦戈失踪后又和父亲、孩子辗转返回莫斯科之际，她同时承担起一个体贴的女儿、贤惠的妻子和好母亲的责任，默默地为生活操劳奔波，为丈夫担忧揪心，负载着难以承受的压力。当冬妮娅的伯父就要随着一批著名社会活动家、学者和教授被驱逐出国，而她和自己的父亲、孩子作为其亲属，同样也要被赶出俄国时，她给还不知身在何方的丈夫写了一封信，倾吐自己的心声：

　　好啦，再见啦。让我给你画个十字，为了我们无休止的分离，为了各种考验和茫然的相见，为了你将走过的十分漫长的黑暗道路。我在任何事情上都不责备你。②

　　这是冬妮娅在私人信件中向着命运和造成这种命运的时代发出的微弱之声，

① Блок А. А. Рожденные в года глухие... // Терехина В. Н. Серебряный век. В поэзии, документах, воспоминаниях. М. : Логид, 2000. С. 104.

② 帕斯捷尔纳克：《日瓦戈医生》，蓝英年、张秉衡译，人民文学出版社，2006年，第401—402页。

有如喃喃的祈祷。这一形象是在革命前的高雅文化氛围中成长起来的青年知识女性遭遇突如其来的历史转折和生活变故的生动艺术写照。她的纤弱、克制和不设防的个性特点,她那水晶般的心灵,本身就构成了对俄罗斯恐怖时代的无声的抗议。她被迫远走异邦的遭际,也映现出流亡知识分子群体中年轻一代在历史激流中跟随父兄一起漂泊的羸顿无助的身影。

如果说冬妮娅这一艺术形象在《帕特里克手记》中就已出现,那么拉拉则是这部中篇小说里叶尼娅·伊斯托明娜形象的延续。当时代的浪涛把拉拉和日瓦戈冲到一起,使两人的命运结合为一体时,她对自由生活的追求重新被激活,她对时代与个人命运的关系也有了更多深入的思考。拉拉个人由于历史的剧烈变动而每况愈下的命运,不仅仅是她一己的遭遇,更是那个动荡的时代强烈影响个体命运的一种具有典型性的艺术反映。拉拉的丈夫帕沙·安季波夫在她离去之后和日瓦戈的彻夜长谈中所说的一段话,确切地说明了她的整个命运与时代的关系,直接指出在她身上显现出"世纪的惊恐""时代的所有主题"。由此,作品中拉拉的形象事实上已被提升到多灾多难的俄罗斯女性的象征的高度。她对个人生活与时代之关系的理解以及她的命运本身,构成了在历史的洪流中反复遭受颠簸的弱小者和那个恐怖时代之间的一种特殊形式的对话。拉拉这一形象和帕斯捷尔纳克所属的那一代人中的流亡女诗人茨维塔耶娃的联系也是明显的。无论是这一艺术形象还是现实中的这位著名女诗人,都属于勃洛克所说的"俄罗斯恐怖时代的儿女"。

属于这一行列的还有拉拉的丈夫帕沙·安季波夫,这是一个充满悲剧色彩的人物。这位由时代和革命造就出来,又"被往昔的经历和痛苦逼疯"的年轻斗士,对"时代"和"革命"的理解本身就存在着许多迷误。开枪自杀之前的那天夜里,他在和日瓦戈的谈话中关于"什么构成时代?"的讨论、关于革命似乎就是"对过去进行报复,为了过去的一切罪恶向陈旧的东西袭击"[1]的看法,其实从一个角度说明了他投身革命的动因。显然,他种种残酷行为都带有泄私愤的性质,有着个人怨恨的加入;他还认为自己的"功劳"可以洗刷以往的污点,补偿过去的缺憾。他没有想到自己所做的这一切并不能被时代所宽容与认可,结果便形成了一种被时代本身严重扭曲的性格,成了那个时代的一个畸形儿。如同拉拉身上闪现着茨维塔耶娃的影子一样,在帕沙·安季波夫身上,也可以见到茨维塔耶娃的丈夫埃弗隆(C. Я. Эфрон)的经历和性格的某种折射。现实中的埃弗隆其实就是小说中的帕沙·安季波夫这一艺术形象的原型之一。安季波夫的穷苦出身、善良本性、坎坷经历和灾难性结局,使他和那个急剧变动的时代之间的复杂关系,获得了一种启示人们对那个时代进行反思的对话性质。

---

[1] 帕斯捷尔纳克:《日瓦戈医生》,蓝英年、张秉衡译,人民文学出版社,2006 年,第 442 页。

日瓦戈的同学和朋友戈尔东、杜多罗夫的命运,同日瓦戈、冬妮娅、拉拉、安季波夫等都有所不同。其中戈尔东从小就具有忧郁的个性和爱沉思的习惯,中学时代也寄居于格罗梅科家,与日瓦戈、冬妮娅一起度过了青春岁月,并和日瓦戈一样受到韦杰尼亚平的历史哲学观的影响,后来选择了哲学专业并兼修神学课程。革命和内战期间,他们俩和日瓦戈几乎完全失去了联系,直到1929年日瓦戈返回莫斯科,三人才在那里重逢。此时的杜多罗夫刚结束一段流放生活,恢复了公民权和大学中的教职。三位老同学相会时,杜多罗夫真诚地谈道,狱中狱外有关方面对他的教育,使他清醒了头脑,擦亮了眼睛。这些"符合时代精神"的言论很投合戈尔东的心意,却使日瓦戈感到恼火。两位老朋友还对日瓦戈进行了指责和说教。日瓦戈在他们身上,看到了被时代同化的苏联知识分子精神状况的一个侧面。但到了二战后期,已分别晋升为红军少尉和少校的戈尔东和杜多罗夫的思想却发生了很大变化。杜多罗夫在战前曾再度入狱,戈尔东则是作为古拉格劳改营的犯人"戴罪立功"上前线、九死一生侥幸地活下来的。正是在这时,戈尔东才想起勃洛克的诗句"我们——俄罗斯恐怖时代的儿女"。二战期间的经历,使他们得以站在一个新高度上回望老同学日瓦戈的命运,反思造成这种命运的时代因素。戈尔东和杜多罗夫无疑也属于同一时代,只不过时代在他们身上留下的印痕呈现为另一种面貌。

就这样,帕斯捷尔纳克在《日瓦戈医生》中经由包括日瓦戈、冬妮娅、拉拉、安季波夫、戈尔东和杜多罗夫等在内的形象体系,艺术地概括了作家自己所属的俄罗斯一代人在动荡的历史时代的必然命运,从而完成了他所承诺的"把一代人归还给历史"的文学使命。由于有了《日瓦戈医生》这部与时代对话的作品,"俄罗斯恐怖时代的儿女"才拥有了一份难得的艺术备忘录,不致被匆匆流去的历史抛弃与遗忘。

四、动荡岁月的行吟诗人

小说的主人公日瓦戈在这批"俄罗斯恐怖时代的儿女"中占据核心地位。他在动荡岁月里的遭遇,典型地折射出历史的深刻变动对于跨越革命前后两个不同时代的知识分子命运的影响。与自己的同辈人有所不同的是,他不仅承受了历史洪流的猛烈冲击,还以诗人的身份记载了这一冲击的过程与结果。他对时代风云的观察、体验、感受、困惑和追问,使他成为他那一代人与时代进行对话的主角。这一形象拥有包括作者本人等在内的那一代诗人—思想家的共同精神心理特征,典型地反映了"俄罗斯恐怖时代的儿女"的性格和命运。作品中的日瓦戈既是一位医生,又是一位诗人和思想者,他的漂泊经历、丰富体验和诗意表达,使他成为俄罗斯动荡岁月中的一位行吟诗人。

日瓦戈的童年时代就是在动荡不安中度过的。他和母亲早就被富翁父亲遗弃了,而多病的母亲则在他十岁时撒手人寰。小日瓦戈在舅父韦杰尼亚平的抚养下长大,然后又被舅父送到莫斯科的朋友格罗梅科家中寄居。韦杰尼亚平本是外省的一位自愿还俗的神父,后来迁居彼得堡,与思想界、文学界的许多重要人物交往,形成了自己独特的历史哲学观。韦杰尼亚平认为,历史是一种自然的过程,它的形成在于个性的创造精神。这一思想给了日瓦戈决定性的影响。日瓦戈精神成长过程中的另一重要影响来自格罗梅科。日瓦戈从少年时代起就寄居于莫斯科的这位化学教授、他未来的岳父家中,感受到这个家庭那令人羡慕的高雅而和睦的氛围。格罗梅科对于生活现象的朴素、直观和敏锐的领悟,由于对文学艺术的热爱而积累起来的深厚修养,以及待人接物方面的宽容、随和与恬然,在革命前平静的家庭日常生活气氛中,在历史巨变突然发生的剧烈震荡时刻,在举家冒着战火从莫斯科迁往乌拉尔的沿途,在避居尘封多年的旧庄园瓦雷金诺的艰难日子里,都给予日瓦戈潜移默化的影响。

如果说,日瓦戈童年的经历使他养成了内向的性格和对弱小不幸者的同情,那么,韦杰尼亚平、格罗梅科等老一代人的影响,则使他形成了以维护个性自由和博爱为原则的世界观。成年之后,医生的职业又培养了日瓦戈对人对事的严谨、客观和冷静的态度。他善于独立思考,对任何现象都力求做出自己的判断。在历史发生深刻变动的年代,他仍然把个性的自由发展、保持思想的独立性视为自己最主要的生活目标,他看待问题的基本出发点是一种根深蒂固的人道主义。对沙皇统治时代俄国社会黑暗和腐败的了解,使日瓦戈在十月革命爆发后一度感到他所奉行的人道主义似乎就要在社会实践中得到全面贯彻,一个充满博爱精神、尊重个性自由的理想社会即将到来。然而,革命后出现在眼前的一系列现象,却使日瓦戈对这场巨大变革的意义和实现它的方式产生了越来越多的疑虑。到了乌拉尔地区以后,特别是被游击队劫持去当队医之后,日瓦戈更被一连串自相残杀的流血场景和人性扭曲的现象所震惊。虽然随着事态的发展日瓦戈改变了自己当初对革命的看法,但是他既没有倒向维护君主主义、保皇主义一边,也没有转到立宪民主党或社会革命党人一边,和白军之间更没有任何瓜葛。他不可能在那个时代多种政治力量的角逐中做出某种选择并找到自己的归依,因为他和时代的冲突不是任何政治上的矛盾,而只是精神—道德层面的抵牾。他以人道主义的眼光区分善与恶,他那种童稚般单纯的心灵、超凡脱俗的胸怀,使他无法接受任何形式的暴力,因此就不可避免地和正在以暴力手段改造世界,并要求所有人都服从这一目标的时代发生冲突。

20世纪50年代的苏联批评家们谴责《日瓦戈医生》的作者,列出的罪名很多,其中最主要的就是"诬蔑革命"。但正如批评家斯洛尼姆(М. Л. Слоним)所说:"《日瓦戈医生》的社会意义恰恰在于,这不是一部政治小说,它实际上具有一种反对政治的指向,就像《战争与和平》对历史的重构那样。"①作品所讲述的不是关于政治,也不是关于政治制度或社会制度,而是关于生命、人的使命和理想,着重表现了以日瓦戈为代表的一批"站立在革命之外"的知识分子和那个血与火的时代之间的悲剧性精神冲突,这种悲剧在于,革命"恶化了他们的生活,使他们注定遭受痛苦与可怕的考验,并最终使他们陷于毁灭,而他们却并不从事反对革命的斗争,而仅仅是——多半是徒劳无益地——试图避开它的激流与火焰,维护和保持某种个性的价值"②。斯洛尼姆的这一见解完全符合这部小说的实际内容。

在作品中我们看到,日瓦戈对政治有一种本能的厌恶,从未参与任何反对革命的活动,但他是一位有个性且有创造力,由自由思想传统培养起来的知识分子,他不能接受任何谎言与暴力,不能容许自己有精神依附性。他始终追求的是个性自由,希望独立地思索清楚自己在生活中的位置以及正在发生的历史事件,能够做自己愿意做的事情。对于他来说,生命即目的本身,存在即最高价值。当日瓦戈和家人穿过战火中的原野和村庄来到瓦雷金诺时,在冬妮娅外祖父原先的管家那里,他首先惊叹的是:"你们这儿太好了。您有一个能促使人劳动、激励人工作的多么好的书房啊!"③几年之后,他和拉拉在困难和危险中重返瓦雷金诺后,他又发呆似的欣赏着宽敞的书房,盯着那张诱人的书桌,感叹这里严整舒适的环境多么有利于需要耐性而富有成效的工作。可是,他这种书生气十足的愿望,在那个时代却不可能实现。因此,他只能陷入进一步的沉思之中。

日瓦戈不仅和自己的亲人及其他同时代人一起经历了那个剧烈动荡的历史时代,还以诗歌和散文记录了他对时代的种种感受、体验和思索,把自己与时代的对话书写下来,构成了关于那个时代的一部特殊形式的历史和艺术的文献。在作为一个群体存在的"俄罗斯恐怖时代的儿女"中,日瓦戈的独特性就在于他既是那个时代的经历者、体验者,同时又是它的思考者和记述者。在革命胜利初期的艰难日子里,日瓦戈曾在他的诗作中表达了自己的困惑和迷乱。在迁往乌拉尔地区后硝烟弥漫、风雨飘摇的离乱岁月中,他也始终没有忘记以诗歌和札记的形式记述自己的所见所闻,表达自己的所感所思。他在和家人一起初到瓦雷金诺期间陆续写下的札记,成为了当时岁月的一份忠实的笔录。他还记录了自己关于艺术问题的种种思考,把文学作品中描绘的景象和身边的现实联系起来,表现了一种试图超越时代限制的生活理想。透过这些有如艺术性散文的札记,可以窥见日瓦戈对时代的

---

① *Слоним М. Л.* Роман Пастернака // *Коростелев О. А.*, *Мельников Н. Г.* Критика русского зарубежья: в 2 ч. Ч. 2. М.: Издательство Олимп, ACT, 2002. C. 128.

② *Слоним М. Л.* Роман Пастернака // *Коростелев О. А.*, *Мельников Н. Г.* Критика русского зарубежья: в 2 ч. Ч. 2. М.: Издательство Олимп, ACT, 2002. C. 135.

③ 帕斯捷尔纳克:《日瓦戈医生》,蓝英年、张秉衡译,人民文学出版社,2006年,第271页。

理解,以及他在时代浪涛的猛烈冲击下的内心感受。

日瓦戈写的诗作,或独立成篇,或是其札记的一部分。当他重返瓦雷金诺并在寒冷的雪夜里写下一篇篇诗作时,他仿佛感到不是自己在写诗,而是有一种在他之上、支配着他的力量在运行,那就是他想借以表达自己精神力量的语言,以及关于这个世界的思想和诗歌艺术发展的趋向。当他感到自己和拉拉分离的时刻一天天临近时,把这种痛苦用文字倾吐出来的愿望几乎完全控制了他。拉拉走后,日瓦戈对自己说出了一段有如誓言的话,决心写下永远思念她的、值得流传的诗篇,在表达自己无尽忧伤的诗行中记录下对她的回忆。日瓦戈的这一创作愿望后来终于实现了,这就是读者在《日瓦戈医生》的最后一章"尤里·日瓦戈的诗作"中读到的那些诗篇。诗歌同样是日瓦戈关于时代、关于自己在这个时代的必然命运的一种言说方式。

五、结　语

《日瓦戈医生》着力描写的第一主人公形象,就是这样一位在历史激流的冲击下不得不离乡背井、长期漂泊的诗人和思想者。日瓦戈的坎坷人生经历和悲剧性结局,和冬妮娅、帕沙、拉拉、戈尔东、杜多罗夫等同时代人的命运,一起勾勒出"俄罗斯恐怖时代的儿女"的群像;他的困惑与求索,书写与歌哭,和他的同时代人从不同角度发出的各具特色的声音,一起构成了与那个时代之间的特殊形式的对话。那个时代强行改变了他们每个人的人生轨迹和最后归宿。那一代人的命运本是那一段不堪回首的历史所制造的,而帕斯捷尔纳克以充满怀念、追悔和忧伤的深情把渐渐远去的往昔镌刻下来,完成了"把一代人归还给历史"的艺术使命。

（编校：陈新宇）

音乐在场

——论帕斯捷尔纳克抒情诗的音乐性①

王 永

（浙江大学外国语学院）

[摘 要] 帕斯捷尔纳克的童年，浸淫在母亲的钢琴声中；少年时代，斯克里亚宾的音乐是其"赖以为生的精神食粮"。诗人曾梦想成为作曲家，为音乐付出了 6 年的"辛劳、希望与不安"。虽然他最终放弃了音乐，但他这一生命中"最珍贵的"事业以不同方式渗透到其文学创作中。因此，帕氏的诗歌，总是令人感觉到音乐的在场。诗作中高频的音乐术语构成了音乐在场的显性表达；诗作中的声音世界不仅与音乐相伴，而且可以引起对音乐作品的联想，体现出同音乐之间隐性的联系。帕氏诗作中的音乐性蕴含了音乐就是自然、就是生活的哲理。在诗人的笔下，大自然、生活、音乐、诗歌浑然一体，构成了独树一帜的音诗世界。

[关键词] 帕斯捷尔纳克；抒情诗；音乐性

1958 年，帕斯捷尔纳克（Б. Л. Пастернак）"因在现代抒情诗领域和对俄国伟大的史诗小说传统的继承方面取得的巨大成就"获诺贝尔文学奖，他的诗作无疑是 20 世纪俄罗斯诗歌的高峰之一。但同时，他的诗又是晦涩难懂的。茨维塔耶娃（М. И. Цветаева）认为帕斯捷尔纳克的诗歌是"暗语"，是"隐喻"，是"密码"，并发出了"谁能彻底读懂帕斯捷尔纳克"②的感叹。

为了解开帕斯捷尔纳克的"密码"，诸多研究者从格律、结构、形象、隐喻、主题等方面做了深入细致的阐释。毋庸置疑的是，帕氏诗歌是一个庞大的隐喻系统，而不同寻常的词语搭配、丰富的想象力、生动奇特的形象构成了诗人最重要的诗学特征。雅各布森（Р. О. Якобсон）称帕斯捷尔纳克的诗歌为"为独立存在而苏醒的整个换喻的王国"③。洛特曼（Ю. М. Лотман）更是在分析帕氏诗歌的文章中指出，

① 本文系国家社科基金重大项目"中国外国文学研究索引（CFLSI）的研制与运用"（18ZDA284）的阶段性成果。

② *Цветаева М. И. Собрание сочинений*：в 7 т. Т. 5. М.：Эллис Лак，1994. С. 384-385.

③ *Якобсон Р. О. Работы по поэтике*. М.：Прогресс，1987. С. 330.

"不同语义单位的并置"是帕斯捷尔纳克诗歌的一大特点,其"创作原则是将不能相容的成分组合在一起……每次的选择都令人难以预料……这使得每种语义成分都显得出乎意料,增加了其语义负荷"①。

这些研究揭开了帕斯捷尔纳克诗歌中一个又一个形象联想、隐喻体系的语义密码。然而,由此引发的问题是,诗人为何会有如此不同寻常的词语搭配呢？解剖了诗歌主题及隐喻体系后,他的诗歌是否就不再"晦涩难懂"了呢？恐怕未必尽然。帕氏的诗歌不仅充满丰富的隐喻,而且具有很强的跳跃性,作品中出现的场景、形象、情绪,有时难以通过结构分析和隐喻阐释得到解释。

笔者认为,帕斯捷尔纳克诗歌的诸多特征同蕴含于其中的音乐性亦有较大的关联。对其诗作的音乐性,俄罗斯学者已有一些研究成果。有研究者指出,帕氏的一些诗歌"充满文学与音乐的联想"②,并描述了音乐在某些诗歌作品中的体现。更多的研究侧重对诗歌格律及作品结构音乐性的分析;而对音乐与诗作内容之间的联系,以及音乐在帕斯捷尔纳克诗歌体系中所起的作用等问题,则较少涉及。帕斯捷尔纳克热爱音乐,受过专业的音乐训练,其对音乐的情愫渗透在他的诗歌创作中,使得音乐构成其抒情诗中一条重要的主线。因此,对帕氏诗歌文本中音乐性的各种体现及其内涵展开分析,或许就可以从另一个侧面揭示帕斯捷尔纳克诗学构成的丰富性,成为打开其"晦涩难懂"的诗歌大门的又一把钥匙。

一、诗人的音乐之恋

帕斯捷尔纳克的生活与音乐紧密相连。作家本人在其两部自传中均提及在幼儿时期"把我惊醒的那段三重奏",这段音乐使得诗人有了"记忆能力""意识也像成年人的意识一样运转起来了,再没发生过长久的间隔或失误"。《列·尼·托尔斯泰的生平与创作中的莫斯科》一书记载:"(1894 年)十一月二十三日托尔斯泰携女儿们前去绘画雕塑建筑学校看望画家列·奥·帕斯捷尔纳克……并出席了演奏会。参加演奏的有帕斯捷尔纳克的夫人和音乐学院教授——小提琴家伊·沃·格尔日马里和大提琴家阿·安·勃朗杜科夫。"③根据自传的描述及有关记载,可以大致还原出一个令人艳羡的场景:在帕斯捷尔纳克 4 岁时的一个夜晚,他的画家父亲和钢琴家母亲在家里举行音乐会,他们邀请大文豪托尔斯泰携家人前来做客。女主人与音乐学院的两位教授合作演奏了柴可夫斯基的 A 小调钢琴三重奏,也正

---

① *Лотман Ю. М.* О поэтах и поэзии. СПб. : Издательство Искусство-СПБ, 1996. С. 712, 719.

② *Баевский В. С.* Пастернак. В помощь преподавателям, старшеклассникам и абитуриентам. 3-е изд. М. : Издательство МГУ, 2002. С. 35.

③ 帕斯捷尔纳克:《人与事》,乌兰汗译,上海译文出版社,2015 年,第 7—9 页。

是这首曲子,唤醒了诗人童年的意识。

帕斯捷尔纳克家庭浓厚的艺术氛围为众多研究者津津乐道:"父亲在画架旁,母亲弹钢琴,是家庭日常生活场景中最自然的形象。"①他的父亲,列昂尼德·帕斯捷尔纳克(Л. О. Пастернак)是一位画家,与列维坦(И. И. Левитан)、谢洛夫(В. А. Серов)、格(Н. Н. Ге)、科罗温(К. А. Коровин)、波连诺夫(В. Д. Поленов)、弗鲁别利(М. А. Врубель)等画家交情甚笃。帕斯捷尔纳克出生时,他正在为托尔斯泰的小说《复活》做插图。他的母亲考夫曼(Р. И. Кауфман)是很有天赋的钢琴家,系俄罗斯著名钢琴家、音乐学院院长鲁宾斯坦(А. Г. Рубинштейн)的得意弟子。她9岁就演奏了莫扎特的协奏曲,17岁在维也纳初次登台演出,多次在俄国各地以及奥地利、波兰巡演,22岁成为彼得堡音乐学院敖德萨分校的教授。她经常举行家庭室内音乐会,还应邀到雅斯纳亚·波良纳庄园为托尔斯泰演奏。频繁出入这个艺术之家的贵客,不仅有托尔斯泰、里尔克(Rainer Maria Rilke)、维尔哈伦(Emile Verhaeren)等作家,还有列维坦、谢洛夫、弗鲁别利等画家,以及鲁宾斯坦、斯克里亚宾(А. Н. Скрябин)等音乐家。

可以说,音乐与帕斯捷尔纳克如影相随。诗人用诗歌生动地描绘了自己自小生活的家庭环境:

> 上层
> 是父亲的画室。
> ······
> 钢琴的琴盖
> 日日夜夜打开,
> 闪耀着里面的琴弦。
> 从大清早起就谱曲,
> 日复一日。②(416-417)

帕斯捷尔纳克自幼与音乐亲密接触。正是在这种家庭氛围的熏陶下,年少的他"已经会在钢琴上乱弹一气了,并会勉勉强强地选配上一点自己的曲子"③。

1903年春,帕斯捷尔纳克一家租住在奥博连斯克的一座别墅里,与作曲家斯克里亚宾比邻而居。听到作曲家演奏的乐曲,帕斯捷尔纳克被他"朝气蓬勃的精神"所"征服"。他出于"对斯克里亚宾的崇拜,想要即兴演奏和自己谱曲的愿望变

---

① *Кац Б. А.* (сост.)《Раскат импровизаций..》: Музыка в творчестве, судьбе и в доме Бориса Пастернака. Ленинград: Издательство Сов. композитор, 1991. С. 7.
② 本文所引诗歌译文均出自:帕斯捷尔纳克:《帕斯捷尔纳克诗全集》,顾蕴璞等译,上海译文出版社,2014年。后文所引诗歌仅标出页码。
③ 帕斯捷尔纳克:《人与事》,乌兰汗译,上海译文出版社,2015年,第18页。

得十分强烈"①。他把斯克里亚宾的音乐称为自己"赖以为生的精神食粮"②,在诗中称作曲家为"我的偶像"。

> 响起了铃声,
>
> 说话声渐渐接近:
>
> 斯克里亚宾。
>
> 啊,离开我的偶像的脚步
>
> 我能跑到何处?(417)

显然,斯克里亚宾的作品激起了帕斯捷尔纳克对音乐的迷恋,促使他一度以开启职业音乐生涯为自己的人生目标。从这一年的秋天起,他花了 6 年时间学习作曲理论,相继师从恩格尔(Ю. Д. Энгель)和格里埃(Р. М. Глиэр)。

帕斯捷尔纳克颇有音乐天赋。他创作的前奏曲和奏鸣曲得到斯克里亚宾的高度评价,认为他前途无量。著名钢琴家耐豪斯(Г. Г. Нейгауз)称他为"地地道道的音乐家"③。

学习音乐的 6 年,是"辛劳、希望与不安"的岁月,但也使得音乐成为帕斯捷尔纳克心目中"最珍贵"的事业。他后来虽然因"没有绝对听觉"而放弃了职业音乐生涯,但内心依然感到惋惜,甚至一度重拾旧业。1916 年,他受邀在乌拉尔地区工作期间,重新开始演奏钢琴。诗人在给父母的信中表达了重回音乐之路的信念,他写道:"2 月 1 日,我开始弹钢琴……两年中,这将是我最要紧的事……世界上没有什么可以阻止我。"④只是信中的决定最终没有付诸实施。

不过,帕斯捷尔纳克"最珍贵"的事业并未因其中途放弃而被置之不理,而是以不同方式渗透到其文学创作中。无论是在他的诗歌还是小说中,都能听到音乐的奏响。小说《日瓦戈医生》开篇写道:"送葬人群一路唱着《安魂曲》向前走去。一旦人群停顿,仿佛脚步、马蹄和清风仍然在继续唱《安魂曲》。"⑤小说结尾,戈尔东和杜多罗夫两位老朋友"坐在窗前……想到这座神圣的城市和整个地球……他们心中便充满幸福而温柔的平静,而这种平静正把幸福的无声的音符撒向周围"⑥。小说由《安魂曲》拉开序幕,以幸福的音乐结束,犹如在书写一部俄罗斯式的"第九交

---

① 帕斯捷尔纳克:《人与事》,乌兰汗译,上海译文出版社,2015 年,第 18 页。

② 帕斯捷尔纳克:《人与事》,乌兰汗译,上海译文出版社,2015 年,第 22 页。

③ *Баевский В. С.* Пастернак. В помощь преподавателям, старшеклассникам и абитуриентам. 3-е изд. М.: Издательство МГУ, 2002. С. 6.

④ *Пастернак Б. Л.* Полное собрание сочинений с приложениями: в 11 т. Т. Ⅶ. М.: Издательство Слово, 2004—2005. С. 224.

⑤ 帕斯捷尔纳克:《日瓦戈医生》,蓝英年译,北京:北京十月文艺出版社,2020 年,第 3 页。

⑥ 帕斯捷尔纳克:《日瓦戈医生》,蓝英年译,北京:北京十月文艺出版社,2020 年,第 568 页。

响曲"。这种内心流淌出的乐声,表达出人们在经历了苦难之后内心对平静与安宁的渴望。

帕斯捷尔纳克的文学创作从诗歌起步。可以说,诗歌既是帕斯捷尔纳克文学创作的起点,也是诗人音乐梦想的延续。音乐在帕斯捷尔纳克诗歌创作中的重要作用是不容置疑的。正如研究者所言,音乐"即使不是其创作的基础,也毫无疑问是其奠基石之一"[①]。在帕氏的诗作中,读者可以听到不同乐器奏出的乐曲,可以产生对各种音乐作品的联想,不仅能体验到斯克里亚宾式的激情与冲动,感受到斯氏变幻莫测的音乐、富于跳跃性的色彩,还能听到肖邦式富于诗意、内敛的倾诉,更会被柴可夫斯基式的深沉与忧伤所打动。

二、诗作中音乐的显性表达

帕斯捷尔纳克从 13 岁开始学习作曲及钢琴演奏,熟悉斯克里亚宾、肖邦、李斯特、瓦格纳、柴可夫斯基的音乐。丰富的音乐生活在他的诗作中留下了明显的痕迹。

最显著的当属诗作中嵌入的曲谱。诗人在《我是否希望生活变得甜蜜些?》一诗中嵌入了勃拉姆斯升 C 小调间奏曲(作品 117 号第 3 首)。这首间奏曲带有不安与焦躁的情绪,中段减慢速度,以切分音表现款款深情。可谓与诗作意图表现的情感琴瑟相和。

> 但我从何处汲取力量,
> 假如在伊尔片多褶皱的深夜里
> 梦境无法为我容纳下
> 整个一生?

> 谁也不会待在家中,
> 除了昏暗的光线。这是
> 灰色的一日,在未拉上窗帘的
> 透亮的窗孔里。(1181)

诗作中体现出与音乐联系的除了曲谱,更多的是词语。如诗集名称《主题与变奏》,诗作标题《音乐》《即兴曲》《叙事曲》《圆舞曲》《玛格丽特》《梅菲斯特》等。这些

---

① *Кац Б. А.* (сост.) « Раскат импровизаций...»: Музыка в творчестве, судьбе и в доме Бориса Пастернака. Ленинград: Издательство Сов. композитор, 1991. С. 29.

词语中,既有音乐术语,也有声乐作品的名称及人物,涵盖了器乐和声乐两大音乐类别。为了展现原貌,在此将诗作中音乐词语的中俄文列表如下:

表 1　《我是否希望生活变得甜蜜些?》音乐词语中俄文对照

类别	词语	
	俄文	中文
乐器及演奏用具	флейта, фагот, арфа, фортепьяно, пианино, рояль, орган, лира, лютня, гитара; клавиша, клавиатура, смычок, струна; пульт (пюпитр)	长笛、大管、竖琴、钢琴、大钢琴、管风琴、里拉、诗琴、吉他;琴键、键盘、琴弓、琴弦;谱架
曲谱(调式、节奏、音型等)	партитура, ноты, ключ, регистр, рулада, аккорд, тоника, доминанта, фермата, эпилог; минор, ритм трех вторых, четверть	总谱、乐谱、谱号、音区、华彩经过句、和弦、主和弦、属和弦、延长号、尾声;小调、二三拍、四分音符
音乐体裁	баллада, интермеццо, соната, романс, вальс, полька, этюд, импровизация, трио, квинтет, контрапункт	叙事曲、间奏曲、奏鸣曲、浪漫曲、圆舞曲、波尔卡舞曲、练习曲、即兴曲、三重奏、五重奏、复调音乐
声乐术语	ария, напев, песня, хор, хорал, катавасия	咏叹调、配器乐曲、歌曲、合唱、众赞歌、赞美诗
声乐作品或人物	Фигаро; Дездемоне, Офелия; Маргарита, корчмарша, валькирия	费加罗①、苔丝狄蒙娜、奥菲莉亚②;玛格丽特、酒馆主人之妻、瓦尔基里③

曲谱、乐器、声乐作品自然离不开作曲家。在诗人笔下现身的作曲家均为世界级音乐大师:斯克里亚宾、柴可夫斯基、贝多芬、巴赫、肖邦、李斯特、勃拉姆斯等。他们似乎无处不在:

做弥撒时壁画原本会从拱顶剥落,
晃动得像用塞巴斯蒂安④的管风琴表演。(267)

这契诃夫、柴可夫斯基、列维坦的

---

① 费加罗是奥地利作曲家莫扎特的歌剧《费加罗的婚礼》以及意大利作曲家罗西尼的歌剧《塞维利亚的理发师》中的主人公。
② 莎士比亚的悲剧《奥赛罗》和《哈姆雷特》先后被作曲家改编成同名歌剧。歌剧《奥赛罗》的作者是意大利作曲家威尔第;《哈姆雷特》的同名歌剧改编者较多,诗人创作此诗时,有意大利作曲家弗兰克·法乔以及法国作曲家昂布鲁瓦·托马的两个版本。
③ 玛格丽特、酒馆主人之妻、瓦尔基里分别是法国作曲家古诺的歌剧《浮士德》、俄国作曲家穆索尔斯基的歌剧《鲍里斯·戈都诺夫》、德国作曲家瓦格纳的歌剧《瓦尔基里》中的主人公。
④ 即德国作曲家巴赫。

秋天的黄昏。(715)

在这些作曲家中,出现频次最高的是肖邦。肖邦陪伴诗人度过童年:"后来我得知已故的肖邦。/但在我还不到六岁左右,/我就发现有这样一种内聚力,/可以升腾起来并把大地带走"(84-85);引领他走向成熟:"有如肖邦在夜间烛光下,/在黑色的锯成的乐谱架上面,/记录下的是自己的梦,/而不再是往昔的天真烂漫"(877)。帕斯捷尔纳克熟悉的肖邦,有时是忧伤的:"敲击,又一次,经过句——于是/肖邦那忧伤的乐句,/犹如病患中的飞鹰,立即/漂浮成乳白的气球的光晕"(581);有时又充满力量:"肖邦喧嚣,轰然窗外,/而楼下,迎合它的效应,/竖起棵棵栗子树的烛台,/过去的世纪瞭望着群星"(614-615)。

肖邦的反复出场,似乎同自传中诗人对斯克里亚宾的崇拜不相符合,但实际上,这是有其逻辑联系的。这不仅是由于斯克里亚宾在很大程度上继承了肖邦的音乐传统,还由于肖邦更贴近帕斯捷尔纳克的生活和性情。诗人从小最熟悉的乐器是钢琴,而肖邦是世界音乐史上独一无二的钢琴大师,他创作了即兴曲、夜曲、练习曲、叙事曲、间奏曲、圆舞曲等钢琴曲,这些作品类型正是帕斯捷尔纳克的诗行中出现频率较高的音乐体裁。此外,肖邦的音乐常常抒发离愁别绪,细腻而略显忧郁,非常契合帕斯捷尔纳克的气质。诗人曾说:"肖邦练习曲的离别景象,表现的不仅仅是雪橇的起伏颠簸,不仅是纷飞的雪花和铅样沉重的黑色天际,还有'离别的细致花纹'。"[1]作为"钢琴诗人",肖邦的音乐富有诗意,这种音乐与诗的糅合,同帕斯捷尔纳克的音乐训练及诗人气质不谋而合,因此肖邦成为诗人"一生的交谈者"[2]。

三、诗作中音乐的隐性体现

帕斯捷尔纳克诗歌同音乐的联系,还体现在其采用的表现音乐形式的诗格、结构以及声响词语上。这些联系是隐性的,需要通过同音乐进行对比分析才能得以揭示。

在诗格和结构方面,俄罗斯学者已有较多的研究。巴耶夫斯基(В. С. Баевский)指出,帕斯捷尔纳克的诗歌深受古典主义和浪漫主义音乐的影响。如诗集《越过壁垒》中的《叙事曲》一诗,借助韵律和节奏再现了骑兵疾驰的场景,带有肖邦 G 小调作品第 1 号叙事曲的痕迹;诗集《第二次诞生》中,57%的诗作采用了四音

---

① 利季娅·丘可夫斯卡娅:《捍卫记忆:利季娅作品选》,蓝英年、徐振亚译,广西师范大学出版社,2011年,第289页。

② Кац Б. А. (сост.) «Раскат импровизаций...»: Музыка в творчестве, судьбе и в доме Бориса Пастернака. Ленинград: Издательство Сов. композитор, 1991. С. 27.

步抑扬格这种最为传统的俄语诗格律;而"《雨霁》令人想到赋格的结构原则"①。

鉴于这方面音乐特征的研究成果已较为丰富,本文重点分析帕斯捷尔纳克诗歌中声响的音乐性特征,以此说明诗人的诗歌同音乐作品之间隐性的联系。

帕斯捷尔纳克的诗歌中充满了声响。在这个声音世界里,既有自然界的风雪雷雨、虫鸣鸟啼,又有人的号啕和啜泣。在诗人的笔下,人与大自然发出的这些声响,不只是人与自然界的客观存在和发声,还常常是音乐的化身。暴风雪有如诗琴:"可以看得见,有如通过和暴风雪 / 这最强劲的诗琴的搏斗"(53);雪暴汇成音乐:"已融化水面的窟窿。仿佛在雪暴的音乐中 / 听见"(56);旋风由竖琴奏出:"阿拉伯飓风到了她的手中,/ 如命运的拨弄,发出竖琴声音"(587);音乐还与泪水相伴:"如同音乐一般:眼睑浸着泪水"(217)。

由这个声音世界奏出的音乐,悦耳的鸟鸣声与刺激耳膜的狂风暴雨构成鲜明的对比。小鸟的鸣叫声从森林转到街道:

> 传来如醉似痴的鸟鸣,
>
> 一只瘦弱的小鸟的啼啭
>
> 在这如着了魔的密林深处
>
> 唤起了欢乐,也激起了慌乱。(764)

> 水滴在灌木丛里,
>
> 街道在乌云间,
>
> 雏鸟喳喳唧唧,
>
> 芽苞在枝杈间。(600)

然而,更多情况下,诗作中发出的是暴雨、暴风雪、旋风、恸哭的轰鸣声。

帕斯捷尔纳克创作了很多同雷雨相关的诗作,仅标题就有《春雨》《永远转瞬即逝的雷暴》《雨》《七月的雷雨》《暴风雪》《我们的雷雨》《暴风雪后》《雷雨之后》《雨后》《雷雨将至》等。他笔下的"雨",往往不是悄无声息的绵绵细雨,而是强劲的暴风骤雨,如 ливень(倾盆大雨)、буря(暴风雨);还有不同类型的暴风雪:метель(吹雪)、вьюга(暴风雪)、пурга(低吹雪)、буран(草原及旷野上的暴风雪);各种狂风:вихрь(旋风)、ураган(飓风)、смерч(龙卷风)、шторм(海上风暴)。诗人也因此"被称为最突出的'雷雨'诗人"②。

无独有偶,斯克里亚宾第三交响曲(《神明之诗》)总谱第 47 页标注了 orageux

---

① *Баевский В. С.* Пастернак. В помощь преподавателям, старшеклассникам и абитуриентам. 3-е изд. М.: Издательство МГУ, 2002. С. 89.

② *Сухих И. Н.* Русская литература для всех. От Блока до Бродского. СПб.: Издательство Лениздат, Команда А, 2013. С. 370.

（雷雨的）一词。而这部交响曲正是帕斯捷尔纳克 13 岁时在森林中听到并由此视斯克里亚宾为偶像的乐曲。在自传《人与事》中，诗人如此描写他在树林中听到斯克里亚宾谱写《神明之诗》片段，"交响曲如同一座遭受炮火轰击的城市，接连不断地坍塌与倾倒下来，它完全是用断垣残壁创建和成长起来的。它充满了经过极其精心加工的新内容，如同这片充满生机与朝气的树林那么新"①。

将交响曲的结构及主要特征与帕斯捷尔纳克诗作中的声响进行对比，不难发现，诗人诗歌中的声响构成与这部交响曲有着内在的联系。

斯克里亚宾的第三交响曲包含三大乐章。第一乐章的第一主题具有"神秘、悲剧性"②的色彩；第二主题则抒情，富于幻想色彩。这两大主题不断变化发展，创造出不同的形象，既有粗野、狂暴、悲壮的情绪，又有崇高、热情与诗意的遐想。第二乐章"感官的享受"表现了人在同大自然交融的过程中产生的崇高情感，这里充满了大自然的声音，木管乐器奏出各种鸟雀的鸣叫和树叶的簌簌声。第三乐章"神明的游戏"则体现出自我摆脱一切束缚后获得的完全自由。

在第一乐章中，作曲家借助和弦下行、其他声部延续和弦背景等手段构筑起"巨大的崩塌"③的效果，这与帕斯捷尔纳克听到斯克里亚宾的音乐后写下的那段文字完全吻合。帕氏诗歌中充满的轰鸣音响，不断冲击着读者耳膜的雷声、雨声、哭泣声，更是与此交相辉映。第二乐章奏出的大自然的声音，化为诗人诗作中"如醉似痴的鸟鸣""小鸟的啼啭"和"雏鸟喳喳唧唧"的声音。此外，乐曲总谱的标注表明，交响曲中不同主题的发展采用了不同色彩的乐音：mysterieux（神秘）、triomphant（庄严）、eleve（崇高的）、tragique（悲剧性）、tragique effroi（悲剧性的绝境），也有 romantique（幻想、浪漫）、transport（激动）、passionne（热情）、ivesse（狂热）等。其中不乏程度强烈的词语：fier（猛烈）、monstrueux（极可怕的，非常大的）、terrifiant（恐怖的）。交响曲音乐色彩的变化引起的气氛与情绪，与帕斯捷尔纳克诗歌中的声响构成及其传递出来的情绪有异曲同工之妙。两者如同复调音乐中的两条旋律，分别由音符和文字抒发出与大自然水乳交融的情感。

如果说肖邦是帕斯捷尔纳克一生的交谈者，那么，斯克里亚宾就是一种音乐精神，渗透在诗人的血液里，在他的诗作中化为鸟儿的鸣叫，发出雷暴的声响。

四、诗作中的音乐哲学

渗透在帕斯捷尔纳克诗作中的音乐精神，具有哲学的意味。

① 帕斯捷尔纳克：《人与事》，乌兰汗译，上海译文出版社，2015 年，第 15—16 页。
② *Скрябин А. Н.* 3-я симфония для большого оркестра. Соч. 43. Leipzig：M. P. Belaieff, 1905. С. 7.
③ *Скрябин А. Н.* 3-я симфония для большого оркестра. Соч. 43. Leipzig：M. P. Belaieff, 1905. С. 44.

在俄罗斯文学的白银时代,象征派诗人继承了尼采关于音乐是创作的最高形式的观点,认为音乐是"万能的玄妙的力量,是一切创作的本源",而"正是音乐的'狄奥尼斯'精神,即自然的、自由的精神,构成了真正艺术的本质"①。帕斯捷尔纳克在一定程度上继承了勃洛克等象征派诗人的美学理念,视诗歌为体现"音乐精神"的载体。在《安全保护证》中,诗人写道:"音乐……已经在我这里和文学交织在一起。别雷及勃洛克作品无法不在我面前展现出其深度和美感。"②

但在象征派诗人那里,这种音乐精神更多地表现为"用声音和节奏的结合贯串起来作诗的词的因素,也就是在诗歌中最大限度地运用音乐结构的原则"③。而帕斯捷尔纳克的诗歌不仅运用了这些音乐要素,还让音乐本身在场。诗作中现身的乐器、曲式、声乐作品中的人物,诗行中发出的鸟鸣声、暴雨雷电声汇成诗人笔端流淌出来的音乐,与大自然及人的生活浑然一体,成为其诗歌作品的有机构成。

诗人在《崇高的疾病》一诗中宣称"我们是冰中的音乐""我们是碗盏的音乐""我们是思想的音乐"(396-397)。可以说,这三句诗分别构成了帕斯捷尔纳克诗作中音乐包含的三个层面:大自然层面、日常生活层面及思想层面,它们相互交织,构建了诗人的音乐哲学。

首先,大自然就是音乐。诗人善于倾听大自然。在他看来,大自然的一切都具有生命,散发出勃勃生机,发出不同的声响,充满生动的旋律。鸟儿的鸣叫、树木的沙沙声、风声、雨声,都像是不同的乐器在奏响;呼啸的风声、雷声、暴雨声,有如"双手在琴键上飞速跳动"奏出的"密集""疾速""回旋往复"的钢琴声。④

大自然的音乐,化为诗人笔下流淌出来的旋律。可以说,他的诗作"将自然的狂暴之全音阶完全表现了——愉快、悲伤、智慧——甚至是最刺耳的号啕"⑤。诗人在文章中写道:"诗歌本身具有听觉,因而会在嘈杂的词语中寻找大自然的旋律,选配完成后,就可以尽情弹奏这个主题的即兴曲了。"⑥在他这里,诗歌是听从大自然的律动创作的"即兴曲",诗与音乐相同,均可以借助创作过程描绘出生动的世界图景。如果说音乐可以用音符描绘自然景物,那么诗歌就可以模拟音乐,用文字书写自然的旋律:

我定会开辟诗的花园,

---

① 阿格诺索夫:《白银时代俄国文学》,石国雄、王加兴译,译林出版社,2001年,第7—8页。

② *Пастернак Б. Л.* Полное собрание сочинений с приложениями: в 11 т. Т. 3. М.: Издательство Слово, 2004—2005. С. 159.

③ 阿格诺索夫:《白银时代俄国文学》,石国雄、王加兴译,译林出版社,2001年,第8页。

④ 帕斯捷尔纳克:《最初的体验》,汪介之等译,译林出版社,2014年,第316—317页。

⑤ 尼采:《尼采文集》,楚图南等译,改革出版社,1995年,第541页。

⑥ *Пастернак Б. Л.* Полное собрание сочинений с приложениями: в 11 т. Т. 5. М.: Издательство Слово, 2004—2005. С. 26.

园中的椴树
震颤起叶脉鲜花怒放，
一株接一株。

我定会往诗中注入玫瑰、
薄荷的气息，
草场、苔草和刈草地的身影，
滚雷的痕迹。

肖邦当年就曾这样
把生动的奇迹：
田庄、公园、丛林、墓地——
都写进练习曲里。（824）

诗中，诗人将自己的作品比作肖邦的练习曲：肖邦用练习曲描绘"田庄、公园、丛林、墓地"，他本人则用诗歌开辟一片花园。可以看到，这座"诗的花园"中，不仅有"震颤起叶脉"的"椴树"，还有"玫瑰、薄荷的气息"，更有"滚雷的痕迹"。诗人将大自然的花香、晴雨雷鸣的气息化为诗歌的"呼吸"，使得这"诗的花园"四处都散发出大自然的芳香，回响着生命的旋律。

其次，生活就是音乐。在诗人的世界里，音乐与生活融为一体。生活就是音乐，生活中的诸多细节都跳动着音符，音乐无处不在。生活中，钢琴声是常见的音乐，与雷雨相和："天色渐暗，在第一声雷鸣之前，屋里弹起了钢琴"[①]；诗作里，钢琴有如日用品一样平常："他们或提篮，或背筐，或打开钢琴盖，/过着同样百无聊赖的生活"（304）；吉他是夏夜的陪伴："当别墅里喝起了晚茶，/迷雾鼓起了蚊的风帆，/夜在无疑中拨动了吉他"（344）。勃拉姆斯的乐曲则令诗人想起与友人共同生活期间的诸多细节，引起难以忘怀的感情：

为我奏响勃拉姆斯，我会肝肠寸断。
我会颤栗，会想起六颗心的联盟，
一起漫步，戏水，园中的花坛。
……
为我奏响勃拉姆斯，我颤栗，禁不住，
我会想起购买的食品和米粟，
露台的台阶和整洁的房屋，
兄弟、儿子、花坛、橡树。（591）

---

① 帕斯捷尔纳克：《最初的体验》，汪介之等译，译林出版社，2014年，第316页。

肖邦更是日常生活的常客，随时随地出现在他身边："当第一次尝试弹起钢琴／我会把这一切向你提醒。／／勉强被允许的肖邦／重又会守不住允诺／并且以疯狂而收场／替代掉自我控制之歌"（1161），还不时现身家庭场景中：

> 激烈的交谈。还没有被打断，
> 这多么突然：刹那间从这里飞出！——
> 弄乱的发式，争论的乌云，
> 肖邦练习曲的连续不断的急流。（302）

最后，思想就是音乐。对诗人而言，有如音乐的大自然和生活不只是客观存在，还是他借以对人类历史、生活的意义、艺术创作的本质进行思考的载体。诗歌、生活、大自然，都是诗人用来探索生活哲学的工具。他说：

> 对于一切我都想要
> 刨根问底：
> 对于工作，对于探索，
> 对心的惊悸。
>
> 追索已逝岁月的真谛，
> 查明成因，
> 追本溯源，寻根究底，
> 直至核心。（823）

而能够帮助他探索一切、追本溯源、刨根问底的工具，就是音乐。音乐总是能直击他的内心深处。因为音乐"充满了内在的、音乐可以达到的那些与周围的外在世界、与当时的人们如何生活、如何思考、如何感受、如何旅行、如何穿戴相符合的内容……这些作品的旋律一旦奏响就会使您泪水泉涌……因为它如此准确而又敏锐地猜中了通向您心灵的道路"[1]，因为"音乐来到你的心中并在你心中永驻"[2]。正因如此，"他回到房里之后弹出的，／已不是别人谱写的乐曲，／而是自己的思想、众赞歌、／弥撒的响声、树林的絮语"（877）。

帕斯捷尔纳克把音乐融于生活，将大自然及生活中的人和物与不同的音乐形式相联系，让词语奏出不同的旋律。这种旋律与诗人内心的音乐水乳交融，化为诗人对生活的哲思，使他的内心在获得音乐精神的同时得到升华，显示出崇高的意

---

[1] 帕斯捷尔纳克：《人与事》，乌兰汗译，上海译文出版社，2015 年，第 23 页。
[2] *Пастернак Б. Л.* Полное собрание сочинений с приложениями: в 11 т. Т. 8. М. : Издательство Слово, 2004－2005. С. 450.

境。帕斯捷尔纳克践行了尼采关于"抒情诗乃是依于音乐之精神而存在"[1]的哲学理念。

五、结　语

帕斯捷尔纳克从音乐走向文学,让文学插上了音乐的翅膀。可以说,对诗人而言,音乐代表了一种信念、一种精神,贯穿于他的创作中,使得其作品中音乐一直在场。这里的音乐既是大自然的声响,又是诗人生活的陪伴,更是诗人借以探索世界与人类本质的手段。正是这种融大自然于我胸,化生活为音乐,借音乐传达思想的特质,赋予了其诗歌独树一帜、与众不同的特征。

（编校：周　露）

---

① 尼采:《尼采文集》,楚图南等译,改革出版社,1995年,第550页。

论帕斯捷尔纳克抒情诗中角色互换的比喻体系

吴　笛

（浙江大学文学院）

[摘　要]　帕斯捷尔纳克是一位风景抒情大师。他风景抒情诗创作的一个鲜明特色，就是其中角色互换的比喻体系。本文认为，在帕斯捷尔纳克的比喻体系中，自然风景与观赏者之间、抒情主体与抒情客体之间，时常发生角色互换的情形。不仅人的意象与自然意象会通过角色互换相互成为对方的喻体，而且，诗人还善于在动植物意象之间以及时空意象之间进行互喻，从而赋予瞬间捕捉的画面以永恒的含义，并且通过这种手法来获取哲理的内涵和生命的感悟。正是这一角色互换的比喻体系，使得帕斯捷尔纳克的诗歌摆脱了空间的枷锁和生物学意义上的隔阂，充分呈现出人与自然相互依存的辩证关系。

[关键词]　帕斯捷尔纳克；抒情诗创作；比喻体系；角色互换

帕斯捷尔纳克力图寻求自然与人类的同一性，探索自然意象与人类灵魂的契合。构成帕斯捷尔纳克风景抒情诗特色的因素是多方面的，而他的词语与音响结构艺术使得他的诗歌产生了强烈的听觉与视觉效果，也使他的诗歌意象拥有了大自然的个性，诗歌的声音系统中具有了大自然的音响；他在诗歌中所表现的自然与艺术一体性的新型关系，使得艺术创作与自然的关系变得密不可分，而他由自然意象构造而成的角色互换的比喻体系，更是让自然意象获得了神性、灵感、性格和心理，将人与自然以及艺术与自然紧密地连成了一个统一的整体。

一、自然风景与观赏者之间的角色调换

帕斯捷尔纳克创作的诗歌经历了从晦涩难懂到明朗通畅的过程。尽管他的《云中的双子星座》(1914)和《越过壁垒》(1917)等几部早期的诗集力图呈现诗人对自我的声音、生活的观点以及在五色缤纷的文学潮流中的自我位置的探讨，但其文字晦涩难懂，联想古怪奇特；不过，这些诗集遣词审慎、格律严谨、比喻新鲜、思想深

沉,所以他被马雅可夫斯基称为"诗人的诗人"。然而,到了创作后期,经过了长期的探索和不懈的努力后,他作品中的文字逐渐趋于简朴清新,不再沉溺于渺茫的描绘,克服了早期作品的晦涩朦胧。他自己后来也曾经直截了当地说:"我不喜欢自己 1940 年以前的风格。"①诗集《在早班车上》(1936—1944)和《雨霁》(1956—1959)以及"小说中的诗"都表现了他诗歌风格上的新特点。在许多诗中,他以自然纯朴而富有诗意和诗歌激情的语言,描绘了大自然的美丽景色以及自然界的种种与人类世界共通的现象。并且,他把对大自然的描绘与普通的日常生活结合在一起,表现出人们对色调柔和的大自然和周围人们日常关系中成千上万个瞬间和细节的细致感受,把风景抒情诗变为揭示人类灵魂的工具。他晚期的那些语言质朴的诗集同样受到人们的极大关注,他最后的诗集《雨霁》甚至被认为是其诗歌创作的高峰,最能体现他的创作思想和艺术风格。

在帕斯捷尔纳克的诗中,自然界的意象常常不是被描绘的客体,而是行为的主体、事件的主角和动力。他很少以自己的身份叙述自己,而是企图把"自我"隐藏起来。他的诗常会使人产生一种假象,仿佛诗人是不存在的,而完全是大自然以自己的名义在倾吐情愫或者表达思想。

帕斯捷尔纳克的诗中,自然景物的观赏者和观赏对象的角色就时常进行互换,人的意象与自然意象时常通过角色互换,相互成为对方的喻体,构成独特的比喻体系。甚至有时连描述恋人的话语使用的也是自然意象的比喻:

> 就像丛林脱去绿叶,
>
> 你脱去长长的女衫。(《秋天》)②(240)

相反,在诗中形容自然意象的独特品质时,帕斯捷尔纳克则喜欢使用人的意象来进行比喻,突出自然意象与人类之间的一体性关系:

> 像石膏塑成的白衣女人,
>
> 冬天仰面栽倒在大地。(《暴风雪之后》)(304)

在上述这首题为《暴风雪之后》的诗中,帕斯捷尔纳克打破了时空之间的界限,以实体的意象来形容具有时间概念的"冬天",突出体现了"冬天"这一自然意象的可触性和立体感。类似的跨越手法是帕斯捷尔纳克使用得较为普遍的。再如:

> 狂欢的白絮漫天飞舞,
>
> 打出高傲的、模棱两可的手势;

---

① *Пастернак Б. Л. Стихотворения.* М.：Советский Писатель, 1965. С. 256.

② 本文所引诗歌译文均出自:帕斯捷尔纳克:《含泪的圆舞曲——帕斯捷尔纳克诗选》,力冈、吴笛译,浙江文艺出版社,1988年。后文所引诗歌仅标出页码。

> 就像精益求精的艺术大师,
> 你闭口不提自己的功绩。
>
> 如同诗人,燃烧完毕,改变主意,
> 你在漫游之中寻找消遣。
> 你逃避的不只是一帮财主,
> 一切无聊的琐事都令你生厌。(《冬天毫无诗意地……》)(114)

　　暴风雪这一体现寒冬的自然意象,不仅可以模拟人类的手势,而且还像一名"精益求精的艺术大师",具有独特的创作力。于是,自然与艺术之间深邃的关系,被帕斯捷尔纳克用普通的自然意象,恰如其分地传达出来了。帕斯捷尔纳克也正是这样一位可以与暴风雪相媲美的艺术大师,他善于使用类比,将抽象的大自然的意象塑造成具体的、活生生的人格化的意象:

> 在海滨浴场的深深的底部,
> 夜晚迫切寻求一切东西,
> 并用颤抖、潮湿的手掌,
> 把星星送到养鱼池里。(《诗的定义》)(61)

　　这样,自然风景栩栩如生,难以捉摸的抽象的自然意象成了人格化的、有灵性的自然,成为与人类生活有着不可分割的联系的世界。从而,"自然在人类事务中扮演着积极的角色"[1]。

二、抒情主体与抒情客体之间的角色互换

　　对于自然与艺术之间的关系,帕斯捷尔纳克是有自己独特的理解的,他坚持认为,诗人不是艺术的创造者或艺术行为的主体,而是大自然的"传声筒"或"记录仪"。诗人在使用自然意象并且以自然意象作为喻体的时候,发挥作用的并不是诗人自己,而是大自然。所以有学者认为:"不是自己发明了比喻,而是在自然中发现了它并且虔诚地复制它。"[2]于是,各式各样的自然意象都被他信手拈来,奇特而又恰如其分地被运用于其诗歌作品的比喻中。从自然界中捕捉的具体意象被用来比喻各种具体的或抽象的物体或事件。这些自然意象总是被巧妙地发现与其他意象或行为之间的互比性:

> 一群群白嘴鸦空中展翅,

---

① Bristol, E. *A History of Russian Poetry*. Oxford：Oxford University Press, 1991：239.

② France, P. *Poets of Modern Russia*. Cambridge：Cambridge University Press, 1982：77.

像黑色的梅花漫天飞翔。(《古老的庄园》)(207)

从上述引文中,我们可以看出,帕斯捷尔纳克不仅善于将作为描绘对象的自然风景与作为观赏者的人类之间的角色进行互换,而且也善于在动植物这些自然意象之间进行互喻。"黑色的梅花"是植物意象,但是却被诗人用来比喻为鸟类意象,成为在空中飞翔的一群群"白嘴鸦"。帕斯捷尔纳克不仅在动植物意象之间进行类比,而且时空之间的意象,也被他用来进行巧妙的比喻。在名诗《瞬间永恒的雷雨》的第一诗节和第二诗节中,诗人写道:

> 夏季挥手与车站道别。
>
> 为了临别时分的留念,
>
> 雷霆在夜间摘下帽子,
>
> 拍下百幅眩目的照片。
>
> 一束丁香花黯然失色。
>
> 在这一时刻,雷霆
>
> 从田野中采来一抱闪电,
>
> 将管理局大楼照得通明。(《瞬间永恒的雷雨》)

在《瞬间永恒的雷雨》这首诗中,诗人通过摄影这一意境的捕捉,典型地呈现了瞬间感受的永恒性。在帕斯捷尔纳克看来,自然界的每一个意象都仿佛是人格化的自然意象。于是,在他的笔下,作为时间概念的"夏季"竟然可以轻盈地挥动自己的双手,向别的自然意象进行道别,因为它马上就要离开了,就要让位给下一个新的季节了,如同高校里的毕业生就要离开高校,腾出空间给新生一样。当然,毕业生离开校园时,总是有一个必选事项:摄影留念。即将离别的"夏季"也是一样,它也要凑凑热闹,拍一张照片,作为临别的记忆,于是,摄影师和摄影设备纷纷登场了。雷犹如摄影师,闪电就像闪光灯,开始为"夏季"拍临别照片。因此,具有时间概念的"夏季"成了一个正在辞别而去的访问者,"雷电"果断地按动快门,给离别的夏天摄影留念,留下了珍贵的瞬间。诗人企图在诗的形象中把感觉与现实、瞬间与永恒连成一体,赋予瞬间捕捉的画面以永恒的含义。这样,闪光灯每一次闪动,便拍摄了眩惑的夜景,并且使瞬间得以永恒。接着,在该诗的第三、第四诗节,诗人写道:

> 幸灾乐祸的滔滔雨水,
>
> 在大楼的屋顶倾泻不停,
>
> 暴雨在篱笆上隆隆扑打,
>
> 犹如炭笔在画布上写生。

> 意识的深渊开始眨眼,
>
> 豁然顿悟,就连那些
>
> 明白如昼的理性角落,
>
> 也似乎照得粲然生辉。(47)

帕斯捷尔纳克并没有止步于前面两个诗节所体现的"夏季"临别摄影留念的概念,而是在接下来的两个诗节中进一步发掘艺术与自然之间的微妙关系。在帕斯捷尔纳克看来,自然是艺术家,是比喻的创造者,诗人只是记录仪,将大自然的艺术珍品记录下来。所以,在第三诗节中,帕斯捷尔纳克又看到了自然力与艺术家之间、自然物体与艺术作品之间的一体性。尤其是"炭笔""画布"等词语的运用,更加凸现了艺术的本质特性以及自然与艺术之间的辩证关系。而在最后一个诗节中,在自然与艺术以及人与自然的关系中,诗人所要突出的是人类心灵的顿悟。正是在与自然的沟通中,在自然艺术家的启迪下,包括艺术家在内的人类才受到冲击和激励。前面使用于自然界的隐喻,也充分体现在人的不可触摸的内心世界的微妙变化中,于是,人类深邃的意识也开始"眨眼""豁然顿悟",焕发理性的光辉。

三、角色互换体系的思想特质与结构功能

就抒情主体与抒情客体之间的角色互换技巧而言,帕斯捷尔纳克不仅将其体现在诗歌创作中,也使其体现在小说创作中。在小说中,这样的例子也是非常鲜明生动的。作为小说家,帕斯捷尔纳克将抒情诗的写作技巧,尤其是独特的比喻体系,充分地运用在长篇小说《日瓦戈医生》中。这部作品自始至终都体现着小说与诗歌的融汇。叙事作品的客体性和抒情文学的主体性,在这部长篇小说中以独特的方式融为一体。

譬如,在小说的开头部分,在描写暴风雪的时候,作为人物形象的日瓦戈与作为自然意象的暴风雪,通过自身观赏者和观赏对象两者之间的角色互换,更加突出了暴风雪的神奇与灵性:

> 窗外看不见道路,也看不到墓地和菜园。风雪在院子里咆哮,空中扬起一片雪尘。可以这样想象,仿佛是暴风雪发现了尤拉,并且也意识到自己的可怕的力量,于是就尽情地欣赏给这孩子造成的印象。风在呼啸、哀嚎,想尽一切办法引起尤拉的注意。雪仿佛是一匹白色的织锦,从天上接连不断地旋转着飘落下来,有如一件件尸衣覆盖在大地上。这时,存在的只有一个无与匹敌的暴风雪的世界。①

---

① 帕斯捷尔纳克:《日瓦戈医生》,蓝英年、张秉衡译,漓江出版社,1997年,第5页。

在帕斯捷尔纳克的笔下，暴风雪就是行为的主体，它有着自己的独立"意识"，它有"发现"的能力，它有自己独特的存在方式。

当然，暴风雪的存在与人类的存在是相互映衬的。暴风雪的世界与人类的世界在帕斯捷尔纳克的笔下是密切契合的：

> 日瓦戈从这条胡同拐进那条胡同，已经忘记自己拐了几次，这时候一团一团的大雪忽然扑了下来，暴风雪真的来了，这样的暴风雪在旷野里会呼啸着在大地上飞驰，然而在城市里却像迷了路似的，在狭窄的街道上团团乱转。

> 在精神世界和物质世界，在近处和远处，在地上和空中，出现了类似的情形。在有些地方，被击溃的抵抗的一方的最后的枪声零零落落地响着。远处有些地方，被浇灭的大火的微弱的余火像冒泡一样一下一下地蹦跳着。暴风雪也一阵一阵地打着旋儿，在湿漉漉的马路上和人行道上，在日瓦戈的脚下旋起一阵一阵的雪雾。①

可见，在帕斯捷尔纳克的创作中，无论是诗歌还是小说，自然界在他的笔下总是具有神奇的魔力，大自然在他的抒情诗中总是作为行为的主体以及人类心灵的寓所而获得独立的价值。

在帕斯捷尔纳克的作品中，这种反复出现的角色互换的比喻体系有着双重的意义。一方面，人类通过自然以及与自然的比较，来获得自身在世界上的位置。譬如，在《瞬间永恒的雷雨》一诗中，诗人并不限于自然意象与人类意象的角色互换，更强调了人在自然现象中的顿悟以及自然现象对人类心灵世界所产生的冲击。同时，诗人也在对具有主体意识以及充满生气的大自然风景的描绘中，获得生命的启示，甚至获得理想的救赎，他曾经宣称："人世间没有不能被白雪医治的忧伤。"②

另一方面，自然也因与人类相比，获得了纯粹的画面和永恒的意蕴，获得了神性、灵感、性格以及独有的心理状态。帕斯捷尔纳克无疑是一位对自然情有独钟，并且善于观察自然、描写自然的抒情诗人，但是，他有别于普希金、莱蒙托夫、叶赛宁等其他善于描写大自然的俄罗斯抒情诗人；他不是纯粹追求主观上与自然的合而为一，或是将自然作为自然本身呈现出来，而是更广泛、更一般地体现道德和真实情感，在自然意象中展现人类的灵魂。在他的笔下，自然与人类之间的关系是一种平等的对话关系，自然意象在他的诗中都被当成了富有生命力的实体，自然景物的变幻常常是人类情感世界的一种折射。于是，自然总是以自己的名义，在帕斯捷尔纳克的抒情诗中一行又一行地倾诉着人类的情愫，展现着人类的灵魂，这是他诗中角色互换的根本宗旨和主要思想特质所在。而这一点，对于构建人与自然的命

---

① 帕斯捷尔纳克：《日瓦戈医生》，力冈、冀刚译，漓江出版社，1986年，第233页。
② *Пастернак Б. Л. Стихотворения. М. : Советский Писатель, 1965. С. 15.*

运共同体,对于生态文明建设,对于揭示和激发文学作品中与审美意识相比同样重要的生态意识,是不可忽略的重要内涵。于是,帕斯捷尔纳克对人与自然一体性的表述具有了生态文明的理念,成为生态批评的理想对象和优秀的批评范本。

帕斯捷尔纳克诗作中的这种比喻体系所起到的功能与其说是修辞方面的,不如说是结构方面的,因为两者之间更重要的不是相似性,而是联结性。也就是说,他诗中的比喻所起到的主要是一种联结作用,他通过比喻来摆脱空间的枷锁和生物学意义上的隔阂,力图把相互作用、相互渗透的现象建构成一个统一的世界,从而强化对人与自然一体性的认知。

四、结　语

综上所述,在帕斯捷尔纳克的诗歌作品中,诗人或人类的角色与自然的角色是经常互换的。在诗人由自然意象建构而成的诗歌比喻体系中,同样有着角色互换这一重要的特色。正是通过诗歌比喻体系中的这一角色互换的手法,帕斯捷尔纳克的风景抒情诗摆脱了空间的枷锁和生物学意义上的隔阂,从而更加密切地呈现了人与自然相互依存、相互作用、相互渗透的辩证关系,在对人与自然和谐关系的追寻、人与自然命运共同体的建构中,在文学作品除了审美之外的生态意识的熏陶中,发挥了理想的作用。

(编校:王　永)

变异与创新:帕斯捷尔纳克自传体随笔研究①

夏忠宪

（北京师范大学文艺学研究中心、北京师范大学俄罗斯研究中心）

[摘　要]　作家自传的书写是世界文学史上的一个重要现象,然而在相当长的时期里却几乎成为被研究界遗忘的角落。不过,进入 20 世纪以来,伴随着人的发现和自我意识的觉醒,具有现代意识的自传迅速发展并留下了不少有价值的典型范例。欧洲文化的根本性变化、文学范式的演进导致了整个传记体裁的重要变异,并将自传变为了具有独立认识论价值的叙事方法。帕斯捷尔纳克的自传体随笔既真实反映了这一重要变异,又向读者深刻表露了自己在特定生活阶段里复杂的精神世界,多方展示了他在广阔社会现实和时代风云中的文学实践活动。在汗牛充栋的帕斯捷尔纳克研究中,鲜见对其自传有分量的研究成果。本文不仅将帕斯捷尔纳克的自传体随笔作为一个独立的研究对象,从身份认同、对话性、不可靠叙述等角度加以剖析,还将其作为一个有代表性的个案来阐释俄罗斯现代作家传记写作观念和形态的演变,以期揭示帕斯捷尔纳克自传多方面的价值,促进帕斯捷尔纳克和俄罗斯现代作家传记的研究以及自传问题的理论建设,并深化方法论在这些方面的启迪意义。

[关键词]　帕斯捷尔纳克;自传体随笔;变异;身份认同;对话性;不可靠叙述

作家自传的书写是世界文学史上的一个重要现象。然而,它在相当长的时期里却几乎成为被研究界遗忘的角落。在汗牛充栋的帕斯捷尔纳克(Б. Л. Пастернак)研究中,亦鲜见这方面有分量的研究成果。其原因是多方面的,但主要有两个:一是自传作为一种体裁,虽然有着极其古老的历史,但古今中外的自传理论却少之又少,研究者难以有所突破;二是自传有不成文的固定模式,往往被看作传主往昔生活的再现,是一种线性叙事,形式上很难创新,研究者难以据此判断传主的艺术成就。

---

①　本文系教育部人文社会科学重点研究基地重大项目"俄罗斯文化精神与俄罗斯诗学"(16JJD750007)的阶段性成果之一。

在进入帕斯捷尔纳克自传研究之前,我们先简要梳理一下"自传"的概念。

自传书写看似简单,似乎每个人都可以写作自传,其实不然,自传书写同时被视为"是进入了连天使可能都非常害怕踏入的领域的一种冒失的冲动"①。对于具有现代意识的自传书写者来说,自传直接触及了人的存在这一根本问题:自传书写和研究都是对"人"这一"斯芬克斯之谜"进行的探索,是作为独特个体的每个人对"认识你自己"这一古老命题的回答,且回答各有不同。

要为自传下定义确非易事,正如学者李有成所说:"自传所涵盖的文本既是如此繁杂广泛,要为自传下一个有意义的定义实非易事,因为有不少例外和变体逾越此一定义所划定的疆界。不仅如此,这个事实也使得如何举例或指认自传文本难上加难。这些困难一方面固然说明了何以我们无从陈述自传的内在形式,但同时也宣示了,对自传作者和读者而言,这是一个充满各种可能性的文类。"②

我们先来看看研究者经常引用的自传定义。1866年,法国《拉罗斯百科全书》将自传定义为"由某人写作的其本人的生平"③。中文则有"传记"和"生平"两种表述,"传记"是以书面形式对"生平"的呈现。我国《辞海》中对"自传"的定义是"叙述自己的生平事迹和著作"④。

以上定义多强调两点:即自传从属于传记的属性及自述生平的外部特征。然而,现代作家越来越不甘于将自传变成一种犹如编年体的乏味的文体、一种平庸的文类。他们更乐于在自传中书写自己独特的体验、对人的发现及彰显自我意识。自传由此呈现出自我阐释、自我探寻等多元化倾向。换言之,具有现代意识的"自传"概念不满足于这些基本特点,而是加载了更丰富的涵义,即将自身视为"一个重要的知识领域,具有认识论的和解释学的潜力"。

勒热讷(Philippe Lejeune)指出:"当某个人主要强调他的个人生活,尤其是他的个性的历史时,我们便把这个人用散文体写成的回顾性叙事称作自传。"⑤自传是作者的自叙,其采用的是一种回叙性的视角,强调的是一种个体性的书写。

因此,"自传本质上就是一种个体的和具有特性的艺术"⑥,现代自传凸显的是自叙性、回顾性、故事化等特点。

---

① Olney, J. Autobiography and the Cultural Moment: A Thematic, Historical, and Bibliographical Introduction. In James Olney (ed.). *Autobiography: Essays Theoretical and Critical*. Princeton: Princeton University Press, 1980: 3.

② 转引自韩彬:《现代中国作家自传研究》,中国社会科学出版社,2015年,第2页。

③ 转引自杨正润:《现代传记学》,南京大学出版社,2009年,第292页。

④ 《辞海》,上海辞书出版社,1979年,第1893页。

⑤ 勒热讷:《自传契约》,杨国政译,生活·读书·新知三联书店,2001年,第3页。

⑥ Couser, T. Of Time and Identity: Walt Whitman and Gertrude Stein as Autobiographers. *Texas Studies in Literature and Language*, 1976, 17(4): 787.

就笔者所查,英俄文中的"传记"(biography、биография)这一术语已涵盖自传、传记、日记、回忆录、生活史、个人叙事等体裁,甚至成为了"传记研究法"(biographical method)的缩写概念。尤其是 20 世纪以来,文学范式的演进导致了整个传记体裁的重要变异,也促进了对自传的重新审视。俄罗斯学者博隆斯基(B. B. Полонский)发现,随着欧洲文化发生根本性的变化,20 世纪初的传记几乎占据了文学中的主导地位。"传记分解为许多全新的体裁变异(множество совершенно новых жанровых модификаций),其中每个体裁变异都有独立的形式题材结构。……在各种不同的传记体裁发展中有三种趋向最具特色,其中每一趋向都体现出 20 世纪文化演进的某些方面。它们可概括为:阐释学—现象学、小说化和功能化趋向(герменевтико-феноменологическая,беллетристическая и функциональная)。"①

阐释学—现象学趋向与古典理性模式的崩溃有关,并将个体现象学作为主要的存在主义问题,这本身就具有了时代的自我意识;小说化趋向既与长篇小说的贬值相关,又与大众文学的需求日益增长有关,它主要体现在所谓的长篇小说化的传记(biographie romancée)体裁上;功能化趋向传记往往充当工具的角色(в роли инструментария)。

在本文中,笔者较为关注的是阐释学—现象学趋向及其与自传研究相关的问题。在博隆斯基看来,19 世纪和 20 世纪之交发展起来的阐释学的"(历史)理解理论"是阐释学—现象学传记趋向的基础。在最初的宣言中,"理解"论学者捍卫了个人不可重复性(персональная неповторимость)的哲学学说,提出了个体创作史的存在问题(вопрос о существовании индивидуальных творческих историй)。自从对传记的兴趣逐渐被对自传的兴趣所取代,自传开始被广泛解读为各种形式的自白忏悔和自我反映。这一趋向的最大代表是德国自传学者、当代自传研究奠基者米什(George Mish),三卷本《自传史》的作者。他强调了两点:一是自传绝对高于传记;二是要排除问题和真正的迷误概念。

在俄罗斯,这一趋向最引人注目的代表是 20 世纪 20 年代初的巴赫金(M. M. Бахтин),他是《论行为哲学》和《审美活动中的作者和主人公》的作者。他的对话理论帮助人们认识到,对个体的认知必然意味着与之对话的态度。在这个意义上,对传记事实阐释的"阐释学范围"(«герменевтический круг»)实际上是无限的,因此对话是无穷无尽的。正如博隆斯基所说,阐释学—现象学"这一传记趋向的逻辑导致传记的价值论地位发生变化,导致其独立的、'科学'和'艺术'相互综合的人文学科

---

① *Полонский В. В. Между традицией и модернизмом. Русская литература рубежа XIX-XX веков: история, поэтика, контекст.* М.,ИМЛИ РАН,2011. C. 152.

有着自己的可靠性标准、理论和方法论"①。

从作家自传的演变史来看,自传至少从三个方面悄然发生了变异:一是从观念上来看,自传已经从关注个人生平事件转变为"对自我/人的发现"。以往多强调生平过程和客观描述,即这种生平应该是"一个人一生的过程",是"客观的历史描述",且这一自我是真实可靠的,多不存在"身份认同""自我存在",即"自我问题"或者"自我欺骗"之类令人痛苦困惑的问题。二是作家自传从被看作传记的分支而传记又被看作历史的一种,转向了具有独立认识和审美价值的体裁。三是从客观陈述转向"自我建构"的"书写"。正是作家的自传书写这一行为呈现了自传真正的重要性,因为它使个人的生平和自我发现呈现出一定的艺术形式。由此可见,人的发现、存在主义哲学意义上的人的生存境况的探究是自传变异与兴盛的根本原因,只有人的独立价值被重视,具有现代意识的作家自传才会大量产生,这也是自传现代性的重要体现。自传的首要任务是书写自我,确立自我的主体性。当今几乎所有的作家自传都包含了自我阐释、自我探寻、自我建构的过程,也包括了寻求意义并确立自我在他者和社会中的价值,以使自己闻名于世的内涵。

有鉴于此,尊重每一个自传书写者的个体存在和自我意识,是自传研究的前提与基础。因此,以往简单的自传观念亟待打破,应更多地把自传视为自我认识、自我表现和自我建构的方式,将自传列入"作为作者自我认识的艺术",视为艺术家塑造自身个性的一种创造行为,一种生命创造活动。本文将在此基础上重新审视帕斯捷尔纳克的自传体随笔,考察帕斯捷尔纳克的自传体随笔反映的自传文类的重要变异,展示帕斯捷尔纳克特定生活阶段的复杂精神世界、其他在此期间的各种文学实践活动以及广阔的社会现实和时代风云。

一、作家自传的身份预设与认同

作为一种文学文类,自传的独特性在于,"它从整体上重新组织并解释一个人的一生,基于这样的事实,它是自我认知的一种方式"②。"所有的人,在他们作为人的能力范围内都有一个关于自我的独特概念,或者更准确地说是一个'自我'身份。"③我们所考察的作家自传书写者总是以一定的身份进行写作,他在自传中将自己描述成什么样的人,依赖于他的身份认同,而且他试图让人们接受他的这种身

---

① *Полонский В. В. Между традицией и модернизмом. Русская литература рубежа* XIX-XX *веков:* история, поэтика, контекст. М.: ИМЛИ РАН, 2011. С. 152.

② Gusdorf, G. Conditions and Limits of Autobiography. In James Olney (ed.). *Autobiography: Essays Theoretical and Critical*. Princeton: Princeton University Press, 1980: 38.

③ 杨正润:《现代传记学》,南京大学出版社,2009 年,第 312 页。

份。因为身份不仅可以解答我是谁的问题,还可以明晰自我的价值,认识自我在他人的眼中、在社会中处于何种位置。作家自传的风貌取决于自传书写者对传主身份的预设。作家自传写作的过程也就是自传书写者寻求身份认同的过程。因此,身份认同是作家自传写作的核心,在这个过程中,自传书写者既要寻求一种个体身份的认同,借以回答"我是谁"和"我何以是谁"的问题,同时也要寻求一种群体身份的认同和民族身份的认同,借以解决自我的归属问题。与此同时,身份预设和认同还是对作家自我的文学趣味、文化人格、理想人格和精神趋向的一种综合定位。

一般而言,每个个体在社会中都同时扮演着多种角色,自传书写者往往会选择其中的一种身份作为自传写作和自我形象建构的基础,帕斯捷尔纳克也不例外。他在生活中有多种身份,但他的作家身份意识强烈,十分注重自我的作家身份建构和艺术思考,因此他将自己的创作生活作为自传书写的主体部分。从作者的身份选择可以透视出作者对自我的基本评价,而此种身份构成作者所认定的自我主体身份,并使自我呈现为个体在社会中所扮演的社会角色的体认。

众所周知,身份是一种复杂的存在,它既可指一种自我的认知,即"我是谁"的问题,也可指一种他者对传主的定位。具有现代意识的自传书写者对自我的预设与社会对其个体的身份认同往往会呈现出复杂的状态:当自传书写者对自我的预设与社会对其个体的身份认同相一致时,自传就会呈现出一种和谐的状态,这时对自我的叙述就会给读者一种实至名归之感;而当自传书写者对传主的自我预设与其社会身份分裂时,自传的讲述往往就会呈现一种纠结、分裂的状态,展示出情感的张力。

具有现代意识的作家自传书写多表现出自我认同危机和身份焦虑。所谓的自我认同危机是指人的身份的丧失或混乱,并由此产生了自我价值感的困惑,甚至崩溃。人在自我认同危机中会感到自我尊严和价值意义的丧失,进而产生自我的分裂和身份焦虑。这种身份焦虑既包括自我认同的分裂,也包括民族认同的焦虑,在"原初计划"与"自我人设"发生冲突时表现尤为明显。

"自我人设"是一种自由、自觉的自我创造行为,创造者借此"可以自己承担起设计自己人生的使命"。从自传随笔中可以看出,帕斯捷尔纳克并没有服从"原初计划",而是艰难地告别音乐、哲学,走上文学之路。他将自述的分裂和情感的张力通过书写童年经历和海外求学经验表现出来。帕斯捷尔纳克在40岁前写的自传随笔《安全保护证》中不惜以大量的笔墨描写选择职业,确定作家身份,告别音乐和哲学时纠结、分裂的心路历程:

人世间我最喜欢的是音乐,①音乐里我最喜爱的是斯克里亚宾。结识他

---

① 帕斯捷尔纳克自传随笔引文中粗体格式均为笔者所加。

之前不久，我才开始在音乐方面咿呀学语。他回国时，我正从师现仍健在的作曲家。我只剩修学乐队谱曲了。当时人们众说纷纭，然而重要的一点是，**即使大家的意见相左，我也无法想象我的一生会游离于音乐之外了。**①

正是在斯克里亚宾（А. Н. Скрябин）从国外载誉归来，听完并祝贺帕斯捷尔纳克演奏成功的那天夜里，帕斯捷尔纳克下决心告别音乐。他在自传随笔中描述了那夜五味杂陈的心绪：

> 我告辞了，不知道应该怎样向他道谢。我心中有什么在升华。有什么撕裂了，冲破樊笼。有什么在啜泣，有什么在欢欣雀跃。②

在66岁时创作的自传随笔《人与事》中，帕斯捷尔纳克又写道：

> **没有一个人怀疑过我的未来。我的命运已经决定了，选择的前程正确无误。大家都认为我会成为音乐家，为了音乐什么事都可以原谅我**，甚至对长辈们各种忘恩负义的可卑举动，而我远不及长辈——执拗、不听话、马虎，还有怪毛病。甚至在学校上希腊文课或数学课时，我把乐谱摊在书桌上钻研赋格曲和对位法，老师把我当场抓住，对老师的提问我哑口不知所答，像根树桩似的傻伫在那里。这时全班同学会为我求情，于是老师们也就饶了我。**即便如此，我还是放弃了音乐。**

> **正当我有权欢庆成功时，正当周围的人都在祝贺我时，我却把音乐放弃了。**③

帕斯捷尔纳克在自传中详尽地描述了充斥焦虑、痛苦的主体体验：

> **但是谁也不晓得我的隐痛。**如果我把它说出来，别人也不会相信。在谱曲方面，我的进展十分顺利，然而在实践方面，我却毫无能力。我勉强可以弹琴，甚至不会快速识谱，我几乎是按音节来读谱子。经过一番努力之后所掌握的新音乐思想，与我的落后的技术后盾出现了脱节，**于是本来可以成为欢乐源泉的天然恩赐，变成了长年的苦痛。这种苦痛终于使我忍受不住了。**④

继而，帕斯捷尔纳克在自传里剖析了产生自我认同危机与身份焦虑的原因：

> 怎么会出现如此不相适应的现象呢？**其根源在于某种不应有的、需要付出代价的、不允许的少年人的傲慢气质**，在于一个一知半解的人对一切抱有虚

---

① 帕斯捷尔纳克：《人与事》，乌兰汗、桴鸣译，生活·读书·新知三联书店，1991年，第26页。
② 帕斯捷尔纳克：《人与事》，乌兰汗、桴鸣译，生活·读书·新知三联书店，1991年，第31页。
③ 帕斯捷尔纳克：《人与事》，乌兰汗、桴鸣译，生活·读书·新知三联书店，1991年，第192—193页。
④ 帕斯捷尔纳克：《人与事》，乌兰汗、桴鸣译，生活·读书·新知三联书店，1991年，第193页。

无主义态度,他认为什么都可以垂手即得和一蹴而成。**我对一切匠气的、不是创作的东西,都加以鄙视,我敢于认为这些东西我都在行。我以为真正生活中,无事不是奇迹,事事为上苍所安排,没有人为的与杜撰的,不允许有专横任性。**①

……

我跟音乐发生的不幸事件,还得怪罪于一些非直接的,实际上不存在的原因,偶然占卜啦,等待上苍表态或示意啦。我没有绝对听力,我不善于判定一个随意拿来的乐谱音的准确高度,我没有这方面的能力,这种能力是我工作中所完全不必要的。缺少这种特长,使我感到难过,损伤了我的人格,我认为这证明命运和上苍都不需要我的音乐。在诸如此类的一连串打击下,我心寒意冷了,洗手不干了。

我为音乐付出六年的心血,音乐是一个充满希望与不安的世界,可是我如同告别最珍贵的东西一样,硬是从自己的心中扬弃了它。有一段时间我还有在钢琴上弹奏幻想曲的习惯,不过它已经是逐渐消逝的毛病了。后来,我决定采取果断措施来控制自己,我再不触摸钢琴,再不参加音乐会,甚至回避与音乐家们见面。②

帕斯捷尔纳克又谈到告别音乐、与诗的结缘、文学创作的艰难,以及文学与艺术的关系:

我一直在拖延与音乐的诀别。此时,音乐在我心里已经与文学交织在一起了。别雷和勃洛克的深邃和优雅不能不展现在我的面前。他们的影响与一种胜过简单的愚昧无知的力量巧妙地结合在一起了。**十五年来为音乐而做出牺牲的文字这时在我身上奋起要独树一帜,有如残废的肌体奋起要去演杂技一样。**于是我和一部分朋友与"缪斯革忒斯"出版社发生了关系。从别人的嘴里,我知道了马尔堡市的存在:柯亨、纳托尔普、柏拉图取代了康德和黑格尔。③

……

我们把平日生活拽进散文是为了诗;我们把散文拖进诗是为了音乐。我就把这,在最广泛的意义上,称作艺术——生意盎然、代代相传的人种之钟安排的艺术。④

---

① 帕斯捷尔纳克:《人与事》,乌兰汗、桴鸣译,生活·读书·新知三联书店,1991年,第193页。
② 帕斯捷尔纳克:《人与事》,乌兰汗、桴鸣译,生活·读书·新知三联书店,1991年,第194—195页。
③ 帕斯捷尔纳克:《人与事》,乌兰汗、桴鸣译,生活·读书·新知三联书店,1991年,第36—37页。
④ 帕斯捷尔纳克:《人与事》,乌兰汗、桴鸣译,生活·读书·新知三联书店,1991年,第39页。

作家的身份预设及其认同使帕斯捷尔纳克的自传随笔履行了诸多功能：纪念自我、认识自我、确认自我的价值。当作家的自我预设与自我认同及社会身份分裂，情感产生焦虑时，自传的写作同时也是对身份认同危机和情感焦虑的释放。如布罗姆（William Broome）所说："身份确认对任何人来说都是一个内在的、无意识的行为要求；个人努力设法确认身份以获得心理安全感，也努力设法维持、保护和巩固身份以维护和加强这种安全感。"①作家的身份预设及其认同还使帕斯捷尔纳克对自己的艺术感悟、文学成就、人生经历以及文坛的是是非非均有着极大的话语权，并使其以历史参与者和见证人的身份评说历史。

二、作家自传的"对话性"

巴赫金在《陀思妥耶夫斯基诗学问题》中指出："对话交际是语言的生命真正所在之处。"②对话体现出不同意识的互动与交锋。

泰勒（Charles Taylor）在《自我的根源：现代认同的形成》中指出："一个人不能基于他自身而是自我。只有在与某些对话者的关系中，我们才是自我：一种方式是在与那些对我获得自我定义有本质作用的谈话伙伴的关系中；另一种是在与那些对我持续领会自我理解的语言目前具有关键作用的人的关系中。"③

具有现代意识的作家自传不是独白，而是自我与他者的对话。这里的"自我"与"他者"均为复数：自我眼中之"我"（即现在之"我"、过去之"我"），他者（即现在之"他者"、过去之"他者"）眼中之"我"。

从帕斯捷尔纳克的自传随笔中可以见到自我与他者的多种对话关系：叙述主体与经验主体的对话、作家与读者的对话、"故事性"与"反故事性"的对话等。自我和他者的对话代表了不同意识之间的对话。自传中多层次的自我和他者的对话，事实上反映了两个或多个不同意识之间的互动、争鸣与碰撞。

（一）叙述主体与经验主体的对话

勒热讷在《自传契约》中指出："任何第一人称叙事，即使他讲述的是人物的一些久远的遭遇，它也意味着人物同时也是当前产生叙述行为的人，陈述内容主体是双重的，因为它与陈述行为主体密不可分；只有当叙述者谈论自己当前的叙述行为时，它才重新变得单一；反之则不然，它永远也不能指一个脱离任何当前叙述者的

---

① 乐黛云、张辉主编：《文化传递与文学形象》，北京大学出版社，1999 年，第 327—347 页。
② 巴赫金：《巴赫金全集》（第 5 卷），白春仁等译，河北教育出版社，1998 年，第 242 页。
③ 泰勒：《自我的根源：现代认同的形成》，韩震等译，译林出版社，2001 年，第 50 页。

人物。"①自传的叙事主体(现在之"我")与经验主体(过去之"我")的人生阅历、思想情感,以及人生观、价值观都可能已发生变化,因此对人与事的看法,以及价值的判断会大异其趣。正是由于二者的间离性,当叙述主体对经验主体进行评价和审视时,二者的潜心对话由此产生。正如申丹在《叙述学与小说文体学研究》中指出的那样:"在第一人称回顾往事的叙述中,可以有两种不同的叙事眼光。一为叙述者'我'目前追忆往事的眼光,另一为被追忆的'我'过去正在经历事件时的眼光。这两种眼光可体现出'我'在不同时期对事件的不同看法或对事件的不同认识程度,它们之间的对比常常是成熟与幼稚、了解事物的真相与被蒙在鼓里之间的对比。如果叙述者采用的是其目前的眼光,则没有必要区分叙述声音与叙事眼光,因为这两者统一于作为叙述者的目前的'我'。但倘若叙述者放弃现在的眼光,而转用以前经历事件时的眼光来叙事,那么就有必要区分叙述声音与叙事眼光,因为两者来自两个不同时期的'我'。"②当这两种叙事眼光交替使用时,叙事主体与经验主体的认知差异就会形成一种张力,两者之间就会构成一种对话。"自传作者要回忆和思考那些重要的事件和人物,他要询问过去的自我,当时处在怎样的境遇之中?为什么要这样做?他要对那时的我的言行进行评价,看一看它们带来了怎样的后果。自我是一个漫长的发展,经历过许多阶段,有过不同的心理和价值观。而在写作自传的时候,无论过去怎样做、怎样想,自传者总是用现在的我去衡量、判别和评价过去的我。你肯定或否定,感到满意或遗憾,现在的自我都在回顾、总结和解释过去的自我。"③如果说过去之"我"的叙述更多展现的是亲历时的真切感受,那么现在之"我"的叙述,则更多了一份历尽沧桑的冷静和洞若观火的清明,拉开了叙事距离的现在之"我"对过去更多了一份审视和反思。正是在叙事主体和经验主体的对话张力中,自传书写展示了自我成长的艰难历程,彰显了自我不断正视过去,反思历史的勇气,这也正是其价值所在。

第一,叙事主体与经验主体的对话是对经验主体当时认识的评价:

> 当时我对景物的观察,要比现在我描述的更深入,更广泛,当时我并没有把我所见到的从现在要说明的角度去理解,但是这多年来沉积在我心中的印象却与我要说的大致雷同,因此在我扼要的叙述中,我不会背离当时的真实情况的。④

这里描述的是经验主体当时对意大利绘画艺术的理解。

① 勒热讷:《自传契约》,杨国政译,生活·读书·新知三联书店,2001年,第238页。
② 申丹:《叙述学与小说文体学研究》,北京大学出版社,1998年,第187页。
③ 杨正润:《现代传记学》,南京大学出版社,2009年,第308—309页。
④ 帕斯捷尔纳克:《人与事》,乌兰汗、桴鸣译,生活·读书·新知三联书店,1991年,第116页。

第二,叙事主体与经验主体的对话是对经验主体当时认识的补充。在谈到经验主体海外旅行时对意大利绘画艺术的理解的感受时,作为叙事主体的帕斯捷尔纳克写道:

> 但是那时节我还未深入想到这些细节。那时候,在威尼斯,或者以后在佛罗伦萨,或者,说得更准确些,在我旅行归来在莫斯科的那个冬天里,另外一些更为独特的想法才占据了我的头脑。

> 任何一个接触了意大利艺术的人,他的突出心得应是与我国文化可以触摸得到的统一,不管他是以什么形式看到这个艺术的,也不管他给这个艺术冠以什么名称。

> ……

> 我看到我们千年文化的特点就植根于这种相互抵触之上。

> 意大利为我晶化了我们从摇篮时起就无意识地吸入的一切。意大利的绘画为我做出了我本来需要苦思冥想才能得出的结论,在我日复一日从一个藏画展室踱到另一个藏画展室之际,绘画艺术把它在色彩中煎熬出的现成答案掷到了我的脚下。①

在自传中,通过现在之"我"与过去之"我"的对话,作为叙事主体的帕斯捷尔纳克使我们进一步了解到了作家对诸如"象征""直感""天才艺术家"等不断深化的认识:

> 我喜爱**历史象征**的生气勃勃的实质,换句话说,我喜爱我们的那个本能,它像金丝燕筑窝似的筑出了我们这个世界。这个世界是用天和地,生与死以及两种时间——当前与过去的时间和未来的时间——垒起来的巨大的窝。我明白了这个世界之所以不会倒塌,是由于贯穿着它的各个分子的形象凝聚力。

> 但当时我还年轻,还不懂得这个道理并不适用于天才的命运和它的本性。**我还不知道他的本质寄存于真实的生平之中,而不存在于折射了的象征之中。**我还不知道与早期艺术家不同,**天才艺术家植根于精神鉴别力的粗率的直感之中。**他有一个特点是引人入胜的。尽管精神激情的一切火花都是迸发在文化的内部,造反者本人却永远觉得他的闹事是在街衢上,是在文化之外进行的。我还不知道,反对圣像崇拜的人只有在极少数情况下,即在他不是赤手空拳来到这个世界上的时候,他才能留下永存不朽的圣像。②

---

① 帕斯捷尔纳克:《人与事》,乌兰汗、桴鸣译,生活·读书·新知三联书店,1991年,第118—119页。

② 帕斯捷尔纳克:《人与事》,乌兰汗、桴鸣译,生活·读书·新知三联书店,1991年,第120页。

(二)作家与读者的对话

勒热讷指出:"由于'我'意味着还有一个'你'的存在,这种叙事模仿一种与叙事的听者之间的交流:在自传研究中,重要的一点就是确定谁是叙事所针对的这一(虚构的)对话者,叙述者和他保持的是何种关系(从取悦到挑衅)。这将促使人们分析话语和语气的类型并提出自传话语在作者个性的塑造过程中的功能问题。"①

帕斯捷尔纳克希望读者替他完成对经验主体所见情景的描述:

> 我已说过。我不想描述这些情景了,让读者替我来完成它吧。读者喜欢缠绵的情节和惊心动魄的事件,他把历史看成永不终结的故事,很难说他是否希望历史有个合理的结局。他惯常散步的地方就是他最中意的地方。他总是浸沉在人生的序言和导言里,而对于我来说,当他倾向于总结归纳时,人生才充分展现出来。在我的理解中,历史的内在分段是以在劫难逃的死亡形象呈现出来的,这且不说,在生活中也一样,当食物一部分一部分地被煮熟了,而我饱餐一顿整体的食物之后,当饱满的感受得以充分呈现出来的时候,整个的我才有了生机。②

读者虽然并非现实在场,但却具有与作者平等对话的权利。作者想象出"隐含读者"的接受视域,并在想象中完成了与"隐含读者"的特殊对话。作者会想象读者有何喜好,会说些什么,如何来说。

(三)"故事性"与"反故事性"的对话

故事常常构成现代自传的核心内容。自传中的故事大致可分为两类:一是关于自我的故事;二是关于他者的故事。正是这些挥之不去的人生故事,凸显了传主自我的形象建构,并大大增强了作家自传的趣味性和可读性,使得自传不再是流水账一般乏味的文类。

马一波、钟华在《叙事心理学》中指出:"能够将人生有目的地、一致地讲述出来的唯一可能的形式就是故事。人们建构了那些连贯的、生动的人生故事,使得个人能够以生成的方式融入社会。人生故事赋予了个体一个有关自我的历史,解释了昨天的我是如何成为今天的我,今天的我又是怎样成为明天期盼的我的。故事临摹生活并展示内部现实于外部世界。我们通过我们所说的故事了解和发现自己,并把自己向他人展示。"③故事是传主对自我的一种叙述、理解和审视,生命的整体

---

① 勒热讷:《自传契约》,杨国政译,生活·读书·新知三联书店,2001年,第13页。
② 帕斯捷尔纳克:《人与事》,乌兰汗、桴鸣译,生活·读书·新知三联书店,1991年,第21页。
③ 马一波、钟华:《叙事心理学》,上海教育出版社,2006年,第37页。

就是被传主讲述的故事的整体。作者通过故事的书写，借以感知已逝时间的存在，并借此完成自我形象的建构。

不少当代自传以"故事性"吸引人眼球，而帕斯捷尔纳克的自传体随笔的特色之一则在于其"故事性"与"反故事性"的对话。

帕斯捷尔纳克的自传体随笔中虽然也有两种故事：关于自己的故事和关于他人的故事，但它们有时仅是寥寥数语带过，浓墨重彩的是"记忆"的"碎片"、大段阐述对艺术创作本质的个人看法。在帕氏笔下，"自我"与"他者"的对话所履行的功能：一是完成自我形象的塑造；二是完成自我作家身份的建构。为此作家强化了选择的作用。

1. 选择有利于传主自我形象建构的自我和他者的人生故事及其回忆

帕斯捷尔纳克的自传体随笔中有利于传主自我形象塑造的自我人生故事及其回忆多见于自我童年和海外求学（马尔堡学派）、创作经历书写；他者人生故事及其回忆涉及的人物有斯克里亚宾、马雅可夫斯基等。

2. 选择有利于传主作家主导身份认同的自我和他者的人生故事及其回忆

一方面，帕斯捷尔纳克在《人与事》中绘声绘色地讲故事，描述了自童年起的个人生活和创作历程，以及他与著名文艺界人士间的交往经历，包括文学巨匠托尔斯泰（Л. Н. Толстой）、"白银时代"的代表作家勃洛克（А. А. Блок）、叶赛宁（С. А. Есенин）、马雅可夫斯基（В. В. Маяковский）、茨维塔耶娃（М. И. Цветаева）等人，凸显作家的主导身份。读者从中可以窥见帕斯捷尔纳克的亲友关系、爱情纠葛和他最后的遭遇。

另一方面，与"故事性"对话，帕斯捷尔纳克在自传中不吝笔墨，长篇大论谈艺术：

> 艺术比人们想象的更片面。我们不能随意摆弄它，像摆弄天文望远镜那样随意给它定出一个方向。**艺术对准的是被情感移过位的现实，它是这个移位过程的记述。它以这个移位为蓝本进行直观描述。**移位是怎样进行的呢？细节赢得了清晰，却失去了意义上的独立。每一个细节都可以换成另一个细节。任何一个细节都是可贵的。随便挑一个细节都足以证实笼罩着整个**移了位的现实**的那个态势。
>
> 当这个态势的特征移到纸面上时，生活的特点就变成创作的特点了。创作上的特点比生活上的特点更醒目。它们被研究得更彻底。它们有术语可用。这术语就叫做**手法**。
>
> **艺术作为活动是现实的，作为事实是象征的。**说它是**现实的**，是因为不是它臆造了借喻，而是在大自然中发现了借喻并神圣地把它再现出来。转义的东西单独地便毫无意义，而是归属到艺术整体的总的精神，正像移了位的现实

的各个部分单独地便毫无意义一样。

说艺术是**象征的**,指的是它具有全部吸引力的形象。艺术的唯一象征是形象的鲜艳和清晰以及就艺术整体而言形象又不是不可换的。形象的可以相互替代说明现实的各个部分相互是无干的。形象的可以相互替代,即是艺术,它是力的象征。①

唯恐读者误解,帕斯捷尔纳克还加了一页注:

恐生误解,补说几句。我说的不是艺术的物资内容,不是充填艺术的诸方面。我谈的是艺术现象的意义,它在生活中所占的地位。个别的形象本身就是可见的,并建立在光觉的类推基础之上的。艺术的个别词语,像一切概念一样,是依靠认识而存在的。但是无从引用的整体艺术的语言则存在于譬喻本身的运动中,而这种语言象征地谈的是力。

——原注②

“这里所写的东西,足以使人理解:生活——在我的个别事件中如何转为艺术现实,而这个现实又如何从命运与经历之中诞生出来。”帕斯捷尔纳克的这一自述,无疑加深了我们对他的艺术观及其创作中对色彩的敏感、对艺术综合因素的运用的理解。

除了上述对话之外,还有两部自传中“自我互文”的对话:跨越两个时空的对话。两部自传分别是帕斯捷尔纳克在 40 岁前写的献给里尔克的自传,以及 66 岁时写的自传。限于篇幅,在此不一一赘述。

三、作家自传的“不可靠叙述”

自传创作虽然源远流长,但长久以来却从属于史传文类。尽管布斯(Wayne Booth)在《小说修辞学》中提出“不可靠叙述”的概念,主要针对的是小说等虚构性叙事文本,然而,在我们看来,在自传、回忆录等虚构纪实类文本中同样存在“不可靠叙述”。

在此,我们借用中外学者对“不可靠叙述”的重新界定来审视帕斯捷尔纳克的自传体随笔:“当同故事叙述者所讲述的故事、人物、思想、事件等内容或者与文本规范(文本逻辑)有出入,导致前后矛盾(因此是在文本世界内的不可靠),或者与自传所指涉的文本外世界的事实不符(因而是在与‘真实’世界比照时出现的不可靠)

① 帕斯捷尔纳克:《人与事》,乌兰汗、桴鸣译,生活·读书·新知三联书店,1991 年,第 84 页。
② 帕斯捷尔纳克:《人与事》,乌兰汗、桴鸣译,生活·读书·新知三联书店,1991 年,第 85 页。

时,自传中的同故事叙述者是'不可靠的'。"①导致自传中出现"不可靠叙述"的原因多样且复杂,因人而异,如记忆、遗忘、认知、情感的影响;建构自我身份的需要等。

在帕斯捷尔纳克的自传体随笔中,"不可靠叙述"一般产生于特定情景,如作者自述"我不是在写自己"。

> **我不是在写自己的传记。写别人而涉及到自己的时候,我才写我自己。**
> 我跟这本传记的主要人物一起,认为只有英雄才认真值得叙述生平,而诗人的一生则不适于采取这种形式。一定要写,就得搜集一些不关紧要的琐事来凑数,写成传记,而这又将证明是对怜悯和强制做出了让步。诗人是自愿地付予他的一生以陡峭的倾斜,使它符合不了我们在传记中希望看到的那种垂直线。诗人的传记是不能在他自己的名下找到的,而应该到别人的——他的追随者的传记系列中去寻找。衍生出传记的个人越是孤僻内向,他的生平事迹,用不着玩弄词藻地说,就越具有集体性。天才作家的下意识领域是无法度量的。在他的读者身上产生的一切感受就构成了这一领域,但他对读者产生的影响是他无从知晓的。②

仅举几例让我们看看帕斯捷尔纳克是否在写自己。

> 以供人观赏的角度来理解人的经历是我的那个时代的特征。我曾跟大家一样持有这种观点。当它在象征派那里还没有巩固下来,当它还没有提出英雄主义的要求,尚未带有血腥味的时候,我就与它分道扬镳了。总之,首先是由于我抛弃了浪漫主义手法——上述观点是这一手法的基础——所以说我是无意识地挣脱了它的羁绊;其次,我也有意识地躲避它,它的华丽词藻是不适合于我的行当的,因为我怕任何形式的诗化会把我引入歧途或者摆上不恰当的地位。

> 当《生活呵,我的姊妹》问世,人们发现它体现的完全不是那个革命的夏季里摆在我面前的对诗歌的当代要求时,我便对产生了这本小书的力量应该叫做什么处之泰然了,因为那力量比我和包围着我的诗的各种观念都更雄浑有力。③

揭示作家自己观点的演变、自己的小说的力量……这难道不是在写自己?

有一天,晚秋时节,我在这个工作室里作了以**《象征主义与不朽》**为题的报

---

① 许德金:《自传叙事学》,载《外国文学》2004 年第 3 期,第 49 页。

② 帕斯捷尔纳克:《人与事》,乌兰汗、桴鸣译,生活·读书·新知三联书店,1991 年,第 34—35 页。

③ 帕斯捷尔纳克:《人与事》,乌兰汗、桴鸣译,生活·读书·新知三联书店,1991 年,第 154 页。

告。一部分人坐在下边,另一部分人扒在阁楼上,探着脑袋听讲。

　　这个报告是基于我们对感受的主观意念的一些想法而作的,我认为我们在大自然中所能感受的声音与色彩和另外一种客观存在的声波与光波的颤动相符合。报告中贯穿了这么一种想法,即主观意念并非个别人的特性,而是祖传的、超个人的特性,是人类世界的主观意念、人种的主观意念。我在报告中设想:每一个死者都会留下一点不朽的、祖传的主观意念。人活着的时候,这种主观意念存在于他身上,并依靠他参与了人类生存的历史。报告的主要目的是提出一种假定,也许心灵这个极其主观又带有全人类性的角落或分离的部分,从开天辟地以来正是艺术活动的范围和它的主要内容。此外,我认为艺术家和众人一样虽然有死的一天,但他所体验的生存的幸福却是不朽的,所以,在他之后经过几个世纪,其他人接近他个人的、切身的最初感受的形式时,在一定程度上也许会根据他的作品对此又有所体验。

　　报告的名称所以叫作《象征主义与不朽》,因为它在广义上肯定任何一种艺术有象征性的、假定性的实质,如同谈论代数的象征性一样。①

写自己所作题为《象征主义与不朽》的报告及其目的、内容……这难道不是在写自己?

　　因此,仅仅靠作者的声明来判定,有时并不可靠,有时当我们完全相信了作者的表白时,也许正是陷入了作者的圈套,或许这正是作者的自传书写策略。

　　而我们恰恰是通过阅读自传从而多方面地了解了传主及其兴趣、喜好等。例如,他当时对《圣经》的兴趣和理解:

　　比如,我明白了圣经不是一本内容一成不变的书,它倒是一本人类历史的记事簿,这正是一切永存的东西所具有的特点。它之所以有生命力不是由于它是必读的,而是由于逝去的世纪向它回顾时,它所用的比拟都经受得住检验。我明白了文化史是形象的方程式链条,方程式里依次排列的一对对未知数和已知数的组合,而整个链条中的已知数,它的常数,是置于传统脚下的传说,其未知数则是常新的——是文化长河中的现实因素。

　　我当时对此颇感兴趣,有所理解而且喜爱。②

作家对历史象征的喜好跃然纸上:

　　我喜爱**历史象征的**生气勃勃的实质,换句话说,我喜爱我们的那个本能,它像金丝燕筑窝似的筑出了我们这个世界。这个世界是用天和地,生与死以

---

① 帕斯捷尔纳克:《人与事》,乌兰汗、桴鸣译,生活·读书·新知三联书店,1991年,第221页。
② 帕斯捷尔纳克:《人与事》,乌兰汗、桴鸣译,生活·读书·新知三联书店,1991年,第119页。

及两种时间——当前与过去的时间和未来的时间——垒起来的巨大的窝。我明白了这个世界之所以不会倒塌,是由于贯穿着它的各个分子的形象凝聚力。①

导致自传中出现"不可靠叙述"的原因主要有三个:一是建构自我身份和自我形象的需要;二是经验主体认知情感的影响;三是记忆的不可靠性(选择性遗忘)。

在帕斯捷尔纳克笔下主要是前两个原因。

1.建构自我身份和自我形象的需要

自传的作者"在写作之前就有对自己身份的认定,他就是依据这个身份来进行回忆,选择和使用传材,他会竭力把自己的形象同他的身份一致起来,他要说明自己身份的合理性和合法性,也要证明这一身份的表现和特征"②。事实在未经筛选之前没有任何意义,身份正是作家筛选和编码事实的依据。因此,自传不是一种自我再现,它是一种基于身份意识之上的自我重构。朱崇仪指出:"自传如今被理解为一个过程,自传作者透过'它',替自我建构一个(或)数个'身份'。所以自传主体并非经由经验所生产;换言之,必须利用前述自我呈现的过程,试图捕捉主体的复杂度,将主体性读入世界中。"③

所以,评价自传所述是否可靠取决于其是否有利于传主身份的建构和自我形象的塑造。

2.经验主体认知情感的影响

如帕斯捷尔纳克自己剖析所论,因为年幼和情感等"病态的夸张点","它每走一步都要把苍蝇变成大象"。对这类"把苍蝇变成大象"的夸张,传主有着清醒的认识:

> 但是,对不起,它确是在制造大象的啊!据说,这是它的主要营生。这是一句空话吗?不,有物种史为证?有人类姓氏史为证?它正是在这里,在生活净化的开闸阶段,在爱的堤坝下,造就这些大象的,它的激荡风发的想像正是在这里获得充分的翱翔。
>
> 既然如此,能不能说我们在幼年时期惯于夸大,我们的想象力驱于紊乱,因为在这个时期,大自然会把我们从苍蝇变成大象呢?
>
> 大自然遵循着只有**差不多是不可能的**才是**真实**的这一哲学观点,把世间一切有生之物的感情弄得极度复杂。它用一种方式使动物的感情趋于复杂,

---

① 帕斯捷尔纳克:《人与事》,乌兰汗、桴鸣译,生活·读书·新知三联书店,1991年,第120页。
② 杨正润:《现代传记学》,南京大学出版社,2009年,第312页。
③ 朱崇仪:《女性自传:透过性别来重读/重塑文类?》,载《中外文学》1997年第4期,第134页。

又用另一种方式影响及于植物。它使我们的感情复杂到无以复加的程度,这说明它给人类以惊人高的评价。它使我们的感情趋于复杂并不是由于赋予了我们不由自主的狡诈,而是由于赋予了我们在它看来足以左右我们的一种绝对权利。它使我们感觉到我们身上具有苍蝇般的庸俗,这种感觉,我们越远离苍蝇便越发强烈。安徒生在他的《丑小鸭》里,对这一点做了天才的表述。①

基于自我剖析,帕斯捷尔纳克表达了他对**庸俗**和**纯洁**的哲理思考:

> 正是由于具有这种龌龊性,大自然才认为它们是适宜的,**因为大自然和我们的联系正是建立在对庸俗的恐惧之上的,而任何非庸俗的东西都不能成为大自然控制我们的手段。**
>
> ……
>
> 导致生命胚胎的运动是宇宙间最纯洁之物。与这一纯洁——千百年来它无往而不胜——相对照,凡是**非纯洁**的东西便散发出无比的秽气。②

四、结　语

帕斯捷尔纳克不仅是一位深悟人生玄理的哲人,也是生活在现实生活中的人,他擅长用智慧之眼重新看待艺术以及现实生活中的一切:生活、生命存在本身等。他喜欢借助具体的生活意象,有声有色地描述感性世界和具体生活,展示具体生命的现实存在。

他的两部自传体随笔把动荡的生命以诗意的形式安顿下来,不仅把思绪伸向遥远的历史,而且把两脚踏牢在艰难的现实大地上。这里既有生活的记忆积淀和经验的资鉴,也有艺术人生和生活感悟的总结、人的真性情的自由表露,它们无愧于"作家自我认识的艺术",它们既是艺术家塑造自身个性的一种创造行为,又不失为一种生命创造活动。具有主体性的自我审视、自我认识,对自身精神性生平经历的体验、自身个性特征的艺术把握及其体现,构成其创作不可或缺的环节;它们对于了解帕斯捷尔纳克的生活和创作道路、心路历程,以及相应的社会语境,具有重要的认识论和价值论意义;它们不仅使其可以作为独立的研究对象,还使其可以作为一个代表性个案来论析俄罗斯现代作家自传写作观念和形态的演变,能够促进、深化帕斯捷尔纳克和俄罗斯现代作家传记的研究。

(编校:周　露)

---

① 帕斯捷尔纳克:《人与事》,乌兰汗、桴鸣译,生活·读书·新知三联书店,1991年,第69页。
② 帕斯捷尔纳克:《人与事》,乌兰汗、桴鸣译,生活·读书·新知三联书店,1991年,第70页。

《日瓦戈医生》中的声音叙事特征①

薛冉冉

（浙江大学外国语学院）

[摘　要]　本文尝试以声音景观为研究视角来分析帕斯捷尔纳克的长篇小说《日瓦戈医生》的声音叙事特征。喧嚣的群体之声、优美的个体之音、静谧的自然之乐是小说声音景观的底色与主色，同时也是小说思想内涵展现的另一条线索：高保真录制的历史喧嚣的群体之声、诗意化珍视的个体之音、哲思化静谧的自然之乐。对该小说声音叙事特征的研究可以从不同方面呈现小说承载的历史文化记忆，将外在声音与内在声音、肉躯之声与机械之音、个体声音与集体轰鸣等以立体的方式书写出来，丰满人物形象与故事场景，向读者展示小说的深邃。

[关键词]　《日瓦戈医生》；声音景观；声音叙事

　　《日瓦戈医生》是俄罗斯作家帕斯捷尔纳克（Б. Л. Пастернак）获得诺贝尔文学奖的代表作，其思想的深邃、叙事的精湛一直受到学界的关注。在《日瓦戈医生》的研究中，已有许多学者关注到作品中的音乐、声音等，如莫斯科大学教授巴耶夫斯基（В. С. Баевский）、莫斯科大学博士哈梅诺克（В. И. Хаменок），特别是哈梅诺克，他在其博士论文中对帕斯捷尔纳克作品中的声音世界进行了独到的分析，如电话声及主要人物的声音的分析等。20 世纪 70 年代，加拿大作曲家、学者谢弗（Raymond Murray Schafer）提出的声音景观（soundscape）理论，将声音与景观联系在一起，构成了 landscape（风景②）的同源词汇，强调声音也有"景深"，有"底"有"面"，有主调音、信号音、标志音等。上述研究成果与理论视角为我们的研究提供了基础，本文在研究《日瓦戈医生》这部小说时引入声音景观这一概念，试图剖析这部经典作品的声音叙事特征。

---

①　本文系浙江省哲社科基金项目"俄罗斯新现实主义小说研究"（19NDJC177YB）的阶段成果。同时，本文受"中央高校基本科研业务费专项资金资助"。

②　胡淑陈、冯樨两位学者在翻译英国学者西蒙·沙玛（Simon Schama）的 *Landscape and Memory* 时，便将其译为《风景与记忆》，作为对应，本文将 soundscape 译作声音景观。

　　《日瓦戈医生》这部小说涵盖了 20 世纪俄罗斯所经历的一系列重大历史事件：日俄战争、1905 年革命、第一次世界大战、二月革命、十月革命、国内战争、新经济政策等。20 世纪 30 年代，帕斯捷尔纳克在写给高尔基的信中曾提到，"所有这些年，我早就梦想着写这样的作品……能讲完我所有的故事和命运"①。可以说，《日瓦戈医生》描绘了俄罗斯历史上最为动荡，历史风云变幻最为激烈的时期，在这一时期，历史列车的轰鸣声、武装冲突的枪林弹雨声成为了时代的主调音，并且声音的发出者多是群体。

　　在"另一境地的少女"一章中，开篇便介绍了日俄战争尚未结束，俄国各地翻滚起革命浪潮的背景。② 蔓延至莫斯科的革命浪潮，在帕斯捷尔纳克笔下便是从莫斯科铁道枢纽发生骚乱开始的莫斯科至布列斯特铁路线工人罢工的经过。这与俄罗斯历史也相符。1905 年年初，工人罢工开始涌现，9 月蔓延至莫斯科，当时正是从火车路线工人罢工开始的。小说中描绘了莫斯科至布列斯特铁路线上"看守的小笛、调车员的哨子、火车头粗壮的汽笛不停地叫着"③的日常节奏。特别是领工资这一天的紧张氛围，如车站工段领工员安季波夫与火车司机季维尔津的对话——如果今天领不到工资，"我到锅炉房里，把汽笛一拉，就行了"④。看到下文，我们便会明白，这样的汽笛声不仅是一个警示音，也是罢工的信号。"机车库和货运站的人群已经过了进站信号机，朝城里拥去，接着又有一批工人，听到季维尔津在锅炉房里拉的汽笛，也扔下工作，参加了罢工的行列。"⑤

　　帕斯捷尔纳克特别指出，季维尔津拉响汽笛时，恰恰是"车站上的人差不多都领到了工资"的时候。也就是说，让这样一位家里几代都是铁路工人的季维尔津拉响警示音的原因，并不是工人的经济诉求没有得到满足，而是工人对这个世界的仇恨："在这个丑恶和虚伪的世界上，一个养肥了的太太竟用那样的目光看这些下苦力的人，一个成为这种制度牺牲品的酒鬼竟以虐待自己的同类人为乐事，季维尔津此刻恨透了这个世界。"⑥作者也清醒地提示，此时的警示音并不是所有工人都"听懂了"，很多人问拉汽笛的原因时，得到了"你又不是聋子。你没听到，这是火警。失火啦"⑦的回答。有些人则说"这是罢工，懂吗？做牛做马做够了，我再也不干啦。伙计们，咱们回家"⑧。帕斯捷尔纳克并没有过多地描写真正的罢工场景，他

① 转引自 Соколов Б. Кто вы, доктор Живаго? М.：Издательство Яуза, 2006. С. 122.
② 详见帕斯捷尔纳克：《日瓦戈医生》，力冈、冀刚译，浙江文艺出版社，2010 年，第 22 页。
③ 帕斯捷尔纳克：《日瓦戈医生》，力冈、冀刚译，浙江文艺出版社，2010 年，第 29 页。
④ 帕斯捷尔纳克：《日瓦戈医生》，力冈、冀刚译，浙江文艺出版社，2010 年，第 31 页。
⑤ 帕斯捷尔纳克：《日瓦戈医生》，力冈、冀刚译，浙江文艺出版社，2010 年，第 34 页。
⑥ 帕斯捷尔纳克：《日瓦戈医生》，力冈、冀刚译，浙江文艺出版社，2010 年，第 33 页。
⑦ 帕斯捷尔纳克：《日瓦戈医生》，力冈、冀刚译，浙江文艺出版社，2010 年，第 34 页。
⑧ 帕斯捷尔纳克：《日瓦戈医生》，力冈、冀刚译，浙江文艺出版社，2010 年，第 34 页。

着笔多的是罢工前铁路工人们的情绪与状况,特别是把工人们内心压抑已久的无奈与愤恨化作警示音——汽笛声拉响了。

如果说拉响的汽笛声是莫斯科一个火车站小规模的工人罢工的警示音,是小规模的群体行为的警示音,也是影响俄罗斯历史走向的时代风云席卷而来的警示音,那么紧接着而来的则是大规模游行示威的喧嚣声。这里有发动游行活动时革命团体的争吵;有得知哥萨克准备攻击游行队伍的消息之后的争论声、叫喊声;有龙骑兵冲过来后的"乌拉"声和喊叫声——"救命呀!""杀人啦!";这里还有游行时唱起的《华沙工人歌》《你们已英勇牺牲》和《马赛曲》的歌声;有在结冰路面上发出的咯吱咯吱的脚步声;更有学校礼堂里临时召开的群众大会上的喝彩声。帕斯捷尔纳克在对这场盛大游行的描写中突出了声音的混杂,发声的成员包含了社会的各色人等,"一张又一张的脸,有棉大衣,有羊羔皮帽,有老人,有女学生,有孩子,有穿制服的铁路人员,有穿长筒靴和皮夹克的电车工人和电信局工人,有中学生和大学生";"最受欢迎的是最差的演说者,因为大家不愿意听他的,不必花费精神。他的每一句话都引起热烈的喝彩声。他的话被喝彩声淹没,一句也听不见,谁也不觉得遗憾。"①这些不同身份的人,此时都是游行队伍的一员,被裹挟在群体之中,他们的具体诉求是什么不重要,他们一起唱,一起喊,一起发出声音才是更为重要的。

小说刻意指出,这一游行示威是发生在"十月十七日颁布圣旨不久"。圣旨的具体内容是什么呢? 小说借季维尔津母亲之口告诉了我们:"皇上签署了一道圣旨,今后要大改变,谁也不欺负谁,要把土地分给庄稼人,老百姓都要和贵族平等。"②在俄罗斯历史上,1905年,沙皇的确颁布了10月17日宣言,答应为人民施行"公民自由的不可动摇的原则:人身的真正不可侵犯,信仰、言论、集会和结社的自由";答应召集立法杜马,吸收各阶级的居民来参加选举。这一宣言主要内容的提议人,便是小说中曾拜访日瓦戈舅舅的维特伯爵。③ 可以说,对铁路工人的罢工和盛大游行的描写是帕斯捷尔纳克对时代警示音的精准把握:工人们领到工资,他们还是会罢工;当沙皇许诺解决民众的经济诉求及政治诉求时,民众还是会举行示威游行。

小说情节发展中,铁路的汽笛声与日瓦戈医生的父亲有关,与日瓦戈医生本人的辗转有关,与日瓦戈医生和拉莉萨(即拉拉)的女儿塔尼娅也有关。正是在这样的时代警示音中,小说主人公们都被席卷在这场喧嚣中,并获得成长。罗斯(Alex

---

① 详见帕斯捷尔纳克:《日瓦戈医生》,力冈、冀刚译,浙江文艺出版社,2010年,第37—39页。
② 帕斯捷尔纳克:《日瓦戈医生》,力冈、冀刚译,浙江文艺出版社,2010年,第36页。
③ 详见帕斯捷尔纳克:《日瓦戈医生》,力冈、冀刚译,浙江文艺出版社,2010年,第42页。"尼古拉·尼古拉耶维奇朝胡同里望着,想起了去年在彼得堡过的冬天,想起加庞、高尔基,想起维特的访问,想起一些当代的时髦作家。"这里的维特正是10月17日宣言主要内容的提议人,即维特伯爵。

Ross)在《余下只有噪音：聆听 20 世纪》一书中曾指出，20 世纪 20 年代首屈一指的代表作品是《工厂汽笛交响曲》，由工厂汽笛、大炮、机关枪、汽车喇叭、铁路机车和里海舰队雾笛组成的乐队奏响了《国际歌》和《马赛曲》。① 有着专业音乐修养的帕斯捷尔纳克与音乐家阿弗拉莫夫心照不宣地用不同的艺术形式，将自己捕捉到的时代喧嚣高保真地记录了下来。

时代喧嚣将每个个体都卷入其声波之中，作者则选择高保真地记录下集体喧闹之声。正如巴特(Roland Barthes)所说："听到是一种生理现象；听则是一种心理行为。"② 而日瓦戈医生主动去听，努力去聆听的声音却是那些直扣他心扉的个体之音，如与他一生密切联系的三位女性冬尼娅、拉拉、玛丽娜的声音；儿子、岳父等亲友知己的声音。

日瓦戈医生与冬尼娅可以说是青梅竹马、两情相悦。冬尼娅母亲在重病时曾强调，他们两人十分般配，是天设地造的一对。小说中几乎没有直接描写日瓦戈医生对冬尼娅声音的感受，而是借助在瓦雷金诺时日瓦戈医生的梦，点出日瓦戈医生对冬尼娅的声音就像对待自己声音一样习惯——他只有暂时忘记冬尼娅是自己的妻子才能弄清楚这不是她的声音。在瓦雷金诺，日瓦戈医生在梦中听到空中响彻一个女性的声音，"这般深沉，这般柔润"，此时他觉得这应该是冬尼娅的声音，"可能我对托尼娅的声音太熟悉了，因而听不出她的声音有什么特点"。③

拉拉的声音也与日瓦戈医生在瓦雷金诺梦中听到的女性声音有关。日瓦戈医生在图书馆借书时无意偶遇拉拉。当拉拉低声同患感冒的管理员交谈时，他突然想到"冬天在瓦雷金诺夜晚梦中听到的正是拉莉萨的声音"④。拉拉在日瓦戈医生的心目中还是生活、存在的代表和体现——"是赋予不能言语的人的耳与口"⑤。在与拉拉分离时，他表白道："后来我常常想为你那时候射进我的内心、令我陶醉的光辉，那渐渐消失的光束与声音找个名称，因为从那时起，它们便在我的生命中流动，成为我认识世界万物的一把钥匙。"⑥

如果说作品对日瓦戈医生生命中重要的两位女性的声音描写较为朦胧，较为零散，那么对第三位重要女性的声音描写则几乎代替了对这位女性的勾画。回到莫斯科后，日瓦戈医生在去马尔克尔家打水时认识了玛丽娜。对于玛丽娜的身份，我们只知道她是马克尔的女儿：黑丫头，在电报总局工作，懂外语。而小说用了一整段的篇幅来描写她的嗓音：

---

① 罗斯：《余下只有噪音：聆听 20 世纪》，郭建英译，广西师范大学出版社，2020 年，第 248 页。
② 巴特：《显义与晦义：文艺批评文集之三》，怀宇译，中国人民大学出版社，2018 年，第 217 页。
③ 详见帕斯捷尔纳克：《日瓦戈医生》，力冈、冀刚译，浙江文艺出版社，2010 年，第 314—315 页。
④ 帕斯捷尔纳克：《日瓦戈医生》，力冈、冀刚译，浙江文艺出版社，2010 年，第 324 页。
⑤ 帕斯捷尔纳克：《日瓦戈医生》，力冈、冀刚译，浙江文艺出版社，2010 年，第 426 页。
⑥ 帕斯捷尔纳克：《日瓦戈医生》，力冈、冀刚译，浙江文艺出版社，2010 年，第 461 页。

　　　　玛丽娜满可以成为一个歌唱家。她的嗓子清脆悦耳，嘹亮有力。她并没大声说话，然而这嗓子却比平时谈话的声音响亮……这嗓子是保护她的，是守护她的天使。谁也不愿意让有这样一副嗓子的女人受屈、难受。①

　　小说中还着重描写了日瓦戈医生亲人的声音，特别是他的儿子。"'哇哇，'婴儿们都用一种调子哭着，几乎都不带感情，好像是在尽责任，只有一个声音与众不同。那个婴儿也是在'哇哇'地哭，也没有难受的意味，但似乎不是在尽责任，而是有意表示不高兴合唱，故意带点儿低音。"②日瓦戈医生一下子就猜对了这个啼叫的男孩是他的儿子。作品中还提到日瓦戈医生特别敬重的岳父亚历山大·格罗梅科的声音："日瓦戈很喜欢听岳父说话。他很喜欢这种软软的、像唱歌一样拖长了声调的传统的莫斯科方言。"③他当时给儿子取名亚历山大，也是出于对岳父的敬意。日瓦戈医生赞赏家人的声音，还有一个重要原因是他们"不说空话、不高谈阔论"④，没有将自己的声音消解在集体喧嚣之中。

　　日瓦戈医生以他诗人般的敏感所捕捉的声音还有静谧的自然之音。当他打消找拉拉解释的念头之后，漫不经心地将头探出窗户，此时他聆听到大自然之夜所特有的无限生机：

　　　　夜晚到处有轻轻的，神秘的声音。在走廊里，不远处洗脸盆里的水在往下滴，均匀而带有拖音。窗外什么地方有人在悄声低语。在菜园边上，有人在往黄瓜畦里浇水，把水从这个桶倒到那个桶，在从井里汲水的时候，铁链子哗啦哗啦直响……右边栅栏外面的大街上有叫喊声，有乒乒乓乓的开门、关门声，还有断断续续的歌声……今天刚刚从很远的村子里牵来新买的一头牛，那牛被牵了一天，很累了，有点儿想念原来的牛群，不肯吃新主人拿给它吃的食儿……新主人在小声教训牛，但是牛一会儿气呼呼地把头摆来摆去，一会儿伸长脖子，很伤心、很抱屈地哞哞叫着……星星向牛伸出一道道看不见的同情的线，就好像另外的世界也有牲口院子，那儿的牲口发来同情的信号。⑤

　　这是一个静谧的夜晚，许多劳作的声音此时也凸显出来，人与人的对话、人与家畜的对话，都与大自然的神秘糅合在一起。日瓦戈医生在瓦雷金诺所记录的札记中，也有一篇充满自然声音，充满蓬勃生机的场景，那便是对黎明的记录：

　　　　你从柴屋出来时天还没亮，吱呀一声把门带上，这时你说不定会忽然打了

---

① 帕斯捷尔纳克：《日瓦戈医生》，力冈、冀刚译，浙江文艺出版社，2010 年，第 513—514 页。

② 帕斯捷尔纳克：《日瓦戈医生》，力冈、冀刚译，浙江文艺出版社，2010 年，第 188 页。

③ 帕斯捷尔纳克：《日瓦戈医生》，力冈、冀刚译，浙江文艺出版社，2010 年，第 196 页。

④ 帕斯捷尔纳克：《日瓦戈医生》，力冈、冀刚译，浙江文艺出版社，2010 年，第 190 页。

⑤ 帕斯捷尔纳克：《日瓦戈医生》，力冈、冀刚译，浙江文艺出版社，2010 年，第 153 页。

喷嚏,接着你脚下的雪便发出咯吱咯吱的声音;远处盖着雪的卷心菜田里蹿出几只野兔,匆匆飞奔而去,雪地上留下它们左蹦右跳的爪印。附近传来了狗的吠叫声,一声接着一声,要叫上好一会工夫。最后一遍鸡叫也已过去,用不着再叫了:天就要亮了。①

罗兰·巴特曾追问,"听"寻求辨识的究竟是什么?他自己给出的答案是未来或错误。②日瓦戈医生通过对夜晚、对黎明的聆听,也试图呈现他去听的目的:"啊,有时候多么想不听这种毫无趣味、毫无意义的人类的高谈阔论,沉醉到似乎默默无语的大自然中,沉醉到不声不响的、艰苦的、长时间的顽强劳动中,沉醉到静静的、香甜的梦境中,沉醉到美妙的音乐和因为心灵充实而无言可说的、轻轻的心灵接触时的宁静境界中。"③

大自然以自身的静谧和独有的方式思考着俄罗斯的风云变幻,甚至也为个体不断地带来提示。日瓦戈医生在从前线回莫斯科的火车沿途听到的,除了闹哄哄的人群,就是树的沙沙声。"这时候似乎明白了,为什么这些树木在夜里沙沙地摇动着树枝,凑到一块儿,它们摆动着睡意蒙胧的、懒洋洋的树叶子,就像转动着结结巴巴的舌头一样,彼此悄悄说的是什么。这也就是日瓦戈在上铺翻来翻去时所想的,那就是俄罗斯风云变幻的消息、革命的消息、革命面临困难和成败关键时刻的消息以及革命受到一定的局限的消息。"④当日瓦戈医生跟拉拉坦言要告诉冬尼娅他们之间的一切之后,走在回家的路上,他情绪低沉。在路边,树林中一团团蚊子发出单调的嗡嗡声。"日瓦戈不停地拍打落在他前额和脖子上的蚊子,同这响亮的拍打声相呼应的是骑马前进时的声音:马鞍皮带的吱扭声、沉重的马蹄溅起的泥浆声以及马粪溅起的清脆的噼啪声。这时从落日西沉的远方,突然传来夜莺的歌声。'醒醒!醒醒!'夜莺又是呼唤又是规劝,这和复活节前的叫声几乎一样,'吾魂!吾魂!苏醒,苏醒!'"⑤

小说还将人物的声音与自然界的声音,特别是悦耳的鸟鸣声联系在一起,如日瓦戈医生深爱的已故母亲的声音,"草地上仿佛回响着母亲的声音,尤拉觉得那婉转的鸟鸣声和蜜蜂的嗡嗡声都成了母亲的声音。尤拉哆嗦了几下,他总觉得,仿佛母亲在呼唤他,叫他到什么地方去"⑥。无独有偶,在拉拉与日瓦戈的遗体告别时,拉拉的声音也被比作自然之声:"她这些浸透泪水的话语仿佛是自然而然串联在一

---

① 帕斯捷尔纳克:《日瓦戈医生》,力冈、冀刚译,浙江文艺出版社,2010年,第311页。
② 参见巴特:《显义与晦义:文艺批评文集之三》,怀宇译,中国人民大学出版社,2018年,第245—246页。
③ 帕斯捷尔纳克:《日瓦戈医生》,力冈、冀刚译,浙江文艺出版社,2010年,第151—152页。
④ 帕斯捷尔纳克:《日瓦戈医生》,力冈、冀刚译,浙江文艺出版社,2010年,第176页。
⑤ 帕斯捷尔纳克:《日瓦戈医生》,力冈、冀刚译,浙江文艺出版社,2010年,第337页。
⑥ 帕斯捷尔纳克:《日瓦戈医生》,力冈、冀刚译,浙江文艺出版社,2010年,第12页。

起,变成她温柔快速的喁喁低语,就像暖雨中湿漉漉的、光滑柔软的树叶被风吹动时发出的沙沙声。"①此处的声音叙事以叙事者的听,来向我们呈现被忽视的听、被破坏的言语作用之固定网系的听、唤醒读者的听。②

尤其值得一提的是小说的开篇:"送殡的行列前进着,唱着《安魂歌》。歌声间断时,脚步声、马蹄声、轻轻的风声仿佛依然在重唱着那支歌。"③人在唱,大自然在和,小男孩在大哭,送别的场景在这样的声响中展开。此时在场的有群体之声,有个人之音,还有自然之乐。

简而言之,小说聚焦的群体之声、个体之音、自然之乐的场景都有着各自的景深和寓意。作者在进行声音描绘时,采取的叙事策略不同,对喧嚣的群体之声多采用高保真的录制,对珍视的个体之音采用音乐化的赞美。静谧的自然之乐则蕴含着日瓦戈医生乃至作者帕斯捷尔纳克的哲思:人与自然、人与时代、人与社会、人与自我等的哲学观、世界观和价值判断等。从声音叙事的角度去分析《日瓦戈医生》,我们可以看到小说中凸显的时空维度之外的另一个丰富的声音世界。

（编校:陈新宇）

---

① 帕斯捷尔纳克:《日瓦戈医生》,力冈、冀刚译,浙江文艺出版社,2010 年,第 537 页。
② 参见巴特:《显义与晦义:文艺批评文集之三》,怀宇译,中国人民大学出版社,2018 年,第 254—255 页。
③ 帕斯捷尔纳克:《日瓦戈医生》,力冈、冀刚译,浙江文艺出版社,2010 年,第 3 页。

论帕斯捷尔纳克抒情诗中的梦境主题

周　露

（浙江大学外国语学院）

[摘　要]　梦境诗学是指对文学文本中的梦进行语言文学分析。在诗歌文本中，梦境成为指代隐藏语义、神话含义的符号。在帕斯捷尔纳克的诗歌创作中，由于吸取了广泛的历史语义，其梦境本身和梦的动机获得了广泛的象征意义。本文重点分析了帕斯捷尔纳克四首以梦境为中心内容或与梦境相关联的抒情诗：《梦》《威尼斯》《唯一的日子》和《夜》。诗人在诗歌中建立的独特梦境现实不仅空间以特殊的方式构建，而且时间范畴也与现实大不相同。梦、爱情和死亡的主题紧密相连，梦变成了复杂的符号。

[关键词]　梦境诗学；帕斯捷尔纳克；抒情诗；象征；符号

　　梦，作为一个人生活中不可或缺的一部分，成为文学描写的主题和塑造人物心理画像的一种方式。在整个人类的发展过程中，梦一直困扰着人们。早在远古时代，对梦的特殊感知和解释就形成了。哲学家和诗人撰写关于梦的论文，史诗叙事也包含了对人物梦境的描述。了解梦的本质是人类自古以来的目标，而在现代社会，梦被医学、心理学等各类学科所研究。梦境在一定程度上可以反映一个人的内心活动。弗洛伊德认为，梦在人的潜意识中属于反理性欲望行为的一种表现，是我们在清醒时不允许自己承认的、被压抑的，但同时确实潜藏于心底的欲望。弗罗姆（Erich Fromm）认为："这些压抑的观念与感觉在睡眠时间苏醒，并发现表达的方法，我们称它们梦境。"①我们所做的梦的内容的动机力量是我们内心的、潜意识的、非理性的欲望，"潜意识的冲动乃是梦的真正的创造者"②。

　　帕斯捷尔纳克（Б. Л. Пастернак）不仅是位杰出的诗人，也是位哲学家与音乐家，三种身份密不可分。这决定了诗人创作的显著特点，即作品充满了哲理性和音乐性。在他的诗歌和小说中，哲学和音乐促进了形而上学和神话层次的构成。梦

---

① 弗洛姆：《梦的精神分析》，叶颂寿译，光明日报出版社，1988年，第36页。
② 弗洛伊德：《精神分析引论新编》，高觉敷译，商务印书馆，2002年，第12页。

境诗学是指对文学文本中的梦进行语言文学分析。同时,梦境也是他诗歌创作中的一个重要组成部分。在言语交际这一永恒话题中,关于梦的对话和梦的复述占据重要地位。因此,作家对人物梦境的描写,有助于读者更深刻地领悟主人公的心理、生理特征与精神面貌。而在帕斯捷尔纳克的诗歌创作中,由于吸取了广泛的历史语义,其梦境本身和梦的动机获得了广泛的象征意义。

我们试图在关于世界神话观念的背景下研究帕斯捷尔纳克诗歌中的梦和梦境。民族志学家埃利亚德(М. Элиаде)认为:"梦可以被破译和解释,这意味着,可以用更清晰的方式传达梦的意义。但就梦本身而言,缺乏神话的建设性特征,即说明性和普遍性特征。"①帕斯捷尔纳克作品中的自然界与人类紧密相连、和谐统一。梦代表了人与自然法则之间的神秘联系。"在梦境和梦幻中,人以类似于神话和童话故事中的形象或动机呈现。"②因此,在诗歌文本中,梦境成为指代隐藏语义、神话含义的符号。

本文将重点分析帕斯捷尔纳克四首以梦境为中心内容或与梦境相关的抒情诗:《梦》《威尼斯》《唯一的日子》和《夜》。梦是复杂的符号,具有预见未来的含义。在帕斯捷尔纳克笔下的抒情主体的心目中,梦起着重要的作用,并且在一系列事件中与清醒时的事件相关联。诗人在诗歌中建立的独特梦境现实不仅空间以特殊的方式构建,而且时间范畴也与现实大不相同。

《梦》是诗人早期比较有名的诗篇之一,其创作灵感来源于诗人痛苦的初恋经历。诗人的初恋发生得比较晚,直到 20 岁时他才疯狂地爱上莫斯科一位富商的女儿维索茨卡娅(И. Высоцкая)。几次短暂的会面就让年轻的诗人彻底失去了理智。因为心上人一家去了德国,1912 年他也坚持去德国留学。在遥远的马堡,诗人向心上人求婚,但是女孩拒绝了。诗人深受打击,几经努力才走出失恋的阴影。然而,其实早在 1913 年,他就创作了名为《梦》的诗,试图通过第三者的眼光来反思自己对艾达的爱情。1928 年作者又对该诗做了修改。

> 我梦见秋天在半明半暗的玻璃中,
> 你和朋友在滑稽可笑的玻璃堆里,
> 一颗心向你的手上下坠,
> 就像斗伤的鹰从天空跌落。
>
> 但时光在走,在衰老,流逝,

① *Элиаде М*. Мифы, сновидения, мистерии / пер. с англ. М.: Издательство РЕФП- бук, К.: Ваклер, 1996. С. 16.
② *Мелетинский Е. М.* Поэтика мифа. М.: Издательство Академический проект; Мир, 2012. С. 38.

　　朝霞从花园里升起，

　　给窗框镶上银缎，

　　用九月的血泪染红玻璃。

　　但时光在走，在流逝。椅上的锦绸

　　像冰一样在开裂，在融化。

　　大声说话的你，忽然打个嗝，不再言语，

　　梦也像钟的回声，无声无息。

　　我渐渐醒来。黎明像秋天般灰暗，

　　暴风带着白桦向远处奔去，

　　随风狂跑的白桦在天空拉成一排，

　　就像狂雨追赶着一车麦秸。①

　　与女孩的会面以及随后事件的发展，使年轻人感到非常痛苦，他试图以梦的形式呈现这段感情，并在秋天的背景下展开梦境。诗人开篇便写道："我梦见秋天在半明半暗的玻璃中。"秋天不仅象征着生命的终结，也象征着两人关系的终结。当帕斯捷尔纳克和维索茨卡娅的恋爱进入最后阶段时，那个寒冷而色彩斑斓的秋天让诗人伤心欲绝，"一颗心向你的手上下坠，就像斗伤的鹰从天空跌落"。宝贵的心灵的炽热奉献被拒绝了，帕斯捷尔纳克的时间变成了"椅上的锦绸，像冰一样在开裂，在融化"。只要轻轻一碰，它就会噼啪作响。与此同时，每天"朝霞从花园里升起……用九月的血泪染红玻璃"。

　　痛苦、忧郁、孤独、失望和空虚——诗人充分体会了这一切。甜蜜的爱情变成了一场噩梦。"梦致力于宏大的哲学主题——爱、生命和死亡——它们被极其直接，甚至亲密地感知，这是已知的莱蒙托夫浪漫诗歌对帕斯捷尔纳克的最早的影响。"②《梦》这首诗符合文学对梦的传统理解，在 20 世纪初的俄罗斯文学中得到了极大的关注。"在象征主义者的作品中，梦与浪漫主义者的功能相似，成为世界的中介，但更深入地揭示主人公隐蔽的生活。"③在世界文化传统中，睡眠和死亡往往相提并论。诗中对梦的描写从抒情主体梦到秋天开始，秋天象征着大自然的消亡，而大自然的死亡却是为了重生。梦在爱人的沉默中结束。在梦中恋人沉默不语，

---

① 帕斯捷尔纳克:《含泪的圆舞曲》,力冈、吴笛译,安徽师范大学出版社,2018 年,第 5 页。

② *Баевский В. С.* Б. Л. Пастернак—лирик. Основы поэтической системы. Смоленск: Издательство Транст—имакон, 1993. С. 22.

③ *Нагорная Н. А.* Онейросфера в русской прозе XX века: модернизм, постмодернизм: учеб. пособие к спецкурсу. Барнаул: Издательство БГПУ, 2003. С. 11.

可视为她的死亡,虽然不是肉体的。也许我们能通过沉默看到恋人之间关系的破裂,在主人公心中爱人已死。因此,梦、爱情和死亡的主题紧密地交织在一起,梦变成了复杂的符号。

结果,一切都平息了:爱情和梦想。"梦也像钟的回声,无声无息。"文本中"秋天"这一季节也表明了死亡的主题。主人公梦到秋天,醒来后看到的是秋天的风景,尽管梦中的时间并没有停止:"但时光在走,流逝。"因此,在帕斯捷尔纳克的诗中,我们看到了隐蔽的、自然的和形而上的死亡。但死亡恰恰是为了重生,这体现在主人公的苏醒上:"我渐渐醒来。黎明像秋天般灰暗。"苏醒意味着主人公的新生,他踏上了新的人生道路。在"黎明像秋天般灰暗"一句中,作者运用了矛盾修辞法,灰暗的现实成为梦境中悲惨往事的延续,"灰暗"的"黎明"象征着以前的不幸。在诗中,诗人对时间序列进行了重新组合。现实中的灰暗黎明与抒情主体梦见的黄昏相关。在阴沉沉的秋日黎明,在大自然的万物萧条中,主人公并没有停下脚步,而是被车带走。黎明象征着新生命的诞生,而"灰暗"的"黎明"似乎将抒情主体带回到了他在梦中所见的秋日时光。因此,通过梦境书写,《梦》这首抒情诗跳出了单纯的爱情诗的局限,探讨了爱、生与死这些宏大的哲学主题,同时在悲观中又蕴含着希望,虽然爱情消亡,但生活还在继续,主人公将开始新的生命旅程。

抒情诗《威尼斯》也是一首以梦境为中心内容的诗作。帕斯捷尔纳克从小就梦想成为一名音乐家或诗人,但是命运却做出了另一种安排。中学毕业以后他考入了莫斯科大学法律系,1912年又去德国学习哲学。假期时父母和姐妹们来看望他,他们决定进行一次家庭旅行,其目的地为阳光之城威尼斯。一年之后诗人便写了诗歌《威尼斯》,这是一首回忆之作。

> 我一大早就被惊醒,
> 原来是窗玻璃丁丁响动。
> 只见水上漂浮着威尼斯,
> 就像一个泡透的石头面包圈儿。
>
> 四周围无声无息,
> 可是我在梦里曾听到叫喊,
> 就好像已经静下去的一声呼号,
> 依然在遥远的天际回旋。
>
> 那叫声也许来自远方,
> 就像蝎尾高竖在空中,
> 面对着一位受凌辱的女子,

面对着一曲刚罢时的寂静。

这会儿那叫声已经平息，
却像一把黑叉子叠立在黑暗里。
一条大水道好像要逃跑，
还不住地回头朝人冷笑。

梦境渐渐在眼前消失，
渐渐出现一望无边的船只。
威尼斯像一位威尼斯女子，
从岸边跳下，朝水里游去。①

在诗中，诗人表达了他对这个广受赞美的国家的第一印象。与诗人所期望看到和感受到的截然不同，威尼斯在年轻的帕斯捷尔纳克的心中留下了并不美好的印象。在奢华宫殿的华丽外墙背后，他感受到了这个国家的平庸与丑陋，随着"窗玻璃丁丁响动"，威尼斯在他的面前摇摇欲坠。帕斯捷尔纳克将许多诗人美化的威尼斯，比作"一个泡透的石头面包圈儿"，在黎明前的阴霾中显得灰暗难看。同时，作者注意到，他还没有完全清醒，一阵歇斯底里的女人的尖叫声，把他从睡梦中惊醒，迫使他第一次以不同的方式看待这个浪漫的国度。诗人将尖叫声比作"蝎尾"和"黑叉子"，其尖端浮出水面，提醒人们威尼斯是丑陋的，与众多目击者的描述以及诗人的美好而又虚幻的想象完全不同。作者回忆起"一条大水道好像要逃跑，还不住地回头朝人冷笑"，这仿佛在提醒诗人，他在这里就是一个陌生人，假装可以和这个世界融为一体是没有意义的。现实诞生于梦的残余中，他终于醒悟过来，神话并不总能对应现实。在诗人的眼中，威尼斯女子便是这个神秘国度的象征，她"从岸边跳下，朝水里游去"，表现出决绝和勇气。

《威尼斯》这首诗体现了黎明诞生的神话。巴耶夫斯基（В. С. Баевский）指出："在诗集《云中的双子星座》的诗学精神中，引起苏醒的声音被赋予了宇宙的、神秘的意义，其中也包括了这首诗。"②在梦中，主人公听到了一个受凌辱的女子发出的尖叫声。梦中的尖叫声即来源于诗人本人这次难忘的威尼斯旅行经历，帕斯捷尔纳克在自传体中篇《安全保护证》中对此做了详细描述："离开的前一天晚上，我在旅馆里被吉他声惊醒，音乐声在我醒来时就中断了。我赶紧跑到窗边，窗下溅起

---

① 帕斯捷尔纳克：《含泪的圆舞曲》，力冈、吴笛译，安徽师范大学出版社，2018 年，第 7—8 页。

② *Баевский В. С.* Пушкинско-пастернаковская культурная парадигма. М.： Издательство Языки славянской культуры, 2011. С. 519.

水花,我开始凝视远处的夜空,仿佛那里还回响着一丝瞬间寂静的声音。"①这声音让诗人久久难忘,以至于最后他创作了《威尼斯》这首诗。

在诗歌中,女人的形象并不明确,威尼斯被比作那个受凌辱的女子。从抒情主体所做的梦,以及其中所呈现的意象,我们可以感受到,城市从睡梦中苏醒,黎明降临了。帕斯捷尔纳克赋予梦境和醒来后的事件以象征意义,他以自传体小说和信件的形式留下了对它们的记忆,同时对苏醒进行了抒情诠释。诗人将个人经历中的梦境转化为文学作品中的意象和动机,体现了帕斯捷尔纳克对于梦境主题的特殊态度。在船只的背后、在残余的梦境中,现实诞生了。

从第一句"我一大早就被惊醒"到最后一个诗节的第一句"梦境渐渐在眼前消失",形成了完美的梦境闭环,展现了在似睡非睡、似醒非醒之间神话与现实的脱节以及女子的尖叫声被赋予的神秘含义。

诗歌《唯一的日子》属于帕斯捷尔纳克的晚期作品。它写于 1959 年,对诗人来说这是一个艰难的时期。当时诗人已经 70 岁了,身患肺癌。同时,由于获得诺贝尔奖,诗人在苏联国内遭到了大规模的批判。小说《日瓦戈医生》更是在苏联报刊上被称为文学毒草。事实上,大多数反对帕斯捷尔纳克的人从未读过他的长篇小说。《唯一的日子》是一个饱经风霜的男人写的诗,他垂垂老矣,意识到死亡临近。但整首诗的基调是积极阳光的,充满了对生命力和美好世界的真诚信念、对每一个快乐日子的回忆:

> 在许多严冬季节里
> 我记得冬至那几天。
> 每个日子纵然不会重复,
> 却又数不胜数地再现。②

这首诗讲述了冬至的日子,讲述了那些既独特又周而往返的日子。在这里,梦境主题反映了大自然的一种边缘状态:大自然苏醒,从冬天过渡到春天。

> 情人们仿佛在梦中,
> 彼此急切地吸引,
> 在高高的树梢上,
> 椋鸟晒得汗涔涔。

> 睡眼惺忪的时针
> 懒得在表盘上旋动,

---

① *Пастернак Б. Л.* Охранная грамота. М. : Издательство Эксмо-Пресс, 2013. C. 81.
② 帕斯捷尔纳克:《含泪的圆舞曲》,力冈、吴笛译,安徽师范大学出版社,2018 年,第 247 页。

> 一日长于百年，
> 拥抱无止无终。①

"在帕斯捷尔纳克创作意识的神话诗学层面，基于人与宇宙同态的宇宙共生模式占据了中心位置。"②在主人公的回忆中，每一天都被认为是独一无二的，不重复的，但经历却是无止境的，整个生命历程表现为"接连不断"的瞬间。在诗歌的字里行间，帕斯捷尔纳克向读者传达了一种信念，即如同日子的循环往复，肉体的死亡不是结束，生命能够超越尘世继续存在下去。这首诗的标题听起来像是矛盾的，但诗人在第一节就对此给出了解释——形容词"唯一的"表征冬至这个日子，但根据大自然发展的自然规律，这一天每年都会重复。因此，诗人在文本的开头就克服了独特性与重复性、多元性与唯一性的对立。这首诗反映了诗人对待生命的态度，即对无尽的冬至、对时间作为永恒的组成部分的态度。诗人认为，在永恒之中，一切都是连续不断、相互关联的。

1957年，帕斯捷尔纳克写了诗歌《夜》。乍一看，诗歌的主题简单明了，通过从事各类普通职业的形象谈论创造性活动。实际上，这首诗非常别具一格，因为它选择了一个不同寻常的空间。诗人的大部分诗歌场景都发生在莫斯科市或俄国中部。而在诗歌《夜》中，抒情主人公将自己与一位从高处俯瞰整个世界的飞行员联系在一起。或许有人会认为诗人创作《夜》的灵感来自1957年10月4日苏联成功发射人造卫星。但是这首诗写作的时间更早，创作于1957年夏天。此外，在诗人居住的佩雷德尔基诺村上空经常出现飞机。

> 夜在行走，毫不磨蹭，
> 夜在消融，
> 沉睡的世界上空
> 飞行员冲入云中。③

在诗歌《夜》中，诗人直接或间接地提到了完全不同的人：从锅炉工人到对巴黎新剧海报感兴趣的人。在万人沉睡的夜晚，他们却精神抖擞。诗人在诗中虽然没有直接描写梦境主题，却创造了一个无眠的世界空间形象。飞行员在空中探索玄妙神秘的宇宙，而艺术家在阁楼里思索宇宙的奥秘。抒情主体和诗人本人化身为造物主，在诗歌中创造整体的宇宙世界。

> 在那美好的远方，

---

① 帕斯捷尔纳克：《含泪的圆舞曲》，力冈、吴笛译，安徽师范大学出版社，2018年，第247—248页。

② *Баевский В. С.* Пушкинско-пастернаковская культурная парадигма. М.: Издательство Языки славянской культуры, 2011. С. 416.

③ 帕斯捷尔纳克：《含泪的圆舞曲》，力冈、吴笛译，安徽师范大学出版社，2018年，第230页。

> 有个人夜不成眠,
> 在盖着瓦顶的
> 老式阁楼里面。
>
> 他仰望行星,
> 仿佛这苍穹
> 与他深夜的忧虑
> 有着一定的沟通。①

诗歌的最后几行如格言般准确而富有表现力,对艺术家的使命与责任进行了提醒与劝诫,充满了感召力:

> 不要沉睡,坚持工作,
> 切莫停止劳动,
> 不要沉睡,战胜瞌睡,
> 就像飞行员,就像星空。
>
> 艺术家,不要沉睡,
> 面对睡梦不能屈服,
> 你是永恒的人质——
> 你是时间的俘虏。②

这首诗包含着帕斯捷尔纳克一个重要的创作理念,即艺术家必须时刻保持警醒,不能贪图安逸、贪图享乐。"艺术家,不要沉睡,/面对睡梦不能屈服",这里的"沉睡"与"睡梦"必须从广义上加以理解。

诗人本人非常喜欢《夜》这首诗,他经常声情并茂地大声朗诵它。诗人 1958 年朗诵《夜》的录音也被完整保存了下来。

总之,梦类似于诗意灵感。在梦境中,抒情主体隐秘地了解世界构造,苏醒后这一点在诗歌中得以体现。通过对帕斯捷尔纳克四首以梦境为主题,或与梦境相关的抒情诗的分析与解读,我们可以更深入地理解诗人的创作观与艺术观,以及他别具一格的创作特点。

(编校:陈新宇)

---

① 帕斯捷尔纳克:《含泪的圆舞曲》,力冈、吴笛译,安徽师范大学出版社,2018 年,第 231 页。
② 帕斯捷尔纳克:《含泪的圆舞曲》,力冈、吴笛译,安徽师范大学出版社,2018 年,第 232 页。

曼德尔施塔姆研究

ОСИПУ МАНДЕЛЬШТАМУ

Добавления к известному. Некоторые соображения о стихотворении Осипа Мандельштама «Слух чуткий парус напрягает...»

Л. М. Видгоф

(Национальный исследовательский университет
«Высшая школа экономики», Россия)

Аннотация: В статье предпринята попытка, основываясь на работах исследователей, анализировавших это стихотворение Мандельштама ранее, дополнить результаты их анализа. В частности, в предлагаемой вниманию читателя работе рассматриваются характерные свойства поэтического построения стихотворения, его фонетической и лексической организации. В статье выявляются интертекстуальные связи стихотворения со стихами Ф. Тютчева и Ф. Сологуба. Автор статьи обращает внимание на то, что выраженные в стихотворении представления о нереальности, «пустотности» мира и призрачности «я» перекликаются с мотивами, восходящими к положениям религий Востока, в частности буддизма.

Ключевые слова: О. Э. Мандельштам; С. Стратановский; Ф. Тютчев; Ф. Сологуб; В. Жирмунский; «Пламенный круг»; пустота; призрачность «я»; буддизм; фонетика; количество слогов

> Слух чуткий — парус напрягает,
> Расширенный пустеет взор,
> И тишину переплывает
> Полночных птиц незвучный хор.
>
> Я так же беден, как природа,
> И так же прост, как небеса,
> И призрачна моя свобода,

Как птиц полночных голоса.

Я вижу месяц бездыханный
И небо мертвенней холста；
Твой мир, болезненный и странный,
Я принимаю, пустота！
(«Слух чуткий—парус напрягает...», 1910[1])

Стихотворение написано девятнадцатилетним поэтом, находившимся под большим влиянием символистов и Тютчева. Об особенностях этого влияния неоднократно говорилось в трудах разных исследователей. Так, например, Е. Тоддес отмечает, что в стихах раннего Мандельштама нарисован мир «звучащей тишины（символистского происхождения мотив, глубоко им усвоенный）, "смутно-дышащей" природы, тумана, сумерек..., "полусна и полуяви"»[2]. Отметим сначала как этот мотив «звучащей тишины» представлен в анализируемых стихах. Его выражает, думается, в первую очередь звук «у», ударный гласный самого слова «звук»；это «у» распределено по словам 1-го четверостишия. Стихотворение начинается с двух ударных «у», причем эти звуки не разделены никаким другим ударным гласным, идут подряд: «Слу́х чу́ткий». Образ звучащей тишины в первом четверостишии передается также с помощью ударных «у» в словах «тишину» и «незвучный», а также безударных «у» в словах «парус» и «пустеет». Впечатление передано; обратим внимание на то, что во втором и третьем четверостишиях звук «у» почти сходит на нет: он отсутствует во втором катрене и появляется в безударных слогах в третьем четверостишии в

---

① Мандельштам О. Э. Полное собрание сочинений и писем: в 3 т. Т. 1. / Сост. , подгот. текста и коммент. . Меца А. Г. СПб; Гиперион, 2017. С. 34-35. В некоторых других авторитетных изданиях тире в первой строке отсутствует; например: Мандельштам О. Э. Собр. произведений: Стихотворения / Сост. , подгот. текста и прим. Василенко С. В. , Фрейдина Ю. Л. М. : Издательство Республика, 1992. С. 8; Мандельштам О. Э. Собрание сочинений: в 4 т. Т. 1. / Сост. , подгот. текста и коммент. П. М. Нерлера, А. Т. Никитаева. М. : Издательство Арт-бизнес-центр, 1993. С. 51. Далее в статье стихотворение упоминается как СЧ.
② Тоддес Е. А. Батюшков [статья для Мандельштамовской энциклопедии] // Тоддес Е. А. Избранные труды по русской литературе и филологии / Сост. Лямина Е. , Лекманов О. , Осповат А. М. : Издательство НЛО, 2019. С. 461.

слове «вижу» и затем в последней строке стихотворения [«принимаю» (ю = йу) и «пустота»; здесь также эти звуки не отделяет друг от друга никакой другой гласный]—что не случайно, поскольку концовка стихотворения как бы отвечает его началу, происходит и возврат, в определенной мере, к звуковой картине первого четверостишия, и «пустота», последнее слово стихотворения, откликается на «пустеет» из второго стиха. Итак, в первой строке стихотворения, в первых двух его словах говорится об обострении слуха, характерного для ночного времени. В слове «чуткий», несомненно, «содержится» пробуждающе-тревожное «чу!» Впрочем, о том, что дело происходит ночью, читатель узнает только в четвертом стихе, и это знание возвращает его к первым двум строкам и «окрашивает» их в ночные тона. В варианте стихотворения из четырех катренов словам о пробуждении слуха предшествовали описание душевного состояния лирического героя и картина белой ночи: «Душа устала от усилий / и многое мне все равно. / Ночь белая, белее лилий / Испуганно глядит в окно»[1]. Но в сборнике «Камень» 1916 года этой, бывшей первой, строфы нет, отсутствует она и в «Камне» 1923 года. Мандельштам отбросил сделанное в самом начале стихотворения декларативное заявление лирического героя вместе с таким же прямым обозначением ночи. В том варианте, который мы рассматриваем, читатель, прежде чем понять, что в стихах повествуется о ночном времени, узнает о возрастающем значении слухового восприятия (что обычно случается ночью), затем о том, что зрительные впечатления сходят на нет, и о тишине. Поэт сначала рисует штрих за штрихом картину ночи, и только затем, подготовив читателя, создав образ ночи, говорит: это полночь. Отметим, что информация о «пробуждении» слуха, его «возрастании» и, в то же время, напротив, об оскудении зрительных впечатлений передается в стихотворении также с помощью длины слов (количества слогов в них): «слух» (1 слог)—«чуткий» (2 слога)—«парус» (2 слога)—«напрягает» (4 слога); «расширенный» (4 слога)—«пустеет» (3 слога)—«взор» (1 слог). Слух растет и крепнет (напряжение передается и звукописью: ПАРус—нАПРягает), зрение угасает (взор «расширенный», поскольку исчезает дневная четкость предметных очертаний, но он при этом «пустеет»). Между первым и третьим катреном проходит как бы время лирического героя; его зрение привыкает к ночной действительности и

---

[1] *Мандельштам О. Э.* Полное собрание сочинений и писем: в 3 т. Т. 1. / Сост., подгот. текста и коммент. *Меца А. Г.* СПб.: Издательство Гиперион, 2017. С. 400.

восстанавливается, взор обращен к небу, где находится источник ночного света. Это «возвращение» зрения передается и с помощью нарастания словесной длины, увеличения, на этот раз, количества слогов: «я» (1 слог)—«вижу» (2 слога)—месяц (2 слога)—«бездыханный» (4 слога)—мы фиксируем здесь динамику, противоположную той, что наблюдается во второй строке стихотворения. Вернемся к первому четверостишию. Ночной мир, в который погружается лирический герой, не неподвижен, но движение в изображаемом мире читатель воспринимает как медленное—возможно, и потому, что такому восприятию опять же способствует звуковая инструментовка—глухие, тормозящие «п» и «т»: «ПусТееТ»—«ПереПлываеТ»—«Полночных»—ПТиц» (последние три слова, начинающиеся на «п», идут в стихотворении подряд). Звуки непроизнесенного слова « постепенно » присутствуют в рассеянном виде в словесной ткани стихотворения. Представление о медленном движении в ночном пространстве возникает у читателя также благодаря последовательному уменьшению количества ударений в первых трех строках стихотворения: 4 в первой, 3 во второй и только 2 в третьей: «И тишину переплывает». В завершающем стихе четверостишия ударений снова 4: чувство медленного движения у читателя уже появилось, теперь к нему присоединяется ощущение некоего завораживающего в своей регулярности однообразия: «Полно́чных пти́ц незву́чный хо́р» (3 слога—1 слог—3 слога—1 слог). СЧ оказывает сильное воздействие на читателя; автор данной работы постарался указать на некоторые, по крайней мере, средства, с помощью которых Мандельштам достигает завораживающего, «гипнотического» эффекта.

Д. М. Сегал пишет о тютчевских реминисценциях в СЧ: « Но еще более “внутренний”, “психо-соматический” характер [по сравнению со стихотворением Мандельштама «Я вижу каменное небо...», 1910; Д. Сегал сопоставляет его с тютчевским «Здесь, где так вяло свод небесный...»—Л. В.] носит природа в следующем стихотворении Мандельштама из “ Камня ”, в котором следы тютчевского влияния еще более очевидны, чем в стихотворении “Я вижу каменное небо...”» (далее приводится текст СЧ)[①]. И Д. Сегал указывает на «отмеченные в примечаниях Н. И. Харджиева к советскому изданию Мандельштама (Мандельштам 1974, стр. 257) две тютчевские реминисценции: “И призрачна моя свобода”—“Лишь в нашей призрачной свободе / Разлад мы с нею сознаем” из

---

① *Сегал Д. М.* Осип Мандельштам. История и поэтика. Часть 1. Книга 1. // Slavica Hierosolymitana. Vol. VIII. Jerusalem—Berkeley: Berkeley Slavic Specialties, 1998. C. 94.

стихотворения "Певучесть есть в морских волнах···" и "Твой мир, болезненный и странный, / Я принимаю, пустота"—"Твой день болезненный и страстный" из тютчевского "О вещая душа моя!"»①. (Мандельштам 1974—имеется в виду книга «Стихотворения», вышедшая в «Большой серии» «Библиотеки поэта»).

Е. А. Тоддес также устанавливает связь СЧ с определенными стихотворениями Тютчева: «По крайней мере трижды О. М. обращался—по-разному—к «О вещая душа моя...». Так конструируется концовка в «Сусальным золотом горят...»; тютчевское "как бы двойное бытие" получает в этом стихотворении особое контекстуальное значение: одна строфа дает фрагмент некоего детского мира, другая резко уходит в совершенно иной лирический план, связанный с первым через мотив *неживого*. ⟨...⟩ Другой ход — деспиритуализация—был испробован в "Воздух пасмурный влажен и гулок...": "И двойным бытием отраженным ⟨в озере⟩ / Одурманены сосен стволы". Еще одна реминисценция: пара эпитетов, которыми Тютчев описывает дневную часть "двойного бытия"—"болезненный и страстный" (т. е. подверженный страстям), превращается у О. М. в "болезненный и *странный*"... и характеризует единый монистический мир, в котором существует "я" ("Слух чуткий парус напрягает..."). ⟨...⟩ С тютчевским определением переходит к О. М. категория *свободы*(в философическом и "натурфилософском" смысле, а не в гражданском), причем он прямо относит эту характеристику к "я". У Тютчева: "Лишь в нашей призрачной свободе / Разлад мы с нею ⟨природой⟩ сознаем" ("Певучесть есть в морских волнах..."). У О. М.: Издательство "И призрачна моя свобода, / Как птиц полночных голоса" ("Слух чуткий парус напрягает")»②.

М. Л. Гаспаров также отсылает читателя к подтексту из тютчевского стихотворения «Певучесть есть в морских волнах...»: «Пейзаж-аллегория (речь о СЧ—*Л. В.*), завершающий ряд стихов 1910 г. о судьбе и смерти: приятие судьбы и слияние с природой (ср. «Как тень внезапных облаков...» «Воздух пасмурный влажен и гулок...»; ключевой подтекст—призрачная свобода—от

---

① *Сегал Д. М.* Осип Мандельштам. История и поэтика. Часть 1. Книга 1. // Slavica Hierosolymitana. Vol. VIII. Jerusalem—Berkeley; Berkeley Slavic Specialties, 1998. С. 96.

② Тютчев [статья для Мандельштамовской энциклопедии] // *Тоддес Е. А.* Избранные труды по русской литературе и филологии. / Сост. *Лямина Е.*, *Лекманов О.*, *Осповат А.* М.: Издательство НЛО, 2019. С. 483-484.

Тютчева)»①.

И. Д. Сегал, и Е. Тоддес говорят не только о тютчевских реминисценциях в СЧ, но и о том, что восприятие мира и отношение к нему у Тютчева и Мандельштама различны; младший поэт обращается к Тютчеву, «цитирует» его, но его картина мира существенно отличается от тютчевской (об этом ниже). Пока же хотелось бы обратить внимание на еще две вероятные тютчевские реминисценции в СЧ. В первой строке СЧ появляется «парус», возникает мотив плавания, закрепляющийся образом птичьего хора, который « переплывает » ночную тишину. « Парусу » в первом четверостишии отвечает « холст » в последнем; и, хотя значение «холста» в завершающей части стихотворения иное, чем у паруса в первом стихе (и об этом также ниже), тем не менее фоновое звучание мотива плавания этим « холстом » обозначается. Представляется, что этот мотив тоже может быть возведен к Тютчеву, а именно к его стихотворению «Как океан объемлет шар земной...»: « Как океан объемлет шар земной, / Земная жизнь кругом объята снами; / Настанет ночь—и звучными волнами / Стихия бьет о берег свой. // То глас ее: он нудит нас и просит... / Уж в пристани волшебный ожил челн; / Прилив растет и быстро нас уносит / В неизмеримость темных волн. // Небесный свод, горящий славой звездной, / Таинственно глядит из глубины,—/ и мы плывем, пылающею бездной / Со всех сторон окружены» (курсив мой—Л. В.). И у Тютчева, как в СЧ, стихия ночи заявляет о себе, в первую очередь, непривычным для дневного слуха звучанием; ночь лишает человека «оседлости» и отправляет его в плавание в ненадежном челне. Человек окружен открывшейся бездной (аналог, в определенной степени, мандельштамовской «пустоты», хотя смысловое содержание образов «пустоты» у Мандельштама и «бездны» у Тютчева не одинаково). Наконец, реминисценция поддерживается звуковой инструментовкой: ср. « И тишину переПЛывает ПоЛночных...» и «И мы ПЛывем, ПыЛающею...».

«Парус,—пишет Д. Сегал,—это тоска, это слух и это душа. Но, наряду со всем этим, парус есть обозначение общего состояния мира, его расширения, стремления вдаль, свободного дыхания или желания свободно, глубоко вздохнуть. Наконец, парус есть и образ готовности к творчеству; некий аналог раковины [отсылка к стихотворению « Раковина » (« Быть может, я тебе не

---

① Гаспаров М. Л. О нем. Для него. Статьи и материалы / Сост. и предисл. М. Акимовой, М. Тарлинской. М. : Издательство НЛО, 2017. С. 40.

нужен...»), 1911—*Л. В.*] 〈...〉 и субъект и объект—пусты. Более того, мой слух и зрение чутки, они готовы воспринять любое, самое незначительное событие. В этом смысле это та же самая пустота, которая ждет творческого заполнения, что и "стекла вечности" из стихотворения "Имею тело—что мне делать с ним..." [отсылка к стихотворению 1909 г.; приводится ранний вариант первой строки, позднее—«Дано мне тело—что мне делать с ним...»—*Л. В.*] Пустота эта полна ожидания, напряжения»①.

Автор данной работы не усматривает в СЧ мотива творчества, «плавание» (что и символизирует парус) в наступившей ночи не ассоциируется, с его точки зрения, ни со «свободным дыханием», ни с «готовностью к творчеству»; «пустота» же если и полна напряжения *в восприятии* погруженного в нее лирического героя, то никак при этом не «полна ожидания», «пустота» просто пуста. Очевидно, что парус в СЧ корреспондирует с парусом из стихотворений «Как тень внезапных облаков...» и «Я вижу каменное небо...» того же 1910 года, на что, естественно, указывает Д. Сегал («И, принимая ветер рока, / Раскрыла парус свой душа» и «И паруса трилистник серый, / Распятый, как моя тоска!»)—но рок, думается, не вызывает представления о свободном дыхании; упоминание мертвенного холста в финале СЧ свидетельствует о том, что «плавание» никуда не привело. Не соотносится со свободой и творческой радостью и *бездыханное* «полотно» из более позднего стихотворения «Казино» (1912): «И, бездыханная, как полотно, / Душа висит над бездною проклятой».

Надо сказать и еще об одном стихотворении Тютчева в связи с СЧ, хотя эта связь может показаться странной—«Эти бедные селенья...». Мандельштам в СЧ сводит в одной строке слова из двустишия, начинающего стихотворение старшего поэта—ср.: «Эти *бедные* селенья, / Эта скудная *природа*...» и «Я так же *беден*, как *природа*...» (курсив наш—*Л. В.*).

Казалось бы, нет ничего общего между стихотворениями Тютчева и Мандельштама: Тютчев пишет о родине, Мандельштам о восприятии мира и своем положении в нем. Однако и Мандельштам говорит в стихах 1910 г. об «отчизне», только слово это имеет у него в стихах того ряда, к которому относится СЧ, иной смысл, чем у Тютчева. СЧ правомерно сопоставить со стихотворением «Воздух пасмурный влажен и гулок...» (1911), где сказано: «И

---

① *Сегал Д. М.* Осип Мандельштам. История и поэтика. Часть 1. Книга 1. Slavica Hierosolymitana. Vol. VIII. Jerusalem—Berkeley: Berkeley Slavic Specialties, 1998. C. 95-96.

опять к равнодушной отчизне / Дикой уткой взовьется упрек: / Я участвую в сумрачной жизни, / Где один к одному одинок! ⟨...⟩ Небо тусклое с отцветом странным— / Мировая туманная боль— / О, позволь мне быть также туманным / и тебя не любить мне позволь!»[①] Под «отчизной» здесь не имеется в виду «Россия», стихотворение так же, как СЧ, говорит об экзистенциальной ситуации лирического героя в том же «странном» для него и равнодушном к нему мире. А. Г. Мец указывает на связь стихотворения «Воздух пасмурный влажен и гулок...» с «Зимним небом» И. Анненского: «Мотивы перекликаются со строками И. Анненского "Я любуюсь на дымы лучей / Там, в моей обманувшей отчизне"»[②]. Мандельштамовская «бедная» природа из СЧ восходит не только к «скудной природе» Тютчева и «обманувшей отчизне» Анненского, но—через них—к «равнодушной природе» Пушкина [«И равнодушная природа / Красою вечною сиять» («Брожу ли я вдоль улиц шумных...»)]—с той, однако, разницей, что в СЧ ни о какой «красе» природы не говорится. Естественно, пушкинская реминисценция в СЧ давно замечена[③].

Мандельштам в СЧ и других «родственных» стихах видит природу именно «равнодушной», т. е. лишенной всякого личностного начала и смысла, бессмысленной. Она бедна (скудна), потому что не несет в себе никакого человечески-осмысленного содержания, ее небеса «просты», поскольку их ничто не одушевляет. Такой взгляд на мир противоречит тютчевским представлениям о мироздании, в которых есть место не только «равнодушной природе», но и божественному началу, которое возвышается над миром явлений и одухотворяет его. Е. А. Тоддес констатирует, что у Мандельштама в СЧ отсутствует и тютчевское пантеистическое «оправдание» природы: «Картина мира младшего поэта не допускает ничего подобного пантеистской апологии в духе "Не то, что мните вы, природа..." ⟨...⟩ Скорее можно думать, что О. М. буквально воспринял и по-своему разработал (в сторону отождествления человеческого и

[①] В ряде других авторитетных изданий пятый из процитированных стихов выглядит иначе: «Небо тусклое с отсветом странным».

[②] *Мец А. Г.* Комментарии // *Мандельштам О. Э.* Полное собрание сочинений и писем: в 3 т. Т. 1. / Сост., подгот. текста и коммент. *Меца А. Г.* СПб: Гиперион, 2017. С. 485.

[③] *Тоддес Е. А.* К теме: Мандельштам и Пушкин // *Тоддес Е. А.* Избранные труды по русской литературе и филологии. / Сост. *Лямина Е., Лекманов О., Осповат А.* М.: Издательство НЛО, 2019. С. 498-499.

природного начал) позднюю тютчевскую максиму "Природа—сфинкс. и тем она верней..."»[1] (т. е. Тоддес отсылает читателя к стихотворению, где Тютчев высказывает предположение о возможной «бедности» природы: ...может статься, никакой от века / Загадки нет и не было у ней»). В том же 1910 году, когда написано СЧ, в период напряженных экзистенциальных переживаний и религиозных поисков, Мандельштам пишет стихотворение «В изголовьи черное распятье...», в котором имеется прямая адресация к Тютчеву и при этом декларируется мучительное расхождение с ним. «О. М.,—пишет Е. Тоддес,— снабжает свой текст прямым указанием на источник, давая в стихотворении "В изголовьи черное распятье..." подстрочное примечание к цитате (с перестановкой слов) из "Наполеона"—"Страшен мне подводный камень веры": "Тютчев". Эта цитата образует концовку стихотворения, подчеркивающую неразрешимость, даже безысходность лирической коллизии, переживаемой как граница веры и отречения. ⟨...⟩»[2].

В СЧ, по мнению С. Стратановского, представлен мир слепой судьбы: «Обратимся... к понятию, ключевому для этого стихотворения и, как мне кажется, ключевому для всего раннего, доакмеистического Мандельштама. Понятие это—*пустота*. ⟨...⟩ Начнем с онтологического аспекта: пустота—это мир без Бога и, следовательно, без смысла. Это мир Судьбы. Представление о Судьбе во многом противоположно представлению о Боге. Вера в Бога предполагает веру в конечную разумность мира, в осуществление смысла—как на уровне индивидуальном, так и на уровне космическом. Судьба, напротив, слепа, она есть некая высшая, но равнодушная и даже враждебная человеку сила»[3].

Одна из очевидных тютчевских реминисценций в СЧ отсылает читателя, как давно установлено исследователями, к стихотворению старшего поэта «О вещая душа моя!»: «О вещая душа моя! / О, сердце, полное тревоги, / О, как ты бьешься на пороге / Как бы двойного бытия!. // Так, ты—жилица двух миров, / Твой день—болезненный и страстный, / Твой сон—пророчески неясный, / Как

[1] Тютчев. Статья для Мандельштамовской энциклопедии // *Тоддес Е. А.* Избранные труды по русской литературе и филологии. / Сост. *Лямина Е., Лекманов О., Осповат А.* М.: Издательство НЛО, 2019. С. 484.

[2] Тютчев. Статья для Мандельштамовской энциклопедии // *Тоддес Е. А.* Избранные труды по русской литературе и филологии. / Сост. *Лямина Е., Лекманов О., Осповат А.* М.: Издательство НЛО, 2019. С. 482.

[3] *Стратановский С. Г.* Творчество и болезнь. О раннем Мандельштаме // Знамя. 2004. № 2. С. 212.

откровение духов... // Пускай страдальческую грудь / Волнуют страсти роковые — / Душа готова, как Мария, / К ногам Христа навек прильнуть». Хотелось бы отметить в дополнение к установленному, что строка Тютчева «Твой день — болезненный и страстный», бесспорно очень важная для Мандельштама и очевидным образом отозвавшаяся в его стихе «Твой мир, болезненный и странный», нашла в СЧ отзвук в буквальном смысле — определила в фонетическом отношении финальное четверостишие мандельштамовского стихотворения: в стихе Тютчева ударения падают на звуки Э—Э—А: «твой дЕнь — болЕзненный и стрАстный», у Мандельштама ударения в четверостишии, куда включена переиначенная и переосмысленная строка Тютчева, падают на следующие звуки: «я вИжу мЕсяц бездыхАнный / и нЕбо мЕртвенней холстА; / твой мИр, болЕзненный и стрАнный, / я принимАю, пустотА!». Мы видим, что ударения в первых трех строках катрена распределены так:

И Э А

Э Э А

И Э А

Все три строки Мандельштама заканчиваются ударными Э и А и, таким образом, вторят стиху Тютчева; можно сказать, что тютчевский стих окрасил в звуковом отношении завершающее четверостишие СЧ. «Можно думать (и это согласовывалось бы с известными стиховедческими положениями), что и вообще *концы строк играют в межтекстовых соотнесениях (явных и неявных) особо важную роль*», — пишет Е. Тоддес (курсив наш — *Л. В.*)①. Перед нами именно такой случай.

В то время как в стихах Тютчева заявлено, что душа готова прильнуть к ногам Христа, герою СЧ, тому «я», которое говорит о себе в мандельштамовском стихотворении, «прильнуть» не к чему и не к кому. Это «я» находится в мире действительно «странном» и обманчивом: упоминается «хор» полночных птиц, но он «незвучный»; «голоса» птиц призрачны. Все лишь видимость, кажимость, за которой ничего нет или, во всяком случае, если и есть нечто, то оно непостижимо, никак не воспринимается, контакт с ним невозможен. С. Стратановский: «Природа — это только декорации, за которыми пустота, ничто.

---

① *Тоддес Е. А* К теме: Мандельштам и Пушкин // *Тоддес Е. А.* Избранные труды по русской литературе и филологии. / Сост. *Лямина Е.*, *Лекманов О.*, *Осповат А.* М.: Издательство НЛО, 2019. С. 510.

Добавления к известному. Некоторые соображения о стихотворении Осипа Мандельштама «Слух

чуткий парус напрягает...»

Прорыв декораций—провал в пустоту, как это случилось с Арлекином из блоковского "Балаганчика". Об этом Мандельштам написал в стихотворении... 1910 года... [Далее следует текст СЧ—*Л. В.*] ⟨...⟩ "Месяц бездыханный" и "небо мертвенней холста"—это явно театральные декорации, задник какого-то "балаганчика". А лирический герой стихотворения заставляет вспомнить Пьеро, причем не только блоковского, но и верленовского. В стихотворении "Пьеро" из сборника "Jadis et Naguère" ("Близкое и далекое") есть такие строки:

Avec le bruit d'un vol d'oiseaux de nuit qui passe

Ses manches blanches font vagument par l'espace

Des signes fous auxquels personne ne répond.

("С шумом, подобным шуму пролетающих ночных птиц, / Его белые рукава невнятно посылают в пространство / Неистовые сигналы, на которые никто не отвечает."). Не из этих ли строк мандельштамовские "полночные птицы"?»①

О нереальности, развоплощенности мира в ранних стихах Мандельштама писал еще В. М. Жирмунский в своей классической статье «Преодолевшие символизм» («Русская мысль», 1916. № 12): «В своем художественном творчестве он воспринимает мир не как живую, осязательную и плотную реальность, а как игру теней, как призрачное покрывало, наброшенное на настоящую жизнь. Жизнь не реальна, это—марево, сон, созданный чьим-то творческим воображением; жизнь самого поэта не реальна, а только призрачна, как видение и греза. ⟨...⟩ [Нами пропущена приведенная Жирмунским цитата из СЧ—*Л. В.*] Иногда это чувство призрачности мира истолковывается поэтом в духе настроений философского идеализма: весь мир—видение моего сознания, моя мечта, только я один и существую в этом мире. Тогда слышатся слова, напоминающие о солипсизме Ф. Сологуба:

Я и садовник, я же и цветок,

В темнице мира я не одинок.

На стекла вечности уже легло

Мое дыхание, мое тепло.

[Жирмунский цитирует стихотворение Мандельштама «Дано мне тело— что мне делать с ним...», 1909—*Л. В.*]

---

① *Стратановский С. Г.* Творчество и болезнь. О раннем Мандельштаме // Знамя. 2004. № 2. С. 211-212.

Но и в своем существовании, в подлинной реальности своей жизни, как было сказано, может усомниться поэт:

Неужели я настоящий

И действительно смерть придет?

[Приведена цитата из стихотворения «Отчего душа—так певуча...», 1911—*Л. В.*]»[①].

Итак, призрачен в СЧ не только мир, но призрачно и само «я», говорящее об этом мире: «И призрачна моя свобода...». Эта строка находится в середине, в сердцевине стихотворения. Утверждения о призрачности мира, о том, что он «пустотен» («шунья»—«пустота», за миром явлений ничего нет), что иллюзорно и само представление об устойчивом «я»—ключевые буддистские положения. Мандельштам на протяжении своей жизни неоднократно писал о буддизме. Все высказывания отрицательные, буддизм с его идеалом нирваны, идеей перерождения и отсутствием Бога-творца был несовместим с мандельштамовским персонализмом. Но известные нам заявления на эту тему относятся к более позднему времени, а не к тому, когда написано СЧ. Есть основания полагать, что в ранние годы Мандельштам прошел через если не глубокое увлечение индийскими, в широком смысле, теориями, то, по крайней мере, через интерес (и не «абстрактный», холодно-познавательный, а мировоззренческий) к ним. Имеется на этот счет важное свидетельство Георгия Иванова, относящееся именно к годам 1910 — 1911: «Увлекаясь теософией, он пытался изложить теорию перевоплощения длинными риторическими ямбами»[②].

И здесь мы должны обратиться к поэту, названному В. Жирмунским и очень значимому для раннего Мандельштама, переводившему вышеупомянутого Верлена, находившемуся под влиянием Шопенгауэра и традиционной индийской, в частности, буддийской философии[③], поэту, для которого в высшей степени были характерны мотивы призрачности мира и экзистенциального одиночества—Федору Сологубу. В 1908 году (14/27 апреля) Мандельштам сообщал Вл. В.

---

① *Жирмунский В. М.* Поэзия Александра Блока. Преодолевшие символизм. М. : Издательство Автограф, 1998. С. 42.

② *Иванов Г. В.* Осип Мандельштам // *Иванов Г. В.* Собрание сочинений: в 3 т. Т. 3. М. : Издательство Согласие, 1994. С. 619.

③ Об этом см. , в частности: Павлова М. М. Примечания // *Сологуб Ф. К.* Пламенный круг [Стихи]. Репр. изд. М. : Издательство Прогресс-Плеяда, 2008. С. 297.

Гиппиусу, что написал что-то (к сожалению, до нас не дошедшее) о Сологубе, причем имя Сологуба упомянуто рядом с именем Верлена: «Кроме Верлэна, я написал о Роденбахе и Сологубе и собираюсь писать о Гамсуне»[①]. Книга стихотворений Верлена, переведенных Сологубом, вышла в 1907 году. А в середине мая следующего, 1908 года (т. е. вскоре после того, как Мандельштам написал процитированное выше письмо Вл. Гиппиусу), пришел к читателю сборник стихов Сологуба «Пламенный круг»[②], который произвел на Мандельштама сильное впечатление. Исследователями отмечен ряд мест в стихотворениях Мандельштама, корреспондирующих со стихами сборника Сологуба. Достаточно в данном случае указать на мандельштамовское стихотворение «Темных уз земного заточенья...», написанное, вероятно, в том же 1910 году, что и СЧ (опубликовано в 1911): второй раздел «Пламенного круга» называется «Земное заточение». В 1913 году в статье «О собеседнике» Мандельштам сочувственно упоминает «спокойный солипсизм Сологуба, ни для кого не оскорбительный», и его «сознание своей поэтической правоты»[③]. Мандельштам в своей статье отмечает «солипсизм» в качестве характерной особенности сологубовского поэтического мировидения (а в СЧ мир неотделим от восприятий «я», хотя оно никак не гипертрофируется, а столь же призрачно, как и мир, в который погружено). С. С. Аверинцев с полным основанием утверждает, что Сологуб «до известной меры являлся для раннего Мандельштама образцом»[④]. В статье «Буря и натиск» (1922 или начало 1923), говоря о Сологубе, Мандельштам называет именно «Пламенный круг»[⑤]. В мандельштамовской статье «"Vulgata" (Заметки о поэзии)» (1923) Сологуб прямо не назван, но без сомнения подразумевается: «Небольшой словарь еще не

---

① *Мандельштам О. Э.* Полное собрание сочинений и писем: в 3 т. Т. 3. / Сост., подгот. текста и коммент. *Меца А. Г.* СПб: Гиперион, 2017. С. 299.

② *Павлова М. М.* Послесловие // *Сологуб Ф. К.* Пламенный круг [Стихи]. Репр. изд. М.: Издательство Прогресс-Плеяда, 2008. С. 281.

③ *Мандельштам О. Э.* Полное собрание сочинений и писем: в 3 т. Т. 2. / Сост., подгот. текста и коммент. *Меца А. Г.* СПб.: Издательство Гиперион, 2017. С. 8, 10.

④ *Аверинцев С. С* Судьба и весть Осипа Мандельштама // Аверинцев и Мандельштам. Статьи и материалы / Сост. *Нерлер П. М.*, *Мамедова Д. Н.* М.: Издательство РГГУ, 2011. С. 51.

⑤ *Мандельштам О. Э.* Полное собрание сочинений и писем: в 3 т. Т. 2. / Сост., подгот. текста и коммент. *Меца А. Г.* СПб.: Издательство Гиперион, 2017. С. 113.

грех и не порочный круг. Он замыкает иногда говорящего и *пламенным кругом...*»[①](курсив наш—*Л. В.*). В статье « К юбилею Ф. К. Сологуба» (1924), где Мандельштам дает исключительно высокую оценку творчеству старшего поэта, упоминается только одна книга Сологуба, и это снова «Пламенный круг». Что представляет для нас особый интерес в цитируемой статье, это развернутое заявление о глубинной связи Тютчева и Сологуба: « Прозрачными горными ручьями текли сологубовские стихи с альпийской тютчевской вершины. Ручейки эти журчали так близко от нашего жилья, от нашего дома. Но где-то тают в розоватом холоде альпийские вечные снега Тютчева. Стихи Сологуба предполагают существование и таяние вечного льда. Там, наверху, в тютчевских Альпах их причина, их зарождение. Это нисхождение в долину, спуск к жилью и житью—снеговых, эфирно-холодных залежей русской поэзии, может быть слишком неподвижных и эгоистических в ледяном своем равнодушии и доступных лишь для отважного читателя. Тают, тают тютчевские снега через полвека, Тютчев спускается к нашим домам: это второй акт, необходимый, как выдыхание после вдыхания, как гласная в слоге после согласной, это не перекличка и даже не продолжение, а круговорот вещества, великий оборот *естества* в русской поэзии с ее Альпами и равнинами.

> Не понимаю, отчего
>
> В природе мертвенной и скудной
>
> Воссоздается властью чудной
>
> Единой жизни торжество»[②].

(Говоря о « тютчевских Альпах», Мандельштам, несомненно, отсылает читателя к таким стихотворениям Тютчева, как « Снежные горы» « Альпы» «Яркий свет сиял в долине...» «Хоть я и свил гнездо в долине...». Цитирует он при этом—не совсем точно, контаминируя первое и последнее четверостишия— стихотворение Сологуба «Не понимаю, отчего...» из раздела «Преображения» сборника « Пламенный круг». В этом стихотворении строка « В природе мертвенной и скудной» звучит два раза, в первом и последнем четверостишиях;

---

① *Мандельштам О. Э.* Полное собрание сочинений и писем: в 3 т. Т. 2. / Сост., подгот. текста и коммент. *Меца А. Г.* СПб: Гиперион, 2017. С. 120.

② *Мандельштам О. Э.* Полное собрание сочинений и писем: в 3 т. Т. 2. / Сост., подгот. текста и коммент. *Меца А. Г.* СПб.: Издательство Гиперион, 2017. С. 126.

ср. в СЧ: «Я так же беден, как природа...» и «И небо мертвенней холста». Вторая строка из процитированного Мандельштамом четверостишия Сологуба перекликается, без сомнения, со стихами Тютчева, на которые мы выше обратили внимание: «Эти бедные селенья, / Эта скудная природа...».)

В 1928 году Мандельштам собирался участвовать в поэтическом вечере памяти Сологуба в отделении Всероссийского союза писателей в Ленинграде (хотя, по свидетельству П. Н. Лукницкого, участие Мандельштама в вечере не состоялось[1]) и читать хотел стихи именно из книги «Пламенный круг»: «Я прочту две-три пьесы из "Пламенного Круга"»[2].

Мандельштам в СЧ, адресуясь к Тютчеву, «цитируя» его и отталкиваясь от него, строит свою картину мира, придерживаясь, в определенной мере, «солипсистской» позиции Сологуба, чьи поэтические «ручьи» были тогда, в 1910 году, ему ближе, они больше отвечали мироощущению Мандельштама, чем горные снеговые тютчевские вершины [«Вдруг просветлеют огнецветно / Их непорочные снега: / По ним проходит незаметно / Небесных ангелов нога» («Хоть я и свил гнездо в долине...»); в мире СЧ, в мире «пустоты» ангелов нет].

В СЧ обнаруживаются явные переклички со стихами «Пламенного круга». «Белая тьма созидает предметы / и обольщает меня» («Белая тьма созидает предметы...»). Ср. со стихами из отброшенного первого четверостишия СЧ: «Ночь белая, белее лилий / Испуганно глядит в окно». Слова из этого сологубовского стихотворения («заточенье земное») дали название второму разделу «Пламенного круга»; повторим — они прямо цитируются Мандельштамом в стихотворении «Темных уз земного заточенья...». Утверждение об обманчивости (призрачности) мира в «Пламенном круге»: «А то, что длится ныне, / Что мы зовем своим, / В безрадостной пустыне / Обманчиво, как дым» («Равно для сердца мило...»). Мотив «отчизны» как мирового лона, породившего эфемерное человеческое существование, также восходит, по нашему мнению, не только к Анненскому, но и к стихотворению из «Пламенного круга»:

---

[1] *Лукницкий П. Н.* Дневник 1928 года. Acumiana, 1928—1929 // Лица: Биогр. альманах. / Публ. и коммент. *Двинятиной Т. М.* СПб: Феникс, 2002. Вып. 9. С. 361.

[2] Письмо Мандельштама Е. И. Замятину от 2 марта 1928 года // *Мандельштам О. Э.* Полное собрание сочинений и писем: в 3 т. Т. 3. / Сост., подгот. текста и коммент. *Меца А. Г.* СПб.: Издательство Гиперион, 2017. С. 384.

«Забыв о *родине* своей, / Мы торжествуем новоселье, — / Какое буйное веселье! / Какое пиршество страстей! // Но все проходит, гаснут страсти, / Скучна веселость наконец; / Седин серебряный венец / Носить иль снять не в нашей власти. // Все чаще станем повторять / Судьбе и жизни укоризны, / и тихий мир своей *отчизны* / Нам все отрадней вспоминать» («Забыв о родине своей...»; курсив наш — *Л. В.*).

В СЧ представлено «пустотное», призрачное бытие, в котором иллюзорно и эфемерное человеческое существование; в этом безутешном мире господствует страдание (поэт нашел для выражения этого мироощущения емкую словесную формулу в уже цитировавшемся стихотворении «Воздух пасмурный влажен и гулок...»: «Мировая туманная боль»). Такую картину Мандельштам создает в интересующих нас стихотворениях; она вполне согласуется с буддийскими представлениями. Естественно, речь не о том, что Мандельштам в 1910—1911 годах был буддистом; мы говорим только о том, что его мировосприятию в то время были близки определенные положения даже не столько строго буддийской, сколько, широко говоря, традиционной индийской мудрости и что влияние Сологуба играло в формировании мандельштамовской поэтической картины мира той поры значительную роль. О том, что буддистское миропонимание и поэзия Сологуба были объединены в сознании Мандельштама определенной смысловой связью, свидетельствует, в частности, его статья «Девятнадцатый век» (1922; к этому времени Мандельштам далеко ушел от « солипсистско-буддийского » мировосприятия), в которой он пишет: «Девятнадцатый век был проводником буддийского влияния в европейской культуре. Он был носителем чужого, враждебного и могущественного начала, с которым боролась вся наша история... Он был колыбелью Нирваны, не пропускавшим ни одного луча активного познания:

> В пещере пустой
> Я — зыбки качанье
> Под чьей-то рукой, —
> Молчанье, молчанье...»[①].

Говоря об оскудении христианства в XIX веке, о позитивистском,

---

① *Мандельштам О. Э.* Полное собрание сочинений и писем: в 3 т. Т. 2 / Сост., подгот. текста и коммент. *Меца. А. Г.* СПб. : Издательство Гиперион, 2017. С. 98-99.

релятивистском духе столетия, о его «скрытом буддизме», Мандельштам цитирует (неточно) стихотворение П. Верлена «Un grand sommeil noir...» («Я в черные дни...») в переводе Ф. Сологуба.

А тому, что образ «пустоты», в свою очередь, вызывал у Мандельштама представление о буддизме, находим подтверждение в его «Заметках о Шенье» (начаты в 1914 г., работа продолжена в 1922-м). Тема «пустотности» XVIII века звучит в них неоднократно — и при этом сочетается с буддистским мотивом (курсив наш): «Людям самим было страшно от прозрачности и *пустоты* понятий. La Vérite, la Liberté, La Nature, la Déité①, особенно la Vertu②, вызывают почти обморочное головокружение мысли, как прозрачные, *пустые* омуты. ⟨...⟩ Великие принципы восемнадцатого века все время в движении, в какой-то механической тревоге, как *буддийская молитвенная мельница*. Вот тому пример: античная мысль понимала добро как благо или благополучие: здесь еще не было внутренней *пустоты* гедонизма. Добро, благополучье, здоровье были слиты в одно представленье... Внутри этого понятья не было *пустоты*. ⟨...⟩»③

Далеко не все у Сологуба было близко раннему Мандельштаму. «Статьи Мандельштама, — пишет Е. Тоддес, — свидетельствуют не только о пиетете к Сологубу, но и об активном изучении его искусства. Формула "спокойный солипсизм", использованная в статье "О собеседнике", представляет собой результат такого интерпретирующего и заинтересованного, *pro domo sua*, подхода. ⟨...⟩ Это "я" [в стихах Сологуба — *Л. В.*] стремится, чародействуя, заполнить собою мир, возвести к себе (отчасти в духе Шопенгауэра) космические и духовные основы мироздания ("Околдовал я всю природу...")». Сологуб создает декадентские версии старых романтических сюжетов богоборчества, договора с дьяволом ("Когда я в бурном море плавал..."), демонической вины ("Судьба была неумолима..."), образующие в его лирике миф "я". Все это — очень неспокойное (хотя и очень строгое стилистически) — было чуждо Мандельштаму, чья главная установка заключалась в замене мистической мифологии символизма чисто экзистенциальной рефлексией, в минимализации,

---

① Истина, Свобода, Природа, Божество.

② Добродетель.

③ *Мандельштам О. Э.* Полное собрание сочинений и писем: в 3 т. Т. 2 / Сост., подгот. текста и коммент. *Меца А. Г.* СПб.: Издательство Гиперион, 2017. С. 79-80.

ослаблении, даже расслаблении неоромантического двоемирия»[①]. Мандельштам не говорит: «я — это весь мир»; он говорит: «мир странен и нереален, и мое я — тень от тени этого мира». О чуждости Мандельштаму романтической позы говорит и С. Аверинцев, причем в той же фразе, которую мы цитировали выше, — где речь идет о том, что для раннего Мандельштама Сологуб был, в определенной мере, образцом (приведем теперь другую часть предложения): «Никаких поползновений объявить войну Солнцу, как в стихах Федора Сологуба...»[②]. Судьба принимается — в частности, в СЧ — с благородной сдержанностью. При этом мы не находим в интересующих нас стихах Мандельштама утешительного для Сологуба (как и для Тютчева) единения с природой. «Источник гармонии [для Сологуба — *Л. В.*] — природа, умиротворяющее единение с которой так же доступно Сологубу, как неотступно от него "томление злое". Ранний Мандельштам далек от этого источника...»[③].

Позиция, заявленная в СЧ, характеризуется смиренным и, в то же время, мужественным приятием мира. Автор данной работы согласен с выводом, который делает Д. Сегал, анализируя СЧ: «Это стихотворение, пожалуй, лучше, чем многие другие, дает нам одну из мотивировок мандельштамовского мировоззрения и его поэтики — нежелание спастись, нежелание удержать *лирическое "я"* у какого-то безопасного, утешительного полюса бытия. ⟨...⟩ Итак, душа готова встретить судьбу, лирическое "я" готово принять пустоту мира...»[④].

Первое четверостишие — описание мира; второе — анализ положения «я» в мире; в третьем — сдержанное по тону, но с сильным чувством выраженное заявление о готовности жить в этом мире. Если в первых двух катренах наблюдается чередование рифм на А и О, то в заключительном четверостишии во всех рифмующихся словах ударение падает на «вскрикивающие» А (причем в словах эмоционально окрашенных: «бездыханный» «странный»); завершается

---

① *Тоддес Е. А* Заметки о ранней поэзии Мандельштама // *Тоддес Е. А*. Избранные труды по русской литературе и филологии / Сост. *Лямина Е., Лекманов О., Осповат А*. М.: Издательство НЛО, 2019. С. 542-543.

② *Аверинцев С. С* Судьба и весть Осипа Мандельштама // Аверинцев и Мандельштам. Статьи и материалы / Сост. *Нерлер П. М., Мамедова Д. Н.* М.: Издательство РГГУ, 2011. С. 51.

③ *Тоддес Е. А* Заметки о ранней поэзии Мандельштама // *Тоддес Е. А*. Избранные труды по русской литературе и филологии. / Сост. *Лямина Е., Лекманов О., Осповат А*. М.: Издательство НЛО, 2019. С. 542-543.

④ *Сегал Д. М.* Осип Мандельштам. История и поэтика. Часть 1. Книга 1. Slavica Hierosolymitana. Vol. VIII. Jerusalem — Berkeley: Berkeley Slavic Specialties, 1998. С. 97.

стихотворение восклицанием.

Ушло ли чувство пустоты из мандельштамовского творческого мира впоследствии? Нет, можно констатировать периодическое появление «пустоты», в разных контекстах, в стихах и прозе Мандельштама. Мы встречаем ее в «Египетской марке» (1927—1928): «Страшно подумать, что наша жизнь—это повесть без фабулы и героя, сделанная из пустоты и стекла, из горячего лепета одних отступлений, из петербургского инфлуэнцного бреда»[1] и в стихотворении «Я скажу тебе с последней...» (1931): «По губам меня помажет / Пустота, / Строгий кукиш мне покажет / Нищета». Как в 1912 году в стихотворении «Я ненавижу свет...» («Кружевом, камень, будь / и паутиной стань: / Неба пустую грудь / Тонкой иглою рань!", так и в 1933-м творческие усилия противопоставлены бесформенности мира: точные слова поэта («Когда, уничтожив набросок, / Ты держишь прилежно в уме / Период без тягостных сносок, / Единый во внутренней тьме...») так же относятся к бумаге, косному носителю текста, «Как купол к пустым небесам» («Когда, уничтожив набросок...»). «Творчество, по мысли Мандельштама,—обоснованно утверждает С. Стратановский,—это борьба с пустотой, с небытием, внесение смысла в бессмысленный мир»[2]. Не забудем и «Стихи о неизвестном солдате» (1937—1938): погибшие на войне уходят в ту же противостоящую человеку пустоту: «Миллионы убитых задешево / Протоптали тропу в пустоте...».

Таким образом, мотив пустоты входит, думается, в число постоянных мотивов Мандельштама.

(编校:王　永)

---

[1] *Мандельштам О. Э.* Полное собрание сочинений и писем: в 3 т. Т. 2 / Сост., подгот. текста и коммент. *Меца А. Г.* СПб.: Издательство Гиперион, 2017. С. 256.
[2] *Стратановский С. Г.* Творчество и болезнь. О раннем Мандельштаме // Знамя. 2004. № 2. С. 219.

«Не у тебя, не у меня—у них...» О. Э. Мандельштама: опыт прочтения

М. М. Гельфонд

(Национальный исследовательский университет
«Высшая школа экономики», Россия)

Аннотация: В статье рассматривается одно из наиболее «темных стихотворений» позднего О. Э. Мандельштама, написанное в 1936 году в Воронеже. В полемике интерпретаторов традиционно не учитываются возможные литературные источники стихотворения. В качестве этих источников, и вместе с тем ключей к пониманию, в статье рассматриваются монолог Сатина («На дне» М. Горького), разговор Пьера Безухова и Андрея Болконского («Война и мир»), «Слово о полку Игореве», последнее—в контексте воронежского творчества О. Э. Мандельштама. Особое внимание уделяется связи названного стихотворения О. Э. Мандельштама со стихотворением Е. А. Боратынского «На посев леса». Тождество стихотворных размеров и ряд прямых перекличек позволяют не только убедительно объяснить появление странного слова «хрящ», но и восстановить лежащий в его основе текстологический казус. Прочтение мандельштамовского произведения на литературном фоне в значительной степени позволяет восстановить «опущенные звенья» и понять его как творческую программу, реализованную в «Стихах о неизвестном солдате». Ее сущность—в отречении от индивидуального в пользу всеобщего, которое в равной мере сулит поэту славу и гибель.

Ключевые слова: О. Э. Мандельштам; «темное стихотворение»; «Не у тебя, не у меня—у них...»; «Слово о полку Игореве»; Е. А. Боратынский; «На посев леса»

Стихотворение Мандельштама «Не у тебя, не у меня—у них...»—далеко не самое известное из произведений поэта. Оно было написано в декабре 1936 года, и чаще всего о нем упоминают как бы вскользь, соотнося с другими произведениями последней воронежской зимы. Вместе с тем, оно безусловно важно и для самого Мандельштама, и для нашего понимания поэта. Декларативность и подчеркнутая афористичность стихотворения позволяют увидеть в нем своего рода творческую программу, заявленную поэтом накануне очередного перелома его судьбы:

Не у тебя, не у меня—у них

Вся сила окончаний родовых:

Их воздухом поющ тростник и скважист,

И с благодарностью улитки губ людских

Потянут на себя их дышащую тяжесть.

Нет имени у них. Войди в их хрящ —

И будешь ты наследником их княжеств.

И для людей, для их сердец живых,

Блуждая в их извилинах, развивах,

Изобразишь и наслажденья их,

И то, что мучит их, —в приливах и отливах. ①

(9—27 декабря 1936. Воронеж)

Как подступ к новой теме, в том числе к «Стихам о неизвестном солдате», оно было воспринято первой читательницей стихотворения—Надеждой Яковлевной. «И во «Второй тетради», сразу с «Гудка», возникла тема самоутверждения поэта в поэзии. Разумом дойти до такой темы в год величайшего зажима было бы невозможно. Тема пришла сама—ведь это всегда явление, а не рациональный замысел. Вначале она звучала скрытно, пряталась за реалиями, вроде гудка, или была недосказана, как в «Не у тебя, не у меня—У них вся сила окончаний родовых…»②. Однако сам Мандельштам предложенное истолкование отверг. «Кто это они? — спросила я, — народ?» «Ну нет, — ответил О. М. — Это было бы чересчур просто…» Значит, «они»—это нечто,

① *Мандельштам О. Э. Собрание сочинений:* в 4 т. Т. 1. / *Струве Г. П.*, *Филиппова Б. А.* (ред.). М.: Издательство Терра, 1991. С. 226.

② *Мандельштам Н. Я. Собрание сочинений:* в 2 т. Т. 1. Екатеринбург: Издательство ГОНЗО при участии Мандельштамовского общества, 2014. С. 285.

существующее вне поэта, те голоса, та гармония, которую он пытается уловить внутренним слухом для людей, «для их сердец живых». ①

В какой-то мере можно сказать, что последующие исследователи этого стихотворения разделились на тех, кто поддержал интерпретацию Н. Я. Мандельштама, и тех, кто в соответствии с репликой поэта начал искать иные смыслы. В числе первых был М. Л. Гаспаров, который рассмотрел стихотворение как один из шагов к еще не написанной в ту пору «Оде»: «в строке "я узнал, он узнал, ты узнала": в узнании и признании лица Сталина на портрете с авторским "Я" объединяются все лица глагольного спряжения. Это ощущение народа через язык, через грамматику идет от стихотворения 9—27 декабря 1936— "Не у меня, не у тебя—у них..."〈...〉(Сложность, видимо, в том, что народ здесь двоится: это и предки, ставшие безымянным "хрящом", дающим язык поэту, это и потомки, для которых говорит поэт)». ②

Мандельштамовскую версию развивает В. В. Мусатов. Согласно его интерпретации, это «стихи о связи творчества с такими глубинами жизни, которые лишены какой бы то ни было проявленности и раздельности 〈...〉, с праосновой и праединством мировой жизни». ③ По тому же пути—но значительно дальше—идет Ф. Б. Успенский. Он обнаруживает в стихотворении «присутствие естественнонаучной стихии»④ и предполагает, что «при некоторой невнимательности (как будто предвиденной поэтом) оно может быть понято в двух совершенно разных смысловых перспективах: так сказать, социально-исторической и естественнонаучной»⑤. По его словам, «синтагмы, где упоминается *родовое, наследник княжеств*, безымянность тех, кому посвящен текст, как будто погружают слушателя в неизменный мир народной архаической традиции 〈...〉 С другой стороны, в тексте мы наблюдаем явное противопоставление загадочных *их*—роду людскому (ср. и *с благодарностью*

---

① *Мандельштам Н. Я.* Собрание сочинений: в 2 т. Т. 1. Екатеринбург: Издательство ГОНЗО при участии Мандельштамовского общества, 2014. С. 285.

② *Гаспаров М. Л. О.* Мандельштам: Гражданская лирика 1937 года. СПб.: Свое Издательство, 2013. С. 137.

③ *Мусатов В. В.* Лирика Осипа Мандельштама. Киев: Эльга-Н. Ника-Центр, 2000. С. 500-501.

④ *Успенский Ф. Б.* Научная поэзия Осипа Мандельштама—2. // Троицкий вестник. 23.02.2016. No 198. С. 12-13.

⑤ *Успенский Ф. Б.* Научная поэзия Осипа Мандельштама—2. // Троицкий вестник. 23.02.2016. No 198. С. 12-13.

улитки губ людских / *Потянут на себя их дышащую тяжесть* и далее), по крайней мере, из первой строфы вроде бы следует, что *они* — это вовсе не люди. Стихотворение, тем самым, может быть прочитано ⟨...⟩ как гимн (беспозвоночным морским?) организмам, стоящим на предшествующих ступенях эволюционной лестницы»[1]. Исходя из этого, исследователь объясняет появление «княжеств» сходством их с биологическими «царствами» в классификации Линнея, а родовых окончаний — с понятием рода живых организмов в биологии. По его словам, «игра с различными терминологическими рядами и различными грамматическими возможностями местоимения позволяет заглянуть еще дальше — в стихию неоформленности и неопределенности, в мир без названий, где человеческое еще неотделимо от природного и не противопоставлено ему в нечто более архаичное, чем архаика».[2]

Та же идея семантического смещения — точнее, контаминации нескольких идиом — лежит в основе прочтения, предлагаемого П. Ф. Успенским и В. В. Файнберг: «Идея наследования, связанная с образом хряща, наводит на мысль, что *хрящ* может метонимически заменять *колено*, у которого, в свою очередь, есть значение ʼразветвление рода, родословного генеалогического древа.ʼ Таким образом, выражение *войди в их хрящ* значит ʼвойди в их родʼ, что подкрепляется лексически и семантически близким выражением *войти в состав*».[3]

Каждая из приведенных интерпретаций в какой-то мере является шагом на пути разгадки мандельштамовских стихов. При этом целостный их смысл остается либо непроясненным, либо предполагает расшифровку сложного лингвистического ребуса. При том, что общий смысл стихотворения кажется интуитивно понятным, ряд вопросов, порождаемых им, требует по возможности непротиворечивого ответа. Однозначно ли, что слова «не у тебя, не у меня — у них» относятся не к людям, а к иным существам? Каким образом можно войти в хрящ? Почему необходимо сделать это, чтобы стать наследником княжеств — и каких именно княжеств?

Вероятно, при поиске ответа на эти вопросы имеет смысл обратиться к тому

[1] *Успенский Ф. Б.* Научная поэзия Осипа Мандельштама — 2. // Троицкий вестник. 23.02.2016. № 198. С. 12-13.

[2] *Успенский Ф. Б.* Научная поэзия Осипа Мандельштама — 2. // Троицкий вестник. 23.02.2016. № 198. С. 12-13.

[3] *Успенский П. Ф.*, Файнберг В. В. К русской речи: Идиоматика и семантика поэтического языка О. Мандельштама. М.: Издательство НЛО, 2020. С. 204.

кругу литературных ассоциаций, которые могли быть в ту пору значимы для Мандельштама. Стихотворение отчетливо вписано в большой контекст русской и мировой литературы. Достаточно сказать, что «поющий тростник» третьей строки, конечно же, перекликается с Тютчевым (а через него и с Паскалем)— «Душа не то поет, что море, / и ропщет мыслящий тростник» // «Есть музыкальный строй в прибрежных тростниках», ① а начало второй строфы «Нет имени у них...»—как с блоковским «Нет имени тебе, мой дальний...», ② так и с пушкинским «Что в имени тебе моем? Оно умрет, как шум печальный...». ③ Эти сильные отголоски чужих текстов—даже в том случае, если в стихотворении они непосредственно «не срабатывают»—дают основания прочитать неясное стихотворение на литературном фоне.

Первые две строки стихотворения подчеркнуто афористичны. Это вынесенный в начало и усиленный единственной парной рифмой декларативный отказ от собственного «я» в пользу общего—родового или коллективного бытия. Природа такого отречения, да и самого метания между «я» и «мы» вполне понятна в общем контексте 1920—1930-х годов. Приведем только один пример: ищущий для себя опоры в 1917 году Б. Л. Пастернак утверждает свое право на пролетарское сознание вопреки тем, кто себя пролетариями провозглашает: «Про родню, про моря. Про абсурд / Прозябанья, подобного каре. / Так не мстят каторжанам.—Рубцуй! / О, не вы, это я—пролетарий» («Я их мог позабыть»). ④ Оценивая ситуацию задним числом, Н. Я. Мандельштам писала о том, что «потеря "я"—не заслуга, а болезнь века». ⑤ При том, что рассуждения о необходимости самосохранения или самоотречения были своего рода общим местом, можно предположить, что у мандельштамовской формулы были два важных литературных аналога или претекста.

Первый из них—широко растиражированный к середине тридцатых годов

---

① *Тютчев Ф. И.* Полное собрание сочинений и писем: в 6 т. Т. 2. / РАН. Ин-т рус. лит. (Пушкин. Дом); Ин-т мировой лит. им. А. М. Горького. М.: Издательство Классика, 2002. С. 142.

② *Блок А. А.* Полное собрание сочинений: в 20 т. Т. 2. М.: Издательство Наука, 1997. С. 81.

③ *Пушкин А. С.* Полное собрание сочинений: в 16 т. Т. 3. М., Ленинград.: Издательство АН СССР, 1937—1959. С. 210.

④ *Пастернак Б. Л.* Полное собрание сочинений: в 11 т. Т. 1. М.: Издательство СЛОВО / SLOVO, 2003—2005. С. 182.

⑤ *Мандельштам Н. Я.* Собрание сочинений: в 2 т. Т. 2. Екатеринбург: Издательство ГОНЗО при участии Мандельштамовского общества, 2014. С. 31.

сатинский монолог о человеке из пьесы М. Горького «На дне»: «Что такое человек?. Это не ты, не я, не они... нет! — это ты, я, они, старик, Наполеон, Магомет... в одном!». [1] Очевидно, что мандельштамовская формула опровергает парадоксально-риторический ход горьковской пьесы: «Не у тебя, не у меня — у них...». Носители истины — те самые «они» — для Мандельштама *действительно* существуют, в их пользу он готов отказаться от рифмы как поэтического дара («вся сила окончаний родовых»), слиться с ними и растворить свое «я» в общем хоре — но в нем же и обрести тот новый голос и то новое слово, которые волнуют всех и важны для всех.

Значительно ближе, чем к горьковской декларации, мандельштамовское утверждение оказывается к одному из эпизодов «Войны и мира». Отвечая наивному в военных вопросах Пьеру и опираясь на собственный опыт Шенграбена и Аустерлица, Андрей Болконский говорит о том, что «успех никогда не зависел и не будет зависеть ни от позиции, ни от вооружения, ни даже от числа; а уж меньше всего от позиции. — А от чего же? — От того чувства, которое есть во мне, в нем, — он указал на Тимохина, — в каждом солдате». [2] Отметим, что произносит эти слова *князь* Андрей («Войди в их хрящ — и будешь ты наследником их княжеств»). Разумеется, формулы соотношения «я», «ты» и «они» и в этом случае далеко не идентичны: Андрей Болконский не отказывается от своей правоты и правоты соучастника беседы, но объединяет их с правотой иной, общей, как бы растворенной в сознании каждого. В том случае, если мандельштамовское стихотворение действительно откликается на этот эпизод, важными для него оказываются не только слова князя Андрея, но и реакция на них Пьера и Тимохина, их улыбки как форма благодарности за верно понятное и высказанное чувство (очевидно, что «улитки губ людских» у Мандельштама — это тоже улыбки). Чуть раньше, чем князь Андрей произносит свой монолог, Пьер обращается к Тимохину со «снисходительно вопросительной улыбкой», [3] а в то время, когда Андрей говорит, Тимохин смотрит на своего полкового командира

---

[1] *Горький М.* Собрание сочинений: в 18 т. Т. 16. М. : Государственное Издательство художественной литературы, 1963. С. 139.

[2] *Толстой Л. Н.* Собрание сочинений: в 14 т. Т. 7. М. : Государственное Издательство художественной литературы, 1950—1952. С. 212.

[3] *Толстой Л. Н.* Собрание сочинений: в 14 т. Т. 7. М. : Государственное Издательство художественной литературы, 1950—1952. С. 210.

«робко и беспрестанно оглядываясь», «испуганно и недоумевая».① Тимохин благодарен князю Андрею за то, что тот смог выразить все, о чем он думал, но не мог претворить в слово. Безымянность же, о которой далее идет речь у Мандельштама, как бы подхватывается полусном-полуоткровением Пьера, в котором на первый план выступают странные и неведомые «они»: «Слава Богу, что этого нет больше,—подумал Пьер, опять закрываясь с головой. — О, как ужасен был страх и как позорно я отдался ему! А они... *они* все время, до конца были тверды, спокойны...»,—подумал он. *Они* в понятии Пьера были солдаты—те, которые были на батарее, и те, которые кормили его, и те, которые молились на икону. *Они*—эти странные ему неведомые *они*, ясно и резко отделялись в его мысли от всех других мыслей».② Обращение Мандельштама к «Войне и миру» может показаться мало мотивированным (и действительно, у нас нет прямых свидетельств о перечитывании Толстого в Воронеже), но «Стихи о неизвестном солдате», которые Мандельштам начнет писать несколькими месяцами позже,—достаточно сильное свидетельство толстовского присутствия в мандельштамовских размышлениях о ходе истории.

Полусказочный сюжет об обретении наследником княжества может, разумеется, опираться отнюдь не только на роман Толстого (где условное «княжество»—семью, дом, место в истории—обретает совсем не князь Андрей, а граф Безухов). Вероятно, не менее важный источник размышлений о князе и княжестве—это «Слово о полку Игореве», по-своему подсвечивающее весь воронежский период жизни Мандельштама. По воспоминаниям Н. Я. Мандельштам, «в короткий период от тридцатого года до ссылки О. М. вплотную занялся древнерусской литературой. Он собрал летописи в разных изданиях, "Слово", конечно, которое он всегда очень любил и знал наизусть...».③ Незадолго до воронежской ссылки, в декабре 1933 года реминисценции из «Слова...» появились у Мандельштама в переводах из Петрарки «Как соловей сиротствующий славит...» и «Промчались дни мои, как

---

① *Толстой Л. Н.* Собрание сочинений: в 14 т. Т. 7. М.: Государственное Издательство художественной литературы, 1950—1952. С. 212.

② *Толстой Л. Н.* Собрание сочинений: в 14 т. Т. 7. М.: Государственное Издательство художественной литературы, 1950—1952. С. 293.

③ *Мандельштам Н. Я.* Собрание сочинений: в 2 т. Т. 1. Екатеринбург: Издательство ГОНЗО при участии Мандельштамовского общества, 2014. С. 330.

бы оленей...» (вариант),① затем—в реквиеме Андрею Белому: «Меня преследуют две-три случайных фразы -/ Весь день твержу: печаль моя жирна...».② Восходящий к «Слову о полку Игореве» образ степи как враждебного пространства, «земли незнаемой», возникает в одном из первых стихотворений «черноземного цикла» «Я живу на важных огородах...».③ Но уже в следующем—«Я должен жить, хотя я дважды умер...»④ над ним открывается «небо, небо—твой Буонаротти!». Лежащая под «итальянским» небом воронежская степь во многом подталкивает Мандельштама к переосмыслению места ссылки; «Слово...» оказывается—хотя бы отчасти— шагом к оправданию воронежской земли. В «Стансах» «Слово о полку...» названо прямо—«Как "Слово о полку" струна моя туга»:⑤ принимая для себя решение «жить, дыша и большевея», Мандельштам ищет для себя ту опору, которой становится в живущий массовом сознании текст неизвестного автора—то есть тоже, в каком-то смысле, становится безымянным наследником княжеств. При всей пронизанности воронежской лирики Мандельштама «Словом о полку Игореве» ни в одном стихотворении, кроме «Не у тебя, не у меня—у них...» ни князь, ни княжество не называются—но и после этого стихотворения мотивы, связанные со «Словом...» уходят из лирики Мандельштама окончательно.

Не менее важным представляется нам и сюжет, стоящий за словом «хрящ»— с одной стороны, отчетливо непоэтическим, с другой—не менее отчетливо мандельштамовским. Из тридцати вхождений в поэтическом корпусе до 1937 года четыре приходится на Мандельштама (с такой же частотой это слово встречается еще и у Андрея Белого). При этом именно у Мандельштама слово полисемантично: «хрящом» в разных контекстах может быть назван и аналог

---

① *Мандельштам О. Э.* Собрание сочинений: в 4 т. Т. 1. / *Струве Г. П.* и *Филиппова Б. А.* (ред.). М.: Издательство Терра, 1991. С. 360, 363.

② *Мандельштам О. Э.* Собрание сочинений: в 4 т. Т. 1. / *Струве Г. П.* и *Филиппова Б. А.* (ред.). М.: Издательство Терра, 1991. С. 204.

③ *Мандельштам О. Э.* Собрание сочинений: в 4 т. Т. 1. / *Струве Г. П.* и *Филиппова Б. А.* (ред.) М.: Издательство Терра, 1991. С. 213.

④ *Мандельштам О. Э.* Собрание сочинений: в 4 т. Т. 1. / *Струве Г. П.* и *Филиппова Б. А.* (ред.) М.: Издательство Терра, 1991. С. 213.

⑤ *Мандельштам О. Э.* Собрание сочинений: в 4 т. Т. 1. / *Струве Г. П.* и *Филиппова Б. А.* (ред.). М.: Издательство Терра, 1991. С. 218.

косточки («То ундервуда хрящ: скорее вырви клавиш—/ и щучью косточку найдешь»[1]; или в переводном тексте «Хрустит душистый рябчик и голубиный хрящ»), и обозначение пространства. Именно так обстоит дело в наиболее близком по времени создания стихотворении «Разрывы круглых бухт, и хрящ, и синева...»[2]—оно написано в начале 1937 года. Значение слова в разбираемом стихотворении очевидно неоднозначно: оно может предполагать и вхождение в «плоть и кровь», в скелет, в состав, принадлежащий неизвестным «им»,[3] и вхождение в принадлежащую опять же «им» землю. Второе—вкупе с пятистопным ямбом, которым написано стихотворение Мандельштама,— приоткрывает еще одно значимое пересечение. Речь идет о позднем, «предытоговом», стихотворении Боратынского «На посев леса», которое знаменует ситуацию, строго говоря, противоположную описанной у Мандельштама: поэт не обращается в поисках правды к неизвестным «им», а напротив, разрывает все отношения со своими читателями, предпочитая пути поэта земледельческий труд: «Ответа нет! Отвергнул струны я, / Да кряж иной мне будет плодоносен! / и вот ему несет рука моя/ Зародыши елей, дубов и сосен».[4] В пользу этого предположения свидетельствует и еще одна буквальная перекличка: «Летел душой я к новым племенам, / Любил, ласкал их пустоцветный колос;/ Я дни извел, стучась к людским сердцам, / Всех чувств благих я подавал им голос»—«И для людей, для их сердец живых,/ Блуждая в их извилинах, развивах,/ Изобразишь и наслажденья их,/ и то, что мучит их,—в приливах и отливах».[5]

Если последнее предположение верно, то здесь мы имеем дело со своего рода историко-литературным казусом. Дело в том, что в рукописи Боратынского относительно отчетливо читается «кряж» (и начиная с двухтомника Гофмана— вплоть до новейшего академического собрания, в большинстве изданий принят

[1] *Мандельштам О. Э.* Собрание сочинений: в 4 т. Т. 1. / *Струве Г. П.* и *Филиппова Б. А.* (ред.). М.: Издательство Терра, 1991. С. 113.

[2] *Мандельштам О. Э.* Собрание сочинений: в 4 т. Т. 1. / *Струве Г. П.* и *Филиппова Б. А.* (ред.). М.: Издательство Терра, 1991. С. 250.

[3] *Успенский П. Ф.*, *Файнберг В. В.* К русской речи: Идиоматика и семантика поэтического языка О. Мандельштама. М.: Издательство НЛО, 2020. С. 204.

[4] *Боратынский Е. А.* Полное собрание сочинений и писем. Т. 3, часть 1. М.: Издательство Языки славянских культур, 2014. С. 115.

[5] *Мандельштам О. Э.* Собрание сочинений: в 4 т. Т. 1. / *Струве Г. П.* и *Филиппова Б. А.* (ред.). М.: Издательство Терра, 1991. С. 226.

этот вариант①). В копии же, сделанной Настасьей Львовной Боратынской, слово читалось как «хрящ» — и этот вариант вошел не только в первые посмертные публикации, но и в ряд последующих. и здесь перед исследователем неизбежно встает вопрос, в каком издании Мандельштам мог перечитывать Боратынского в Воронеже или незадолго до ссылки. В перечне книг, которые были с собой в Воронеже, составленном Надеждой Яковлевной Мандельштам, Боратынский упоминается; согласно описи книг поэта, составленных ей для Н. И. Харджиева, «всегда с собой» были «Баратынский, провинц ⟨ иальное ⟩ изд ⟨ ание ⟩, изд ⟨ анное ⟩ сыном, и потом новое».② Приведенному описанию соответствует только книга 1884 года, подготовленная сыном поэта, Николаем Евгеньевичем и вышедшая в Казани. В стихотворении «На посев леса» там читается «кряж», и более чем вероятно, что именно эта ошибка издателя оказалась той точкой, в которой соединились стихотворения Мандельштама и Боратынского.

Соединились — и разошлись. При всем очевидном сходстве — от редкого слова до нередкого пятистопного ямба — смыслы двух стихотворений абсолютно различны. Там, где у Боратынского шла речь об обиде на современников и, как следствие — абсолютном разрыве с читателем, у Мандельштама речь идет об обретении того слова, которое действительно найдет свой отзыв. И «кряж» оказывается здесь отнюдь не «коленом», а той самой «землей», о которой незадолго до этого было сказано: «Да, я лежу в земле, губами шевеля...».③

Все приведенные параллели, возникающие при чтении ассоциации и возможные источники стихотворения — при несомненном их различии — кажется, сходятся в одном. Они фиксируют важную переломную точку, в которой совершается или категорический отказ от общего с другими людьми пути (именно об этом спорит Мандельштам с Боратынским), или, напротив, его утверждение и обретение (так происходит с Пьером и отчасти князем Андреем, так, видимо, по мысли Мандельштама, *должно* произойти — хоть и не происходит — с князем

① *Боратынский Е. А.* Полное собрание сочинений и писем. Т. 3, часть 1. М.: Издательство Языки славянских культур, 2014. С. 115; текстологический комментарий А. С. Бодровой. С. 116-124.

② *Мандельштам Н. Я.* ⟨ Мандельштам — читатель ⟩ // Мандельштам — читатель. Читатели Мандельштама. Филологический сборник. /О. Лекманова и А. Устинова (ред.). Стэнфорд: Aquilon, 2017. № 47. С. 20.

③ *Мандельштам О. Э.* Собрание сочинений: в 4 т. Т. 1. / *Струве Г. П. и Филиппова Б. А.* (ред.). М.: Издательство Терра, 1991. С. 214.

Игорем, чтобы княжество было им обретено). В декабрьском стихотворении 1936 года Мандельштам фиксирует эту точку—и в дальнейшем она в равной мере может привести к катастрофе личного небытия «Оды» и к общей правоте жертв, погибающих «гурьбой и гуртом» («Стихи о неизвестном солдате»).

（编校：王　永）

Об одном неучтённом подтексте «Стихов о неизвестном солдате»

В. В. Калмыкова

(Мандельштамовский центр, Россия)

Аннотация: «Стихи о неизвестном солдате»—одно из самых интерпретируемых в русле семантической и интертекстуальной поэтики произведений О. Э. Мандельштама. Исследования этого текста настолько многочисленны, что М. Л. Гаспаров даже говорил о «солдатоведении», как специальной отрасли внутри мандельштамоведения. Однако это не мешает обнаружению новых подтекстов стихотворения, что ведёт за собой, и открытие новых смыслов. Один из ранее не замеченных подтекстов содержится в стихотворении Валерия Брюсова «Страшных зрелищ зрителями мы...» (1918), не опубликованном при жизни автора. Оно содержит тезис: «Впереди—провал, бездонно-тёмный», на который годы спустя в «Стихах о неизвестном солдате» Мандельштам ответил: «Впереди не провал, а промер». В другом стихотворении Брюсова, «Джины», также написанном в 1918 г., можно найти подтекст и к «Стихам о неизвестном солдате», и к одному из «Восьмистиший», а именно «Скажи мне, чертёжник пустыни...»

Ключевые слова: О. Э. Мандельштам; «Стихи о неизвестном солдате»; «Скажи мне, чертёжник пустыни...»; В. Я. Брюсов; «Страшных зрелищ зрителями мы...»; «Джины»; интертекстуальная поэтика; подтекст; теория познания; образ-символ

«Стихи о неизвестном солдате»—одно из самых интерпретируемых в русле семантической и интертекстуальной поэтики произведений О. Э. Мандельштама. Вместо обширной библиографии достаточно привести мнение М. Л. Гаспарова: «⟨...⟩ хочется сказать, что внутри мандельштамоведения уже выделилась отдельная отрасль—"солдатоведение"»①. За 25 лет с момента, когда эти слова были написаны, область «солдатоведения» ещё более расширилась и углубилась. Тем неожиданнее выглядит обнаружение новых подтекстов к произведению.

Наличие подтекста в поэзии Мандельштама—всегда коммуникативный, диалогический акт. Это жест, имеющий двойную направленность: с одной стороны, в прошлое, т. е. к тому поэту, у которого взят подтекст, с другой—в настоящее и будущее, т. е. к читателю стихотворения самого Мандельштама. «Чужое слово» Мандельштам делал *своим*, но поскольку его лирический герой— своего рода рупор, используемый, чтобы *говорить за всех и говорить с эпохой*, то и образ, основанный на использовании подтекста, становится частью обращённой ко всем речи и речи всеобщей. Часто бывало, что в памяти Мандельштама те или иные «чужие слова» всплывали через много лет после того, как он их слышал или воспринимал.

Среди поэтов, с которыми Мандельштам постоянно устанавливал такого рода взаимоотношения, одну из заметных позиций занимает В. Я. Брюсов, о чём уже приходилось писать②. Здесь достаточно лишь отметить, что взаимные характеристики обоих поэтов симметричны: Мандельштам упрекал Брюсова, что тот пережил своё время, а Брюсов Мандельштама—что тот не выразил современность. Единственный случай, когда Брюсов высказался о поэзии Мандельштама комплиментарно, обнаруживаем в статье «Вчера, сегодня и завтра русской поэзии» (1922): «некоронованным королем» нео-акмеистов «можно считать О. Мандельштама, стихи которого всегда красивы и обдуманны»③.

Уже случалось отметить, что в целом ряде случаев стихотворения Мандельштама, содержащие брюсовские подтексты, построены «от противного»: в них акценты расставлены и явления оценены с противоположной точки зрения. и всё же ранее сказанного недостаточно, чтобы полнее представить себе картину диалога поэтов.

Речь пойдёт о двух стихотворениях и статье Брюсова: стихи написаны в январе 1918-го, а статья—в первой половине того же года. Тексты не

---

① *Гаспаров М. Л.* О. Мандельштам: Гражданская лирика 1937 года. М.: Издательство РГГУ, 1996. С. 10.

② *Калмыкова В. В.* Брюсов Валерий Яковлевич // Мандельштамовская энциклопедия: в 2 т. Т. 1. М.: Издательство Росспэн, 2017. С. 140-145.

③ *Брюсов В. Я.* Среди стихов. М.: Издательство Советский писатель, 1990. С. 589.

публиковались ни при жизни автора, ни в советское время, и впервые увидели свет в составленных и комментированных В. Э. Молодяковым сборниках «Неизданное и несобранное» (М., 1998) и «В эту минуту истории. Политические комментарии 1902—1924» (М., 2013).

1918 год в жизни Валерия Брюсова нельзя назвать простым. 26 февраля он писал брату Александру: «Увы! Всё нелепейшее из нелепого оказалось истиной и действительностью. Нельзя выдумать ничего такого невероятного, что не было бы полной правдой в наши дни, у нас»[①]. В статье «Наше будущее [Л⟨итературно⟩-Х⟨удожественный⟩ кружок и русская интеллигенция]», датированной *первой* половиной 1918 г., Брюсов писал: «Если вообще мрачен сумрак, окружающий настоящее, то черты будущего, выступающие из него, может быть, ещё чернее и сумрачнее. Можно с полной уверенностью сказать одно: как бы отчётливо ни повернулся дальнейший ход событий, какие бы нежданные удачи ни ожидали нас на пути, пусть даже исполнятся все самые заветные надежды наших оптимистов, всё равно—нам предстоят ещё годы и годы переживать тяжёлую эпоху. Если даже страшные потрясения нашего времени выведут нас на светлый путь свободы и демократизма, благополучия и преуспеяний, всё равно—последствия пережитых потрясений будут чувствоваться долго и остро»[②]. Со второй половины года Брюсов уже начал взаимодействовать с советскими организациями.

Что же касается Мандельштама, то зимой 1918 г. в Петрограде, устроившись на должность делопроизводителя секретариата Комиссии с чрезвычайными полномочиями для разгрузки и эвакуации бывшей столицы, он познакомился с Николаем Петровичем Горбуновым, секретарём СНК РСФСР, личным секретарём В. И. Ленина, в 1918 — 1919 гг. заведовавшим научно-техническим отделом ВСНХ. По предположению А. Г. Меца, Мандельштам в начале апреля 1918 г. переехал в Москву и жил в Кремле с разрешения Горбунова. Тогда же поэт написал и отдал Горбунову для передачи Ленину некий текст, возможно, содержавший программные положения по вопросу сотрудничества художника и государства. Текст передан не был, в архивах он

---

① Цит. по: *Молодяков В. Э.* Валерий Брюсов. Будь мрамором. М.: Издательство Молодая гвардия, 2020. С. 384-385.

② Цит. по: *Молодяков В. Э.* Валерий Брюсов. Будь мрамором. М.: Издательство Молодая гвардия, 2020. С. 389.

или не сохранился, или не обнаружен①. Так или иначе, во второй половине 1918 г., уже обосновавшись в Москве и служа в Наркомпросе, Мандельштам написал статью «Государство и ритм», в которой изложил свои взгляды по тому же вопросу, и пафос этого произведения значительно более оптимистичен, чем брюсовский, ясно выраженный в статье «Наше будущее».

Основные положения статьи «Наше будущее» отразились в программном тексте Мандельштама «Слово и культура» (1921). И здесь и там культура оказывается единственным фактором, поддерживающим после революции величие народа прежде всего в его собственных глазах; и здесь и там крещендо звучит мотив ответственности художника и его особой роли в созидании великой культуры великого народа. У Брюсова читаем: «И что бы ни ожидало нас в будущем, — большие грозы или нежданное счастие, — мы должны пронести свет нашей национальной культуры сквозь эти бури. Новое значение приобретает впредь всё, что мы сделаем во всех областях духовного творчества»②. Осознанно или нет, Мандельштам усиливает брюсовский пафос: «Культура стала церковью»③. С его точки зрения, государство не выживет без «совета», поддержки культуры: «Внеположность государства по отношению к культурным ценностям ставит его в полную зависимость от культуры. Культурные ценности окрашивают государственность, сообщают ей цвет, форму и, если хотите, даже пол. Надписи на государственных зданиях, гробницах, воротах страхуют государство от разрушения времени»④.

Творчество у Брюсова представляется как подвиг, аналогичный первохристианскому: «Наступает эпоха, когда для русских деятелей во всех областях духовного творчества падает новая, великая ответственность. Их творчество становится в двояком смысле служением народу: и потому, что они будут работать для народа, обогащая его сокровищницу духовных ценностей, и

---

① *Мец А. Г.* Осип Мандельштам в Кремле (1918) // Toronto Slavic Quarterly. 2015. № 54. С. 160-163.

② *Брюсов В. Я.* Наше будущее [Л〈итературно〉-Х〈удожественный〉 кружок и русская интеллигенция]. URL: http://az. lib. ru/b/brjusow _ w _ j/text _ 1918 _ nashe _ buduchee. shtml (дата обращения: 25. 12. 2021).

③ *Мандельштам О. Э.* Слово и культура // *Мандельштам О. Э.* Собрание сочинений: в 4 т. Т. 1. М.: Издательство Арт-Бизнес-Центр, 1993. С. 212.

④ *Мандельштам О. Э.* Слово и культура // *Мандельштам О. Э.* Собрание сочинений: в 4 т. Т 1. М.: Издательство Арт-Бизнес-Центр, 1993. С. 213.

потому, что будут единственными представителями народа пред человечеством. Творчество не только государственного деятеля, но и писателя, художника, музыканта, актера — станет делом общественным, общенародным, государственным. Важно, чтобы сознание такой ответственности проникло всех работников в области искусств и литературы. Легкомысленное отношение к своему делу, ещё вчера бывшее если не простительным, то не имеющим особого значения, завтра окажется преступным. Где недавно мыслимо было руководиться себялюбием, партийностью, материальным расчетом, скоро допустимо будет лишь благоговейное отношение к своему делу. Что сегодня для некоторых — забава, в будущем для всех должно стать — подвигом»[1]. Мотив героизма звучит и у Мандельштама: «В жизни слова наступила героическая эра. Слово — плоть и хлеб. Оно разделяет участь хлеба и плоти: страдание. Люди голодны. Еще голоднее государство. ⟨...⟩ Сострадание к государству, отрицающему слово, — общественный путь и подвиг современного поэта»[2].

Факт близости основных положений обеих статей с учётом лексики и предпочтений каждого из авторов и, как мы увидим, наличие в «Стихах о неизвестном солдате» подтекстов из двух брюсовских стихотворений 1918 г. позволяет предположить, что в апреле или в первой половине 1918 г. Мандельштам общался с Брюсовым, хотя даже приятельские отношения их, как известно, не связывали. Факт и обстоятельства общения нам неизвестны, биографические подробности, которыми мы располагаем, не проливают свет на обстоятельства, при которых Мандельштам в 1918 г. или позже, при жизни Брюсова или после его смерти, мог познакомиться с неопубликованными текстами старшего поэта.

Однако тексты свидетельствуют, что такое общение имело место. В стихотворении Брюсова «Страшных зрелищ зрителями мы...», в свою очередь, содержащем подтекст из стихотворения Ф. И. Тютчева «Цицерон» (стих «Он их высоких зрелищ зритель»), второй катрен завершается стихом: «Впереди — провал, бездонно-тёмный». В «Стихах о неизвестном солдате», написанных спустя без малого 20 лет, читаем: «Впереди *не* провал, *а промер*». Цепкая память

---

[1] *Брюсов В. Я.* Наше будущее. URL: http://az. lib. ru/b/brjusow_w_j/text_1918_nashe_buduchee. shtml (дата обращения: 25. 12. 2021).

[2] *Мандельштам О. Э.* Слово и культура // *Мандельштам О. Э.* Собрание сочинений: в 4 т. Т 1. М.: Издательство Арт-Бизнес-Центр, 1993. С. 214-215.

Мандельштама на чужие стихи общеизвестна. Перед нами включение чужого высказывания в своё с добавлением отрицательной частицы и противительного союза с последующим контекстным антонимом, морфологически симметричным. Брюсовскую строку можно расценивать как тезис, мандельштамовскую—как антитезис. Возникает вопрос, подкреплён ли диалог иными образами и мотивами из брюсовского стихотворения.

Брюсов в стихотворении «Страшных зрелищ зрителями мы...» отреагировал на революционные события, Мандельштам же рефлектировал ситуацию Первой Мировой Войны в целом. Основной образ Брюсова—восьмилапый спрут— младшего поэта никак не заинтересовал. Мотивы бессилия, безволия, ужаса в «Стихах о неизвестном солдате» также отсутствуют. Если в «Страшных зрелищ зрителями мы...» доминирует мрак, то в «Стихах...»—свет и огонь: в первом случае катастрофа носит земной и социальный характер, во втором—космический. Зато в обоих текстах присутствует мотив множественности смертей, тотальности катастрофы; у Брюсова: «Против брата брат, вздымая прах, // Рать ведёт, и эта рать—народы». У Мандельштама: «Миллионы убитых задешево». Звучит и выраженное личное отношение к происходящему: «Встать и грудью смертный путь закрыть, // Что-то прокричать, чтоб все сознали...»; «Падаешь бессильно ⟨...⟩» у Брюсова и «Я ль без выбора пью это варево» у Мандельштама, который не разделяет убитых по принципу правых и виновных, вообще не оценивает их ни с какой точки зрения, кроме общечеловеческой. В обоих случаях лирические герои подчинены внешней ситуации, не допускающей ситуации личного выбора.

Однако обнаружение новых брюсовских подтекстов в поздней лирике Мандельштама этим не ограничивается.

Спустя восемь дней после «Страшных зрелищ зрителями мы...» Брюсов написал аллегорическое стихотворение «Джины», где прибег к традиционному для русской литературы приёму остранения и иносказания, изобразив современников как странников в восточной пустыне. Этот текст глубоко укоренён в собственной брюсовской поэтике: достаточно вспомнить «Летучую мышь» (1895) с её демоническим хохотом и «Демонов пыли» (1899). Если связь «Стихов о неизвестном солдате» с текстом «Страшных зрелищ зрителями мы...» устанавливается по модели тезиса и антитезиса, то во втором случае подтекст не так очевиден, хотя, всё же, вероятен. В том варианте «Солдата», который, за неимением позднейших, публикуется как окончательный, художественное пространство в той его части, которая соотносится с происходящим на земле, а не в воздухе и не в космосе, условно опознаваемо как среднеевропейский пейзаж («дождь, неприветливый сеятель», «лесистые крестики»), но вдруг включает в себя такую характеристику: «Аравийское месиво, крошево». С одной стороны, «аравийское» здесь может выступать как чистый символ множественности (нельзя сосчитать песчинки в пустыне) и соответствовать идее больших чисел, пронизывающей стихотворение, а «месиво, крошево» — как отсылка к миллионам прерванных жизней, каждая из которых в войну значит не больше, чем отдельная песчинка. С другой же, если принять брюсовских «Джинов» как подтекст, то пустыню можно воспринять как метафору земной поверхности — поля боя, сплошь усыпанного мёртвыми телами, из космического пространства видимыми как песчинки.

Варианты текста «Стихов о неизвестном солдате» позволяют предположить, что связь с брюсовскими «Джинами» не эфемерна. В ранних редакциях «Стихов...» восточные мотивы были значительно более активными, чем в той, которую принято считать окончательной. В редакции 1 читаем: «Аравийское месиво, крошево // Начинающих смерть скоростей — // Это зренье пророка подошвами // Протоптало тропу в пустоте» (у Брюсова звучит молитва странников к Аллаху). В редакции 3: «Вязнет чумный Египта песок»[1]. Присутствие образа-символа пустыни наряду с образами-символами неба и океана в вариантах текста Мандельштама усиливало ощущение земной сущности происходящего; исчезновение пустыни из этого ряда создаёт напряжение между двумя неслиянными и нераздельными началами (попутно возникает дальняя ассоциация с «Морем» В. А. Жуковского) и выводит действие в космическое пространство. У Брюсова читаем:

Лежат песков бесцветные зигзаги,

Холмы и долы, долы и холмы,

И всюду — духов дикие ватаги.

Скача, кривясь, как демоны чумы,

---

[1] *Мандельштам О. Э.* Полное собрание стихотворений / Вступ. ст. *Гаспарова М. Л.* и *Меца А. Г.* ; Сост., подгот. текста и примеч. *Меца А. Г.* СПб. : Издательство Академический проект, 1995. С. 499, 500.

> Они мелькают в знойных струйках пыли,
>
> В лучах заката и в разливах тьмы.

Присутствие мотивов песка, пыли и чумы в одном тексте представляется достаточно убедительным, чтобы указать на него как на источник формирования мандельштамовской образности. Однако в цитированном отрывке из брюсовского стихотворения есть также мотив, неожиданно отзывающийся в одном из «Восьмистиший» Мандельштама, а именно в «Скажи мне, чертёжник пустыни...» (1933 — 1934). Косвенно связь обоих текстов подтверждается рифмой «геометра»—«ветра» в брюсовском стихотворении 1907 г. «Служителю муз», что замечено Л. М. Видгофом[①]. В данном случае интересна, однако, не рифма, а то, что Брюсов называет зигзагами песков, т. е. чередующиеся перепады высоты: «Холмы и долы, долы и холмы». Неоднократно отмечено, что во многих стихотворениях Мандельштама, помимо литературных подтекстов, присутствуют и следы зрительных ассоциаций. В данном случае это может быть пейзаж пустыни, схематически действительно основанный на зигзагах, как вертикальных (барханы), так и горизонтальных (линии на поверхности). У Брюсова это конкретная картина подъёмов и спусков, у Мандельштама в восьмистишии—скорее метафизическая, сменяющие друг друга «опыт и лепет», также представляющие собой своего рода зигзаг, правда, скорее в области теории познания. Если это предположение верно, то «Стихи о неизвестном солдате» оказываются связаны и с восьмистишием «Скажи мне, чертёжник пустыни».

Возможно, присутствие образа-символа пустыни в «Солдате» показалось Мандельштаму избыточным, поскольку нарушало вертикальную связь неба и океана, создавая треугольник—слишком устойчивую фигуру, чтобы быть конструктивной основой стихотворения о вселенской катастрофе войны. Как бы там ни было, знакомство с вариантами показывает последовательное вытеснение пустыни из текста. Однако в качестве одного из «пропущенных звеньев» она всё же остаётся.

Обнаружение подтекстов из брюсовского творчества 1918 г. в поэтическом инструментарии позднего Мандельштама лишний раз доказывает, что младший поэт более внимательно относился к старшему, чем хотел демонстрировать

---

① *Видгоф Л. М.* О стихотворении Осипа Мандельштама «Скажи мне, чертёжник пустыни...» // *Видгоф Л. М.* Статьи о Мандельштаме. М. : Издательство РГГУ, 2010. С. 16.

внешне. Всё это ставит перед нами задачу прояснения обстоятельств жизни обоих поэтов в первой половине 1918 года. Неоспоримый факт диалога поэтов, явного на уровне текстов, мог бы быть подкреплён биографическими данными.

（编校：王　永）

293

Осип Мандельштам в переводах на языки народов Азии

П. М. Нерлер

(Национальный исследовательский университет
«Высшая школа экономики», Россия)

Аннотация: Произведения О. Э. Мандельштам переведены, как минимум, на 36 иностранных языков, главным образом, европейских. Привязка переводной мандельштамианы именно к языкам, а не к странам происхождения или проживания переводчиков, тут принципиальна, поскольку « пространства » различных языков не знают государственных границ. В статье проанализирован сегмент переводов на азиатские языки—китайский, японский, корейский и фарси, их исторические и структурные особенности.

Ключевые слова: О. Э. Мандельштам; Н. Я. Мандельштам; И. Г. Эренбург; художественный перевод; китайский язык; японский язык; корейский язык; фарси

1

Произведения О. Мандельштама переведены, как минимум, на 36 иностранных языков, главным образом европейских. Среди них, в алфавитном порядке,—английский, армянский, баскский, белорусский, болгарский, венгерский, греческий, грузинский, датский, иврит, идиш, испанский, итальянский, казахский, каталанский, кельтский, китайский, латышский, литовский, немецкий, нидерландский, норвежский, польский, португальский, румынский, сербский, словацкий, турецкий, украинский, фарси, финский, французский, чешский, шведский, эсперанто, эстонский и японский.

Привязка переводной мандельштамианы именно к языкам, а не к странам происхождения или проживания переводчиков, тут принципиальна, поскольку «пространства» различных языков не знают государственных границ, а некоторые из языков не являются государственными или хотя бы титульными в государственном масштабе (например, баскский, каталонский, идиш или эсперанто). Интересен случай иврита — государственного языка Израиля, первые переводы на который датируются 1942 годом, когда ни о какой еврейской государственности и речи не было).

Поэтому конкретные ситуации в «пространствах» различных языков существенно отличаются друг от друга. Так, «пространство» английского языка охватывает помимо «метрополий», Великобритании и США, еще и Канаду, Австралию и Новую Зеландию, «пространство» французского языка, помимо Франции, — Бельгию, Швейцарию и Канаду, а «пространство» испанского, помимо Испании, — Мексику, Уругвай и Кубу. В некоторых случаях в соответствующих языковых «пространствах», находим и переводы, созданные эмигрантами, то есть представителями соответствующих этноязычных диаспор: такое, в частности, отмечено для польского, украинского и армянского языков.

На некоторых языках — французском, итальянском, польском, немецком, английском, украинском, болгарском и шведском, — первые переводы выходили еще при жизни О. Мандельштама. Правда, сам поэт, как правило, ничего об этом не знал.

Самым ранним переводом мандельштамовского текста следует признать французский перевод стихотворения «Сумерки свободы», напечатанный в бельгийском журнале «Lumière» в 1922 году (перевод не подписан, но, по мнению А. Фэвр-Дюпэгр, есть основания полагать, что его автором являлся Франц Гелленс). Прижизненные зарубежные упоминания имени и творчества О. Мандельштама встречаются на французском, итальянском, польском, немецком, английском и украинском языках.

При этом огромную роль играли русские эмигранты, покинувшие Россию после революции (такие как Елена Извольская, Ннина Гурфинкель, Раиса Нальди-Олькеницкая). В деле знакомства с творчеством и судьбой Мандельштама колоссальную роль сыграли также переводы мемуаров Ильи Эренбурга «Люди. Годы. Жизнь» и, разумеется, книги Н. Я. Мандельштам.

Важнейшей тому предпосылкой была доступность произведений

Мандельштама—по-русски или по-английски и по-французски: в некоторых странах часть переводов делалась вовсе не с оригинала, а с английского или французского (в Иране и Испании) перевода.

Полнота переводного корпуса произведений О. М. на разных языках сильно отличается друг от друга. Практически целиком он издан по-английски, по-французски, по-польски и по-немецки, причем в немецком языке у полного корпуса Мандельштама есть и единый автор—Ральф Дутли, и общий издатель («Amman-Verlag», Цюрих). В ряде языков достигнут полный или почти полный перевод поэтического наследия Мандельштама (например, в китайском языке).

Среди приложений, собранных во втором томе «Мандельштамовской энциклопедии», выпущенной в свет в 2017 году, одно посвящено специально переводам произведений О. Э. Мандельштама на иностранные языки и рецепции его творчества за рубежом①. Как правило, рецепция сводится к библиографии научно-критической литературы о поэте, реже—художественной или увековечению памяти о нем в других жанрах.

Составившие это приложение статьи и библиографии затрагивают 18 языковых пространств, из них большинство составляют европейские языки. В двух случаях история переводов Мандельштама начинается в 1960-е гг. (литовский и норвежский языки), в пяти—в 1970-е гг. (армянский, голландский, корейский, японский и латышский языки), еще в четырех—в 1980-е гг. (испанский, каталанский, китайский и фарси) и даже в 1990-е гг. (белорусский и идиш).

Четыре языка—китайский, японский, корейский и фарси—однозначно относятся к Азиатскому материку, переводы на них из Мандельштама и составили предмет настоящей статьи. Им в «Мандельштамовской энциклопедии» соответствуют библиографии и предваряющие их очерки, написанные, к

---

① Переводы на иностранные языки и рецепция за рубежом О. Э. Мандельштама [Приложение № 9] // Мандельштамовская энциклопедия: в 2 т. Т. 2. М.: Издательство Политическая энциклопедия, 2017. С. 410-487. См. там же: Нерлер П. М. О. Э. Мандельштам на разных языках мира // Мандельштамовская энциклопедия: в 2 т. Т. 2. М.: Издательство Политическая энциклопедия, 2017. С. 410.

китайским переводам, Ван Цзянчжао①, к японским—Е. П. Дудиной②, к корейским—Пак Сун Юн③ и к фарси—Марзие Яхъяпур и Каррими-Мотахтар Джанолахом④.

Настоящая статья—краткий обзор истории переводов Мандельштама на эти языки и становления в их среде научного мандельштамоведения.

2

Имя О. М. стало известно в Китае только в конце 1970-х гг. —после того как в 1979 Издательство «Народная литература» выпустило мемуары И. Эренбурга «Люди, годы, жизнь», переведенные Ван Цзиньдином и Фэн Наньцзяном. Именно эта книга впервые познакомила китайских читателей с поэтами и писателями русского Серебряного века, в т. ч. и с О. М.

Первые подборки переводы стихотворений Мандельштама на китайский язык появились в конце 1980-х гг. , но уже к 1991 году—в год 100-летия со дня рождения поэта—в Пекине вышло первое книжное издание Мандельштама на китайском языке: сборник из 100 избранных стихотворений «Раковина», названный так переводчиком Чжи Ляном. С этого момента переводы из Мандельштама стали все чаще стали появляться в китайской периодике и антологиях. В конце 1990-х—начале 2000-х гг. в Китае случился настоящий бум переводов русской литературы Серебряного Века, впервые захвативший прозу и даже письма поэта. Показательно, что в 1998 году вышло сразу два издания под названием «Шум времени»: одно—избранные стихи, проза и письма—в издательстве «Юньнаньжэньминь» (в переводе Лю Вэньфэя), другое—в издательстве «Писатели» (в переводах Лю Вэньфэя и Хуан Цаньжаня).

Одновременно продолжалось усвоение и освоение китайскими поэтами-переводчиками поэтического наследия Мандельштама. Из двух поэтических

---

① *Ван Цзянчжао.* Китайский язык // Мандельштамовская энциклопедия: в 2 т. Т. 2. М. : Издательство Политическая энциклопедия, 2017. С. 438-440.

② *Дудина Е. П.* Японский язык // Мандельштамовская энциклопедия: в 2 т. Т. 2. М. : Издательство Политическая энциклопедия, 2017. С. 483-445.

③ *Пак Сун Юн.* Корейский язык // Мандельштамовская энциклопедия: в 2 т. Т. 2. М. : Издательство Политическая энциклопедия, 2017. С. 440-443.

④ *Яхъяпур М. , Джанолах К. -М.* Фарси // Мандельштамовская энциклопедия: в 2 т. Т. 2. М. : Издательство Политическая энциклопедия, 2017. С. 459-460.

книг, выпущенных в 2000-е гг., одна возникла с помощью английского как языка-посредника──это избранное из 165 стихотворений Мандельштама в переводе Янцзы (2003, Издательство «Хэбэйцзяоъюй»), а вторая──«Полное собрание стихотворений» в переводе Ван Цзяньчжао──вышла в издательстве «Народ» в 2008 году и претендующее на итоговость. В собрание вошло около 500 стихотворений, то есть практически все, кроме переводных. Переводчик в своей работе опирался как на московские критические издания 1990-х гг., так и на вашингтонский трехтомник 1960—1970-х гг.

Первые фрагменты из мемуарной прозы Н. Я. Мандельштам были опубликованы в Китае в 2002 году, а вторую половину 2000-х гг. можно считать временем зарождения китайского научного мандельштамоведения──статьи Ван Цзяньчжао и Линь Юе. Профессор Пекинского университета иностранных языков Ван Цзяньчжао, без преувеличения, центральная фигура в китайском мандельштамоведении. В 2016 году за свою работу над переводами Мандельштама он по праву был удостоен российской национальной премии «Большая книга».

<h2 style="text-align:center">3</h2>

Знакомство с наследием Мандельштама японского читателя началось в самом начале 2000-х гг., причем интерес к его творчеству возник после знакомства с его судьбой (в Китае эта траектория скорее обратная). Начало этому положил выход в Японии в 1961—1968 гг. воспоминаний И. Г. Эренбурга «Люди, годы, жизнь» в переводе К. Хироси. Не удивительно, что следующим переводом К. Хироси, в соавторстве с Кавасаки Такаси, стала кн. Н. М. «Воспоминания» (1980). При этом, как отмечает Е. П. Дудина, японские переводчики заменили исходное название на «Поэт в ссылке: Мандельштам», тем самым педалируя наиболее остро волнующую читателей тему. Пристальное внимание к судьбе О. М. предшествовало изучению его творчества и существенно повлияло на восприятие его произведений в дальнейшем.

В начале 1970-х гг. появляются первые переводы Мандельштама──в 1971 году в антологии «Русские современные фантастические повести» выходит «Египетская марка» в переводе К. Каори, а в 1976 году──книга поэзии «Камень» в переводе М. Тосил и «Шум времени» в переводе Я. Юнко. В 1999 году вышла книга «О поэзии» в переводе С. Такэси.

В 1983 под редакцией С. Тидзура, одного из первых исследователей творчества Мандельштама в Японии, издается книга «Осип Мандельштам. Переводы и исследования. Первый выпуск », куда вошли новое издание «Камня», переводы ст. «Утро акмеизма» и «О собеседнике», несколько писем поэта и фрагменты воспоминаний Н. Мандельштам (кроме того статьи, посвященные творчеству поэта). Переводчик Х. Мари опирался на вышедший в 1967 году первый том вашингтонского собрания сочинений Мандельштама

Японское мандельштамоведение ведет свой век от статьи С. Тидзуры о «Египетской марке» (1984). Выделяются исследования С. Масами о творчестве О. М. книга Судзуки Масами «Архитектура языка: исследование творчества Осипа Мандельштама» (2001).

В 2002 вышла «Хрестоматия по Мандельштаму» (2002), созданная поэтом и переводчиком Накахира Ё. В нее вошли переводы около 100 стихотворений разных годов, а также проза («Утро акмеизма» «Египетская марка» «Разговор о Данте»). Автор по праву называет свою работу «путеводителем по творчеству Осипа Мандельштама».

4

Пространство корейского языка охватывает две Кореи Северную и Южную. Однако никаких сведений о переводах из Мандельштама или исследованиях его творчества, сделанных в Корейской Народно-Демократической Республике, не имеется. В Республике Корея читатели впервые познакомились с поэзией Мандельштама в 1977 году после выхода 9 его стихотворений в составе антологии русской поэзии в переводе Ли Джонг Джина (переиздана в 1990). Новые поэтические подборки, а также отдельные эссе Мандельштама или о нем (например, статья Л. Я. Гинзбург) продолжали выходить в корейской периодике и в антологиях и хрестоматиях в 1990-е гг., причем своим качеством выделились переводы, сделанные Цой Сон. В 1996 году увидел свет первый поэтический сборник Мандельштама под названием «Сегодня дурной день» в переводе и под редакцией Чо Джу Квана: в него вошли 75 стихотворений разного времени.

О трагической судьбе Мандельштама читатель мог узнать в 1981 году из эссе Ким Джонг Вон в антологии эссе под названием «Мои замечательные люди».

299

Первая серьезная научная работа о творчестве Мандельштама в Корее—это магистерская диссертация Юн Кхёнг Сука «Изучение поэзии Мандельштама: на материале сборника стихов "Камень"» (1990). В 1990-е гг. творчество Мандельштама стало неотъемлемой частью университетских курсов по истории русской литературы XX века, которые читали Ким Хи Сук в Сеульском университете и Сок Енг Джунг в Университете Корё. Некоторые из их студентов защитили магистерские диссертации о Мандельштаме (например: Хонг Джи Ин, «Изучение мотива музыки в стихотворениях Мандельштама», 1995, или Ча Чжи Вон, «Проблемы "бытия" и "слова" в ранней поэтике Мандельштама», 1997), а сама Сок Енг Джунг в 1996 году выпустила книгу «Современная русская поэтика» с главой о Мандельштаме.

В XXI веке внимание к творчеству Мандельштама в Корее не ослабевает. В 2012 голу вышла в свет новая книга стихотворений Мандельштама «Ни о чем не нужно говорить»—в переводе и под редакцией Чо Джу Квана. В нее включены 92 стихотворения.

В 2000-е гг. были защищены первые кандидатские диссертации: Хонг Джи Ин—«Символика городов в поэзии Мандельштама» (2000) и Юн Кхёнг Суком—«Изучение синтетичности поэтики Мандельштама: на материале петербургских текстов» (2002). Помимо указанных авторов, статьи о Мандельштаме публиковали профессор Ким Хи Сук и ее ученики—Ан Джи Енг и Пак Сун Юн, причем последняя защитила и опубликовала на русском языке свою кандидатскую диссертацию о Мандельштаме в Институте русского языка РАН «Органическая поэтика Осипа Мандельштама».

Большой интерес у читателей вызвали «Воспоминания» Н. Я. Мандельштам в переводе Хонг Джи Ин, вышедшие в 2009 году.

5

Литературные связи Ирана и России насчитывают более 200 лет. Долгие годы большинство персидских переводов произведений русской литературы выполнялось «транзитом» через языки-посредники—англ. и франц. В настоящее время все чаще встречаются переводы с оригинала. Среди переводов из Мандельштама на фарси встречаются и те, и другие. Первым стихотворением, переведенным на фарси, стало «За то, что я руки твои не сумел удержать...»: в

1987 году его перевел с французского Реза Сейд-Хосейни. После этого иранские переводчики неоднократно обращались к наследию Мандельштама. Среди них выделяются Наим Базаз-Атаи, Али Абдоллахи, Реза Барахени, Вазрик Дарсахакьян, Хешмат Джазани, Абдоллах Косари, Мошаллах Могадаси, Ахмад Пури, Рахшандех Рашгуи, Галамхосейн Мирза-Салех, Дауд Салех, Морад Фархадпур.

В 2006 году вышел специальный выпуск журнала «Бухара», посвященный памяти Мандельштама и составленный из его текстов и материалов о нем. Он был представлен 27 апреля 2006 года в «Доме художников Ирана» в Тегеране. В вечере приняли участие Али Дехбаши, главный редактор журнала «Бухара», переводчик Реза Сейд-Хосейни и др.

6

Многие переводчики и исследователи творчества Мандельштама, раз познакомившись с творчеством Мандельштама, занимаются им потом не разово, а всю свою жизнь, не в силах остановиться и перестать жить в созданном поэтом поэтическом мире, приближать его читателям в собственной языковой среде». Это, как отмечает Е. Дудина, и есть «сила поэзии, ставшей близкой и чуть более понятной и другой культуре».

При этом мы оставляем за скобками все те лингвистические особенности соответствующих языков, создающие определенные трудности при переводе. Это — тема особого увлекательного исследования, для которого было бы замечательно объединить усилия компетентных коллег.

（编校：王　永）

«...Перепрыгивали с джонки на джонку»: О. Э. Мандельштам «Разговор о Данте» в литературном и культурном осмыслении 1960—1970-х годов

Е. Н. Пенская

(Национальный исследовательский университет
«Высшая школа экономики», Россия)

Аннотация: Леонид Ефимович Пинский написал послесловие к «Разговору». Его участие, как правило, рассматривается в контексте исследования большой дантологической темы в творчестве Мандельштама, за период более чем полвека ставшей крупной самостоятельной ветвью в мандельштамоведении, при этом масштаб и значимость «вклада» Л. Е. Пинского в возвращение Мандельштама локализованы, как правило, данным «Послесловием». В статье анализируется роль Л. Е. Пинского не столько в его издательском сопровождении «Разговора о Данте», сколько в создании языкового и смыслового модуса последующей интерпретации «Разговора о Мандельштаме» и освоении мандельштамовского творчества в целом.

Ключевые слова: Мандельштам; Пинский; «Разговор о Данте»; Кривулин; Гройс; Вс. Некрасов

Постепенное возвращение из небытия и неофициального бытования Мандельштама, как известно, один из самых противоречивых и нередко драматических процессов в культуре второй половины XX века. Вынужденная неравномерность узнавания его поэзии, прозы, деталей биографии определялась одновременно многими факторами—политической конъюнктурой, характером распространения списков в самиздате, спорами вокруг разрозненного наследия, неоднозначным участием Н. Я. Мандельштам и современников, хранителей памяти и архивных документов. Издание Мандельштама—теоретика литературы в 1967 году опередило издание Мандельштама-поэта (1973)①. И последовательность этих событий не раз обсуждалась локально. Трудно предположить возможность более-менее полной реконструкции того масштабного воздействия, что оказали напряженное ожидание «отечественного» Мандельштама в течение 17 лет с 1956 по 1973 год, объявленного в «Библиотеке поэта», проведение первого официального поэтического вечера в МГУ в 1965 году. К этому перечню необходимо добавить и работу Н. Я. Мандельштам над «Воспоминаниями» в конце 1950-х—1960-х гг. (первое книжное издание: Нью-Йорк, Издательство Чехова, 1970).

В этой многослойной картине выход «Разговора о Данте», по свидетельству В. Т. Шаламова раскупленный в 1967 году за два часа, знаменателен и занимает исключительное положение. Он положил начало официальному освоению творчества Мандельштама.

Событие беспримерное по своей значимости, «Разговор о Данте» 1960—1970-х гг следует рассматривать не только как результат успешной издательской операции, к которой были привлечены разные лица, но и длительную историю «прорастания» мандельштамовской поэтической и эстетической эпистемологии в литературные практики и шире—гуманитарную мысль второй половины 20 века.

Думается, эссеистический трактат Мандельштама амальгамировал несколько составляющих, в свою очередь, повлиявших на его дальнейшую судьбу. Все эти планы имеют не последовательный, а скорее параллельный или перекрестный характер—линии одновременно движутся в разных направлениях или накладываются друг на друга.

(1) Текст незавершенный, получивший отказ в публикации, обрастал «легендами», свидетельствами слушателей, собеседников,—тех, кто помнил его рождение;

(2) Упоминаниями «Разговора» прошиты «Воспоминания» Н. Я. Мандельштам. Рукопись мемуаров читали в кругу доверенных лиц с начала 1960-х;

(3) Нарастающее предчувствие поэтического «Мандельштама» подкреплялось слухами, дозированными вбросами в печать, а издательский «поворот» к прозе—

---

① *Демидов Г. Г. , Шаламову В.* Т. 14. VIII. 67 // Новая книга: воспоминания. Записные книжки. Переписка. Следственные дела. М. : Издательство Эксмо, 2004. С. 96.

несмотря на публикацию отрывков под охраной авторитетного сопровождения① — отчасти нарушил ожидания аудитории.

(4) Так или иначе три акта включают подступы к «Разговору о Данте», слабые, но значимые официальные и сгущающиеся неофициальные, стратегические этапы внутриредакционных действий и далее—реакция аудитории, зафиксированная в нескольких рецензиях и осевшая в самой почве литературы и культуры, разговорах о «Разговоре». Если первые два акта описаны в той или иной степени, то последний третий—многочисленные «круги», вызванные «Разговором о Данте», узнавания самих себя в- и сквозь мандельштамовский очерк подлежит собирать по частицам и по возможности систематизировать.

Леонид Ефимович Пинский② написал послесловие к «Разговору». Его участие, как правило, рассматривается в контексте исследования большой дантологической темы в творчестве Мандельштама, за период более чем полвека ставшей крупной самостоятельной ветвью в мандельштамоведении③, при этом масштаб и значимость «вклада» Л. Е. Пинского в возвращение Мандельштама локализованы, как правило, данным «Послесловием».

Думается, роль Л. Е. Пинского не столько в его «опеке» «Разговора о Данте», но и в создании языкового и смыслового модуса «Разговора о Мандельштаме», в изготовлении мандельштамовской «прививки» последующим

---

① *Эренбург И. Г.* Люди, годы, жизнь. Книга вторая. // Новый мир. 1961. № 1. С. 143; *Эренбург И. Г.* «Люди, годы, жизнь: кн. 1-2. М. : Издательство Советский писатель, 1961. С. 498; *Эренбург И. Г.* О Данте // Литературная газета. 30.10.1965. В ст. И. Эренбурга «О Данте».; Курьер ЮНЕСКО. 1966. № 109 (январь). С. 21; В ст. И. Эренбурга «Данте: величие поэзии». Обе ст. представляют собой текст выступления И. Эренбурга на торжественном вечере, посвящ. 700-летию со дня рождения Данте, 28 октября 1965 г. во Дворце ЮНЕСКО в Париже.

② Леонид Ефимович Пинский (1906—1981), литературовед, специалист по истории западноевропейской литературы XVII-XVIII вв. Его основные труды: «Реализм эпохи Возрождения» (1961), «Шекспир. Основные начала драматургии» (1971), статьи позднее вошли в сборник «Магистральный сюжет» (1989), Ренессанс. Барокко. Просвещение: Статьи. Лекции. (2002). Мыслитель-эссеист: «Минимы» (2007)—афористичные рассуждения написаны лагере, «Почему Бог спит»—самиздатский трактат и переписка с Г. М. Козинцевым (выпущены в 2019). Л. Е. Пинский был одним из центров советской культуры андеграунда.

③ *Панова Л. Г.* Данте // Мандельштамовская энциклопедия: в 2 т. Т. 1. М. : Издательство Политическая энциклопедия, 2017. С. 213-220. (библиография); *Панова Л. Г.* Итальянясь, русея: Данте и Петрарка в художественном дискурсе Серебряного века от символистов до Мандельштама. М. : Издательство РГГУ, 2020.

поколениям исследователей, художников, литераторов, и шире—искусству и гуманитарной науке—оценена не до конца. «Разметка» в мандельштамовском образном и речевом интерпретационном поле сделана Л. Е. Пинским, обозначены точки притяжения и отдаления, а также наглядно представлены параметры того лексикона, который будут разрабатывать те, кто прочитал и испытал на себе воздействие через мандельштамовского «Данте» всего речевого космоса его поэзии.

В настоящее время мы располагаем, кажется, достаточно необходимыми сведениями о том, как появился в СССР «Разговор о Данте», собраны публикации, в том числе предшествовавшие зарубежные, и зафиксирована последующая рецепция[①].

На основе немногочисленных интервью и эго-документов приоткрыто редакционное закулисье. В ретроспективном освещении участников процесса включение в план издательства «Искусство» мандельштамовского «Разговора» выглядело как сложная, искусно продуманная многоходовка.

В начале—середине 1960-х годов редакция литературы по эстетике подверглась разгрому. Одна из причин—выпуск идеологически «неправильных» книг. В течение 1962—1963 гг. разгорался скандал в связи с выпуском работы В. Н. Турбина «Товарищ время и товарищ искусство» (1961), вызвавшей ожесточенные дискуссии в самых разных гуманитарных кругах—от университетских оппонентов до публичных инвектив партийной номенклатуры, разгромных выступлений Л. Ф. Ильичева, в 1956—1964 гг. секретаря Центрального Комитета КПСС, ведавшего вопросами идеологии[②].

На этом фоне неизбежно намечалось ужесточение редакционной политики.

Однако, в 1965 состав редакции обновился, и в него вошли те, кому удалось позднее выпустить труды А. Ф. Лосева, Л. С. Выготского, П. Г. Богатырева, М. М. Бахтина, А. Я. Гуревича, Ю. Н. Давыдова, Ю. М. Лотмана, Б. А. Успенского, Ю. В. Манна, сборник высказываний об искусстве Р. М. Рильке и многое другое. Как известно, А. А. Морозову принадлежала идея издания «Разговора о Данте», и он был главным агентом и «мотором» всего предприятия,

---

① *Никитаев Т. А.* Библиография посмертных публикаций О. Э. Мандельштама // *Паперный З. С.* (отв. ред.). Слово и судьба. Осип Мандельштам. Исследования и материалы. М: Издательство Наука, 1991. С. 461.

② *Панькова Н. А.* (Подготовка к печати и комментарии). Из переписки М. М. Бахтина с В. Н. Турбиным (1962—1966) // Знамя. 2005. № 7. С. 59.

вербуя в ряды сторонников всех — «от директора до машинистки»①.

Слухи об этой эпопее концентрировались в неофициальной среде, а реконструкция событийных деталей произошла лишь в 2000-х — она зафиксирована в двух опубликованных записях — телефонного разговора Г. А. Левинтона с А. А. Морозовым 19 июля 2008 и беседы составителей сборника «Сохрани мою речь…» (вып. 5. РГГУ. Москва, 2011) с А. М. Гуревичем (зам. глав. ред. Изв. РАН, серия ОЛЯ) в феврале 2016. Любопытно совместить две оптики.

Сценарий в интерпретации А. М. Гуревича имел несколько этапов:

Он считал, что А. А. Морозов избрал его первым конфидентом.

Далее «заговорщики» заручились поддержкой Александра Воронина, заведующего редакцией, и он, в свою очередь, разработал схему: «Разговору о Данте» должен был проложить путь обновленный двухтомник «Маркс и Энгельс об искусстве», в подготовке которого А. А. Морозову отводилась ключевая роль. По словам А. М. Гуревича, А. А. Морозов без колебаний взялся за дело. Расчет оправдался. В версии А. М. Гуревича политическая классика в красивом белом переплете выполнила поставленную задачу, реабилитировав репутацию редакторов в официальных кругах и тем самым открыв дорогу Мандельштаму в фарватере Маркса и Энгельса.

Но сама подготовка «Разговора» заняла много времени. Несмотря на неизбежную аберрацию памяти А. М. Гуревич собрал штрихи более чем полувековой давности:

Максималист Саша Морозов хотел подготовить текст «Разговора» идеально — с учетом имеющихся поправок и замечаний Мандельштама, которые хранились у вдовы поэта. А эта работа оказалась невероятно трудной. Я с ужасом смотрел на тоненькую школьную тетрадку, в которой простым карандашом был набросан текст, полустершийся от времени. Как можно было его разобрать — для меня загадка. Но Саша разобрал. С трудом, медленно, но разобрал! Иногда на то, чтобы разгадать одно слово или

---

① *Левинтон Г. А.* Телефонный разговор с А. А. Морозовым 19 июля 2008 года // Елена Петровна, Лена, Леночка… М.: РГГУ, ИВГИ им. Е. М. Мелетинского, 2010.

строку, уходил целый день или целая ночь. ①

В то же время, почти треть беседы Г. А. Левинтона с А. А. Морозовым с самого начала посвящена перипетиям, связанным с послесловием к «Разговору». Пунктир телефонного нарратива органично воспроизводил ту призрачную и условную зыбкость стратегических приемов, соответствующих бюрократическим правилам и одновременно сохраняющих баланс ритуальных жестов, допусков, отзывов, статусов, рекомендаций, гласных и негласных проверок...

Как можно судить по рассказу А. А. Морозова, в сложной и длительной внутренней партии пристальное внимание уделялось подбору кандидатуры для написания послесловия.

Аргументы выстраивались вокруг обоснования необходимости выпуска «Разговора...» в связи с 700-летием Данте. Такая крупная юбилейная дата задавала масштаб и намечала круг поисков автора послесловия в среде авторитетных советских дантеведов. Согласно А. А. Морозову, первоначальный кандидат И. Н. Голенищев-Кутузов решительно отказался и по причине болезни, и по причине неприятия мандельштамовского подхода. Другая кандидатура, гипотетически предложенная С. Н. Неклюдовым, — Л. Е. Пинский — оказался фигурой компромиссно-приемлемой. Отметим ремарку А. А. Морозова, поясняющую энтузиазм номинатора: «...согласился. Ну, то есть со всей охотой, согласился...». ②

Мы располагаем в настоящее время комплектом документов, фиксирующих этапы становления и эволюции послесловия — от заявки к разным вариантам текста, разросшимся черновикам, сокращенной и полной версии, опубликованной двадцать с лишним лет спустя и в другом издании. ③

Примечателен нарратив А. А. Морозова, повествующий о ситуации,

---

① *Гуревич А. М.* Александр Морозов и "Разговор о Данте" Осипа Мандельштама. URL: https://ru-prichal--ada-livejournal-com.turbopages.org/turbo/ru-prichal-ada.livejournal.com/s/586219.html (дата обращения: 07.11.2021).

② *Левинтон Г. А.* Телефонный разговор с А. А. Морозовым 19 июля 2008 года. URL: https://ruthenia.ru/lena.pdf. С. 72.

③ Вокруг «Разговора о Данте» (из архива Л. Е. Пинского) / Публ. Е. М. Лысенко, прим. П. М. Нерлера. // Слово и судьба. Осип Мандельштам: Исследования и материалы. М.: Издательство Наука, 1991. С. 149-152. Полный текст «Послесловия» был впервые опубликован в книге Л. Е. Пинского «Магистральный сюжет» (*Пинский Л. Е.* Магистральный сюжет. М.: Издательство Советский писатель, 1989. С. 367-396).

неизбежно травматичной для Л. Е. Пинского и по внутренним обстоятельствам, и по причине редакционных регламентов.

Вот как рассказывает А. А. Морозов:

Так он это… написал сначала, да, текст, который очень подошел и сразу принят был, конечно, без всяких запятых там и исправлений, он, тем не менее, пытался доработать—не помню, поставил ли редакцию в известность, что он еще не кончил статью. Ну, наверное, как-то поставил, но я это как-то не принял, потому что я бы сказал, что уже по объему достаточно, чтобы писать именно специально о Мандельштаме. А он уже перешел от Данте, так сказать, и Мандельштама к самому Мандельштаму.

Ну, вот а там какой-то корректив… Значит он представил новый как бы вариант. Ну, вот мне пришлось отказаться, и, наверное, я… ну, не мог ничего придумать, ну…кроме того… как, может быть, даже и вообще не поставив его в известность.

Ну, там, в общем, получилась такая неловкость, при которой Леонид… Леонид… ну… по телефону кричит: « Я,—говорит,—как каторжный работал!» Там… Ну, вот такая ситуация, которую, конечно, мне вспоминать ⋯ ну, больно, даже. ①

Думается, существенно указание А. А. Морозова, точно поставившего диагноз разговору о Мандельштаме, инициированному Л. Е. Пинским. Л. Е. Пинский, « спутник » Мандельштама, Вергилий по отношению к мандельштамовскому эссе, спровоцировал и спрогнозировал дальнейшее прорастание стиля, слова, способа мыслить Мандельштама и в гуманитарную науку, и в литературную практику. Под «знаком» Л. Е. Пинского происходило словно бы толкование, расколдовывание, разгадывание Мандельштама. Он задал «матрицу» прочтений «всего Мандельштама», взяв « Разговор о Данте» как стартовую площадку, точку отсчета, спусковой крючок мандельштамовской «эпидемии», наблюдаемой прежде всего в молодой поэтической среде конца 1960—1970-х гг.

Триада Л. Е. Пинского, сформулированная им в заявлении для издательства « Искусство », содержит три измерения. Они обосновывают

---

① *Левинтон Г. А.* Телефонный разговор с А. А. Морозовым 19 июля 2008 года // Елена Петровна, Лена, Леночка… М. : РГГУ, ИВГИ им. Е. М. Мелетинского, 2010.

специфику мандельштамовского подхода:

(1) Современность и вневременность Данте как «величайшего дирижера европейского искусства», создателя звуковых, музыкальных, а не пластических структур, в которых важен ритм хождения. Именно музыкальный образ Данте поддерживает и социологическую насыщенность поэмы, угадавшей многое в европейской культуре, особенно в русской ее ипостаси — разночинность, экспериментаторство самого Данте, сцены «скандалов», предвосхищающие Достоевского.

(2) Статья о Данте является блестящим этюдом по эстетике современного искусства.

(3) Дантологический, общетеоретический, автокомментаторский и программно-полемический пласт.

Подобная структура анализа «Разговора о Данте» и подход к «Разговору...» как литературной автобиографии и автопортрету Мандельштама, отчетливо артикулированные Пинским в «Послесловии», взяты на вооружение теми, кто вступил в поле мандельштамовской дантологии и так или иначе развивал логику Пинского.

Гуманитарный цех отозвался, согласно специализациям. Свои голоса подключили литературоведы-итальянисты, культурологи, музыковеды, философы.

Л. М. Баткин[1], к тому времени написавший соответствующую монографию, — один из первых принял эстафету и в 1968 откликнулся статьей:

Нелегко соразмерить метафоры Мандельштама, «неистовое красочное возбуждение» «Разговора о Данте» со спокойным и объективным тоном современной академической науки, с устойчивыми параметрами дантологии и эстетики. Л. Е. Пинский в «Послесловии» выполнил эту задачу осведомленно и разумно. Читатель выбирается из полосы грохочущего прибоя на берег «Послесловия» — и, оглядываясь с восторгом и облегчением, выслушивает разъяснения о пережитом. Но не исключено, что прав Мандельштам и «определить метафору можно только метафорически». Стиль «Разговора» нынче способен показаться несколько вычурным и утомительным, если прочесть все единым духом. Лучше читать по главкам,

[1] *Баткин Л. М.* Данте и его время: Поэт и политика. М. : Издательство Наука, 1965.

по страничкам—как стихи. Это и есть стихи...»①

Музыкальную линию, музыкальный образ Данте в трактовке Мандельштама и смысловой оркестровке «Послесловия» Пинского поддерживает И. Бэлза. ②

Разговор о Данте» в конце 1960-х служил паролем, пропуском в мандельштамовский круг. Владимир Микушевич написал в 1968 году эссе «Голос поэта» (позднее опубликовано под другим названием), благодаря которому познакомился с Надеждой Яковлевной и читал ей свои стихи. Для Микушевича важно мандельштамовское понимание поэзии как процесса, а не завершенного результата, ценность черновика, сохраняющего следы поэтического порыва. По аналогии с мандельштамовским прочтением Данте Микушевич проецирует на собственную практику и понимание творчества—усвоенный урок Мандельштама. Значима и короткая полемика с Л. Е. Пинским: «Порыв исполнения нельзя пересказать: «Где обнаружена соизмеримость вещи с пересказом, там простыни не смяты, там поэзия, так сказать, не ночевала». Забвение этой непреложной истины, которую, кстати, можно доказывать и с других точек зрения, приводит к трагикомическим последствиям в поэзии и в литературоведении. При всем желании в этом вопросе я никак не могу принять точку зрения Л. Е. Пинского, автора интересного, содержательного послесловия к «Разговору о Данте». Он пишет: «Когда Пушкин находил гениальным план "Божественной Комедии" сам по себе, он, надо полагать, имел в виду "предсказуемую" концепцию ее повествования и описаний, космологии и аллегорической пластики образов и картин». Но ведь даже гениальный план поэтического произведения—еще не поэзия. Если бы до нас вместо «Божественной Комедии» дошел только ее «гениальный план», мы могли бы отдать должное уму Данте, его воображению, его эрудиции, но мы не испытали бы эстетического переживания, так как не соприкоснулись бы с поэтическим словом». ③

Ю. И. Левин в «Заметках к "Разговору о Данте"» предложил свою

① *Баткин Л. М.* Данте в восприятии русского поэта // Средние века. М.: Издательство Наука, 1972. Вып. 35. С. 285.

② *Бэлза И. Ф.* Размышления Мандельштама о Данте // Дантовские чтения—1968. М.: Издательство Наука, 1968. С. 213-217.

③ *Микушевич В. Б.* Эстетика Осипа Мандельштама в «Разговоре о Данте» // Сост. *Воробьева М. З.*, *Делекторская И. Б. Нерлер П. М.*, *Соколова М. В.*, *Фрейдин Ю. Л.* Смерть и бессмертие поэта. М.: Издательство РГГУ. 2001. С. 152.

конфигурацию в развитие логики Л. Е. Пинского: « "Разговор о Данте" О. Мандельштама можно рассматривать в различных аспектах: 1) дантологическом (как трактат о поэтике "Божественной комедии"), 2) общетеоретическом (как трактат о поэтической речи вообще), 3) как попытку автохарактеристики (т. е. как трактат о поэтике самого Мандельштама), 4) как поэтическое произведение⸺ блестящий образец мандельштамовской поэтической прозы». ①

В эту подборку встраивается и голос театроведа Бориса Алперса, сестра которого Вера Алперс, музыкант, упоминает в своем дневнике о знакомстве их семьи в 1914—1915 гг. с Мандельштамом, о его посещениях и «музицировании». Сохранились неопубликованные записи Б. В. Алперса своих впечатлений, размышлений и мемуаров, музыкальных в том числе, в связи с выходом «Разговора о Данте» в 1967 году, о зрелищном, театральном измерении мандельштамовского эссе②.

Мандельштамовский сюжет в академической и внеакадемической биографии Л. Е. Пинского занимает важное место, имея две составляющие⸺публичную, официальную и непубличную, глубоко внутреннюю, кружковую, семинарскую, «домашнюю».

Как он делился в письмах, увлечение поэзией Мандельштама с раннего возраста продолжалось всю жизнь. ...«Вернись в смесительное лоно»... с детства врезалось в мою память, тем более, что оно помещено между «Сестры тяжесть и нежность» и гениальным «Веницейской жизни»⸺все три стихотворения относятся к 1920 году, на мой взгляд, кульминационному году поэзии О. М. »③

Личное знакомство Л. Е. Пинского и Мандельштама остается непроясненным, хотя Л. Е. Пинский упоминает о «немногих встречах» в связи с литературным вечером в Киеве. Он учился на литературно-лингвистическом отделении Киевского университета в 1926 — 1930 гг. Единственный авторский вечер Мандельштама в Киеве в этот период состоялся в Доме врача (26 января 1929 года). ... я вспомнил одну из немногих моих встреч с О. М. Вечер поэта в Киеве в 20-х годах. Отвечая на записки, в которых читатели, как обычно,

---

① *Левин Ю. И.* Заметки к «Разговору о Данте» О. Мандельштама // International Journal of Slavic Linguistics and Poetics. Vol. XV. Mouton, 1972. C. 187.

② *Алперс Б. В.* Тетрадь со статьями: О. Э. Мандельштам «Разговор о Данте» и др. // РГАЛИ. Ф. 3048. Оп. 2. ед. хр. 51. Лл. С. 17-24.

③ *Устинов А. А.* , *Лекманов О. А.* «Я вспомнил одну из немногих моих встреч с О. М. ...»: Письма Л. Е. Пинского к Г. П. Струве // Новое литературное обозрение. 2018. № 6. C. 218.

жаловались на «непонятность», О. М., патетически запрокидывая голову (его характерная манера), кричал о ребенке, которому подарили поющего петушка, и он сворачивает петушку голову, чтобы узнать, что это там кукарекает».①

Со стихами Мандельштама, обдумыванием их природы Л. Е. Пинский не расставался. Почти все опубликованное в довоенное время, знал наизусть, читал их в лагере про себя. Впоследствие, страдая депрессией, выходил из нее «с помощью Мандельштама», «заменявшего ему медикаментозное лечение, например, первинтин».②

Мандельштамовский «Разговор о Данте», в свою очередь, нашел глубинные опосредования в шекспироведческих штудиях Пинского. Оптика Мандельштама и ее описания взяты на вооружение Л. Е. Пинским и в отдельных «жанровых» разборах системы Шекспира, в том числе, природы его смеха③, и в поиске «магистрального сюжета»—стержневых основ, соединяющих разные формы культуры и языки эпох. Неслучайно его главный труд о Шекспире начал складываться еще во второй половине 1940-х гг, кристаллизовался с одной стороны, в диалоге, отчасти и в полемике с М. М. Бахтиным④, а с другой, во все более интенсивном проникновении в поэтику Мандельштама. Шекспир Л. Е. Пинского также автобиографичен. В нем различимо суждение о своем времени и об опыте собственного поколения, прошедшего через репрессии, борьбу с космополитизмом, доносы коллег, обвинения, застенки Лубянки.

Напитавшись мандельштамовской энергией мысли, книга Л. Е. Пинского о Шекспире неслучайно открывается посвящением Николаю Зерову (1890 — 1937)⑤, украинскому поэту, переводчику, литературоведу, лидеру группы

① *Устинов А. А., Лекманов О. А.* «Я вспомнил одну из немногих моих встреч с О. М. ...»: Письма Л. Е. Пинского к Г. П. Струве // Новое литературное обозрение. 2018. № 6. С. 219.

② *Всеволод Н. Н.* Беседы с Е. Н. Пенской. 20-24 марта 1984 г. Личный архив автора.

③ *Пинский Л. Е.* Комедии и комическое у Шекспира // Шекспировский сборник. М.: Издательство Мин-во АН СССР, 1967. С. 151-186.

④ *Пинский Л. Е.* Рабле в новом освещении // Вопросы литературы. 1966. № 6. С. 32-39.

⑤ *Парнис А. Е.* Неожиданная встреча читателя с поэтом (Григорий КОЧУР об Осипе Мандельштаме) // Мандельштам -читатель / читатели Мандельштама. Aquilon. Modern Russian Literature and Culture Studies and Texts. New Series. Vol 1 (47). С. 63-75.

неоклассиков①. В глубоком анализе архитектоники шекспировской драматургии различимы отсветы «Разговора о Данте», слышна тональность мандельштамовской речи. Эти отзвуки, исторический и социокультурный масштаб дает основания для того, чтобы считать труд Л. Е. Пинского самой емкой русской книгой о Шекспире, продолжившей образ «Разговора о...»», заданный Мандельштамом. «Шекспир» Л. Е. Пинского, как и «Разговор о Данте», завершил шестидесятые годы XX века. «Внутри этого десятилетия — знаменитые фильмы, спектакли, публикация статей Л. С. Выготского, мыслей М. М. Бахтина (хотя и не самого его развернутого высказывания о Шекспире)... Насыщенное десятилетие, поднявшее русскую мысль о Шекспире на высоту, на которой она не смогла долго удержаться...». ②

Другой сюжет, артикулированный Л. Е. Пинским в «Послесловии», — это актуальность «Разговора» для современного искусства. Благодаря тому, что сам он принадлежал разным средам — академической, политической, литературно-артистической и художественной, он смог провести «вергилианский» мастер-класс, наглядно продемонстрировав прикладной характер ars poetica Мандельштама, сконцентрированной в «Разговоре о Данте», по отношению к культуре и искусству 1960—1970-х гг.

Словно бы подтверждая идею Л. Е. Пинского о том, что образный и интеллектуальный заряд «Разговора о Данте» стимулирует новый художественный язык, Борис Гройс строит свою концепцию современного искусства, комментируя стилистику Дмитрия Пригова:

Естественно, что стоическое следование сложившейся стиховой форме отвергается Приговым. Лишив человека языка для соединения с Богом и искусством, Пригов, однако, проявляет о нем затем трогательную заботу и предлагает писать стихи, как Бог на душу положит («Предуведомление № 2»). Такое предложение, разумеется, лишает человека возможности сказать нечто большее, чем он сам в состоянии помыслить, — а ведь именно в этой возможности секрет искусства. Вообще же «Предуведомление № 2» весьма напоминает по

① Simonek, S. *Osip Mandel'štam und die ukrainischen Neoklassiker: zur Wechselbeziehung von Kunst und Zeit.* München: Otto Sagner Verlag, 1992. München (Sagners Slavistische Beiträge Bd. 293) 1992, 169 S; Simonek, Stefan. Homer-Lektüre bei Osip Mandel'štam, Ezra Pound and Mykola Zerov // *Herausgegeben von Wilfried Potthoff.* Heidelberg 1999: 301-326.

② *Шайтанов И. О.* История с пропущенными главами Бахтин и Пинский в контексте советского шекспироведения // Вопросы литературы. 2011. № 3. С. 243.

способу рассуждения поэтику позднего Мандельштама, как она была им сформулирована в «Разговоре о Данте». Мандельштам писал тогда об «орудийной природе слова» и о том, что поэт подобен человеку, пересекающему какую-либо из великих китайских рек, перепрыгивая с джонки на джонку и не замечая, что есть каждая из этих джонок сама по себе и в какую сторону она движется. Мандельштам, правда, имел в виду способность поэта подчинять все прочие значения слова тому значению, которое он сам дает этому слову в своих стихах. Пригов же имеет в виду другое: нежелание и неспособность поэтического слова противостоять его профаническому употреблению. ①

В середине—конце 1960-х годов среди независимой литературной молодежи заметны такие поиски стилистики, альтернативной социалистическому канону. Они завершилось созданием целого культурного проекта, одним из лидеров которого стал Виктор Кривулин—поэт, существующий в мандельштамовском строе речи. Мандельштамовская парадигма открывала для молодых новые эстетические возможности. ②

ЯПОНСКИЙ ПЕРЕВОДЧИК

я был наверное тем самым

японцем что явился людям

с переведенным дурно мандельштамом

но русскому суду за это неподсуден⟨...⟩

пускай позорную повяжут мне повязку

пускай посодят связанным в повозку

и возят по стране пока я не покаюсь

что не проник ему ни прямо в душу

ни по касательной, что никаким шицзином

не поверял строки с притихшим керосином

что сторублевок жертвенных не жег

на примусе пред Господом единым

① *Гройс Б. Е.* Поэзия, культура и смерть в городе Москва // Неканонический классик: Дмитрий Александрович Пригов (1940—2007): Сб. статей и материалов. М.: Издательство НЛО, 2010. С. 407-429.

② *Иванов Б. И.* Виктор Кривулин—поэт российского Ренессанса (1944—2001) // Новое литературное обозрение. 2004. № 4. С. 49.

поэт зашитый в кожаный мешок

подвешенный к ветвям цветущей груши—

он тоже соловей

хоть слушай хоть не слушай

ГРАД АПТЕЧНЫЙ

По сравнению с бойким началом

века—посрамлены.

Опыт мизерной влаги.

Волосатый флакон тишины.

Из мензурки в деленьях, на треть

полной света,

в ленинградскую колбу смотреть

зорким зреньем поэта

вот занятье для чистых аптек.

На ритмическом сбое

остекленными пальцами снег

затолкать под язык меж собой и собою.

Вот элениум—воздух зеленый,

свет озерного льда.

На витые колонны

поставлено звездное небо. Звезда

с мавританского кружева-свода,

закружась, до виска сведена—

и стоит неподвижно. и тонко жужжит тишина

под притертою пробкой прожитого года.

Опыт полуреальности знанья

в потаенном кармане растет,

достигая таких дребезжащих высот,

что плавник перепончатый—мачта его наркоманья—

изнутри костяным острием оцарапает рот.

Мы на рейде Гонконга

В бамбуковом городе джонок

нарисованы резко и тонко

иглокожей кигайщиной,

барабанным дождем перепонок.

Дождь. и в новых районах

паутина плывет стеклянная.

На ветру неестественно тонок,

нереальней Китая . . .[1]

Мандельштамовские знаки, метафоры, грамматика «Разговора о Данте» различима в стихах Кривулина.

Еще один случай—упоминания в статьях и устных высказываниях Всеволода Некрасова о пересечениях контекстов Л. Е. Пинского и Мандельштама. Они имеют несколько устойчивых форм.

Л. Е. Пинский для Некрасова—прежде всего человек, принадлежащий Лианозовскому кругу, активный участник и помощник в продвижении неофициального искусства, художников и поэтов. Интерпретации Л. Е. Пинского в послесловии к «Разговору о Данте» Мандельштама （1967） сверхактуальны для Некрасова. В некрасовском наследии Л. Е. Пинский возникает в следующих коннотациях:

• Как человек, в каком-то смысле давший Некрасову «путевку» в литературу и один из немногих из академического мира, кто одобрил и поддерживал Некрасова. Речь идет о составлении его самиздатского сборника, одного из первых, и распространени его;

• Как человек, наделенный особым талантом «отбирать». В статьях 1970—1980-х годов, Некрасов настойчиво воспроизводит и закрепляет коннотацию «Пинский—отбор», находит параллель с Мандельштамом. Ссылаясь на Леонида Ефимовича Пинского, Некрасов говорил, что

---

① *Кривулин В. Б.* Воскресные облака. СПб.：Издательство Пальмира，2017. C. 87.

«Мандельштам лучше всех поэтов XX века умел отбирать. Отбор и есть работа за время. Отбирающий умеет работать, как время, только гораздо быстрей»[1]. В некрасовской логической цепочкой рядом расположены два по-своему равновеликих мастера отбора—Л. Е. Пинский и Мандельштам. В построении картины слышится «китайский аккомпанемент»—возникает сравнение с яйцами, зарытыми в песок надолго. и при удачном отборе, отсечении необходимого от лишнего, по Некрасову, «время работает, как кипяток».[2] Тождество времени/опыта, попыток, порывов и прорывов обнаруживается и в интерпретациях Пинского в послесловии к «Разговору о Данте».

• Л. Е. Пинский в некрасовском поле уплотняет «магистральный сюжет», в котором центральное место отведено Мандельштаму.

Некрасов, внимательный слушатель лекций Л. Е. Пинского о Мандельштаме на домашних «пятницах» собраниях в квартире на ул. Красноармейской в Москве, где жила его семья, запомнивший рассказ о вечере памяти Мандельштама в Московском университете осенью, 1965 года, о звучании в зале мандельштамовских стихов, Некрасов, читатель работ Л. Е. Пинского и особенно его «Предисловия» к «Разговору», свидетельствовал, что Л. Е. Пинский постоянно возвращался к этому «Предисловию», беспокоясь, додумывая, дописывая его, обсуждая[3]. Некрасов словно бы «вылепливает» собственный словарь, «вынимая» из текста Л. Е. Пинского суждения, которые органичны для его собственных идей, представлений о вторичности, подчиненности художественной критики искусству, концепции слова как первоединицы поэтической речи, природы стиха, лирики—основы поэзии, чужого языка, существующего внутри родного, речевых пластов, артистически разыгрывающих друг друга. Некрасов при учительском посредничестве Л. Е. Пинского спроецировал «Поэтику Данте» на собственное ремесло и нашел личный ракурс, в свою очередь извлек возможный автокомментарий. Во всяком случае Л. Е. Пинский—Мандельштам—Некрасов образуют единый ряд, что

---

[1] *Некрасов В. Н.* Две реплики и некоторые заметки // *Журавлева А. И., Некрасов В. Н.* Пакет. М. : Издательство Меридиан, 1996. С. 568.

[2] *Некрасов В. Н.* Две реплики и некоторые заметки // *Журавлева А. И., Некрасов В. Н.* Пакет. М. : Издательство Меридиан, 1996. С. 568.

[3] *Некрасов В. Н.* Беседа с Е. Н. Пенской. 12 января 1986 г. Личный архив автора.

подтверждается и конкретной практикой чтения, и отражениями Пинского в орбите Некрасова.

Таким образом, воздействие Л. Е. Пинского через Мандельштама на герменевтику гуманитарной мысли, поэтику и эстетику молодых литераторов 1960—1970-х, достаточно интенсивно. Мандельштамовский «проект» в это время становится точкой сборки, интеграции, встречи, объединения и согласия, приведения к общему знаменателю альтернативных направлений и литературных группировок. Рождение этой новой мандельштамовской шкалы и генерации спровоцировано не в последнюю очередь «Разговором о Данте» в 1967 году.

(编校:王　永)

318

柏格森生命哲学

——曼德尔施塔姆诗学的内核

胡学星

（华东师范大学外语学院）

[摘　要]　曼德尔施塔姆是俄国白银时代阿克梅派代表诗人,其诗学主张既体现了阿克梅派的基本诗学原则,又表现出独特的个性追求。曼德尔施塔姆深受法国哲学家柏格森的生命哲学影响,并采用后者的创造进化论来阐释诗歌乃至文化创新的奥秘。1912 年,曼德尔施塔姆为阿克梅派的成立撰写了宣言《阿克梅派的早晨》,系统阐述了他基于柏格森生命哲学而形成的有机联系论。在阿克梅派成立之后创作的批评散文和诗歌作品中,曼德尔施塔姆继续将柏格森生命哲学作为理论基础,不断丰富和完善其在《阿克梅派的早晨》中阐述的诗学观念。曼德尔施塔姆的诗歌既是对柏格森生命哲学观念的阐述,同时也是创造进化论的实践。简言之,柏格森的生命哲学是曼德尔施塔姆诗学的内核。

[关键词]　生命哲学;曼德尔施塔姆;诗学;柏格森

1907 年夏天,曼德尔施塔姆(О. Э. Мандельштам)中学毕业,遵从父母的安排,当年 9 月他便启程前往巴黎,由此开启了为期五六年的欧洲游学生涯。在这期间,曼德尔施塔姆主要在海德堡大学、法兰西学院等学术机构学习。1907 年,法国生命哲学家柏格森(Henri Bergson)推出了最新的哲学代表作《创造进化论》(*Creative Evolution*),声誉日隆,经常受邀到学术机构讲学。就在这一年,曼德尔施塔姆的人生轨迹与这位哲学家产生了交集,前者聆听了后者在索邦大学的哲学讲座,这或可视为曼德尔施塔姆欧洲游学岁月中意义最为重大的收获之一。伊万诺夫(Г. В. Иванов)是与曼德尔施塔姆同时代的诗人,曾不无夸张地回忆曼德尔施塔姆 1910 年秋天那次回国的窘状。曼德尔施塔姆在回国途中弄丢了行李箱,造成的损失包括一支牙刷、柏格森的书以及一本写诗的本子。伊万诺夫以调侃的口吻说:"除了牙刷和柏格森作品外,还有一个翻破了的诗歌本子。不过,真正丢失的

只有牙刷,而他自己的诗和柏格森的作品,他张口就能背诵出来。"①阿赫马托娃
(А. А. Ахматова)是曼德尔施塔姆的好友,她曾公开置疑过伊万诺夫回忆录的真
实性,但伊万诺夫在上文中所言的曼德尔施塔姆对柏格森的哲学论述耳熟能详这
一点还是可信的。之所以这样说,一方面是因为曼德尔施塔姆的文论和诗歌作品
中随处可见他对柏格森观点的宣扬与借鉴,另一方面是因为不少法国学者在研究
柏格森生命哲学域外影响时,也注意到了柏格森经由曼德尔施塔姆而在俄罗斯所
产生的影响之大。法国学者内瑟科特(Frances Nethercott)在专著《哲学的相遇:
柏格森在俄国(1907—1917)》中谈到,自己在考察和整理法国哲学家柏格森在俄国
的影响时,最先入手的便是曼德尔施塔姆的批评散文。② 这位法国学者认为,"曼
德尔施塔姆的随笔《语言的本源》(«О природе слова»)发表于20世纪20年代之
初,但成稿的时间可能更早,明显是受了《创造进化论》的启发"③。

　　在对曼德尔施塔姆诗学的主体内容进行考察之后,我们发现,柏格森生命哲学
对曼德尔施塔姆的文学观以及创作有着深度影响。这种影响不仅表现在其最早的
理论性文章《阿克梅派的早晨》(«Утро акмеизма»)和《巴黎圣母院》(«Notre
Dame»)等诗歌作品中,还反映在后续的《词与文化》(«Слово и культура»)、《关于
但丁的谈话》(«Разговор о Данте»)、《第四散文》(«Четвертая проза»)和《语言的本
源》等随笔性作品中。曼德尔施塔姆追随和认同柏格森对"时间"的分析,将通常使
用的"时间"作为空间的第四维来对待,从而确立了其诗学的基石。创作方法论是
曼德尔施塔姆诗学的核心内容,他基于柏格森哲学提出"有机联系论",将发掘和创
建现象或事物之间的联系作为诗人的神圣使命。此外,曼德尔施塔姆对文学创作
或创造之意义的阐释,同样受到柏格森哲学的影响。从曼德尔施塔姆诗学的理论
内容到创作实践,都可见到柏格森哲学对其产生的影响,而且这种影响具有系统
性,自始至终,一以贯之。简而言之,柏格森的生命哲学可视为曼德尔施塔姆诗学
的内核。

一、柏格森的"绵延"概念——曼德尔施塔姆诗学的起点

　　柏格森生命哲学大厦的创建始于其1889年的论著《时间与自由意志》(即《论
意识的直接材料》或《论意识的即时性》)。柏格森指出,通常人们对时间这种延续

①　Иванов Г. В. Собрание сочинений: в 3 т. Т. 3. М.: Издательство Согласие, 1994. С. 84.

②　Френсис Нэтеркотт. Философская встреча: Бергсон в России (1907—1917). Перевод и предисловие
Ирины Блауберг. М.: Издательство Модест Колеров, 2008. С. 38.

③　Френсис Нэтеркотт. Философская встреча: Бергсон в России (1907—1917). Перевод и предисловие
Ирины Блауберг. М.: Издательство Модест Колеров, 2008. С. 38.

性现象的认知要借助于空间化才能实现,不借助空间中设定的起止点,便无法对时间进行测量:"我们若不引入三维空间这个观念,则不能用一根线来象征陆续出现。"①为此,柏格森发明了其生命哲学的核心概念——"绵延",认为生命冲动不受理性约束,持续不断,呈现为一条恒动的意识之流,不可分割,绵延不绝。我们看到,曼德尔施塔姆高度认同并接受柏格森对时间的看法,这成为其诗学的基石和起点。

在柏格森看来,用"绵延"来表示意识的流动,比借助空间化而获得的时间概念更便于把握运动或生命活动的本质。在这一点上,诗人曼德尔施塔姆的立场从一开始就十分明确。从严格的意义上讲,曼德尔施塔姆的文学活动始于 1912 年,是年他为阿克梅派成立撰写了宣言《阿克梅派的早晨》。当然,他对诗歌表现出兴趣的时间要更早一些。在中学时期,曼德尔施塔姆就在学校范围内发表过一首诗。1910 年 8 月,他在《阿波罗》上发表了五首诗。1911 年 10 月 20 日,一批怀抱文学梦想的青年,效仿古代手工业者的做法,自发成立了"诗人行会"。同年 12 月 3 日,曼德尔施塔姆首次参加该组织的活动。1912 年 3 月 1 日,在以"诗人行会"名义举办的会议上,诗人古米廖夫(Н. С. Гумилёв)提出了阿克梅派的纲领。次年,《阿波罗》第 1 期刊发了古米廖夫和戈罗杰茨基(С. М. Городецкий)为阿克梅派成立而撰写的两篇宣言。而同样为阿克梅派成立而撰写的宣言《阿克梅派的早晨》不知为何未能同时发表,直至 1919 年才在沃罗涅日一家名为《塞壬》的杂志上刊发。

就曼德尔施塔姆的诗学观而言,《阿克梅派的早晨》具有纲领性意义。无论是在柏格森那儿,还是在曼德尔施塔姆的论述中,关于时间的讨论都是与因果论、进化论、进步论等放在一起的。一旦否定了物理时间在阐释生命运动时的作用,那么,因果论或进步论等也就不复存在。在《阿克梅派的早晨》这一早期理论文章中,曼德尔施塔姆在该文第六部分畅谈了挣脱时间枷锁而获得的自由。在曼德尔施塔姆看来,中世纪令人向往,因为它"将世界视为一个活的平衡体",我们可从 1200 年前的那个时代汲取力量,让"整个因果链在我们面前不停颤抖"②。曼德尔施塔姆之所以要让因果链失去往日的主宰地位,当然也与柏格森的论断有关:"机械的因果关系和目的论都无法对生命过程做出充分的解释。"③

在 1922 年完成的文论《语言的本源》中,曼德尔施塔姆尤为集中地谈论了时间与进化论等问题:"柏格森不是从现象服从时间连续性这一法则的角度,而是从其空间延伸性的角度来看待现象。他所感兴趣的完全是现象的内在联系。他将这种联系置于时间之外,单独看待。如此一来,相互联系的现象仿佛构成一个扇面,扇

---

① 柏格森:《时间与自由意志》,吴士栋译,商务印书馆,2002 年,第 69 页。

② *Мандельштам О. Э. Собрание сочинений*: в 4 т. Т. 2. М. : Издательство Терра, 1991. С. 325.

③ 柏格森:《创造进化论》,肖聿译,华夏出版社,2000 年,第 151 页。

骨可以在时间中展开,同时又受理解力的支配而合起来。"①在这篇文章中,曼德尔施塔姆不仅谈到了柏格森考察事物所采取的角度之独特性,还拿扇子来作比喻,而这也是直接借鉴了柏格森的表达。在1907年发表的《创造进化论》中,柏格森不止一次地用"扇子"来帮助阐释时间连续性问题。②

在论及与时间因素有关联的进化论时,柏格森对"物竞天择,适者生存"和"用进废退"等进化理论作过专门分析,认为不能将适应环境作为解释物种变化的唯一因素:"承认外界环境是进化必须慎重考虑的力量,与宣布外界环境是进化的直接原因,这完全是两回事。后一种是机械论的理论。……实际情况是,适应(环境)造成了进化运动的种种曲折性,却并不决定进化运动的各个总体方向,更不决定进化运动本身。"③曼德尔施塔姆天才般地将柏格森的这一论断移用于文学领域,只不过柏格森笔下的物种,在曼德尔施塔姆这儿被替换成了"文学形式":"文学上的进步论是无知学生最粗鲁、最讨厌的学生腔。文学形式经常变换,一些形式让位于另一些形式。但是每一次变换,每一种创新,都伴随着损失与扬弃。文学上不可能有任何的'更优',任何的进步,至少不存在任何文学机器,也没有需要比别人飞奔得更快的起跑线。"④可见,从1912年完成的《阿克梅派的早晨》到1922年撰写的《语言的本源》,曼德尔施塔姆一直都在对柏格森提出的"绵延"概念作出回应。而且,这种回应一直持续到曼德尔施塔姆生命的最后。1931年4月,曼德尔施塔姆创作完成《亚美尼亚游记》(«Путешествие в Армению»),内有《自然主义者周围》(«Вокруг натуралистов»)一文。曼德尔施塔姆在这篇文章中指出:"任何人,哪怕是臭名远扬的机械论者都不会把有机体的生长视作外部环境改变的结果。环境只能呼唤有机体的生长。……洗刷掉我们身上进化论的耻辱吧!"⑤

1931年,除了撰写《自然主义者周围》一文,对庸俗进化论、机械论进行驳斥外,曼德尔施塔姆还创作了《拉马克》(«Ламарк»)一诗。曼德尔施塔姆之所以要创作以生物学家拉马克为题的一首诗,是因为拉马克的进化论没有将环境作为物种变化的唯一条件。拉马克注意到在遗传中会发生变异这一现象,柏格森在其《创造进化论》中也关注过这位生物学家的进化理论。《拉马克》中有这样四句诗:"假如一切生物不过是一次/在没有承继的短暂一日的涂改,/踏上拉马克可变幻的阶梯/

---

① 曼德尔施塔姆:《语言的本源》,韩世滋译,载《俄罗斯文艺》1997年第1期,第33页。

② См.: Бергсон Анри. Творческая эволюция. М.: Издательство Академический проект, 2020. С. 16, 244.

③ 柏格森:《创造进化论》,肖聿译,华夏出版社,2000年,第91—92页。

④ 曼德尔施塔姆:《语言的本源》,韩世滋译,载《俄罗斯文艺》1997年第1期,第34页。

⑤ Мандельштам О. Э. Путешествие в Армению // Собрание сочинений: в 4 т. Т. 3. М.: Издательство Арт-Бизнес-Центр, 1994. С. 202.

我将占据那最低的一级。"①此处，作者要去占据生物进化阶梯的最低一级，这是有原因的，可视为对庸俗进化论的一种挑衅，同时也是对柏格森生命哲学论断的一种支持，因为柏格森认为："在同一条进化路线上，并不存在任何能使我们确定一个物种比另一个更高级的简单标志。"②

通过效仿并采用柏格森提倡的"空间延伸性的角度"，曼德尔施塔姆在《词与文化》(1921)中将时间视作空间的第四维："诗是掀翻时间的犁，时间的深层，黑色的土壤都被翻在表层之上。然而，历史上有过这样的时代——当人类对眼前的世界不满，向往深埋底层的时光时，他们便像耕犁者一样，渴望得到时间的处女地。"③

在研究曼德尔施塔姆的作品之时，爱沙尼亚学者洛特曼（M. Ю. Лотман）专门指出，在对待时间上，曼德尔施塔姆受了柏格森的影响："将作为基本结构定律的时间排斥出去，这样有利于空间，这一点对曼德尔施塔姆来说极为重要。他的这种做法依据的是柏格森的思想。"④

二、有机联系论——曼德尔施塔姆诗学中的创作方法论

在《语言的本源》中，曼德尔施塔姆指出了柏格森生命哲学之联系论的优势所在，并充分肯定了这种方法论的意义："因果论唯命是从地屈服于时间思维，长期统治欧洲逻辑学家的头脑；而联系论不带任何形而上学的意味，正因为这个缘故，对于科学发现与假设而言是更为有效的理论。"⑤在《阿克梅派的早晨》一文中，曼德尔施塔姆将诗歌用词比作建筑用的石头，并指出词语搭配与创作的关系，实则是在讨论将联系论付诸创作实践的问题："石头仿佛在渴望另一种存在，主动显露出隐藏于自身之中的潜能——好似在请求加入'十字形拱'，参与到同类间欢快的相互协作之中。"⑥曼德尔施塔姆将有机联系论作为其诗学构成的一部分，主要用于阐释其对文学创作方法的认识和发现。

在曼德尔施塔姆看来，就诗歌创作而言，发掘并建立不同语词、意象或诗行之间的联系，理应成为诗人的义务与使命。为此，曼德尔施塔姆引入了建筑学的原理，将诗歌创作的材料——语词、意象等比作合力构建拱门造型的石头。原本形状、质地、强度均不相同的石头，经由建筑师的手，获得了另一种存在形式，即成为

---

① *Мандельштам О. Э.* Избранное. Смоленск: Издательство Русич, 2000. С. 290.

② 柏格森：《创造进化论》，肖聿译，华夏出版社，2000年，第115页。

③ 曼德尔施塔姆：《曼德尔施塔姆随笔选》，黄灿然等译，花城出版社，2010年，第37页。

④ *Лотман М. Ю.* Мандельштам и Пастернак. Таллинн: Издательство Aleksandra, 1996. С. 87.

⑤ 曼德尔施塔姆：《语言的本源》，韩世滋译，载《俄罗斯文艺》1997年第1期，第33页。

⑥ *Мандельштам О. Э.* Собрание сочинений: в 4 т. Т. 1. М.: Издательство Арт-Бизнес-Центр, 1999. С. 178.

建筑物不可或缺的一部分。无论是在《阿克梅派的早晨》这篇宣言中,还是在 1912
年创作的《巴黎圣母院》一诗中,曼德尔施塔姆都无法掩饰他对"十字形拱"造型之
美的赞叹。按照他的理解,这种美恰恰来自建筑之石的相互协作,也即源于不同石
头之间的联系。以此类推,无论是文学创作的方法,还是文化发展的路径,原理上
无不如此。因此,就艺术家的使命问题,曼德尔施塔姆提出了这样的主张:"为了道
出语言中尚没有命名的东西(诗人要表达的正是这个),需要从已经存在的词中挤
出所需要的意义,为此而将词推向它不期而至的邻居。"①在诗歌创作时,追求词与
词或不同意象之间巧妙的偶然联系是曼德尔施塔姆诗歌的鲜明特点之一。他乐于
将自己比作一名匠人,像建造一座教堂那样,凭借自己精湛的技艺,让建筑物展现
出宏伟壮观与巧夺天工之美。

在审视语言本身时,曼德尔施塔姆同样表现出对柏格森的追随。在《创造进化
论》中,柏格森在对比分析了蚂蚁的本能活动和人的智力行动存在差异之后,认为
人类"需要一种语言,以便不断地从已知的东西过渡到未知的东西。必须有一种语
言,其符号(符号的数量是无限的)能够扩展到无穷的事物上。符号能够从一个对
象转移到另一个对象,这种趋向正是人类语言的特点"②。我们看到,柏格森所希
望的对象与符号之间的关系是活的,并非一成不变的。在阐释诗歌用词的词义构
成时,曼德尔施塔姆多次强调物与符号之间并非僵化的对应关系。在《词与文化》
一文中,曼德尔施塔姆指出:"活的词并不是物的符号,而是自由地选择这个或那个
物的涵义、物性、可爱的肉体作为自己的寓所。"③1933 年 5 月,曼德尔施塔姆完成
文论《关于但丁的谈话》,其中再次谈到了词义构成要素的多样性和丰富性:"任何
一个词都呈簇状,意义向四面八方伸展着,并不指向一个正式的点。"④为促成不同
语词或意象之间的偶然联系,每一个词或意象内部的构成要素越丰富,越有利于其
相互之间发生关联。在诗歌用词层面如此,在更为宏大的语言层面同样如此,曼德
尔施塔姆对俄语之所以优越的解释即循此展开。曼德尔施塔姆认为:"俄语是古希
腊文化语。由于一系列历史条件,古希腊文化的活力把西欧让给了拉丁影响,一段
时期客居于后继无人的拜占庭,尔后便投入了俄语的怀抱,传给它古希腊文化观的
独特秘诀、自由幻化的秘诀,因此俄罗斯语言才成了真正发声的、说话的血肉之
躯。"⑤1928 年,在回复《读者与作家》杂志举办的一次问卷调查时,曼德尔施塔姆再
次表明他对联系论的实践成效充满信心:"在优生学处于萌芽状态时,任何种类的

---

① *Мандельштам О. Э.* Проза поэта. М. : Издательство Вагриус, 2000. С. 9.

② 柏格森:《创造进化论》,肖聿译,华夏出版社,2000 年,第 135 页。

③ *Мандельштам О. Э.* Проза поэта. М. : Издательство Вагриус, 2000. С. 187.

④ *Мандельштам О. Э.* Разговор о Данте // Полное собрание сочинений и писем : в 3 т. Т. 2. М. : Издательство Прогресс-Плеяда, 2010. С. 166.

⑤ 曼德尔施塔姆:《语言的本源》,韩世滋译,载《俄罗斯文艺》1997 年第 1 期,第 34 页。

文化嫁接和杂交,都可以产生最出乎预料的结果"。①

　　既然曼德尔施塔姆坚持的是联系论的语言观,那么,他对俄国象征派或未来派的语言观颇有微词也就不难理解了。在《语言的本源》中,曼德尔施塔姆指责象征派使用词语或意象时故弄玄虚的不实态度:"一切暂时的东西仅是相似物而已。就以玫瑰与太阳、小鸽子与姑娘为例吧。难道这些形象本身都没意思吗? 玫瑰相似于太阳,太阳相似于玫瑰等。但是形象被开膛破肚了,就像动物标本那样,肚子里填满了别人的内脏。象征主义的'对应物森林'是一个动物标本厂。"②如果说象征派的作品中符号与物之间总存在着错位,那么在未来派那里符号与物之间的关系便过于单调,物与符号之间表现为一对一的对等关系。显而易见,无论是象征派理解的词,还是未来派主张的词,都无法满足联系论对创作用词多义项的要求。

　　有机联系论作为曼德尔施塔姆诗学的创作方法论,不仅见于其理论性的文章,还体现在其诗歌创作实践之中。1922 年,曼德尔施塔姆的第二本诗集《哀歌集》(*Tristia*)在德国柏林出版,评论家霍达谢维奇(В. Ф. Ходасевич)为此写了《曼德尔施塔姆及其〈哀歌集〉》,很客观地分析了曼德尔施塔姆诗歌创作的特点。霍达谢维奇特别强调了将联系论的创作作为创作方法而产生的效果,"曼德尔施塔姆的诗歌,是物象的舞蹈,物象彼此处于最奇妙的搭配组合之中。曼德尔施塔姆拥有罕见知识和语感,作为诗人,他将音响游戏与词义的联想游戏结合在一起,常常使其诗行超越通常的理解:曼德尔施塔姆的诗开始因它的某种隐藏的秘密而激动人心,该秘密似乎藏于那些搭配词组的本源之中"③。诚然,遵循联系论创作方法而生成的一些诗句,表达效果大多奇妙,会让人产生耳目一新的审美体验,如"透明的春天""雄浑奏鸣曲的影子""火石和空气的语言""熟悉如眼泪"等。

　　通过发掘词与词之间、意象与意象之间的隐在联系,以获得意想不到的新发现或奇妙感受,这既是曼德尔施塔姆诗学中关于诗歌创新的观点,也是其诗歌创作实践的一种追求。他认为,作为文学家,利用文字创造出新的思想,唤起人们新的感受,是诗人的神圣使命之一。词、意象彼此之间的相互阐发和辉映,孕育出新的命题和观念,这种努力和探索无疑是曼德尔施塔姆诗歌革新的方向之一。促成事物或现象之间的联系,这一原则不仅会体现在其曼德尔施塔姆具体的一首诗中,也会体现在其一组诗中,甚至还会体现在其一个时期所有的诗篇之中。

---

①　*Мандельштам О. Э. Собрание сочинений*：в 4 т. Т. 2. М.：Издательство Терра, 1991. С. 217.

②　曼德尔施塔姆:《语言的本源》,韩世滋译,载《俄罗斯文艺》1997 年第 1 期,第 38 页。

③　*Мандельштам О. Э. Стелка вечности*. М.：Издательство ЭКСМО, 1999. С. 368.

三、与空白做斗争的价值取向
——曼德尔施塔姆对创作意义的阐释

曼德尔施塔姆一生短暂,且命运多舛,但他的诗学探索却成就斐然,这也表现在他对文学创作意义的思考上。需要注意的是,曼德尔施塔姆对创作意义的阐释是一以贯之的,而且同样深受柏格森生命哲学的影响。

在曼德尔施塔姆为阿克梅派成立而准备的宣言《阿克梅派的早晨》中,他就已经谈到了创作意义的问题:"建造就是与空白作斗争,就是让空间听话。哥特式钟楼的漂亮尖顶表现得很凶,它的全部意义就在于刺破天空,并数落它是空的。"①曼德尔施塔姆认为,人类活动的目的就是填充空白:"阿克梅派的锋芒,不是颓废派的匕首和刀尖。阿克梅派为了那些充满建设精神的人,不会怯懦地拒绝重负,而会欢快地接受它,以便唤醒沉睡其中的建筑力量。建筑师说,我建造,故我正确。"②我们将其与柏格森在《创造进化论》中的相关论述加以简单比照,就会发现二者的看法如出一辙。"我们若将'空白'理解为一种实用性的不存在,而不是一个事物的不存在,那么,从这种颇为相对的意义上,我们便可以说:我们永远在不断地从空白走向充实:这就是我们的行动所采取的方向。"③

在 1912 年完成宣言《阿克梅派的早晨》的同时,曼德尔施塔姆还创作了《巴黎圣母院》一诗,其内容与宣言相呼应,以诗歌形式阐述了文学创作的意义所在。

> 就在这罗马法官审判异族人的地方,
> 有一座柱廊式建筑,像当年的亚当,
> 也属于让人开心的首创,轻盈的十字形拱
> 舒展着筋骨,展示着肌肉的力量。
>
> 但还是暴露了建筑结构的秘密:
> 弓架自觉内化了自身的重力,
> 这样,负重便不会压垮墙体,
> 狂野拱顶上的攻城槌无所事事。
>
> 巧夺天工的迷宫,不可思议的森林,

---

① Мандельштам О. Э. Собрание сочинений: в 4 т. Т. 2. М. : Издательство Терра, 1991. С. 323.

② Мандельштам О. Э. Собрание сочинений: в 4 т. Т. 2. М. : Издательство Терра, 1991. С. 321.

③ 柏格森:《创造进化论》,肖聿译,华夏出版社,2000 年,第 257 页。

> 哥特式灵魂的理性深渊，
> 埃及的强悍与基督教的怯懦，
> 橡木与芦苇并排着，似国王般笔直。
>
> 巴黎圣母院，你这个庞然大物，
> 我越是用心研究你那硕大的肋骨，
> 越会作此想：用好这烦人的重量，
> 我也会创造出美妙之物。①

在第一个四行诗节中，曼德尔施塔姆将巴黎圣母院的建造与上帝造人相提并论，称之为首创，并特别赞颂了"十字形拱"的轻盈之美。巴黎圣母院被誉为"巧夺天工的迷宫，不可思议的森林"，它的建成无疑是对空间上空白的填充。而且，从诗中可以感觉到，诗人对建筑活动十分热衷，并对未来充满了信心——"越会作此想：用好这烦人的重量，/我也会创造出美妙之物"。

曼德尔施塔姆对文学创作意义的思考，"与空白作斗争"仅是其中的一个方面。在我们研究曼德尔施塔姆诗学关于艺术创作意义的相关论述时，还有两个方面的内容需要引起注意：其一，如何"与空白作斗争"才具有意义；其二，曼德尔施塔姆的诗歌创作实践是如何实现创作意义的最大化的。

对于第一个问题，曼德尔施塔姆在《阿克梅派的早晨》中早有说法："较之事物本身，更爱事物的存在；较之自身，更爱自身的存在——这就是阿克梅派的最高戒律。"②我们以上文引用的《巴黎圣母院》为例。就巴黎圣母院这座建筑物而言，重要的不是用来构筑教堂的石头，而是建筑师巧妙地将石头"组合"起来而形成的"十字形拱"这一艺术造型。在《阿克梅派的早晨》之后，又过了17年，即1929年，曼德尔施塔姆创作了《第四散文》，又一次形象地诠释了创造活动的意义所在："对我来说，面包圈的价值在于中间的洞孔。怎么处置面包圈中的发面呢？面包圈可以吃掉，但那个洞孔会保留下来。钩织布鲁塞尔花边，那可是真正的手艺——关键要看图案怎么织成：空气，针眼儿，针脚。"③在考量作为物质的面包圈时，其创造的意义在于那个使面包圈成为面包圈的构造；在审视布鲁塞尔花边这种织品时，意义不在于作为物质的花边本身，而在于那个图案的钩织方法（类似于非物质文化遗产）。弄清楚如何"与空白作斗争"才具有意义之后，我们就不难理解1909年曼德尔施塔姆在《给了我躯体，我该怎么处置》《Дано мне тело — что мне делать с ним...》一诗

---

① *Мандельштам О. Э.* Собрание сочинений: в 4 т. Т. 1. М.: Издательство Терра, 1991. С. 24. 中文为笔者译。

② *Мандельштам О. Э.* Собрание сочинений: в 4 т. Т. 2. М.: Издательство Терра, 1991. С. 324.

③ *Мандельштам О. Э.* Собрание сочинений: в 4 т. Т. 1. М.: Издательство Терра, 1991. С. 191.

中提出的疑问。

> 给了我躯体,我该怎么处置,
> 如此唯一并属于我的躯体?
> 享受呼吸与生活的平静乐趣,
> 告诉我,我该对谁表示感激?
> 我既是花匠,我也是花朵,
> 在世界的牢笼里我并不孤独。
> 在永恒的玻璃上早已
> 留下了我的体温,我的气息
> 在那上面留下的纹理,
> 刚过不久已经无从辨识。
> 任由瞬间的浊流淌下来吧,
> 但不要将这可爱的纹理抹失!①

较之自己的肉身,诗歌主人公更在意的是自己"在永恒的玻璃上……留下的纹理",因为后者能证明"存在",更能体现"较之自身,更爱自身的存在"这一条阿克梅派的最高戒律。

另外,我们结合曼德尔施塔姆本人的诗歌作品,来看一下他如何实现创作意义的最大化。我们知道,柏格森的生命哲学强调意识的内在活动方式和直觉的作用,"运动有两个因素:1)运动物体所经过的空间,这是纯一的并可分的;2)经过空间的动作,这是不可分的,并且只对于意识才存在"②。我们不妨将柏格森对运动所作的解析,转到对具体诗歌的解读上来。在具体的诗歌作品中,不同的语词或意象或诗句本是"可分的",借助意识去把握其意义的生成过程则是"不可分的"。如果要让意识把握诗句意义的时长增加,让读者沉浸于审美状态的体验更足,那么就可以将语词或意象或诗句之间的联想空间或跨度加大。曼德尔施塔姆对这种保持跨度的结构情有独钟,他对中世纪社会结构的偏爱显然与此有关:"我们觉得中世纪有价值,是因为其具有高度的界限和间隔感。"③

曼德尔施塔姆强调诗行的独立性,让诗行之间留下尽可能大的空白,读者阅读诗句时的联想或想象空间会变得开阔,词与词、意象与意象、诗句与诗句之间的联系若隐若现,虚无缥缈。一首诗恍若一座迷宫,有心的读者会循着蛛丝马迹,去破解一道道密码,在这一过程中体验审美的喜悦。如同用最少的发面,做出孔洞最大

---

① *Мандельштам О. Э.* Избранное. Смоленск: Издательство Русич, 2000. С. 19. 中文为笔者译。
② 柏格森:《时间与自由意志》,吴士栋译,商务印书馆,2002 年,第 74 页。
③ *Мандельштам О. Э* Собрание сочинений: в 4 т. Т. 2. М.: Издательство Терра, 1991. С. 325.

的面包圈,曼德尔施塔姆用最少的字词或意象或诗句,去"圈占"最大的语义空间,在"与空白做斗争"中尽最大努力地扩大战果。对这类诗歌的解读,读者的学识、智力和悟性都面临考验,这也是曼德尔施塔姆的诗歌被称作"玄诗"的原因之一。"曼德尔施塔姆的诗以一种可能是蕴藏于词的连缀本原之中且难以理喻的神秘使人激动,且不易阐释。我们认为,曼德尔施塔姆本人对其中的许多连缀也未必能够解释清楚。'玄妙'诗歌的理论家应该深入研究曼德尔施塔姆:他是第一个,也是迄今为止唯一一个诗人,能用自己的创作证明玄妙诗歌有存在的权利。"①

四、结　语

本文围绕曼德尔施塔姆诗学的主体内容,从"绵延"概念、有机联系论以及创作价值取向三个向度,将柏格森生命哲学的相关论述与曼德尔施塔姆诗学观点进行比照分析,发现柏格森对曼德尔施塔姆文学观和诗歌创作的影响是全方位的。同时,以上分析也印证了曼德尔施塔姆妻子纳杰日达的一种说法:"曼德尔施塔姆的世界观很早就已成形,其主要特征早在《阿克梅派的早晨》中就已显露无遗。"②认识到这一点,对于判断曼德尔施塔姆诗学观的发端尤为重要。众所周知,曼德尔施塔姆受到过俄国形式主义学派的影响,但从时间上看,这种影响应该是有限的,因为什克洛夫斯基等人1916年才成立"诗语研究会",1917年才写出论文《作为手法的艺术》(《Искусство как прием》)。综合而言,柏格森的生命哲学观不仅对曼德尔施塔姆的诗歌创作产生了影响,而且还可视为其诗学观的内核。

(编校:王　永)

---

①　*Мандельштам О. Э.* Стекла вечности: Стихотворения. М. : Издательство Эксмо-Пресс, 1999. С. 138.
②　*Мандельштам Н. Я.* Собрание сочинений: в 2 т. Т. 1. Екатеринбург: Издательство Гонзо, 2014. С. 810.

"我的世纪,我的野兽,或者我的但丁"

——曼德尔施塔姆一首诗歌的破译

李正荣

（北京师范大学文学院、北京师范大学跨文化研究院）

[摘　要]　曼德尔施塔姆写于 1922 年的诗歌《我的世纪,我的野兽,或者我的但丁》是其最重要的作品之一,由于诗人使用的意象十分隐晦,此诗的解读十分困难。100 年来,此诗的解读处于单一化阐释的方法论语态中,常被认定为诗人对时代悲剧的抒情。这样的认识带有"以诗人后期生活遭遇判定前期诗歌创作"的方法论歧误。此诗除了展示"世纪"的破坏性,更关注"世纪"的"建设者",它的抒情倾向并非单一。它的思想的隐秘性、复杂性也是多方面因素作用的结果,其中,有从 1900 年到 1922 年的时代大变局,有诗人的语言哲学追求,还有一个从未被人关注过的欧洲文化要素——"但丁纪年"。曼德尔施塔姆从但丁的《神曲》对公元 1300 年的世纪选定中获得了一种时间观、世界观、历史观,并以但丁对待"禧年"的态度将 20 世纪定义为"我的世纪"。

[关键词]　曼德尔施塔姆;"我的世纪";"我的野兽";"但丁纪年"

一、问题缘起:"我的世纪""我的野兽"的迷惑性和诱惑性

面对曼德尔施塔姆(О. Э. Мандельштам)的诗作《我的世纪,我的野兽,或者我的但丁》(以下简称《世纪》),就像面对山核桃。

坚果一类,特别像山核桃,我们明明知道里面有东西,但是,如果没有称手的工具,就无法获得硬壳里面的内核。

《世纪》就是在曼德尔施塔姆独自的抒情世界里发育长成的一颗坚果,它是一个山核桃,而不是普通核桃,它具有山核桃一样坚硬的外壳。诗中的俄语词语,看起来并不生涩,韵律也是一般的格式,但是,这些词语组合的方式,却令人费解。这些词句,读者似乎看得懂,但是,一旦追问到实处,却又说不清,说不透彻。当然,面

对这样的诗歌，读者有权采取"大概意思如此"的阅读理解态度，不必深究；也有权采取"既然诗人故弄玄虚，读者完全可以放弃理解"的阅读态度；自然，更可以用"诗无达诂"的说法来掩盖理解力的虚弱而蒙混了事。

但是，曼德尔施塔姆这首诗歌的外在语言构造虽然是一个坚硬的外壳，却也是一个十分诱人的诗歌外壳。由于它的独特的词语组合和特殊的词语构造，它向读者发出了一种强烈的信号，它告诉读者：这首诗歌的语言外壳之内包含着一个"强力的思想"（могучая мысль），这里所使用的"强力"一词是俄罗斯音乐史上著名的"强力集团"所使用的形容词，它的基本词义也很简单，就是说被它修饰的那个事物具有巨大的力量。曼德尔施塔姆这首《世纪》的语言形式就是这样，它会给读者一种诱惑，它的语言外壳具有一种强大的吸引力。

请看曼德尔施塔姆这首诗的第一节俄文原文：

> Век мой, зверь мой, кто сумеет
>
> Заглянуть в твои зрачки
>
> И своею кровью склеит
>
> Двух столетий позвонки?[①]

这首诗歌有很多种汉语翻译，如智量[②]、刘文飞[③]、汪剑钊[④]、顾蕴璞[⑤]的翻译都非常棒，但是，为了解说得更为细致，我尝试用汉语翻译如下：

> 我的世纪，我的野兽，
>
> 谁能盯视你那双瞳孔，
>
> 谁又能用自己的血稠，
>
> 黏连起两个百年的脊龙？

这是曼德尔施塔姆诗歌中最有冲击力的诗句，当我们把诗行首词的大写字母改成小写字母的时候，可以发现，曼德尔施塔姆这四行诗完全是一个可以散文化的"世纪之问"。因为这个世纪之问的历史深度和哲学深度，当我们从散文化的理解再返回诗歌韵律中之后，就会感觉到曼德尔施塔姆这四行诗句呼喊出的"世纪之问"所具有的力量，这种力量正穿透书页，向我们的大脑和心脏狠狠地撞过来。下面我尝试用散文化的句式重述《世纪》的第一节：

---

① *Мандельштам О. Э.* Полное собрание сочинений и писем: в 3 т. Т. 1. М. : Издательство Прогресс-Плеяда, 2009. С. 127.

② 曼德尔施塔姆：《贝壳》，智量译，外国文学出版社，1991年，第105页。

③ 曼德尔施塔姆：《时代的喧嚣》，刘文飞译，云南人民出版社，1998年，第35页。

④ 曼德尔施塔姆：《俄罗斯白银时代诗选》，汪剑钊译，云南人民出版社，1998年，第211页。

⑤ 曼德尔施塔姆：《俄罗斯白银时代诗选》，顾蕴璞译，花城出版社，2000年，第156页。

先用俄语原文：

Век мой, зверь мой, кто сумеет заглянуть в твои зрачки и своею кровью
склеит двух столетий позвонки?

再看汉语译文：

我的世纪，我的野兽，谁能看到你(这个世纪野兽的面孔上眼睛中)的那双
瞳孔？谁能用自己的鲜血黏连起两个世纪的脊椎骨？

笔者用散文化句式所做的翻译和用诗歌韵句的翻译略有差异。因为散文化的
翻译没有诗歌韵律的限制，所以可以更贴近俄语原文。这样的散文化翻译，对笔者
来说，实际上是一次散文化的阅读，这样的阅读令人感受到，这首诗歌的诗句不仅
仅是曼德尔施塔姆诗歌中最有冲击力的诗句，也是诗人最细腻的诗句。原文
"зрачок"不是一般的"面孔""眼睛"，而是更集中于一个细微点的瞳孔，至于诗人所
使用的复数"зрачки"，应该是一对瞳孔，根据上下文语境，"你的"(твой)这个单数人
称物主代词所表示的词语是前文的"野兽"(зверь)。但是，下文所言是"两个"(два)
"百年/世纪"(столетие)，那么，"你的瞳孔"是指上一个世纪的野兽瞳孔，还是本世
纪的野兽瞳孔，就成为一个谜，也就是说，"我的世纪"是一个世纪，还是两个世纪，
也成为一个问题。曼德尔施塔姆生于 1891 年，是跨越两个世纪的人物。因此，在
第一诗节中，尽管我们能够认识诗句中"瞳孔"的意象和"野兽""鲜血""脊椎骨"等
意象，但是还不能确切明白曼德尔施塔姆"世纪之问"的主旨。明明知道这首诗歌
的语言外壳之内有强力的思想，但是，笔者无法确切清晰地辨析这个强力思想，也
就是说，用一般方法阅读，笔者无法敲开诗人以他自己的独特诗学方式生成的"山
核桃硬壳"。

面对这首诗，许多年来，笔者一直处于这样的状态：每一次读这首诗都有一种
"猴急"的心态：想拆解它，想品尝它，想破译它，但是却做不到。

当在曼德尔施塔姆的诗人生命历程中发现了意大利诗人但丁的影子之后，笔
者似乎找到了破解这首诗的可能性。

二、词组"我的世纪"作为一个悬案和一组密码

这首诗歌的第一个词组"我的世纪，我的野兽"，就是一个悬案。词组"我的世
纪"的表意，不像词组"我的书包"那么单纯，也不像词组"我的祖国"那样神圣，也不
像词组"我的上帝"那么神圣而又通俗。人类社会的复杂领属关系让最简单的物主
代词"我的"(мой)的语义学变得复杂，"我的母亲"的领属关系，绝不等于"我的儿
子"。"我的"与"被修饰词"之间实际上的领属关系，不仅是靠作为定语的物主代词

所由来的人称代词"我"（я）来决定，而且也要依靠后面被物主代词"我的"（мой）所限定的"被修饰词"来"反向"决定。当后面被限定的词语的所属关系不能得到判断的时候，这个词组的领属关系也很难确定。比如说，当被物主代词所限定的词语所表示的事物是一个人类公用的事物的时候，就需要在上下文中进一步清晰化。"我的太阳""我的空气""我的春天"，不一定在表述"太阳属于我""空气属于我""春天属于我"；需要在一定的上下文的语境中，将"我"与"太阳""空气""春天"的关系明晰化。比如意大利歌曲《我的太阳》中的"我的太阳"指的是爱情的对象。因为是爱情的对象，本来不可以构成"领属关系"的"我"和"太阳"之间，就可以建立独特的、充满诗意的领属关系。

"我的世纪"（век мой）就是这样一个难以确切判定的词组，需要在具体的上下文中寻找这一词组的确指。

"我的世纪"可以"读"成："我的世纪"（мой век），同时，因为俄语词序的自由原则，这个词组也可以"读"成："世纪"（век）是"我的"（мой）。两种不同的读法，可以让曼德尔施塔姆的第一个词组"我的世纪"获得三种基本语义格式：

1. **В**ек мой
2. век мой
3. **мой** век

请注意上面的三种格式中的**粗体**字，第一种格式是原诗书写的格式，其中大写字母"В"既可以是重点强调的"词头"，也可以理解为诗行的字头；第二种格式是，如果原诗第一个字母的大写形式，仅仅是因为诗行第一个字母需要大写，那么，在理解上，则可以按小写字母来理解；第三种格式是将词组中的两个词组颠倒位置，不颠倒的时候，"век"是主语，"мой"可以是谓语，颠倒之后，这个词组就仅仅是一个"偏正词组"，"мой"只能是定语。

如此，上面的三种格式可以有三种可能出现的语义表达格式[①]：

1. Век мой，это мой век，этот век *принадлежит* мне.
2. век мой，это век，в котором я *жил*.（этот век *не принадлежит* мне）
3. мой век，в котором я *жил*.

列出这样的不同语义表达格式之后，我们惊讶地发现，《世纪》的第一个词组就是一个费解的悬案。

我们继续阅读曼德尔施塔姆后面的诗行，"Век мой"的三种"语义格式"远不止这里列出的三种语义表达格式，因为曼德尔施塔姆没有使用动词性谓词，所以，主

---

① 斜体为谓语。

词的确切定义就无法填充,或者可以有多种填充方式:

> этот Век был тем веком, который я *создал*.
>
> этот век был для меня *враждебным*.
>
> этот Век был тем веком, в котором я *жил*.
>
> этот Век был тем веком, с которым я *повстречался*.

可以被填入其中的谓词的可能性几乎是无限的。

如果把"我的野兽"(зверь мой)看作"我的世纪"(Век мой)的谓词,这种多义性、歧义性的语义形态也没有改变。

这只野兽,是善意的,还是敌意的;是被我征服的,还是征服我的? 这又是一个几乎有无限语义的词语形态。

所以,"我的世纪"是一个悬案,"我的野兽"也是一个悬案,"我的世纪,我的野兽"放到一起,仍然是一个悬案。

发现它是一个悬案,实际上已经迈出了破解它的第一步,面对这样的密码并努力破译它,是破解这首诗歌的一个路径。

三、没有悬案的茨维塔耶娃的"我的世纪"

对比茨维塔耶娃呼应曼德尔施塔姆《世纪》所写的同一主题的诗歌,两首诗歌语义情态的差异是极为明显的。曼德尔施塔姆诗歌的语义情态是悬疑的,茨维塔耶娃的诗歌没有标题,所以一般用第一行词句"任何人都无法思索诗人"来称呼这首诗。纵观全诗,茨维塔耶娃这首诗歌被称为《我的世纪》的原因似乎更为清晰明了:

> О поэте никто не подумал,
>
> Век — и мне не до него.
>
> Бог с ним, с громом, Бог с ним, с шумом
>
> Времени не моего!
>
> Если веку не до предков—
>
> Не до правнуков мне: стад.
>
> Век мой—яд мой, век мой—вред мой,
>
> Век мой—враг мой, век мой—ад. ①

---

① *Цветаева М. И.* Собрание сочинениий: в 7 т. Т 2. Стихотворения 1921—1941. М.: Эллис Лак, 1994. С. 319.

　　茨维塔耶娃的诗句真是让人惊讶，正如第一句所言，"诗人"是"任何人都不可以思考"（О поэте никто не подумал），这个"诗人"，既是泛指，指所有的诗人，又是确指，指的就是这首"应答诗"的应答对象曼德尔施塔姆。如果第二种说法成立，那么，显然茨维塔耶娃不能理解曼德尔施塔姆，女诗人质疑"我的世纪"的抒情，"世纪"对于女诗人是"我"无法顾及的那个"它"，是"我"根本顾及不上的"它"；因为是"神"与"它"同在，是"神"与"它"、与"雷声"和"喧器"同在。茨维塔耶娃在曼德尔施塔姆自己的散文"时间（时代）和喧器"中，找到了与"世纪"等同的那个"时间（时代）"的确切的"非我"属性。所以，女诗人的"应答诗"是与曼德尔施塔姆的《世纪》唱反调，女诗人甚至在和曼德尔施塔姆辩论：不，"世纪"不是"我"的，"世纪"不可能是"我"的，如果"世纪"与"我"有关联的话，这个"世纪"既不是"我的""上祖"，也不是"我的""玄孙"；这个"世纪"不是"我的野兽"，而是非我的"兽群"。最后，茨维塔耶娃明确地喊出："如果说'世纪是我的'，那么，'我的世纪是我的毒药，我的世纪是我的毒害，我的世纪是我的敌人，我的世纪是我的地狱'。"

　　茨维塔耶娃的诗歌是感人的、有力的、直呼胸臆的。但是，与曼德尔施塔姆相比较，两个诗人关于"我的世纪"的抒情却有着完全不同的抒情格式。

　　茨维塔耶娃的诗句是那么清晰、那么直接、那么激情、那么猛烈。茨维塔耶娃诗歌的思想是斩钉截铁式的明晰。

　　相反，曼德尔施塔姆是感人的，是有力的，但是，却转了无数道弯儿。曼德尔施塔姆的"我的世纪"同样是激情的、猛烈的，但是，曼德尔施塔姆的表达方式又是多么复杂、多么空灵、多么沉郁顿挫。

　　并非所有曼德尔施塔姆的作品都是复杂、空灵和沉郁顿挫的，他的诗歌中也有清晰流畅的诗作，比如《比温柔更温柔的》（«Нежнее нежного»，1909）。

> Нежнее нежного
> Лицо твое,
> Белее белого
> Твоя рука,
> От мира целого
> Ты далека,
> И все твое —
> От неизбежного.
> От неизбежного
> Твоя печаль
> И пальцы рук
> Неостывающих,

И тихий звук

Неунывающих

Речей,

И даль

Твоих очей. ①

"比温柔更温柔的"，这是来自生命中某一时刻的感官体验，这是曼德尔施塔姆的以生活感官体验的诗歌形象构成的"生活抒情诗"。

《世纪》则是一首纯粹的"思想抒情诗"，面对这首诗，我们不可能不提问诗学意象背后的思想。面对"比温柔更温柔的，你的脸"可以不做思想的提问，"比白更白的，你的手"的旨趣不在思想，这样的"生活抒情诗"背后固然也有思想，但是那不是逻辑化的、哲学化的，而是一种感性化的"感觉"。但是在《世纪》中，诗歌的主题是思想，它不是一种现实具象所引发的感动，而是对"世纪""时代""跨世纪""历史本质"等等抽象问题的思索。作为诗人，曼德尔施塔姆把这种抽象的思想转换成了诗学的意象，因此，思想变成了一个不可捉摸的野兽，躲藏在意象的后面。

四、挖掘躲藏在诗歌意象后面的思想的工具

怎样挖掘躲藏在曼德尔施塔姆的诗歌意象后面的思想？

形象地说，怎样敲开诗人的"山核桃硬壳"，去品尝内在的果实？

挖掘意象后面的思想需要借助工具，需要能敲开诗歌"山核桃硬壳"的榔头、斧头、石头。可以用曼德尔施塔姆自己的工具，也可以使用别人已经提供给我们的工具。

别人的工具有这样四大类：

第一类：俄文版的《曼德尔施塔姆诗歌集》《曼德尔施塔姆全集》。一般来说，按照俄罗斯学术的惯例，这些"全集"的编辑对所编文本会有比较充分的文献学的考证，会考证所编作品的创作时间、背景、版本、修订等状况，这些可以让我们的解读处于有效范围，而不至于造成胡乱解释和过度解释。

第二类：关于《世纪》的分析文章。在查阅中，笔者发现，俄罗斯以及西方对这首诗的分析和评论，基本上采用了茨维塔耶娃的方式，这些文章基本上把"我的世纪"判定为负面的、与我敌视的意象。

瑞士诗人、学者、曼德尔施塔姆翻译和研究专家杜特里（Ralph Dutli）对《世纪》

---

① *Мандельштам О. Э.* Полное собрание сочинений и писем: в 3 т. Т. 1. М.: Издательство Прогресс-Плеяда, 2009. С. 44.

的理解也有类似的偏误，这是一种典型的西方式偏误。杜特里在 2003 年创作出版了名为《曼德尔施塔姆——我的世纪，我的野兽》(*Mandelstam—Meine Zeit*, *mein Tier*)①的传记，此书在西方影响较大，很快被翻译成俄语。杜特里将《世纪》第一行的"我的世纪，我的野兽"作为全书的书名，显然是用曼德尔施塔姆后来的悲剧覆盖了《世纪》这首诗的思想。杜特里用德语"Zeit"一词对译俄语"Век"，显然不属"信达雅"。杜特里在解读这首诗歌的时候，也将曼德尔施塔姆此诗的丰富思想单一化、简单化了，杜特里认为此诗仅仅为悲剧人生的记录。应该说，20 世纪 20 年代初期，曼德尔施塔姆的生活十分艰难，但是，革命、内战带给诗人的绝不仅仅是悲剧，诗中的"鲜血—建设者"是一个"新世纪"的建设者意象，"我的世纪"充满了各种可能性。

第三类：各种语言译本的翻译。应该说，所有的翻译都是译者的一种理解，但是，由于翻译可以做"字面"上的对译，所以，作为一种理解的译文也往往可以停留在"字面"上，也就是说，译文也把原诗的"不可理解"继承下来，保留下来。说到这里，要感谢此诗的所有汉语译本，正是这些译文保留的疑惑让笔者发现了原文诗句的悬疑。

第四类：曼德尔施塔姆的传记。研究一个诗人的作品，必须结合诗人的生平，美国学者韦勒克(René Wellek)尽管青睐"内部研究"，但是也不摒弃作为"外部研究"的传记研究。当然，韦勒克提醒传记研究要警惕真伪。是的，我们使用传记材料，要适度，要特别注意真伪，还要特别注意与研究对象相关的具体时间，比如，曼德尔施塔姆传记中后期的遭遇不能完全拿过来解释诗人前期生活中的创作。实际上，茨维塔耶娃那首"应答诗"就存在时间上的错位。

当然，挖掘躲藏在曼德尔施塔姆的《世纪》诗歌意象后面的思想可以使用曼德尔施塔姆自己的工具，这应该是最称手，而且是最可靠的工具。

第一，《世纪》诗中"世纪"及"两个百年"的观念的"辞源"可以在曼德尔施塔姆的散文《19 世纪》(《Девятнадцатый век》,1922)中找到痕迹。

第二，诗中的"鲜血"意象的"辞源"可以在《一月九日流血的神秘剧/受难剧》(《Кровавая мистерия 9-го января》,1922)中找到对应的世纪流血"神迹"。在这篇散文中，也可以找到"野兽"。

第三，诗中的"世纪"，以及同义词"各时代、某些时代"(эпохи)、"寄食者"(Захребетник)"、"建设者"(строительница)的观念(相对于"社会建筑"，Социальная архитектура)还可以在《人文主义和现代性》(《Гуманизм и современность》,1923)这篇文章中找到痕迹。

---

① Dutli, R. *Mandelstam—Meine Zeit*, *mein Tier*. Zürich：Ammann Verlag, 2003.

第四,曼德尔施塔姆自己在1922年发表了一篇专门讨论"词语的本质"的长文,从某种意义上说,《世纪》是《论词语的本质》(《О природе слова》,1922)的实验,而《论词语的本质》则是《世纪》一诗的诗学注释。

以上四篇散文写于创作《世纪》的同一时期,这些散文中的词汇和思想同时驻留在曼德尔施塔姆的脑海中。它们以散文方式的组合和以诗歌方式的组合在同一个大脑中运动,二者之间,自然会存在一定的联系。

五、但丁及其《神曲》——跨文化挖掘《世纪》思想的强大工具

从《世纪》诗中的疑惑和诱惑出发,我们走到了曼德尔施塔姆的散文,似乎找到了曼德尔施塔姆诗歌和散文之间存在的联系,但是仍然有疑问。

为什么在1922年的时候,曼德尔施塔姆如此关注"世纪之问",确切地说,诗人为何在20世纪20年代依然如此关注"两个百年"之问?要知道此时的曼德尔施塔姆已经31岁了,而且,"20世纪"已经是一个早就过去22年的"新世纪"。"我的世纪"显然是一种对"新世纪"的思索,诗中的"两个百年"显然是对"跨世纪"的思索。但是,"跨世纪"已经过去22年了,那么,为什么曼德尔施塔姆还会敏感于这个的问题?

关于这一点,他恰好在《人文主义和现代性》(《Гуманизм и современность》,1923)一文中留下了一个线索:

> Переход на золотую валюту дело будущего, и в области культуры предстоит замена временных идей—бумажных выпусков—золотым чеканом европейского гуманистического наследства, и не под заступом археолога звякнут прекрасные флорины гуманизма, а увидят свой день и, как ходячая звонкая монета, пойдут по рукам, когда настанет срок. ①

在人文主义概念的背后,曼德尔施塔姆用了一个隐喻"美丽的佛洛林"(флорин,意大利语:florin)金币。而"美丽的佛洛林"金币牵连出来的是"佛罗伦萨"(Флоренция)。这种高纯度的金币是佛罗伦萨制造发行的,所以以"佛洛林"命名。这种金币在1252年通行欧洲,一直延续到19世纪。

至此,一个驻留在曼德尔施塔姆脑海中的思想路线呈现在我们面前,我们知道:佛罗伦萨的人文主义时代是从但丁开始的。

于是,我们发现,《世纪》写于1922年,尽管距离"世纪"转换,距离"两个百年"

---

① Мандельштам О. Э. Полное собрание сочинений и писем: в 3 т. Т. 2. М. : Издательство Прогресс-Плеяда, 2010. С. 127.

的跨越已经过去了 22 年,但是,曼德尔施塔姆还是如此念念不忘 19 世纪和 20 世纪的对接,如此关注 19 世纪的那个"脊椎"和 20 世纪的这个"脊椎";如此关注"我的世纪,我的野兽"的"两个百年的脊椎";如此关注在两个世纪之间,在两根脊椎之间,那个深藏在野兽头颅上的一双瞳孔,所有这些关注的后面都有一个来自诗歌国度的巨大力量。

原来,在曼德尔施塔姆的世纪奇特意象的背后,有一个意大利大诗人但丁。

2200 年来,全世界各国的纪年,渐次编入"公历"(Common Era),从"儒略历"(Julian calendar)到"格里历"(Gregorian calendar),全世界都渐渐开始使用"耶稣诞生后某某年"的纪年方法。700 年来,在世界诗歌国度,每 100 个"主的纪年"(Anno Domini)当中,总共有三个年度数字是但丁标定的:一个是"65"之年,一个是"00"之年,另外一个是"21"之年。每一个百年中,当这三个数字所标出的年份向诗歌国度走来的时候,但丁的幽灵就活跃起来。其中,"65"之年是但丁诞辰百年祭,"21"的年份是但丁逝世百年祭,而"00"之属,则是但丁为自己的不朽之伟大作品《神曲》设定的游地狱、游炼狱、游天堂的时间,因此,每 100 年的"00"之数也因此关联着但丁所引发的跨世纪观念和世纪转化意象的冲击。在 15 世纪、16 世纪、17 世纪,这种有关但丁的生与死的潮涌、有关《神曲》的跨世纪冲击,更多的是回荡在意大利本土,但是,18 世纪、19 世纪之后,但丁的生与死之祭和但丁的跨世纪冲击,便引发了全欧洲文学的骚动。19 世纪以后,世界各国也都加入了"但丁文学纪年"中。

俄罗斯也是如此参与了但丁文学纪年。

19 世纪以后,俄罗斯开始加入全欧洲的但丁运动。从 1865 年开始,到 1900 年,再到 1921 年,俄罗斯掀起了连续三次的但丁热潮和跨世纪冲击。1865 年前后的但丁热潮更多的是俄罗斯的意大利学者和俄罗斯的文艺复兴研究者在鼓动,比如维谢洛夫斯基(А. Н. Веселовский)。1900 年的跨世纪中,但丁的冲击则不同,此时,俄罗斯出版界比研究界更为热闹,而俄罗斯诗歌界(包括艺术界)则比出版界更热情。此时恰好是白银一代的少年时或青春时,作为诗人,他们为但丁《神曲》中的跨世纪转化意象而激动。1921 年,俄罗斯的命运发生巨大变化,但丁逝世 600 年祭之际,《神曲》的世纪转换意象的冲击则更加强烈地出现在白银一代的诗歌中。

1900 年,曼德尔施塔姆九岁,身边是各种版本的《神曲》,其中的诗句,特别是其中的插图,还有被改编成话剧、歌剧的舞台景象,会给所有这一代人留下冲击,当曼德尔施塔姆开始诗歌创作的时候,但丁的"石头"自然成了他的"石头"。当但丁逝世 600 年的祭年之期来临的时候,但丁的世纪终于成为曼德尔施塔姆的世纪;《神曲》中,但丁凝视的蹲伏在 13 世纪和 14 世纪之交的野兽,终于成为曼德尔施塔姆的野兽;13 世纪和 14 世纪之交的但丁,终于转换成 19 世纪和 20 世纪之交的曼德尔施塔姆。

敲开诗歌"山核桃硬壳"的工具有榔头、斧头、石头,最称手的工具是曼德尔施塔姆自己的工具,而在这些工具中,最有可能探幽揽胜的是"但丁"。

曼德尔施塔姆在 1920 年写给瓦洛申(М. А. Волошин)的信件涉及了一场"人格"风波。曼德尔施塔姆说瓦洛申在朋友圈散布了对自己人格有损的言论,曼德尔施塔姆说瓦洛申"在朋友中散布,'很久以前'曼德尔施塔姆偷窃了瓦洛申图书馆(藏书室)的图书",而且"承认通过自己的兄弟偷走了这些书"。曼德尔施塔姆否认这件事,认为根本没有此事。曼德尔施塔姆有些愤怒,在信中回击瓦洛申说:"我现在完全可以说你在某个时候从我这里拿走了几本书,至今不还。"

现在,对于这一事件的真实情况已经无从考证,但是,事件所涉及的"书",却释放了一个信息,瓦洛申所言的书,是"意大利语和法语的但丁",可见,当时俄罗斯的文化人正在热情地读但丁。[1]

其实,曼德尔施塔姆的反驳对于我们今日的意义在于,这些信息告诉我们,在 1920 年前后,曼德尔施塔姆痴迷但丁,并且是通过意大利语和法语沉浸在但丁的相关阅读之中。

这个时间恰好是 1921 年俄罗斯的"但丁纪年"。这一时间,即 1921 年,由于但丁的《神曲》而与 1900 年产生了紧密的联系。如此,《世纪》与但丁的《神曲》的关联就显露出来了。我们都知道,但丁将游览地狱、炼狱、天堂的时间定于 1300 年,但丁之所以要游冥府,是因为在"我们生命的中途"迷失了方向,是因为在迷误中遇到了野兽。"我的世纪""我的野兽",原来是"我的但丁"。

那么,阅读《世纪》"拉扯"起但丁的参照系有什么意义呢?

但丁确定 1300 年是自己的《神曲》的起点之后,在他的世界出现了几种可能性。第一,选定了 1300 年,但丁就可以把自己所有的注意力集中在 1300 年所开启的"新世纪"上。第二,由此,诗人就可以将 1300 年以前的世纪和 1300 年以后的世纪"对接"起来。第三,但丁把自己锁定在两个世纪的转换关口上,把与此相关的所有事件:历史的、现实的、佛罗伦萨的、世界各地的事件都可以"堆积"到这个关口上。第四,这些被堆积的事件,都可以"安置"在 1300 年开启的世纪里。因此,对于但丁来说,1300 年以后的世纪,是"我"可以控制、可以"粘合"、可以创造的世纪。也就是说,但丁把 1300 年开启的世纪当作了"我的世纪",就是打开了一个显著的可能性。但丁选定了"1300 年",他就可以开启自己的"地狱""炼狱(净界)""天堂"的旅行,如此,"地狱""炼狱(净界)""天堂"的空间旅行就被但丁控制在一个可以由自己支配的时间里进行。这样的空间旅行本来是可以选定任何时间点和时间长度

---

[1] *Мандельштам О. Э. Полное собрание сочинений и писем*: в 3 т. Т. 3. М. : Издательство Прогресс-Плеяда, 2011. С. 376.

的,但是,但丁一旦选择 1300 年,1300 年本来就有的意义就成为但丁的意义。1300 年被认为是"大赦年",用基督教的词语来表述就是"禧年",是犹太教传下来的一个传统。因此,对于但丁来说,这是一个大赦年、大禧年,也是大审判年。其中,有作为最后审判的地狱,有作为净罪的炼狱,还有作为大赦的天堂。所以,对于但丁来说,"我的世纪"不仅仅是"我的地狱","我的野兽"也不仅仅是"我的敌人",它从悲剧开始,本质上却又是一出喜剧。因为有这样的伟大设想,但丁也将自己随后的一生都交给了"我的世纪"的《神曲》。对于但丁来说,这是一个大计划、一场大约会、一个终极的人生目标,当然也是一个沉重的担当。作为诗人,选出了"我的世纪"又是一种终于找到重大题材的惊奇。这是诗人从一个公用的时间中,从一个一般的时间中定义出自己的时间,这个意义相当隆重,诗人好像在一片公共的天空中划出了自己的国度。

在公共的空气中划出自己的空气,在共用的世纪中划出自己的世纪——曼德尔施塔姆的《世纪》是要探究这个"我的世纪"和"我的野兽"的瞳孔,要探索"我的世纪"中一连串各种历史事件的"椎骨",要探索把这串"椎骨"粘合起来的作为建设者的鲜血,还要探索这个建设者的鲜血从哪里来(《世纪》第二节),要探索这个稚嫩脊椎的发育和所有可能性(《世纪》第三节、第四节)。

六、结　语

由此可见,曼德尔施塔姆从但丁那里获得了一种诗性的世界观,也获得了一种诗性的时间观—历史观。同时,曼德尔施塔姆的"我的野兽"也从但丁的三个野兽和一个神兽那里获得了多种可能性,"我的野兽"可能是拦住但丁道路的凶兽,也可能是解救但丁的神犬。1922 年,当曼德尔施塔姆对视"我的世纪""我的野兽"的"瞳孔"的时候,从瞳孔射出来的光,可能是招引"我"的美善之光,也可能阻断"我"的凶恶之光。因此,"我的世纪",可能是悲剧,也可能是"喜剧",更可能是"我"从悲剧而上升到喜剧的神圣过程①,更大可能是"我的""创世记"之光。

(编校:陈新宇)

---

① 但丁的伟大诗篇《神曲》,但丁的原设计篇名是"喜剧",后来薄伽丘在"喜剧"的前面加了定语"神圣的"。

三层次评诗法：
以曼德尔施塔姆的《巴黎圣母院》为例

刘亚丁

（四川大学文学与新闻学院）

[摘　要]　文本阅读教学方法在我国的外国文学教学中几乎被遗忘殆尽，其后果是比较严重的。雅尔霍提出了评论诗歌的三层次法，加斯帕罗夫用以分析普希金的《预感》。本文借鉴此方法，从思想形象层、风格层和语音层三个层次来分析俄罗斯诗人曼德尔施塔姆的抒情诗《巴黎圣母院》，试图为诗歌阅读教学提供一种范式。
[关键词]　曼德尔施塔姆；《巴黎圣母院》；三层次评诗法

一

　　我国大学的外国文学教学走入了极大的误区，多数教师在课堂上讲思潮，讲流派，或者脱离文本讲研究方法，就是不涉及具体文本阅读体验，某些学术刊物所载的外国文学方面的论文的导向也与此相若。一方面，我们接受八面来风，西方各种最新的批评观念几乎可以在第一时间传播到国内；另一方面，我们又极其缺乏最基本的文学阅读方法的教学和实践。我国基础教育阶段，受传统教育思维模式的制约，语文教学以学生机械记忆、老师提供标准答案为主，学生个人的文学阅读和体验受到较大的压抑。先天本已不足，后天偏又欠补。大学外国文学课程依然很少引导学生研读文学文本，以致一些学外国文学的硕士生，甚至博士生到写毕业论文时居然还没有意识到文学阅读体验是论文的基础。长此以往势必形成恶性循环。这样培养出来的学生走上教学研究岗位，往往会回避文学文本阅读，这就会给未来一代代学生造成严重的知识和智性的缺失。近年来，有少数学者逐渐意识到该问题的严重性，大声疾呼要确立经典文本阅读在大学人文学科教学研究中的重要地位，以利于人才培养和学术研究的良性发展。① 正是基于此类原因，本文将详尽演

---

①　尤西林：《经典文本导读在大学人文学科教学中的地位》，载《高等教育研究》2003 年第 3 期，第 71—75 页。

示大学外国文学中诗歌分析的一种方法,并提出一些可供借鉴的外国诗歌教学中技巧性的东西,为文学启蒙教育做一点基础性工作。谈到外国文学的文学文本阅读,人们往往以为这就是课堂讨论,让学生各抒己见,表达他们当时的感悟。诚然,这是文本阅读的重要一环。但是授人以鱼,不如授人以渔,教师的责任在于使学生掌握一些文本阅读的方法和技巧,使之在脱离课堂,没有老师帮助的情况下,能够更专业、更深刻地解读文本,并表述出来,这样就会把他们从文学爱好者提升为文学研究者。

笔者结合自己教学研究的体会,以国外若干诗歌分析的方法为参照,将俄罗斯白银时代诗人曼德尔施塔姆(О. Э. Мандельштам)的一首小诗作为解读对象,提出外国诗歌教学的一种范式,就教于同行。俄罗斯诗歌在韵律和格律等范式方面与英语诗歌有相通之处,因而有的方法来自英语诗歌分析著作,总体上说,这些范式也可用于分析英语诗歌。当然,诗歌教学的范式是多种多样的,本文不过是抛砖引玉,借此激发同行对外国文学文本阅读教学范式的关注。诗歌阅读的范式问题早在中世纪就提出了,相传在为但丁所作的《致斯加拉大亲王书》中,就有诗歌"四义说"这一概念,即诗歌是字面的、寓言的、哲理的和秘奥的,詹姆逊(Fredric Jameson)在《政治无意识》(*The Political Unconscious*)中将类似的中世纪四层面阐释改造为西马分析寓意的叙事性作品的工具。[①] 但是用这种范式来阅读一首小诗,显然过于复杂、深奥,而且它缺乏对诗歌技巧应有的关注。笔者认为可以借鉴雅尔霍(Б. И. Ярхо)提出的三层次分析法来解读篇幅不大的诗歌作品。雅尔霍分析诗歌的三层次为:第一层,也是最上层的,即思想形象层,分析诗歌作品的思想、情绪和形象等;第二为风格层,分析单个的词汇,也可以做句法分析,即在词的联系中分析诗歌;第三是语音层,这是诗歌特有的层次,分析诗歌的韵律、节奏、韵脚、音响表现法等。[②] 加斯帕罗夫(М. Л. Гаспаров)成功地用这种方法分析了普希金的小诗《预感》(«Снова тучи надо мною...»)。[③] 笔者受到加斯帕罗夫启发,但在具体分析时,还会借鉴其他学者的某些方法。本文选择的分析对象是曼德尔施塔姆的抒情诗《巴黎圣母院》(*Notre Dame*)。

[①] 参见弗雷德里克·詹姆逊:《政治无意识》,王逢振、陈永国译,中国社会科学出版社,1999年,第19—22页。

[②] 参见 *Ярхо Б. И.* Границы научного литературоведения // Искусство. 1925. No 2. C.45-60;1927. No 1. C. 16-38.

[③] 参见加斯帕罗夫的两篇文章:"Снова тучи андо мною..." Методика анализа;Две готики и два Египта в поэзии О. Мандельштама. Анализ и интерплетация // *Гаспаров М. Л.* О русской поэзии. СПб.:Издательство Азбука, 2001. C. 260-295. 在后一篇文章中,加斯帕罗夫分析了包括《巴黎圣母院》在内的两首"哥特诗"。

二

曼德尔施塔姆是阿克梅派的主将,其诗歌在我国拥有广泛的爱好者。其《巴黎圣母院》原作如下:

> Где римский судия судил чужой народ,
>
> Стоит базилика, — и, радостный и первый,
>
> Как некогда Адам, распластывая нервы,
>
> Играет мышцами крестовый легкий свод.
>
> Но выдает себя снаружи тайный план:
>
> Здесь позаботилась подпружных арок сила,
>
> Чтоб масса грузная стены не сокрушила,
>
> И свода дерзкого бездействует таран.
>
> Стихийный лабиринт, непостижимый лес,
>
> Души готической рассудочная пропасть,
>
> Египетская мощь и христианства робость,
>
> С тростинкой рядом—дуб, и всюду царь—отвес.
>
> Но чем внимательней, твердыня Notre Dame,
>
> Я изучал твои чудовищные ребра,
>
> Тем чаще думал я: из тяжести недоброй
>
> И я когда-нибудь прекрасное создам. ①

笔者将《巴黎圣母院》试译如下:

> 在罗马法官审判过异族人民之地,
>
> 耸立着长方形大厅,——既欣悦,又年轻,
>
> 仿佛当年亚当舒展开神经,
>
> 以肌肉权当十字形的轻盈拱顶。
>
> 但是却暴露其隐秘的蓝图:

---

① Мандельштам О. Э. Лирика. М. : АСТ, 2000. С. 102-103.

> 无数马肚带弓形结构力量在操心，
>
> 令沉重的山墙不会崩塌，
>
> 让攻城槌无损于勇敢的拱门。

> 天然的迷宫，
>
> 无法穿越的森林，哥特灵魂深深的峡谷，
>
> 埃及的强力，基督教的胆怯，
>
> 垂直线相交于芦苇、橡树和遍布的列祖。

> 对你那些大得吓人的肋骨，
>
> 圣母院的支柱呵，我越是细细玩味，
>
> 就越发时常思忖，用那不善的粗笨
>
> 有朝一日我会创造出旷世奇美。

先进行第一层次分析。分析诗歌的思想形象有一个前提，就是要钩稽诗歌文本内包含的故实，这可以通过对其中的难解词汇和典故做注释来完成。注释实际上就是钩稽出文字中包含的"互文"。《巴黎圣母院》最基本的故实有第三行"亚当"，即《旧约·创世记》中耶和华造出的第一个人。第八行"攻城槌"，在雨果《巴黎圣母院》第十卷第四章中，无赖汉们为搭救爱斯美拉达，以大樑猛撞圣母院大门。第十行"森林"，波德莱尔（C. P Baudelaire）《通感》云："自然是一座神殿，那里有活的柱子，不时发出一些含糊不清的语音，行人经过该处穿过象征的森林，森林露出亲切的眼光对人注视。"第十二行"芦苇"，帕斯卡（Blaise Pascal）的《随想录》有句名言——"人是脆弱的芦苇"[①]。第十二行"列祖"，在巴黎圣母院三个拱门上面是一长条壁，其上塑有一排《旧约·列王纪》上、下中的 28 位君王，号称"列王廊"。最后一小节有关于肋骨的诗句，教堂第三层是三扇窗子，两边的窗子分别雕有亚当、夏娃的塑像，其典故来自《旧约·创世记》：耶和华取亚当的肋骨做了女人夏娃。

莫斯科—塔尔图符号学派的杰出人物明茨（З. Г. Минц）认为：诗歌的思想可以在诗人创作的上下文中、在文化传统的上下文中得到解码。[②] 就诗人曼德尔施塔姆创作的上下文和文学传统的上下文而言，曼德尔施塔姆 1912 年创作《巴黎圣母院》时，正处于从受象征主义影响到向阿克梅派转折的中间阶段。曼德尔施塔姆在彼得堡杰尼索夫商业学校读书时，受到其老师、象征派诗人吉比乌斯（В. В.

---

① 转引自 *Гаспаров М. Л.* Две готики и два Египта в поэзии О. Мандельштама. Анализ и интерплетация // Гаспаров М. Л. О русской поэзии. СПб.: «Азбука», 2001. С. 260-295.

② *Минц З. Г.* Поэтика Александра Блока. СПб.: Издательство Искусство-СПБ, 1999. С. 551.

Гиппиус)的影响,对文学产生了浓厚兴趣。他在 1910 年发表的诗歌作品表现出象征主义倾向。他于 1907—1911 年在巴黎研修。回国适逢阿克梅派兴起,他便加入该派,成为这个反拨象征主义的团体的创始人之一。象征派迷恋于物象背后的神秘的本体,而阿克梅派则认为玫瑰之美在于玫瑰本身。曼德尔施塔姆写于 1912 年的《巴黎圣母院》似乎已挣脱象征回归写实。《巴黎圣母院》所激发的奇情异想和对建筑隐含奥秘的意义的参悟是不平衡的,前者远强过后者。加斯帕罗夫认为,《巴黎圣母院》一诗反映了象征派与阿克梅派的冲突。[①] 此诗的第一小节就建构起奇特的意象——亚当舒展他的肌肉,以头和双臂膀形成十字形,支撑起了巴黎圣母院方形大厅的拱顶,这个意象借诗句"以肌肉权当十字形的轻盈拱顶"为核心展开。这里直接的意义是来源于《旧约·创世记》的,本来容易令人联想到《新约》中基督在髑髅地被钉上十字架的情形。按照这样的理解,此诗就会落入象征主义的窠臼,但这首诗的意义逻辑和情感逻辑并非如此。诗开头部分的这种宗教象征意味,在世俗化的、具有多神教色彩和亵神精神的结尾中消弭殆尽(更何况诗人还通过描写亚当的形容词来消解他的神秘意味,这一点在下面会详叙)。作为这首诗的结尾,抒情主人公恣肆骄纵的自白脱口而出:"用那不善的粗笨有朝一日我会创造出旷世奇美。"在上帝已死的时代,抒情主人公俨然成了造物主。

进一步联系曼德尔施塔姆创作的上下文,就能发现诗人上述的狂放师出有名。曼德尔施塔姆曾写了一首《沉默》,在那首诗里,透过爱与美之神阿佛洛狄忒在浪花中诞生的神话故事,发出了"她(阿佛洛狄忒)既是音乐,又是词语"的感叹,而且要让词语回到音乐中。因为在诗人的心中,"词……不是七柱,而是千柱的排箫,它充满所有世纪的灵气"[②]。如同造物主可以借丑陋的肋骨造出美丽的夏娃一样,恰似大海可以凭浪花生出纯净无瑕的阿佛洛狄忒一般,自然可以借助诗人之笔,化"不善的粗笨"为"旷世奇美"。在这个意义上,词语就是造物主,诗人充当了他的工匠。

如果将《巴黎圣母院》整首诗看成由亚当"以肌肉权当十字形的轻盈拱顶"来建构的一个意象,那么第三小节似乎就是败笔,因为它完全游离于这个意象。诗人乃是传统文化的钟爱者,他对巴黎圣母院所蕴藏的文化意义不吐不快。"埃及的强力,基督教的胆怯",诗人从这个巨大的建筑中看到了文化冲突。在这座建筑中,抒情主人公感受到了埃及异教的强力,犹如《旧约·出埃及记》中摩西在具有此种强力的基督教面前曾萌生畏葸和胆怯。这种畏葸和胆怯或许也是诗人感到这个建筑比较人性化的一个缘由。"哥特灵魂深深的峡谷"暗示了两座钟楼后面有座高达 90 米的尖塔,巍峨入云,塔顶是一个细长的十字架。"天然的迷宫,无法穿越的森

① 参见 Гаспаров М. Л. Две готики и два Египта в поэзии О. Мандельштама. Анализ и интерпретация // Гаспаров М. Л. О русской поэзии. СПб. : «Азбука», 2001.

② Мандельштам О. Э. Лирика. М. : АСТ, 2000. С. 153.

林"体现了曼德尔施塔姆当时受到法国象征主义诱惑,忍不住要借教堂的形貌与波德莱尔对话一番。① 1912 年,曼德尔施塔姆还写了宣言式的文章《阿克梅派的早晨》:"在 13 世纪看来是合乎逻辑地发展了的机体概念的东西(哥特式大教堂),现在却作为一种怪异的东西(巴黎圣母院)在给人以美学感染,是情欲的节日,是情欲的大发作。我们不想在'象征之林'中散步,并以此来娱悦自己。我们有着一个更为茂密的处女林:神妙的情欲,我们诡秘的机体所具有的无限复杂性。"② 足见,通过《巴黎圣母院》,曼德尔施塔姆实际上发表了一篇历史文化宣言,他认为中世纪的人们能够感受对机体的爱。然而,在 19 世纪和 20 世纪,对于精细的追逐使人们丧失了这种能力,因而他要在诗作《巴黎圣母院》中去追忆它,将冰冷僵硬的建筑——巴黎圣母院化为有识含灵之物,想象其为人的机体来加以玩味。这种奇情异想是在诗歌的词语网络中完成的。

三

现在进入第二层次,关注这首诗的风格,即展开对词语的网络分析。名词是用来构建形象的,而诗中的形象构成于名词的网络中。这犹如看马赛克画,近看是一个个色彩不同的马赛克,远观则显出轮廓分明的形象。我们来看看,诗中有哪些名词"马赛克",它们又构成了什么样的形象。《巴黎圣母院》中的名词可以分为三大类。第一类是与人本身或人体有关的名词:法官(судья)、人民(народ)、亚当(Адам)、神经(нерв)、肌肉(мышца)、群众或质量(масса)、灵魂(душа)、基督教(христианство)、列祖(царь——王,在原诗中是单数,但为了反映建筑上的 28 位王的浮雕,也为押韵之需,译为"列祖")、肋骨(ребро)、我(я)。第二类是与人的品性相关的名词:力量(сила)、强力(мощь)、胆怯(робость)。第三类是物质性的名词:方形大厅(базилика),拱顶(свод,出现了两次)、蓝图(план)、拱形结构(арка)、墙(стена)、攻城槌(таран)、迷宫(лабиринт)、森林(лес)、鸿沟(пропасть)、芦苇(тростинка)、垂直线(отвес)、沉重(тяжесть)、美好(прекрасное)。从这些词的数量来看,直接表现建筑形貌的不多,只有"方形大厅""拱顶""拱形结构""墙"和"垂直线"5 个词,相反,与人有关的倒有 14 个词,诗情主人公借助神经、肌肉和肋骨等与人的机体直接有关的名词来构建对巴黎圣母院的想象。可见,在这首诗歌中"机体"不是一种无形无象的概念,而是化为了具象性的可感知的东西。这里还需要引入诗歌语言方面的一个新概念。在《英诗学习指南:语言学的分析方法》(*A*

① 参见 *Гаспаров М. Л.* Две готики и два Египта в поэзии О. Мандельштама. Анализ и интерпретация // *Гаспаров М. Л.* О русской поэзии. СПб. : Издательство Азбука, 2001. С. 260-295.

② 翟厚隆:《十月革命前后苏联文学流派》,上海译文出版社,1998 年,第 86 页。

Linguistic Guide to English Poetry)中,利奇(Geoffrey Neil Leech)指出了英语诗歌中有"词汇偏离"(Lexical Deviation)现象,其中一种词汇偏离是指在诗歌写作中常常会在不改变词的形态情况下增加新的意义。[①] 英语诗歌如此,汉语诗歌、俄语诗歌同样如此。第十三句中的"大得吓人的肋骨"(чудовищные ребра)中"肋骨"(ребро)一词就有意义的偏离,这里有对这个词的历史文化意味的借用。在《旧约·创世记》2:22 中,"耶和华就用那人身上的肋骨造了一个女人"(И создал Господь бог из ребра, взятого из человека, жену[②])。这里"肋骨"一词有了不同于日常生活的新的含义。此外,11、12 世纪在哥特式建筑中,为了加强拱顶交叉处的力量会使用一种弧形的支撑材料,建筑师将这种材料称为"肋"或"肋网络",于是"肋"又有了更新的一层含义。曼德尔施塔姆就是利用了建筑学上的"肋"与《创世记》中"肋"的意义的交叉重合,来表达了这样的暗喻:既然建筑师可以用"肋"建造出巴黎圣母院,那么"我"也可以像上帝用亚当的肋骨造女人一样,造出美妙的东西。可见在这首诗中,"肋骨"一词已远离其在日常生活中的意义,达到了"前景化"(foregrounding)[③]的效果。

动词表现行动,而在抒情诗中动词的行动意义往往偏弱,更多的情况可能是,诗人通过动词烘托出诗歌的时间感。分析外国诗歌,尤须在这里下功夫。因为学生往往对动词的时态不敏感,这就难免与诗中的微妙处失之交臂。第一小节有三个动词,分别为第一句的"审判过"(судил,未完成体过去时)、第二句的"站立着"(стоит,未完成体现在时)、第四句的"充当着"或"扮演着"(играет,未完成体现在时),在第三句还有一个副动词"张开着"(распластывая,与前面的未完成体现在时是一致的)。第一节中的这几个动词形成了鲜明的时间对比,勾画出时间急速转换中的一个即时性的场景。第一句未完成体动词过去时"审判过"将时间闪回到早已湮灭的罗马帝国时代,造成了首句的历史沧桑感。第二句,倏尔返回眼前,未完成体动词现在时"站立着"凸现了现场感、即时感,仿佛抒情诗人面对这宏伟的方形大厅,在叙述此刻目睹的这个场景。第三句和第四句,用简缩法会得到句子的主干"从前某个时候的亚当正以肌肉充当十字拱顶"。副词"某个时候"(некогда)本应与动词过去时搭配,与未完成体动词现在时"充当着"搭配是矛盾的。这里表层结构的违背逻辑与深层结构的内在合理性构成张力,就此生出了奇特的想象:当年人类的始祖亚当正在支撑着宏伟的巴黎圣母院的拱顶。除第一句而外,后面的动词

① 参见 Leech, G. N. *A Linguistic Guide to English Poetry*. Beijing: Foreign Language Teaching and Research Press, 2001: 42-44.

② Библия. СПб.: Издательство Библия для всех, 1997. С. 2.

③ 参见 Leech, G. N. *A Linguistic Guide to English Poetry*. Beijing: Foreign Language Teaching and Research Press, 2001: 56-58.

现在时营造了强烈的现场感，似乎将读者直接引领至抒情主人公的想象空间。第二小节中第六句的完成体动词过去时"关心"（позаботилась）也是"词汇偏离"的一个例证。这个反身不及物动词所涉及的对象本来应该是人，这里却是"那些拱形力量"，达到了将它们拟人化的目的。这也是诗人膜拜"机体"的潜意识的不自觉流露。最后一个动词是完成体动词的第一人称变位形式"我将创造"（создам），完成体动词变位具有一定要实现、一定会出现的含义，这句诗因此表达出"我"一定要创作出什么，借此表白了抒情主人公化腐朽为神奇的自信。

形容词是可以表达情绪的。这首诗的第二行有"欣悦的"（радостный）一词，这一形容词从诗歌分行来看，与"长方形大厅"（базилика）这个名词在同一行似乎与同位的"第一的"（первый，笔者译为"年轻的"）这个形容词一起作为"长方形大厅"的后置定语出现。但"长方形大厅"是阴性名词，可是"欣悦的"和"第一的"用的是阳性词尾，因此从语法形态来看，它们是第三行的"亚当"（Адам）的前置定语，因为"亚当"是阳性的专有名词。"欣悦的"这个形容词传达出一种乐观的情绪，它的出现可收一石三鸟之效。它与"第一的"共同产生意义，表明此亚当乃品尝善恶果之前的那位，无知无欲，故其乐也融融。这又与最后一节首尾呼应，跨过两小节，出现了由亚当的丑陋肋骨造成了美丽之物的结局。它阻断了读者可能产生的基督被钉上十字架的悲切的联想。由于它出现在第二行，因此就成了为整个作品调音定调的音叉，全诗世俗、轻松、乐观的基调由它定下。唯其如此，这首诗与象征主义的神秘性的隐喻保持了一定距离。最后一小节中形容词有"大得吓人的"（чудовищные）、"不善的粗笨"（тяжести недоброй），它们或直接作肋骨的定语，或者是作为肋骨的提喻出现，流露出抒情主人公对肋骨的否定态度：它们硕大无朋、粗劣丑陋。在最后它们就与名词化了的形容词"美好"（прекрасное），形成鲜明对比。

一些形容词是有情感色彩的，但俄语也有一些从名词转化来的形容词是没有感情色彩的。我们发现，在《巴黎圣母院》中诗人对形容词的运用可以体现情绪的变化：诗的开篇用"欣悦的"烘托了欢快的情绪；诗的中间是一系列基本没有情感色彩的形容词，如"隐密的"（тайный）、"马肚带弓形的"（подпружный）、"粗鲁的"或"果敢的"（дерзкий，这是一个例外，也体现了"词汇偏离"）、"天然的"（стихийный）、"无法穿越的"（непостижимый）、"哥特式"（готический）、"理智的"（рассудочный）、"埃及的"（египетский），情绪由欢快转向冷静；最后又通过上面已经提及的妍媸对比，在对创造"美好"的自信和喜悦中结束全诗。细品全诗情绪的变化，读者未必不能默察出情感曲线的起伏，感受到一波三折之妙。

四

　　现在进入分析抒情诗《巴黎圣母院》的第三层次。从格律的角度看,这首诗主要是采用六音部抑扬格写成的,间或插入抑扬格。限于篇幅,恕不一一列出。英语诗歌的高手,如莎士比亚、弥尔顿等都擅长写抑扬格,前者《哈姆雷特》(Hamlet)的"to be, or not to be"整段独白基本为五音部抑扬格,后者《五月晨歌》(Song on May morning)也是抑扬格的佳作。诵读这首《巴黎圣母院》,轻读重读鱼贯而出,相续连环、周而复始,犹如大河流水,波浪相拥,起伏向前,又仿佛《蓝色多瑙河》的序奏,高下交错,连绵不绝。诗人将《巴黎圣母院》在空间的占有,化为了听觉的乐音。这首诗以四行为一小节,每小节为环抱韵,韵脚为:abba、cbbc、effe、ghhg。

　　曼德尔施塔姆十分注意诗行内部的韵律。首句"Где римский судия судил чужой народ",这里 6 个词的元音呈现互相模仿的"谐音现象":e-и-и-у-и-у-и-у-о-а-о。[1] 这一句共 6 个单词,居于中间的两个词是"法官"(судия)和"审判过"(судил),它们前面两个音节的辅音和元音完全相同,唯一不同的是最后一个音节,因此它们形成了声音上的互相模仿。

　　在这首诗中,还有比较独特的双重音响表现法。第一重音响表现法是指,词的意义与词的音响效果相契合;第二重是指,在一句诗中,这些意义与音响效果相契合的词又形成对比和反差。如第十二句"垂直线相交于芦苇、橡树和遍布的列祖"(С тростинкой рядом—дуб, и всюду царь—отвес)就用了此法。先看第一重音响表现法,"芦苇"(тростинка)、"橡树"(дуб)的意义与音响效果是相契合的,芦苇是轻柔之物,由于该词的辅音全是轻辅音,发音也轻柔流畅。橡树是巨大厚重之物,д是浊辅音,与元音 y 相拼,发出低沉的声音,正好与橡树的形质相称。这一点很有趣,它是索绪尔能指与所指的关系是任意的定理的反例。[2] 再看第二重音响表现法,"芦苇"与"橡树"在音响和意义上都形成了鲜明对比,前者音响上的轻柔、意义上的轻盈,与后者音响上的重浊、意义上的厚重对比鲜明。同一句中,与"橡树"是同位语的"列祖"(царь),在意义上应是重要的,它也与"芦苇"是相对比,但它本来发音不算低沉,曼德尔施塔姆特地在它之前加上发音低沉的副词"遍布"(всюду),作为一种补救,也就达到了在音响效果上"增重",并与"芦苇"形成对比的目的。由于最后一个词"垂直线"(отвес)发音也轻柔,读这一句,在音响上就会产生"轻—重—轻"的效果。

(编校:陈新宇)

---

① 参见甘雨泽等:《俄罗斯诗学》,黑龙江人民出版社,1999 年,第 178—190 页。

② 参见索绪尔:《普通语言学教程》,高名凯译,商务印书馆,1980 年,第 96—97 页。